王书生
著

青峰镇

中国文联出版社

图书在版编目（CIP）数据

青峰镇 ／ 王书生著 . -- 北京：中国文联出版社，
2024.4
ISBN 978 - 7 - 5190 - 5498 - 4

Ⅰ.①青… Ⅱ.①王… Ⅲ.①长篇小说—中国—当代
Ⅳ.①I247.5

中国国家版本馆 CIP 数据核字（2024）第 065433 号

著　　者　王书生
责任编辑　王　斐
责任校对　贾　丹
装帧设计　悟阅文化

出版发行　中国文联出版社
地　　址　北京市朝阳区农展馆南里 10 号　　　　邮编　100125
电　　话　010 - 85923025（发行部）　　　　85923091（总编室）
经　　销　全国新华书店等
印　　刷　三河市华东印刷有限公司

开　　本　710 毫米×1000 毫米　　1/16
印　　张　33
字　　数　592 千字
版　　次　2024 年 4 月第 1 版第 1 次印刷
定　　价　98.00 元

内容简介

　　小说以青峰镇上沈、孙两大家族几代人的爱恨情仇为主线，展现了两大家族在民主革命时期、抗日战争时期、解放战争时期、土地革命时期在正义与邪恶两方面的较量，淋漓尽致地展现了爱与恨、情与仇的纠结。在曲折委婉的故事情节中，刻画了一群性格各异、形象鲜明的人物形象：有一生只读《三国》，整天从《三国》中寻找计策想方设法对付仇家的孙豪强；有大善大爱，在瘟疫流行时倾囊救助乡邻、在大灾之年为救助灾民含泪卖掉清风楼的沈润章；有一生为情与仇纠结的孙龙跃；有一身武功不畏权势的农会主任沈少松；有吃喝嫖赌抽五毒俱全，甚至卖掉妻子换大烟的孙龙腾；有性情刚烈的女铁匠许琳娘；有白天也借不出干灯的"老鳖一"张富贵；有巧舌如簧的媒婆桃花；有为家仇舍爱另嫁、走百里风雪路带夫遗体还乡的陈凤仪；有还乡团来了当镇公所长、日本人来了当维持会会长、国民党来了当镇长、共产党来了逃进大青山与土匪为伍的孙子盛；有打死人后逃进大青山当土匪，又当过国军团长，因怕死又回青山县当保安团团长，日本人来了又当汉奸警察局局长，解放了又逃进大青山与土匪为伍，当了"反共救国军"司令的黄三；有吃喝玩乐但决不吸毒、整天说东家长道西家短的"舌头"……

　　小说不仅把两大家族在各个历史时期的爱恨情仇写得曲折多变，而且浓墨重彩地展现了这一千年古镇的风土文化。

　　故事曲折，人物鲜明，内容爱恨交织，地方文化发掘到位是此作品的鲜明特点。

人 物 表

沈润章：清风楼的主人。为保祖产清风楼，陷冤狱，受欺负。大灾之时，流泪贱卖清风楼于仇人，救济百姓。最后被日本飞机炸死。

沈灵芝：沈润章的女儿，仇家孙龙跃的挚爱。爱恨情仇集于一身。

沈少松：遭匪祸父母惨死，无家可归。因救沈润章而被收留，后与沈灵芝结婚。土地革命时，任青峰镇农会主任。后被孙子盛杀害。

沈青山：在中共地下组织成员青山县书记老郝的指引下参加革命。参加过抗日战争，解放战争中任连长，牺牲于淮海战役战场。

沈青河：曾任青峰镇民兵连连长，青山县县大队骑兵连连长。爱恋徐小芳，但被孙子盛夺爱。

陈凤仪：逃荒途中，母亲饿死，得沈家搭救，后与沈青山结婚。解放战争时期任青峰镇妇救会主任。

柳青枝：孤苦伶仃，被沈家收养。爱雷生，而雷生只把她当姐姐。

沈雷生：一个处在三个女孩爱情旋涡里的人。杜鹃爱他，而他只喜欢而爱不起来；柳青枝爱他，而他只把她当姐姐；雷生与孙玉梅相爱，可两家世仇较深，历经曲折，终未走到一起。

孙豪强：青峰镇财主。一生只读《三国》。争强好胜，誓夺清风楼。计谋用尽，终未如愿。

孙龙跃：孙豪强长子。与沈灵芝同窗，深爱沈灵芝。因两家世仇较深未能如愿。誓得清风楼。后终得清风楼。土地革命时，农会均了他的田地，又没收了他的清风楼。一生在情与仇中煎熬。

孙龙腾：孙豪强次子。孙龙跃弟弟。吃喝嫖赌抽，样样俱全。一生与沈家为敌。为抽大烟，败尽家财，卖掉老婆换大烟抽。后被饿死。

孙子昌：孙龙跃长子。进城读书，参加革命。曾任八路军连长、营长。后任青山县教育科科长。妻子郑虹，是他的大学同学，八路军战士，牺牲于抗日战场。

孙子盛： 孙龙跃次子。游手好闲，吃喝嫖赌。其父孙龙跃花钱为他买青峰镇镇长一职。国民党来了，任国民党镇长，日军来了，又任维持会会长。解放初，逃进大青山与土匪为伍，任大青山"反共救国军"参谋长。在清剿黑风口残匪时，神秘失踪。

张杏花： 孙龙跃妻。张富贵女儿。与沈灵芝、孙龙跃同窗。她爱孙龙跃而孙龙跃只爱沈灵芝。沈灵芝与沈少松结婚后，孙龙跃只好娶了不爱的张杏花。

孙玉梅： 孙龙跃的孙女，孙子昌之女。母亲郑虹牺牲后，与弟弟孙尚进被送回老家。读书时与沈雷生同窗，二人青梅竹马，相知相爱，终因两家仇恨未能走到一起。

孙尚进： 孙子昌之子，孙玉梅弟弟。记孙沈两家仇恨，处处与沈雷生为敌。

张富贵： 青峰镇财主。张杏花之父。富而吝啬，人称"老鳖一"。

郝书记： 中共青山县委书记。原为鼓书艺人。土地革命初期，常活动于青峰镇一带，领导地下革命。

王石头： 原为大青山乌龙镇猎户，后参加工农红军，历经民主革命、抗日战争、解放战争，多次负伤。青山县解放后，任中共青峰镇党委书记。

刘天福： 孙龙跃家佃户。"刘家羊汤馆"老板。爱问事，乐于助人，人缘好。青峰镇农会副主任，青山县解放后任青峰镇镇长。

许琳娘： 寡妇。一个有正义感性格刚烈的女铁匠。丈夫为助孙家死于劫匪之手。与沈润章有情有意，二人出于多种原因，未能结成夫妻。女儿许琳遭孙龙腾强奸，迫于无奈，后来将女儿嫁予孙龙腾。后任青峰镇农会干部。

杜麦子： 东四人。孙家佃户。为抵债，妹妹杜巧儿到孙家当用人，后莫名其妙投大青河自尽。母亲气绝身亡。杜麦子走投无路而远去他乡。后参加革命队伍，历经抗日战争、解放战争，曾九次负伤。解放初，还乡任青峰镇民兵营营长，后被"反共救国军"杀害。

杜满仓： 东四人。杜鹃父亲。孙家佃户。曾任青峰镇农会干部。日军偷袭青峰镇时，被日军杀害。

杜　鹃： 杜满仓之女。沈雷生与孙玉梅的同窗。喜欢沈雷生，处处关心沈雷生，爱护沈雷生，但沈雷生只把她当姐当友。

杜巧儿： 杜麦子妹妹。长相上眉眼与沈灵芝相似。为抵债到孙家当用人，投河而死。

"舌头"：本名张百利。家境一般。因其三世单传，娇生惯养，吃嘴不做活。常跟孙龙腾、孙子盛吃喝，但决不沾大烟。因其舌头长，能舔到鼻子，又因爱说东家长道西家短，人送外号"舌头"。

桃　花：青山县城人。父亲赌博散尽家财，又抽上大烟，因两碗烟土将她卖给青峰镇赵福。她能说会道，以说媒为生。日军到青峰镇的时候，遭多名日军轮奸。

孙二喜：孙龙跃家长工。11岁父母双亡，承父业到孙家当长工，遭非人待遇。土地革命时，参加农会，带头斗争东家，并均了孙龙跃家的地和房。日军袭击青峰镇时，遭孙子盛枪杀。

徐石匠：老实巴交的锻磨匠，单门独户。孙家佃户。

徐小芳：徐石匠女儿。与沈青河相爱。为救父亲，中了孙子盛的圈套，遭孙子盛强奸，无奈之下嫁给了孙子盛。后来，为护沈青河免遭孙子盛枪杀，反遭孙子盛误杀。

青灯师父：青峰寺僧人。自幼父母双亡，寄居姨家，与表妹白玲相爱。姨父为给家人治病借债，但无力偿还，遂将女儿白玲抵嫁给债主家的傻儿子。白玲出嫁当天自缢身亡。青灯遂出家到青峰寺做和尚。后为青峰寺学校校工。

陈新坤：古城师范毕业。为青峰寺学校教员。

吕　萍：陈新坤同学，同为青峰寺学校教员。

黄　三：一个有奶便是娘的"黑红搅子"。当过土匪，当过国军，因救团长有功后被提拔，后当团长。因受伤后怕死，回青山县当保安团团长。日军来了，又去当汉奸保安团团长。日本投降后，又当国民党警察局局长。国民党失败后，又逃到大青山与土匪为伍，成立"反共救国军"，任司令。

黑　三：大青山黑风口土匪头子。后任"反共救国军"副司令。清剿黑风口残匪时被击毙。

龟　田：日军驻青山县支队长。

目 录
CONTENTS

引　子

　　这里原来并没有山，是一片广袤无垠的平原。不知什么时候，一位神仙手持赶山鞭像牧羊人一样，将一群拥挤的山赶到这里。他要把这群山赶到东海去。在行走间，突然天上降下一朵云彩，云彩间飘下一黄色缟带。那神仙接过缟带一看，立即放下赶山鞭，纵身跃上那云彩，飘向碧蓝无垠的天空。他在空中向那群山喊道："你们站住！待我上天复命后再走！"群山驻行，等着神仙归来。可那神仙一去不复返，群山就这样留在了这大平原上。

　　这群山拥挤在一起，方圆几百里，后来人们就称它们为大青山。其实各个山头都有自己的名字。山，有死山，也有活山。死山如枯树，光秃秃的，不长草木，也没有泉水。而这大青山是活山，山上草木葱茏，古树森森，山间有泉流出，终日叮咚作响，水是山的血脉。那连绵起伏的山里有一缝隙，群山流出的泉水汇进那山谷缝隙，便成了一条河，人们叫它大青河。大青河自那山间蜿蜒流出，流进东部大平原，渐阔渐泛，水势浩渺。

　　不知过了多少年，两支队伍在山下的大青河边打了一仗，原始的野性使这两支队伍见血愈勇，杀得血流遍地，尸骨如山。两军最后拼得仅剩九人。这九人都负了伤，无力回营地复命，便在这山下的大青河边搭棚住宿，食草果活命。年深日久，他们便与周围原住民结婚生子，繁衍生息。许多年过去了，这里便成了一个村镇，后人叫它青峰镇。之所以叫青峰镇，是因为镇东那个小山包而得名。那小山包虽不高大，但终年郁郁葱葱，人们叫它青峰山。

　　青峰镇临大青河而建，处河之阳。那青石、青砖、青瓦构建的民居鳞次栉比，高低错落。一条铺着青石板的东西大街，在那拥挤的建筑群中随大青河水势而蜿蜒起伏。大街两侧有十二条南北胡同，这些胡同原没有名，后来人们根据各胡同所住居民的姓氏起名为张家胡同、李家胡同、沈家胡同、赵家胡同等。在东西大街北侧、孙家胡同东侧，有一片开阔地，据说是胡姓家族居住的地方。某年，镇上流行一场大瘟疫，胡氏家族几近死绝，那胡家胡同两侧房屋就日渐坍塌，成了一片空地。这片空地上长有一棵古槐，据说秦王嬴政曾在那棵树上拴过马。

日月轮回，草木荣枯。这青峰镇地处山边平原，土地肥沃，人口越来越多，就成了千人古镇。人多业旺，随着社会的发展，这青峰镇便有了各行各业，除了种地的、经商的，还有杀猪的、宰羊的、打铁的、锻磨的、吹喇叭的、抬轿的、抢刀磨剪子的、说书唱戏的。又过了若干年，东部平原人进山，乃至翻过大青山西去经商，西部人翻过大青山，来东部大平原做买卖，北部人去南方谋生，南方人去北方谋利，于是这青峰镇便成为东西南北之交通枢纽，成为国之重镇。

又不知过了多少年，原来那场战争留下的九个人，逐渐发展成九个家族。随着日沉月落，那场战争留下的伤痕日渐被人遗忘，人们过着日出而作日落而息的平静生活。

不知哪一年，镇上来了一位风水先生，那人长袍马褂，白须飘逸，手持拂尘，脚蹬皂靴。他围绕青峰镇转了三圈，然后站在那棵老槐树下说："青峰镇是块风水宝地，属龙脉。"他指着镇东一座飞檐挑角的楼房说："那楼占据龙头位置，以前出过二品官员，将来还会出大福大贵之人。"有人指着大槐树西边的一座高耸的青色门楼问："这家呢?"那风水先生捻须良久，方说道："这属于龙尾，虽也不错，终抵不过龙头。这家虽能人丁兴旺，日子喧腾，但一辈要出一个败家子。"说完之后，便摇了摇手中拂尘，飘然而去。

谁也想不到，这素来平静如水的青峰镇，自那风水先生一番话后，再也没有了往日的平静。

第 1 章　冤　狱

　　沈润章走出监狱的大门，站在铺着青石板的大街上，长长地出了一口气，总算熬过来了！他回头望着这座曾经蹲了四年的监狱，那黑乎乎的门洞像面目狰狞的恶魔的大嘴，阴森而可怕。门两旁的两座石狮怒目龇牙如同阴曹地府的两个判官。那丈余高的灰色围墙围着的是一个让人望而生畏的世界。总算出来了！他心里又一次感叹道。此时，他不知不觉地流下了泪水。这个一生只流过两次眼泪的大男人泪流满面、哽咽不止。父母死时他只有七岁，父母是被抢劫的土匪杀死的。那是个初雪的清晨，当他被邻居们从床上拉起来走到院子的时候，他发现父母躺在雪地上。他一手摇晃着父亲的尸体，一手摇晃着母亲的尸体，号喊着"爹……娘……"的时候，他哭了，泪如泉涌。第二次是妻子去世时，妻子是得头疼病死的。掩埋妻子时他没哭，可回到家，不满五岁的女儿灵芝哭喊着要娘时，他流泪了。一生的苦难磨砺使这个男人很少流泪，此时，他又流泪了。四年的冤狱啊！孙豪强，你这个争强好胜的东西，为了得到俺的清风楼，竟使这样的手段。你！你！你的心太狠了。这四年，他是怎么熬过来的他不在乎，因为他经历的苦难太多了。令他最伤心的是，四年前在被押走时，女儿才刚过了 12 岁生日，那个还不会烧锅做饭、不会缝补浆洗的孩子是怎么过的啊！他不敢想象。心中的冤，心中的恨，心中对女儿的牵挂，使他瘦弱的身体内隐隐腾起一股力量。回家！赶快回家！他太想念女儿了。他用手抹去两眼的泪水，转过身，用力将手中的小包裹甩上肩头，迈开大步，朝着他心中的方向走去。

　　一路上，故去的时光碎片在闪过、在拼接、在组合……

　　那是四年前的一个秋日黄昏。晚霞给清风楼镀上了一层淡淡的暖色。楼顶的琉璃瓦泛着五彩缤纷的光，秋叶在橘红的天光中纷纷扬扬地飘落。沈润章怔怔地站在清风楼前，手捧着一双新棉鞋，眼望着慢慢走进铺着青石板街道的那个瘦削的身影，心中像打翻了五味瓶，幸福、酸楚、无奈、愧疚一起在他心中翻腾。十年前，妻子得了一种怪病，整日头疼难忍，疼起来撞头打滚。他卖掉了四十亩地和一头牛，请遍了当地的名医巫神，还是没能挽留住妻子的生命，撒下只有四岁的女儿灵芝撒手人寰。父女二人相依为命，仅剩几亩薄沙地，打的粮食只能半饥半饱。幸亏祖上留下一座清风楼，靠清风楼下的几间门面，卖些油盐酱醋、权耙扫帚，楼上开几间客房，隔三岔五住两个客人，以此赚些零花钱，贴补生活之需。半饥半饱的日子还勉强过得下去，令他最为难的是他和女儿的衣物，一个能拎起犁耧锄耙的大男人，虽能扛起百多斤的口袋，却拿不起一根针。父女二人的鞋他不会做，衣服烂了不会补，冬天了还穿着露着脚趾的单鞋。灵芝一天天长大，小时候的鞋也不能穿了，只能到街坊邻居家去寻人家孩子穿小的旧鞋，寻来的旧鞋虽然都烂了窟窿，但他还是拿回来，让苦命的女儿垫垫脚。那是六年前的冬天，雪下得特别大，院里积雪盈尺，清风楼的屋檐上挂着长长的琉璃，女儿没鞋不能出门，只能捂在被窝里。他的一双棉鞋也已挂不住脚，穿上那七洞八眼的棉鞋如同没穿一样，那双布袜烂得像渔网一样，到了雨雪天，脚冻得像猫咬一样疼。作为男人，门还是要出，活还是要干，更何况里里外外都是他一个人。没鞋咋行？他只好又从草房里扒拉出已穿了四年的那双破草窝子，那草窝子是用大青河边的野草和芦苇花编织的，帮和底已经脱开了。他找来几缕乱麻，搓了根细绳，他要用麻绳将那散了架的帮和底捆绑在脚上，以缓解双脚的冻疼。他正在捆绑，门被推开了，随着风雪，进来一个"雪人"，那"雪人"进了屋，先跺跺脚上的雪，然后揭去披在头上的水裙，"润章哥"。

他抬头一看："啊！是许琳娘。"他直起腰，不好意思地将露出草鞋外的几个脚趾往里缩了缩。"扔了吧，挂不住脚了。"许琳娘盯着那双烂鞋。

沈润章尴尬地笑笑："唉！没法子。"许琳娘从那偏襟大棉袄的怀里掏出一个布包，打开来，里面是一大一小两双棉鞋，是新鞋。"给，这是你的。这是灵芝的。"

沈润章接过棉鞋，眼眶里涌满了泪水，一时不知道说什么好。

许琳娘用手理了一下鬓边湿漉漉的头发，微笑着说："穿上试试，看合脚不？我也没量过你的脚，不知是大是小。"

沈润章脱下草窝子穿上新棉鞋，顿时，一股暖流从脚底涌满全身。

"是大是小？"

沈润章没说话，泪水在眼眶里打转。他强忍着不让泪水流出来，脸上堆满了幸福和激动的笑容。"正合适！"他动了动脚，又在地上走两步，双脚比蹬在火炉上还舒服，软软的，暖暖的。这种久违的幸福感让他说出内心深处的一句话："这，这，咋感谢你？"

"唉！说啥谢！都是苦命人。"许琳娘五年前嫁到青峰镇许铁匠家，第二年生了个女儿，取名许琳，比灵芝小一岁。也就是灵芝娘去世的第二年，许铁匠去县城卖铁货，不幸惨死在半路。

自那个雪天以后，沈润章父女便有了鞋穿。人常说，寡妇门前是非多。许琳娘为了躲避口舌，每次来给沈润章父女送鞋袜衣物，都是选在雨雪天没人的时候。有人的时候就借口买盐买醋，把缝补好的鞋袜衣物悄悄地放在一边扭头就走。沈润章很明白许琳娘对他的帮助和关心，那是孤男寡女间的惺惺相惜。尽管二人谁也没说出心中的秘密，但心有灵犀不点也通。然而纸终究包不住火。虽然谁也没见过他们二人私下交往，但街坊邻居还是看出些端倪。虽然大家都同情可怜这对孤男寡女，认为这两个破碎的家庭能结合在一起也是一桩美事，可镇上那牌坊却如大山般压在人们心头。终于有一天，刘天福去了清风楼。刘天福走过南闯过北，出过关进过城，见多识广，认为应该成全这段姻缘。他与沈润章和许琳爹自小是好友，儿时曾以草为香，磕过头，拜过把兄弟，尽管后来大了没以兄弟相称，但弹花槌擀烙馍——心里厚。刘天福来到清风楼，聊些闲话后，说出了心中的想法，表示愿意从中撮合他与许琳娘的婚事。沈润章听后没说话，心中却翻江倒海，许琳娘对他的情意他心如明镜，他何尝不想家中有个女人？没女人的日子太难过了……他没说话，默默地抽完一袋烟，磕了烟灰，又安上一袋烟丝，接着抽了几口之后，才缓缓地说："灵芝娘死时跟我说，她死了以后，让我别急着再娶，要等到灵芝长大再成家，我要是娶了，后娘对灵芝不好，她死也不闭眼。她断了气，眼还睁着，她等着我的回答。直到我说出，'我不娶，你放心，我一定把灵芝拉扯大再说'，她才闭眼。我答应灵芝她娘，现在灵芝还小，我，我……"刘天福长叹一声，微微点头去了。许琳娘后来虽然听说刘天福跟沈润章提他俩的事，可她没灰心，她理解沈润章，她还是一如既往地偷偷给沈润章父女做鞋做袜，缝缝补补。

人非草木，孰能无情。沈润章手捧那双新棉鞋，望着渐渐消失在夜幕中的背影，说不出什么滋味，幸福中有点酸楚，渴望中充满内疚。他痴痴地望着那空荡荡的街道，这时他想起昨天刘天福给他的一句话："灵芝也大了，你和许琳娘的事儿办了吧。"是的，该办了。许琳娘已经等了他近十年。他终于下定决心，等过了灵芝12岁生日开了春就办。想到这里，他心里充满了甜蜜。他正在畅想他和许琳娘成婚后，如何将两家的地一起耕种，如何腾出一间门面房支上许琳娘的铁匠炉，如何在生意的空闲帮助许琳娘抡大锤……这时，一辆装着几只麻袋的红车子来到他面前，他都丝毫没有察觉。一声呼唤喊醒了他："老板，这镇上有店吗？"推车人停下车一脸痛苦状。

5

"客官要住店？"沈润章脸上立刻堆满笑容。这青峰镇虽是个千年古镇，但不逢集逢会，很难碰到一个住店的人，虽然店钱很少，但对沈润章来说也是一笔收入。他高兴地招呼客人："你看，这就是青峰镇客栈，镇上独此一家。"他手指着悬挂在二楼的牌匾说。

"谢天谢地！"那推车人摘下肩上的攀绳，撩起衣襟，擦了把脸上的汗，依然满脸痛苦状。"唉！真是越渴越给盐吃。这刚走到半路腰疼犯了不说，刚才碰到一个老家的人，说我老婆又病了，叫我赶快回去。你说我这刚到半路咋治？老婆病了，治病得要钱，可我的盘缠也花光了，给人家送这车盐，还得三天才能到。"推车人一边活动腰肢，一边往清风楼下的门店扫了眼，说："店家，你这有门店，卖着油盐之类，你行行好，把我这车盐买了吧！"

沈润章看着盐车，说道："这么多盐，我啥时候能卖完？再说，我还有百十斤存货呢。"

推车人说："我实在没办法了，你行行好，留下吧！我进啥价，还给你啥价，我一分钱不赚！"

沈润章看着那车盐，轻轻摇了摇头，他心里在想，这盐来路正吗？别是私盐，贩卖私盐是犯法的。

推车人看沈润章不答应，长叹一声："唉！你要不要不要紧，我先住下，明天我再找买家。"

沈润章领推车人进了后院，将车停放在大桐树下，然后领推车人上了清风楼，安置客人住下，又为客人准备了晚餐。

谁也想不到，第二天早上沈润章上楼喊客人起床，客房门开着，人却不在。他喊几声"客官"，无人答应。他想客人可能去街上了。他坐在楼下的杂货店中等待客人回来吃早饭，可等来等去不见客人回来。也许那客人去街上吃早餐了。青峰镇的水煎包饸汤是远近闻名的小吃。他只好关了店门，回到后院与女儿灵芝吃早饭。他吃了饭又回到清风楼下开了杂货店的门，坐等客人回来。没想到他刚抽完一袋烟，便见一队人马来到清风楼前，他急忙走出店门看个究竟，只见那群人下马一齐涌进后院。他正丈二和尚摸不着头脑，忽然有人喊："有私盐！"那领头人怒视着沈润章说："你好大胆，竟敢贩卖私盐！给我绑了！"沈润章急忙说："别慌别慌！那不是我的！""不是你的是谁的？""是一个客官的。""哪个客官？人呢？姓啥叫啥？"这时沈润章慌了，后悔没问客人姓名，他无言以对。等了一会儿他说："这盐真不是我的，真是客官的。他昨晚来住店，他把货放这里的。""人呢？"沈润章只好回答："客人上街了。""带他去找！"几个挎枪的人押着他在街上找了个遍，几家包子饸汤馆都找遍了，也不见客人的影子。

回到清风楼，那领头人怒视着沈润章："你还有什么话可说？给我绑了！带走！"几个人上来把沈润章五花大绑，推推搡搡地向镇外走去。女儿灵芝见此情景，哭喊着扑向父亲，被一个士兵一把推倒在地。灵芝爬起来哭喊着继续追赶。沈润章扭头，大喊一声："灵芝——"灵芝磕磕绊绊地追赶着。突然，脚下一绊，灵芝重重地绊趴在地上，她再爬起来，鼻子流着血，满脸泪水，她向父亲的方向伸出一只手，声嘶力竭地哭喊着："爹——"

那哭声，四年来一直萦绕在他的耳边。他停下脚步，回过头，那座禁锢了他四年的古城已在脚下。

第2章 恩 人

出城没多远，就是一抹如黛的苍山。深秋的苍山，没了青翠和嫩绿，只有那丛丛松柏才有一丝油绿。漫山遍野的树木在惨白的秋阳下摇动着稀疏的几片黄叶，偶尔有几棵红枫点缀其间，像几簇野火在静静地燃烧。沈润章无心观看这水墨画似的秋山景色，急急地迈动脚步攀爬在人迹稀少的黄叶铺地的山路上。

不知什么时候，他觉得身上的衣服有点缠身，腿脚也有些酸软，身上出汗了，累了。他提醒自己，不能走那么快，即使抄近路到家，也有三天的路程，要积蓄点气力，完成这三天的攀爬。况且，已经四年了，四年没出那间斗室，胳膊和腿都不适应了。他放慢了脚步，慢慢攀爬在像蛇一样蜿蜒狭窄的山野丛林中。起风了，黄叶在地上滚动着，树梢发出"日日"的哨音。此时他觉得身上很凉，贴身的衣服冰冰的，他又加快了脚步，他怕闪了汗，病在这野岭荒山之中。

太阳移上了西南山顶，离树梢很近了。他回头望一眼，古城已被他爬过的山完全遮掩了。他抹了把额上的汗水，又加快了脚步，他要赶在半夜前赶到那座关帝庙。他以前曾路过那地方，关帝庙在一个小山村的后山坡上，是远行人的栖息点。

半天的山路，几乎是手脚并用走过来的。此时他感觉脚腿酸软得抬不动，加之又饥又渴，全身没一点力气。心里再急，可腿脚没劲，真是心有余而力不足。他不得不停下来，决定歇会儿再走。他很饿，肚子咕噜噜直叫。这时他后悔出来时为啥没要个馍带上，或到人家讨口吃的。但后悔已无用，饥饿的肚子此时有些隐隐作痛。这时，他突然发现，不远处有一棵柿树。树上的叶落尽了，柿果红灯笼似的挂满树梢。他急忙奔过去，摘下一个柿子塞进嘴里，咀嚼几下，他才知道柿子涩得拉不动舌头。他急忙在地上寻找落地的柿果，落地的柿子才是真正成熟的。有几颗落地的柿子藏在红红的落叶丛中，他拾起一颗被鸟儿啄去一半的柿子塞进嘴里，甜如蜜糖，只有被鸟啄破的柿子才是不涩的。他在落叶丛中翻找出几个软软的柿果，坐在一块石头上吃了起来。待他吃完六七个柿果，感觉肚子不再叫也不再疼，心里才舒坦了许多。可是他感觉身上很冷，屁股如坐在冰块上，那凉，如一条蛇一样直蹿往腰间，他打了个激灵。他知道，是因为石头太凉，又吃了一肚子凉柿子造成的。他站了起来，活动一下腿脚，腿脚是轻松了，可浑身的冷却使他有点打战。走，走起来就好了。他又迈开了脚步。

太阳落在了西部山顶的树梢丛，太阳似乎变大了，也有了点红色，可风愈加凉了。他加快脚步，翻过一个铺满黄叶的山头，山下是一片开阔地，地上的落叶丛中钻出几簇金黄的野菊花，空气中飘散着野菊花的清香。他无心观赏，快步走出那片开阔地，又爬上一座巨石嶙峋的小山峰。此时他觉得身上很冷，那冷是从心里发出的，他不由自主地想将身子往一起缩。病了吗？他用手摸了下额头，额头很热，他知道自己在发烧。举目西山，太阳已落在山后，夜幕正在向他围合。尽管他觉得头很沉，有些木，可他还是咬着牙加快了脚步。他还得翻过前边那座山，才能见到他记忆中的小山村和那座关帝庙。一会儿，天黑尽了，前面的山峰变成一团黑，树林也是黑乎乎一片，只有天上的星光是亮的。在星光的照耀下，勉强能辨出树与树的间隙。头在发蒙，天在晃，地也在晃，树也在晃。他坚持着，可看不清脚下的路。他只好用手去抓面前的树，他想一棵树一棵树抓着往前走，可树也在晃，似乎故意要躲开他的手。伸手抓个空，他打了个趔趄，险些摔倒。他吸取教训，前面的手抓住了树，再松开后面的手，一棵树一棵树地抓放。就这样，下了一个坡又爬上半个坡，虽说没摔倒，但他心里很急，恨不得几步赶到那关帝庙。

天上没有月亮，虽有星星，但眼前还是一片模糊。能有月亮多好啊！有了月亮就能看清路，也好行走了。出狱时，他曾问过狱卒，狱卒告诉他今天是农历九月二十四。九月二十四，天黑一个时辰月亮应该出来，可月亮总是不出来。风停了，山野里一片静寂，一片阴森，一片黑乎乎。虽没有风，可他依然冷得打战。这时，不知从何方传来一声狼嚎"嗷——"，那叫声令人毛发直竖。"嗷——"又是一声狼嚎。他停下脚步，用几乎没有一丝力气的手折断一根擀面杖粗细的枯枝，又折去细梢和枝杈，紧紧握在手里。尽管腿脚酸软，心里直打哆嗦，但他还是拼尽全力迈开脚步。他在心里对自己说：不能倒在这里，倒在这里就得喂野狼，女儿灵芝还在家等他。他终于攀上了那座山头。此时，一钩弯月从东方慢慢升起来，一会儿，山野间明晰了许多。他停下脚步，喘了几口气，举目望去，东南方向的山坳里有一点亮光。他觉得，应该是那个小山村，村后山坡上的关帝庙是他奔赴的地点。这时，从那山村方向传来了几声狗吠，顿时心里轻松了许多。平时走路怕狗咬，可此刻他却感到狗的吠叫是那么亲切、那么壮胆。尽管头晕头沉得很，腿脚也如灌了铅似的沉重，可心里却鼓起了勇气。快到了，到关帝庙就好了，关上门，闭上闩，狼再也不可怕了，好好睡一觉，明天再上路。

他拼尽全力拖动酸软的双腿。沿着月光下依稀可辨的山道蜿蜒下行。谢天谢地，那只有三间屋的小庙终于出现在不远处，他心里猛一轻松，可腿脚似乎一点力气也没了。他一手拄棍一手挨个抓着身边的小树，借着月光挪动着脚步，终于下到山下。山野的房舍影影绰绰出现在眼前，关帝庙就在村后的山坡上，还得爬上几十级台阶才能到那关帝庙。山间的路就是这样，目的地虽近在咫尺，可不知上上下下绕多远才能到达。从山顶下来直通关帝庙多好，可没有路，还得下了山再爬上去。他咬着牙往上登，登上一级喘口气再登下一级。脚下没劲就没了准头，他不慎踩到一个石阶的边沿，脚下一滑，摔倒了。他两手按地爬起来，想坐下歇一会儿再登那几级台阶。可又一声令人发毛的狼嚎传来，那叫声似乎很近，就在右侧摔倒的不远处。心中的焦急和恐惧促使他又迈动了脚步，可此时他觉得天旋地转，一脚踩空，他感到自己在慢慢向天上飞。

他只觉得自己轻飘飘地行走在青峰镇铺着石板的大街上。街上一片灰暗，像是傍晚时分，一切都迷迷蒙蒙，许多人都在忙着自己的活计，没谁跟他说话，也没谁跟他打招呼。许琳娘挎个竹篮与他擦肩而过，似乎没看见他。他感觉又饥又渴，走到"刘家羊肉汤馆"门前，刘天福正吆喝着："羊汤喽——鲜香的羊汤——"他想喝碗羊汤，以解难忍的饥渴，可他到了刘天福跟前，刘天福却视而不见，连个招呼也不打。他走进一座宅院，见灵芝娘正端着碗吃饭，他喊了两句"灵芝娘，灵芝娘"，可灵芝娘头也没抬。他想去夺灵芝娘的碗，灵芝娘却似乎不认识他，冷冷地说："快走吧，那边有人叫你。"他在朦胧中似乎听到："大叔，你醒醒。"

他在暖烘烘的感觉中醒来了。头脑虽有了意识，但他还是不想睁眼，觉得眼皮很沉。我这是在哪里？他努力想将断了的记忆接上，但他只记得在上山路上一只脚踩了空，之后的事儿怎么也想不起来了。身上怎么这么暖和？像久违了的家中的被窝。他似乎费了好大的劲儿才睁开眼。蹲在他面前的是一个十六七岁的男孩，清瘦的脸颊上长着一双大眼睛，两道眉毛又粗又黑，那张有点稚嫩的脸笑道："你醒了？"那男孩一手端碗一手持一调羹，调羹上沾着饭渣。这时他的味觉也醒了，感觉口中有一股甜甜的饭香，他知道这是男孩在喂他饭食。"我这是在哪里？"他有气无力地问男孩。"大叔，你这是在关帝庙，你病倒了。""是你救了我？"那男孩苦笑一下："啥救不救的？人有了难，就该帮一下。"沈润章从一个"大叔"的称呼和"就该帮一下"的话语中看出了这男孩的善良和成熟。沈润章说:"谢谢你!"

那男孩说:"谢啥?谁没个难处?"沈润章挣扎着坐起来:"敢问恩人尊姓大名?"那男孩说:"大叔,你先躺下,你还在发烧。"是的,沈润章感到头还在发晕,浑身无力,但他还是支撑着没躺下。那男孩说:"我姓沈,叫沈少松。"

沈润章眼睛一亮,带着兴奋的语气说:"我也姓沈,咱是一家子。你是几世人?"那男孩摇摇头说:"我不知道。"

沈润章低头看了一下身上,那给他带来暖烘烘感觉的是一张狼皮褥子,他又环顾四周,除了当间那油漆剥落的关帝像之外,屋里并没有锅灶,便诧异地问道:"你这稀粥是从哪儿弄来的?"沈少松说:"是从山下一个大娘家要来的。"

沈润章因这个年轻人为他讨来饭食救他非常感动:"谢谢!谢谢!你是个大好人!"

沈少松受了称赞,倒有些不好意思:"这谢啥?"他将粥碗递与沈润章,"大叔,趁还热乎,你把它喝完吧!"

沈润章说:"你喝吧,恐怕你还饿着呢吧?"

"我吃罢了。你吃吧!"沈少松将碗塞到沈润章手上,看着他将碗中的粥喝完,又见沈润章满脸胡须,头发蓬乱,苍黑的脸庞,骨骼突兀,眼窝深陷,酷似一株半枯的老树根,不由得问道:"大叔,你咋病倒在这里?"

沈润章抹了一下乱蓬蓬的胡须上的饭渣,摇一下头说道:"唉!一言难尽。"于是慢慢地向沈少松讲述了他的遭遇。之后,他又喘了几口粗气,注视着沈少松说:"恩人,你小小年纪,咋会住在这荒山野庙里?"

沈少松沉默了许久,眼眶里盈满了泪水,擦了两把泪之后,他才慢慢讲起身世。

沈少松出生在嵩山脚下的沈家庄,距千年古刹少林寺仅一里之遥。沈少松虽家居山区,但日子也算殷实。沈少松的父亲亦耕亦猎,山上山下有二十余块土地,地块虽小,但大多箔席大,算起来也有三四亩,正常年景,粮食勉强自给。农闲之时,上山打猎,野鸡、野兔、野羊、野猪除其肉供全家改善伙食外,每年攒下许多皮毛到山下镇子去卖,买些油盐酱醋等生活用品外还少有剩余。长此以往,家中便有了些积蓄,沈少松的父亲便做起皮毛生意,收起村中及附近村庄猎户的皮毛,运到外地去卖,日子慢慢富足起来。

沈家庄因距少林寺仅里许,沈少松便常到少林寺看僧人练武,学得几招几式,回到家便偷偷练。沈少松的父亲,看儿子好武,又考虑常有土匪下山抢劫民财,便到寺中求告住持收下这一俗家弟子。住持看沈少松忠厚本分,就收下沈少松为徒。于是，沈少松白天随父母耕种山上土地，晚上便到寺中习武。两三年过去了，沈少松便刀枪棍棒样样精通。

俗话说，富怕出名，猪怕壮。沈家的富足引起了山上土匪的眼红。一天夜里，沈少松从少林寺习武回家，已是更深时分，一钩弯月挂上了西南山顶的树梢，更鸡们叫得此起彼伏，夜风吹得树叶沙沙作响，夜显得寂静而深沉。沈少松回到家，见父亲屋中灯光已熄灭，便进入自己的小西屋脱衣睡下。年轻人睡得快，头刚沾上枕头，便酣然入睡。不知何时被院中杂乱的脚步声惊醒，屋外的嘈乱声使他感觉不妙，便急忙穿衣起床，拉开屋门，只见院中有十来个人影来回窜动。沈少松心想，肯定是土匪来劫，便大喝一声："什么人？"随手抄起门后的哨棒，左劈右抢与土匪打了起来。

这时，只见沈少松的父亲从堂屋跑出来，大叫道："少松别打！他们有枪！"

可沈少松哪里听得进去，只仗年轻力壮又会武功，一根哨棒抢得呼呼风响。一会儿，便有三四个土匪倒地不动。这时，只听一个沙哑的声音喊道："开枪！"随之三支火铳一齐响了起来。

沈少松一见土匪开枪，心想再好的功夫也敌不过一条破枪，他一个箭步冲向父亲，可已经晚了，一束火光扑向沈少松的父亲。沈少松的父亲在倒下去的时候喊道："快跑——"沈少松正欲上前拼命，被沈少松的母亲一把抓住推到身后。一杆火铳逼到母亲面前，这时那个沙哑的声音说道："算了。别让我斩尽杀绝！"沈少松的母亲护住沈少松没敢再动。这时，土匪们背起地上的伙伴，扛起抢到的粮食匆匆逃出门去。

待村民们听得枪响匆匆赶来时，土匪已逃得无影无踪。这时，有人点起火把，只见沈少松的父亲倒在血泊中，已经没了气息。

杀父之仇令沈少松怒火燃烧，他抢起那根哨棒就要去追赶土匪，被村民们死死拉住，一齐劝他："不要去追！你再会武功，可不敌土匪人多，况且他们手中还有枪。"沈少松的母亲死死抓住沈少松的胳膊，哭着说："少松，你别去，你要再出了事，咱咋活啊?!"

这场搏斗，没想到土匪一死两伤。土匪头子恼羞成怒，发誓报仇。几天后，沈少松殡埋了父亲，将家中皮毛挑到山下去卖。交易完毕，天已傍晚。因挂念家中母亲，又恐土匪再次来劫，便匆匆赶夜路回家。定更时分，走到村头河边，这时他突然发现，河边的几块巨石后有几个人影晃动。他心想不好，可能土匪来寻他报仇。他急忙闪身躲藏，只见那巨石后有火光一闪，只听"叭"的一声枪响，他急忙闪身树后，接着又是几声枪响，密集的铁砂向他扑来，他急忙倒地一滚，躲到一块巨石后面，只见他刚才躲枪的那棵树被铁砂打得"唰唰"直响,他挺起身左躲右闪逃进夜幕之中。

不知家中如何,沈少松不顾安危地跑回村子,远远就见家中一片火海,乡邻们正提筲端盆为他家救火。他急忙跑进院中,见几个老人正摇晃着坐在地上的母亲哭叫着。沈少松走近母亲,火光中他看到母亲前胸的衣服被打得全是洞,每个洞都在流血。沈少松急忙把母亲抱在怀中哭叫着:"娘,娘……"

许久,沈少松的母亲才睁开被鲜血覆盖的眼睛,她有气无力地说:"儿啊!你快逃命去吧!他、他、他们要把咱斩尽杀、杀、杀绝啊!"

沈少松哭着说:"不!娘,我要给您报仇!"

娘说:"走吧!咱、咱斗不过他、他们。他们有、有枪……"说着,沈少松的娘便头一歪咽气了。

沈少松殡埋了母亲,在村里人的竭力劝说下,望了一眼变成一片废墟的家,扒出他父亲埋在老石榴树下的那罐铜钱,那是他父亲多年积攒准备将来给他娶媳妇的。沈少松将钱装进那个灰不溜秋的狼皮褡裢里,掂上那根白蜡哨棒,无可奈何而又一步三回头地踏上了背井离乡的逃亡之路。

家已不在,亲人无存,沈少松像一只迷失方向的孤雁,在那苍茫无际的荒山野岭中漂泊。他一边要饭一边用随身携带的铜钱在乡间收购些皮张再拿到集市去卖。夜间,他不敢借宿人家,唯恐被歹人发现他身带钱财而遭不测,总是宿在村头破庙或村外打麦场上的草堆中。睡前,他把钱褡裢藏在不易被人发现的地方,再展开那条狼皮褥子铺半截盖半截,头枕那根白蜡哨棒入睡。

沈润章问道:"那你咋碰到我,又把我救到关帝庙的?"沈少松说:"也许咱爷俩有缘……"于是他讲起了那天的经过:那天,为收皮货串了四个山村,尽管他出生在山区,自小爬惯了山,但还是累得筋疲力尽,腿脚酸软。傍晚时分,他走进一个小村,说是山村,其实只是三四户人家散居在山坳里。袅袅炊烟被轻风吹得缥缥缈缈,已落尽叶子的山树上零零散散地蹲着几只暮鸥,"呱呱"的叫声此起彼伏,显得那山野更幽静苍凉。夕阳的余晖给这座小山村的树木房舍镀上一层柔和的亮丽色彩。几只家鸡在一户人家的打谷场上觅食,一条黄狗从一堆柴草上懒洋洋地站起来,伸了个懒腰。

小村后的山坡上有一座破庙,说是庙宇,却没有院墙,没有殿阁,只是一座青石砌墙片石盖顶的三间房屋,孤零零地耸立在夕阳的余晖里。此时,沈少松又饥又渴,他心里暗自后悔,上午路过一个集市时没买几块干粮揣在怀里。他拖着疲惫的腿脚走近一户人家,那黄狗"汪汪"几声拦在了他的面前,沈少松停下脚步没敢前行。这时,一个穿着补丁摞补丁的布衫的老太婆走出那木栅栏的院门,对那黄狗喝道:"大黄,咬啥!"那黄狗停止了吠叫,摇着尾巴躲到了老太婆背后。

沈少松上前鞠了一躬，算是施礼，说道："大娘，麻烦您给口吃的吧！"

大娘看一眼面前的年轻人，用那满是皱皮的手拢了一下花白的头发说："年轻人，天都快黑了咋还要饭？"

"俺是路过这里。麻烦大娘啦！"

那老人说："你等着，我去给你拿馍。"说着，转身走进那柴门，一会儿那老人一手拿着一个金黄的玉米面窝头，一手端着一碗稀粥走了出来。

沈少松双手接过连说："谢谢！谢谢！"

那大娘说："不用说谢。出门在外谁都有个难处。"

沈少松放下背上的几张兽皮，坐在上面，一边吃馍，一边喝起稀粥来。吃喝完毕，双手将碗递给老人，欲说什么还没开口，大娘便说道："年轻人，这天黑了，不是大娘不留你，我家只有我和儿媳妇二人，都是妇道人家，不便留你住宿。"她用手一指后面的山坡说，"天黑了，你到关帝庙过夜吧，那里经常住一些过往客人。"

沈少松连说："好好好！谢谢大娘！"说完便转身向那关帝庙走去。

沈少松推开那扇油漆斑驳的庙门，只见当间是一尊关帝塑像，红脸黑发，一手扶膝，一手拄青龙偃月刀，紫红的脸布满灰尘。关帝像面前的香炉盛满灰白的香灰。东西间空荡荡的，地上散放着许多干草。沈少松将散乱的干草用脚拢到一起，将肩上的皮张铺开在草堆上，又将那狼皮褥子展开，取出捆在里面的钱褡裢，先用褥子盖住，然后走出门外，四面观望一番，见周围没有人影，又转身进屋，拿起钱褡裢，绕到庙后，见有一堆乱石，沈少松扒开乱石，将钱褡裢放进里面，又用乱石盖好。这时，夜幕像一张偌大的黑网从四面聚拢过来。

人常说，害人之心不可有，防人之心不可无。沈少松虽身居荒山野庙，但因带着钱，他很警觉，睡得很轻，稍有动静，他就会立即清醒，睡着时，老鼠在地上走动他也知道。

一钩弯月从东南山头升起，如水的月光将荒山野村照得一片迷蒙，关帝庙沐浴在清冷的月辉里，显得愈加苍凉和静寂。月光透过窗棂照在庙堂里，照在沈少松那张清瘦的脸上，那脸上滚动着两颗晶莹的泪珠，他又在做梦了，他常常梦见他父亲母亲那流血的胸膛，自己也常常哭醒。突然，他似乎听到什么声音，他抬起头，细听，外面有"踢——踏，踢——踏"的脚步声，声音很沉重、很缓慢。是人的脚步声，不是狼，也不是熊，他立刻坐了起来，这时他才感到脸上和眼上都有泪，他抹了一把脸上的泪水，一把将头下的哨棒抄在手里。再侧耳细听，确实是人的脚步声，那声音很缓慢，是什么人半夜三更来这荒山野庙，难道……他手持哨棒悄悄站起身，可那声音又没了。听了许久，那声音也没再传来，只有几缕月光透过门窗缝隙照进来。也许是风声或什么声音，他疑惑着、倾听着，可那声音似乎又消失了。他又睡下了，刚刚睡着，那"踢——踏"的声音又响了起来。他又坐了起来，那声音又消失了。难道是鬼？他从未见过鬼。是关帝爷显灵了？他在心里默默祈祷关帝爷保佑，祈祷爹娘的在天之灵保佑。停一会儿，他又睡下了，也许太累了，也许夜太深了，一会儿便进入了梦乡。

蒙眬中，他突然听到一声沉默的声响，那声响像人摔倒的声音，接着他听有人哼哼，那呻吟声的后音拉得很长、很痛苦。他急忙起身，拉开门，门前月光似水，没人。于是他循着那呻吟声找去。下了十多级台阶，有人倒在那儿。他急忙走上前，摸摸倒在地上的人，额头烫手，像刚出锅的馒头。他叫了几声，那人没吭声，呻吟声停了。他推推那人，那人一动不动。于是他努力将那人扶住坐起来，一手抓住那人，一只胳膊放在自己肩上，又吃力地背起那个人，艰难地登上那十多级台阶，回到庙堂，将那人放到自己的铺上。

那人就是沈润章。

沈少松说："到了天明，我到山下去找那位大娘。那大娘很善良，做饭不仅让我吃了，而且又给你带饭到庙里。两天，你都没醒，还一直发烧，那大娘让我到西山找郎中，给你抓了几服药。那大娘每天给你熬好药，又送到庙里来，亲手一勺一勺地喂你。第三天了你才醒来。"

沈润章感叹地说："亏得我没做过亏心事，老天保佑我让我还遇到两个好人，不然我就死在这荒郊野岭了。你俩是我的救命恩人哪！"

这时，庙门被推开了，一个头发花白手提一黑陶瓦罐的老妇人走了进来。她一见沈润章正与沈少松说话，高兴地说："你总算醒来了！"

沈少松说："这就是我刚才说的那位大娘。"

沈润章激动地起身要磕拜这位恩人，被沈少松和老人拉住了。

"谢啥？出门在外，谁能没个难处？你碰到这事儿，也得伸手帮一把。"老人说话开朗而爽快。"快把药喝了吧，趁热。"沈润章说："这请郎中抓药的钱……"老人说："都是少松给的钱。"沈润章激动得泪水在眼里直打转。

沈润章不发烧了，也觉得身上轻松了许多，于是他对沈少松说："少松，谢谢你救了我！我得走了。"

沈少松注视着沈润章有些苍白的脸，担心地说："大叔，你的身体还很弱，再歇一天吧。"

沈润章想家心切，尤其是他无时无刻不牵挂女儿灵芝。"走，我得走！不能再麻烦你!"说着,沈润章就收拾好那个灰布小包裹,又用手捏捏那包裹,里面的那双鞋还在,那是许琳娘给他做的,摸着那双鞋,心里暖暖的。他站了起来,把包裹挎在肩上,他身体摇晃一下,头有点晕。

沈少松急忙伸手扶住他:"大叔,我送送你吧。"

沈润章说:"你救了我一命,又照顾我几天,咋好再麻烦你?"

"你身体还太虚弱,到青峰镇还有一天的山路,我怕您撑不了!"沈少松关切地说。

沈润章心里很激动。沈少松几天以来对他的照顾本来就已让他感动不已,这时,甚至要送他回家。这孩子太善良了。沈润章又想,沈少松为他请郎中抓药也许花了不少钱,自己身无分文无以为报,等到青峰镇,他就能报答一下这个小恩人。思忖之后,他说:"那就再麻烦你啦!"

二人离开关帝庙,下到山下,谢别了老人,便一同上路了。

第3章 真情假意

沈润章做梦也没想到，在他刚刚到家，还没擦完独生女儿灵芝脸上如泉的泪水，还没安置好救他一命又亲自陪他一路回家的沈少松的床铺，第一个来看望他的竟是他的仇敌，那个整天捧着《三国》找计谋，与他斗了半辈子，又陷害他蹲了四年冤狱的孙豪强。

青峰镇人就是这样，一家有事百家忧。尽管镇上有九姓，孙、沈、刘、张、许、赵、李、黄、徐，不是一窝一块，但谁家有了灾有了难，大家都去帮忙，都去看望，都去慰问。尽管他们姓与姓、族与族、户与户之间有过摩擦，有过不快，甚至有怨仇，但谁家有了事，大家都会去登门看望，以示关心和同情。不管是真情还是假意，大家都顾及面子。人活一张脸，树活一张皮，给人面子，自己也有面子。这是青峰镇的传统。

人常说，举手不打笑脸人。尽管仇人相见分外眼红，尽管满腹怨火烧肝燃肺，但沈润章见孙豪强手搭四封点心，满脸堆笑地站在门前，还是强压心头怨火，把孙豪强拱手让进清风楼后的沈宅。

二人在客厅落座之后，孙豪强接过沈润章递过的水烟袋，满脸堆笑地说："润章兄，这几年受苦了。"

沈润章强笑笑说："唉！也许命中有这一劫。总算过去了。"说着他拿起火镰、火石及纸煤，"嚓嚓"两下，火石迸出的火星将纸煤上的灰点燃，他又吹了两下，那原本黑色的纸灰变成了红红的火球。

孙豪强接过纸煤，点燃了烟，抽了一口，说道："这人生啊，咋能都一帆风顺？都有走麦城的时候。但吉人自有天相，润章兄这一劫过去，红运就该来了。"

沈润章冷笑着从烟筐里捏一撮烟丝按在烟锅里，说道："常言说，人叫人死天不肯，天叫人死活不成。"

孙豪强听出话外之音，他注视着沈润章那侧向一边不冷不热的脸，忙说："有人说是我设计陷害你，这真是天大的冤枉。孙沈两家虽有些过节，但都是陈年旧事，我咋能做出如此缺德之事？"

沈润章说："老弟说哪里话！我可没猜度你。别人怎么说，随他们说去。人常说，为人不做亏心事，夜半敲门心不惊。你别介意。"

孙豪强从沈润章的话中听出不信任，从对他不咸不淡的表情中看出了对他的冷漠。他放下烟袋，动情地说："润章兄，如果是我陷害你，让……"

沈润章急忙举手制止了孙豪强下面没说出的话，心想，赌咒不灵，放屁不疼。"哎，老弟可别多心，你怎能做出如此缺德之事？听灵芝说，这几年，你也没少操心，常叫龙跃来关照，送些米面，要不是乡邻帮衬接济，灵芝就要受苦了。我还没去登门致谢呢！"

孙豪强闻听此言，心中大惑不解，我从来没让龙跃来送米送面，这是……孙豪强毕竟读过不少书，有文化，脑子又灵活，立即堆上一脸谦笑："致什么谢？这还不是应该的？一家有难百家帮吗？哪有不下雨的天，哪有不用人的人？不知啥时还得老兄帮忙呢！"

沈润章突然想起什么，急说："看，只顾说话，忘了给你倒茶。"随向门外喊道，"少松，倒茶。"

"好！来了。"随着应声，沈少松手提一燎壶走进门来。他将两只碗分别放到孙豪强和沈润章面前，倒上水，又走了出去。

孙豪强看着走出去的年轻人，诧异地问："这是谁？我咋没见过？"

沈润章说："这是我的救命恩人，叫沈少松。"

"救命恩人？……"孙豪强正欲再问，这时门外传来几个人的说话声。有人在喊："润章，润章在哪里？"

"爹，有人来看你。"灵芝在门外喊道。随之走进门来，见孙豪强在座，便忙向孙豪强打招呼："孙叔来了！"

孙豪强看着灵芝，满脸笑容地说道："真是女大十八变，越变越好看。我咋没那福气，能有个像灵芝一样的闺女多好啊！"

沈润章边站起边笑着说："你有两个儿子，不比闺女强万倍？"

说话间，刘天福、许德林、张富贵、桃花、"舌头"等一群人说笑着走进门来。最后进来的是许琳娘。

孙豪强急忙起身，说道："前客让后客。你们坐，我还有事，先走一步。"说着便走出门去。

沈润章一边给众人让座，一边对孙豪强说："不送啦！"

孙豪强一只手撩起长袍前襟走下台阶，另一只手挥了挥："别客气！别客气！"

刘天福将一纸包放在靠墙的条几上，说："这是刚出锅的羊心肺，还热着哪。"

许德林将两包点心放在桌上说："唉！你这几年受苦了。"

桃花说："是啊，是啊！可苦了灵芝这孩子了。"说话间将一手巾包放在桌上。

穿着长袍马褂头戴狐皮帽的张富贵有点不好意思地从兜里掏出四个鸡蛋放在桌上说："别嫌少，一点心意。"那鸡蛋在桌上滚动起来，张富贵急忙用手去挡，还是有一个滚下桌子，落在地上摔烂了。张富贵捡起烂了的鸡蛋，看蛋壳中还有没流出的蛋黄，放在嘴上一吸溜喝了下去。

沈润章一边拉板凳让座，一边："谢谢各位来看我！"

大家一齐说："谢啥？都是乡邻乡亲。"

"舌头"张百利面带歉意地说道："润章叔，你看，我空着手……"

刘天福说："你润章叔知道你家的情况，人来了，啥都有了。"

"你爹身体还好吧？"沈润章问。

"舌头"说："唉，整天没在过家，一套油跑十来天都卖不完，俺娘睡在床上不能动，卖油换的钱还不够俺娘吃药的。"

大家落座之后，沈润章抱抱拳说道："我这几年不在家，大家对灵芝多有关照，谢谢！谢谢！"

刘天福拿起烟袋，安上烟叶，用纸煤点燃，抽了一口烟说道："润章哥，客气话不要说，远亲不如近邻。"

许德林接过沈润章递过来的烟袋，一边往烟锅中按烟丝一边说："大家都知道你冤枉，可又没办法帮你。"

桃花说："是啊，是啊，润章叔这么好的人，谁家有事都帮忙，可这官司的事咱只能干着急也帮不上忙。"

刘天福说："真是人心隔肚皮，虎心隔毛翼。你今后还得多提防点。"

"舌头"用目光扫视一周，悄声说："你知道不，润章叔，那个害你的人跟孙豪强是好朋友。"

桃花说："'舌头'，没根没据的话，你可别瞎咧咧。又喝多了？"

"舌头"用他那长长的舌头舔了一圈嘴唇，不好意思地笑笑说道："今儿没喝多。"目光又扫视众人一眼，对沈润章说，"你被抓走的第三天，我去找龙腾玩，见那盐贩子在孙家喝酒，孙豪强给了那盐贩子几块大洋。"

许德林说："秃子头上的虱子——明摆着，不是他没别人。"

桃花转向"舌头"说道："听说孙龙腾叫人打断一条腿？"

19

"舌头"说："那还有假？那天城里来了三个人，专找龙腾摸牌九，那天我也在那儿看牌。开始的时候龙腾一吃三，那三人把带来的钱全输光了。孙龙腾还请他们仨吃了顿饭，喝酒时我也在场。吃罢饭，他们仨提出打麻将，孙龙腾说：'你们还有钱吗？'叫伙头的那人从脖子上摘下来一条金项链，叫二孬的从怀中掏出一块怀表，那怀表是金壳的，另一个人不知从哪里弄出一碗烟土。一阵子，孙龙腾赢的钱又全输了出去。龙腾不服，还要来。叫伙头的说，咱不来码子的，要再来你回家弄钱去。龙腾知道回家弄不来钱，他爹不会给他，可又想再捞钱，于是就提出借伙头的。伙头说，牌场上借钱得涨利，五分利。孙龙腾就打了借条。越输越想捞，下的嘴就越大，嘴越大输得越狠。那牌也真疲，三张嘴不如人家一个夹二条。我劝龙腾别再来了，龙腾不听。直到天明，不知输了多少，给伙头打了三张借条，后来伙头不再借给他钱，叫他回家去拿，孙龙腾知道拿不来钱，就不回去，他们仨不愿意，伙头掂起板凳要砸孙龙腾，被我劝住了。伙头说，容他三天，三天后来拿钱。第三天伙头带了几个人来找孙龙腾，孙龙腾哪能弄那么多钱还账？人家就把他骗到北地，打了一顿，孙龙腾的腿被打断一条。"

桃花说："你这一说，我知道了。伙头是县城的一个混混，他爹是东关的一个大财主，他姐夫是县衙里的一个差役，有钱有势，谁也不敢得罪他，我来到青峰镇就是因为他。"

"舌头"问："咋因为他？"

桃花说："他们约我爹打麻将，也不知是我爹手气背，还是伙头他们用了啥法子，我爹输了全部家当，又输了俺老辈留下的客栈，输得一贫如洗。我爹郁闷在心，不知何时又抽上了大烟，原来全家靠那客栈生活，没了经济收入，我娘一病不起，没过三个月就死了。我爹有了烟瘾，不抽大烟就不能活。这不，两碗烟土就把我卖给了赵福。赵福病病歪歪，啥活也不能干。我这成天过的啥日子，连牛马也不如。这都是伙头他们害的。"说着，眼泪成串地滚下来。

许德林说："这正应了风水先生那句话，孙家占龙尾，这沈家占龙头。有龙头压着，孙家得一辈出一个败家子。"

张富贵抽着旱烟袋，目光不视任何人的脸，自言自语："孙豪强有个弟弟，叫孙豪勇，吃喝嫖赌啥都干，后来得了花柳病，他爹也不给治，20多岁就死了。"

刘天福说："就因风水先生那句话，孙家才决心要得这清风楼，有了这块风水宝地，孙家才能时来运转。"

许德林说："还是他祖上没德。他上辈如果积点德，照顾好那孤寡老人，这块地不就是孙家的了？自家的老人，活不养，死不葬。没德哪有好报。后来知道了，也晚了。"

沈润章拿着烟袋，没抽，抬头望着门外的清风楼，他沉重地出了口气："孙家为争这清风楼与俺家斗了几辈子，伤过人，也出过人命。可这是俺的祖业啊！几辈子了，他们何时才能罢休啊！"心中的无奈与痛楚让他的泪水在眼眶里直打转。

张富贵还是没抬头，抽了口烟说："人家不是有钱有势吗？"

"舌头"忽然想起什么似的："哎，听说孙豪强的表侄黄三进大青山当了土匪。"

刘天福说："他有人命在身，官府抓他，他不去当土匪咋办？"

许德林说："唉！为一棵碗口粗的小树，竟打死一个人，心真狠。"

桃花说："那黑风口又多一个土匪。"

刘天福说："那帮土匪，个个心狠手辣，穷富都抢。"

张富贵长叹一声："唉！这世道，穷人日子不好过，有碗饭吃得也不得安宁。"

许琳娘坐在墙脚的一只小板凳上，没说一句话，两只眼盯着沈润章。

这时，沈少松手提一壶开水走进门来。大家一齐将目光放在沈少松身上。沈少松将几只碗摆在桌子上，又一一倒上热气腾腾的开水。

沈润章说："这是我的救命恩人，叫沈少松。"

大家有点诧异，一齐将询问的目光投向沈润章。

"我回来的路上，病倒在一个破庙里，两天两夜昏迷不醒，是少松讨来饭给我吃，又给我请郎中抓药。要不是少松，我就死在那破庙里了。"

大家一齐夸赞："好人！好人！"

这时外边有人喊："润章在哪屋？"

刘天福等人一齐起身告辞："前客让后客。"

许琳娘最后一个走出屋，待大家都走下台阶，她站下了，回过头，目光注视着沈润章的脸，轻声说："天冷了，多注意身体。"然后走下了台阶。

许琳娘的目光里充满着只有沈润章才能看出来的温柔、关爱、痛楚和无奈。这时，沈润章觉得太对不起这个女人，本来答应灵芝过了12岁生日就要娶她过门，担当起一个男人对爱他之人的责任。可没想到，这一拖又是四年。这四年，她明显变了，那原来乌黑的头发里有了银丝，眼角有了皱纹。是啊！这四年，可想而知她为这两个家付出了多少心血。想到这里，沈润章心里酸酸的。他看着许琳娘的背影，直到那背影消失在大门外。

此时，一股气又涌上心头，一定要找到那个推盐车的人，那个陷害他蹲了四年监狱的人，那个右耳下长着一个蚕豆大的黑痣，黑痣上长着几根黑毛的人。找到此人，就能揭穿孙豪强这个披着人皮的狼。

第4章 烦 恼

孙豪强看望沈润章回到家之后，一夜没睡着。吃过早饭，他打发长工孙二喜和两个二鞭去犁河南岸的棉花茬，自己坐在太师椅上，拿过他爹曾经用过的白铜水烟袋。"呼噜呼噜"一袋接一袋地抽烟。此时，他的心像油煎像火燎似的不安。他曾经为将冤家对手沈润章送进大狱而欣喜若狂，也曾为沈润章进了大狱就要卖了清风楼实现他的目的而心花怒放，也曾为他成功使用借刀杀人之计而一醉方休，然而他怎么也没想到，沈润章不仅没有卖掉清风楼而且还安然回到了青峰镇，原本唾手可得的清风楼如今似一片烟云轻轻地慢慢地飘离他而去，似乎越飘越远。他非常失落异常懊丧特别后悔，尤其是沈润章那"为人不做亏心事，夜半敲门心不惊""人叫人死天不肯，天叫人死活不成"不冷不热的话语让他沮丧而后怕。看来沈润章听说了什么，识破了他的计谋。要真是那样，孙沈两家的怨仇又加深一步，让清风楼姓孙的愿望又远去一步。越想，心里越如一团乱麻，他站起身，在屋里来回踱步，屋里弥漫着他吐出的烟雾。要强的性格使他急于找到下一步与沈家斗争的策略，可心里又很茫然。于是他又坐回太师椅上，拿起那玳瑁边框的老花镜戴上，又拿起案上那本已成破纸卷似的《三国》。这次看《三国》不似以往一字字一行行一页页地读，而是一页页地浏览。这部《三国》他已看了不知多少遍，每个故事、每个计策他都耳熟能详。如今他还要从《三国》里找计策，找出打垮沈润章获得清风楼的计谋。他翻看着，脑海里闪现出那阴阳先生的两撇八字胡、两片薄薄嘴唇、两排黄牙的情景。当然，那阴阳先生的形象是他爹告诉他的。"有龙头镇着，你们孙家永远不得安生。你孙家一辈要出一个败家子。"阴阳先生那阴阳怪气的声音在他耳边回响。他也曾想过，那阴阳先生是不是跟沈家有仇，想借他孙家的刀报他的仇？最后他还是否定了自己的想法，因为阴阳先生的话说中了他家的事。他爹兄弟俩，二叔孙奎星是个败家子，30多岁死于县城妓院。他弟弟孙豪勇又不正经，20多岁就死于花柳病。他有两个儿子，大儿子孙龙跃还让人省心，还知道读书上进，还有科举中榜的理想；而二儿子孙龙腾，则是二叔和他弟弟孙豪勇的翻版，吃喝嫖赌啥事都干，就是不务正业，读书嫌头疼，干活说腰疼，唯独花钱不知心疼。阴阳先生的话一丝不差，他不得不相信这似乎道破天机的预言。

孙豪强一手翻着《三国》，可脑子里尽想着不顺心的事。由于一夜没睡好，两只眼皮直打架，不知什么时候他迷迷糊糊地进入了梦乡。他梦见弟弟孙豪勇在身后恶狠狠地叫他："哥，你别走！给我钱！"他回头一看，见弟弟满脸脓包，一身褴褛，两眼怒视着他。"孙家的家业总有我一份，你不能独吞了！"说着两眼流出鲜血，那两道血在那破烂不堪丑似恶魔的脸上缓缓流着，随之，两只布满脓包的手向他脸上抓来，他吓得"嗷"的一声惊醒了，那本《三国》"啪"地掉在地上。他一激灵坐直了身，眨巴一下眼，原来是个梦。

他长出一口气，捞过那把水烟袋，从烟筐里捏一撮烟丝按在烟锅里，噙在嘴上，拿过火镰、火石，从竹管里抽出纸煤，正要打火，二儿子孙龙腾木呆着脸一瘸一拐走进门来，低垂着头，说道："爹，再给我点钱吧。"

孙豪强一见孙龙腾便气上心头，怒上脸上，气哼哼地说："以你这样鬼混，再大的家业也叫你败坏光。"

孙龙腾低着头凭爹数落也不反驳。

"叫你上学，你逃学！叫你干活，你嫌累，只会胡混花钱。"

孙龙腾嗫嚅着说："我不能念书，一念书就头疼，跟铡劈一样。"是的，孙龙腾不能进学堂，一进学堂就头疼，不念书不听讲，还跟其他人捣乱，弄得先生没法，只好找到孙豪强，"你别叫他念书啦！他不学不说，还弄得一屋子学生也念不成书"。孙豪强望子成龙心切，不同意先生的意见，坚决让先生好好教他，许给先生多加束脩。先生无奈。可孙龙腾偏偏不学，进屋不给同桌捣乱，就是闹恶作剧。一次先生进学堂刚刚坐下，就"嗷"的一声站了起来，一摸屁股，屁股上扎了三个蒺藜。先生将学生审问一遍，结果不出所料，是孙龙腾捣的鬼。先生多拿了束脩，不好再赶孙龙腾，就罚他站起来念书。可孙龙腾一站起来就捂着头直叫："我头疼！我头疼！"先生实在无奈就又找到孙豪强，摇着头说："朽木不可雕也！"让他把孙龙腾带走，孙豪强非常生气，心想，我儿子聪明过人，岂是"朽木"？他用《三字经》上的一句话说道："教不严，师之惰。"先生感到受了污辱，就辞了学。孙豪强又先后请了两位先生，都因孙龙腾不学又捣乱辞学而去。后来孙家私塾就再也没请到先生。大儿子孙龙跃也只好转到镇东学堂。

此时孙豪强看着站在面前的儿子，无可奈何地摇摇头，长叹一声："唉！不知哪辈子欠你的！"他拉开抽屉，摸出几枚铜钱，数了数，又看了孙龙腾一眼，气得把钱往地上一扔，"拿去吧！"

孙龙腾哈腰将钱一枚一枚捡起,在手里数了数,还是不走,意思是嫌少,还想多要点。

孙豪强两股气合在一起,只觉胸中有一团浊气堵得他要破肚皮,他实在忍不住了,也不由自主地将胸中火气凝成一字喷发出来:"滚!"

孙龙腾只好转身一崴一崴地走了出去。

穷有穷的苦楚,富有富的忧愁。孙家在青峰镇数第一户,不仅户大人多,而且家有良田十几顷,骡马牛驴一大群,长短工十余个。镇上还有两个商铺,一个经营布匹棉花,另一个经营皮毛。虽说富甲一方,可孙家好日子却不得好过。大儿孙龙跃饱读诗书,可几次科考都名落孙山,只好在镇上帮孙豪强打理生意。二儿孙龙腾有书不读,耕作不会,只会吃喝嫖赌瞎胡混。他整天思来想去找原因,最后还是归结到青峰镇的风水上。弟弟孙豪勇五毒俱全,几乎败尽了父亲积攒下的半个家业。弟弟死后,他又重整家业,辛苦经营才有了今天的富足。可后辈又出了个孙龙腾,跟孙豪勇没两样。在他百思不得其解又无可奈何的情况下,他不得不相信那风水先生的话。他听说风水能破,想找个风水高人给破破,可那老风水先生不知是哪里的人,再说几十年过去了,恐怕那老先生早已骨朽入土。于是他四处打听找高人,最后他终于打听到古城有一高人,看阴阳宅非常神奇,名扬古都,于是他跋山涉水到古城找到那位高人。那高人听了他的诉说,捻须良久,说道:"这破法嘛,是有,但不能用,用了沈家要出人命,我也会遭天谴。"孙豪强急于扭转家运,一再求告那高人指点迷津,那高人只是眯着眼抽烟不说话。孙豪强从褡裢中掏出二十块大洋放在那高人面前,那人这才睁开眼说道:"二月初一那天,半夜子时,你将一根三尺长的桃木橛揳进清风楼门前十字街正中心,等着看结果吧。"

孙豪强依计而行,二月初一半夜子时分,他手掂一铁锤和一桃木橛悄悄来到清风楼前,撒望四周没人,便将那桃木橛揳在清风楼前十字街正中,可揳不到一半,怎么也揳不下去,他累了一身汗也揳不下去。这时他才想起地下是石头。无奈他只好狠命往下砸,把上端全砸劈了他才罢休。之后,他就耐心等待,等待着家运的好转,等待看沈家传来哭声。可一个月过去了,两个月过去了,半年过去了,还不见沈家有什么动静。他等不了了,想想花了那么多钱,破法也没应验。无奈后悔之余,他又翻开《三国》找计策,翻了三天,想了三夜,他终于想到一计,"借刀杀人",送沈润章进大狱。沈润章进了大狱必定散财保平安。他知道沈家并没有多少钱财,这时他就要卖掉清风楼,镇上没人能买得起这清风楼。这时他可以趁火打劫,压价买下清风楼。可没想到沈润章宁愿蹲四年大牢也不卖清风楼。这计策使他又给州里的官员花了一百块大洋,偷鸡不成蚀把米，他懊悔至极。他闷气生得一夜没睡，偏偏二儿子孙龙腾又来要钱，不给他吧，他怕龙腾再闹出什么事来，上次没给他钱还赌债，被人打断一条腿，毕竟是儿子啊，他看龙腾一瘸一拐的样子也心疼。

闲茶闷酒无局的烟。人日子过得舒坦，心情悠闲，总爱弄壶茶慢慢品味，而有不高兴的事，心里郁闷，就爱自己喝闷酒，一醉解千愁。他心中有事骨鲠在喉，又苦于无奈，心中无所着落，总爱一袋接一袋地抽烟。在这无局之时，孙豪强抽完了烟筐中的烟丝，刚从南墙上挂的烟把中抽出几片烟叶想揉碎了再抽几袋，这时门口一暗，一个人走了进来。孙豪强以为是孙龙腾嫌钱少又回来了，于是头也没转，没好气地吼道："咋又回来了？"

"掌柜的，是我。"那人说道。

孙豪强转过身："啊！是二喜。我以为是龙腾又回来了呢！"

二喜姓孙，也是孙姓人。家住镇西头河北沿，因家穷，没地，他父亲一辈子就在孙豪强家当大领。二喜11岁那年，父亲得了咳嗽病，不停地吐血，镇上人都说是痨病，沾（传染）人。孙家就把这个当了一辈子大领的本族人辞掉了。没地没业又没了活干，饭都吃不上，更治不起病，二喜爹离开孙豪强家不到三个月就死了。祸不单行，又过了三个月，二喜的娘也因吐血一命呜呼。撇下11岁的二喜，无人照顾又没吃没穿，就流落街头，靠讨百家饭度日。孙氏族长孙长明心地善良，见二喜太苦，就亲自找到孙豪强的爹说："让二喜给你家干点杂活吧！给他碗饭吃。"族长的话不好驳回，于是二喜又子承父业给孙家当了长工。孙家辞掉原来的一个长工，让二喜喂牲口。二喜个子长得矮，给牛拌草都要站在板凳上。喂好牲口就挎篮子下地割草。四头牲口食量很大，二喜一天要割十来篮青草。割草回来，放下篮子就得淘草。淘草缸又高又大，他就站在板凳上，淘了草端着十几斤重的笊篱，歪歪扭扭再登上另一个板凳将草倒进牛槽里搅拌。一天到晚不能停歇。他还睡在爹睡了几十年的牛屋里的那张软床上。一天到晚跟牛生活在一起，没人说话，没人交流，话说得少，慢慢变得口齿笨拙，说句话也磕磕巴巴不成句。夏天天长，一天三顿饭，活重，又处在长身体的阶段，吃过饭不到两个时辰又饿了。饿，也得等到东家开饭才能吃。这还好，毕竟能吃上三顿饭。可到了冬天，因天短，只管两顿饭，饿狠了，二喜就偷吃牲口料。因偷吃牲口料，二喜没少挨打。挨了打，二喜只能躲到牲口屋偷偷地哭。他也曾想过离开孙家，但受不了挨饿挨打的气，他偷偷找到族长孙长明。孙长明说："孩子，别走了！在孙家干活虽累点，但还有口饭吃。你要走了，可能会饿死。"孙二喜只好忍气吞声干下去。几年过去，孙二喜长到了十七八，懂了事儿。他看其他大领二鞭到年底都能领到工钱回家过年，二喜也爹着胆子向孙豪强的爹提出工钱问题。东家说："二喜啊，人得有良心。我收留你，供你吃供你穿，把你养活长大，你得知恩啊！要不是族长说，我咋会收留你？张富贵、许德林咋不收留你？"孙二喜胆怯地说："掌柜的恩情我忘不了！"东家笑了："知恩就好。"二喜也不敢抬头，他怕看东家那冷若冰霜的脸，但又想把心里话说出来，他怯生生地磕磕巴巴地说道："我、我、今年十八啦，您给我点工钱，以、以、以后，我、我、还想成个家。"孙豪强的父亲思绪许久没说话，心想，这二喜就是长大了，不答应他的要求，他要是不干了，再找个人，一年又得多开支许多，答应他吧，他又不情愿。他揣摩许久，说道："这样吧，从今年开始，让你跟二鞭一样。可是，给你点钱，你又没处放。我给你攒着，到你说亲时，一并给你。"二喜很高兴，今后总算有工钱了。几年过去了，二喜也没说上媳妇，工钱也一直没结。孙豪强的父亲死了，孙豪强当了掌柜，二喜还没说上媳妇，工钱还是没结。虽然没给工钱，二喜干活还是很卖力，因为他心里有个盼头。后来，家里的老屋也塌了。一个穷光蛋，连屋也没有，结婚娶媳妇只是一个妄想。一晃，又几年过去，孙二喜已年过三十，还是光棍一条。

"二喜坐吧。"孙豪强坐在太师椅上，一边揉烟叶一边说。

孙二喜哪里敢坐，怔怔地站着不说话。

"有啥事儿，二喜？"

孙二喜嗫嚅着说："牲口料吃完了。"

孙豪强说："回来我让张嫂去磨。你去吧。"

孙二喜没去，低着头不说话。

"还有啥事儿？"孙豪强问。

孙二喜头还是没抬，怯生生地说："桃花给俺提个媒。"

孙豪强说："那是好事啊，哪庄的？"

"东、东凹的。"

"谁家闺女？"

"一、一个寡妇。"

孙豪强叹一声说："一个寡妇，赶明儿我给你说个大闺女！"

孙二喜说："我都三十了，谁家大闺女愿意嫁我？我想，先支我点工钱，娶个寡妇能过，就中了。"

孙豪强这才听懂二喜的意思。他停住了揉烟的手，望着孙二喜，久久没说话。

孙二喜怯生生慢吞吞地说："老掌柜在时，许给我的，说、我说亲时，一并给我工钱。"

十几年了，这些工钱合在一起，可不是个小数。孙豪强在心里合计着。

沉默许久，二人都不说话，各自打着小算盘。

最后，孙豪强还是开口了："钱嘛，这个时候，我还真拿不出。有点钱都用到生意上了。"

孙二喜用几乎哀求的声调说："掌柜的，你看我都这把年纪了，错过了这个村就没这个店，你行行好！"

孙豪强打着火，抽了几口烟，说道："二喜，我这会儿真没钱。过一段时间吧。"

孙二喜还想说什么，孙豪强站了起来："你别说了，你先去干活吧！过一段时间我给你凑凑。"说着，走进里间从床头柜里翻出一件破衣裳，走到二喜面前说，"二喜，这件衣裳拿去吧。我没穿几回。"

孙二喜接过衣裳，无可奈何地走出门去。

第 5 章 归 宿

　　沈少松被安置在西厢房里。这是一间前有走廊后有花格窗的房间，南墙上有一幅淡墨的山水画，画已经很旧了，画面和画轴上都布满了灰尘。东窗的窗下放着一张老式方桌，桌面上的油漆已被擦抹得露了木纹，桌两边放了两把圈椅，桌上放着一盏布满油灰的黑灯，那是沈润章刚端来的，后窗下放着一张木板床，上面铺着灵芝刚抱来的被褥。红绿白三色的格子被面，草木灰染成的被里，褥子里是几片旧布缝成的，边角处露着灰白色的棉絮。当沈少松脱光衣服钻进被窝的时候，那久违了的温暖的家的感觉使他的泪水立刻流了个满脸。自父母被害，家成灰烬，他已经几个月没睡过床了，温暖的被窝成了他伤心的回忆。他想到了那个曾经给他温暖和快乐的家，想到了为生活整天忙忙碌碌的爹和娘，想到了这几个月他曾经睡过的一个个村头草窝和那一个个土地庙、关帝庙，想到了那荒山野岭的一个个不眠之夜，他泪如泉涌。他抵制不住奔腾的思绪和澎湃的感情，他哭爹哭娘哭自己。爹没了，娘没了，家也没了，他该怎么办？他痛苦、他无奈、他茫然、他不知所措。他在被窝里辗转反侧，一夜未眠。鸡又叫了，这是第三遍鸡叫。他知道天要明了。天明了，自己也该走了，青峰镇不是他的家，这温暖的被窝也将如抽烟人吐出的烟雾，很快离他而去。"唉——"他长叹一声，那声长叹里有他的痛苦和无奈，也有他对这家的怀念和留念。

　　曙光在东窗上越来越亮，院中那棵桐树上有许多鸟开始喧哗，大青河的流水也显得清脆悦耳。沈少松用手抹把脸，泪水还湿湿的，无可奈何！他毅然决然地起了床，穿上衣裤，立即冰凉的感觉使他打了冷战，衣裤又硬又凉，一股怪味冲进他的鼻腔，这身衣服已经几个月没洗了。他扯平褥子，又叠好了被子，之后又将那狼皮褡裢用狼皮褥子裹好，用原来的那根布条捆好了，一手掂起那根白哨棒，一手将他的包裹搭上肩，他准备去向沈家父女告别，离开这个让他有点留恋的家。拉开门，沈家父女站在门外，灵芝怀里抱着几件衣裳正注视着他。

沈润章看到少松要走的样子，诧异地问："你这是干啥？""沈叔，我该走了。你已到家了，病也好了。"沈少松说。"走？你去哪里？"

一句话问得沈少松又流泪了，是啊！去哪里？他无言以对。

沈润章从灵芝手中接过那几件衣服，递向沈少松："来，先把你的衣服换了。多长时间没洗衣服了？都发馊了。把你的衣服脱了，让灵芝给你洗洗。"话语和表情中都充满着关爱和诚意。

是的，自离开家他都没洗过衣服，有时遇到沟河，他也曾想把身上的衣服洗洗，可没替换衣裳，总不能赤条条地等待衣服晒干。况且，他也没洗过衣服，以前都是母亲给他洗。

"这几年我没在家，到处脏乱得很，你帮灵芝把这庭院上上下下，各房各屋打扫一下吧。"

沈润章说完就与灵芝去了。那是给少松换衣服的时间。

沈宅地处青峰镇十字街口东西大街路南，南北官道路西。清风楼临街而建。沈家的院落不似其他富贵人家有三四进纵深，只有一进庭院，但庭院宽敞大方，主房偏房的建筑也是别具一格。正房五间，青砖砌墙，青瓦盖顶，三级青石台阶上是出厦走廊，四根廊柱粗硕笔直，廊柱虽有些油漆斑驳，但仍显庄重巍峨。东西厢房各四间，亦如主房三级石阶上带走廊，红漆门花格窗。大门开在西南角，牌坊式的门楼高高耸立，门楼顶几乎与清风楼齐高。这是一座标准的中原式农村院落，东南角有一粪坑，那是倾倒污水垃圾的地方，也是沤制农家肥的地方，粪坑北面有一棵桐树，二盆粗细，虽叶已落尽，但枝干仍覆盖着半个院落。庭院的东南角粪坑边长着一棵大榆树，枝条横亘在院墙上，伸到院墙外。南墙外便是大青河。"叮叮咚咚"的流水声越墙传进院内，像是有人在墙外弹拨琴弦。

吃过早饭，沈少松便和灵芝一人持一把扫帚，将各个房间打扫一遍，又将走廊和庭院的各个角落打扫干净，将垃圾倒进粪坑，此时天已过午。灵芝用一个木盆端着父亲和沈少松的衣裳到大青河里去洗。少松要去洗自己的衣服，沈润章说："让灵芝去洗吧，你跟我去打扫一下清风楼。"

昨天他和沈润章来到青峰镇时，就直接进了沈宅，接着是人来客往，他帮着灵芝烧茶倒水，还真没认真看看清风楼，这个孙沈两家争夺了几代的建筑。

沈润章吸了两袋烟之后，便领沈少松来到清风楼前。

清风楼是一座明清式的建筑，青砖砌墙，白灰勾缝，覆顶的青色小瓦阴阳相扣，凹凸整齐。楼高两层，四角高高挑起，挑角下各挂一个风铃，风铃在微风中叮咚作响。高高挑起的角脊上立着青砖磨雕的鸟兽鱼虫，个个栩栩如生。高高隆起的大脊是二龙戏珠的砖雕，两条龙相向而走，正中是一个砖雕圆球。

一楼二楼均外带走廊，铁红的廊柱使整座建筑庄严而古朴。走廊边沿是一圈花鸟木雕栏杆，栏杆上雕着秋菊夏荷牡丹梅花，有的含苞待放，有的开放如真。那喜鹊、那仙鹤、那蝴蝶、那鸡鸭个个如活的一般跃然栏上。通过那雕花栏杆可看到那带有木刻的雕花窗棂和铁红色的房门。二楼正中的悬梁上悬挂一块长方形的黑漆红字的匾额，上刻三个苍劲有力的唐楷字"清风楼"。

沈润章指着那匾额说："那三个字是我祖爷爷的手笔。"

一楼正中是清风楼的正门，门两边的廊柱上挂着一副板刻制的对联，上联是"清风明月吉祥地"，下联是"秀水苍山福寿家"。字体是行草，自上而下行云流水，一气呵成。

沈少松虽没进过学堂，却识得一些字，在少林寺习武时，常见寺里方丈和几个年龄大些的和尚在地坪砖上写大字，还互相点评，尤其是每天早起，住持手持一扫帚似的大毛笔在院内铺地的方砖上蘸着水写字，许多僧人围着念围着看，有时住持也会一个字一个字地念给僧人们听。于是，沈少松习武之余也慢慢认识了不少字，他虽很少写，但经过看学，又常有老僧人们逐字点评，对写法也稍有了解。他看着那副对联说："这字写得真好！"

沈润章说："这个也是我祖爷爷的手笔。"说着领着沈少松登上油漆斑驳的木楼梯，站在二楼走廊上，举目西望，远处是连绵起伏的大青山，几朵白云飘浮在那一抹黛蓝的山梁上。从近处看，青峰镇便在眼底，青峰镇西低东高，镇景一览无余。一条铺着青石板的东西街道蜿蜒起伏，自镇西的山下一直延伸过来，自清风楼下又向东延伸。东西街两侧是高低错落的青灰色的民房群，其间有几条南北胡同将建筑群切成几个长短不一的方块。举目望去，有一条宽于胡同的南北街道，那街道上耸立着几座牌坊。

沈少松手指着那几座高大的牌坊说："那是……"

沈润章说："那是牌坊街。最南边靠河边的叫花牌坊，是隋朝末年一个著名的石匠雕刻的，上面雕了许多兵马人物，可惜都毁了。"

"咋都毁了？"沈少松问。

"据说那兵马人物经过上千年日精月华都成了精。雍正年间出了个乱子，就是南京城每天半夜子时，有许多兵马涌进城里吵吵嚷嚷，闹闹腾腾，杀声震天，闹得南京城人心惶惶，可一到天明，那些兵马便无影无踪，连个马蹄印也没有。人们都说是闹鬼。这样闹腾连续月余，谁都解释不了咋回事。后来，有一位风水高人说：这是北方某个地方的石人石马成了精闹的。于是官府通报全国，查找这一地方。根据南京人所见，那兵马不是当代人的装饰，而是秦代兵马人物。后来查到青峰镇，那花牌坊上的兵马人物正符合南京人所见的情形，于是官府就派兵把花牌坊上的兵马人物砸了个一塌糊涂。"

"那几座牌坊呢?"沈少松问。

"那三座牌坊,一个是贞节牌坊,一个是忠孝牌坊,一个是慈善牌坊。每座牌坊都有一个故事。"

"好大一棵树!"沈少松看着牌坊街北边的一棵树说。

沈润章说:"那是一棵神树。"那棵树树冠很大,从远处望去像个小山包,树上有很多红的黄的布条,在风中飘飘扬扬,如藏族经幡,也似一株秋后红枫。

他二人来到东面走廊,自脚下向东望,那大青河自清风楼下向东流去,出了青峰镇,绕过一个小山包,流进东部的大平原,水面渐远渐阔,流进一片迷蒙之中。

沈润章指着河水绕过的那个小山包说:"那就是青峰山。"举目望去,青峰山并不高,可树木茂密,一片红墙黄瓦的建筑掩映在苍松翠柏之间。"那是青峰寺,据说是唐代建的。"说完,沈润章手持一串钥匙,将二楼一楼房门依次打开。沈少松手持一把扫帚一间屋一间屋打扫干净,当将清扫的尘土和垃圾盛进一个筐子,倾倒进庭院的粪坑里,天色就黑了下来。

晚饭后,沈灵芝将洗得干干净净又叠得整整齐齐的衣服递给少松:"衣服已经干了,你拿去吧。"

沈少松接过衣服望着沈润章说:"叔,我明天走吧。"

沈润章没回答,拿起烟袋,安上烟丝,就着油灯吸着烟,轻轻说道:"少松,你先坐下。我有话说。"

沈少松只好又坐回桌边的椅子上,望着沈润章,等待沈润章说话。

沈润章接连吧嗒几口烟后,抬起了头,看着沈少松,语调缓慢地说道:"少松,我想让你留下来。"沈润章终于说出他考虑几天的心事。在关帝庙他喝了几剂汤药病好之后,他要回青峰镇,少松提出要送他,这时他没有推辞,按常理,他不应该再麻烦这个救了他命的恩人,但他那时就在心里产生了一个想法,他要报答这个好心肠的苦孩子,怎么报答?思来想去,只有一个法子,就是留下这个无家可归的人。如果不让少松送他,这一分手,就可能再也见不到这个救命恩人了。有恩不报非君子,那将会是他沈润章的终生遗憾。

"我?留下来?……"沈少松不解地问。

"对!留下来。对你来说,也算有个归宿,不需要再到处流浪。对我来说,我想把皮货行重新开起来,也需要有个帮手,恰巧你也懂皮毛。不知你意下如何?"

这番话对沈少松来说,无疑是天大的惊喜。几个月以来的流浪生活让他这年仅17岁的少年吃到了从未吃过的苦,受尽了从未受过的罪。蹲破庙,睡草窝,饿肚子,挨雨淋,他就像一只孤雁不知往哪儿飞,就像一颗飘飞的草籽不知该落到何处。听到沈润章要他留下来的话，他深思一会儿，然后说："我、我能帮你干啥？我啥也不会。"

沈润章笑了，说："啥不是学的？生意上的事很简单，收收货，送送货，农活慢慢学嘛！"

沈少松从沈润章的话中听出不是让留三天五天，而是要长期留下来，他的泪水不自觉地流了下来，这意味着他从此不需要再流浪，不会再无"家"可归，他心中涌起一股暖流，瞬间热遍全身。

"谢谢叔！"他抹去脸上的泪水，头脑又冷静了一下，有点怯懦地缓缓说道，"可、可我怕给您添麻烦。我一个外乡人……"

沈润章注视着面前这个有点腼腆的少年，心中又增添一分爱意。他说："咋？你怕遇到啥事儿旁人欺负你？这样，你如果同意，我认你做干儿子，咱就是一家人了。"

沈少松听闻，心中又喜又惊，沈润章的话不是虚心假意的托词，而是真心留他。此时，他感觉自己像一只行驶在夜海上又迷失方向的舟船突然看到灯火辉煌的港湾，像一粒飘飞的蒲公英种子终于落进了松软的泥土。他高兴，他愿意，他甚至有点不知所措，不知说什么好。

沈灵芝听了爹的话，眼睛一亮，停住收拾碗筷的手，满眼期待地盯着沈少松。少松的遭遇让她同情，少松救爹的经过让她感叹。爹在困境中时，他对一个素不相识的陌生人能出手相救，并拿出自己保命的钱去求医买药，他是个好人，是个大丈夫，她对这个仅大她一岁的男孩产生了一种敬佩之情，一种说不清楚的留恋之情。尤其是这四年的独立生活使她尝尽了孤独的苦，如果少松能留下来，即使爹不在家，她也不再孤独。如果他成了爹的干儿子，她又多了一个亲人。她望着少松的脸，"少松哥，"这几天她也是这么称呼，"你咋不说话？你嫌俺家穷？"

沈少松轻轻摇摇头，看一眼灵芝，又看一眼沈润章，他嗫嚅着说："我、我咋敢承受这大恩大德？"

沈润章笑了，他又往烟锅里安上一撮烟丝。

"俺爹都说了，让你做干儿子，你要愿意，就给俺爹磕个头。"灵芝说。

沈少松将手中衣服往桌上一放，扑通一声跪在地上，趴下磕了三个头，叫了声："干爹。"

灵芝笑了说："别叫干爹了，"她把"干"字说得音很重，"就叫爹，我叫你哥。"

沈少松改口又叫了声"爹"。

沈润章急忙站起，与灵芝一起拉起了沈少松。

第6章 重整旗鼓

初八那天，吃过早饭，沈家就忙了起来。他们首先把清风楼上上下下，各房各厅打扫得干干净净，又把各客房的被褥搭在走廊栏杆上晾晒了一遍，然后又摘下"清风楼皮货行"的匾额用湿布擦洗干净重新挂上。沈润章忙着洗笔磨砚，在几张大红纸上写了四张"开业大吉"和一副对联。沈少松搬了把凳子将四个"开业大吉"的红纸贴在门上，沈灵芝扶着凳子让沈少松登上去将那副对联贴在皮货行门前的廊柱上。沈润章站在三步开外的地方端详着那副对联，口中轻轻念道："生意兴隆通四海，财源茂盛达三江。"然后，他说，"好了，一切就绪。你俩也歇歇吧！哎……"他突然想起什么，"灵芝，别忘了，到赵家买盘鞭炮，五百头的。"

灵芝应声去了。

沈润章走进清风楼皮货店内，坐在桌后的靠背椅上，拿起来火镰、火石和纸煤，打着火，又吹口气，那纸煤立即燃得通红。他安上一锅烟，这时一个沙哑的声音从背后传来。

"沈老板，恭喜发财！"

沈润章抬头一看，喜出望外。说话的人30来岁，肩上扛着几根细竹连成的鼓架，上面吊着一只扁平的牛皮鼓，褡裢里装着一副剪板和一支鼓棒，衣着虽朴素却干净整洁。

"老郝！"沈润章声音里带着惊喜。他急忙迎出门，二人紧紧拥抱在一起。

"这几年你受苦了！"老郝用他那沙哑的声音说。

"不说那事！快坐。"沈润章一边拉着老郝坐在椅子上，一边说，"少松，快将我那包青峰毛尖泡上。"

沈润章将两支水烟袋递给老郝一支，又将纸煤递给老郝。

"这几年，你没在家，我来得也少了。"老郝点燃烟抽了一口。

"唉！多谢你了！听灵芝说，去年你还叫人送来一袋米。"沈润章颇为感激地说。

"唉！你也知道，我是一个说书的，没大能力帮你。"老郝似乎有点愧疚。

"你也不容易。"沈润章说，"欸？成家了吗？"

老郝不好意思地说："成家是成家了，可有点残疾。"

"哈！郝叔来了？"灵芝挟着一盘炮走进门来。

"灵芝，咋买这么大一盘炮？"老郝问。

沈润章说："我想皮货行明天开业。"

"好啊！九月初九，黄道吉日。"老郝笑说。

一会儿，少松手提一茶壶进来，给二人倒上茶，又走了出去。

"沈老板在吗？"随着一声喊，一个身穿长袍马褂的中年人走了进来。

"嗬！马老板！"沈润章和老郝异口同声地说着，一齐起身相迎。

"马叔好！"灵芝也笑脸相迎，说着拉来一把靠背椅，示意马老板坐下。

马老板坐下，看着灵芝说："这是灵芝？真是女大十八变，越变越好看。"

灵芝红了脸说道："几年没见马叔了。"

沈润章有点诧异地说："几年没来了，发大财了吧！"

马老板接过沈润章递过来的烟袋。这时沈少松用托盘端来一个紫砂茶壶和几只茶碗，将茶碗分别放在三人面前又斟上茶才退了出去。

马老板说："以前是给人家做嫁衣，从这买了皮货交给大老板，只能挣个跑腿钱，勉强糊口。如今我改行了，也算没改行，我在省城自己开了间作坊，买了皮张自己加工，做成皮衣皮裤。不瞒二位，这才赚了些钱。"

"恭喜马老板发大财！"老郝拱手表示祝贺。

"灵芝，你去打开六号房，让马老板先住下。"沈润章说。

马老板笑着说："你还记得我住六号房？"

"哪能忘记？十几年了，你都是住六号。六六大顺嘛！做生意图个吉利。"沈老板说。

"老郝住哪屋？"马老板问。

沈润章说："他还住我家。"

马老板笑笑说："我都有点吃醋。能住在家里可不是一般的感情。"

三人都笑了。

九月初九，是青峰镇逢古会的日子。这古会是何时起会，谁也说不清，只在《青山县志》有一段记载："宋明道间，天下大旱，颗粒无收，数千人饥毙。九月九日，范仲淹至青峰镇，开仓放粮，以赈灾民。"是九月九逢古会范仲淹来此放粮，还是自那日起的会？并无文字记载。这天一大早，推车的、担担的、锢锅的、剃头的、耍把戏的、卖布的、卖粮的、抢刀磨剪子的、卖酱油醋的、牵猪的、赶羊的，各色生意人从四面八方向青峰镇涌来。太阳刚爬上镇东的青峰山顶，生意人便各自占了地盘，摆好了摊位。东西大街，人声熙攘。大槐树南边的开阔地上挤满了鸡、鸭、鹅、羊、马、牛。这牲口市场上鸡鸣狗叫、羊咩牛吼，空气中飘荡着牛马粪的腺臭味。大槐树下，大鼓王老郝和几班艺人各自支好了鼓琴，鼓响琴鸣，一派乐融。南北牌坊街上，两侧支着包子锅、油条锅、羊汤锅、豆粥棚。卖馍的竹篮上盖着白布，篮边上插着两根高粱秆，高粱秆上插着又白又香鲜的馍样子。卖冰糖葫芦的扛着草把，草把上插满一串串裹着糖衣的晶莹透亮的冰糖葫芦，满街流淌着鲜香美味。"羊肉汤唻……""热包子唻……""糖糕油条唻……""冰糖葫芦唻……"各种南腔北调的叫卖声此起彼伏。

"清风楼皮货行"门前摆好一桌一椅，桌上放着几支水烟袋和一个盛满金黄烟丝的烟筐，桌子中央摆开一张红纸和笔砚，一挂裹着红纸的鞭炮从二楼栏杆上垂下来。有几个昨天赶来住在清风楼的外地客商打着哈哈伸着懒腰慢腾腾地从二楼走下来。沈润章手端白铜水烟袋从"清风楼皮货行"里走出来，站在门前望了一眼东方的太阳，喊道："少松，放炮开业！"沈少松手持一火煤点燃了那挂鞭炮，顿时"噼里啪啦"的响声震荡在古会的上空。许多行人驻足围观，一会儿，清风楼前便聚集了许多来赶会的人。

从楼上下来的客商们一齐围到桌子前，拱手道贺："恭喜发财！""祝沈老板开业大吉！"沈老板也起身拱手笑道："恭喜诸位发财！"

爆竹燃尽，客商们围在桌前。马老板掏出五块大洋放在桌上："沈老板，我先交五块。"

沈润章一边提笔在大红纸上写上"马长顺"三字，一边喊道："马老板押金五块……"

其他客商也纷纷掏出大洋或碎银。沈润章一边写下客商的名字和数字，一边唱说："李金贵老板大洋两块，余仕法老板银子二两，赵瑞章老板银洋四块……"

那些交过押金的客商见沈润章写下自己的名字后，便纷纷离开去赶会了。

站在沈润章身后的沈少松见客商们离去，不解地问："他们交啥押金？"

沈润章笑着说："这你还不知道。咱青峰镇一带产的牛皮、羊皮及山里的狼皮、狐狸皮是这方圆百里最好的皮毛，这与水土有关。全国的制皮商最喜欢咱这儿的皮张。所以，这些客户都是在会前就赶到咱这儿，先交下订金，明年三月三会期他们来取货。咱这冬天产的皮子皮好毛好，皮质柔韧，毛发密软，是做皮衣皮鞋的上等货。古时，宫廷里皇帝娘娘都穿咱青峰镇皮毛做的衣裳。"

"沈叔生意发财!"

沈润章和沈少松扭头一看,只见王石头肩扛一长管猎枪,猎枪上挂着一捆皮张,有羊皮、狼皮、狐狸皮还有两只山鸡。

"哈!石头来了!"沈润章起身相迎。

沈少松急忙拉来一长条木凳放在王石头身边:"石头哥,请坐!"随之接下王石头的皮货。

又有几个肩扛牛皮或羊皮的农民或猎户来到"清风楼皮货行"门前,沈润章一边验货,一边交代沈少松付钱:"羊皮两张,银子二两;狐狸皮一张,银子一两五钱;牛皮一张,银子二两……"

沈少松将碎银子在戥秤上称了,即付与卖皮毛的人。

第 7 章 暗 斗

会终人散之后，孙豪强方醒过酒来。

上午，他把"孙家皮货行"交给大儿子孙龙跃看管，自己去逛古会。这逛古会或庙会，有买卖人，也有闲人。许多人逛会不买也不卖，只是看热闹，卖卖眼（方言，指到处看看）。有钱人逛会，碰到熟人朋友便往包子锅前一坐，吃盘香喷喷的水煎包，喝碗汤，或到馆子一坐，炒俩菜，弄壶酒，叙叙旧，拉拉家常。少男少女们则纯是卖卖眼，不买吃也不买喝，专为看看会上哪个姑娘长得俊，哪个小伙长得帅，过过眼瘾，解解心馋。会后的日子里，在闺密或伙伴圈子里添些谈资笑料。

孙豪强刚到牌坊街，便碰见了表侄黄三。黄三是表姐的儿子。一见黄三，他非常吃惊："表侄你咋敢出来赶会？"

黄三扫视了一下四周，说："不怕！我带了四个弟兄呢！"

"黑三给你个啥差使？"

黄三自豪地说："老二。在黑风口，黑三是老大，我是老二。"

二人相见，分外热情。孙豪强将黄三拉进刘天福羊汤馆，点了四个菜、一坛酒。二人以碗当杯，不知不觉，孙豪强便喝醉了。

一觉醒来，天已大黑。孙豪强喝下用人赵妈端来的一碗鸡蛋疙瘩汤，像往常一样，打火点燃那白铜水烟袋里的烟丝，伸手翻开那案上的那本《三国》。孙豪强一生只读一本书，那就是《三国》。一本《三国》常不离手，从案头到枕边，从茅房到田野，稍有闲暇即翻看《三国》。一本书翻成了破纸卷，装帧的白线翻成了黑线，黑线又数次磨断，他又数次换新线重新装帧。《三国》中他最喜欢的人物是曹操，曹操有雄心大志，遇事果敢，欲霸天下的雄心令他钦佩之至。谈起古来，他言必称曹操。他喜欢《三国》的另一个原因，就是《三国》中的智谋，什么"偷梁换柱""浑水摸鱼""巧借东风""暗度陈仓""笑里藏刀""声东击西""借刀杀人""苦肉计""连环计"等计策。《三国》中所有计策他都能熟稔于心，并把这些计策常常用于生意场上和日常生活中。

他的发迹就是成功运用《三国》计策开始的。那年他25岁,家业几乎被二弟败光,爹又气急身亡了,于是他撑起了这个家。那年官府派人到青峰镇收购布匹做军衣,他花了十块"袁大头"揽下了这桩买卖,当着官差的面,他收购上等棉布,打包运走时,他将低价收购的次品布塞在里面,留下好布到古城卖高价。这桩"偷梁换柱"的生意使他发了一笔大财。四年前他又运用"借刀杀人"之计将沈润章送进了大狱。他用一百块大洋买通官府,本想逼沈润章于山穷水尽之时卖清风楼,他可压价而得,没想到沈润章宁愿蹲四年大牢也不卖清风楼,虽然赔了百十大洋,但他也不后悔,毕竟他成功了一半,出了一口恶气。他常因自己使用《三国》之计成功而暗自窃喜。

他的得意之作还是他自创的计策,至今他也没想出一个恰当的词去概括它。镇上赵姓有一寡妇,结婚半年男人就病死了。那女人长得细皮嫩肉,双眼叠皮,腿长腰细,臀大胸凸,坐如菩萨像,动如风摆柳,恰似戏台上的李香君。孙豪强对赵寡妇垂涎欲滴。盛放荷花,也喜蜂蝶来袭。于是孙豪强寻找各种借口接近赵寡妇,赵寡妇半推半就进了孙豪强的怀抱。可不承想,张富贵这个冤大头土财主心里也有赵寡妇。

家花没有野花香,张富贵媳妇虽也不丑,能操能料,持家有方,但毕竟没有赵寡妇有吸引力。张富贵夜里常偷偷去敲赵寡妇的门,久敲不开,一次他翻墙而入,将赵寡妇按在床上。久旱盼细雨,赵寡妇先推后就于是成了事。可两人没好半年,就因张富贵一毛不拔,赵寡妇而心生不悦。

就在这时,孙豪强将赵寡妇拥入怀抱,又买点心又送布,深得赵寡妇欢心。后来孙豪强听说张富贵还不死心,心里很是妒恨。一花岂能容二主?你个"老鳖一",还想跟我争女人?他下决心要治治张富贵,不能让他争这个风吃这个醋。他想出一个计策。

一天傍晚,张富贵在刘天福羊汤馆闲坐聊天,这时孙豪强走了进来,一见张富贵在座,高兴地说道:"天福,切盘羊肉,弄盘羊杂碎。富贵咱们仨喝两盅。"

张富贵说:"不年不节喝啥酒?"

孙豪强说:"又不叫你掏钱,我请客。叫你白吃白喝还不愿意?"

张富贵笑了,没再言语。

店里没有其他客人,一会儿刘天福便将一盘羊肉和一盘羊杂碎端了上来。刘天福转身掂来一小黑坛酒,说道:"酒算我的,咱喝!"

三人一边喝酒一边东拉西扯拉常家。酒喝一半菜吃半盘时,孙豪强说:"你俩知道不?"

刘天福和张富贵齐问："啥事儿？"

孙豪强说："赵六的娘舅死了。"

刘天福说："上个集，我还见他来卖簸箕，咋就死了？他不是才40多岁吗？"

孙豪强说："听说今天上午他上树钩树枝烧锅，不小心掉下来摔死了。这不，刚才我见赵家弟兄几个匆匆忙忙去他舅家了。"

张富贵呷口酒没说话。赵家兄弟六个，赵寡妇的丈夫是赵家老四，赵老四死了以后，赵家兄弟看赵寡妇看得很紧，唯恐她红杏出墙，坏了赵家门风。夜里，赵老大、赵三和赵六常手提木棍在赵寡妇门前溜达。张富贵每次去赵寡妇家都是看准赵家兄弟不在家的时候。

看似说者无意，其实计谋深藏，张富贵这个冤大头果然中了计。酒喝到半溜，张富贵谎称家中有事儿，离席而去。一会儿，孙豪强也放下筷子站起身。刘天福看盘中还有多半的菜，说道："你俩咋说走都走！这酒还多着呢！"

孙豪强说："菜先别撤。我回家拿了钱办个事就回来。咱俩继续喝。"

孙豪强在黑暗中尾随张富贵来到赵宅，见张富贵在赵寡妇门前东张西望一番，又轻轻拍了两下门，门没开。他便翻越那堵矮墙进了赵寡妇的院子。

孙豪强一溜小跑到赵六门前"嘭嘭"拍了两下门环。赵六开门问道："谁？"孙豪强说："我，我来借杆秤。欸？刚才不是你？我还以为是你呢！那是谁去了你四嫂家？我正说在你家坐会儿等你回来呢！"

赵六闻听，诧异地说："深更半夜，谁去我四嫂家干啥？贼！你等会儿，我去看看。"说着走出门去，又叫起三哥，二人各持一木棍，匆匆赶到赵寡妇门前，强行推开了大门。

孙豪强并没有在赵六家等候，而是跟在后边偷看会发生什么事。

不一会儿，孙豪强便听到了屋内的打骂声和木棍打在物体上的声音。孙豪强捂鼻一笑，便消失在黑暗中。

张富贵挨了一顿打，再也不敢去勾引赵寡妇。

这几年，孙豪强最高兴、最得意，除去了情敌，又将沈润章送进了大狱，只等清风楼到手，他为自己的才华而高兴得意。他自比诸葛亮，在青峰镇舍我其谁也。四年来他心平气顺，走路都忍不住地哼梆子戏。没想到沈润章又回来了。四年，对沈润章来说漫长得如四十年，可对孙豪强来说，就像才半年。沈润章回来要重新开张"清风楼皮货行"，同行是冤家，眼见一个馒头又要被沈家掰去一半，这使孙豪强心中添了些许不快。

他喝下赵妈端来的一碗鸡蛋疙瘩汤，又翻开了《三国》，他要从书中找出对付沈润章的计策。当他翻到第四十六回：用奇谋孔明借箭，献密计黄盖受刑。

他正要读下去，这时大儿子孙龙跃走了进来。

"今儿会上签了几家合约？"孙豪强摸过来烟袋噙在嘴上。

儿子孙龙跃面带失意之色："只签了一家，还只要二百张羊皮。"

孙豪强大为惊奇："什么？"

孙龙跃又重复说道："只签了一家，还只要二百张羊皮。"

孙豪强恼怒地将烟袋拍在桌上："马老板和北方的吕老板呢？今天没来吗？"

孙龙跃说："他们都去了清风楼。都给沈家签了。"

孙豪强愤怒地一拍桌子："又是沈家！"他忽地站起来，在屋子里踱了两圈，看着低头站在面前的孙龙跃说，"昨天你干啥去了？"

"我、我在店里。"孙龙跃嗫嚅着说。其实，昨天下午他去了清风楼，他想见灵芝。上私塾时，他和灵芝在一屋读书，并且他和灵芝是先生最器重的两个学生。自那时起他心里就有了灵芝。沈润章入狱后，灵芝停了学。可孙龙跃几天不见灵芝心里就空落落的。所以他一有空就去清风楼，装作买盐买醋，其实就是想见灵芝一面，说几句话。但他知道孙家和沈家有仇，不敢明去，有时见灵芝生活有了困难他就偷偷舀瓢面或舀瓢米，然后给灵芝送去，灵芝不要，他放下就走。沈润章回来后，他想去又不敢去，可心中的思念又使他坐立不安。傍晚时他关上店门去了清风楼，可远远见灵芝忙里忙外地招待客人，他没敢前去，只站在远处看了几眼就离开了。

孙豪强说："难道你不知道吗，年年的九月初九大会，外地客商都是头一天到，你不到街上看看，接接那些客户，蹲在店里干啥？"孙龙跃无言以对。

孙豪强又说："先下手为强，这道理你都不懂？你要先把客户接过来，他们还能跟沈家签了？"

孙龙跃低着头不说话，任凭父亲数落。

"机不可失，时不再来。今天你签不了合约，收了皮毛卖给谁去？失去这个机会，这一年的生意就没了指望。你呀！"

孙龙跃还是低着头不说话。

孙豪强心里像塞了块砖，堵得他焦躁。愤懑至极，他想骂人，想破口大骂以发泄心中的怨气、怒气、恶气，可他没骂出口，但感觉有一股气在胸中憋闷得很，那股气又冲上头部，冲得头有些发涨。他在屋里来回踱步，一圈又一圈，转得孙龙跃心慌意乱。可他又不敢动，他怕惹起父亲的无情发泄。孙豪强转了许久，心中的情绪才慢慢趋于平缓。他站在孙龙跃对面，长叹一声，说："龙跃啊！我常对你说，要多读读《三国》。做生意也如打仗一样，没智谋是打不赢的。你想，咱青峰镇是国之重镇，商贸要塞，南来北往，东去西行，商机很多，但同行是冤家，你不吃掉他，他就吃掉你。尤其是沈家，占清风楼之地利，又占沈润章会做生意之人和，你不用智慧怎么打败沈家？"

孙龙跃有点不耐烦了，说："打败沈家、打败沈家，人家沈家怎么你啦？弄得灵芝都不理我。"

孙豪强瞪圆了一双虎眼，注视儿子许久，他从儿子最后一句话中听出了话外之音，于是他平定一下情绪，说："沈家和我们是世仇，你知道吗？"

孙龙跃嘟哝着嘴不回答。

孙豪强生气地说："你枉读那么多书。常说'无毒不丈夫'。自古以来，以成败论英雄。不管你采取什么手段，成者为王，败者为寇。曹操办事不择手段枉杀无辜，但他毕竟成了气候。诸葛亮也是如此。无智谋，怎能成为胜者？"说着他坐了下来，拿火镰、火石打着了火，点燃刚才尚未点燃的烟袋。

这时门外传来一个女人的声音："家里有人吗？"

孙豪强问："谁呀？"

"是我，桃花。"随着声音，桃花走进门来。她见孙龙跃木然地站在孙豪强面前，说道，"你爷俩有事儿？那我等会儿再来吧。"

"没事儿。你坐吧。还不给你嫂子倒茶去？"孙龙跃示意桃花坐在对面的椅子上。

孙龙跃急忙到厨房掂来一燎壶，给桃花和父亲倒上茶水说："您说话，我走了。"

桃花说："别走，兄弟。"她用手巾擦了一下身边的条凳，说，"你坐下，我就是为龙跃兄弟的事儿来的。"

孙豪强说："啥事儿？"

桃花说："我想吃您的大鱼。"

孙豪强脸上露出了微笑："那好啊！说成了，我桌子多长鱼多长。你说的是哪家闺女？"

桃花说："这不，昨儿个逢会，北张庄张秀才来找我，叫我给他闺女说个婆家。人家张秀才虽不比咱孙家富有，可他有良田百十亩、骡马三四匹。你也知道，人家是书香门第……"

孙龙跃嘟着嘴说："别说了。不中！"

孙豪强眼一瞪："咋不中？你嫂子给你说六七个了，这个不中那个不中，哪个合你的意？"

孙龙跃嘟哝说："我不愿意！"

桃花看着孙龙跃说："那闺女长得又俊，又读过几年私塾，懂情理，咋就不中呢?"

孙龙跃嘟哝说:"就是不中!"

孙豪强一蹾烟袋:"你今年都快 20 了,也老大不小了,你再拖下去,你兄弟咋办?"

孙龙跃小声反抗说:"我就不愿意!"

孙豪强眼睛瞪得更圆了:"你愿意和谁?是大乔还是小乔?"

桃花为缓和他父子之间的气氛,看着龙跃说:"大兄弟心里是不是有人了?你说出来,嫂子给你去说。反正这大鱼我是吃定了!"

孙豪强和桃花盯着孙龙跃,孙龙跃低着头,红着脸,不好意思说出心里话。

桃花说:"你说啊大兄弟!你要是相中了七仙女,我明天就去找王母娘娘。"

孙龙跃低着头,努了努嘴,还是没说出来。

桃花说:"你说吧大兄弟,你相中谁了?"

孙龙跃头又往下低了低,终于说出了口:"灵芝。"

孙豪强和桃花都大感意外。桃花知道孙沈两家的过节,她不敢说"去找王母娘娘"了,只是怔怔地看着孙豪强。

孙豪强深深地吸了两口烟,将燃尽的烟灰吹出去,又安上一袋烟丝,吹燃纸煤后又点燃了,又喷出几口烟雾。显然他在竭力稳定自己的情绪,强压胸中的火气。第二袋烟丝即将燃尽的时候,他才语气和缓地说:"灵芝是个好孩子,可咱两家有世仇,你知道吗?咱两家打过数次血架,双方都出过人命。"

桃花看孙豪强说起两家的怨仇,不好意思插嘴,起身就要走:"孙叔,我还有事,我先走了。"

孙豪强站起身说:"还有啥事吗,他嫂子?"

桃花停下脚步,回头说:"你家磨要是得闲,我想磨套面。"

"中。那磨闲着呢。"孙豪强回答。

孙豪强虽然应允了借磨,但桃花并没有挪动脚步,好像还有话没说。

"还有啥事吗?"

桃花不好意思地说:"本来不好意思张嘴,可,你看你那大侄子有个闷气病,他不能推磨。我一个女人家,也没那么大劲儿,你那头驴能不能……也借我……"

孙豪强犹豫一下说:"中!可你小心点,那驴正怀驹,别使坏了。"

桃花一听孙豪强答应借驴,马上满脸堆笑地说:"放心吧!我再帮帮套,宁愿累着我,也不能累坏你的驴。"说着高兴地走出门去。

孙豪强又坐下来抽烟。孙龙跃仍坐在那条凳上低着头不说话。爹不让走,他不敢走。

"你应该知道，咱孙沈两家的疙瘩解不开，这都几辈子了。你和灵芝能成吗？"孙豪强不再发火，他想利用循循善诱的方法打消儿子的念想。

"爹。"孙龙跃见孙豪强缓和了气氛，抬起头来。"咱两家的怨仇我也知道，可这冤冤相报何时能了？"

"你还是多读读《三国》，遇事用用脑子。"孙豪强语气中带着气愤。

孙龙跃心里翻云覆雨，他喜欢灵芝，心里只有灵芝，逢集逢会，他见过不少十里八乡来赶集赶会的姑娘，可没有一个他看中的，只有沈灵芝是他魂牵梦萦的姑娘。可爹硬是不同意，怎么办？他在心里琢磨着对策。突然他心一亮，那是《三国》给了他灵感。他看着爹的脸坦然地说："我喜欢灵芝，不仅是她品行好，长得俊，也不仅是我俩从小就在一起，我对她有感情，更重要的是她没兄弟，如果我能娶了灵芝，孙沈两家能化敌为亲……"

"化敌为亲？嘿嘿……"孙豪强露出不屑的神色。

"爹，你听我说完。如果我娶了灵芝，沈叔又没有儿子，那清风楼不就自然姓孙了吗？"

孙豪强听闻，眼睛一亮，似乎豁然开朗。他捻须思忖了一会儿："好！妙计！这就是明修栈道，暗度陈仓。我儿有长进。"片刻之后，他又担心地说，"那沈家会同意吗？"

孙龙跃听了他爹的话也一脸茫然。

第8章 意 决

沈少松在青峰镇落了脚，心中甚是欣慰。他如一条漂泊的小船终于靠了岸，一只流浪的小鸟终于有了巢，虽然这岸这巢不是他的，但他总算有了栖身之地，不用再受风雨之苦、流浪之罪。

他感谢沈家父女的收留之恩。但凡一个人受了别人之恩，心里总要想方设法报答，所以沈少松在沈家总是非常勤快，家里有什么活，不用沈家父女说，他就干好了。缸里缺了水，灶里少了柴，他都会在天明之前挑满水缸，劈好柴火。他的勤奋，他的聪明，他的细心，他对沈家父女的尊重，赢得了沈家父女的好感。天刚一冷，沈灵芝就给他做了一双棉鞋。沈少松穿在脚上，不大不小，暖如蹬炉。其实这暖不仅仅暖在沈少松的脚上，也暖在他的心里。平日里，尽管灵芝一口一个"少松哥"叫得亲热而甜蜜，可他却很少注目灵芝。毕竟都快十七八岁了，男女之间相处得注意分寸。如果注目灵芝，他怕沈家父女对他有不好的看法。平日的谨慎使沈家父女对他的好感更深一层。在沈家父女的心目中，沈少松是一个懂规矩、知感恩、能吃苦耐劳的好男孩。

在他穿上那双三面新棉鞋的第三天，灵芝又将一双新面新里新棉花的棉袄送到他面前，"少松哥，这棉袄你试一试"。

少松说："你先放那儿吧。"少松身上那件夹袄已穿了整整一秋天，里面没有褂子，他怎好在灵芝面前光膀子试衣？

"我让你试试，看合身不。"

少松不好意思地说："待会儿我再试。"

"你现在就试！不合身我好改。"

少松看下领口，示意里面没衣服，不好意思。

灵芝说："我扭一边，你快试吧！"说着将脸扭向一边。

少松脱下那件破夹袄，将那软乎乎的新棉袄穿上，刚伸上袖子灵芝便转过脸，沈少松急忙去扣扣子。灵芝走到他面前帮他扣脖子处的扣子，少松不好意思地低下头，不敢正面看灵芝。灵芝扣不上扣子，用手一托少松的下巴："抬抬头啊!"少松抬起了头。就在这一瞬间,沈少松看清了灵芝的脸,心里咯噔一下,真俊!泛着红润的瓜子脸,一双大眼睛如两汪秋水,浓浓的两道眉如两轮弯月,不薄不厚的嘴唇泛着微红,两排牙齿洁白且大小匀称。这一眼就把那一副俊美的脸庞刻在了心底。夜里,他抚摸着搭在被子上面的新棉袄,脑海里浮现出灵芝似嗔还羞的脸庞,心里乱极了。若能娶上灵芝这姑娘,死也值了。但冷静下来又想,自己是谁?一个流浪汉,没家没舍,没田没财,就是一个穷要饭的。一个癞蛤蟆,还想吃天鹅肉啊?自己咋会产生这想法?他摇了下头,清醒了一下头脑,翻了个身,他想睡着,可怎么也睡不着,那个画面怎么也赶不去。他第一次失眠了。当第一缕曙光透过窗棂照进屋里时,他就急忙穿衣起床。几捧凉水泼到脸上后,那画面才从脑海里消失。

他来到清风楼下,打开货行的两扇门,那如水的阳光便泻进屋内,照得满屋一片亮丽。两个月以来收购的皮毛分类堆放在后墙根,码得整整齐齐。地板上也很干净。每天晚上关门前他都会整理打扫一遍,第二天开门无须再打扫。可他还是掂起扫帚将店里店外打扫一遍。青峰镇逢集是隔天一集,逢双,今天便是逢集日,集日就有生意,四乡的老百姓及一些小贩就会把一些零星皮毛拿到集市上来卖。

早饭都是灵芝从后院端到门店来。做生意就是如此,早开门迎客,不让客人等待。沈润章历来都如此。饭端来了,一盘酱豆,四个窝头,两碗米粥。

"叔呢?"沈少松问。

灵芝说:"一早就出去了,借钱去了吧。咱吃饭。"

"等叔回来吧。""不用等,我留在锅里了。"灵芝拿起馍,先递给沈少松一个。沈少松伸手去接,可灵芝的手停在了半路。"少松哥,爹认你做了干儿子,你咋不叫爹?"灵芝问。

"我……"沈少松脸红红的,有点不好意思,"叫惯了,不好改口。"

"不改口不让你吃饭,"灵芝一脸娇嗔,"从今儿起,改口叫爹。不叫,我就不叫你哥了。"

"好好!我改口,叫干爹。"少松羞涩地笑着说。

"不许带'干'字,就叫爹。"灵芝停在半空的手等待着。"好,叫爹!"

"唉,这就对了嘛!"随着声音,沈润章跨进门来。灵芝一边给爹让座,一边问:"爹,借着钱了吗?""咋?还借钱?"少松不解地问。

开业一个多月,客户的押金钱就用完了。原来的一点家底,四年前刚入狱时就打点完了。许多老客户信任他,就和他签了合约,交了押金,可那些仅仅是押金,对生意来说只是杯水车薪。沈润章不愿辜负客户的信任,手里又没了钱，他只好去借去磨。镇上谁家有钱？孙家，可不能去孙家借钱，去也借不来。这时他想到张富贵和刘天福，刘天福与他关系很好，可他做个小生意，不会有多少闲钱。于是他心怀忐忑地走进了张富贵家。他知道张富贵是白天也难借出盏干灯的主。迫于无奈，他还是硬着头皮去找张富贵。张富贵一听向他借钱，立即装出一脸苦相："润章，我不是夹（方言。别人伸手求助，不能满足要求，使对方难堪）你的手，我是真没钱。实话告诉你，原来是有点钱，可在你回来之前，我又买了几亩地，钱全用完了。"沈润章悻悻地离开张家，只好去找刘天福。刘天福很慷慨，立即进里屋端出一个烂了边的破坛子，将坛中碎银和钢洋"哗啦"倒了出来。"拿去用吧。我就这些家底，帮不了大忙，但你正缺手（方言。意思是缺少钱或者物品，暂时困难），签了合约，就得按合约办事。我只能帮个小忙。"沈润章看着桌上的钱，心里估摸不过有十来块钢洋的数。"唉！算了吧，你做生意也得用钱。"沈润章嘴里说着心里在想，这些钱也解不了大渴。"我再想办法吧。"刘天福说："这些钱，我知道顾不了你的大急（发急，方言。意思是手头紧，缺钱而困难）。你如果想不到法儿，我再给你送去。先顾一下眼前之急。"

空手而归，沈润章有点沮丧，他长叹一声说："真是一分钱难倒英雄汉。"他低着头，拿起筷子，显出很为难的样子。

"爹，"少松努了努劲儿，终于改口叫了声爹，接着说，"咱不是有钱吗？咋还去借钱？"

"有钱？"沈润章抬起头，面露不解之色。

"对！我那钱拿出来用不就好了。"沈少松说。

沈润章的表情开始是惊喜，后又变得犹豫："少松啊！你的钱我咋能用？你都这般地步了。"

少松面露沮丧之色："爹，你是不是想赶我走？"

沈润章抬起头，吃惊地看着少松："这是说哪里话？"

"你不赶我走，咱现在也算一家人。我这有钱，你咋不用？"

沈润章犹豫一下说："那好，先借你的，给人家啥利我给你啥利。"

少松笑了："说啥利？咱自己用。"

少松放下筷子，回到宅院，到柴草房从柴堆中扒出那狼皮褡裢，交给了沈润章。

两个月以来，沈少松的所作所为，给沈家父女留下了美好的印象。这次又拿出他的全部钱财交给沈润章，沈润章感到少松已经把沈家当成了自己的家。这种知情，这种达意，这种慷慨，这种忠厚诚实，让他感觉眼前的这个孩子是一个指得住靠得住的人。于是，一个想法在他心底萌生了。

一日早饭后，沈少松和沈润章刚刚打开店门，就见一个30来岁、身穿翻毛羊皮上衣、肩扛着枪的年轻人来到门前。

"哈，王石头来了！快请！"转身对沈少松说，"这就是我常念叨的王石头，乌龙镇的。"

王石头用疑惑的目光看着沈少松。

沈润章看着王石头的表情，急忙介绍说："他叫沈少松，是我的救命恩人。"

进到屋里坐下后，少松给王石头倒上一碗茶。沈润章把路遇沈少松的经过说了一遍，王石头表情木讷地点点头。

沈润章看着王石头，不解地问："石头，你是不是有啥事儿？"

王石头哭丧着脸说："沈叔，我是来和你辞行的。"

沈润章和沈少松大感意外，一齐问道："咋回事儿？"

沈少松拉个条凳坐在王石头面前。王石头将猎枪抱在怀中，眼泪汪汪地说道："九月初九的会后第三天，我媳妇就快生了，我心想，如能生个儿子，俺王家也有了后，不管多穷，我也有盼头了。谁知我媳妇难产，山里又没有好先生，结果折腾了两天两夜，孩子没生成，我媳妇也大出血死了。"王石头鼻涕眼泪流了一脸，哽咽得说不下去。沈少松又给石头倒上一碗水："石头哥，你先喝口水。"王石头接过碗喝了几口，止了哽咽。

沈润章说："事已至此，你还要保重身体。日子还得过下去。"

王石头抹了把满脸泪水，长叹一声："唉！……日子没法过了。大人孩子都没了，原来攒了几个钱，可这次花光了。"

沈润章说："没钱？我给你点。"

王石头摇摇头说："钱我不要了。家不能待了，一进屋就止不住眼泪。"

沈少松说："那你准备咋办？"

王石头说："南方有个亲戚，在城里做生意，他捎信叫我去给他帮忙。我想，这一走不知啥时还能相见，就来和您辞个行。沈叔是我的恩人，我啥时也忘不了。临别，我也没啥好送您，我就把这管猎枪送您吧。这世道也不太平，今后保家护院也许能用得着。"说着将猎枪递给沈润章。

沈润章说："这枪你还得带着，路上遇到啥事儿也好防身。"

王石头说："我一个穷光蛋，要饭的，谁咋咋（方言。在这里做动词，整治的意思。还有'怎么着'的意思，如例句：你到底想咋咋?）我干啥!"

沈少松说："你连夜赶路，还没吃饭吧？我去弄点饭。"

王石头说："趁天气好，我还是赶路吧。"

沈润章从抽屉中拿出几块钢洋，说："这几块钱你拿着用吧。"

王石头站起身说："不用不用！十天半月的，要饭也能要饱。"

沈润章说："你要是嫌钱少，就别拿。常说，在家千般好，出门当时难。碰到阴天下雨下雪，你去哪儿要饭？再说，遇上头疼脑热，你身无分文咋办？拿着！"沈润章命令似的口吻，让王石头感动得热泪盈眶。

王石头从沈润章手中只拿了两块钢洋，装进怀里，含着泪一步三回头地离开了清风楼。

沈润章和沈少松将王石头送到大青河上的石桥头，王石头说："沈叔，你俩别送了，终有一别。"说话时，王石头眼里噙满了泪水。

沈少松说："石头哥，到地方别忘了捎个信来。"

"看，我差点忘了，我这一走，乌龙镇就没人收皮毛了，那里的猎户多，以前都是我收那里的皮毛，我走后，你们可以去收。"王石头说。

沈润章点点头，说："知道了。路上小心。在南方要是混不下去，就还回来。"

王石头点点头，泪水又流了下来，他抹了把泪，对沈少松说："少松兄弟，好好照顾沈叔！他是个好人！"

"你放心吧！"沈少松说。

王石头转过身，沿着脚下的南北大官道走了。

秋阳下的平原了无遮挡，一眼就能望到天地相接的地方。沈润章和沈少松久久地凝望着王石头那瘦削的身影渐渐远去。

青峰镇隔天一集，不逢集的日子生意人便关了店门去干农活。当沈少松和沈家父女将地里的棉花柴砍完运进院中堆放在庭院西南角后，地里的农活就干完了。王石头已走了二十多天，可山里的皮毛一张也没来。正如王石头说的，山里的猎户住得非常分散，谁家打了一两张皮子也不值当下山去卖，都是王石头扛着猎枪走村串寨去收，收了十张二十张，打成捆背下山送到青峰镇。地里没了活，沈少松就提出进山收皮毛的打算。沈润章说："这大青山里很复杂，有土匪。再说这路你也不熟。"沈少松说："有土匪怕啥？三个五个也奈何不了我。路嘛，我鼻子下边有嘴，可以问。"

临行前，沈少松将钱缝在一个长布条中，系在腰间，扛上王石头留下的猎枪又将那具药葫芦拴在腰带上。灵芝将几块锅饼和几个煮熟的鸡蛋装在沈少松肩上的褡裢内，把他送到十字街口，一再叮咛："少松哥，千万别走夜路，天黑就住下，天明了再起程。馍吃完了，该买就买，钱该花就花，千万别亏了身子。"

沈少松点点头说："知道了。"

站在清风楼下的沈润章把这一切都看在了眼里。父女二人回到家，灵芝做她的针线活，沈润章则点燃烟锅，抽起烟来。他一边抽烟一边注视女儿，女儿真的长大了，那眉眼多像她妈啊！看着女儿，他心里涌起了一种无以言表的情愫。抽完一袋烟，他长叹一声，灵芝听在了耳中，便停下手中的活计说：

"爹，咋又不高兴了？"

沈润章又长叹一声说道："灵芝，过了年你就17了。常说，男大当婚，女大当嫁，按咱这儿的规矩，你也该出嫁了。这些天，有几个人来给你提亲，虽说是媒妁之言，父母之命，可我就你一个闺女，我想听听你的意思，爹不想委屈你。"

灵芝脸一红，羞涩地说："爹，我不嫁！我在家伺候你一辈子。"

沈润章抽一口烟，笑道："说傻话了！姑娘大了，哪有不嫁人的？咱镇上姓张的，姓刘的，还有姓赵的，你看哪家好？"

灵芝摇了摇头，继续干手中的针线活，那是她给"少松哥"缝的一只棉鞋帮，许久，她说道："哪家都不中！"

沈润章知道他不在家的这几年，孙龙跃常来清风楼，有时还送些米面接济灵芝。灵芝又与孙龙跃同屋念了几年书，可他不知灵芝啥心思，于是试探着问："听说这几年孙龙跃总往这儿跑……"

灵芝抬起头说："爹，别说了，孙龙跃对我再好，也不中。他爹陷害你蹲了四年大狱，我咋会嫁给孙家？"

沈润章从女儿的话中听出了孙龙跃对女儿确实有意，他沉默了一会儿说："孩子，不是爹心狠，咱跟孙家不能联姻。"

灵芝没抬头，继续着手中的针线活。"我明白，爹。"

沈润章唯恐委屈了女儿，心中很乱，他犹豫了一会儿说道："说是孙豪强陷害我蹲了四年冤狱，可咱没真凭实据。"说这话时，他也有试试灵芝心里想法的意思。

灵芝抬起头，望着爹的脸说："众人是圣人。你不常常这样说吗？'舌头'叔在孙家见了那个推盐人，咱跟那推盐人又没打过交道，无冤无仇，他陷害你干啥？这说明是孙豪强拿钱设的圈套。"

"那孙龙跃？……"

"别说了爹！"灵芝低头又做起针线活。

沈润章看女儿已经定了心，犹豫着说："你看……"

灵芝抬起了头，望着爹的脸说："看啥？"

沈润章注视着女儿说："你看少松咋样？"

灵芝低下头，又继续干手中的活计。爹看到女儿脸上泛起一层红晕。许久，灵芝才慢吞吞地说道："少松哥？人很实在，托得住也靠得住。"

沈润章看着女儿，微微笑了。

第9章　婚　事

　　青峰镇对"聪明人"一词有两种解释。一种人，脑瓜子灵活，会为人处世，有品德，人们会竖起大拇指，称"聪明"，人人敬之；一种人精于算计，处处以个人利益为先，人们称这种人为"小聪明、小精细"，人人敬而远之。

　　孙豪强是个聪明人，私下都说他是眼翅毛都能吹小响（方言。对极度小精明的人的夸张比喻）的人。他头脑灵活，又有文化，读了一肚子《三国》，为人处世干生意，他都效仿《三国》中的人物和战例。在桌子底下踢断你的腿，桌子面上还是一脸的笑。人们面前背后都夸他是聪明人。当他被别人夸"聪明"的时候，他总是自以为是，这个聪明人却听不出第二层含义来。沈润章出狱后，他第一个掂着点心来看望，他以为这样做谁也不会怀疑他，殊不知"众人是圣人"。"小聪明"做事遮得再严，众人也能看透，只不过是不点破罢了。"自圆其说"只是"小聪明"掩耳盗铃的伎俩。

　　孙二喜在孙豪强家当了大半辈子大领，没领一分工钱，只指望能说上个媳妇，再领工钱，盖上两间草屋，把媳妇娶进门，像别人一样，过上有家有女人的日子。当桃花操心东寻西找终于碰上个媒茬（方言。对象），那人虽是个寡妇又比他大三岁，但孙二喜心里依然非常高兴，就如一个路人久走沙漠饥渴难忍时终于见到一汪清水，可没想到去找孙豪强讨要工钱时，孙豪强几句好话一件破衣裳便打发了他。没有钱盖不成屋，媳妇娶不到家来，孙二喜自然急不可待，又怕那寡妇被人娶去，过了这个村没了那个店。二喜便跑去找桃花，言说东家正在给他凑钱，可桃花却说人家不愿意了。二喜问为啥，桃花说那女方说你有病。二喜问："谁说我有病？"桃花不回答。

　　此时，二喜心里已经明白，必定是东家孙豪强，因为他若成了家，这二十多年的工钱东家就得还他。二喜心知肚明又有口难言，一气之下在牛屋里的软床上睡了三天没吃没喝。虽说人人都有血性，可孙二喜却挺不起腰抬不起头，因为自己房无一间、地无一垄，要是和东家闹翻，自己连个栖身之处也没有。可他又心有不甘，自己已年过三十，这样下去，年老以后怎么办？他思前想后，最后他还是下定决心去讨回工钱。

第四天他挣扎着起了床，推开那牛屋栅栏门，一阵初冬的寒风迎面刮来，他打了个寒战之后，感觉浑身冰凉。他浑身哆嗦着敲开了孙豪强的门。

孙豪强一见二喜便满脸堆笑地说："我正说去找你，你来了。天冷了，我让人给你做了双棉鞋，还有这条棉裤，三面新的。"说着，他将那新棉鞋、新棉裤递到二喜手上。"快穿上试试。"

二喜还没张嘴说工钱的事，孙豪强又说："桃花给你说的那媒咋样？"东家的关心热情，弄得二喜一时不知说什么好，原来的气愤和决心一下被一连串的关心冲得烟消云散。

孙二喜捧着衣物低着头再也不好意思说出他在心中酝酿三天的话语。"二喜呀！谁关心你？还是我，咱毕竟一笔写不出两个'孙'字。再说了，婚姻大事，强扭的瓜不甜。人家不同意就算了。四条腿的鸡难寻，两条腿的女人有的是。以后我再托人给你说一个。"

孙二喜一句话也没有说出，如吃了一肚子秆草（方言，指收获谷物留下的秸秆，被当作骡马和驴的饲料），吐不出，又消化不了。只能睡在牛屋里的软床上，辗转反侧，泪往肚里流。

孙豪强送走二喜，就到牌坊街徐家点心铺买了四封点心，分成两提，将一提送回家，又掂着另一提来到靠大河边的桃花家。桃花家在镇西头赵胡同西侧，三间石墙屋，石片盖顶，土打的院墙。由于多年风吹雨淋，院墙只有齐腰高了。鸡架小门楼上的枯草在风中摇曳，木板条钉成的两扇大门透着指头宽的缝隙，隔着门缝可看到桃花正在晾晒一条打着许多杂色补丁的棉被。孙豪强敲响了木板门。

桃花来到门前拉开门，看见是孙豪强，惊喜地说道："哎呀！是豪强叔。我说一大早喜鹊就喳喳地叫哪，原来是有贵客登门。"她一看孙豪强手中掂着点心，激动地说，"这还拿东西干啥？"说着身腰微屈，伸出一只手臂，将孙豪强请进屋内。

"福伯近来身体啥样？"他将点心放到当间只有三条腿的方桌上，坐在了桃花搬到面前的椅子上。只见赵福坐在东间的草铺上围披着一件破棉袄正闷得上气不接下气，那下巴一扬一扬的似乎有一只大手掐着他的脖子，那细瘦的脖子青筋暴起。"快……快……给孙叔倒茶！"

桃花笑着说："咱哪有茶叶啊？"说着拉出一个小板凳坐在赵福床边。"孙叔不是外人，你别操心啦！好好喘你的气。"

赵福摇摇头，断断续续地说："唉！还……还……不如，死了好！"

孙豪强说："说憨话！谁能没病没灾的？"

桃花也叹口气说："这天一冷，冬天更难过了。"

孙豪强说："看病需要钱的话，给我说一声。"那语音里透着大气和慷慨。

桃花抹把眼泪说："就这您都帮了不少忙！不知咋谢您呢！"

孙豪强笑笑说："说啥谢？乡邻乡亲，都得相互帮衬。"他略一停顿，低声对桃花说，"二喜的事儿……"

桃花说："说好了。不再提了。"

孙豪强面露笑容："这我得谢你哪！"

桃花说："唉！宁拆十座庙，不毁一桩婚。我觉得怪对不住二喜叔。"

孙豪强笑笑说："其实，我已把二喜当自家人了，吃的穿的都照顾他。"

桃花低下头没说话。

孙豪强从怀中掏出一把铜钱说："再给福儿抓几服药吧。看他这样挺可怜的。"他把钱放到破桌上。

桃花抬头看着那几枚铜钱，心里想，我毁了二喜的婚事，给孙家省了岂止一头牛的钱，就这几个铜钱打发我，真后悔当初不该骗二喜，本来人家女方挺满意的。尽管桃花心里很内疚、很生气，但她不敢得罪孙豪强。孙家毕竟是青峰镇一霸，况且自家还是孙家的佃户。桃花强迫自己把笑和感激堆在脸上："哪能要您的钱？"

孙豪强摆摆手说："桃花啊，叔还有事儿请你帮忙哪！"

"你说吧豪强叔。侄媳妇没大能耐，大忙帮不了，小忙我还能办。只要需要我，我保证尽力！"

孙豪强说："就是龙跃的婚事儿，那天你也知道，给他说几家，他都不乐意，就看中了沈润章的闺女灵芝了。"

桃花听闻，有些犯难地说："这……"

"我知道，俺两家有些过节，让你为难，可我还邀请了刘天福。你俩从中做媒，还能办不成？"

桃花笑了说："好！听说刘天福跟灵芝爹拜过把子，是把兄弟。中！我去。"

刘家在青峰镇是小户人家，总共只有四户，都是孙家佃户。刘天福只有祖上传下来的三间房，临街，两间做生意，一间全家人居住。刘天福地无一垄，靠租种孙家二十亩地生活。大青河北的薄沙地，漏水漏肥，辛苦耕种一年，到头来，缴了租子所剩无几，只够一家人吃三四个月。前几年，刘天福迫于无奈，随逃荒队伍翻越大青山去闯西口，学会了熬羊汤，回来后，就利用自家的房子开了个"刘家羊汤馆"。刘家羊汤虽肉烂汤鲜，但吃者不多。镇上穷人居多，只有逢集逢会，客人才多一点。赚些小钱，补贴家用，日子才勉强过得去。由于刘家人少势单，刘天福为人处世做生意都很谨慎，从不敢得罪人。镇上谁家有事他都跑在前头。不管谁家有了红事儿白事儿，他都刀具一掂前去做大厨，从不收一分钱。谁家生气吵架，他都前去劝解调停。刘天福跟沈润章关系不错，据说二人曾烧过香磕过头是拜把兄弟，但当有人提及此事，他都否认了，说那是孩童时期的事，闹着玩的。其实，刘天福是觉得镇上关系复杂，尤其是孙沈两家又有世仇，弄不好就会受连累。他虽不承认与沈润章是把兄弟，但弹花槌擀烙馍——心里厚。这几年沈润章不在家，他没少接济灵芝，时不时送些米面、地里的果蔬瓜菜，也常让孩子给灵芝送去。

孙豪强离开桃花家，又回到家掂了另外两封点心，走进了"刘家羊汤馆"。正值半晌午时分，店中没客人，刘天福腰系围裙肩搭毛巾正在剔一羊头。

"刘老板忙啊?"

刘天福回头一看，见孙豪强手提点心进了门，惊喜地说道:"是豪强哥? 这是去哪里?"

孙豪强将点心放到桌上，不客气地坐在条凳上说:"天福老弟，我就来找你。"刘天福急忙在水盆中洗了手，又在围裙上擦了擦，来到孙豪强面前，先将旱烟袋安上烟丝，递给孙豪强，又找来火镰、火石打着火点燃纸煤，又吹了两下，纸煤便燃起通红的火苗，他要给孙豪强点烟。

孙豪强接过火煤，吹熄了火苗说:"不用客气!"刘天福又急忙掂来燎壶，在碗中倒上水，歉意地说:"你看我这儿，连个茶叶也没有。"

孙豪强摆摆手说:"不用不用。我今儿来，是想请你帮个忙。"

刘天福坐在另一条板凳上，一副洗耳恭听的样子。"你说吧，只要我能办的，保证不惜力。"

孙豪强点燃烟斗，抽了一口，说道:"我想请你做个媒。""谁家?"刘天福问。

"你大侄子龙跃。"

"哪家闺女?"

孙豪强"唉"了一声说:"这不，前一段桃花给说了几个，可龙跃就是不满意。你猜他看中谁了?"

刘天福问:"谁?"

"他看中了沈家灵芝。"

刘天福眉头微微皱了一下，望着孙豪强，等待下文。

孙豪强接着说道:"这两个孩子以前在一个学堂念过书，两人处得也不错。

当然，这都是几年前的事了。如今都长大成人了，也到了婆嫁年纪。本来，你知道，俺孙家也是咱青峰镇数一数二的户，我本想给他找个门当户对的，可不管说哪家，他都不愿意，逼紧了，他才说相中了灵芝那闺女。这几天，我翻来覆去地想，如今也想通了，孙沈两家过去虽有些过节，但那都是过去的事了。人常说，冤家宜解不宜结。如果两个孩子真能成亲，过去的事儿都消散了。我觉得这也是一件好事。"

刘天福点了点头。

孙豪强继续说道："再说，那灵芝闺女虽长得不错，可要说婆家，咱镇哪家能比孙家强？"

刘天福又点了点头。

孙豪强继续说："我今儿来，就是专门来请你做这个大媒。如能说成，我请你吃大鱼，保证桌子多长鱼多长。"

刘天福笑笑，面有为难之色。

孙豪强继续说："我知道你有些为难，毕竟孙沈两家几代怨仇，可这是孙沈两家化怨解仇又成人之美的大好事。思来想去，我觉得只有你做这个媒合适。我听说你跟沈润章拜过把子，你在他那里能说上话。"

刘天福苦笑着说："哪有拜把子的事儿？那是小时玩的。你忘了！咱俩还插草为香磕过头呢。那都是光屁股时候的事儿了。"

孙豪强突然把话题一转说道："你种我那二十亩地，本想今年收过麦就收回的，可细想，你这生意也赚不了几个钱，我收回了，你一家老小咋养活？看在咱兄弟感情不错的分儿上，我今年就不收回了，你还种着。"

刘天福从孙豪强的话中听出了弦外之音，那是东家对他这个佃户的威胁和逼迫。如不去做这个媒，他知道东家对佃户是掌有生杀大权的。

刘天福说："谢谢东家的关照！"

孙豪强笑说："啥东家不东家的，咱是兄弟。"

刘天福思索一下说："好！我去提这个媒，可是……"

孙豪强说："我给你准备四样礼物，不会让你空手去。"

刘天福说："我不是这个意思，我是说，我一个人去不好，不如再邀一个人，人常说人多面子宽。"

孙豪强说："好！我再邀桃花和你一起去。"

傍晚时分，镇上的店铺大多关门打烊了，唯有刘天福的羊汤馆门外还亮着一盏纸糊的风灯，上面写着一个大大的"刘"字。店里客人不多，只有两三个人在喝着白如奶质的羊汤，泡着自己带来的饼。这时，孙豪强手提四封点心，身后跟着桃花，二人一前一后进了羊汤馆。

孙豪强朗声说道："刘老板发财！"

刘天福急忙解了围裙迎出来。那几个喝羊汤的人也一齐站了起来打招呼："孙老板来了！"

孙豪强向喝羊汤的人招招手："你们喝你们喝。我找天福有点事儿。"随后将点心递给天福，说道，"耽误你的生意啦！"

刘天福笑着说："哪里话！"随后向里间喊道，"孩子他娘，你先招呼着，该添汤添汤，让几位吃好喝好。我去办点事儿。"

里面传出天福媳妇的声音："你去吧。"

刘天福对几位客人说："汤该添就添，不加钱。几位吃好喝好。"说着与桃花出了羊汤馆，奔东街清风楼而去。

沈润章正在灯下拨算盘，结算一天的收支情况，见刘天福和桃花进来，急忙起身相迎，先拉过两只条凳让二人落座，又端来烟筐让刘天福吸烟，然后提壶倒水，可水壶是干的。沈润章歉意地说："不好意思！连水也没了。"

刘天福将四封点心放到桌上说："别忙了。又不是外人。"

沈润章看着桌上的点心有些诧异地说："这是……"

桃花抢先说道："恭喜你！沈叔，有喜事降临。清早你没听到喜鹊叫吗？"

沈润章更为不解："能有啥喜事？"

刘天福点燃水烟袋，还没张口说话，桃花又接过话来："俺俩是受人之托，来给灵芝提亲的。"

沈润章笑了："那好啊！谢谢你俩操心！不知说的哪家？"

桃花说："孙家老大，孙龙跃！"

沈润章一听，脸立刻沉了下来，没说话。

桃花说："人常说，男大当婚，女大当嫁。我早就想给灵芝说个婆家，可你不在家就搁下了。如今男方托我俩来提亲……"

沈润章晃了晃手，打断了桃花的话，说道："谢谢你俩！这事儿就别说啦！"

桃花说："我也知道你两家有过节。可人常说，这冤家宜解不宜结。再说，龙跃人也不错，饱读诗书，虽没参加科举，但经商也很有能力。如果这门亲真能成，冤家成了亲家，过去的仇啦，怨啦不就烟消云散啦？"

沈润章又举手止住了桃花的话，说道："两家的怨恨不说，就说小孩我也不满意。常说跟着啥人学啥人，跟着巫婆跳假神。我不信孙豪强能教育出好孩子。"

桃花无话了。刘天福只吧嗒吧嗒地吸烟。

沈润章继续说:"三岁看大,七岁看老。孙龙跃前几年那事儿恁(方言。意思是指你、您)知道不?"

刘天福和桃花不解地看着沈润章,等待他继续说下去。

"他三叔孙品行,就是孙豪强堂兄弟,一辈子无儿无女,老伴又死得早,老人50多岁时眼瞎了。他临街住,有三间门面房。按规矩,老人死后,那房子该他家赗受。孙家想做布匹生意,没门面,就硬逼老人搬到其他地方去住。老人不同意,孙龙跃就弄些石头棒棍放在老人门前,老人看不见,被绊倒摔断了腿,卧床不能动。你想赗受人家家产,就得照顾人家,这是天经地义的事儿。孙家不但不给老人治病,而且也不侍候。一天我路过老人门前,听到老人在哭叫,我进去一看,屋里臭气熏天,床上墙上到处都是屎,苍蝇打脸,床上床下蛆虫乱爬。我急忙找了一把艾草在屋里点燃,又用扫把把床上地上的蛆扫出去。老人哭着说:'他们心太黑了!吃桑葚子等不到黑。大人不是东西,小孩也不是东西!为占我这房子,故意弄些棍棒石头,放在我门前,把我的腿摔断。他们不侍候我,也不给我吃的。我都三天没吃碗热饭了。小小年纪,使坏心害我这孤老头子不得好啊!'我问他咋知道是孙龙跃干的?他不是看不见吗?老人说:'瞎子耳朵灵,我一听脚步就知道是谁。'那天我给他送去三个馍,他狼吞虎咽,几口就吃下去了。没想到后来老人还是饿死了。"

刘天福这时忽然明白了什么,他说:"怪不得。他死后我给他穿的衣裳。老人嘴里有一团棉套子。"

沈润章说:"孙龙跃,这孩子本来不错,都是跟他爹学坏了。老人死后,没过头七,他就在那儿开业了。"

桃花听得目瞪口呆,不知道说什么好。

刘天福站起身说:"润章哥,全当我俩没来。"接着桃花也站了起来。

沈润章说:"受人之托,忠人之事。这样吧,你俩也别说我不同意,不然显得你俩不给他办事,今后对你俩也不好,你俩毕竟还都是他的佃户。你们回去给孙家回话,就说灵芝已定好了亲。他要问是哪家,就说是我家那伙计,我要招上门女婿,正择日完婚。"

沈润章提起礼品递到桃花手里。桃花说:"拿来的礼品,咋能还拿走?"

沈润章说:"收下他的礼,不就等于我答应了吗?"刘天福说:"是这个理。拿走吧。"

刘天福和桃花走出门,刘天福回头说:"润章哥,你可别生气。"

沈润章笑着说:"说哪里话?你二人为孩子操心,我还感谢呢!"

沈润章望着他俩走出的背影,一脸沉思。

孙豪强托刘天福和桃花去沈家提亲吃了闭门羹，心中甚是不快。"我孙家在青峰镇也算首富，不管什么事没有办不成的，谁不给我孙豪强面子？就是县里来的官员也得让我三分，况且我儿子要学问有学问，要长相有长相，哪一点不配你沈家？要不是搞什么革命，我儿子不考上状元也考个榜眼，你沈家能攀得上？"

自刘天福和桃花走后，他就一袋烟接一袋烟地抽，直抽得屋里烟雾弥漫。上午饭也没吃，他感觉有点丢人。儿女婚事被拒绝，他感觉受了沈家侮辱，他又气又恨，牙齿咬扁了烟袋嘴，心里还觉得憋得慌。长出两口气之后，觉得心里好了些，他又对这件事进行了一番分析琢磨：沈润章拒绝这门婚事，要么是记仇，要么真如刘天福和桃花说的，他看中了那伙计沈少松。沈少松他见过两次，人长得是不错，也勤快，但大字不识一个，又是个流浪汉，不知这个瞎了眼的沈润章看中了他什么。闲茶闷酒，晚饭时，他让用人赵妈温了一壶红谷酒。一壶酒下肚，晕晕乎乎，心情平静了许多。他又翻开《三国》，眼睛在书上，可脑海里依然是孙沈两家的怨与仇。酒醉了，什么都会忘记，而半醉半醒时，思维总是像钻进竹筒里的老鼠拐不过弯来。他不为儿子娶不上媳妇而发愁，而为沈家拒婚而生气。孙豪强就是孙豪强。他认准的事，无论采取什么方式都要达到目的。天明时，他酝酿成熟了一个计策。

孙龙跃也是一夜没睡好。他在床上翻来覆去，脑海总是浮现出灵芝的形象，浮现出在学堂读书时的情景。在学堂他和灵芝是前后排，坐在他前面的灵芝梳着两条大辫子。偶尔灵芝会甩一下那长长的发辫，那辫梢掠过他脸上时他感到一阵麻酥的快意。每当那麻酥酥的快意重现在他的脑海，每当灵芝那大大的水汪汪的眼睛和微微隆起的胸浮现在眼前，他心里都会产生一种压抑不住的冲动，下身也会产生一种强烈的欲望，那欲望不知不觉变成一阵快感，有生以来的第一次快感使他再也不能自抑，他想号叫，但他压抑住了。快感之后，他感到浑身如棉团，软弱无力。之后，他深沉地进入了梦乡。

一顶八人抬的大花轿一起一伏从东街行来，赵家唢呐班吹奏着《百鸟朝凤》，三眼铳震天响，引得满街筒子都是人。花轿来到孙家大门口，轻轻落地，迎亲的姑娘掀开轿帘，只见一双穿着红绣鞋的脚一前一后从轿里迈出来。金莲移动，踢得裙穗上的银铃叮咚作响。灵芝头罩红纱，走起路来如弱柳拂风。他站在门前看着，心如灌了糖蜜。灵芝，我终于娶到了你！拜过天地，入了洞房，他就急切地上前去揭开灵芝的红盖头，他想尽快地欣赏那梦寐已久的新娘灵芝的美貌，可定睛一看，新娘灵芝变成了沈少松。他"啊"的一声惊醒了。他翻身坐起，原来是一个梦。

下弦月依旧挂在窗外。这怎么是一个梦？要是真的多好！他宁愿永远在那梦里不醒来，是沈少松毁了他的梦。一种妒恨在心底泛起，沈少松，你是哪家的鸡？你一个外乡人，一个流浪汉，竟要与我争夺灵芝？两腿间湿乎乎冰冰凉，他没在意，心中只有一团火在燃烧，要把这个流浪汉赶走，不能让他娶了灵芝，不然，他就没了一点希望。月亮移出了窗框，窗外的天空闪亮着许多星斗，离天亮还早，他又睡下了。可依然没一点困意，脑子里清醒得很，灵芝的影子又浮在眼前，那弯弯的眉毛，大大的水汪汪的眼睛，洁白的牙齿，乌黑的长辫子垂在丰满的胸前。他睁开眼想看得更清晰，可屋里一片黑乎乎的。那灵芝的形象只是脑海中的幻影。他在心里重复着一句话：一定要把沈少松赶出青峰镇！一定得把他赶走！一定要把他赶走！

第10章　欺　生

沈灵芝坐在灶窝里，一手拉风箱一手往灶里添柴。风箱里"呱嗒呱嗒"地响。灶中的柴燃尽了，她还在拉着风箱，风吹得柴灰窜出锅门，扑得她满头满脸她都没有知觉。爹的话像一块石头落进大青河的水面，荡起了一圈又一圈的涟漪。读私塾时，她和孙龙跃在同一间学堂。学堂里只有十来个学生，她和杏花同桌，她身后是孙龙跃。那时虽只有十二三岁，可她对孙龙跃已有了一种好感，那时还不懂男女之间的事，仅是好感而已。孙龙跃很文静，像个大姑娘，言语不多，学习很用功，背书写字在男孩子中最好。

先生最喜欢的学生就是她和孙龙跃。孙龙跃对她很好，有时她没本子了，孙龙跃会偷偷地将订好的本子送给她。下雨了，孙龙跃就会把他的那把黄色油纸伞送她，因此还引起了杏花的嫉妒。每当孙龙跃表现出关心她时，杏花都会连续几天不高兴，嘟着脸，不搭理她，也不搭理孙龙跃。她知道杏花喜欢孙龙跃，可孙龙跃对杏花总是不冷不热的。孙龙跃对灵芝的关心关注，灵芝心知肚明，可她却很矜持，她不想刺激杏花，杏花是她的好姐妹。学堂里只有杏花、许琳她们三个女孩子，杏花对她很好。逢年过节有什么好吃的，杏花总是多拿一些，给她也给孙龙跃，可孙龙跃从不吃杏花给他的东西。杏花当面背地都夸孙龙跃，言谈话语中透露着她对孙龙跃的好感。可孙龙跃在没其他人在场时，总对灵芝说，他讨厌杏花。在学堂里，灵芝最讨厌的是孙龙跃的弟弟孙龙腾，他不仅不好好读书，还总是搞恶作剧，除了弄蒺藜放在先生的板凳上，曾经还弄一只癞蛤蟆放在灵芝的书包里，那次灵芝被吓掉了魂，发热几天，还是爹领她到大槐树找到槐树奶奶烧了香才好。真是一母一大（大，音 dá，父亲的意思）生九子，人各不同。就在她想劝孙龙跃对杏花好点时，爹出事儿了，被官兵带走了。自那天起她就辍学了。孙龙跃、杏花也曾多次到家找她，劝她继续读书上学，可她哪里去得了？生活都很艰难，推磨，她一个人都推不动，虽然沈家近门时不时帮她磨套面，许琳娘也时不时给她送两瓢面两碗米，艰难地度过十天半月，可她也时有断米断面的时候，这时孙龙跃也隔三岔五来给她送些米面。孙龙跃能这样关怀她，她很感激孙龙跃，在学堂她对孙龙跃曾经产生的好感慢慢升腾，孙龙跃几天不来，倒有些想念。可后来她在街坊邻居的闲谈中听到了爹进大狱是孙龙跃的爹故意陷害的，她对孙龙跃的好感慢慢淡去了。她痛苦，她伤心，她恼恨，事情为什么会这样？她的心如一只断线的风筝在空中漫无目的地飘飞。后来，孙龙跃也曾多次来家找她，送些菜蔬和米面，她都一一谢绝。再后来，她就关门不开，不再让孙龙跃进家门。爹回来了，又带回了个沈少松，此时，她已年近十七，身体的变化，也带来了心理的变化，她对异性有了一种懵懂的感觉，心中时常有一只小兔在踢腾，她弄不明白，朦朦胧胧，若隐若现，但又那么强烈，她扯不断理还乱。孙龙跃和沈少松的影子时常在脑海中出现。直到那天爹的那番话才使她理顺了心中的那团乱麻。孙龙跃对她的关心、关注和痴心，她心里非常明白，但她更清楚爹的心理，他不会让她嫁给孙龙跃。她知道爹的脾气。至于沈少松，几个月来的朝夕相处，她对沈少松有了深刻的了解，少松虽没了家，没有读过书进过学堂，但人很灵通，人品也好，是个值得托付的人。爹的那番话点亮了她心中的一盏灯。自那天开始，一颗爱的种子萌芽在她心中潜滋暗长了。

"灵芝，饭做好了吗？"爹的声音使她一下惊醒。"少松该回来了，你去接接他。"

惊醒之后的她一看灶中，已没了一点火星，她急忙起身看锅，锅里只有一点热气，她摸摸锅中的馍，还挺硬。她又急忙在灯上点燃一把干草塞进灶中，待锅大圆了气（方言。指地锅烧至锅盖周围都往外冒热气，这时候就可以把馒头、窝头等面食热透了），她便起身走出家门，来到十字街口，向西张望。

灵芝在十字街口等待张望已不是第一次了。自沈少松进山那天，她就睡不好觉，心里的牵挂如一根魔绳紧紧地牵着她。她担心少松路上碰到土匪，担心他一人行路碰到虎狼，担心馍吃完了少松饿着。第二天的晚上，她就来到十字街口向西张望，盼望着少松能回来。第三天傍晚，吃过晚饭，她又来到十字街向西张望，一直望到繁星满天，街上的门店熄灯打烊，才迈着沉甸甸的脚步回到家里。

今天是第四天，少松该回来了。街道两侧的房屋慢慢融进黑暗中，各家各户相继亮起了灯光。"刘家羊汤馆"的灯笼已挑在了门外的竹竿上。一个人影从西街走过来，灵芝心想可能是少松哥，她不由得向前走了几步，可那人影却拐进了街南的胡同。灵芝心中有一丝怅然。又一个人影从西街走过来，身上好像背着什么，一定是少松哥。灵芝正要迎上前去，可那人又拐进了北侧的胡同。此时灵芝心中有了些许担心和害怕，一个人走夜路遇到短路的（方言。打劫的）

怎么办？她有些惴惴不安。少松是不是病了？要是病在路上……她不敢往下想。她想出镇去接接少松哥，可转念一想，她一个女孩子走夜路遇到歹人怎么办？心急又无奈的灵芝，不知不觉，脸上冒了一层冷汗。人在胡思乱想时注意力往往不集中。"灵芝，你在这儿干啥？"她一激灵醒了过来，少松已站在了她面前。

"少松哥，你咋才回来？"灵芝的声音带着担心、焦急和害怕。

"快接接我！"他将手中的一个布袋递给灵芝，肩上是一捆皮毛。

灵芝接过那布袋，感觉不重，她想去接那捆皮毛。沈少松说："你背不动。快到家了。"

灵芝一边走一边埋怨："让人急死了！还以为你碰到土匪和狼了呢。"

沈少松耸了耸肩上的货物，说："没事儿！要真遇上狼，说不定咱又多了一张狼皮，还有几天肉吃。"

"别吹了！你能斗过狼？"

"这不是吹。我那褡裢就是狼皮的。那狼是我在老家时打死的。"

灵芝说："真的？"

"那还有假？它跑进我家羊圈，咬死一只羊，我就把它打死了，做成了皮褡裢。"

沈润章早已等候在清风楼前，他急忙帮沈少松卸下肩上的皮货，抬进屋内。灵芝已将洗手水盆端来放在一个木凳上，待沈少松洗了手脸，灵芝便将手巾递给他擦了。

沈润章说："少松，这几天辛苦，也没吃好饭，你俩去羊汤馆喝碗羊汤吧。"

灵芝一听非常高兴："好多天没喝过羊肉汤了。去！咱都去！"

沈润章说："你俩去吧，我在家吃。"

他二人走过十字街，便闻到了刘家羊汤的鲜香。来到"刘家羊汤馆"门外，灵芝说："少松哥，你先进去坐，我去买几张烙馍。"

沈少松说："我也去看看。听说杜家过梁烙馍是青峰镇一绝，我还没见过哪。"

"那去看看。"灵芝说着带沈少松走过东西大街到了街南侧，向西几步便见到一个带"杜"字的灯笼高高挂在一家门店前。门前站着几个看客和买客。

杜家的烙馍是祖传手艺，三代人都靠卖烙馍为生。临街的两间门面，东间开门。迎门是一张柳木案板，长方形，洗刷得干干净净，木纹清晰。板面上放着一堆和好的面团和面醭。杜家大嫂正在案板边擀面。大多鏊子都支在擀面人的身边，擀好面饼可随手搭在鏊子上，可她的鏊子却支在西间。杜大嫂擀好面不用中间转送，而是将擀面杖一滚，面饼便搭在擀杖上，不用抬头观看鏊子的位置，很随意地一抬手，将面饼抛向空中，从东间飞越房梁，准确地落在西间的鏊子上。烧鏊子的是杜大嫂的丈夫杜大哥，两只鏊子同时烧着。他一边往鏊子下续柴，一边用竹片翻烙馍。待鏊子上的烙馍呈现黄黄的伛花，散发出焦香的时候，杜大哥便将烙馍挑下鏊子。这时又一张飞饼准确地落在鏊子上。两只鏊子交替使用，可没一张飞饼会落错地方。这独门手艺使杜家烙馍名扬四方，逢集逢会，外地人都会涌在烙馍店前观看这杜家过梁烙馍的绝活，顺便买回几张让家人品尝。

沈少松被这"过梁烙馍"的绝活惊呆了。待到灵芝买了四张烙馍拉他走的时候他才不情愿地离开。

"刘家羊汤馆"里摆着四张桌子，每张桌子的四面都摆着四条长凳。此时食客正多，四张桌子边都坐着人。正在往汤碗里添肉、香菜、葱花的刘天福一见沈少松和灵芝进来，忙打招呼："少松来了！快请坐！"

"刘叔生意发财！"沈少松一边说一边用目光寻找座位，这时一位客人吃喝完毕，一边起身一边赞叹："这汤真鲜！"

刘天福急忙走过来，一边收拾碗筷一边回应客人："欢迎再来！"他转向沈少松说："你俩就坐这儿吧。"随手将一个空碟放在桌上。于是沈少松从灵芝手中接过烙馍，放在桌上的碟子中，算是占了座位，就走到羊汤锅边准备端汤。

这时，孙龙腾大摇大摆地走了进来，后边跟着六七个孙氏家族的年轻人，最后是孙龙跃。沈少松端了碗羊汤向他的座位走去，这时孙龙腾抢先一步坐在了那座位上。

沈少松手端汤碗站在桌边，对孙龙腾说："这是我的座位。"

孙龙腾不屑地冷笑道："你的？你问它答应吗？"

"这烙馍是我的。"

孙龙腾将左腿放到右腿上，看了一眼碟中的烙馍说："我以为谁拾的狗食呢？"顺手将那碟中的烙馍扔在了地上。

沈少松正要与孙龙腾理论，他身边的一个孙家子弟一转身，故意用胳膊撞了一下沈少松端汤的手臂，那汤便洒了出去，溅到了孙龙腾身上。

孙龙腾眼睛一瞪，面露凶恶："你小子撒野，想烫死我？"说着当胸给了沈少松一拳，把沈少松打了个趔趄，手中的碗也飞了出去。

灵芝急忙上前挡在沈少松面前："龙腾，你咋打人？"

孙龙腾捋了一下袖子："哼！哪儿来的野种？"

孙龙跃上前一把拉住灵芝说："灵芝，没你的事儿。"硬是把灵芝拉出了人群。

七八个孙家子弟渐渐围住了沈少松。沈少松一看这势头，知道他们故意找碴儿，便说道："走！咱出去说。"

"走！出去！"孙龙腾一挥手，孙家子弟便走了出去。

沈少松刚一出门，孙家子弟便一拥而上。沈少松闪身跳出包围："咋？想欺负人？"

七八个人又围了上来。孙龙腾用手一指沈少松："咋？就欺负你啦！给我打！"

那些孙家子弟一齐扑上来，对沈少松拳打脚踢。沈少松不还手，只是躲闪。

灵芝挣不脱孙龙跃的手，急得大叫："少松哥，别跟他们打！"

刘天福和几个食客也走出门劝架："别打别打！有话好说。"

面对七八个人的乱打，沈少松还是只躲闪，不还手。孙龙腾见状以为沈少松不敢还手，便叫道："给我狠狠教训这小子！让他滚出青峰镇！"

尽管刘天福又拉又劝，还是止不住那几个人如狼似虎的踢打。

这时沈少松听出了孙龙腾的真正用意，知道这伙人是故意欺人，又见忍让使他们变本加厉地踢打，于是不得不还了手。只见沈少松三拳五脚，几个转身，刘天福都没看清怎么回事儿，孙家几个年轻人便都倒在了地上。孙龙跃见此情景，松开了灵芝，可他没敢上前，说了句："算你有种！"便转身离去。

灵芝急忙跑到沈少松身边："少松哥，你伤着了吗？"担心焦急之色溢于言表。

沈少松无事似的用手掸掸衣服前襟说："没事儿！"说完他走进室内道，"刘叔，再来两碗羊汤。"

倒在地上的孙龙腾和那几个孙家子弟一个个慢慢爬起。孙龙腾一手扶腰一边气哼哼地说："咱算不了毕！"

此时店内的客人一齐把目光投向沈少松，纷纷小声议论："好身手！好身手！"

刘天福将两碗羊汤端到沈少松面前，小声嘱咐道："你俩喝了快走吧！一会儿孙家来了人，你得吃亏。"

沈少松梗了下脖子说："我不怕！"

店中的客人见没了事，便都继续吃饭。

一会儿，外面传来一阵吵嚷声。沈少松从嘈杂声中听出来这不是几个人，而是更多，知道这是孙家搬兵来了，便一推碗站起了身。

刘天福急忙走过来劝："少松，你别出去！"

灵芝也急忙拉住他的胳膊说："咱不跟他打。咱走。"

沈少松一下挣脱刘天福和灵芝的手说："不行！我得出去，一人做事一人当，别弄坏了店里的东西。"说着便欲闯出门外。

刘天福说："你快走吧！他们人多势众，你打不过他们。"

几个客人也一齐劝说："好汉不吃眼前亏。你快走吧！"

灵芝拽住沈少松的胳膊说："咱走！咱走！"

沈少松甩掉灵芝的手，一捋袖子，执拗地说："我看他们能把我怎样！"说着便走出门外。

这时孙豪强领着一群人骂骂咧咧地来到了门外。沈少松见他们手中个个拿着棍棒家伙，于是他便顺手操起立在店门边的一把扫帚，一下拔掉扫帚头，将那个竹竿握在手中。

孙豪强喊着："娘的！哪儿来的野小子！敢欺负孙家人？给我狠狠教训他！"

灵芝见状，急忙跑到孙豪强面前："孙叔，求求您，别打了。"

孙豪强看也没看灵芝，命令说："教训他！"

孙家人一齐扑向沈少松。沈少松两步蹿到街中央，与孙家人打成一团。

灵芝哭着抓住孙龙跃的胳膊说："龙跃，别打了！"

孙龙跃和孙豪强没下手，站在一边。孙龙跃见灵芝求他，便说道："除非他滚出青峰镇，不然，就天天揍他。"

此时，孙家人将沈少松围在中间，拳脚棍棒齐下。

沈少松仗着艺高人胆大，没一点惧色，他左冲右闯，躲棍闪拳，同时一根竹竿抡得呼呼风响。孙家人不一会儿倒下一片。倒下的人爬起来，后边的人又冲上来，沈少松闪展腾挪，下势俯身，手中竹竿直扫围上来的人的下身，一圈人又纷纷倒地。孙家人在孙豪强的号叫鼓舞下，倒地后又爬起来。此时沈少松打得兴起，叫人想到一句古话，一人拼命十人难敌。沈少松抡得竹竿呼呼带风，有人爬起即又被打倒。两三次倒下的人再不敢爬起。尽管孙豪强又叫又骂，倒在地上的一片人再没谁爬起，外围的人也不敢再向前扑打。

只有孙龙腾不服气，一边骂一边又爬起。沈少松见孙龙腾刚站起，一下又把他扫趴在地。

灵芝见此情景，虽然担心得泪水直流，但还是为沈少松的身手而心生敬佩。

这时，刘天福走到中间，大声说道："谁也不能再打了！"说着夺下沈少松手中的竹竿。

这时倒在地上的孙狼见沈少松手中没有了家伙，从地上一跃而起，扑向沈少松。沈少松一闪身、一伸腿、一扬手，孙狼便飞出丈余，趴在地上再也没动。

孙豪强见孙家人再没人敢向前，气得指着地上的孙家人说："废物！都是废物!"

沈少松对气得浑身发抖的孙豪强抱抱拳说:"失礼了!孙老板。"说着,无事似的走进屋内,"刘叔,再来碗羊汤!"

沈少松和灵芝回到家时,沈润章正坐在灯下抽烟,目光注视在账本上。听到门响,他抬起头,吃惊地说:"咋啦少松?"

沈少松见沈润章的目光注视着他的前胸,他低头一看,前襟处破了一个三角口子,他有点愧疚地说:"对不起!爹,刚才我和别人打了一架。"

"噢?打架?跟谁打架?"沈润章颇感吃惊。

灵芝说:"和孙龙腾他们。"

"他们?"沈润章从一个"他们"中听出不光一个人,更为惊讶。"你咋能跟他们打架?"

灵芝气愤地说:"是他们故意找碴儿,欺负人。"

沈润章瞪圆了眼:"你跟他们打架,你这是捅了马蜂窝。你知道吗,孙家在镇上是一霸,仗着户大人多又抱团,谁也不敢惹他们。全镇十来姓,哪家敢惹他们?咱沈家虽跟他们人口差不多,但不逼到劲,也不敢跟他们斗。他孙家有钱有人又有势,镇长是他们孙家当着,他们还跟大青山的土匪有来往,这方圆十里八里也没人敢跟他们作对。你、你、你怎么会跟他们打架?"担心生气的情绪使他涨红了脸。

沈少松像做错了事的孩子,站在沈润章面前低着头,任沈润章数落。

"这事不赖少松。"随着声音,刘天福手掂两纸包走进门来。

"你咋来啦?"沈润章站了起来。

灵芝急忙让刘天福坐在椅子上:"你坐,天福叔。"

刘天福坐下后,接过沈润章递过来的水烟袋,说:"灵芝,去把这羊心肺切了,我和你爹喝一杯。"灵芝掂了纸包走出门去。刘天福说:"我怕大哥你生气,就赶来了。今儿这事儿是在我那儿发生的,这事儿确实不赖少松,是孙家故意找碴儿。"于是他将事情经过说了一遍。

这时灵芝将一盘羊杂和一盘炒鸡蛋端了上来,摆上三双筷子。

"灵芝,再拿双筷子,咱都坐。今儿你俩也没吃成饭。"刘天福说。

"坐下吧。"沈润章对沈少松说。于是沈少松拉条长凳在桌边坐了下来。

灵芝说:"天福叔到现在也没顾得上吃饭。我去下碗面条。"

"灵芝,把我那坛老酒掂来。"沈润章说。

灵芝双手捧来一酒坛,放在桌上,转身走了。沈少松又到灶房拿来两只碗,将坛中酒在碗中斟上。

刘天福也不客气，夹口菜，饮了口酒，说道："这两天，我就见孙龙腾带着几个人在街上溜达，我看就是找事儿。我想，可能是你辞了那媒，孙家觉得丢了面子，想找少松出气。今儿，看似碰巧，其实是他们谋划好的。听他们话中之意，是想把少松赶出青峰镇。没想到，他们碰着硬茬了。今儿我算开眼了。"他见沈润章只抽烟，于是端起酒说，"来！喝酒。"

沈润章只好端起酒碗，呷了口酒。

"没想到他们七八个人一齐上，少松三扒拉两扒拉，他们就都倒在了地上。"刘天福像是在讲故事。"后来，我害怕了。孙龙腾搬来一二十人，有的还拿着家伙。少松真利索，操起一根扫帚把，忽忽拉拉一阵，打倒一大片。孙豪强指挥着孙家人再上，可被打趴的知道了少松的厉害，再也不敢上啦。气得孙豪强直骂他们。"

沈润章脸上由阴转晴，关切地看着沈少松说："伤着哪儿没有？"

"没事儿！"少松说。

刘天福说："再拿个碗来，我敬少松一杯。"

沈少松笑笑说："哪敢？我给您俩倒酒。"说着又端起酒坛在两只碗中添上酒。

刘天福和沈润章碰下碗，又喝了一口。

沈润章说："今天孙家吃了亏，看来不会善罢甘休。"

刘天福说："少松，还是注意点好。要不先让少松躲躲，再找几个中间人说和说和。"

沈少松说："说和可以，但我不能躲，我躲了，他们会来清风楼闹。再说，躲得过初一，也躲不过十五。"

沈润章喝口酒，思忖一下说："要不这样，我买几样礼物，你先去孙家说和一下，给他磨磨面子。"

刘天福说："好，我去。"

第二天一大早，刘天福便掂着四样点心来到孙家大门前。孙家门楼是砖砌的，共两层，一层门楣上是一块横卧的青石板，石板刻着两个大字"孙宅"。那门楼是孙豪强半年前新翻盖的。在青峰镇这一带，人们非常重视门楼的建设。门楼不仅是这家财富、人丁、权势的象征，还是风水的一个体现。谁家门楼高大，就会招来好风水，改变命运。住在一起的邻居不论谁家盖门楼时都要聚在一起商议，门楼的制式高低，都要告诉邻居，征得他们的同意。尤其是门楼的高度，不能比邻居高，高了就是"压人家一头"，对邻居不利。你比人家高，也许迫于种种原因，人家不好意思反对，但你盖好了，人家也会重新翻盖这门楼，不愿意让别人"压一头"。孙豪强为改变自家风水，拆了原来的鸡架门楼，盖了座过车门楼，宽大能过开太平车，高度与主屋相齐，门楼脊上又安了三个兽头砖雕，显得比原来高大巍峨了许多。在这一片灰色的民居中鹤立鸡群。这"高人一头"的门楼没谁能与之比肩，谁都不敢也没财力修建这么雄伟的门楼，所以这孙宅的门楼在整个青峰镇西街雄居天下。但孙豪强依然不满意，因为这里地势低，怎么也高不过清风楼。这也是孙豪强的心病，不得到清风楼，就改变不了孙家的风水。

刘天福进了大门，来到堂屋，见孙豪强正在训斥两个儿子，面带愠色。孙龙跃和孙龙腾低着头站在父亲面前。

"吃饭了吗？"刘天福一句话打破了尴尬和沉寂。龙跃龙腾像得到了解救似的急忙搬椅子，拿烟袋。

孙豪强见刘天福进来，欠了欠身，伸手示意刘天福请坐，可铁青的脸色没变，依然二目如蛋，浓眉倒竖。

刘天福将点心放到桌上，一边坐一边说道："豪强兄就别再气啦！小孩子打架还不是常有的事儿？这不，沈润章知道这事以后，把沈少松骂了一顿，又买了四封点心让我先来劝劝你。"

孙豪强两眼一瞪，气愤地说："你也别劝！这事儿不能算毕！那小子是哪儿来的？敢在青峰镇撒野！"

刘天福说："沈润章说了，让我先来劝劝你，明天他再登门道歉。"

孙豪强手一挥说："这跟沈润章没关系。这是孙家和沈少松的事。他要想揽，今天就让沈少松滚出青峰镇！不然，明天清风楼见！"

第 11 章　大闹清风楼

　　青峰镇的会有两种，一是"古会"，三月三和九月九；二是"庙会"，庙会带有宗教和迷信色彩。十月二十八的庙会，起于何时已无人说清，只有一个传说流传至今。原来大槐树北侧有一座庙，叫槐仙庙。庙宇不大，只有一座大殿和一个院落。相传，大殿里有一座塑像，就是槐仙姑娘的塑像，常人都说槐仙姑娘酷似观音菩萨。槐仙姑娘是镇上李姓的一个姑娘，叫仙儿，家住大槐树下，她成神仙后大家都叫她槐仙。槐仙自幼父母双亡，没有兄弟姐妹，以乞讨为生。大青山上有一座尼姑庵，尼姑庵住一得道尼姑，懂医，常给山里的老百姓治病。一日，那尼姑下山给人治病，路过青峰镇，见仙儿姑娘甚是可怜，就带仙儿姑娘去了尼姑庵，授以医技。仙儿姑娘在尼姑庵五年，学成医技，又回青峰镇居住。她终日采集草药，晒干留用。镇上的人有病有疾，找到她，药到病除。一日仙儿姑娘进山采药，不幸坠崖身亡。一个孤苦伶仃的姑娘死了，大家都很痛惜，镇上的人便将槐仙姑娘的尸体抬回，埋在她家屋后，那天是十月二十八日。第二年春天，大多数人家缺粮，便以野菜和树叶补给。村中一姑娘上到老槐树上摘槐花，树高枝茂，不慎失足，从大槐树上摔下来，落地后却毫发无伤。人们大惑不解，自丈余高处落地不摔死也得腿断胳膊折。众人问其缘故，她说落下时似有人在托着她。人们联想到仙儿姑娘，都说是仙儿姑娘成了神或仙，救了摘槐花的姑娘。于是由那姑娘的父母发起，众人聚集破瓦木料，盖了座槐仙庙，并塑了像。人们不知槐仙姑娘生日，便把她落崖身亡的日期作为祭祀日期。每年十月二十八，十里八乡的老百姓便来槐仙庙烧香燃纸，求槐仙姑娘保佑平安，后来慢慢形成了习俗，每年十月二十八便形成了庙会，与三月三、九月九古会一样热闹隆重。

　　这天一大早，镇上各店铺都开门迎客，镇外来的生意人便在街边各自摆开摊位，等待买主。太阳刚爬上青峰山顶，镇上各街道便已人声鼎沸，各种叫卖声此起彼伏，唯有清风楼门户紧闭。

　　此时，沈润章坐在堂屋的太师椅上一袋烟接一袋烟地抽，双眉紧锁。灵芝端上来的早饭早已没有了热气。一家人谁也没揂筷，都坐在那儿想心事，一种山雨欲来的压迫感使整座清风楼寂静无比。当沈润章面前撒了一地烟灰时，沈少松再也憋不住了，他突然扑通一声跪在沈润章面前说："爹，你别为难了，一人做事一人当，事是我惹的，人是我打的，我来承担。"

灵芝站了起来，双手拉住沈少松，说："少松哥，你先起来。"沈少松被拉了起来。

"你说你咋承担？"沈润章说。

沈少松说："走，我是不能走。我走了，他们会找您的麻烦。要么我把自己交给他们，要么我跟他们拼了。"

沈润章磕掉烟锅中的灰，说："既不能把你交给他们，也不能跟他们拼，更不能走。"

"那咋办？"少松说。

沈润章站起身来，想说话还没张开口，外面便传来一阵嘈杂声，接着是"咚咚"的砸门声。

"他们来了。"沈少松顺手操起门后的那根白蜡哨棒，跑了出去。沈润章急忙喊道："别跟他们打！少松。"

沈少松拉开大门一看，只见清风楼前一溜摆开六张床，床上都躺着人。那一溜床外站着十几个手持棍棒的孙家人。

孙龙腾一瘸一拐地拨开人群，来到沈少松面前，开口大骂道："你是哪儿来的野小子？敢来青峰镇撒野！"他身后孙家人也都跟着叫骂："睁开你的狗眼看看，谁敢欺负孙家人？""你打伤这么多人能算毕吗？"

孙龙跃站在人群中也在不停地叫骂："有种你出来！不出来你就是黑三的种！"

孙龙腾此时一边不停地叫骂，一边回头看。这时西街又涌来一阵人，孙龙腾一见又来了许多孙家人，狗仗人势，爹着胆子冲到沈少松面前，一边大骂，一边出手给了沈少松一拳。沈少松被打了个趔趄，但他没还手。孙龙腾见沈少松不敢还手，胆子又壮了，伸手夺过身后人手中的木棒，向沈少松劈出一棍，沈少松闪身躲过。这时后边有人喊道："他不敢还手！"几个年轻人涌向前来，正要开打。沈少松一步冲到孙龙腾跟前，伸手捉住了孙龙腾一只手腕，用力一拧，孙龙腾便被拧侧了身，疼得他"哎哟"一声惨叫。

沈少松一手持哨棒，一手紧紧抓住孙龙腾手腕，大声吼道："谁再上前，我拧断他的胳膊！"

后边涌上来的人都停住了脚步。

这时随着一阵吵嚷，西街又来了一帮人。孙家人转身一看，还是他们的人。他们立即来了精神，有些人又蠢蠢欲动。

这时，一直站在沈少松身后的沈润章一看势头不好，孙家人多势众，即使少松再有本事，一人也难挡这么多人。沈少松抓着孙龙腾的手腕一直没放，虽暂时没人敢上前，但若有人带头一声喊打，孙家人便会一齐冲上来，后果就严重了。他一撩袍襟，快步上了清风楼二楼。

这时人群中有些躁动，有人想上前来。沈少松手一用劲，孙龙腾便疼得直号。沈少松说："叫他们不要上前，不然我拧断你的胳膊，叫你再残废一回。"

孙龙腾疼得受不了，仄着身子喊道："不要上来！不要上来！"孙家人见状，只好停住了脚步。

站在人群外的孙豪强见此情景气得脸色铁青。他咬咬牙，孤注一掷了，拼上龙腾一只胳膊，也要解除这心头之患。他大声向孙家人喊道："都给我……"

"当当当当"，一阵急促的钟声淹没了孙豪强的后半句话。大家举目望去，只见沈润章站在清风楼二楼的走廊上，正快速地拉动悬挂在二楼的铜钟拉绳。

清风楼的铜钟是不会轻易敲响的。只要连续的钟声响起，不是土匪来劫，就是山洪来袭。只要是急促连续的钟声，沈家人必须全部到清风楼集合，以应付不测之事。同时这钟声也是青峰镇的警钟，急促的钟声响起，说明镇上有大事发生，各姓族长会立即聚集于清风楼。

孙家人一听这钟声，他们立刻怔住了。片刻工夫之后，只听人声鼎沸，沈氏家族的男女老少一齐涌到了清风楼。许多沈姓人一看孙家人围了清风楼，他们纷纷抢抓地摊上的权把扫帚、棍棒刀勺，迅速将孙家人围在中间。箭在弦上，一触即发。这时只要有人动手，一场血仗就会立刻爆发。

这时，沈润章站在二楼走廊上，大声喊道："咱沈家人谁也不许先动手！等镇长和各姓族长来到。少松，你先放手！"

沈少松只好松了手。孙龙腾左手托着右手，一脸痛苦之状，慢慢退到孙家人群中。

一会儿，只见刘天福领着几个穿长袍戴礼帽或瓜皮帽的老人相继出现在清风楼二楼的走廊里。沈润章拱手将他们让进那扇雕花门的客厅。这间客厅，宽敞明亮，当门墙上挂着一幅中堂，中堂是一幅水墨山水画，山势嵯峨，树木葱苍，一泓碧水自山间流出，水边有一草搭庵棚，棚中有二翁在对饮。两边是一副唐楷对联，上联写"一溪碧水流金玉"，下联是"万座青山入画楼"。当间是一张雕龙浮凤的条几，条几前是一张八仙桌。八仙桌裙围上雕着花鸟鱼虫，个个栩栩如生。八仙桌两边有两把太师椅，太师椅的靠背、扶手、裙围都是精细的花鸟木雕。几把同样的太师椅摆列两旁。

沈润章拱手将一位长袍马褂银须飘逸的老者让到八仙桌右边的太师椅上，老人一脸愠色，落座时气哼哼地将手中拐杖一蹾。

大家落座后，沈润章给每人斟上一杯茶水。斟茶完毕，沈润章拱拱手说："孙镇长，各位族长……"

坐在上座的银须老者用鼻子哼了一声，将脸扭向一边。

"今天惊动孙镇长和各位族长，实有不敬。但孙沈两家械斗在即，又不得不请各位前来调解。"接着沈润章将昨天发生之事叙说一遍之后，向银须老者说："小侄在这里给您老赔礼了！"说着给孙镇长作了个揖。

孙镇长用鼻子哼了一声，说："你说孙龙腾寻衅在前，有何证据？"

这时刘天福站了起来，说道："孙镇长，这事儿我当时在场，是孙龙腾先动的手。沈少松开始没还手，但后来还手过重也是事实。这不，沈润章给您赔情了。我看，还是和解为好！"

各位族长也一齐说："和为贵，和为贵，都是街坊邻居。"

孙镇长说："我不仅是镇长，还是孙氏族长，沈少松打伤了人，总不能算毕！"

刘天福说："昨天的事我在场，孙家人虽吃了亏，但也都是皮肉之伤，没人伤筋动骨。再说，也是孙家几个人打他一个。"

几位族长又齐劝道："和为贵！都退一步，海阔天空。"

孙镇长说："那不行！沈少松一个外乡人，非沈氏子孙，润章为何庇护他？"

沈润章站起欲解释什么，被孙镇长举手止住："一个外乡人敢在青峰镇逞凶霸道，那还得了！干脆把他赶走！"

几位族长窃窃私语，有人点头，有人摇头。

沈润章说："各位族长有所不知，我已将沈少松收为义子，并决定招赘为婿。"

各位族长面呈恍然大悟相。孙镇长却冷笑说："招义子为婿？"

沈润章说："婚期已订好，来年二月初二。到时我请各位族长和孙镇长吃喜酒。"

几位族长一齐说："好！好！我们一定来吃喜酒。"

孙镇长也无话可说，思索一阵之后说道："那打伤了人，总得包骨养伤吧？"

沈润章思忖一下，虽然心中不悦，但还是强装微笑："依镇长之见……"

孙镇长一时还没考虑成熟，不知如何回答。

这时张富贵站起来说："长明叔。"孙镇长叫孙长明。"你既是孙氏族长，可还是咱青峰镇镇长，你得一碗水端平。既然孙龙腾动手在前，孙家虽伤了几个人，但都是皮肉之伤。依我之见，叫沈润章把包骨养伤的钱拿来，请咱们几个吃一顿，圆圆场，到时让沈润章带少松给您老敬杯酒赔个情。"

其他几位族长一齐应和："好主意！好主意！"

刘天福说："这也算罚了沈少松，也算给咱几个一个面子。"

沈润章双手捧壶，恭恭敬敬地给孙长明续上茶，笑着说："孙镇长，你看如何？"

孙长明呷口茶，思忖一下说："看在各位族长的脸面，就这样办吧。"说着站起身走到门外，向楼下人说道，"都回去吧！都回去吧！"

孙家人见族长出来说话，都怏怏地转身离去。只有孙龙腾气哼哼地悄声说："这老东西！不知得了沈家什么好处。"

此事结局虽大出孙豪强意料，但他看孙家人都纷纷离去，只好恨恨地说："哼！来日方长，今后再算账！"

孙龙跃看着站在沈少松身边的灵芝，心中五味杂陈，最后他将吊在臂膀上的布条一把拉下，狠狠地摔在地上，转身离去。

一场械斗在几位族长的烟茶和咳嗽声中化解了，沈家人和围观的人们也都渐渐散去，唯有清风楼上的和解酒一直喝到古会人去街空，日落西山。

第 12 章　喜与愁

　　腊八是个重要节日。进入腊月，灵芝和沈少松就商定，今年的腊八，要给沈润章庆生。其实，沈润章的生日不是腊月初八，而是四月初六。可青峰镇不知从何时传下来的习俗，老人生日那天只是早起煮个鸡蛋，子女持鸡蛋从过生日的人头顶往下滚，一直滚到脚根底下，叫"滚灾"，寓示寿者再无病无灾，健康长寿。到了腊八，这天才正式过生日，究竟为什么这样做，谁也说不清。只是人们口头常说，腊八就是"拉住了"，老人就不能"走"了，寓示长寿。沈润章出狱几个月以来，日子虽有些坎坷，但也算走运。九月九古会订下的合约，到腊月初二那天就已全部履行完毕，皮毛被商家拉走了，钱自然也就都回笼了。沈润章把算盘拨拉一番，除归还了沈少松拿出的本钱外，还赚了不少。回了本又赚了钱，一家人十分高兴。所以灵芝和沈少松商定，今年的腊八，要好好给沈润章过个生日，弥补这四年的缺憾。

　　腊八这天，青峰镇有"腊八扎花"的习俗。姑娘媳妇这天都扎花。弄些白的、红的、黄的、绿的等彩纸用剪刀剪成或折叠成各种花型，再把花粘到圪针枝条上，插在土堆或粪堆上。雪花飘落下来，落在扎的花上，赤橙黄绿成为冬天的一道景观。这也是姑娘媳妇比赛心灵手巧的民间文化活动。灵芝没去扎花，她到集市上买了只鸡，又买了一块猪肉和豆腐，白菜、萝卜是自家地里产的，从窖里扒出来，炖了那鸡，又烧了个豆腐，还做了个猪肉白菜炖粉条，再加一碟酱豆，四个菜便端上了桌。三人坐在桌边为沈润章庆生。沈润章三杯红谷酒下肚，便感觉浑身热乎乎的，脸也有些泛红。灵芝将她为爹擀的葱花长寿面刚端上桌，就听到门外响起一阵清脆的云板声。

　　沈润章对灵芝说："灵芝，快请先生进来。"

　　灵芝说："今儿个为您庆生，请他干啥？"

　　沈润章说："叫你去你就去。"

　　一会儿，灵芝便扶着一手挂竹竿、眼戴墨镜的老者进了门。沈润章说："快给黄先生打座。"

73

沈少松拉过一条长凳扶黄先生坐下。黄先生将手杖靠在腿边，将云板装进褡裢，说道："打扰了，沈先生！本来腊八不该来打扰的，可我离家太远，又摸不回去。"

沈少松很好奇，说："先生看不见，你咋知俺姓沈？"

黄先生笑着说："俺瞎，但这老天爷不瞎，他总会给人一条活路。你看，这瞎子，大多眼瞎耳不聋，脑子挺好使。我这一辈子来过你家三次，头一回是沈先生年轻时，结婚喜期就是我算的。第二回是五年前，沈先生请我来，让我算算命运。我给你算的是第二年有一大灾，不知算准没有。如不准，就是您报错了生辰八字。只要不报错生辰八字，经我算过的，大多准。"

沈润章说："快给黄先生斟酒。"

沈少松给黄先生倒上酒，递到他手中。黄先生说："祝沈先生健康长寿！"说完一饮而尽。

沈润章说："灵芝，端碗长寿面来。黄先生也快 60 了吧？今儿也庆个生日。"黄先生长叹一声道："今年已近古稀之年，69 了。"

沈少松拿来一只黑陶小碗，将菜每样夹一些放在小碗中，递到黄先生手中说："黄先生，你吃菜。"

黄先生说："叨扰了！叨扰了！"

黄先生吃了菜，又喝了一杯酒，吃下长寿面，放下了筷子，说："沈先生真是个大善人！能这样对待我一个讨饭的瞎子，老天爷定保佑您时来运转，长寿安康！"

沈润章见先生吃罢，便说道："今儿请先生来，想请你查个好。"

黄先生说："好啊！今儿个这个好，我一分钱不收。"

沈润章笑说："这卦礼还是要给的。"

黄先生脸一沉说："沈先生这样待我，我要收钱，我是龟孙！为谁查好，请报上生辰八字。"

在青峰镇，男婚女嫁，建房开业，都会请算命先生算算。婚嫁者，先生根据当事人的生辰八字和流年命运推算一番，选择黄道吉日，并嘱咐迎嫁时面朝何方位上轿下轿，何属相人回避，新房在哪间，一切巨细之事按吉利去办。动土开业者，也都请先生按老皇历，再按天干地支推算一番，选择吉日吉时动土或开业。

沈润章报了灵芝和沈少松的生辰八字，黄先生静下心来，掐指叠纹，口中念念有词，良久之后，说道："他（她）二人，一人属小龙，一人属大龙，根据生辰八字推算，喜期定在来年二月初二最好。"

沈润章对黄先生查的好，非常满意。一则他相信黄先生，五年前算他第二年有一灾，他没在意，结果应验了。二则，灵芝和少松都是属龙，二月二是龙抬头的吉日，家运时运都会出现转机。时来运转，家宅平安，升官发财，人丁兴旺，这是沈润章的最大心愿。

过了年，整个正月都是雨雪连绵，一个月没见三个日头。进入二月，初一则天开云散。初二那天，风和日丽，天空瓦蓝，不见一丝云彩。大青山如画，逶迤起伏；大青河如琴，叮咚作响。燕子来得也比往年早，它们在清风楼上盘旋呢喃，一派春意盎然。按照黄先生的安排，辰时一到，那顶八抬大花轿便出了沈家大院向东缓缓行进。前边，三眼铳放得震天响，紧跟的唢呐班吹得欢天喜地，大花轿颤颤悠悠跟随其后。满街都是看热闹的人群，孩子们跟着花轿跑前跑后，欢喜雀跃。这嫁娶队伍离开清风楼向东行走出东门。这一带农村有个习俗，喜事必先出东门，然后进西门。出东门喜庆，紫气东来。没有出西门的，都避讳出西门，因为古戏中都有"拉到西门外开刀问斩"的传统故事。大花轿在喜庆唢呐的引领下，出了东门来到青峰山下向南折过了青峰桥，沿河南的东西大路一路向西，至镇西头向北，过了二柏桥向东，便进入镇中东西大街。迎亲队伍绕青峰镇转了一圈，黄先生说这叫"兜风水"，有娶有嫁，双喜临门，喜事过后，定当一切吉顺。

谁知到了大槐树前的开阔地，花轿被迫停了下来。青峰镇有一习俗叫"拦花轿"。不管谁家男婚女嫁，也不管路过何庄何镇，都兴"拦花轿"。拦花轿就是有人在路中间放一张桌子几条板凳，桌上放一壶茶水几只碗，花轿到此就会停下，唢呐班便坐下来大展技艺，吹曲吹戏，让人们共享欢乐喜庆。徐家唢呐班是远近闻名的老班子，祖传口艺，除了各种曲子吹得音正节准之外，戏段也能吹得令人拍手叫绝，黑头花脸生旦净末丑的唱腔吹得如演员真唱一般。

徐家唢呐班见有人"拦花轿"，非常高兴，这正是亮彩的时候，立马坐下吹奏起来。他们吹戏吹曲，吹了《百鸟朝凤》，吹了豫剧《花打朝》，吹了豫剧吹曲剧，吹了四平调吹柳琴戏。直吹得大槐树下人山人海，掌声一阵又一阵。吹大笛的小伙子见人越聚越多，兴奋劲儿上来了，他一下跃上了桌子，两个吹笙的也登上板凳，亮起了绝技。一会儿用嘴吹，一会儿用鼻子吹，一会儿用眼吹，吹着吹着，突然小伙子口中长出两颗大长牙，又长又弯，突然那牙又没了，眨眼间，口中又长出四颗大牙。那绝活叫"龇牙笛"。看热闹的人群中不时爆发出雷鸣般的掌声和欢呼声。

此时，孙豪强像只连续拉了八套磨的驴，口中呼呼直喘粗气，在厅堂里来回踱步转圈。门外的唢呐声在他耳朵里不再悠扬悦耳，而是像刷锯似的刺耳，直让他头痛欲裂。也不知这"拦花轿"的人是有意还是无意，停花轿的地方恰巧在孙豪强家门外。孙豪强的宅院处在东西大街北侧，大槐树前的开阔地西侧。听唢呐看热闹的人们都聚集在孙家门前的开阔地上。三眼铳震得屋顶直掉土灰，满院的鸡鸭直飞乱跳，连那只大黄狗也被枪响吓得从院中窜进屋内钻进客厅的大方桌下。孙豪强直盼这热闹的场面快快结束，可外面依然吹得热火朝天，人们的欢呼声鼓掌声依然经久不息。这声音犹如一百只鸡爪在挠他的心，他心烦至极，气愤至极。他又忍耐了许久，外面仍没有停息，他再也忍不下去了，于是他端了一盆水，拉开大门，使足了全身的劲儿，将水泼向人群，泼向正吹得尽兴的唢呐班。一盆水凌空落下，冰凉冰凉，那热闹场面欢乐气氛如一堆燃烧的火一般却突然被一盆凉水一下泼灭了。没人说话，整个场面鸦雀无声。人们慢慢散去了，吹唢呐和吹笙的人也都从桌凳上跳下来。那三眼铳又"咚咚咚"地连响三声，喜总高喊一声："起轿了!"花轿抬起，唢呐又吹奏起来，迎亲的队伍又开始缓缓东行。

此时，沈家大院内十分热闹。一大早沈氏家族前来帮忙的人将从各家各户借来的桌凳在清风楼后院内依次摆开后，又忙着去择菜、洗碗、刷盘。有人端着糨糊拿着麻刷及写好的喜联和"禧""囍"贴在院内各屋门上，又将清风楼楼上楼下各个房门贴上"禧"和"囍"。"禧"和"囍"这两个字一般很少同时用。姑娘出嫁家中贴"禧"，男方娶媳妇家中贴"囍"。今儿沈家有娶有嫁，所以这两个喜字才同时贴在门窗上。大家一边忙碌，一边说说笑笑，一派喜气洋洋的景象。最忙的当数刘天福，他腰系蓝布围裙坐在案前，在用门板搭成的案板上挥刀切菜。他面前一溜摆开的六个和面盆里盛着肉丝、肉片、绿豆芽、白菜股、油炸丸子、豆腐块。姜末、葱丝、辣椒条分别盛在六只大碗中。案前的大桐树下支着三口土坯砌成的临时锅灶，灶内劈柴熊熊燃烧着。灶上一口大锅里炖着猪肉，一口大锅里炸着丸子，一口大锅里蒸着馒头。刘天福一边切菜，一边指挥着帮厨的儿子刘根捞丸子、翻猪肉。远处隐隐约约传来三眼铳和唢呐笙箫的和鸣。

孙豪强一盆水泼走了迎亲的队伍，但心里仍然乱糟糟的，他一袋烟接一袋烟地抽着。他在为去不去喝喜酒而犯愁。去吧，心里不情愿；不去吧，又怎能破了镇上的老规矩？"网礼"的规矩是多少辈子形成的。镇上不管男婚女嫁，各族各姓每一家都会去一个人"网礼"，不论关系亲疏、有无过节。他没心情去喝沈家的喜酒，可又不能不去"网"这个礼。他正犯愁，这时族长孙长明走进门来："豪强! 该喝喜酒去了。"孙豪强一见孙长明走进来，他心中的一片乌云立即裂了缝："长明叔，我正说去找您，我今儿身体不适，不能去了。"

"该不会还在生气吧？过去的事就过去吧！别总活在怨仇里！"孙长明说。

"不不！我真的不能去，浑身疼。您给我把礼转去吧。"说着从怀里掏出一块大洋递给孙长明。

孙长明接过钱，转身离去，出了大门，他轻轻摇了摇头。

此时最难受的是孙龙跃，灵芝是他心中的最爱。自念私塾时，他就喜欢上了灵芝。那时他虽然只有十四五岁，可心理已经成熟了，懂得了对异性的爱恋。在灵芝停学后的日子里，他对灵芝的爱恋如一棵小树年年见长。爹托刘天福和桃花去提亲，虽遭到拒绝，但心中的那棵"恋"树却如草原上的独树，不但没枯萎，反而日益疯长。灵芝的形象时时在他脑海挥之不去，夜夜填满他的梦乡。如今灵芝要嫁给别人了，他恨，他恨沈润章，恨沈润章拒绝了这门婚事；他恨他爹，恨他爹与沈家结怨，棒打鸳鸯；他恨沈少松，恨沈少松横空插进来夺走了他的心上人；他恨自己，恨自己无能，没敢尽早向灵芝吐露心迹，错过了机遇。今天灵芝就要嫁给沈少松了，他心里烦躁得如一口吃了二十五只癞蛤蟆似的，百爪挠心，他一夜没睡着。

天明了，脑袋疼得像被夹子夹住一般。当三眼铳的轰鸣惊飞了窗外那棵枣树上的鸟雀，他才起了床。洗把脸，母亲让他吃饭，他只觉得肚里满胀胀的没一点胃口，说声"不饿"，就走出了家门。他出门没进街里，而是拐弯出了镇子，在野地漫无目的地走。当初春的风带着几丝清新、几丝凉意吹在他脸上的时候，他才从混沌中清醒过来，不知什么时候，他登上了青峰山顶。他站在青峰寺的山门外向山下久久地凝视着，大青河两岸的柳树已吐出嫩黄的芽，河水在摇曳的柳丝中闪着银色的波光。这时他想起了小时候与灵芝一起折柳枝拧柳笛的岁月。他爬上柳树折下枝条扔给灵芝，灵芝便折下一段粗细匀称的枝条，然后用手一拧，使柳枝皮骨分离，然后用剪刀在皮筒上剪下几个孔，再用她那洁白的牙齿咬脱一端的葱绿表皮，一支柳笛便做成了。灵芝让他吹，他含着笛哨，只觉得口中有一股灵芝留下的馨香。他的手按着柳笛上的几个小孔，便吹起来，"呜呜哇哇"的声音虽没调没拍没旋律，可灵芝还是拍手叫好。那时他还不知道孙沈两家的怨仇，少不更事的岁月多好啊！

后来，他和灵芝都进了学堂，十七个学生只有三个女生，那时他年纪虽小，可心里却对灵芝有了好感。他不爱和杏花、许琳那两个女孩一起玩，只喜欢和灵芝在一块儿，写字、下五子棋、走窑（一种民间儿童游戏，在地上挖两排共十个小坑，每个坑里放置五个石子或者其他东西，然后开始游戏。一方先走，将其中一个坑里的石子抓起，按照顺时针方向，每个坑里放一个石子，放完接着抓起下个坑里的石子，继续进行下去，直到下个坑里没有石子，则把空坑后面的坑里石子作为自己的收获；另一个孩子再选择从哪个坑拿石子继续按以上规则游戏，直到把坑里石子取完，游戏才结束。胜利者是获得石子较多的一方）、踢毽子，只要杏花靠过来，他就离开。他讨厌杏花，觉得她长得丑。背书，他和灵芝背得最快，《三字经》《百家姓》《诗经》先生随意从中间提起一句，他和灵芝都能接上。课堂提问，先生提问他俩最多。"关关雎鸠，在河之洲，窈窕淑女，君子好逑"，到了开讲阶段，他才懂得这是什么意思。那时，他和灵芝都十二三岁。心里一开窍，他豁然懂得了男女之情。这时他和灵芝独处时，心里便产生了一种害羞和拘谨的感觉，尽管心里很喜欢灵芝，可话语却少了许多，心里常常有一种忐忑，有一种困惑，有一种惶惶之感。

　　后来，先生教写大字，教古诗词，教对对联。这时他心理已经成熟了，就想借各种机会向灵芝表明心迹，可他又不敢当面直白地说出心里话。一次先生给出上联让学生对出下联，上联是："一缕春风吹古寺。"孙龙跃看了一眼灵芝，心里马上涌出下联。他第一个举手站起说道："两只鸳鸯戏清波。"先生点名让灵芝也对一下下联。灵芝略一思索，答："数枝寒梅迎新春。"先生评价说："孙龙跃的下联工整对仗，虽然不错，却不及沈灵芝的一脉相承。但是，上联已有'春'字，沈灵芝的下联也有个'春'字。一般对联中忌讳有重字。"一次先生让学生互相出对互相答对。灵芝出了上联："大青山大青河山清水秀大观瞻。"此联一出，满堂皆惊，先生也暗自叫绝。人人都陷入了苦思冥想之中。一顿饭工夫过后，没人应对。为了打破僵局，先生说："此联甚好，把青峰镇的山水风光尽收联中。联中有三个'大'字，三个'青'字，两个'山'字，又相互有绵延不断之意，实在是妙联。大家谁能对得出？"哑然许久之后，依然没人应对。于是先生站起来，启发道："对对联讲究工整对仗，又合乎平仄，朗朗上口。工对就要词对词，如'大青山大青河'就要用……"先生尚未说完，孙龙跃站了起来，说道："先生，我有下联。"先生一听很高兴，心想，这联我已思考了许久，尚未对出下联，孙龙跃已想出下联，他急于想听孙龙跃的下联，于是说："快说说你的下联。"孙龙跃一字一句斟酌着说："小青峰小青寺峰巍寺美小画图。"说完之后，他眉头微皱不肯坐下，心里还在思考这联中的不当之处。

　　先生慢慢复述着孙龙跃的下联，一番品味斟酌之后，轻声说道："好！从字面讲，亦工整对仗。不过，前两个'小'字，有点牵强，青峰山青峰寺本来不带'小'字。再者，'小青寺'也不确切，是'青峰寺'不是'小青寺'。沈灵芝的上联从大处着眼，孙龙跃的下联从小处勾勒，已难能可贵。谁还有下联？"众人低头不语，唯恐先生喊自己的名字。灵芝的这上联成了绝联，直到这所私塾停了学，也没谁对得上，学识渊博的赵先生也为自己没对得上这下联耿耿于怀，还曾将那本来就不稠密的胡须捻掉了几根。

从那时起，孙龙跃更加爱慕灵芝。灵芝的俏美如空谷幽兰，出水芙蓉，那皓齿那明眸，那一颦一笑都深深地刻在孙龙跃的心底。他更爱灵芝的才华，吟诗作赋书法山歌都在众人之上。他常听爹讲貂蝉、西施、杨贵妃的故事，什么闭花羞月、沉鱼落雁，可他没见过，在他的心中，那是后人的夸大其词，也许是华丽的服饰和高价脂粉衬托出的美，而庸俗华贵的美怎比得了出水芙蓉的俏？只可惜灵芝是个女的，如果是个男的，凭她的才华考不上状元，也能考上个榜眼。他对灵芝越敬佩越爱慕，心里的话就越不敢说出口。一个人对一个人的暗恋是最痛苦的，不见时，思念如煎如熬，见面时，脸红耳热又不敢表白，唯恐说错了话，用错了词，哪怕身上有一点灰尘泥土，也唯恐被对方看不起，毁了自己在对方心目中的形象。年龄稍大，他心里懂得了男女情事，夜里睡觉总爱把枕头抱在怀里，闭着眼，想象着怀中抱着的就是灵芝。于是梦中常出现与灵芝媾和之事，醒来后只觉得裤裆里一片冰凉，内裤会湿一片。这种事他从不敢跟任何人讲。有时一帮同龄人在一块嬉戏，别人都讲了个人隐私，他也羞于启齿。自他暗恋灵芝常常"跑马"，白天读书也没了精神，先生开讲的内容往往也记不住，连着两年乡试省试都名落孙山。父亲非常生气，本想让他考取功名光宗耀祖，后来战乱一起，再没举行科考，学堂也关了门。年过十九，考虑男女之事心切，孙龙跃曾含蓄地向爹提到他与灵芝的事儿，都被父亲打断。此时他才知道孙沈两家的怨仇在父亲心中有多么深。他曾几次去清风楼，想见见灵芝，把心中的话说出来，可见了面又不敢开口，他害怕说出口被灵芝拒绝。后来，灵芝的爹蹲了大狱。自那以后，灵芝对他冷若冰霜，他自己去找灵芝，门也叫不开。几天不见，心中又非常想见，他就约几个同窗一块去清风楼，可灵芝连看他一眼也不看。爱这个东西是魔鬼，一旦被缠上，甩也甩不脱。

灵芝对他不理不睬，他很伤心、很难过、很忧郁。他不知什么原因，自小与灵芝没啥隔阂，为什么灵芝突然变了？他百思不得其解。后来，他从镇上人的闲聊中听出灵芝的爹蹲大狱是他爹陷害的。他回到家与爹大吵一架，可爹矢口否认。他想给灵芝解释，可灵芝总不给他机会。他看灵芝一个人生活可怜，有时带点米面去清风楼，可灵芝总是闭门不开。灵芝的爹进大狱的第四年，那年冬天，雪下得特别大，街上积雪有腿肚深，北风在树梢头发出呼啸声，屋檐下挂满二尺多长的琉璃。孙龙跃独自坐在布店里，冻得脚似猫咬一般的疼痛。孙龙跃心里牵挂着灵芝，她一个人怎么样？还有米面吗？她一个人推不动那盘石磨，他知道灵芝家的磨是盘新磨，足有半尺厚，两个人才能推动。他担心灵芝断了顿，大冷的天吃不上饭会冻死人的。他坐不下去了，关了门，回到家，到厨屋舀了两瓢面装进一个布袋，踏着雪走进了沈家大院。院里的雪没人扫，雪太厚，灵芝也扫不动。他推开屋门，见灵芝坐在被窝里正在流泪。许琳、杏花也在。许琳、杏花和灵芝是好朋友，又是学堂里的同窗，灵芝的爹进大狱后，许琳常来陪伴灵芝。孙龙跃走进屋，灵芝看他一眼便将脸扭向了一边，用手抹着脸上的泪。孙龙跃说："灵芝咋啦？"杏花说："灵芝两天都没吃饭啦。"孙龙跃说："这两瓢面你先吃着！"这时灵芝转过身，两只泪眼看着孙龙跃，说道："我不要你可怜！面你拿走！"语气里带着气愤。孙龙跃说："灵芝，你听我说。""你什么也别说。我不听！你走！"灵芝的泪水直流。杏花打圆场说："算了！龙跃也是好心来看你。"灵芝又"呜呜"地哭起来。尽管灵芝不理他，孙龙跃还是隔三岔五地偷偷去沈家大院，把一些米面悄悄放在门外就走人。

孙龙跃曾经在心里把镇上的姑娘数了数遍，也曾在集会上把十里八乡来赶集会的女孩看了数遍，没有一个他看得上，唯有灵芝是他心中的最爱。桃花也曾多次登门给他提亲，他都一一回绝了。他在心里暗暗发誓，非灵芝不娶。那时的青峰镇，男孩女孩订婚都较早。有指腹为婚的，有定娃娃亲的。男女方母亲刚怀孕，两家就约，如一家生男另一家生女，两家就定为亲家，这叫"指腹为婚"；有的孩子还很小，三五岁，两家父母就做主为孩子订了婚，那时结婚也早，有的十二三、十三四岁，就结了婚。"十七大八"说的就是18岁结婚都显晚了。可一年又一年过去了，孙龙跃没订婚，灵芝也没订婚，他知道灵芝没订婚是因为她爹不在家。这也许是天意，给他时间和机会去争取。可如何过爹这一关？他不知揣摩了多少个不眠之夜，最后决定用爹教他的一句话"凡事都要用谋略"来争取爹的同意。爹一辈子想的就是清风楼，于是他跟爹说："如果我跟灵芝成了婚，那清风楼不就是孙家的嘛。我娶了灵芝，咱又得了清风楼，孙沈两家化仇为亲，岂不是三全其美？"爹听了他的话，直夸他有所长进，就同意了这门婚事。可怎么也想不到，半路杀出个程咬金，灵芝的爹竟把灵芝许给了沈少松。他经过了几天的痛苦烦恼之后，又像他爹一样翻看了一遍《三国》，他想从中找出解决这一问题的锦囊妙计，最后他和爹商定设法赶走沈少松方为上策。没想到打起架来这么多人都不是沈少松的对手。无奈之时，他睡在床上曾想杀了沈少松，他设计过许多杀了沈少松的方法，可一睁开眼，又全被自己否定了，杀人的事不能干。

他看着那顶大花轿从青峰山下走过，心里说不出是什么滋味。那"咚咚"的三眼铳每一枪都像打在自己心上，那悠扬的唢呐声也成了刺耳的嘶鸣。他头痛欲裂，他知道他的一切理想和一生幸福彻底完了。他怒不可遏，胸中犹如一包炸药正在燃烧爆裂，那巨大的能量冲撞着他的胸膛、他的大脑、他的四肢，他感到自己就要爆炸了，那能量涌向他的右手，他一拳狠狠砸向面前的那棵老松树，立刻，拳头上流下殷红的血。

第 13 章　爱的无奈

孙龙跃一连睡了三天没起，茶水不进，这可急坏了他的爹娘。孙龙跃的娘是个懦弱的女人，家中不管有什么事，她从来都不敢管不敢问，多说一句话，孙豪强都会厉声叱责："有你女人家什么事？一边去！"她看儿子不吃也不喝，做娘的心疼儿子，也只好暗自抹泪或把饭菜热了端来凉了端走。孙豪强见儿子脸色蜡黄，三天便消瘦了许多，他不去劝解，只是心中的仇恨任意滋长。多好的一桩婚，郎有情女有貌，真不知沈润章这个浑蛋搭错了哪根筋，放着我孙家不嫁，非要嫁给一个流浪汉。我就不信一个流浪汉能给你沈家撑多大门面、带来多大福气。孙豪强毕竟是个经过风雨见过世面的人，恼怒一阵之后，又平静下来，心想儿子大了，确实该娶媳妇了。结了婚，儿子的心情就会慢慢好起来。于是孙豪强决定抓紧给孙龙跃说亲。

孙豪强急于给儿子定亲的消息一传出，十里八乡的媒婆便一齐涌进孙家给孙龙跃提亲。人盼富贵，鸟攀高枝。穷人家想给闺女说个富婆家，孩子一辈子再不愁吃穿，娘家还能跟着沾点光；富裕人家想给闺女找个好婆家，孙家当然是首选。孙豪强打发走七个媒人之后，桃花又进了孙家。

桃花天生一个说媒的料，自小生长在城里，见多识广，伶牙俐齿，能说会道，能把狗尾巴花说成牡丹，能把乌鸦说成百灵，见人不笑不说话，一笑便露出一口洁白的牙齿，尤其是那两颗虎牙，更衬得人俏了几分。孙豪强见桃花满脸堆笑地跨进门，心想桃花嫁给赵福真是一朵鲜花插在了牛粪上。"桃花啊！快进来！快进来！"孙豪强热情地给桃花让座。"桃花，有啥事儿？"

"孙叔啊，没事儿我咋敢登你这三宝殿？"桃花微笑着坐了下来。

孙豪强对西间喊道："龙跃，快给你嫂子倒茶。"

桃花也转身对西间说："大兄弟，栽根半晌（方言。指半上午）的咋还在睡觉？人家说你文静腼腆，我看你是真成大闺女了。再不起来给嫂子倒茶，我就去打你的光腚啦！"

孙龙跃一边扣扣子，一边走出房箔门，一边打招呼："嫂子来啦？"

"这不，您爷俩恰巧都在家，我是受人之托来给大兄弟提媒的。咱丑话说在前头，说成了可给我吃大鱼啊！"桃花笑着说。

孙豪强见儿子终于起了床，脸上也露出了微笑："桃花放心吧！只要说成了，还是那句老话，我桌子多长鱼多长！"转而问道，"不知你受谁之托？"

桃花眯笑着看着孙龙跃说："是杏花托我来的。"

孙豪强说："杏花？哪个杏花？"镇大人多，重名的也多，那时有文化的不多，男孩子取啥名的都有，三毛、二狗、四娃、石头、砖头、狗剩、猫咬，随便起个名就叫起来了；而女孩叫花叫云的多，杏花、桃花、梨花，彩云、秀云、花云，镇上叫杏花的就有七八个。

桃花说："是张家张富贵那宝贝闺女。"

孙豪强听闻是张富贵的闺女，脸上的笑容消失了，他低头往水烟袋里装锅烟丝，吹燃纸煤，点燃烟锅中烟丝，吸了两口没说话。

桃花说："杏花与龙跃兄弟在一个学堂念过书，也算是青梅竹马。再说，在咱青峰镇张家虽赶不上咱家富裕，可也算是个富户。两家也算门当户对，主要是杏花那闺女好，长得四大白胖，又能织又能纺，成了亲，肯定是一把过日子的好手。"

孙龙跃一听说的是杏花，心里有些不快，就转身走了出去。他一边去厨房掂水一边想，什么四大白胖，不论长相还是学问，杏花与灵芝比差远了。他提燎壶进屋给桃花和他爹倒上水，站在了一边。

桃花继续说："常言说，买牲口买个抓地虎，娶媳妇要娶大屁股。四条腿粗壮的牛干活有劲，大屁股的女人生孩子顺当。过日子讲究个实际，人长得再俊能整天啃她？再说，鲜花能有几日红？女人过了四十，丑俊都一样了。杏花那闺女虽说不上是个才女，可也识文断字。"

这时，孙龙跃突然想起在学堂先生让对对子的一幕，先生出个上联："两只黄鹂鸣翠柳。"这是一首古诗中的句子，只要读过这首诗，就会对上"一行白鹭上青天"。先生让杏花对下联，可能杏花没读过这首诗，思索良久才对出下联，却惹了个哄堂大笑，她对的下联是："一只白猪拱粪坑。"

同时，孙豪强也想到了与张富贵为争赵寡妇吃醋的事，觉得如果做了亲家多不得劲（方言。在这里是尴尬的意思。身体不舒服也称不得劲）。于是他找了个借口说道："人家都说张富贵是个'老鳖一'。"

桃花说："张富贵'抠'是不假，但咱娶的是他的闺女，她来咱家过日子，咱又不是嫁到他家。"

说到"老鳖一"，孙龙跃想到了古戏中那个被县官责打的形象，挨板子前竟让衙役掀起他的衣服脱掉裤子再打，宁愿打烂皮肉，也不让打烂了衣服。孙龙跃咧嘴笑了一下。

桃花马上说："看看，我大兄弟都笑了。张富贵是'老鳖一'不假，可杏花可不是她爹那号人。"

是的，杏花不是她爹那号人。这时，孙龙跃想到在学堂读书时，杏花娘给杏花煮的鸡蛋，杏花舍不得吃，偷偷塞到他手里，还往他书包里塞过荷包和梨糕糖。他知道杏花喜欢他，可他却不喜欢杏花，心里只有灵芝，不知为什么，他连看一眼杏花都不愿意看。可如今灵芝已名花有主嫁给了沈少松，他心里感到失落、感到绝望、感到痛苦，对自己的婚姻，已经心灰意冷了，任凭爹娘做主去吧！

孙豪强看着儿子，询问道："龙跃，你看咋样？"孙龙跃长出一口气，没有说话。

孙豪强从儿子长出一口气的表情，看出儿子已经认了，就说道："孩子说了不算，你得给张富贵说说，父母之命嘛。再说，俺家也得再商量一下。"他给自己留下个余地，留下个台阶，一旦对方不乐意，他可先说不同意这媒，好给自己留个面子。

桃花本想这媒到张家会一说六二五（方言。很顺利的意思），谁承想给张富贵一说，张富贵却拒绝了。"不中！他孙家是啥人？整天想点子治人，仗着有钱有势，称王称霸，他早晚会有报应。"张富贵信佛，他信因果报应的佛家信条。口攒肚挪、勤俭节约得来的财富才是永久的，坑蒙拐骗、凌弱欺穷得来的财富是可耻的。平时，表面他对孙豪强你好我好，可他心里却看不起孙豪强的为人。"我宁愿把闺女嫁给个穷光蛋，也不愿意嫁给孙家！"他心里对孙豪强有气，他知道他是中了孙豪强的计腿才被打折的。更令张富贵不能释怀的是，河南岸那三亩半好地硬被孙豪强强占的事。那三亩半好地，是青沙两合土，顶镇北十亩地庄稼。那块地东西两边都是孙家的地，孙豪强想要这块地，就托人找到张富贵，要他卖给孙家，他不卖。张富贵是个只会省吃俭用攒钱买地的主，他怎能将他最心爱的那几亩地卖掉？孙豪强就在自己的地头挖上沟，直到河边。张富贵的那地两边都被截了路，犁地、送粪、收种庄稼都进不了那块地。被逼无奈，只得答应卖给孙家。可这时孙豪强却端起了架子，说不买了。地没法种，闲置了两年，张富贵又找中间人去说和，可孙豪强只给原来一半的地价，不然，就不买。张富贵有苦难言，只得认了。一半地价啊！张富贵卖了地，气得大病一场。

杏花一听爹不同意，觉得自己的理想破灭了，又是自己托桃花去说的媒，觉得自己没脸见人，就一根绳搭上了梁头，幸亏被人发现解救下来。张富贵一见闺女寻死觅活就心软了，毕竟他就这么一个宝贝女儿。

桃花来回跑了两趟，这桩婚事才算定了下来。

孙豪强就是孙豪强，办什么事儿都争强好胜，唯恐吃亏。龙跃的婚事定下来后，他就想，得赶紧给龙跃完婚，一来他怕夜长梦多再变卦，二来他怕沈润章早于他抱孙子，大家都在一个镇上，自己的孙子年纪小，打架生气会吃亏。于是，第三天他就买了六样礼物，让媒人桃花带他去张家下聘。桃花说："六样礼物好！寓意六六大顺。一个猪头，表示有头有脸有面子；一挂心肺表示真心实意；四封点心，表示甜甜蜜蜜；一只红公鸡，表示大吉大利；一棒细粉，表示长长远远；两坛老酒，表示两家感情浓厚醇香。六样礼品裹上红字条，代表喜庆。"

张富贵本来对孙豪强心里有气，对女儿的婚事不太乐意，但事已至此，也只能认了。他瘸着腿将孙豪强和桃花让进堂屋客厅，吩咐用人徐妈去炒菜做饭。徐妈穷苦出身，没招待过富家贵客，不知炒什么菜，做什么饭，这得主家定夺。她又知道张富贵的秉性，不敢擅自做主。于是她站在门外，招手让张富贵出来。她问张富贵菜怎么做、饭怎么备。张富贵说："菜我买好了，醋熘绿豆芽，白菜炒豆腐，红烧肉……"徐妈说："清早你只买了绿豆芽和豆腐，你没买肉。"张富贵说："从那猪头上割下一块不就得了？"徐妈说："这才仨菜。总不能上仨菜吧？"张富贵说："仨菜不吉利，弄四个菜。那鸡不是下蛋了吗？炒个鸡蛋。"徐妈说："我看了，就两个鸡蛋，也炒不出一盘菜来。"张富贵说："你真死心眼！咱地里不是有韭菜吗？你割把韭菜炒鸡蛋，多好一盘菜！只是那韭菜还没长大，可惜了！"徐妈问："那还割吗？"张富贵一咬牙："唉！割吧！"张富贵走进屋去，徐妈斜他一眼，喃喃自语道："真是'老鳖一'！待客不买菜，人家拿菜还不让做，都留着自己吃。有粉不往脸上擦，只知往腚沟里抹！"徐妈从西屋窗棂上摘下一把镰刀愤愤地去地里割韭菜。

张富贵"老鳖一"是出了名的。在儿子的岳父家被灌了一肚子绿豆水的事被传为笑谈。那是儿子结婚后的第二年冬天，儿媳妇的娘爹来青峰镇赶集，顺便到闺女家看看女儿。女儿见爹来了，甚是高兴，就问公公："俺爹来了，咱咋做饭？"张富贵说："天冷，熬红芋糊涂（方言。指用谷物等杂粮做出来的稀粥，是一般人家常吃的饭食），再烙几张烙馍。"儿媳说："那菜……"张富贵说："把咱那酱豆开坛吧。"儿媳听公公如此安排，也不敢再多问，只得依吩咐而行。红芋糊涂端了上来，又端来一碟酱豆。张富贵从条几上掂过一个盛香油的小油罐，用一根筷子在油罐里浅浅蘸了一下，放到酱豆上，张富贵一边看着那筷子上的油慢慢滴下一滴，一边说："油吃一点香。"然后又把那根筷子放在嘴里吮了吮，说，"亲家，来，喝糊涂。天冷，喝糊涂暖和。"亲家只得也跟随张富贵喝了起来。张富贵一碗糊涂喝完，放下碗等待亲家，待亲家喝完，张富贵就喊徐妈再盛两碗。两人又各自喝下一碗，烙馍还没上来。亲家本不想再喝那糊涂，一心想吃干的，可张富贵又亲自去盛了两碗糊涂，递给亲家一碗说："喝！亲家。喝糊涂暖和。"这时徐妈用馍盘端来几张烙馍放在桌上。客人放下碗，想去拿张烙馍，这时张富贵眼疾手快，伸手掂起一张烙馍，一撕两半递给亲家一半，说："亲家，不吃不吃也得吃这一半。"亲家并没客套说不吃，这明显是小气，不让客人吃干的。亲家无奈，只好接过半张烙馍一折一叠，只有核桃大小，他却很斯文地一口咬下一点，一边吃一边在想，这真是个"老鳖一"！我将闺女养大嫁到你家给你儿子生儿育女，你却如此吝啬，来而无往非礼也，看我咋对你！他又喝下那碗糊涂，想看看张富贵还让不让他再吃块烙馍，可张富贵却不再让。主人不让，客人无法再去拿烙馍，他只好放下碗筷，掏出手巾擦了下嘴。张富贵喝完碗中的糊涂说："亲家，吃饱了吗？"亲家客气地说："吃饱了。"本来他想说"喝"饱了，可碍于面子他还是把"喝"说成了"吃"。待徐妈撤去碗筷，亲家对张富贵说："亲家，我这次来，是来请你的。"张富贵闻听"请"他，心想，要是有儿女婚事，我又得破费几个。虽然担心让他花钱破费，但他还是满脸堆笑地说："请我吃喜酒？"亲家说："说来也是喜事儿。我儿子订婚，加上待媒人（方言。指举办答谢媒人的宴席），我想请你去陪客。"张富贵闻听心中一喜，去吃顿酒席，又不要破费，好事儿。但他还是客气地说："我能陪吗？"亲家说："你要不得闲，我再请别人。"张富贵急忙说道："得闲得闲。亲家有事儿，我再忙也得帮个人场。"亲家说："那就定了，后天上午，我让儿子来接你。"张富贵说："好好！一定去！"

张富贵为吃酒席，头一天就没吃什么饭，只喝了半碗汤，只为腾出肚子第二天吃好的。第二天上午他肚子空空，几次出门去看接他的人来了没有，可一直没来。待到快晌午时，亲家的儿子来了，却没推车。他心想，说推车来接，咋没推车啊！没推车也中，三里五里的，走着去也中，到那里……这时他脑海里浮现出一桌鸡鱼肉蛋，鼻子里似乎闻到了肉香。可儿媳妇的弟弟进了门则说："表大爷，我爹叫我来给你说，今儿个媒人不得闲，待媒人改到明天了。明天我推车来接你。"张富贵这天还没吃饭，只喝了半碗糊涂。再坚持一天，明天多吃点。到了第二天，早饭后不久，儿媳的弟弟便推辆独轮车来接他，他不客气地坐上了车。已经两天基本没吃什么，两碗糊涂早尿了出去，张富贵只觉得肚皮贴着后脊梁，头晕眼花，如果没车接他，确实没力气走着去。到了亲家家，亲家热情地把他让到客厅坐到太师椅上，又给他倒上一碗竹叶茶。茶他是喝不下，人常说，肚里没本，难咽清水。张富贵刚一落座，就有一股葱花油香直往鼻子里钻。他转头一看，条几上一个小花碟内放有几块葱花油卷，可再饿也不能吃，主人不让，客人是不能吃的，这是规矩，再饿也不能失了脸面。

外面的厨房里，请来的厨师正忙着烹炸煎炒，菜香、肉香、馍香浓雾般地飘进客厅，涌进张富贵的口鼻。张富贵虽然饥肠空空，但口水还是直冒，他只得将那馋水一下下咽回肚子里。当院里的方桌上摆上了炒鸡块、炒肉片和一条清蒸大鲤鱼，他感觉口水更旺盛了，肚子更饿得慌了。这时亲家说："亲家，你先喝茶，我去看看客人来了没有。"说完他便起身走了出去。堂屋里只剩下张富贵一个人。他实在饿得难以忍受，条几上的葱花油卷的香味诱惑得他实在难以自制。他想，客人还没来，吃饭还得一会儿，不如先吃个葱花油卷垫垫。想到这里，他瞅了一下门外，见没人，便伸手将一块油卷抓在手里，急忙塞进嘴里，他唯恐被人看见丢了面子，几乎没怎么嚼就吞进肚里了，又喝下两口茶，方感肚里好受了许多。

张富贵看着门口处那块长方形的日光慢慢由东向西移动，感觉时间过得特慢。当日光移到客厅正中时，大门外传来几个人的说笑声，客人来了。亲家拱手把客人让进客厅，又向客人介绍了张富贵。大家寒暄一番后逐次落座。

这时亲家大喊一声："哎呀！这油卷咋少了一块？谁吃没有？"大家都说不知道。亲家焦急万分地大喊："快问问！哪个小孩偷吃没有？"有个客人说道："不就是一块油卷吗！吃就吃了。""哎呀！你不知道，那是我药老鼠的，拌了老鼠药。"亲家急得不知道怎么好。张富贵心中一惊，药老鼠的，坏了！他急忙羞羞地说："亲家，那馍，是……是、是我。"亲家焦急地问："是你吃了？"张富贵吞吞吐吐又极不好意思地说："我、我……"亲家急忙喊道："小三！快烧锅绿豆水，绿豆水解药！"小三急忙大喊："快烧绿豆水，我表大爷吃老鼠药了。"亲家急得一拍大腿："唉！这要出了人命咋办？"

这时张富贵也感觉肚中不适，不知是饿的，还是老鼠药的作用，抑或是条件反射。他手撑椅子扶手想站起来，几个人急忙过来搀扶。亲家说："快架到后院去。"几个人把张富贵扶到后院坐到当院的软床上。一会儿，一盆绿豆水便端了上来。亲家亲自用两只水瓢倒着那绿豆汤，用嘴试了一下，稍不烫嘴就递给张富贵，说："亲家，快喝！绿豆汤解毒。"张富贵一阵喝下三瓢绿豆水。亲家让他再喝，他怎么也喝不下去了。那绿豆水已堵到了喉口，张嘴就会往外冒。肚子也撑得鼓鼓的。亲家端着半瓢绿豆水一直劝："亲家，喝！"张富贵已经不能张口，张口那绿豆水就会吐出来，他一只手直摇，示意再也喝不下了。一会儿，前院来人说该开席了。亲家说："喝这些绿豆水，药就解了。咱去喝酒吧。"张富贵摇摇手，痛苦地说："你们去吧！我啥也吃不下。"肚子撑得像圆鼓，不能坐也不能睡，只能挺着肚子在院里来回踱步。

不一会儿，前院便传来"五五六六"的猜拳行令的热闹声。

待张富贵连尿了六泡，前院已席散人去。肚中已空，张富贵想吃点东西，可亲家来到后院则说："小三，送你表大爷回去吧。"小三急忙推过车来，放到张富贵面前："表大爷，坐上吧。"张富贵无奈，只得坐上车子。临行，亲家又安排一句："回家别吃东西，一吃饭老鼠药还得发作。"殊不知，张富贵的亲家是故意整治这"老鳖一"。

张富贵就是这么一个人，镇上人都在背后说他是吝啬鬼。闺女订婚的大事，他一把韭菜、两颗鸡蛋、一块豆腐、半斤豆芽就待了客。孙豪强虽然心里不悦，但也不好说什么，毕竟是娶人家的闺女做自家的儿媳。吃着饭，桃花说："自今儿，恁两家就是亲戚啦。一家人不说两家话，孙叔呢，想把龙跃和杏花的事儿早点办了。今儿呢，是订婚，明天我和孙叔再来'要年命'。"

张富贵低头吃菜没说话。

桃花看张富贵没表态，就问："富贵叔，你看这事儿……"

张富贵抬起头，望着桃花微笑一下，说："我看，还是按老规矩办吧。"

孙豪强心里骂了一句，"小气鬼，按老规矩办，还不是想让我多跑几趟，多给你送点礼吗?"

青峰镇的老规矩，男女订婚之后，男方要想办结婚大事，必须先去女方家"要好"，也叫"要年命"。女方父母若同意嫁出女儿，就将女孩的生辰八字请先生写在一张红纸上，交男方带回，之后按女方生辰八字查"好"，也就是选择符合女方生辰八字的吉日作为喜期，再将选择的喜期交给女方，双方同意后，就定下了结婚的日子。如果女方不给开"年命"，就表示女方父母还没有同意近期嫁女儿。"要好""要年命"很有讲究，一是忌"本命年"嫁娶，就是不选在男女双方的属相年；二是男方要到女方家要三次好，女方才开出"年命"。常说，一趟穷，二趟富，三趟要个大财主。只去一趟"要好"，女方是不开"年命"的。对张富贵来说，按老规矩孙家要来三趟，送三趟礼，他才给开"年命"。没"年命"孙家就没法查喜期，没法定结婚的日子。

孙豪强喝下一杯酒，说："好！就按老规矩办。"

于是孙豪强自第二天开始，隔一天去一趟张家"要好"。连去三趟，每次都按老规矩带上一匹布、两条手巾、四包红糖，外加四样礼品，共七样礼品，一是有"七巧""七仙女"的含意，蕴含女方是"七仙女"；二是有"妻"的谐音，有为儿子要妻的寓意。

　　三趟过后，张富贵看着里间里堆放的一堆礼物，心中甚是高兴，终于从神龛下拿出早已写着杏花生辰八字的庚帖。

第 14 章 逃 婚

孙龙跃和杏花结婚的日子定在三月初三。农谚云：三月三，种的南瓜往家担。孙豪强认为，三月三是播种的日子，主子孙兴旺。再者，沈家选在二月二，孙家定在三月三，相差一个月，将来两家都有了孩子，年龄相差不多，打架生气也不会吃亏。

孙龙跃结婚是孙家的头一桩喜事儿，孙豪强决定要大操大办，排场气势一定要压过沈家。按照青峰镇的习俗，喜事头天晚上招待对子客，街坊邻居们会三三两两拿着写好的中堂对联或礼钱去网礼喝喜酒。全镇大户小户，包括沈家都一户不落地下了请帖。庭院坐不下，孙豪强就把大厨设在了大槐树下，一溜筑起六个灶，灶后一溜摆十个案板外加四扇门板。东头是热案，炒热菜的地方；中间是凉案，切拌凉菜的地方；西头是面案，加工面点蒸馍的地方。大厨是从县城请来的"张家馆"的厨师。刘天福带了三个人前来帮忙，负责改刀切菜。那一溜厨案前是一片开阔地，这一片开阔地就是逢集会时人们听书听戏和牲畜交易的地方，好比如今的广场。广场上摆开五十张高低不等的方桌、条桌或小饭桌，椅子、条凳、板凳根据桌子高矮摆放在桌子四面。广场的周围点起六支火把，照得大槐树下的广场灯火通明。东西两边是两班唢呐，一班是青峰镇赵家班，一班是自县城请来的"唢呐王"。两班三眼铳各持六管枪，一班在东，一班在西，枪声此起彼伏，轰响震天。镇上的人全都聚拢来听响看热闹。男人女人，大人小孩，老头老太，赵家班前围一片，"唢呐王"班前围一片。年轻人和孩子们听得哪边热闹往哪边跑。一会儿东边，一会儿西边。赵家班吹起了拿手曲牌《百鸟朝凤》，立刻拉来不少人。"唢呐王"一看围听的人都跑去了赵家班，他们立即改吹豫剧《花打朝》。青峰镇人爱听豫剧，一部分人立即又跑去"唢呐王"那边。赵家班一看那边人多了，一曲终了，又改吹龇牙笛，玩起了绝活，又把一部分人拉过去。"唢呐王"一看许多人去了那边，立刻又换了新招，一个年轻俊美的姑娘跳上桌子，亮开银铃般的嗓子唱起了四平调《梁山伯与祝英台》。两军对垒，谁家的听众多，就说明谁家的技艺高。这是一场技艺比赛，也是一场生死较量。谁家的水平高，将来聘请的人就多，给的报酬也就高。败了，就会失去市场，收入就会减少。悦耳的唢呐声、清脆的歌唱声、震天的枪声、喧闹的人声、铿锵的锣鼓声，将青峰镇带进一个近二十年来从未有过的欢乐时光。人们忘记了烦恼，忘记了忧愁，忘记了明天该怎么过，都沉浸在一片欢乐之中。

灵芝没去听响，独自坐在家里纺棉花。爹去孙家网礼了，少松又去大青山里收皮毛了。她听着外面传来的枪声和隐隐约约的唢呐声，心绪也随着手中的棉絮而一抽一抽拉长。孙龙跃结婚了，灵芝心里也很忐忑。虽然孙沈两家有世仇，但孙龙跃对她的一片情谊也曾经让灵芝很纠结、很彷徨，甚至有一点……具体是什么，她也说不清。孙龙跃结婚了，她想表示点什么，可怎么表示？她无所适从。她心里隐隐有一种歉疚，有一种落寞。不知什么时候，手中扯出的线粗得像根绳子，她却浑然不知。

"哎呀！你是搓绳还是纺线！"许琳的惊讶之声把灵芝惊醒了。

许琳是灵芝念私塾时的同学。许家在镇上是个外来户，许琳的老爷爷，从北乡逃荒来到青峰镇。许琳的老爷爷会一样手艺——打铁。青峰镇恰巧没铁匠，刀剪、斧镰、抓钩、锄头、耙齿全是外地的小贩从县城贩来的。由于许铁匠手艺好，锻造的刀剪斧镰之类的钢火好，锋利且不卷刃，所以生意就很红火。几年过去，许铁匠攒了些钱，就买下一处荒宅，然后建起了三间石墙石片结构的房屋。从此，许家就在青峰镇落了户。许家的人丁不旺，自许琳的老爷爷之后，两世单传，许琳的爹结婚两年生下许琳就惨遭横祸死了。许琳的娘没改嫁，孤儿寡母辛苦度日。常说，门里出身，不会不会也会三分。许琳的娘婚后跟丈夫帮二锤拉风箱，干多了见多了，也就学会了打铁。丈夫死后，她就继承了许家打铁的手艺，继续把许家铁匠铺子开了下来。常言道：开一辈子药铺打一辈子铁，给宰相也不接。说明开药铺打铁利润高，没风险。许琳娘把许琳拉扯大又攒了些钱，就让女儿进了私塾去读书。她不求女儿当官发财，只求女儿知书识礼，将来嫁个好人家，女儿的一生和自己的后半生就都不会吃苦受罪。

灵芝见许琳进来，急忙起身相迎。

许琳说："在想啥呢？看把线纺成绳都不知道！"

灵芝笑笑说："想你！几天都不来看我了。"佯装生气地嘟起了嘴。

"这不来了吗！"许琳说。

灵芝说："有啥事儿？"

许琳说："今儿孙龙跃结婚，几个同窗想去表示一下。"灵芝说："咋表示？"其实这正是灵芝所想的。

许琳说："咱几个同窗给他送副对子咋样？"

灵芝说："这对子谁来写？"

许琳笑道："当然非你莫属了。你是大才女，对对子又是你的拿手戏。况且……"许琳说了半截停住了，微笑着看着灵芝。

灵芝听出了许琳的话外之音，羞笑着用手捶了一下许琳。

许琳说："我是逗你。对子已经写好了，是请咱的先生写的。其实我已做主，把你的名字写上了。你要是没意见，咱几个一块送去，他们都在十字街口等着呢。"

灵芝思忖一下，说："我就不去了。俺爹已经去了，我在家还有事儿。少松今儿回来，我还得做饭。"

许琳说："我明白你的意思，不去也罢。我们代表了。"

灵芝把许琳送到大门外，笑着问： "啥时候喝你的喜酒？你马上是城里人了。"

许琳说："八字还没一撇呢。"

灵芝说："嫁到城里，到时别不认俺乡下人！"

许琳说："看你说的。走到天南海北也不能忘了我的好姐姐。"许琳说着便转身走向唢呐响起的西街。

第二天，就是正事儿那天三月初三。早饭一毕，孙豪强便把"喜总"叫到室内，将一个红包"啪"地放到"喜总"面前，说道："今儿的事儿就看你的了。"

"喜总"，就是办理喜事的总指挥。"喜总"这个角色，大多是半职业性的，专门为办事儿的主家操心办理喜事上的一切事务。这个角色，大多是有头有脸的场面人，有文化，思路清楚，熟知各种风俗礼仪，再复杂的事儿都能铺排开。在青峰镇一带，不管谁家有红白事儿，都要请这种人来理事。办红事时叫"喜总"，办白事时叫"大总"。这位"喜总"叫夏知理，是县城东关人，在青山县是知名人物。县府官员家有红白事也都请他去料理。夏知理聪明透顶，料理一切事务都能根据主家的实际情况，穷家穷办，富家富办。为穷人家办事儿，既能为主家省钱，又能办得圆圆款款。为富家办事儿，能办得体体面面。"喜总"夏知理听了孙豪强的话，笑着说："请放心！今儿这事儿我一定给你办得风风光光，排排场场。"说着就将红包收起装进兜里。孙豪强正色说道："我不是这个意思……"夏知理有点不解："您的意思……"孙豪强说："花轿在张家不要大停。新人上了轿，立即往东，谁拦轿也不要停，就停在清风楼，吹打上两个时辰。"夏知理知道孙沈两家有仇，也知道孙豪强想娶沈家闺女遭拒绝失了脸面，孙豪强想趁此机会给沈家难看。夏知理不想这么办，咋能自己办事给人家窝囊？可主家如此安排，又不能不办，况且已将小礼装进兜中……夏知理毕竟是经多历广、见过世面的人，脑子一转便有了主意。

卯时一到，夏知理便亮开他的高喉咙大嗓喊道："各位忙人，现在开始点卯。"他手持红纸名册，将抬轿的、拿嫁妆的、端盆的、挟鸡的一应人等点一遍，忙人已齐，便高声喊道："起乐——"两班响器便锣鼓齐鸣，枪声震天。接着又喊道："起——轿——了——"两班唢呐吹奏着前行引路，披红挂彩的八抬大轿颤颤悠悠跟随其后，离开孙府，穿过大街，径直往张家而去。

此时张家门前已是人声熙攘，那贴着红字条的桌椅板凳、灯盆坛罐及脖子上套着红纸圈的红母鸡都在张富贵大门外一字摆开，为唢呐班准备的两张桌子及板凳都已摆放整齐。

迎亲队伍来到门前，花轿落地，几个迎亲的女宾走进大门，可两班唢呐并未在桌前落座，而是站着吹奏，似乎随时准备离开。镇上许多人围着听响。不一会儿，穿红着绿，头盖红纱的杏花在两个女宾的搀扶下，脚踏红苇席跨出大门，钻进花轿。随着鞭炮和铁炮的轰响，"喜总"高喊一声："起轿了——"那花轿便被缓缓抬起，跟随唢呐班颤颤悠悠、起起伏伏地离开了张家门前。

张富贵站在大门口，有些不解地摊开两手自言自语："这！这！这咋恁快？咋不多吹会儿？"围观的人也都交头接耳，议论纷纷。在青峰镇，谁家嫁闺女总要热闹半天，迎亲的鼓乐要在女家门前吹奏上个把时辰，以助女家喜气氛围。可只一袋烟工夫，两班唢呐连座也没落就走了。张富贵望着渐渐远去的迎亲队伍和慢慢散去的街坊邻居，心里愤愤地想：你这是看不起我张富贵。他呆愣了半天，直到那喜乐声变得隐隐约约，门前只剩下他一个人，他才转身进了家门。

迎亲队伍进了东西大街，"喜总"夏知理一路小跑来到队伍前头，对吹唢呐的领班说："压住！压住！"迎亲队伍行进的速度立即慢了下来。"喜总"又喊："再慢些！慢些！"迎亲队伍行进的速度又慢了许多，几乎是轧着步缓行，蜗行一般。围观的人群也如蚁群一般在行进，人们在尽情地欣赏着那唢呐和笙的和鸣，欣赏着那大花轿在音乐节拍中的颤悠。

尽管迎亲队伍在轧着步行进，可一个时辰过去，队伍还是来到了牌坊街口。那街口已有许多人将两张桌子和板凳拦在了路中央。按习俗，只要有拦轿的，迎亲队伍必须停下吹奏一段时间，以让众人分享欢乐。夏知理急忙走上前去，对拦轿的众人说："搬开搬开！"众人不愿意搬桌凳，夏知理对众人拱手作个罗圈揖，说道："请各位邻居谅解！东家有话，不让拦轿！"众人一听东家有话，不知拦轿有啥妨害还是有什么原因，只好将桌凳移至街边，迎亲队伍依然缓缓行进。

又半个时辰过去，春阳已高挂东南天空，暖暖地照在人们头上，两班乐手连续吹奏了两个多时辰，加之暖阳高照，他们已一个个汗流满面，又热又累，他们不由得加快了脚步。夏知理见此，急忙上前："压住！压住！"队伍又慢了下来。

尽管队伍行进缓慢，但又半个时辰过去，清风楼还是出现在了视野里。夏知理向东望去，只见几个孙家人扛着桌凳来到清风楼前将桌凳摆开。

队伍来到清风楼下，那两班筋疲力尽的唢呐班就立刻坐在条凳上休息。吹奏一停，枪炮一息，本来热闹的人群顿时寂静了许多。

时已望晌（方言。快到中午的时候）时分，跟着听响看热闹的人们也已困乏，于是人群开始慢慢散去。夏知理看人群渐渐散去，怕冷了场，于是高喊"起乐——"，两班唢呐又吹奏起来，没有散去的人们又聚拢过来。"上礼——"夏知礼突然听到有人高喊一声，他转头看去，只见孙豪强正从人群中挤进来，身后的一人手端托盘，托盘上放着一堆红包。

唢呐停止了。孙豪强来到中央拱手一揖："大家辛苦了！为感谢大家，本人聊表心意！凡是忙人（方言。帮忙做事的人）每人一个红包。"夏知礼接过托盘说道："谢谢东家！"孙豪强忙说："哪里！我孙家头桩喜事，就要好好热闹热闹！时辰还尚早，大家热闹起来吧！"说完转身离去。

两班唢呐又吹奏起来。两班铁炮手又一齐点燃了三眼铳。晴天，三眼铳显得特别响、特别脆，不似阴天，枪声很闷，像被窝里的屁。

那悠扬的唢呐声"咚咚"的枪声对沈家人来说却似木匠刷锯，群驴嘶叫，叫人心里烦躁不安。昨天夜里沈润章按习俗已去网了礼，喝了两杯酒、叨了两叨菜就离了席。广场上虽是一片喜气洋洋、欢声笑语，可他心里却像吞了一肚子麦糠，菜不香、酒无味。早起，喝了碗糊涂就下地了。他到河南岸，在自己家地头上种了几棵南瓜，又用抓钩翻了片地，撒上一把辣椒种和茄子籽，用脚驱土埋住种子，又排着脚踩了一片，觉得身上冒汗了，他就回了家。来到门前，见孙家迎亲的队伍正向清风楼方向走来，他没理会，也没心思像街坊们那样去听响看热闹，因为他心里烦。于是他径直回了家，洗了把手便坐在太师椅上吸他的白铜水烟袋。从唢呐声中他听出了迎亲队伍停在了清风楼下，他心里虽烦，但还是没说什么。谁家办喜事儿都会中途被拦下吹奏一阵子，让大家共享欢乐。他虽不想"共享"孙家的欢乐，但这习俗也不能去制止。可那唢呐、那枪炮一直在耳边轰响，总没停歇的意思，他觉得时间过得特别慢。女儿灵芝没去看热闹，她坐在草墩上纺棉花，缠棉线，可那线不似以前又细又匀，而是粗细不均，他从这细节中看出了女儿灵芝心中的烦躁。他没说什么，灵芝也不说，屋里沉默得压抑。突然他听到外边唢呐枪声都停了。他长出一口气，他们总该走了！烟包里的烟丝也已抽完，面前的地上一片烟灰，他正起身去找切好的烟丝往烟袋里装，外面的枪炮唢呐又响了起来，他气得跌坐在椅子上愤愤地说："这还有完没完！"灵芝仍在不紧不慢地纺棉花。这气愤的话被门外正在拾掇皮张的沈少松听到了，他停下手里的活，直起腰，气愤地大喊："这简直是欺负人！"灵芝先怔了一下，然后停住纺棉花，接着走出门外。这时只见沈少松一手提一匕首，一手掂着昨晚他带回来的两只野鸡走向门外。灵芝以为少松要出去惹事儿，便大喊："少松少松！"这时只见沈少松将刀在两只鸡的脖子上一抹，便将那两只扑棱着翅膀、飞溅着鲜血的野鸡扔进人群中。

人们被这突如其来的行为吓坏了，稍愣神之后，人们便纷纷散去。唢呐班一下掩住了气息声，轿夫也都纷纷站起身，夏知理高喊一声："起轿！"花轿被匆忙抬起，唢呐班急忙赶到花轿前面，走了十多步才吹奏起来。

孙龙跃今天结婚，本应喜笑颜开，可他却双目无神、表情木讷地在太师椅上坐着，脑子里一片空白，如在梦中。是谁给他穿上的那崭新的长袍和马褂他都不知道，是谁给他戴上了那粘着红花的礼帽他也不知道，只是木讷地呆坐着。

花轿来到孙家门前落了地，一挂千头鞭炮挂在大门外的那棵老枣树上，只等新郎前来点燃。青峰镇有个习俗叫："谁的炮谁点捻。"平时燃放爆竹谁点捻都行，唯有新娘下轿时的这挂爆竹只能由新郎来点燃。可新郎却迟迟不见踪影。程序不等人。有人将一卷红毡从孙家大门里沿地铺过来，一直铺到花轿跟前。四个穿戴一新的姑娘各自手里捏着两条红绸绢，踏着红毡，扭着碎步，交交叉叉，从门里"迎"出来。这叫"迎轿"。"迎轿"是喜事上的一道风景。四个迎轿姑娘是精心挑选的，一般高矮，一般胖瘦，面容俊美，步伐细碎如戏台上的丫鬟小姐，走动身不晃，甩手幅度小，个个身穿红衫绿裙，裙边一圈黄红流苏，脚穿绿缎鞋，鞋面上缀着一朵大红缨，那婀娜多姿的舞步，那左扭右晃的腰肢，实在是妩媚动人，将看热闹的目光全部吸引了过来。"迎轿"姑娘迎至轿前，站住了，人们的目光立刻转向挂在枣树上的那挂鞭炮。鞭炮一响，轿门方能打开。可那挂鞭炮一直没人点燃。孙龙跃的两个堂姐是专门架新娘的。迎架新娘是有讲究的，这二人必须是大姑姐，"要想发，大姑姐往家拉"，新郎若没有亲姐，只有请堂姐来迎架。轿门边一边一个大姑姐，各架新娘一只胳膊沿红地毯架进庭院。孙龙跃的两个堂姐站在轿门边，只有等鞭炮响起，才能打开轿门拉出新娘，可迟迟不见新郎出现，两个迎架娘急得直搓手。这时"喜总"高喊："新郎呢？快让新郎点炮！"这时几个帮忙人急忙跑进院内，把迷迷瞪瞪的孙龙跃拉了出来。一个人急忙把一火煤塞进孙龙跃手中，孙龙跃才在别人的帮助下点燃了老枣树上的那挂爆竹。鞭炮响起，迎架娘这才打开绣着龙凤呈祥的轿门将新娘杏花拉了出来。在一群孩子的簇拥下，孙龙跃的两个堂姐一人架着新娘的一只胳膊踩着红地毡磕磕绊绊地走进孙家大门。在"喜总"的喝令声中，在别人的挟持下，孙龙跃和杏花完成了一拜天地，二拜高堂，夫妻对拜和端财斗入洞房的仪式。进了洞房，孙龙跃将盛着五谷杂粮、插着秤杆和黑手帕的财斗往新床上一放，即拨开闹新房的众人冲了出去。

他迷迷糊糊晃晃荡荡地出了家门，不知何时登上了青峰山，他坐在山顶的那棵古柏下，痴痴地瞪着那双失神的眼睛，透过零零乱乱的树枝，望着天空。天空何时没有了太阳他不知道，天空何时聚满了乌云他也不知道，头脑里一片空白。不知独自坐了多久，他才朦朦胧胧听到山下传来的唢呐声。他的心思不知道怎么回事又回到了一个月前。他似乎看到坐着花轿的灵芝在山下行走，那唢呐声是从灵芝的花轿那里传来的。他忽地站起，对着唢呐传来的方向，声嘶力竭地大喊一声："灵——芝——"

一滴冰凉的雨滴落在他脸上，他一下子清醒了。那不是灵芝出嫁的唢呐声，那声音是从自己家传来的，是自己结婚的唢呐声。他忽然问自己，"我怎么跑到这里来了？"此时夜幕已开始降临，淅淅沥沥的春雨飘落下来，雨点很凉。他急忙向山下走去。他想：客人早该走完了，爹娘看不见自己，一定很急。

他旁若无人地向家走。镇街上亮起了灯光。大槐树下的火把已经点亮，晚饭是招待忙人的，几个餐桌上杯盘零乱，忙了一天的忙人已吃喝完都去听唢呐了。县里请的"唢呐王"已经走了，只有赵家班还在吹奏着《包公下陈州》。

他快步走进家门。古香古色的高大门楼下一边挂着一盏绣球灯笼。院内还有十几个人在来来往往地办着各自的事儿。正房是爹娘的住房，他的新房是东屋。一溜三间，中开门，两边开窗，门上贴着一对"囍"，窗上贴着剪成喜鹊闹梅和月宫桂树的两幅窗花。他推开新房的门，迎面正墙上挂着一幅中堂。中间是一轴画，画的是喜鹊闹梅，虬曲的枝干，繁密的梅花，鲜活如真。两边是一副对联，一看就知道是教过他的赵先生的手笔，字体遒劲，飞白潇洒，字上洒着金粉，每片金粉都闪着光。上联是"鹊鸣一枝报喜讯"，下联是"梅开万朵映春晖"，横幅是"百年好合"。下联的落款处写着两行人名，第一个人名字是"赵仕鸣"，那是先生的名字，先生的名字下面是"沈灵芝"三个字。他看到"沈灵芝"三个字，立刻怔住了，似乎三魂走了两魂，七魄丢了四魄，目光发直，表情发呆，里间传出两句叫声，他也没听见，只呆呆地看着那副对联。

"老半天你跑哪儿去了？"杏花从里间走出来说道。

孙龙跃依然没听见，目光盯着对联，脑海里却是沈灵芝的身影。

杏花站在他身后大声问道："你吃饭了吗？问你呢！"

这时孙龙跃才清醒过来，他转过身看到杏花头上还顶着"蒙头红"，不解地问："你咋还盖着蒙头红？"

杏花语气里带着不高兴："你不揭谁来揭？"

孙龙跃一想，坏了！自己还没揭蒙头红，杏花一定也一天没吃上饭。他走到杏花跟前，揭下蒙头红，只见杏花双眉如黛，两腮白里透红，一股淡淡的粉香扑鼻而来。杏花含羞地斜他一眼。这时他才发现，杏花也挺漂亮的。他头脑清醒了，身心都回归了现实。他微微摇了摇头，心里在想：真想不到，当初他最烦的杏花竟成了他的新娘。

第 15 章 听 房

"听房"，在青峰镇是一种封建陋俗。谁家孩子结了婚，三天内得有人"听房"。据说是没人"听房"不好，究竟怎样不好，有什么妨害，却无人考究。三天内"听房"也有习俗，就是"三天不论老少"，谁都可以听，同辈可以，晚辈可以，长辈也可以，这是老辈传来的习俗。孙豪强送走了忙人，收拾好剩菜，熄了火把和大门下的灯笼。孙龙跃和杏花吃了饭进了新房，已是三星高挂。忙了一两天，孙豪强觉得很累，就坐下来打火吸烟。这时他突然犯了愁，这听房的事儿咋办？不关大门让别人来听，他怕小偷小摸偷了东西。关上大门，没人能进来，没人听房又不好，他犹豫一阵之后，还是关了大门。龙跃结婚前，他请先生查了好，先生说："根据男方的生辰八字和当年'三煞太岁'所在的位置，新娘要娶在堂屋东间，才能避开'三煞''太岁'。"堂屋东间为上首，是主人的居室，孙豪强夫妻住在那儿。结婚那天，就把这间屋简单收拾一下，搬出孙豪强的被褥，铺上一领花席，放上一床新被褥，就把杏花娶在了堂屋东间，可真正的新房却在东屋，那是龙跃和杏花住的新房。给龙跃盖的新宅尚未竣工，所以就先让二位新人住在老宅东厢房。

天不黑，孙豪强就请来了远房侄媳妇来给新人铺床。为新人铺床很有讲究，要儿女双全的媳妇铺床才吉利，主（方言。这里是预示的意思）新人将来儿女双全。铺好了床，又让一男孩"滚"了床，又往床上撒了花生和红枣，预祝"早生贵子"，并且花着生，生了男孩生女孩，生了女孩生男孩。完成了铺床程序，才让新人入住。

关了大门，外人进不来"听房"，孙豪强想，自己听吧，反正"三天不论老少"。东厢房的灯熄了之后，孙豪强悄悄走到东厢房窗下去"听房"。开始屋里静静的，没一点响动。孙豪强想，这也许是这对新人怕听房的吵闹，没敢有所行动。当年他娶龙跃娘时，刚熄灯他就在被窝里强行脱掉了新娘的内衣裤，明知道外边有"听房"的，他还是急不可待地趴在了新娘身上。当他"入港"之后，他才知道什么叫快活。他用被子蒙住头，悄声问："好不好？"他媳妇说：

"好！真好！"他问："咋好？""比吃大桌还好！"孙豪强想到这里，有点不能自抑，心跳也加快了，下身挺挺的。突然，屋里有了声音，那是掀被子和翻身弄出来的声音。孙豪强抬头望望天空，三星已移到西南天空，远处已传来此起彼伏的鸡鸣，他估计已是下半夜了。可屋里窸窸窣窣的声音一直在继续，没有进入高潮时的声响。那声音又持续了好久，听到儿子龙跃"唉"了一声，屋里便寂静无声了。他猜想，他二人没办成事。这个笨蛋，真没本事！要是龙腾，早办成事了。停了好大一会儿，那声音又继续响起，可那声音一直持续很久，还是没有进入高潮的那巨大响动和喘息声。这时，更鸡又一次鸣起时，听到杏花的一句埋怨："唉！你真是没本事！"之后，屋里又进入了寂静。这时孙豪强明白了，龙跃太老实，没拈过花惹过草，男女之事没经验，所以才没办成事。怎么办？这种事又难于启齿教他们，孙豪强犯难了。可不教，头一夜办不成事也不吉利。突然他心生一计，于是他悄悄回到堂屋，故意开门弄出声响，又咳嗽两声，这是他装出没听房刚起床的动作。接着，他站在当院，高喊起来："谁家偷俺的篮子啦！赶快给送来。你要不给送来，昧下俺的篮子，我掀起腿来日你！"喊者有意，听者也留了意。孙龙跃和杏花一夜没办成事，一听到"掀起腿来日你！"的话，心里豁然开朗，于是孙龙跃将杏花的两腿掀起，一下就"入了港"。孙豪强骂罢两声，悄悄溜到新房窗下，便听到里面传出来"扑通扑通"的声响和杏花快乐的呻吟及龙跃的喘息声。孙豪强窃笑一下，悄悄溜回堂屋睡下了。

第 16 章　强　奸

谁也想不到，听新房会闹出大事来。

孙龙跃结婚的第三天，灵芝起了床，洗过脸，刚走进厨房准备做饭，突然许琳闯了进来。灵芝见许琳满脸泪痕，头发乱乱的，就急问："咋啦许琳？家里出什么事了？"

许琳一下子扑到灵芝怀里，泣不成声。

灵芝大感诧异，又问："咋啦？是婶子病了？""不、不……"许琳哭得说不出话，只是微微摇头。

灵芝拍着许琳的肩膀，安慰道："别哭！先别哭！究竟咋回事？"

许琳抽咽着说："我、我没法活了！"

灵芝又拍拍许琳的肩，慢慢将许琳推开，说："走，到屋里说。"二人走进厨房，灵芝拉过来一个小木凳按许琳坐下："究竟咋回事？"

许琳抽泣着说："昨儿黑夜，孙龙腾那个鳖孙，他、他……"许琳又哭得说不出话来。

灵芝焦急地问："他咋啦？"

许琳镇静一下情绪，抹了一把满脸的泪水："他……他……"似乎难于启齿，然后又呜呜地哭得说不出话来。

原来孙龙跃结婚的第二天，刚吃过晚饭，小两口就钻进了洞房。不吃仙桃不知道味美，吃了第一口，就会勾起那肚中闲了二十年的馋虫。孙豪强见龙跃和杏花进了东厢房又关上了门，知道二人"瘾"来了，就去关了大门，躲进堂屋东间卧室又看起了《三国》。傍黑时，孙龙腾掂了些昨天的剩菜，一个猪耳朵、一块猪肝去找"舌头"喝闲酒，三星移到西南的天空时，他才醉醺醺地回到家。他打开门见院子静悄悄的，堂屋和东屋都熄了灯，他正欲进西厢房睡觉，突然东厢房响起嫂子杏花"啊……"的一声长吟。

他悄悄走到东厢房窗下，侧耳细听，只听到里面传出连续不断似巴掌打在肚皮上的声音，伴随着那"啪啪啪"的声响，嫂子杏花不住地发出"啊！啊！

啊！"的快乐的呻吟，那美妙的二重唱一下子鼓动得孙龙腾热血奔涌、头涨心慌，一股强烈的欲火在体内熊熊燃烧，使他不能自抑，口干舌燥。女人！女人！女人！可去城里的桃花渡旅馆已不可能，夜深路远。这时他直恨老镇长孙长明，去年他曾带两个窑姐回到青峰镇，想在镇上开一个窑馆，被老镇长孙长明臭骂一顿，又赶走了那两个窑姐。孙长明毕竟是镇长，又是孙氏族长，长他两辈，他不敢不听。如今城里虽有女人，但远水解不了近渴。他像一条发情的野狗，又似一只发情的公猪，出了家门，漫无目的地溜达起来，他渴盼能碰到一个女人。他不知走到了哪里，突然一个女人的身影走进了一间破败的草屋，他立刻冲了上去。

灵芝问："深更半夜的，你去那草屋干啥？"

许琳说："白天忘了给羊弄草，羊饿得直叫，嚎得我怎么也睡不着。我去草屋给羊弄些草，谁知碰上了孙龙腾这鳖孙。"灵芝生气地说："那你怎么能从他？"

"我、我没办法，我不敢喊，怕娘知道。我又打不过他。"

灵芝恨得直咬牙："这个畜生！吃喝嫖赌，无恶不作，还欺负孤儿寡母，真该天打雷劈！"

许琳娘这段时间非常高兴，闺女长大了，又读了几年私塾，识文断字，在乡里也算是个女秀才，她决心将女儿嫁个好人家，将来自己老了，也能享几天福。这段时间给许琳说媒的有好几家，可她都没相中。不是相不中家庭就是相不中男孩。那天许琳的外爷来了，说给许琳提个亲。许琳娘问是哪家，许琳外爷说，他的一个远房表弟，家住县城东关，城外有几十亩地，城里有生意，家中虽不算富裕，但也不愁吃穿。他有一个独生孙子，今年19岁，比许琳大一岁，先在县城一个学堂读书，下学后跟沈少松做生意。男孩长得文质彬彬，对得起咱琳琳。许琳娘在心里掂量掂量，觉得爹说的话，信得过，就答应了这桩婚事。原说到中秋节男方就来传庚换帖，没想到出了这桩事。

许琳哭得泪人一般："你说我该咋办啊灵芝姐？"

出了这事，灵芝和许琳都知道利害攸关。灵芝说："这事如果按下不说，将来你出了嫁，可就没好日子过了。"

许琳哭得更厉害："我、我、我该咋办呀？"

灵芝犹豫着说："要不，你就嫁给孙龙腾算了。"

许琳哭着说："不！不！我不能嫁给他。他算啥人！吃喝嫖赌，今后日子咋过？"

沈灵芝说："除了他人不咋样，家庭还算富裕。"

许琳说:"不!不!我去死,也绝不嫁给孙龙腾!"

灵芝说:"你死?你能对得起谁?婶子为了你守寡半辈子,盼望将来老来有个依靠,不再受苦。你死了她今后咋办?"

许琳这时才真正体会到啥叫"欲活不能,欲死不忍",那两道泪水如泉水般在脸上恣肆横流。

常言说,没有不透风的墙,不长时间,孙龙腾欺负许家的事便在青峰镇传得沸沸扬扬。有人不信,说许家对孙家有恩,孙家不能干出这伤天害理的缺德事。有人说千真万确,是某某亲眼看见孙龙腾将许琳按在草屋里干的那见不得人的事。青峰镇姓杂人多,人多嘴杂,凡是不关自家的丑事,总当奇闻传播。蒙在鼓里的人只有孙豪强和许琳娘。可这段时间许琳的娘突然感觉不对,闺女不仅饭吃得少了,还常呕吐。她朦胧感到许琳像怀孕的征兆,可她马上又否定了自己,自己的女儿她最了解,不会干出越轨的事。可当她发现许琳的月例停了的时候,她坐不住了,她把闺女叫到跟前,问许琳怎么回事。许琳闻听,"扑通"跪到娘的面前,声泪俱下地诉说了事情的经过。许琳的娘本来就是个性格刚强的人,丈夫死后,她没改嫁,掂起大锤过起了孤儿寡母的艰难岁月。她把苦愁怨恨都用在了双手上,丈夫四十锤打成一把铁锨,她三十锤便把铁锨打得有模有样。20多岁,花一样的女人,自然会有人去招惹,但经历两回事,再也没人敢来招惹她。一次张富贵想勾引她,夜里掂了两包点心到许家,许琳娘见张富贵那色眯眯的眼睛只朝她胸部看,抓起那点心砸在张富贵脸上,又追到张家把锅碗瓢盆全砸了个稀巴烂。又一次一个做铁货生意的老光棍想占她的便宜,见没人就朝她腰里摸了一把,她把锤一扔,两拳打断那老光棍两根肋骨。铁匠的手,搦钳握锤惯了,不是一般的有劲儿,一个核桃握在手里一用力可搦得粉碎。许琳娘听了女儿的哭诉,血涌头脑,两手一握,两只拳头"咯咯叭叭"直响。"起来闺女!我去给你报仇!"说完扭头走出门去,顺手掂起炉边一把刚打好的钢叉。

许琳娘就是这个性格,从不多言语,只把意思表现在行动上。砸了张富贵家的锅碗瓢盆没说一句话,打断老光棍的两根肋骨也没说一句话,谁问也不回答,她知道说了骂了,自己会更丢人。去孙家也是如此。她急匆匆赶往孙家,路人见她手握钢叉,怒眉紧锁,面色铁青,问她干啥去,她谁也不理,急急地走。众人知道要出事,都跟去看热闹。来到孙家门前,一句话不说,一脚踹开关着的大门,冲进院中,来到堂屋门前,见孙豪强正与刘天福喝酒,她怒冲冲地问:"孙龙腾呢?"孙豪强一见此状,急忙站起:"弟妹来了。有啥事?"许琳娘又一声喝问:"孙龙腾呢?"孙豪强说:"他进城了。有啥事?"许琳娘一听孙龙腾不在家，将那把钢叉一下甩在门上，三根钢齿穿透门板在门上晃颤着。"咋回事弟妹？"孙豪强丈二和尚摸不着头脑。许琳娘一句话不回，扭头走出门去。

孙豪强眼盯着门上的钢叉，不知道咋回事："这、这……你看……"

刘天福说："别生气！豪强哥。听我说……"刘天福把这一段镇上的传闻说了一遍。

孙豪强气得一拍桌子："这个浑蛋……"桌上碗碟杯壶齐蹦。

经过刘天福的一番劝说，二人又商量了个两全之策，孙豪强心中才稍微有了点好转。刘天福走后，孙豪强望着那柄钢叉，他感到太对不起许家了，一种愧疚感使他难以言表。那还是十八年前的一个初冬，孙豪强和许琳的爹许留根一块儿进城。爹让他进城买一匹牲口，许留根进城卖铁货。二人约好，办完事儿一块回家，不见不散。县城北关逢庙会，人多得拥挤不动。他来到牲口市，相中了一匹青骡。干农活骡子比马强，常说铁打的骡子纸糊的马。那骡子四条腿挺拔粗壮，臀圆脊宽，搭眼一看，就是个能独犁独耙的好畜生，尤其是它脖颈上的一溜鬃毛，乌黑油亮，甚是俊美。他跟行人在袖筒中经过一番讨价还价，最后买了下来。交钱的时候却出了岔子，几个年轻人牵起那青骡就走。孙豪强从来不让人，在青峰镇也算一霸，不管什么事，人人都让他三分。这牲口讲好了价钱，怎能让别人夺去。他上前理论，那几个年轻人说他们已给主人付过钱，牲口就是他们的。孙豪强不让，三说两说，双方厮打起来。一个年轻人当面给孙豪强一拳，孙豪强感觉鼻子里流出股热流，用手一摸，是血。北方人就是这个秉性，打起架来不见血还好，一见血就如斗鸡一样，打得更凶。孙豪强哪吃过这样的亏，拼了命似的上前打起来。那三人看来也不是省油的灯，一齐下手，将孙豪强打倒在地，又用脚踢打个够，直到孙豪强躺在地上一动不动，那三人才牵起牲口扬长而去。许留根卖完铁货来牲口市找孙豪强一同回家，可见到的是昏迷不醒的半死人，他急忙买来一碗茶，扶起孙豪强，让他喝下，又把孙豪强抱到独轮车上，推孙豪强回家。此时太阳已落山，月亮已升起。许留根推起孙豪强"吱吱呀呀"往回赶。谁承想，祸不单行。他们走到十里漫洼，前后皆无村无店，突然路边蹿出几个人。只听一人喊道："别走！把钱留下！"许留根只好停下小车。许留根说："朋友，俺是走亲戚的，没有钱。""哈哈！没钱？买骡子的钱呢？"许留根一听，心想坏了，这是孙豪强在牲口市被人盯上了。这时孙豪强已经好了许多，他下了车子。许留根说："豪强哥，你快跑，我来应付！"说着他走到那几个劫路的跟前与他们打了起来。孙豪强欲上前帮忙，只听许留根说："快跑！"孙豪强将钱褡裢往肩上一搭，窜进了夜幕。他到家之后，又带几个人来找许留根时，许留根已经断了气。

十八年来，孙豪强一直有一种愧疚的心理，觉得许留根救了他，也救了他的钱，可自己却跑了，要是自己不跑，两个人共同对付劫路贼，许留根也许不会死。许留根死后，撇下许家孤儿寡妇，艰难度日，他也曾拿着钱粮想去接济她娘俩，可都被许琳娘给赶了出来，东西给扔了出来。他知道许琳娘在生他的气，对他有怨恨。可事已过去，一切都无法挽回。他只有把愧疚放到"清明"和"十月初一"鬼节上去许留根坟上烧几刀纸。

他怎么也想不到，儿子竟干出这种事。他愧疚得心里如刀割一般。待孙龙腾回到家，他让孙龙腾跪在地上，劈头盖脸打了一顿之后，便拉着儿子来到了许家。一进门，他就对孙龙腾厉声喝道："跪下！"孙龙腾立即双膝跪倒在许琳娘面前。许琳娘见孙豪强带着儿子来赔罪，又想起丈夫的惨死，想起这十八年的含辛茹苦，她泪如泉涌。她本想狠狠教训教训这个浑蛋，可是刚才刘天福的一番话让她实在是为难了。

刘天福受孙豪强之托提前来到许家。

刘天福说："许琳娘，这事已经出来了，你即使杀了孙龙腾也无济于事。我是受托而来。我看干脆让琳琳与孙龙腾完婚算了。"

许琳娘恼怒地一拍桌子，狠狠地说道："不行！我宁愿将闺女嫁个穷光蛋也不嫁给孙家。"

刘天福说："许琳娘，我知道你气恼，搁谁身上都一样，搁我也恼。可是气归气，恼归恼，恨归恨。这事儿已经出了，又没啥好办法。孩子不嫁给孙龙腾，你总不忍心让闺女受一辈子气吧！再说了，孙家同意这桩婚，我看这也是最好的解决办法。如果闺女嫁过去，一辈子也不会受罪，孙家毕竟是个大户。孙龙腾不正混，还是不懂事儿，教育教育就好了。如果这事能成，你也可以严加管教。毕竟一个女婿半个儿。"

许琳娘在心里反复揣摩许久，没说一句话，刘天福看许琳娘已无路可走，就说："许琳娘，咱老姊妹们，不说外话，我看这样解决最好。你要不反对，我就去孙家回话。"

许琳娘还能说什么？既然生米已煮成了熟饭，木已成舟，什么好法子也没有了。许琳娘哭得哽咽不止，只好照自己脸上狠狠地打了一巴掌："这是我哪辈子作的孽啊！"

刘天福走了之后，孙豪强就带着儿子孙龙腾来到了许家。

许琳娘抹去泪水，看着跪在面前的孙龙腾，狠狠地说："你今后要是给我闺女气受，我、我……"

孙豪强见许琳娘默许了这桩婚事，急忙堆上笑脸，说："许琳娘你请放心。

我一辈子没闺女，我把琳琳当闺女。龙腾要是敢给琳琳气受，我打断他的腿！"

许琳娘似五内俱焚，微微摇了摇头，朝孙家父子摆了摆手。孙豪强急忙拉起儿子，退出了许家屋门。

第二天，孙豪强就备了份厚礼，邀了三个媒人，一个是刘天福，一个是桃花，另一个是张富贵。"三媒六证"，三个媒人都是镇上有头有脸的人物，许琳娘见此阵势，也只好应允。

光阴荏苒，日月如梭。转眼到了第二年秋天。杏花生下一个男孩，许琳生下一个女孩。孙豪强十分高兴，他仔细端详两个孙子，男孩肥头大耳，一脸福相，女孩眉清目秀，鼻口端庄。他说："这一辈儿，是'子'字辈，男孩就叫'子昌'，如果下边再生男孩，就叫'子盛'。子孙旺盛，家业隆昌。这妮子嘛，就叫'亭亭'吧，女孩要亭亭玉立。"

阴差阳错，事有凑巧。孙子昌出生的第三天，灵芝也生下一个男孩。沈润章甚是欢喜，这沈家又有了后人。沈润章为他取名"沈青山"，他说："青山不老，家业永固。如再添男孩儿，就叫'青河'，青河长流，永不枯竭。"

第 17 章　密　谋

　　沈润章蹲了四年冤狱，否极泰来，终于时来运转。这几年不仅生意红火，而且人丁也日渐兴旺。大孙子青山三岁，沈灵芝又生下一个男孩取名沈青河。沈润章心劲十足。清风楼下的商铺除保留两间做油盐酱醋日常用品生意外，其他全用来做皮毛生意。镇上本来也有几家铺子收购皮毛，但因本钱不足，无法与外地客商做大宗买卖，收点零星皮货也都转卖到"清风楼皮货行"，从中取些小利。沈家有清风楼，是青峰镇唯一一家客栈，外来客商来到青峰镇，大多住到清风楼，加之沈家做生意又很活络，外地老客户住上一天两天从不收钱。沈家遵循信誉至上的原则，老不欺少不骗，及时付钱。所以山里的猎户和平原上的商贩大多把货送到清风楼，外地的皮货商客大都成了"清风楼皮货行"的合约客户。他们合约一签，订金一交，只等商货送上门来。几年下来，沈家皮货行的生意做到了方圆三四百里。古城市的皮毛加工厂家大多用"清风楼皮货行"的货，他们的皮衣皮鞋皮毛卖到全国各地。当然，沈家的利润见年翻番。

　　常言道，同行是冤家。孙豪强见沈家生意越做越红火，心中十分恼火，他下决心要扭转这种局面。于是他不厌其烦地翻阅《三国》。他将《三国》中所有的计策用毛笔写在一张宣纸上，什么"草船借箭""暗度陈仓""巧借东风""苦肉计""空城计""借刀杀人"等计策。他把那纸贴在墙上，没事儿了，就吸着水烟袋，面对那张纸琢磨。一日，他突然来了灵感，"噗"地吹掉烟锅中的烟灰，叫来大儿子孙龙跃。

　　"龙跃啊！你已是两个孩子的父亲，今后咱孙家就靠你了。你弟弟是扶不起来的阿斗，他是没指望了。咱那几顷地，虽收些租子，但除去人吃马嚼，加上龙腾败坏，一年下来也所剩无几。咱那皮货行才是咱孙家立家之本。可同行是冤家，前几年咱生意还不错，可自从沈润章回来，又来了个沈少松，咱的生意越来越不如前。我看，要再不想想法子，早晚咱得被沈家吃掉。"

　　孙龙跃说："有啥法子？人家沈家天时地利人和都占完，咱有啥法？"

　　孙豪强拿起《三国》，一边翻一边说："你读那么多诗书，一无所用。那些诗当不了饭吃，也发不了家，那字也成不了大业，你还是多读几遍《三国》吧。"

孙龙跃点点头。

孙豪强说："《三国》上说，量小非君子，无度不丈夫。我看这'度'应改为'毒'。无毒不丈夫！曹操、孙坚、董卓，哪一个不是如此？无'毒'怎能成就霸业？"

孙龙跃认真听着爹的话。

孙豪强说："来！坐这边。"他指指桌子左侧的椅子。

孙龙跃听话地坐到爹对面的椅子上，洗耳恭听爹的训教。

孙豪强说："一山不容二虎。在咱青峰镇做皮毛生意，只能有一家。有沈家就没有孙家，有孙家就没有沈家。子昌已长大了，就要读书，就要成家。要让他们成就一番事业，为孙家光宗耀祖，这都要花钱，花很多钱。咱要被沈家吃掉了，不光显得咱没本事，更重要的是子孙后代就没了前程。为人，要做个强者。胜者为王，败者为寇。历史以成败论英雄，不管你采取什么方法、什么手段，只要胜了就是英雄；败了，你再有才气，再有抱负，你再正派，一切都是零。"

孙龙跃觉得父亲的话也有道理，可又无可奈何。怎么才能把生意拉过来？怎么才能成为胜利者？他一筹莫展。

孙豪强见儿子满面愁容的样子，笑了，他抽了一口烟，说："干什么事都要有智谋。人常说，有智谋不论年老少，无智谋瞎活一百年。"

孙龙跃愁眉苦脸地说："人家沈家上得天时，下得地利，中得人和，有什么办法打败人家？"

孙豪强放下水烟袋，表情严肃地说："你照我说的去做，带上这袋钱。"他将一个盛钱的布袋放到桌上，"再带上这封书信，进大青山去找你老表黄三。"

"在黑风口当土匪的黄三表哥？"孙龙跃问。

孙豪强从抽屉中拿出一封密封着的信放在钱袋上，说："就是他。见了黄三，把钱和信交给他马上回来。"

孙龙跃拿上钱袋和他爹的信走进了大青山。

三六九，出门走。三六九是出门的好日子。

初三一大早，清风楼前便一溜摆开二十多辆独轮车。许多人将一捆捆的牛皮、羊皮、狗皮、狐狸皮、狼皮、豹皮之类的皮货装上车子，并且用麻绳捆绑好，沈润章和沈少松逐车检查一遍，拉拉绑绳是否捆扎结实，检查完毕，沈润章对沈少松说："少松啊！这可是咱的全部家业，你一定要小心啊！"

沈少松说："爹，你放心吧！"沈少松接过沈灵芝递过来的钱褡裢搭在肩上，又抄起了那根白蜡哨棒，向沈润章和沈灵芝拱下手说，"爹，还有啥吩咐？"

沈润章说："起程吧！"

灵芝说："送到货及时回来！"她给丈夫整了整衣襟。

沈少松注视灵芝一眼，那目光里充满了自信和自豪。"起程了！"随之，一挂鞭炮在车队前头炸响。鞭炮声中，车夫们把车襻搭上了肩，炮声一停，立即响起那二十多辆独轮车"咿咿呀呀"的交响曲。车队在和煦的霞光里，在沈润章和灵芝的目光下一齐上路了。

一条大道沿大青山脚下向北延伸。时值初夏，大青山郁郁苍苍，连绵起伏，不时有阵阵凉风从山里吹来。风中裹着花香，裹着鸟语，带着清爽，使满头大汗的车夫们感到一阵凉爽。东边的大平原如绿色的海洋，阵风吹过，绿浪起伏。

沈少松和他的两个徒弟大生和铁头各持一哨棒并排走在车队前头，他们边走边不时回望一下身后的车队。遇有上坡路，他们三个就停下来，一个一个帮车夫推上坡向前走。

自沈少松和沈灵芝结了婚，世道就开始不太平。开始镇上常过兵，一会儿往南，一会儿又往北，又派粮又抓丁。这时，有些残兵和土匪三天两头来镇上抢粮。沈润章说："少松啊，这年头不太平，你一身好功夫，传授传授吧。咱不图别的，图个看家护院，兵匪来了咱不吃亏。"沈少松说："教谁呢？"沈润章说："就教咱沈家子弟，咱不教外姓的。"于是每天晚上，沈姓的十几个年轻人就到清风楼后的宅院跟沈少松习武。每当这时，沈润章就把大门一关，不让外姓人进入。拳术、棍术、刀术、散打、格斗，沈少松一招一式认真教授。沈青山和沈青河虽只有几岁，也跟着学。沈少松常对徒弟们说："咱练武，只为强身健体看家护院，不准在外惹是生非，逞强乘势，谁要是不守规矩，就废了谁的功夫。"教完套路，开始拆招，少松就把套路一招一式进行拆解，教他们如何使用，如何实战。镇上人只知道沈少松会武术，打起架来，三五个、七八个人也近不了他的身，只知道他的手很有劲，抓住谁的手，挣也挣不掉，至于他的硬功夫如何，谁也摸不着底。

后来，有人传说沈少松一次去北乡卖鱼，那年大青河里产一种聚花鱼，身有花斑，却无乱刺，肉如蒜瓣，肉鲜味美，在方圆百里都很有名，传说唐代曾作为贡品进贡过朝廷。他挑一担鱼，走了两天，去赶北方一个古会，刚一出摊，来了一个年轻人，身后跟五六个打手模样的人，那人说："给我称十斤鱼。"沈少松便称了十斤鱼，那人掂起来就走。沈少松说："还没给钱呢。"那人说："会后给你送来。"沈少松说："我不认识你。"邻摊的一个卖麻花的老人说："他姓朱，是朱家大院的，你叫他掯走吧。"那几个年轻人走后，那老人说："你知道他是谁吗？他叫朱贵，是这镇上的大户，他拿谁家的东西也不会给钱。"沈少松说："他就是那有名的恶少朱贵？"老人点点头。沈少松卖完了鱼，对那老人说："大爷，你先给我看着挑子，我去朱家要鱼钱。"老人吃惊地说："你不要命啦？"沈少松说："咋啦？他买我的鱼给我钱天经地义。我去要账，他还能吃了我？"说完，一撩单袍走向朱府。老人摇摇头，自言自语："愣头青！还没听说有人敢去朱府要账的。"沈少松到了朱府，把门的不让进，让沈少松等候传禀。朱家正在吃午饭，一听卖鱼的上门来要账，朱贵生气地说："让他进来！"沈少松来到客厅，见桌上摆着几盘菜，有点不好意思地说："对不起了朱少爷！"朱贵满脸堆笑地说："哪里？是我对不起你。正说去给你送钱还没顾得上去，让你跑一趟。既然来了，都是朋友，吃了饭再说。"沈少松说："不敢不敢！"这时上来两个人，一边一个按住他的肩，将他按在椅子上。沈少松见势不妙，想起身可被硬按着。这时朱贵拿起一把铮亮的匕首，扎起一块肉，说："既然来了，就吃了饭再走。来，吃块肉。"沈少松看这情形孬了也不行，爽快地说："那好吧！恭敬不如从命。"他双肩一抖，按他的两个人就"扑通"坐在了地上。朱贵见此，两眼冒出怒火，但他还是镇定地说："来，朋友！张嘴，我敬你！"沈少松坐在那里，双手扶桌，说："好吧！"他真的张开了嘴，朱贵手持插肉的尖刀"唰"地刺向沈少松口中。沈少松一颌首，咬住了那块肉，只听"叭"的一声，朱贵抽回手一看，匕首短了一寸。沈少松随之咀嚼起来。咀嚼一阵之后，"噗"的一声，将那刀尖吐出去，刀尖"嗖"地扎在了门上。沈少松微笑着说："哈！好硬的骨头！"朱贵大惊失色，知道遇到高人，转而满脸堆笑地说："朋友，对不起！小弟有一事相求。"沈少松说："不客气！"朱贵说："我想拜你为师，不知……"沈少松站起来，冷笑说："担当不起！我只希望你今后注意一点，别让骨头扎了你！"朱贵转眼看着深深扎进门上的刀尖，心中不寒而栗，忙说："快拿钱来！"下人拿来钱，朱贵接过，双手递给沈少松。少松接了钱，头也不回地走出门去。回到会上，那老人惊喜地说："我还以为你回不来了。看来你不是个凡人。"在这里围观等待结局的人也都啧啧赞叹起来。

这次去州城送的货，是清风楼收了一个冬季的皮毛，都是上等货，因为兽畜秋冬时节毛最稠密，皮最柔软，价钱也最好。这也是沈家全部的积蓄和家当。为了路途安全，少松就从二十多个徒弟中选了身手最好的两个随他押货。一路走来，还算平安。

第二天中午，车队来到一个山口，一条小路蜿蜒伸进大山深处。路边有一饭店、几间草屋和一个草棚。一面酒旗高高地挂在草棚边的一棵大树上。此时已是正午时分，天气晴好，没一丝云，也没一丝风，只有一轮春阳高高地悬在头顶，有点热辣辣的。长途跋涉，车夫们个个汗湿衣衫，口干舌燥。

沈少松来到草棚前，一边脱下外袍，一边说："咱们歇歇脚，打打尖（方言。吃点东西的意思）再走。"

大家齐声说好。于是车队停在了树荫下。

一个40多岁的男人从草屋走出来，一见车队，高兴地迎上前来，说："各位客官是喝茶还是吃饭？"

沈少松问："都有什么饭食？"

车夫们停下来，一边擦汗，一边解怀，一边走到草棚下的几张桌子边围坐。

那老板说："有小米饭、大米饭、窝头、馒头、羊肉汤、炒菜，想吃面条得现擀。"

沈少松说："每人一碗羊肉汤，米饭、馍随便吃，一起算账。"

老板高兴地一甩手巾，爽朗应道："好嘞！"

一会儿，一锅金灿灿的小米饭，一草囤馒头，一盆热气腾腾上面漂着白膘油的羊汤端上了桌。车夫们争先恐后地拿馍、盛汤、盛菜，然后各自坐到桌边吃了起来。

那老板走到沈少松跟前，说："老板，我炒两个菜，您喝两杯吧？"

沈少松摆了摆手说："今儿就不喝酒了，我们急着赶路，简单吃点就行。"

那老板说："那好！那好！"沈少松盛了一碗小米饭，拿碗去盛羊汤时，盆已见了底。

铁头说："少松哥，让他们再弄一碗。"

沈少松说："今儿上午凑合吧。晚上到了张家店，再好好吃吧。"说着，少松端着米饭走到棚外的树荫下，独自吃起来。他三扒拉两扒拉，一碗小米饭进了肚，他又到草囤里抓出一个馒头，边吃边走向草屋。

那老板从屋内走了出来，问："客官还需要啥？"

沈少松走到屋门外的水缸前，用瓢舀了一瓢凉水"咕咚咕咚"喝了下去，他用手抹去嘴巴上的水说："好啦！齐啦！算算账。"

那老板从屋里拿出算盘拨拉一番，说："好！零头不要啦，给两块钱吧。"

"好嘞！"沈少松一边从钱褡裢中往外拿钱，一边问："从这儿到州城还有多远？"

那老板眼盯着沈少松手中的钱说："走大路有一百三十里，走小路有七十五里。"

沈少松说："走小路怎么走？"

那老板一边接钱一边说："走小路向北走七里地，向西进山，绕过西北那座山再走二十五里，就到州城了。"他一边数钱，一边说："我说客官，你带恁多皮货，还是别走小路了，走小路虽近几十里，但不安全，这年月，兵荒马乱的，遇上土匪咋办？"

沈少松说："走小路，明天就能到，走大路还得两天。家中还有事，能早一天还是早一天。"沈少松嘴里这样说，心里在想，人心隔肚皮，虎心隔毛衣，走哪条路我不能说实话。"走小路这途中可有歇脚的地方？"

那老板说："有，进山二十里，有一个集镇，叫陈家沟，那里有饭馆，也有车马店。"

沈少松见大家已吃过饭，正抽烟小憩，他说："伙计们，咱走吧！走小路还有二十七里就到了陈家沟，今儿早下店早休息，明早赶路，争取明天天黑前赶到州城。"

他们朝北走了六七里，见有一山路，沿山脚下的一条山溪蜿蜒伸向山里。路虽弯曲，但还算平坦，没大坡陡坡。大家正要拐向小路，沈少松说："不拐弯，还走大路。"

大家有点莫名其妙，但还是跟着他向北走了。

不多时，有几辆车子停下，车夫们跑到路边去方便。一会儿，大生和铁头也觉得肚中不适，咕咕作响，他二人也跑向路边去方便。途中不时有人停车去方便，后来就越来越频繁。车队只好走走停停，停停走走，速度慢了许多，唯有沈少松没啥不适。

大生说："少松哥，是不是那饭店给下了毒？咱可得小心！"

沈少松也心生疑窦，但又想，青天白日，即使是歹人，也不至于害死这么多人。歹人想要钱财，也不会轻易杀人，况且这么多人。如果是歹人，那他们就是想让我们没有反抗能力，好行劫掠之事。但他转念又想，是不是饭食不干净或坏了，才造成大家都拉肚子？

铁头说："如果是歹人下毒，咱走小路进山，天一黑，前不着村，后不着店，那可就坏了。"

沈少松想，我们不走小路是对的。进山走小路，路荒人稀，出点岔子，还真不好对付。遇到这事，沈少松心里的弦还真绷紧了，他没回答大生和铁头的话，因为他怕引起大家的恐慌。

车队走走停停，有的车夫已经虚脱得满头大汗。沈少松看着滚滚西沉的太阳，心中甚是着急，前方离张家店还有二十来里，本想天黑前赶到，看来是不行了。他知道从脚下到张家店没一个村庄，天黑后，遇到土匪可就麻烦了。又有三四辆车子停下，有的说走不动了，有的说肚里啥也没有啦，有人掏出带来的干粮开始吃东西。

少松停下脚步，站在一块石头上对大家说："伙计们，看来上午我们吃的饭有问题。我们不走小路，就是怕中了歹人的计，本想走大路安全些，天不黑就能到张家店住下，明日早起程，可这个速度，天黑前很难赶到张家店。大家先歇息一下，把带的干粮吃了，好有劲儿。"

这时，有几个车夫说："干粮吃完了。"

沈少松说："大家勒勒腰带，加快点速度，争取赶到张家店，怎么也不能在这荒郊野外露宿。大生、铁头去帮忙拉着点。"大生和铁头答应着走进车队，去帮助拉车，车队又前行了。

说话间，太阳落进西山，大山的阴影在大平原上越拉越长，不一会儿，朦胧的夜幕便笼罩了整个世界。

沈少松将随身带的干粮拿出来，将窝头一掰两半，分别给刚才说干粮吃完了的车夫，一边分一边说："先吃几口垫垫，到张家店咱再热汤热水的好好吃。"

那几个车夫接过馍一边走一边吃。车队中没一个人说话，只有一片"吱吱呀呀"的声音。这时沈少松才突然想到，那饭店有点不正常，荒郊野外，不靠村不靠店，卖给谁去？况且，那老板还准备了那么多羊汤和饭食，似乎是专为他们准备的。虽然他虚晃一枪，说走小路又走了大路，可如果是歹人设陷阱，他们也不会傻到只在一棵树上吊死，看来今晚是凶多吉少。

过去落后，没钟表，识字的人也少，三村五里也很难找到一个能看懂皇历的人。人们生产生活大多靠祖上传下来的谚语。啥时种白菜萝卜？有谚语云：头暑萝卜，二暑芥，三暑里头栽白菜。啥时种蒜？八月里蒜鸡不看，八月里种的蒜，鸡不叨，没灾。不同的土地，种小麦的时间也不同，有谚语云：淤种秋分沙种寒，碱地种在白露前。人们办事恰逢天黑日落，要看天上有没有月亮。谚语云：大二小三，月亮出来一杆。这是说，如果上月是大历，办事赶到初二，傍黑就有月亮。上月是小历，初三傍黑才有月亮，但月亮出来只有杆高，一会儿月亮就没有了。夏天雨多，阴天也多，办事晒粮要晴天，啥时能晴？有谚语云：七晴八不晴，九九放光明。是说逢七逢八如一直不晴，只有等到初九。连阴天大多到逢九天才晴，如果逢九也不晴，天还会再阴下去。

太阳落下去了，沈少松盼望着月亮快出来，有月亮赶夜路好一点。今儿是初四，月亮应该在西南天空。到月亮落下去，还可再赶十来里路，离张家店更近一点，安全感就多一点。沈少松不时地回头望望西南的天空，盼望月亮快出来，可月亮总不出来，原来不知何时天上有了云彩，云动星移，月亮终于从云中钻了出来，将那青白的光洒向大地。沈少松喊："趁有月亮，大家再加快点步伐！"于是那"咿咿呀呀"的车轴摩擦声更响了。

沈少松对大生和铁头说："你俩看看路边种的啥？"他二人急忙到路东地里去看，不一会儿回来说："种的是红芋。"

这时，月亮下去了，天上布满了阴云，星斗也不见了，天黑得看不见脚下的路和面前的人。这时沈少松想起人们常说的一句话：月黑杀人夜，风高放火天。此时，一种担心恐惧不祥的感觉油然而生。如果中午是歹人下毒，这月黑风高之夜，人困马乏之时，正是他们下手的好时候。虽然他玩了个声东击西，说是走小路却走了大路，可歹人土匪也不是傻瓜，傻瓜做不了歹人。如果歹人土匪将计就计该如何是好？这些皮货价值不菲，是土匪难以碰到的一块大肥肉。这时他忽然想到，如果是歹人设的陷阱，那他们是怎么知道清风楼走货的时间？莫非……他越想越害怕、越担心。可他非常清醒，这时他不能乱了阵脚。他思前想后，决定不管遇上遇不上歹人土匪，都需要给大家增加体力。他停下了脚步，转身对大家说："大家都停下来，歇息一会儿。谁要是饿得很，路东是红芋地，先扒几个红芋充充饥。等回来，我给主家付钱。现在也不知是哪家的，也没法给人家钱。"

大家肚中早已空空，筋疲力尽，一听说路东地里有红芋，都慌忙停下车，摸进路东红芋地里。初夏时节，春红芋虽已枝繁叶茂，但红芋结得还很小，只有擀面杖粗细。大家扒出红芋，也没水洗，在衣服上擦几下就吃了起来。每人两三个红芋下肚，顿时感觉好了许多。

旷野一片漆黑，几颗星斗泛着微弱的光在云层中时隐时现。夜风在山林中"呜呜"地响，像鬼哭。不时有野鸟的叫声和狼嚎传来，更是增添了恐怖气氛。

他们又走了一阵。少松隐隐约约看到前方有亮光出现，他说："大家看，前方有亮光，那就是张家店。我们快到了。"

正说话间，路边蹿出几个黑影，拦在车队前。只听那黑影中有人叫道："都站住！把车停下。想要命的快滚！东西留下。"

车队都停了下来。

沈少松心想，真是怕鬼有鬼，上午那顿饭还真是个陷阱。艺高人胆大，沈少松没有胆怯，没有害怕，将手中哨棒一横，对大家大喊一声："抄家伙！"

常出门的车夫都有准备，车上都带着棍棒或大刀、长矛之类的防身器械，一旦遇到不测，就可随时抽出使用。大家听沈少松一声喊："哗啦啦"地都抽出了武器。

这时路边又蹿出十多个黑影，拦在车队前。

　　沈少松小声对第一辆车夫说："大猫！快去前面张家店。记住路东第一家车马店，老板姓张，我们是朋友。快让他带人来。"

　　大猫一弓腰钻进了路东庄稼地。

　　黑影中有人说："你们识相点。留下东西，快滚！免得做我刀下鬼！"

　　沈少松说："请问好汉是谁？"

　　那黑影说："我知道你，但你不知道我。我就是大青山黑风口的黑老三。"

　　沈少松问："你知道我是谁吗？"他想试探一下底细。

　　黑老三说："你是青峰镇的沈少松。"

　　沈少松继续问："你怎么知道是我？"

　　黑老三说："少说废话！留下东西走人！不然的话，让你人也走不了。"

　　沈少松沉稳地说："留下东西？得问问我手中的家伙。"

　　黑老三说："你不就会几套拳脚吗？弟兄们给我上！"

　　说话间，几个黑影一齐向沈少松扑来。

　　沈少松和大生、铁头两个徒弟并排站在一起。他对二人说："该试试你们的功夫了。"三个人抢开哨棒，发出"呼呼"风响。在一片棍刀的碰撞声中，时不时有人发出"哎哟"的叫声。

　　后面的车夫们个个手掂刀棍准备上前，但沈少松他们三人在前面打得热火朝天，车夫们无法上前。

　　这群土匪被沈少松三人打得连连后退，时不时有人倒地，直喊："哎哟！"

　　"上！都给我上！"这是黑老三的喊声。接着那二十多个黑影一齐涌上来。刀棒相碰发出的"叮叮当当"的声响和哨棒发出"呜呜"的风声中，不时夹杂着"哎哟哎哟"的叫唤声。

　　车夫们手持刀棍想上前助战，可看不清是自己人还是土匪，他们只能跟着慢慢向前靠。这时不知谁喊了一声："看！来人啦！"只见前方的大路上一片拿着灯笼火把的人向这边赶来。

　　只听土匪群中有人喊道："撤！快撤！"少松听出那是黑老三的声音。

　　车夫们一齐上前，欲向土匪追赶，沈少松大声喊道："大家别追了！让他们走吧！"

　　北边灯火处传来乱糟糟的呼喊声："别让土匪跑了！快抓土匪啊！"

　　土匪们见势不妙，立即离开大路，向西撤退。稀微的星光中，沈少松看到土匪们互相搀扶着快速消失在夜幕中，逃向西边的山里。

　　大生和铁头似乎没打过瘾，问沈少松："咋不追？抓住他们送官府！"

　　沈少松说："抓住他们又能怎样？今儿送到官府，也许明天就放了。人常说官匪是一家。没有官府护着，他们咋能成气候？再说，他们既没抢走东西，又没伤着咱的人。"

这时，张家店的人马赶到了。车马店的张老板举着火把来到沈少松跟前，关切地问："沈老板，没人受伤吧？"

沈少松说："没有没有。谢谢张老板！亏得你们及时赶到相救。"

张老板说："都是朋友嘛！"他用火把照照那一辆辆车子，说，"货没丢吧？"

大家齐声说："没有。一车没丢。"

张老板说："既然人货都平安，那咱走吧！"

沈少松说："好！"随之招呼大家，"伙计们，走吧！"

车队跟着张家店来救援的人群，"咿咿呀呀"又上路了。

第18章 失　望

等待，是一件让人最焦心的事。囤里没粮了，等待小麦黄芒，麦子却还是泛青；等着高粱翻米，可以下锅救饥，可高粱却还是扬着花；人生孩子、牛下犊、马下驹，胎衣破了孩子还不落、生牛犊还不露头、马驹总不露面，直叫人心焦。孙豪强的焦心，是等待着好消息传来：沈家的货物全被土匪劫去，沈家倾家荡产，在青峰镇再没人和孙家匹敌。一天过去了，两天过去了，还没消息传来，这让孙豪强等得心焦。他又一次把孙龙跃叫了过来。

"龙跃，你真的见到黄三了？"

"看你都问了三遍了，我还能说瞎话？"孙龙跃有点不耐烦。

"信也交给他了？黄三咋说？"

"他很高兴，立即就带我去见了黑老三。黑老三说，如果这买卖成了，保孙家永远平安。"孙龙跃说。

"可是，这都三天了，该有消息啦。"孙豪强思索着说。

"爹，吃桑葚子你也得等到黑。再说，他们成了事，也不一定就得给咱回话！"孙龙跃说。

孙豪强想想，儿子说得也有道理。可他还是急，他焦急地等待好消息传来。

午饭时，孙豪强让刘妈炒两个菜，他想喝两杯，缓解一下焦急的心情。孙龙跃问他爹："黄三老表咋去当了土匪？"

孙豪强喝了杯酒，慢吞吞地说："唉！说来话长。你姑姑三个儿子，老大太老实，三脚踹不出个屁来。老二有病，整天闷得喘不上气。数老三好点，就是脾气暴躁，人称孬三。遇到啥事，不会思前想后，脑子一热，什么事都敢干。前年，争地沿沟里一棵树，邻居说是他们栽的，黄三说树长在他地里，两家各不相让，就打起来了。黄三脾气躁手狠，一棍把他邻居的头开了瓢。打死了人，人家告到县里，县里派人去抓他，他就逃进了大青山当了土匪，如今头不敢露，家不能回。"

两杯酒下肚，孙豪强还是不放心地说："也不知黄三他们能否得手。"

孙龙跃说："放心吧爹！黑老三不会把送到嘴边的肥肉弄丢的。"

孙豪强捻着那几根稀疏的胡须，沉思着说："你要知道，沈少松那小子很精细，谋略不在你之下。"

孙龙跃不服气地哼了一声："大字不识一箩筐，他能有什么谋略？只不过会几手拳脚罢了。再说，好汉也敌不过人多。"

孙豪强说："如果成功，沈家将再也不是我们的对手。这批货是他们的全部家当，听说他们还欠了人家不少货款。"

孙龙跃自信地说："请等好消息吧爹！他们只要吃了饭，一拉一泻，全没了劲，再有功夫，也扑腾不了几下。"

孙豪强说："他们不走大路怎么办？"

孙龙跃说："为了万无一失，他们兵分两路，一路去大路拦截，一路在小路等待。这一回，他们插翅也难逃掉。"

孙豪强笑了，夸儿子道："看来，这《三国》你真读了，有长进！"

孙龙跃笑笑，端起一杯酒一饮而尽。

这时，一个小男孩突然跑了进来，喊着："爷爷，爷爷，我要吃糖。"说着便扑进孙豪强怀里，这是孙龙跃的二儿子孙子盛，今年三岁。孙龙跃不喜欢二儿子，不仅是因为长得没有大儿子子昌富态，更重要的是他太淘气，不听话，只知道吃好的，有肉有蛋总是一把拉到他自己面前，不让他的哥哥子昌吃。小小年纪就偷鸡蛋去拨浪鼓那儿换糖换泥猴。而子昌虽只有五岁，却很听话，已背会了《三字经》和《百家姓》，初学写字便很用功，撇撇如刀，点点如桃。

孙豪强很喜欢两个孙子，他们是孙家的未来和希望。他认为淘气顽皮是孩子的天性，自私贪吃是人的本性。他认为"人之初，性本善"是不正确的，人之初，性本恶才是真的。人要自己生存好，必须自私和贪婪，财富要靠自己积累，靠别人送是不可能的，天上怎会掉馅饼？他拦腰把子盛抱了起来。

孙子盛在孙豪强怀里闹着："我要钱！我要钱！"孙豪强问："要钱干啥？"

孙子盛说："我买梨膏糖。"

"下来！别闹。"孙龙跃呵斥道。

"我不！我要吃糖。"

孙豪强拉开抽屉，取出一枚铜钱交给子盛："去吧！"孙子盛拿了钱，高兴地一蹦一跳跑了出去。

"爹，你太惯他了。"孙龙跃说。

"我一辈子辛辛苦苦为了什么？就是为了子孙后代享福。""你别再娇惯出一个败家子来。"孙龙跃说。

孙豪强笑笑，端起酒杯呷了口酒。

这时，孙龙腾走了进来，一见父亲和哥哥在一起喝酒，冷笑下，一句话没说，坐下来就将龙跃面前的酒杯抓过来一饮而尽。接着又倒上一杯，又一饮而尽。孙豪强本来就讨厌二儿子孙龙腾，嫌他不正混，见他自斟自饮三杯后，又去倒酒，孙豪强气得将脸扭向一边。孙龙腾见爹的表情很冷很讨厌他，就不冷不热地说："咳！我也不知道我是不是姓孙。"

孙龙跃说："你说这啥意思？"

"啥意思？你俩喝酒也不叫我一声。难道我不是爹的亲儿子？"

"你胡说什么？"孙龙跃厉声说。

"胡说？爹偏你偏得太狠！家中啥生意都交给你，给我什么了？我自己开个茶馆，还被说三道四的。"孙龙腾满腹怨言。

孙豪强转过脸来，强压心中的火气说："龙腾啊！你那是开茶馆？你小心栽大跟头！"

孙龙腾一边夹了菜塞进嘴里，一边说："栽倒了我再爬起来。"孙豪强说："就怕栽倒了你爬不起来。"

孙龙腾又夹了两筷子菜塞进嘴里，站起身，说道："告诉您个消息。"

"啥消息？"孙豪强等待孙龙腾的下文，可孙龙腾却慢慢咀嚼着，待他咽下口中的菜，又端起酒杯一饮而尽后方说，"沈少松回来了。"

孙豪强和孙龙跃立刻来了精神，异口同声地问："他们怎么样？"

孙龙腾说："啥怎么样？沈家发大财了！那钱都是用布袋装的。"

孙豪强闻听，一下像泄了气的皮球，腰也软了，胳膊也软了，身子不由自主地缩了下去。两个儿子什么时候走的，他都不知道。他脑子里只反复萦绕着一句话："几十块大洋又白花了！"

大智若愚，小聪明自以为是。上次玩个计谋，本以为沈润章会低价卖掉清风楼，圆了他多年的梦想，可马失前蹄，前后白白花了一百多块大洋。更没想到的是，沈润章出狱没几年，来了个咸鱼大翻身，生意做得越发大了。孙豪强岂能容沈家压他一头？本来这一计会让沈家倾家荡产，却天不遂人愿，自家又白扔了几十块大洋，沈家却毫发未损。孙豪强懊恼不已，不由得在心里骂了一句老天爷。晚饭他没吃一口，只一袋接一袋地抽烟，直抽得屋里烟雾缭绕。

惧怕了一辈子丈夫的龙跃娘，一次又一次地劝他："别吸了。"他却听而不闻视而不见。当龙跃娘第五次走进烟雾弥漫的卧室，她被呛得咳嗽不止，她有点生气地说："你别再吸了，中不?"孙豪强心中的火气再也压不住了，他没处发泄心中的无名火，只有在这个"老出气筒"身上发泄："滚！你嘟哝啥?"龙跃娘不敢反驳，只能默默地走了出去。

第 19 章　祸　临

　　山难改，性难移。孙龙腾娶了许琳之后，吃喝嫖赌的恶习改了没过一年，就又旧病重犯。尽管许琳又吵又闹，可他还是终日不进家。尽管许琳娘当初发下誓愿，如果给闺女气受，她就会拧断孙龙腾的胳膊，打断孙龙腾的腿。如今孙龙腾吃喝嫖赌旧病复发，可没打过许琳一巴掌，许琳娘也无法下手。

　　一天，孙龙腾一大早出去，天黑了也没回家。夜里，孩子突然发热，额头烫人，昏迷不醒，叫也不答应，许琳十分着急。她想让孙龙腾去请个郎中给孩子治病，可鸡叫头遍孙龙腾还没回家。许琳等得心焦，抱着孩子去找公婆，可怎么也叫不开门，也许是大门离孙豪强夫妻住的屋太远，也许是那天夜里风大，喊声和敲门声被风声隔绝，怎么敲怎么叫也无人应声。许琳抱着孩子在孙宅大门外叫了一顿饭工夫之后，无奈又回了家。许琳望着不省人事的女儿，只有伤心、着急、流泪。天将明时，孙龙腾才东倒西歪地走进大门，人未进门，一股臊臭味便扑进屋。许琳扭头一看，只见孙龙腾一身湿漉漉的衣服上沾着屎尿，没待许琳开口，便一头栽到床上呼呼大睡起来，叫也不醒，许琳只得抱着孩子回了娘家。

　　许琳娘一边听许琳哭诉，一边烧水为外孙女熬姜汤。待给孩子灌下半碗姜汤，孩子的烧才慢慢退了。许琳娘见孙龙腾旧病复发，气得再也忍不下去，吃过早饭便叫上刘天福，带着许琳和外孙女来到孙家找孙豪强。孙豪强一边给亲家赔不是，一边打发人把孙龙腾叫来。孙豪强把儿子踢了两脚又大骂一通后，刘天福说："龙腾，你今年多大了？你不再是以前的孙龙腾，胳肢窝下面过日子，啥都不要管，如今你成了家，又有了孩子，你再像以前那样吃喝嫖赌抽，你这家就得散，谁会跟你？我不当你这个媒人我都不会说你，许琳要是抱着孩子回娘家不再回来，你咋办？谁家闺女会嫁给你，你断了一条腿，是个残废，又不正混，谁跟你受一辈子罪？"

　　许琳娘说："孙龙腾，你好好想想，咱青峰镇，包括十里八里，哪个像你？要是当初……"她顿了顿，没说出显得丢人的话。"你孙家磕头跪门，我也不会把闺女嫁给你!"说完,气冲冲地甩手走出门去。

经过这一场风雨,终于使孙龙腾有些回心转意。是啊!自己娶了媳妇又有了孩子,应该正混了,不然将来对不起女儿。

浪子回头金不换。孙龙腾决定自己做生意赚钱,他记着岳母的话,"父母的钱还隔着手",只有自己的钱才花着顺手。他决定在镇上干个生意,北方人爱喝酒,南方人习惯喝茶,南方来的客商在青峰镇找不到茶馆,这是个空当。其实孙龙腾另有打算。主意有了,可本钱咋办?向爹要,爹不给,孙豪强不支持他开茶馆。于是,他偷偷下乡到佃户那里去收地租,他爹也只好睁一只眼闭一只眼,心想他只要能正混,只要知道过日子,也省了他的心。孙龙腾有了本钱,将赊受他二叔孙豪勇的三间门面房简单装修粉刷一遍,开了个"云中仙"茶馆。其实,茶馆只是一个幌子。临街两间门面摆上两张桌子,放上几套茶具,院里三间主房却是一个大烟馆。青峰镇虽常有南方来客,但毕竟是少数,所以茶馆生意很冷清,里院生意却还不错。

自从林则徐禁烟以来,国人也反对吸大烟,所以开烟馆没人敢明目张胆地开。里院几间房,卧榻、烟灯、烟枪及其他烟具一应俱全。每天都有十多个烟民在这里喷云吐雾,享受"云中仙"之快乐。

没想到这天傍晚,也就是沈少松自州城回来几天后,"云中仙"来了几个烟客,刚刚点上烟灯,就听到一阵马蹄声由远而近,停在"云中仙"门前。孙龙腾以为是大客户光临,急忙迎出来,没想到涌进来的是一队官兵,进门不由分说,先将孙龙腾五花大绑,又将里院烟馆砸了个乱七八糟,还搜走了几碗烟土。

待孙豪强、孙龙跃闻知此事匆匆赶来,官兵已带着孙龙腾扬长而去,只留下满院狼藉,桌椅、板凳、茶具、烟具遍地都是。孙豪强欲去追赶,却被街坊拦住,有人说:"千万别去!他们会把你当同犯拿走。"

许琳带着女儿也赶来了,哭着喊着要去追赶,也被邻居们拦下。

孙豪强这个一世强人,气得脸色铁青,只觉胸中憋闷得如鲠在喉,伸长脖子喘不上气来。他气儿子不争气,也气官兵不留情面,他孙豪强何时丢过如此脸面?

孙豪强被儿子龙跃搀扶到家刚刚坐下,许琳抱着孩子和她妈便走进了门。许琳哭着求爹救龙腾,许琳娘也说:"亲家,咱气归气,那毕竟是你儿子,你得想法子救他。"

孙豪强示意许琳娘坐下,他又喝两口妻子递给他的开水,感觉胸中好了一些,说道:"救是得救,可官府是个填不满的坑啊!得多少钱才能救出这个败家子啊!"

　　许琳娘从怀里掏出几块大洋，说："我就攒了这几块钱，给你吧！不管咋说，他还是我女婿。"说完，拉着女儿走了。

　　孙豪强心烦意乱，躺在床上怎么也睡不着，顺手拿起枕边的《三国》，可怎么也看不下去，眼睛盯着书，可脑子里想的是孙龙腾。这时妻子走了进来，只见她脸上流着泪水，眼睛红红的。

　　"他爹，你得想法子救儿子啊！"妻子哭着说。

　　孙豪强没好气地说："都怨你！从小娇生惯养，长大又惹是生非。我几次告诫他，会出事，可他就是不听。"

　　妻子委屈地说："那也不能全怪我，一家人谁不宠他？你也是，他张个嘴，你就撂个豆，要钱就给，把他惯坏了。"

　　孙豪强生气地转过身，面对墙壁，不再搭话。

　　妻子哭着说："他爹，你救救他吧！谁都不为，为了孙女你也得救他。孩子要有个三长两短，这日子就没法过了。"说着妻子哭得更厉害了。

　　许久，孙豪强才转过身坐了起来，看着已满头花白的妻子，说："明天，我就派人去县衙活动活动。看得多少钱。"

　　妻子停止了哭泣，擦擦泪说："我去给你烧碗汤。"

　　孙豪强说："别烧了，我不饿。"

　　这时孙龙跃走了进来，他一手端一碗羊肉汤，一手拿两张烙馍，放在桌上。"爹，我让天福叔专门给你熬了碗羊肉汤，你趁热喝吧。"

　　孙豪强说："我不饿，吃不下去，气都气饱了。"

　　妻子说："再气，饭也得吃，日子也得过，你吃点吧。"

　　孙豪强站了起来，他说："我到当院里坐会儿，胸口闷得慌。"

　　孙龙跃将父亲扶着走出门，他娘急忙拖了把椅子放在孙豪强身后。龙跃娘说："你坐下吧。"

　　孙豪强坐在椅子上，长长叹了一口气，说："你说，这咋啥事都不顺？"

　　孙龙跃说："唉！谋事在人，成事在天。你也别太和自己过不去。"

　　孙豪强说："那事不成算了，可咋又出了你弟弟这档子事！这得花多少钱啊！"

　　月亮早下山了，只有几颗星星在云层中出没。远处又传来一阵此起彼伏的鸡叫声。

　　妻子说："进屋吧，都二更天了。外边露水重。"

　　"你先睡去吧！我和龙跃再坐会儿。"孙豪强说。

　　龙跃娘扭着小脚进屋去了。

孙豪强说："明天你去城里找'京广杂货店'的李老板，他人缘广，咱还有点拐弯亲戚，看他能不能托到人。"

孙龙跃说："就是那个人称'李拔毛'的？"

"对！就是他。"

孙龙跃说："那可是个雁过拔毛的主。他可不会白帮忙。"

孙豪强苦笑一下说："该花的钱，不花也不中。"

第二天，孙龙跃就带着二百大洋进了县城，找到"京广杂货店"，见到表叔"李拔毛"。

孙龙跃将事情的来龙去脉说了一遍。杂货店老板面带为难之色，他将着山羊胡须说："这事可麻烦。新来的县长是行伍出身，据说他最恨买卖大烟、吸食毒品的人，只要抓住，绝不轻饶。前几天，他亲自带兵到东南大李集查大烟，一下砍了三百多亩大烟，还抓了十多个大烟鬼。"

孙龙跃说："表叔，你得想想办法，托托人，想法子把我弟弟扒出来。"

李老板挠挠头说："这可得花不少钱！"

孙龙跃说："那得多少钱？"

李老板说："买卖毒品，又聚众吸食，按法条该是死罪。你想，要买一条人命得多少钱？那可不是二百块大洋就能办成的事！"

孙龙跃吸了口气，没说什么，心里在想，自己带了二百块大洋，本以为这数目就不少了，可听表叔这一说，还真办不成这事。

李老板说："你不知道，衙门里的事难办，他们一个个都像饿皮虱子，找他们办事，三五十块大洋他们根本不放在眼里。你想想，从办案的差役到他们的大小头目，再到县长，这得多少关？哪一关都得靠钱买路。你想见县长，师爷那一关都难过，没个百八十大洋，你都见不到。"

孙龙跃说："表叔，我今儿就带来二百块大洋，你先托托人，不够我回去再凑。"

李老板说："那好！不管多难，我尽力办，谁叫我们是亲戚呢！这二百块大洋，我先走走路，托托人，你回去赶紧再准备钱！"

孙龙跃答应："好好好！让表叔费心了！"

孙龙跃回到家，把事情诉说一遍，孙豪强气得手捂胸口喘不上气来。妻子一边帮丈夫胡噜胸口，一边哭着说："他爹，别管多少钱，咱也得救儿子。他要被杀了，咱孙女和儿媳妇咋办啊？"

许久，孙豪强才缓过气来。看着哭得泪人一样的儿媳许琳和孙女，挣扎着坐直了身，对龙跃说："去吧！把地窖里的钱都拿去吧。"

再说孙龙跃的表叔，杂货店李老板，人称外号"李拔毛"。他做生意谁的钱都赚，不管是爹娘，还是兄弟姐妹，到他那儿买东西都要赚你的钱，"雁过拔毛"。当然，他自有他做人的道理，他说，人与人之间就是互相利用。有人给他抬杠，问他，"你和你爹你娘的关系呢？"他说，也是互相利用，爹娘养儿子是为了老了儿子养他们。有人说做生意不能谁的钱都赚，他说，"你买我的东西，我花了钱费了力，你利用了，我咋不能赚你的钱？不赚钱的生意谁干？"所以他把帮别人办事也当作生意。孙龙跃找到他，他非常高兴，他认为这是一笔好生意。当孙龙跃又送来二百块大洋时，他摇摇头说："这舍脸托人办事真不是好差事，装孙子还得给人赔笑脸。昨天，我进衙门去找秦师爷，秦师爷是我的老师，我将那二百块大洋放下后，被他骂了一顿，说我尽给他添麻烦。我说这是我表侄，开个茶馆，有人去喝茶，他们自己带烟自己吸，也没法管人家。秦师爷眼一瞪，说我胡扯！那在茶馆里搜出两碗烟土咋回事？我无话可说了。他说：'你不要找托词，你是我的学生，你托到我，我不能不办。但二百块大洋不中，最少也得五百块大洋。不然，杀他的头和玩一样。'县长为在青山县戒毒，正想抓个典型杀一儆百。"

孙龙跃只带来二百块大洋，那已是孙家的全部家底了。可表叔说得五百块，还差一百块，咋办呢？他只有哀求表叔说："表叔，俺爹东拼西凑，只凑到这些钱，实在没法了……"

"李拔毛"掂掂那装着二百块大洋的钱褡裢说："那好吧！我再舍舍老脸，看秦师爷能不能再给我点面子。"说完，他提上钱褡裢走出店门。其实，"李拔毛"根本没去衙门，而是将钱送回了自己家，刚才那一番话也全是瞎编。昨天，他将钱不够的话丢给孙龙跃，让孙龙跃再回去筹钱之后，他就带着那一百块大洋走进堂弟李虎家。

李虎在衙门里是个办案差役，虽只是一个"大头兵"，家中只有十来亩薄地，但家中却很富，新盖了一处四合院。钱哪儿来的？当然是吃犯人。谁犯了法，为大事化小，小事化了，为在牢里不受罪，就得送钱。花钱免灾，这是当时人们公认的道理。

好多事，在老百姓那里比天还大，可在当权者手里，却比米粒还小。在"李拔毛"将那一百块大洋送到李虎家里，李虎说："好吧！我去说说，争取放人。要不是咱是兄弟，我才不去冒这违法的险呢！为咱兄弟情分，我又不落你一分钱。"

"李拔毛"连连点头称是。

其实李虎只送给班头五十块大洋。班头就说："好吧！让他们明天去南监领人。"班头为何答应得那么干脆，其实这里面还有一个故事。一年前，李虎办了个抢劫杀人案。人抓进来后，才知道犯人是班头的内弟。班头找到李虎，让他设法放了内弟，不然报上去就得杀头，于是李虎就放了那抢劫犯。不知他从哪里弄来具男尸，说犯人逃跑时被打死了，也就结了案。班头很感激李虎。因此当李虎把那五十块大洋送到班头家，班头很爽快就答应了。李虎不放心地说："那你咋交差？"班头说："夜里没看清，抓错了人，你再做个证，不就了了？"

第二天，孙龙跃在表叔的带领下从南监接出孙龙腾。表叔执意留下他兄弟俩吃饭，说要给表侄压压惊。于是他们在"李拔毛"店铺的隔壁一家饭馆要了一个雅间，又点了四样菜，要了一坛酒，三人便吃喝起来。

这饭馆里喝酒不用小酒杯，而是用黑釉小碗头，以碗代杯。

孙龙跃将酒杯斟得往外流，双手端起，说："常说酒满敬人，茶满欺人。这杯酒我代表俺爹敬表叔！感谢表叔为龙腾的事儿几天来的操劳和费心！"

表叔"李拔毛"说："你先喝。"

龙跃说："不敢，第一杯酒是敬长辈，我咋敢喝？"

"李拔毛"接过喝下。

孙龙跃又斟满第二杯酒，双手端起："表叔一杯酒不成敬意，这第二杯酒是我敬您的，一切都在酒中，有情后补吧！"

"李拔毛"只好接过这杯酒："还是有学问的会说话。这杯酒我喝了。"说完一饮而尽。

孙龙跃举起筷子让道："表叔请吃菜！"

"李拔毛"谦让道："都吃都吃！"

孙龙腾早饿得垂涎欲滴，他看看表叔又看看哥，他二人不叨菜他不敢叨第一筷。待表叔叨了第一筷子菜，这便解除了禁口。孙龙腾接二连三地叨起菜来直往嘴里塞。

孙龙跃将酒壶推到孙龙腾面前，意思是让龙腾给表叔敬酒，可孙龙腾只顾往嘴里塞肉，没看哥哥的眼神。当他吃下半碟子菜，才看到哥哥又一次将酒壶推到他面前。他不知哥哥的用意，以为是让他喝酒，便抓起酒壶，斟酒一杯，自己一饮而尽，又斟满一杯，又一饮而尽。喝下两杯，似乎觉得不过瘾，干脆提起酒壶将壶嘴塞进嘴里。

孙龙跃气得一瞪眼："没一点规矩！"

孙龙腾这时才发现哥哥的表情，他把壶嘴从嘴里抽出来，有点不知所措地看着哥哥的脸。

孙龙跃说："表叔帮忙救了你，你还不给表叔敬杯酒？"

这时孙龙腾才如梦方醒，歉意地向表叔笑笑："表叔别生气！我这几天馋死了。"说着斟满一杯酒，双手端起。

"李拔毛"说："把你的也斟上。今儿是给你压惊洗尘。"他接过酒杯，看龙腾把另外两杯斟满，"来，咱爷仨共同干一杯。"

三壶酒下肚，"李拔毛"和孙龙腾都有了醉意。孙龙腾伸出手要给表叔划拳猜枚，被孙龙跃制止了。"来啥枚？今儿啥场合？"

孙龙腾醉醺醺地说："啥场合？弟兄们在一块喝酒就得尽兴。喝酒不喝晕，喝他弄龟孙？"

"李拔毛"抓过酒壶，斟上两杯酒，递给龙腾一杯："喝！喝干！"说着一饮而尽，可酒却从下巴上流了下来。他用手抹一下下巴说："二位表侄，你表叔也不是吹，在咱青山县城，没我办不成的事。不管是街面上，还是衙门里，只要你表叔说句话，没有人不给我面子。有啥事找我！"说着一拍胸脯。

孙龙腾还要抓酒壶："我再给表叔碰两杯！"

孙龙跃打了一下孙龙腾的手，把酒壶抓在手里："咱今儿不再喝了！"

"喝，再喝几杯！""李拔毛"已醉眼蒙眬。

"今儿不再喝了。俺还得赶路。"孙龙跃说。

"那，那好！改日再喝。小、小二，结、结、结账。""李拔毛"喊道。

店小二应声而到："来了！"

"李拔毛"说："结、结账！"他只是嘴上说就是不掏钱，之后便趴在桌上不说话了。

孙龙跃付了钱，又把"李拔毛"扶进隔壁家中。一路上"李拔毛"吵着："我结账！我结账！"待孙龙跃安顿表叔坐在椅子上，走出店门后，"李拔毛"醒了，他看着孙龙跃的背影，轻声念叨："哼！我啥时候吃饭结过账？"

第 20 章　猜　度

沈少松带着他的车队，推着半口袋的钱平安归来，这对沈家来说的确是一场惊喜。但沈灵芝却高兴不起来，她说："我的老天爷！这要出了事，倾家荡产不说，今后这日子可咋过？咱宁愿不干这生意，不赚这钱，咱也不能再去冒这风险。"

少松不以为然地说："人叫人死天不肯，天叫人死活不成。因为有几个土匪就不做生意啦？听见蝼蛄叫就不种地啦？"

沈润章捻着胡须，沉思良久，然后慢慢地说："看来这事不是那么简单的，好像是精心策划的。难道青峰镇有土匪的底细（方言。奸细的意思）？"

灵芝说："要真有土匪底细，那今后青峰镇就没有安生日子了。"

"我看，弄不好又是孙家干的。"沈少松推测说。

灵芝说："咱没真凭实据不能乱猜。别冤枉了人。"

沈少松说："这条路我走过，在那个山口没有饭店。你想，那里前不着村，后不着店，在那里开饭馆卖给谁去？再说，他准备了那么多饭食，看来是专为咱这趟生意准备的。是谁给土匪通了风报了信？镇上的人我想了一遍，只有孙家能干这事儿，因为咱的生意干得好，争了他们的生意，自古同行是冤家。"

沈润章一直在吸烟思索。

灵芝说："咱的生意太扎眼了。外地客户都来了清风楼，他们都没了生意。眼前这世道，兵荒马乱的，人心不古，今后还是小心为好！"

沈润章点点头说："不管是谁，孙家也好，土匪有底细也好，他们这次没治住咱，今后还得多加小心。让你的这几个徒弟，夜里留心着点，小心土匪进镇抢劫。"

沈少松点点头。

"常说，咱吃馍也得让人喝碗汤。生意咱不能做完了！像孙家这样的户，咱还是不得罪为好。"灵芝说。

沈少松不同意灵芝的说法："像孙家这样的人，你不吃掉他，他就会吃掉你。他们占了上风能扬石磙。"

"冤家宜解不宜结。两虎相斗，最终是两败俱伤。"灵芝有灵芝的想法。

沈润章长叹一声："唉！世仇难解啊！"

这时，沈青山和沈青河跑了进来，他们二人手里各拿一张大字，跑到沈润章跟前，一齐说："爷爷，爷爷，我的大字写好了。"

沈润章立马面带笑容地接过两个孙子递过来的大字认真看起来："青山，你这一笔要轻轻按一下，再慢慢起笔，就会更好。"

青山点点头："我记住了，爷爷！"他用小手在纸上比画着，嘴里重复着爷爷的话，"轻轻按一下，再慢慢起笔。"

沈青河说："爷爷，看我的。"

沈润章看着二孙子青河的字，高兴地说："哈！青河的字大有长进。以后写字运笔时，要注意闭住一口气，写完后再喘气。"

青河说："那多憋得慌！"

沈灵芝说："你俩都写完了吗？"

青山青河齐声回答："都写完了。"

"书背了吗？"沈灵芝又问。

"背了。我背会了。"青山回答。

"我也背会了。"青河回答。

"把你爹教你的拳练一趟。"灵芝看着两个孩子说。

他二人很听话，立刻站好姿势，双手握拳置于腰间，听到爹"开始"的口令后，一跺脚，便开始练起来。

沈润章看着两个孙子打拳，像吃了蜜糖一样，面带由衷的微笑，心里充满了幸福感。他不停地啧啧赞叹："好！好！"

沈少松看着两个儿子打完一个套路，站起身来，说："青山伸拳时一定要挺直胸，这样……"说着他给青山做了个示范动作，"不能伸头，不能弯腰。青河的马步要扎稳。来，扎个马步。"

青河很听话地扎了个马步，沈少松扶扶他的腰，又按按他的腿，说："马步是基本功，一定要扎稳。"

青山和青河立即按沈少松的要求重新扎好马步。沈少松按按他们的肩，又用脚踢踢他们的腿说："就这样！"

第21章 恶 报

再强壮的汉子也怕气不打一处来。三气合一，孙豪强病倒了。本想施个计谋，让沈家再也爬不起来，可花了百十块大洋，沈家不仅安然无事，而且又发大了；二儿子孙龙腾不争气，吃喝嫖赌不说，还偷收佃户的租子去开大烟馆，违背了祖训还犯了法；龙腾被抓走，本想花几个钱托托人就放了，可花光了所有的积蓄还卖了百十亩好地。真是偷鸡不成蚀把米，赔了夫人又折兵。气上加气，孙豪强只觉得肚里满满的，胸中胀胀的，饭吃不下，觉睡不着，头疼头晕，胸口像针扎似的疼。

孙龙跃伺候他爹喝下一碗药汤说："爹，你睡会儿吧。"

"我睡不着。这天咋恁热？是不是要下雨？"孙豪强心里烦躁得很，感觉热又出不了汗。

孙龙跃说："天阴了，看样子像要下雨。"

"我觉得闷得慌，扶我到当院坐一会儿吧。"孙豪强说。

孙龙跃扶爹走出门，龙跃娘搬把椅子放在老枣树下。

"就坐这儿吧，树底下没露水。"龙跃娘说。

孙豪强坐在椅子上，长出了一口气，方觉胸中好了些。他抬头望望天上布满了乌云，没有星星，也没有月亮，老枣树上的枝叶也看不清楚，只能闻到淡淡的枣花香。

孙豪强说："枣花开了，不知道我能不能吃到今年的枣。"

"净胡说些什么！谁能没个头疼脑热的。"龙跃娘嫌丈夫的话不吉利，嘟哝道。

"别瞎胡想了，事儿都过去了，龙腾也回来了。不就毁几个钱吗？钱是人挣的，留得青山在，不怕没柴烧。"龙跃在宽爹的心。

"唉！我有一种预感，我觉得不是好事。"孙豪强说。

龙跃娘问："啥预感？"

"我这两天一睡着就梦见我爷爷、我爹、我娘。"

门"吱呀"开了，孙龙腾走了进来。

龙跃娘说："你咋还没睡？"

"我睡不着。"龙腾回答。

孙龙跃说："还有啥事？"

"爹，你还得给我点钱。"孙龙腾站到爹的面前，轻声说。

孙豪强气愤地说："你还要钱？你知道这一回给你花了多少钱吗？我大半辈子的积蓄都没了，又卖了百十亩好地。"

"你总得叫我把茶馆再开起来吧？不然，我指啥赚钱？再说，这几天大牢，弄得我下身都烂了。"孙龙腾嗳嚅着说。

孙豪强说："那怨谁？能怨蹲监蹲的？是孬病吧？你吃喝嫖赌啥都干，五毒占全了，活该你受罪！"

"今后我改不中吗？"

孙豪强长叹一声："唉！狗改不了吃屎，你发过多少回誓了？"

"你总不能看着我死。我也是你亲儿，你不能太偏心！"孙龙腾说。

孙豪强生气地说："我咋偏心了？"

"好生意你都交给我哥，你给我啥了？"

"要都交给你，你早把家业败坏干了！"孙豪强气愤难抑。

龙跃娘说："你走吧。别再气你爹了，他还没好，刚吃了药。"

孙龙腾站在那儿不走，也不说话。看来拿不到钱是不会罢休的。

龙跃娘说："你走吧！明天再说。"

孙龙腾还是不走。

孙豪强摆摆手，示意龙腾离开，他觉得胸口堵得很，不想再说话。

龙跃娘说："这会儿哪儿弄钱去？明天找你哥吧。"

孙龙腾见娘表了态，方快快离去。

雨前的夏夜，确实闷热。店铺的人都摇着蒲扇到街边乘凉。没有店铺的人家都到大青河边纳凉。从大青山流出来的河水，一路冲撞着河中的石头，发出"哗哗啦啦"的响声，向东流去。街上没有风，河边却有河风，那是河水带起的凉风，轻轻的，柔柔的，使人爽快惬意。人们坐在河边拉着家常，说着东家，道着西家，说着剪辫子，议着放小脚，有人讲着袁世凯称帝，有人说着孙中山闹民主。沈家一家人坐在桥头边的大柳树下，青山在沈润章身边的席子上已睡着了，沈灵芝摇着蒲扇有一下没一下地为青山打蚊子。青河在父亲怀里也睡着了。

沈润章说："少松啊，你看着买几十亩地吧，钱放着不安全。"

少松说："我也是这么想的。夏天了，没多少好皮子，不如腾几个钱买点地，我正想和你商量呢！"

沈润章说："你看着办吧。咱这一大家人，种那几亩薄沙地不够吃的。囤里有粮心里才不慌。这世道，钱说不作数就不作数。"

不知不觉，天已很晚。大家正要回家睡觉，突然听到西街上吵吵嚷嚷。大家静听，那吵嚷声里充满了恐惧和惊慌。隐约之中听到有人喊："土匪来了！土匪来了！"

沈润章忙说："快！少松，上楼敲钟！"

沈少松一溜小跑，冲上清风楼。接着，那"当当当当"急促而清脆的钟声便在这古镇上空响起。那钟声惊起了大青河边树上的憩鸟，惊起了全镇一片"汪汪"的狗吠，惊得全镇人如临末日般的恐慌。鸡鸣狗叫，人喊孩哭，青峰镇陷入一片恐怖混乱之中。

福无双至，祸不单行。说来也奇怪，许多事都是如此。人要倒霉，称四两大盐都生蛆。孙家刚摆平了孙龙腾的官司，花去了所有的积蓄，已经是大祸临头了，可偏偏又被俗语言中。此时的孙家大院正如鳖反了潭。门外有五六个土匪骑在高头大马上，火光映得他们手中的大刀寒光闪闪。敞开的大门，土匪们进进出出，有的挟着包裹，有的抱着掂着什么物件，看也看不清。

孙家客厅里，一个手持大刀留着满脸络腮胡子的土匪，一只脚踏在板凳上，怒目圆睁，对坐在太师椅上的孙豪强呵斥着："你吃了豹子胆啦！竟敢骗我们！"

孙豪强欲挣扎着坐直身子，被孙龙跃和他娘按住了。孙豪强辩解道："我没有骗你们！"

那土匪说："你说给我们一单生意，让我们去做，结果生意没做成，反而使我们四五个兄弟断了胳膊腿，我们老大的脑袋也差点被开瓢。你这不是故意骗我们吗？这笔账怎么算？"

孙豪强说："好说好说！"

那土匪说："我们老大说了，拿一千块大洋给我们兄弟治病。"

孙龙跃和他母亲站在孙豪强的两边，孙子昌、孙子盛两个孩子躲在他们身后吓得瑟瑟发抖。

孙龙跃的娘说："俺从哪儿弄一千块大洋去？"

那土匪眉一竖，眼一瞪："怎么？不拿？"他一挥手说，"把这两个孩子带走！"几个土匪一拥而上，抓住孙子昌，连拉带拽拖出门去。另外两个土匪去夺孙子盛，被奶奶死死抱住不松手。

清风楼的钟声急促地响起，外边传来嘈杂和混乱之声。

那络腮胡子听到钟声和外面的嘈杂声，说："就带一个吧！三天内交清一千大洋，不然我们就撕票。"说完一挥手，"走！"几个土匪不再抢夺孙子盛，随之跟络腮胡子跑了出去。

"子昌！"孙豪强站起来欲扑向门外，身子一晃，摇摇欲倒，孙龙跃和他母亲急忙上前扶住了孙豪强。

一阵杂沓的马蹄声和子昌拼命的哭喊声很快消失了。

孙豪强手捂胸口，痛苦万分。妻子急忙给他胡噜胸口。

"爹！爹！你咋啦？"孙龙跃急忙架住父亲，扶他坐在椅子上。

大街上，人们拿着刀枪棍棒呼喊着向西街涌。

沈润章手持木棒跑在队伍前面。沈少松和他的几个徒弟手持哨棒不停地用手拨拉开人群向前冲。待他们赶到孙家门前，土匪已逃之夭夭，不见了踪影。

人们在孙家门前站住了。只有孙家大门上挂的灯笼还在风中晃动。院里传来孙家人的哭叫声。

沈润章说："是不是伤人了？咱们进去看看。"

沈少松倔强地说："不去！他该遭报应！"

沈润章眼一瞪："你懂什么？咱青峰镇闹家窝子是闹家窝子，但外人欺负咱青峰镇人，就得一致对外，这是规矩。"

人们跟着沈润章和沈少松进了孙家大院，此时孙豪强已经好了些。

沈润章说："咋样？伤了人没有？我们来晚了。"

孙豪强见来了那么多街坊邻居，他的泪水流了出来，对儿子孙龙跃说："龙跃，去谢谢邻居们！"

沈润章和走在前边的几个人一齐说："谢啥？都是街坊邻居，只要没伤了人就好！"

孙龙跃的娘哭着说："子昌叫他们抢走了！"

沈润章说："少松！快带人去追！"

孙豪强摆摆手说："别去追了。他们都骑着马，追也追不上。"

孙龙跃的娘说："龙跃，快去倒茶！"

沈润章说："不用了。孩子的事明天再说。有用着街坊邻居的地方，打个招呼！"

孙豪强双手抱拳在胸前晃了晃，表示感激之情，两眼泪水直流。

沈润章和街坊邻居转身离开了孙家大院。

孙豪强被妻子和儿子扶到床上躺下，一只手捂着胸口，他感觉气短，感到头晕，他静静地躺了一会儿，脸上渗出一层汗珠。妻子端来半碗面汤，扶孙豪强坐起喝下，此时屋外响起此起彼伏的鸡叫声。

龙跃娘说："鸡叫两遍了。你睡吧。龙跃和子盛也睡去吧。"

孙豪强摇摇手，有气无力地说："都别走了。看来我是不行了。"

孙龙跃说："爹，没事的。"

孙豪强一手捂胸，一手抓起枕边的那本破《三国》，举到孙龙跃面前，欲说什么，还没说出口，突然眼一瞪，腿一蹬，那本《三国》便从他手中滑落下来。

第 22 章　卖　地

社会不太平，穷人的日子不好过，富人的日子也不好过。

孙龙跃磕头请来了婶子大娘们来为父亲做送老的衣裳。按老规矩，送老的衣裳要"上五下三"，上身要穿五件，下身要穿三件。龙跃娘说："人死如灯灭，穿再多衣裳也是埋掉。家里又没钱，卖地又来不及，再说救子昌更当紧。简单些算了，赶紧盛殓起来，想法子救子昌当紧。"孙龙跃不同意，他说爹一辈子不容易，不能草草了事。结果还是按老规矩给爹做了"上五下三"的衣裳，"枕头鸡"里装满纸叠的元宝。刘天福和几个上了年纪的老人帮着给孙豪强穿上衣裳，一切收拾妥当，午时之前，总算把孙豪强盛殓了。全家人趴在那口柏木棺材两边痛哭一场，又在棺材前烧了两刀纸，点上长明灯，这事算告一段落了。至于啥时出殡，如何出殡，如何请客，刘天福征求龙跃的意见，龙跃娘说："这事儿先别说，赶紧操持救子昌的事儿。"

救子昌的事关键是钱。为救龙腾，家中的积蓄已全部用完，娘说看来只能卖地了。孙龙腾心里很不高兴，觉得爹死了，所有家产都有他一份，卖地救子昌他觉得有点吃亏，可他不便说出口。于是他说："向子昌外爷借点吧！先别慌卖地。"他娘说："向他借钱？嘴上抹石灰——白说。谁不知道他，白天也借不出个干灯。"龙腾不好再说什么，为救他，哥哥把家里的钱全用完了。他知道，不卖地别无他法。眼下这地卖给谁去？谁来操持这事？按规矩，孝子不能出门，于是孙龙跃打发人请来了刘天福。

刘天福说："咱镇上能买得起地的只有沈家和张家。"

龙跃娘说："张富贵那里，估计借钱是难。这地，他好意思买吗？"

"那我到沈家看看。"刘天福说。

刘天福来到沈家，将孙家要卖地的事了了一遍。沈少松说："我正要买几十亩地呢。"沈润章吸着水烟袋，思考许久才说："这地不能买。"刘天福有些不解："那为啥？他愿意卖，你愿意买。这有啥？"沈润章说："孙家有了难处，我理解，可这时买他们的地不恰当。本来是帮了他们，可事过之后，人家会说沈家落井下石。价钱再公道，他们也会说卖贱了。"

刘天福想了想说："也是，毕竟两家不和睦。"

沈润章说："你去张富贵那儿看看吧。"

张富贵"会过"。这"会过"在青峰镇有两种解释：一是说节俭，会精打细算；二是说小气，吝啬。张富贵"小气"过头，所以大家背后称他"老鳖一"。尽管家有土地一顷多，尽管仓里储有三年的陈粮，可他还是不舍得吃不舍得喝。平时红芋萝卜家常饭，过年才舍得吃个包皮馍（一种面食，外面是白面，里面夹层是粗粮）。由于他"会过"，大领（长工）几乎一年换一次，人家嫌他"抠"，逢年过节也不舍得给大领弄顿荤的。卖了细粮吃粗粮，存了钱就买地买牲口，置办家业。

这几年镇上又流传他的一段"佳话"，说杏花出嫁时，孙家给送的"礼菜"，用猪头待了"三天回门"的新客，还割下了两个猪耳朵。猪肉都没舍得用，他全部腌了起来，馋狠了他才亲自操刀割下一点点。春节了老戚少亲来走亲戚，他才把腌了半年多的一个猪耳朵拿出，切了待客。那猪耳朵又皮筋又硬，又切得连刀，客人们叨叨，撕不开拽不掉，只好又放下，一个猪耳朵待了一年的客，结果还剩下一个猪耳朵。不管别人怎么看不起他，说他小气，可张富贵有张富贵的道理，当别人笑话他时，他总是说："积土成山，积水成渊。过日子比树叶还稠，吃得再好，不过三泡臭屎。买地放那儿，年年有收获。"这几年风调雨顺，张富贵又攒下一些钱，正想再买几十亩好地。这时刘天福来了。

别看刘天福没文化，但是心眼够数，不管孙家沈家、张家李家，都处得很好，不管谁家有事都跑在前，办事利落周到。所以，人送外号"大总"，意思是什么事都能拿下来。

刘天福到了张家，并没说孙家要卖地的事，他说："富贵兄，我受人之托来求你帮忙，我想这个忙你得帮！"张富贵说："啥事？"刘天福说："救你外孙的事。""唉！我也正在着急。你说这事咋办啊？"刘天福说："黑老三他们要的就是钱，拿上钱他们就放人。"张富贵说："我眼下也没钱哪！原来有几个钱，我前天给了北集的徐老五，都买了地了。"张富贵的老婆说："那地不还没说妥吗？干脆给杏花救子昌吧？"张富贵眼一瞪说："说得轻巧！给孙家，他啥时还我？"张富贵的老婆哭了，嘟哝着说："你真是个'老鳖一'！闺女有难你不帮，这还是个人吗？"张富贵也生气了，说："嫁出去的闺女，泼出去的水。那只是个亲戚。我要是个穷光蛋，他孙家不知认不认我这个亲戚咪。"老婆恼了，指着张富贵说："这事你要不管，子昌要有个好歹，我就不让杏花再认你这个爹！"

刘天福说："你俩也别生气。你看这样中不？"张富贵望着刘天福的脸等待下语。刘天福说："龙跃也是没法了，他想卖地赶紧凑钱救子昌。"张富贵脸上阴天转了多云，问刘天福说："他想卖哪块地？"刘天福说："河北那百十亩沙地。"张富贵摇摇头说："那地不中！漏水漏肥，种一葫芦打不了俩瓢。要说就说河南那两块土地。"刘天福说："那一块一百多亩哪！""我出五百块大洋！"刘天福心想，"你真是个'老鳖一'，给亲闺女还这样算计"。刘天福说："我一手托两家。那可是孙家最好的地块，在咱青峰镇是有名的'粮食囤'，你出七百吧！"张富贵摇摇头说："不中！六百。六百块要中，我就去北集跟徐老五要钱。不中就算了！"张富贵老婆哭着数落道："你这样算计，咋指望闺女孝顺你？"张富贵说："咳！你不懂！人常说谁有也不如自己有，儿女的钱还隔着手。你有钱有东西就有人孝顺你，你没钱没东西，你在儿女面前就是累赘。"

这六百大洋有了着落，可还差四百怎么办？孙龙跃突然想到县城的表叔"李拔毛"。表叔曾说有什么难处找他，他一定能帮忙。于是孙龙跃脱了孝袍，只在头上勒一麻批，匆匆赶往县城。见到表叔，先趴下磕头报丧，然后说借钱一事。"李拔毛"说："唉！真是祸不单行啊！你兄弟的事刚了，咋又出这事呢？"说了一阵同情的话之后，他才归了正题："四百块大洋不是个小数。这城里呢，都是生意人，生意人没闲钱。要借呢，我不是借不到，我张张嘴都给面子。可是利息太高，不知你能不能接受？"孙龙跃问："多少利？""李拔毛"说："秋收后还钱，借一还二，就是借四百还八百。年底就是一千。"孙龙跃脸上露出为难之色。"李拔毛"说："就这也不好办。"孙龙跃问："咋回事？""李拔毛"说："人家和你无亲无故，敢借给你吗？"孙龙跃说："那咋办？""李拔毛"说："这还得我担保。你还不起，人家找我要。当然，我知道你家大业大，不是还不起，可人家得有个抓手。话又说回来，你不能让表叔操心又咬了我的手。你得拿一百亩地的契约押在我这儿。君子办事，咱先明后不争。你要同意，我这就去操办。你要不同意，你就再另想办法。"

孙龙跃心里很难过，真是一分钱难倒英雄汉。岳父有钱不借，非得把河南那块好地给他才"帮忙"；找人借钱，利息又高得无理。思来想去，无计可施，只得答应表叔。

表叔让他先走一步，他随后带钱赶去。说是给表哥烧纸，其实是要随时把地契带回。孙龙跃走后，"李拔毛"将前几天孙龙跃交给他的二百块大洋取出，又从墙洞中取出平时的积蓄，凑够四百块大洋，又借了一匹马，赶到青峰镇，在灵棚前给孙豪强烧了两刀纸，又假心假意地哭了一阵，便拿了地契骑马赶回了县城。"李拔毛"在马上一颠一颠的如同坐轿，心中如喝了四两小酒般的滋润。他想，到秋后，这四百块大洋就成了八百，如果到年底就成了一千。那时他就可以再买几间门面房，不做生意，光吃租金他就可以天天喝着小酒，哼着小曲，痛痛快快地过一辈子。那种日子，真是给个该死的县官也不换。

第 23 章 分 家

孙龙跃赎回了儿子子昌，又把父亲笛子喇叭地送进"南北坑"（方言。埋人时挖的坑，大多南北方向，俗称"南北坑"），又披麻戴孝在镇上谢了一圈孝，已是心力交瘁，筋疲力尽，天不黑他就躺在了床上。可孙龙腾怎么也睡不着，他想，爹死了，这家该分了。几顷地的家业，加上牛马驴骡十来匹，街上还有两铺生意，这么大的家业全在哥哥手里，伸手要几个钱，不仅要张嘴费舌，还得看哥哥的脸色，不如趁早把家分了，自己也有点主动权。于是他喝了一碗汤，又吃了许琳给他打的两个荷包蛋，便走进了老宅。

他喊起刚睡下的哥哥，又叫来了娘，便说起了想分家的事。娘一听要分家，两行热泪便滚了下来，她哭着说："你爹辛辛苦苦一辈子，才攒下这些家业，如今他坟上的土还没干，你们就要分家，我今后咋办呀！"

待娘哭了一阵平静下来，孙龙跃说："《三国》上说，分久必合，合久必分。分就分吧。再说，我兄弟俩都已成家立业，在一起过，闲气也不少生。分就分了吧！"

娘看两个儿子都同意分家，她也无奈，只得点头应允。

于是，第二天，孙龙跃便请来了族长孙长明和刘天福。孙龙跃把他二人让到堂屋坐在方桌两边的太师椅上，又沏了壶大青山云雾茶，把两把白铜水烟袋和盛着金黄烟丝的烟筐放到他二人面前，便去叫二弟龙腾和母亲。他一只脚刚刚跨出门槛，便险些与孙龙腾撞个满怀。"我来了。你去叫娘吧！"孙龙腾边说边进屋。

孙龙跃喊来了娘，母子三人坐在两边的下手。刘天福急忙站起，拉起龙跃娘。"嫂子，你得坐这里！"龙跃娘说："不！不！你是俺请来的。你坐！"孙长明向刘天福摆摆手，示意刘天福坐下。刘天福还是拉了条板凳放在太师椅旁边，拉龙跃娘坐在太师椅上，自己则坐在龙跃娘身边的板凳上。

龙跃娘坐在那里，不停地用手巾擦着那纵横的老泪。"咳！……分就分了吧，天下没有不散的筵席。只是，他爹坟上的土还没干，就、就……"她难过得说不下去了。

孙龙腾急忙起身去倒茶，边倒边对娘说："你哭啥？早分早清亮，省得你操心生气。"

孙长明说："龙跃，你是老大，你先说吧！"

孙龙跃说："总共还有土地三顷六，老宅院一处，街上门店三处。我的意见，给我娘留一顷，供她养老，其余一分为二。河南的地，土质好点，那是两顷二，给娘留一顷，剩下一顷二。河北土质差点，那是一顷四，这两块随龙腾挑，他要河南我要河北，他要河北我要河南。街上门店三处，龙腾占着一处，这两处我留下，今后老娘有个头疼脑热，吃药看病我出钱，不让龙腾出。老宅不分，由娘住着，我俩各住各院。"

没等孙龙跃说完，孙龙腾"呼"地站了起来，说："这个分法我不同意。"

孙长明手往下按按，示意龙腾坐下。孙龙腾只好又坐下。

刘天福说："龙腾说说你的想法。"

"依我说，地，二一添作五，平分。"孙龙腾说。

"那咱娘呢？"孙龙跃问。

孙龙腾说："咱娘？一替一个月赡养。每月初一交接。"

孙龙跃说："那大历呢？"

孙龙腾说："大历小历都一样，摊着谁谁倒霉！"

龙跃娘哭着说："恁都听见了吧！我把他们拉扯大，谁多赡养一天都是倒霉。呜呜呜，我还不如死了咪！"

孙龙腾生气地说："我不是那意思！你哭啥？还叫我说不？"

刘天福拍拍龙跃娘，示意她别哭。

孙长明说："你接着说。"

孙龙腾说："街上门面只能算两处，我那处不能算，那是老枝（方言。指老一辈）的。"

孙龙跃有点生气地质问："那为啥？"

孙龙腾说："那是赡受咱大爷的，我扛的引魂幡，我摔的劳盆（方言。人死后，买一瓦盆，底上钻眼，几个儿女钻几个眼，预示死者一生的脏水在那盆里。到阴间，死者要把脏水都喝掉，钻上眼，脏水就漏掉了，免得亡灵受饮脏水之罪。出殡时，孝子要把盆摔碎）。"

孙龙跃如梦初醒："噢！怪不得当初你抢着扛引魂幡、摔劳盆，原来是你计划好的？"

孙龙腾窃笑一下说："这是老规矩，谁扛引魂幡，家业谁赡受。"

孙龙跃说："那布店是我睛受二奶奶的，那得归我。"

孙龙腾说："那不行！二爷死时是咱爹扛的引魂幡、摔的劳盆，不能归你。"

孙长明一边吸烟，一边认真地听着。

刘天福说："还有啥？再接着说。"

孙龙腾说："宅院，共三处，可不一样。我那院啥房？三间平房，一间厨房，院又小。我哥那啥房？明三暗三带出厦，还有东西厢房。我哥要是不动，那老院宅归我。"

孙龙跃说："老宅不能分，咱娘健在，得由咱娘住着。"

孙龙腾头一拧："那你挪我那儿住，咱俩换换？"

孙龙跃不说话了。

孙龙腾说："那牲口也一分为二。那匹红马和青骡我要，二头牛一头驴给我哥。"

孙龙跃说："那你怪会算账！那马、那骡子值多少钱？那牛、那头小驴才值多少钱？"

孙龙腾说："你要是不愿意咱颠倒过来，那马、骡子归你，那牲口屋得归我！"

孙龙跃思索一下说："按你说的吧。那马和骡子你牵走。"

孙龙腾说："牵走？我放哪儿喂？还得在那儿喂。再说，草还都在一起哞。"

弟兄二人各自陈述完自己的意见，孙长明说："龙跃娘，你说说吧。"

龙跃娘只是哭："他爹啊！你死了咋不带着我？叫我作难。呜呜呜呜。"刘天福说："嫂子，这有些事还得你先做个主。今后是你单过还是一替一个月赡养？"

龙跃娘又哭了。她觉得丈夫在时，虽然自己像个用人，在丈夫面前抬不起头，当不了家，但毕竟是夫妻，有个依靠；如今他死了，撇下自己如一只孤雁孤苦伶仃，她不知今后日子该咋过。哭了一阵之后，她拿定了主意，说："我谁也不叫他们赡养，我单过。地分了，你俩一个月给我匀点面就中啦。"

刘天福说："那宅院？"

龙跃娘说："按规矩，老宅子应该归老大住……"

龙腾没等娘说完就抢过话茬说："娘，你不能偏心！都是你儿。"

龙跃娘生气地说："你等我把话说完。"

孙龙腾只好说："你说你说。"

龙跃娘说："老大要不搬，老宅就叫老二住，老大要是住老宅，老大那宅子就给老二，我住老二的宅子。等我死了，恁咋分我就不管了。"说着又哭了起来。

孙龙跃想想自己住的宅院与老宅差不多，就说："我就不搬了。"

待他们母子三人都说完，孙长明说道："这不就都说清了？天福写字据。"

孙龙跃拿出砚台和毛笔，刘天福写下分家契约，又重新念了一遍，问龙跃、龙腾有无异议。他二人都说没有。刘天福又誊抄三份，让龙跃、龙腾各在上面按了手印，孙长明和刘天福又在各份契约的中间人上按了手印。兄弟二人各持一份，刘天福和孙长明也各持一份。

孙长明和刘天福立马带着龙腾、龙跃去量地分地，只剩下龙跃娘一人望着方桌后条几上的牌位失声痛哭，一直哭到口干舌燥眼泪流尽。

第 24 章 瘟 神

　　月有阴晴圆缺，人有旦夕祸福。殡埋孙豪强的那天，全镇百姓大都到西街去看热闹或给孙家帮忙了。谁也想不到，一夜之间青峰镇就大祸降临。那天，孙家族长青峰镇镇长孙长明正领着几个人为孙家丈量土地分家，突然孙长明感觉肚中不适，就急忙到沟边的草丛里方便，一会儿又开始呕吐。刘天福几个人只认为孙长明吃了孙家的殡丧饭没吃对胃口，这才引起呕吐下泻。在农村，尤其是在夏天，哪一口饭吃不好，呕吐拉肚子是常事儿。人们都用各种老法子治疗，或炒热灰暖肚子，或煮鸡蛋暖肚脐，或吃炒面，效果都不错。可这一次却不行，用尽各种老法土法，孙长明还是止不住上吐下泻。两天过去，镇上得此病的人越来越多。原来镇上有一个郎中，家中有些草药，谁有个头疼脑热，他抓几样回去熬熬喝了还真管用，不愈即轻。然而由于郎中岁数大，春天得病去世了。人们无奈，只能去拜神求仙。

　　镇中那棵老槐树是棵神树，上边住着槐仙姑娘。大槐树北边有一孤零零的小院，小院中有一低矮土屋。黄土打墙，茅草盖顶。院中住着一个老人，镇上人都叫她"槐树奶奶"。她70多岁，尽管头发白完，但耳不聋眼不花。"槐树奶奶"的丈夫姓赵，小时他爹为他望物取名，看见门外的大槐树说："就叫槐树吧。"槐树爹为他取这名的意思，是想让儿子像这棵古槐一样枝繁叶茂长命百岁。可没想到槐树在19岁那年刚结婚一天，第二天回门（地方习俗，男女结婚后第二天，夫妻回娘家探亲叫回门）的路上就得急病身亡。新媳妇脱下红嫁衣，穿上白孝袍，将新婚丈夫埋了以后就开始守寡。她哭干了眼泪，不知自己这一生该如何度过。

　　几个月过去，她发现自己怀孕了。她在痛苦中看到了希望，以后不管是儿是女，自己总算有了依靠，赵家总算有了根。十月怀胎，她生下了一个胖小子，她给儿子取名叫"水"。水五岁那年的夏天，她割了一天麦回到家，找不到了儿子，她满镇吆喝到处找。天黑时有人告诉她，镇东的青龙潭淹死一个小孩。她急忙跑去，那小孩正是水。水已经被人捞了上来，放在潭边的草丛中。她抱着儿子僵硬的尸体，一声便哭死过去。后来她疯了，不知吃不知喝不知睡，整天披头散发到处走，一边走一边喊："水儿，水儿，你回来吧！"尤其是在那古镇的深夜，那悲凄的呼唤声任谁听了心里都会酸酸的。三年之后的一个夏天，她突然不再呼唤，镇上人都说，不知她吃了什么东西，一直呕吐，吐出的黏痰有一小盆。从那以后，镇上再没听到"水儿，水儿"的呼唤声。"槐树奶奶"好了以后就成了"神人"。是两件偶然的事情使她成了"神人"。

那是一个炎热的夏日，麦子收割完毕，人们把运到打麦场的麦子碾打下麦粒，将麦秸垛成垛，腾出场地晒麦子。那天晴空万里，天空没有一丝云影，太阳热辣辣地悬在高空。各家的打麦场上都晒了麦子。中午，正是晒粮的好时光，可"槐树奶奶"却掂着簸箕和扫帚急急忙忙地到场里收起粮来。镇上人都很诧异，问她正是晒粮的好时候为啥不晒了？她说马上要下大雨。人们望望天，没有一片云。人们怀疑她的病又犯了，谁也没在乎，各自翻了场上的粮，便回家吃午饭。谁料想，人们刚端起碗，只听当空一个炸雷，人们来不及放下碗去看天，大雨便倾盆而下。人们纷纷跑出家门去收粮，可已经晚了，各家场上的粮食都被冲走大半。

还有一件事，那是镇上刘家的一个孩子生病，不吃不喝，昏睡不醒，镇上没有医生也没有药，孩子的家人很急，就到大槐树下烧香求槐仙姑娘保佑。那古槐树就在"槐树奶奶"家门外，"槐树奶奶"见了那病孩，用手摸了摸那病孩儿的额头，然后双眼微闭，口中念念有词。不一会儿，她睁开眼说：槐仙姑娘说了，下半夜就让他好。果不其然，那孩子半夜时还昏睡不醒，鸡叫两遍时，那孩子便醒了。醒了之后便吵着要喝水要吃的，天明就跑出去玩了。于是"槐树奶奶"便成了"神人"，成了槐仙姑娘的化身。谁家孩子头疼脑热吓掉魂，到大槐树下烧炷香，烧刀纸，"槐树奶奶"两眼微闭，口中念念有词，然后用她青筋凸出的右手在香火上抓挠几圈，拍拍病人的额头，再吹几口"仙气"，倒也使一些病人慢慢好了起来。

这场瘟疫来得突然，三天过去，镇上就有一百多人上吐下泻，尽管人们用尽了单方和秘传，可还是治不了。第四天，便有十多人断了气。人们害怕了，于是大家就纷纷去找"神人"烧香求"神"保佑。"槐树奶奶"把屋里的香案挪到大槐树下，一溜摆开六个香炉。六个香炉里都烧着香。还有许多人手拿香纸在一边等待。大槐树下跪满了人。"神人""槐树奶奶"面对香炉长跪不起，二目微闭，口中一个哈哈接一个哈哈打个不停。待六个香炉中的把香（整把的香）燃烧过半，"神人"睁开了眼，说："槐仙姑娘说了，这是青峰镇的一大劫难，是场瘟疫，槐仙姑娘也没办法。在劫难逃啊！"

　　人们求医无门，求神无用，只好听天由命。自第四天开始，天天都有几个人死去。到了第八天，镇上已死了一百多人，满街一片哀哭之声。以前镇上死了人，全镇百姓都去帮忙抬棺，笛子喇叭，吹吹打打将亡人送进坟地，可现在一天死几个、十几个甚至二十来人，如今别说抬棺，棺材也没处买了。谁家死了人，只得用芦席一卷，将去世的人用拖车拉到大青山脚下的乱葬岗中草草埋掉。

　　青峰镇有个习俗，没结过婚的人死了，不能埋进老林（祖宗坟地），只能埋到坟场外。于是大青山下新添了几十座新坟，各姓的老林里也添了不少新坟。

　　原来镇上有镇长孙长明主事，可孙长明一死，镇上没了主事的人，自然也就无人上通下达，大家心急如焚又无可奈何。于是刘天福就联络几位族长和知名人士商量请孙龙跃出面去县府回报，一是孙龙跃识文断字，二是孙家在青峰镇也是大户，在全县也有一定知名度。去县衙门，穿得破破烂烂连门也进不去。于是刘天福带领镇上几个人去孙家大院恳请孙龙跃出面，去县上汇报灾情。可他们在孙家大门外敲门许久，就是没人开门。第二天他们又去，还是没人开门。眼见镇上天天往外拉死人，大家心急如焚。原来孙龙跃闭门不出，不见任何人，是怕被传上瘟疫。第三天，刘天福又带人去恳请孙龙跃出面，这次总算有人出来了。可是大门还是没开，孙龙跃隔着大门听他们把话说完，突然他心中一动，一个好主意跳上心头。他隔着大门对门外的人说："这两天我也是不得劲儿。既然大家如此看得起我孙龙跃，那我就去一趟。"

　　孙龙跃答应了，刘天福和镇上的人都很高兴，他们坐在家里等待孙龙跃带回好消息。孙龙跃是第二天进的县城。两天过去，大青山脚下的乱葬岗又添了十多座新坟。大家焦急地等待着，在恐慌不安中等待着。天黑时，大家终于听到了好消息，孙龙跃带回了药。当大家一齐涌到孙家大门外时，孙龙跃说："在县衙找不到人。我就托人买了些药，如谁需要，两块大洋一包。"大家一听，个个瞠目结舌，纷纷议论："这也太贵了！"几把草药，咋能那么贵？孙龙跃说："人家药店做的是生意，不赚钱的生意谁干？我是给人家打了借据的，人家还急等用钱进货呢！我也知道太贵了，所以，我只买了二十包药。谁要谁拿钱。"

　　尽管大家觉得太贵，但是救命要紧，人们一边议论"太贵！太贵！"一边回去准备钱和粮食。天不黑，二十包药全卖完了，还有许多人拿着钱或掂着粮食之类的物品在大门外等着。

　　孙龙跃数着白花花的大洋，心里甚是高兴。这二十包中药就赚了三十多块大洋，他真后悔当初没多买些。他在心里盘算着，要买来一百服药，就可赚一百多块。数钱的时候，他让媳妇杏花给他弄两道菜，他要好好喝两盅。不一会儿，他又改变了主意，他说别弄菜了，赶紧煮几个鸡蛋。杏花自过了门就很恪守妇道，丈夫说一不二，也从不问为什么，于是她就急忙添水煮鸡蛋。待鸡蛋煮熟，孙龙跃一改从不进厨房的习惯，以前都是杏花将做好的饭菜端到他面前，这次他走进厨房，用笊篱将鸡蛋捞进凉水盆里，稍冰一下，便用手巾包起来，放进钱褡裢，背起来走出家门。媳妇杏花不解地问："这深更半夜的，你干啥去？"孙龙跃头也不回说了句："操恁多心干啥！"便消失在夜幕里。

沈润章也病了，呕吐了两次又拉了两回便觉浑身无力。沈少松和灵芝哄青山和青河睡下后，便守在老人面前，沈润章说："少松啊，你进城吧。"

沈少松不解地说："爹，你病了，我进城干啥？"

沈润章说："孙镇长也死了，镇上的事没人问，咱青峰镇遇到这场瘟疫县上也没来人，可能他们不知道。原指望孙龙跃出面去县里说说，可两天都叫不开他们的门，他怕传上这瘟疫，后来也不知他去了没有。你进趟城吧！把咱青峰镇的事给县府说说，求他们想想办法。你再多带些钱，到县城'济仁大药房'去找那个姓曹的老郎中，他是咱县有名的先生，让他开个方，有药的话，能买多少买多少。"

沈少松说："买恁多干啥？"

沈润章说："这镇上恁多人得病，都得救。况且许多人家还看不起病呢！咱能看着街坊邻居都这样死了吗？我想，再不想法子，再过几天不知还得死多少人。"

少松说："你病成这样，我……"

沈润章有气无力地说："你放心吧！我一天半天还死不了。得了这病，起码三四天。"

于是灵芝用手巾包了几块锅饼，又从墙上挂的蒜辫上扯下几头蒜塞进少松怀里，说："多吃点蒜。千万别喝凉水！"

沈润章说："多带些钱，尽量多买些药回来。"

"好！"少松说完，将几张银票揣进怀里，又带了几十块大洋便匆匆走出了青峰镇。

到了县城，沈少松按沈润章的吩咐先进了县衙。他想，这么大灾情，还得先给县府说说，求县府想办法救救百姓。可是进了县衙，衙门里的人一听说是青峰镇来的，纷纷躲避，没人接待他，没人听完他的诉说。他在衙门里走了一圈，各屋的门都紧闭着，连进门时见的几个人也不知躲哪儿去了。沈少松无奈，只好到街上去"济仁大药房"。还好，十字街口那家县城最大的药店"济仁大药房"门开着。他走进药店，见店中北面和东西面墙上都是贴着各种药物标签的大药橱。门里摆一张桌子，有一个白胡老者正坐在桌后看着一本书，他想那人可能就是曹先生。他走上前，向那位白胡子老郎中曹先生叙述了青峰镇的疫情，老郎中扶扶那老花镜没说话，随手掂起毛笔开了一个药方，用手指了一下柜台那边让伙计抓药。那伙计接过药方就去抓药。

沈少松说："别慌！这药您还有多少？"

伙计手持药方往后退了两步，唯恐沈少松传染给他瘟疫。伙计问："你要多少？"

少松说："有多少？我全要了。"

伙计说："你有恁多钱吗？我们可不赊账！"

沈少松将钱褡裢往柜台上一放说："有。"

这时，从里面的小门里走出一个留着山羊胡子、手端水烟袋、头戴瓜皮帽、身穿长袍的中年人，他从伙计手中接过药方，又用手拍拍柜台上的钱褡裢说："客官，这药可涨价啦！"

"多少钱一服？"少松问。

那"山羊胡子"说："一块大洋一服。"

"这草药咋能恁贵？"

"山羊胡子"说："嫌贵？那你另选高门吧！"说着转身要走进里屋。

少松说："别慌，老板！能不能再少点儿？"

"山羊胡子"说："再少？说不定明天就涨到二块一服。客人你可能不懂这规矩，自古以来，黄金有价药无价。买药救命，哪有讲价钱的？嫌贵你到别处买吧。"他有点不耐烦的样子。

"好好！就这样吧。抓药吧。"少松只好认了。

伙计走进里间拖出几个里面装着草药的麻袋，又一一用秤称了，按方子上的剂量，多的抓掉，少的再添够。抓好了药，算好了钱。沈少松从怀中掏出两张银票，又从褡裢中数够了现钱，交给了伙计。

伙计问："你咋带走？"

是啊！恁多药咋带走？他后悔来时没推辆车子，正愁着，突然发现后院放着一辆独轮车。就说："那车借我用用吧！"

"山羊胡子"说："那咋行？你要是不送来，或者你回去也得病了，我找谁去？"

少松说："这样吧，这车值多少钱，我把钱押在这儿，送车时我取回押金，如果车送不来，就算我买了。"

"山羊胡子"吸口烟，吐口烟雾，对在等他发话的伙计说："就押十块大洋吧。"

少松大为惊讶地说:"十块大洋?十块大洋够买五辆车的。"

"山羊胡子"有点不耐烦:"那你就买去吧!"说着转身走进里间。

沈少松思忖一下,只得说:"好!就押十块吧。"他从褡裢中又掏出十块大洋交给伙计。伙计帮忙把那几袋药装在车上,又用绳捆扎结实,沈少松推起车便走出了"济仁大药房"。

孙龙跃连夜赶进县城,又到西关"青山药店"买了一百服中药,每服包好,捆扎在一起,他又雇了一个脚夫,那脚夫用扁担挑着那一百服中药便出了县城。

孙龙跃一边走一边轻声哼着戏。他太高兴了。他想,这药要三块大洋一服也一定好卖,谁也不会因药贵不舍得买而眼看着亲人死去。三块大洋一服,这一挑药净赚也得二百多块大洋。家里几顷地一年的地租也赚不了这么多。他觉得这钱太好赚了,如扫落叶一样容易。他想,如果这场瘟疫再持续下去,他再进几趟城,赚到买回清风楼的钱也绰绰有余。如果这场瘟疫再蔓延开来,就去州城进药,能赚多少钱他都不敢估量。他想,那钱可能要用麻袋装了。到那时,在县城买几处门面房,光吃租金,一辈子也花不完,再娶个年轻的二房,这一辈子就可以唱着过了。到家时,天已黑尽,西街又传来三四家的哭声。媳妇杏花说:"今儿又死了七八个人。"媳妇的话他似乎没听见,只喊道:"快做饭去!"杏花说:"那药……"孙龙跃说:"不该管的事你别管!"孙龙跃想的是这死的人越多,这药才能卖出好价钱。他要等明天再卖,三块大洋一包,少一个子儿也不卖。

第二天早起,孙龙跃洗过手脸,拉开大门,准备好好赚一把,可等了许久才来了五六个人,一问价钱,他们又都悻悻地走了。孙龙跃心里骂道:"这些人真是守财奴,难道钱比亲人的命还重要?"

他没想到的是,沈少松头天天黑到家之后,马上从南厢房里搬出那口过年时杀猪用的大铁锅,又找出几块土坯,在院里垒个简单的灶,放上大铁锅,兑上大半锅水,搬出买来的药,又按曹先生开的剂量,逐样称好放进大铁锅。沈灵芝抱来几抱柴火,点燃后便慢慢熬起来,不一会儿,那中草药香味便弥漫了全镇。沈少松又到街上吆喝几声。夜半时分,待药熬好,清风楼外便挤满了揣着钱、掂着粮、提着鸡、牵着羊来买药的人。沈少松先盛一碗让沈润章老人喝下,便开了大门。人们一下子涌进来,有的给钱,有的递鸡,有的送粮,同时将手中的盆盆罐罐伸向锅边。

灵芝说:"大家别挤,人人都有。先说明,这药一分钱都不要,咱给家人治病要紧。"

有许多人都说："不要钱咋中？"

沈少松说："都是街坊邻居，救命当紧！钱以后再说。"

沈少松和沈灵芝各持一葫芦瓢，对伸过来的盆盆罐罐一人给了半瓢药汤，一边盛一边嘱咐："明早起再来，喝第二剂。"

众人端了药，一个个千恩万谢地说着感激的话，随后走出了沈家大院。

一心想着赚大钱的孙龙跃大敞门庭等着人们来买药，可太阳上了东南天也没人来。他大惑不解，便急忙叫杏花到街上去看看是怎么回事。不一会儿，杏花回来了，说："沈家买来了药，人都去清风楼了。"孙龙跃问："他们卖多少钱一服？"杏花说："他们一分钱也不要，还熬好白送。"孙龙跃闻听，一屁股坐在了椅子上，上牙和下牙紧紧咬在了一起。

且说孙龙跃的母亲，自从分了家就搬进了原来孙龙腾住的小院单过。一个人过日子，想吃也不想做，尤其是遇到阴天下雨，柴火潮湿不好燃着，锅底下只怄烟不起火，熏得老人睁不开眼，等柴火干了能燃着了，锅里的馍或面条早就不能吃了。所以她常常一天只做一顿饭，早起做了，一天不再动火，中午下午只吃剩饭。遇上这场瘟疫，孙龙跃的母亲也得了病，又拉又吐，老人无力做饭，就去大儿子龙跃家想要口吃的，可几次去都没敲开儿子家的大门。老人只好又摇摇晃晃地捂着疼痛的肚子回到她的小院。

当孙龙跃眼见那一堆草药不能变成白花花的银圆时，他才想起母亲，已经几天没见母亲了，不知母亲怎样了。当他掂着一包药走进母亲的小院时，见大门没关，他想母亲可能没事，走进院子，喊了声："娘！"没人答应，堂屋里也没人。娘可能出去了，他想。可当他走到厨房门前，一阵苍蝇扑面而来，同时感到一阵恶臭钻进鼻孔。他急忙走进厨房，只见娘趴在水缸前，头扎在那个舀水用的葫芦瓢里已经死了。苍蝇轰轰乱飞，蛆虫满地乱爬，他伸手一拉娘的肩头，只见娘鼻子里、嘴角边都是蛆，他"扑通"跪在娘的尸体边哭喊："娘……"

镇里的哭声渐渐少了。躺在大青河边的孙龙腾呕泻也止了。孙龙腾得了瘟疫，又吐又泻，加之他有痔病，裆里烂得臭气熏天。他看镇上不断往外拉死人，自知性命难保，怕女儿和媳妇也染上瘟疫，索性就离开家躺在了大青河边的柳树下不再回家，吐了泻了就渴，渴了他就到河里去喝大青河的水。一开始媳妇牵着女儿天天来给他送饭，劝他回家，可他执意不回，他说反正得死，别让他死在家里给她们娘俩留怕。第四天，媳妇许琳告诉他女儿也病了，这时他感觉浑身没一点儿劲，还是上吐下泻，他说，他都快死了，谁也顾不了了。从第六天，媳妇也不来送饭了。反正得死，他谁也不想了。吐泻之后就爬到河里喝水，后来他就躺在水边不上岸了，一会儿爬到水边喝一阵。说来也奇怪，第七天他就不呕吐也不拉了，后来他听到镇上的哭声越来越少，心想这场瘟疫可能过去了。他就爬起来，摇摇晃晃地往家走，肚里空得难受，他想让媳妇给他做顿好吃的，心想自己现在面条也能吃三碗。当他步履蹒跚地走进大门，只见院里的地上到处都是排泄物和呕吐物，空气里弥漫着酸臭气味。他喊了两声"她娘"（"她娘"是对"孩子她娘"的称呼），没人应答。又喊几声，还是没人应声。他想，可能是许琳带着女儿去娘家了。于是他推开房门，脚没踏进屋，他就一下子瘫软在门槛上，眼前的地上躺着两具尸体。许琳的怀里是面色如土的女儿。孙龙腾没哭，脑子里一片空白，他呆呆地坐在那儿，一直坐到第二天上午，几滴雨点才将他点醒。

那草药还真有效，沈润章喝下第三服药就感觉轻松了许多，呕泻也不那么勤了。他就说："少松，你再进趟城吧，多买些药。"少松说："爹，咱那钱花完了今后咋办？"沈润章说："人常说，钱是龟孙，花了再拼。人死了留钱有啥用？再说，镇上的人都死了，咱还做谁的生意去？快去吧，多买些药。"他带着钱又走进"济仁大药房"时，那"山羊胡子"老板说："客人，对不起！这药涨价了。"沈少松问多少钱一服？"山羊胡子"说："两块大洋一服。"沈少松摇摇头说太贵了。那"山羊胡子"说："两块大洋一服你还嫌贵！明天可能得两块五一服。"沈少松心疼钱，心想辛辛苦苦四五年才挣了这些钱还差点搭上命，咋能像往水里扔一样。他走出"济仁大药房"，到西关和南关几个药房转了一圈，几个药房连药都不齐，价钱还贵得吓人。无奈他又回到"济仁大药房"。"山羊胡子"说："对不起，客人。这药价又涨了，现在这几味药已经进不来了。"沈少松说："涨多少？""山羊胡子"说："两块五。"沈少松思忖了一下，只好认了，心想说不定再等一会儿他还涨价。于是沈少松将随身带的钱全交给了伙计。待他第三次进城时，"山羊胡子"已经把药价涨到三块大洋一服。

三趟进城，沈少松已将所有积蓄用完，尽管买回的药越来越少，但是青峰镇的瘟疫总算控制住了。得病的都好了，没得病的也喝了些二汁三汁药汤没再得病。

瘟神走了，青峰镇平静了，只是大青山脚下的乱葬岗平添了二百多座新坟。

第 25 章　点　拨

　　不经灾难不识真人。沈润章和沈少松成了闻名乡里的大善人。刘天福联系全镇九姓家族，集体给清风楼送来一副对联。

　　那对联是用两块黄花梨木做的，遒劲的唐楷字是一个告老还乡的老巡按写的。四个人抬着披红挂彩的对联，后边是刘家唢呐班，敲着锣、打着鼓、吹着唢呐、放着鞭炮，再后边是一百多号人的队伍。众人来到清风楼前，将那副漆底洒金字的黄花梨木对联挂到一楼的廊柱上，人们纷纷上来围观，当刘天福和沈润章二人拉下那两块红布，对联的字迹全都显现出来。上联是"行善积德天估仁里"，下联是"助穷济困福降德门"。阳光照在那对联上，金光闪闪。沈润章和沈少松双手抱拳向众人一再表示谢意。

　　金碑银碑不如老百姓的口碑。口碑好了才有人气，人气旺了，生意才兴隆。从此，清风楼的生意更加红火。越是这样，沈润章和沈少松做生意时就越谨慎谦恭，不管是乡下来的村妇，还是山里来的猎户，不管是小商小贩，还是名商大贾，一律以客相待老幼无欺。外地客户来青峰镇收皮毛，住在清风楼，不收店钱；山里来的客户路远回不去，沈家管吃管住。有时货栈资金周转不开，卖货的商贩或猎户只要给打个字据，就能把货留下。外地的大客商知道沈家把积蓄都用到救济乡民上，资金短缺，他们就先把货款预付给"清风楼皮货行"，他们说："沈老板，我们相信您！"

　　清风楼的生意一红火，孙家皮货行的生意自然就冷清了许多。孙龙跃坐在货栈里眼见一个个卖皮货的都去了清风楼，心里比喝了四两老陈醋还酸。生意的冷清让他想起爹在世时说的一句话："同行是冤家！"可怎样才能竞争过清风楼呢？他坐在店里躺在床上想了许多法子，但细想之后，那些法子都不管用。这时他又想起爹的话，想起爹临咽气手举《三国》的情形，他豁然开朗了。爹一辈子靠一部《三国》行事治业，才有了孙家的隆盛。于是他决定再读《三国》，要从《三国》里找出谋略。可他翻了两天《三国》，也没找出应对之策。他正发愁无计可施，这时家中来了一位客人，是他小时候在姥姥家时一起玩耍的老表郭大志。儿时的好友，多年不见，一见自然十分亲切。让座斟茶之后，老表大志说，他在古城开了一个茶庄，这次是去南方采购茶叶，回来路过青峰镇，顺道来看看多年不见的儿时伙伴。二人一边喝茶一边拉起家常，孙龙跃问起大志家庭状况，表兄说，家有一儿一女都已成家立业，女儿嫁到一户生意人家，儿子在一所学校教书。

孙龙跃问："表侄一肚子学问，怎么不去做官？"

表兄大志说："眼下时局动荡，正如《红楼梦》中所说，'乱烘烘你方唱罢我登场'。今日之权贵，说不定明天就是阶下囚。我认为还是教书稳当，官不欺民不挟，还可遍植桃李。一旦时局稳定，凭他的学识，再出来做官也不晚。"

孙龙跃说："是是！到那时，表侄一定能成就一番大业。"

孙龙跃让张妈炒了几个菜，兄弟二人边吃边喝边海阔天空地聊了起来。当孙龙跃谈到生意难做时，表兄郭大志呷口酒说："做生意这行，说难也难，说容易也容易，关键是做到人无我有，人有我鲜。譬如我，原先也做过布匹，做过餐饮，做过日杂，但都不如愿。后来一位商家点拨我说，做别人没做的，他让我开茶庄。我想，北方人爱喝酒，南方人爱喝茶，在古都开茶庄赚谁的钱去？后来开起来了，生意还真可以。那些达官贵人，那些南方的将帅兵役，都爱喝茶。古都市开茶庄的没几家，我一开，生意还真红火。开茶庄利润也大，对半利都是最差的。好茶叶，那无价啊！只要他爱喝，多少钱一斤都有人买。"

孙龙跃长叹一声："唉！青峰镇比不得古都，一个弹丸之地，什么生意都难做。"

表兄郭大志说："那你就顺天时，应地利，做粮食生意。"

孙龙跃说："粮食生意？"

表兄说："对！粮食生意。现在时局混乱，山头多，军队多，需要的大宗粮食也多，这是天时。青峰镇东靠大平原，是粮食产地，这是地利。粮食是人人所需，家家必用，几百里大青山，山民粮食短缺，东买西售，这量就不小。再说，哪个军队不需要大量粮食？粮贱时囤积起来，遇到荒年就可赚大钱。如果再联系上几个队伍，专供军粮，那你三五年就可大发啦！"

孙龙跃一听，两眼一亮，心想自己以前咋没想到。"佩服！佩服！还是表兄见多识广。小弟孤陋寡闻，所以才摸不着路找不着门。经你一点拨，我算豁然开朗了。真是听君一席话，胜读十年书！"

郭大志呷口酒谦逊地说："表弟过奖了！"

二人又喝了几杯。郭大志问："表弟膝下有几个儿女？"

孙龙跃说："两个儿子。"

表兄问："书读得怎样？"

孙龙跃说："大儿子子昌，聪明好学，在镇上私塾读书，可这小子心野，总想到外地求学，可投靠亲友也不容易，我也不想给人家添麻烦。"

表兄说："那好吧！子昌可以跟我去古都。你表侄教书，跟他上学就行了。再说，我家孩子都大了，闺女出了嫁，儿子经常不回家，家中就我和你嫂子两个人，吃住都没问题。"

孙龙跃不好意思地说："那得给表兄添多少麻烦啊！"

表兄又喝口酒："咱兄弟俩别说客气话。咱这把年纪，过的还不是孩子的日子？将来孩子有了出息，咱也就放心了。"

第二天，孙龙跃给儿子子昌收拾了几身衣服，带上足够半年的花销，又给表兄带了两件上等的羔羊皮袄，然后送子昌进了古都。

第 26 章　卖　妻

往往一场灾难过去，都会给人们留下许多思考。孙龙腾看破了红尘。他常说："这人啊，真不经折腾，说不定今晚脱了鞋，明天就穿不上了。纵然家财万贯，也是身外之物。眼一闭，什么东西都是别人的，只有吃到嘴里、咽进肚里才是自己的。"他虽躲过了这场瘟疫，但老婆孩子都死了，他感慨人生太无常了。

"云中仙"茶馆生意不景气，一天没几个人光顾，于是他索性关了门。他一天到晚就是出赌场进酒场，烟瘾上来了就烧两个烟泡，狠狠地抽上几口，既缓解了浑身的不适，又让自己飘飘欲仙。

人都是活在"圈子里"。"圈子里"才有天地，才有朋友，才有知己。经商的人到一起谈行情，说价钱，论赢亏；读书的人到一起，谈学问，论时局，抒情怀；种地的人到一起，说天地，谈时节，讲禾情；占卜的人到一起，谈阴阳，论八卦，说五行。人人都有个"小圈子"，而孙龙腾却有三个"圈子"，出"赌友圈"进"酒友圈"，要不就进"烟友圈"。他的"赌友圈"就设在他茶馆内，有麻将、牌九、黑红宝。镇上的几个赌鬼常常被他叫到"云中仙"来赌博。打麻将靠的是运气和手气，手气不好、运气不佳，三张嘴不如人家一个"单吊"。不知怎么回事，孙龙腾的手气一直都很"疲"。有时起一把好牌，进一张就"张嘴"，可总摸不来，也吃碰不上。有时张了嘴，起牌就"点炮"。有时他也故意"别过"，不吃也不碰，可别人还是赢。拆铺子不点炮，人家"自摸"。赌博就是这样，赢了还想赢，输了总想"捞"。赌博的人都有一种这样的心理，输了总不能一直输，有"疲"就会有"兴"，总在等待牌势好转。孙龙腾就是这样，输了总想"捞"，上半场输，想下半场"捞"回来；今儿输，想明儿"捞"回来，结果越"捞"越"深"。输了钱就卖地，还要"捞"。结果，半年下来，大青河南的好地让他卖了一半。

牌场失利，心情不好，就进酒场。"舌头"是他的酒友。"舌头"，长得小鼻子小眼睛，可就是舌头长，伸出来能舔到自己的鼻尖。"舌头"是外号，其实小时候他有名字，叫张百利，因舌头长，大家都叫他"舌头"。开始，叫他"舌头"他不搭理，毕竟是外号，是揭他短处的外号。俗话说，不怕不识号，就怕总着叫。时间一长，他就答应了。后来，人们都叫他"舌头"，就把他的真名给忘了。在镇上，谁要问张百利这个人，都会说没这个人，要问"舌头"这个人，妇孺皆知。"舌头"家住街南张家胡同，与孙龙腾家隔街相望。"舌头"与孙龙腾同岁，是好伙伴。"舌头"家有地百十亩，多是沙地和盐碱地。一年劳作，紧打紧，够吃够穿，没多少剩余。在青峰镇不算穷，也不算富。"舌头"爹娘生了"舌头"之后，没再生育，张家只有这么一个儿子，是单根独苗，必然娇生惯养。"舌头"自小衣来伸手，饭来张口；大了，养成不干活的习惯，整天游手好闲。"舌头"的爹娘和那一铁牲口一年到头在地里忙活，而"舌头"则一天到晚和孙龙腾泡在一起，不是喝酒就是串门，说东家道西家。他没钱就向爹要，不给就说孬话，说什么"你要不给，我就去死，叫你断子绝孙！"之类的话。爹娘就这一个独苗，捧在手里怕飞了，含在嘴里怕化了，也只得认了。

在那场瘟疫中，"舌头"娘死了，"舌头"爹喝了清风楼的药汤活了过来。"舌头"天天喝醉，也许因酒他才躲过了那一劫。

劫后余生，"舌头"和孙龙腾有了共同的认识，认为人生就如夏天的天气，今儿能看到日出，谁知明天能不能看到日落。酒友和牌友不一样，牌友分毫必争，有时因为一块钱能动刀子，牌场打架的事常常发生；而酒友则完全相反，让着喝酒、让着叨菜，尤其是孙龙腾和"舌头"在一块喝酒，二人争着付钱，都很讲义气，长此以往，二人成了铁友。

不知是赌技差还是手气不好，孙龙腾常输，输了心情就不好，茶馆也没生意，他就偷偷在后院又开起了烟馆。来了客户，把门一关，到后院陪烟鬼们抽大烟。时间一长，就又上了瘾，一有瘾就刹不住车子，客人抽他也抽，开烟馆挣不了仨核桃俩枣，还赔上了个大梨。

孙龙腾的哥哥孙龙跃坐不住了。一天他把孙龙腾叫到家里，说："龙腾啊！你也30多岁了，咱爹在世时，没少吵你骂你，叫你别喝别赌别嫖，可你不听，得了孬病不说，还蹲了大狱。为救你，咱家的钱给你花光，你还不吸取教训？"

孙龙腾眼一瞪，说："给我花光？你咋不说为救子昌花了多少钱？"

孙龙跃心里虽气，还是让弟弟三分："好好好！这事不说了。"

孙龙腾说："还有事吗？没事儿我走啦！"

孙龙跃说："河南那些地你卖多少了？"

孙龙腾说："还剩一百多亩。"说到卖地，孙龙腾感觉有些不好意思，他低下了头。

孙龙跃说："本来，咱已分开家离开户，我不管你也中，可毕竟咱是亲兄弟，弟妹和侄女死了就死了，可今后你打算咋办？日子总得过下去，总得再成个家吧。"

孙龙腾动动坐姿，心中有所活动，但又感到无可奈何，便说："唉！我自己一个人倒也清亮。一人吃饱全家不饿。"前半句说得底气平，显示出无奈之状；可后半句说得音长气壮，显示出破罐子破摔的情状。

孙龙跃气得直瞪眼，不知如何再说下去。他用手指着孙龙腾："你、你……"

孙龙腾说："哥，还有事儿吗？没事我走了。那边三缺一，还等着我呢。"

孙龙跃气得一甩手："滚！"

孙龙腾起身，也不看哥哥的脸，匆匆忙忙地走了。

人常说：骨血亲，打断骨头还连着筋。孙龙跃虽生气，但弟弟的事还是不忍心不过问。他想，弟弟这样，也许是没个家心闷无聊所致，如果成个家，也许会好的。

于是孙龙跃四处张罗为弟弟说媳妇。恰巧，张门楼有一个寡妇，丈夫死后，与兄弟相处不和，丈夫的兄弟想让她改嫁，免得与他们争家产。孙龙跃托人找到张寡妇的大伯哥，两个人一拍即合，孙龙跃花钱给张家送些礼，就把张寡妇娶进了门。

孙龙腾娶了人，本该好好过日子，可他嫌女人长着一脸麻子，还不如许琳漂亮。再婚的人总爱把后人与前人相比，不管是长相还是言谈举止，不管是缝衣做饭还是夜里房事，孙龙腾越比越觉得张寡妇不如许琳。心里不乐意，就不想回家，依旧三天两头泡在赌场里或酒馆里。

心情不好，赌博点子就不"兴"。常赌常输，常喝常醉，没了钱就卖地。

孙龙腾卖地，大多都是找"舌头"去说和。"舌头"爱喝酒，手头就紧，向爹要，有时要不来，还遭爹一顿数落（方言。意思是埋怨、指责）。"舌头"毕竟也是20多岁的人了，心里还是清亮的，不能因为自己的爱好而让爹去卖地。他知道，那些家产将来都是自己的。于是，没了钱，他就想在孙龙腾卖地时捞几个。

这年月，能买得起地的没几家，孙龙腾的哥哥孙龙跃不能找，找了他也不会买。他知道沈家也没了钱，有钱沈家也不好意思买孙家的地，毕竟两家有世仇。张富贵虽能买得起，但"舌头"不肯去找他，张富贵太抠，地价低了还想低，让中间人没一点儿利可得。孙龙腾那一百多亩地若经他卖给了张富贵，他觉得即便他的长舌头磨掉半截，张富贵也只会请他喝顿酒。那酒孬不说，菜只有两个，一个水煮花生豆，一个凉拌豆腐，连荤腥也不会沾。他不愿去找张富贵，于是他就去找许家许德林。

许德林与许琳的爹是刚出五服的兄弟。原来许德林在青峰镇只是中等偏上的户，自从许德林的内弟（妻子的弟弟）进县衙当差，许家便一天天地好了起来。县衙没收了大烟并不完全销毁，会拿出来一部分卖掉。衙门里的人又不能出面，许德林的内弟就找到许德林，许德林就把这差事揽了下来。卖了大烟，给县衙一部分，自己留一部分，慢慢地，许德林就发了，有了钱他就买地。

"舌头"做中间人，这头说说，那头哄哄，面对许德林他就说那块地是怎么怎么好，得多少钱一亩；对孙龙腾则说，这年月买主不好找，价钱得低点。两头哄，他在中间吃点小利。"舌头"有了钱，也慷慨大方，二人在一起喝酒，"舌头"争着付钱，不似以前，向家里要不来钱，常是孙龙腾结账。"舌头"的大方更加深了二人的感情，孙龙腾更加相信"舌头"，所以后来孙龙腾卖地卖马都是让"舌头"出面。

人走好运时，好事会意想不到地出现，求财得财，求官得官；人走背运时，称四两大盐都生蛆。孙龙腾娶许琳时，他娘给他算过一次命，先生说孙龙腾享福也是享媳妇的福，许琳的八字命相，应是富贵之人，会给孙龙腾带来好运。许琳去世后，他不信算命的了，他说她有福还能早早死去？"舌头"说："你要是不把人家强娶过来，许琳嫁到城里人家还不是阔太太？"许琳在时，孙龙腾偶尔也会偷偷赌上一把，十赌九赢。打麻将时他要的牌打出了三张，最后一张他还能自摸。自许琳死了以后，孙龙腾走了低运，喝酒划拳他输"枚"；打麻将三张嘴不如人家一个"夹子"；推牌九光出"幺猴"；掷骰子光出小点。偶尔和一把牌，他以为牌势过来了就又"坐"又"跑"，想大捞一把，结果牌一抓起来，不是"十三不靠"就是光抓"风"牌。越捞越深，越深越想捞，这就是赌博人的心理特征。时运一倒，神仙难扶。两三年过去，孙龙腾卖完了土地，卖完了牲口，又将"云中仙"茶馆抵了烟债，连把地头河边的碗口粗的树也砍光卖尽了。

张寡妇自嫁到孙家也没生孩子，她看孙龙腾如此败坏，她也没法，说少了，孙龙腾不理会，说多了就得挨打。眼见孙龙腾卖完地卖牲口，卖完牲口卖树木，管不了问不住，她只好整天以泪洗面。嫁狗随狗，嫁鸡随鸡，已经改了一次嫁，不能再说别的，只有任水东流任山自倒。张寡妇在痛苦中煎熬，在泪水中度日，开始还有饭吃，后来连饭也吃不上了，只好到集市上去捡菜叶，到粮行里去扫点落地粮食。烂菜煮粗粮，孙龙腾吃不惯，喝醉了就拿张寡妇发泄，今天打一顿，明天踢两脚。张寡妇虽然整天挨打受气，忍饥挨饿，可她不想死，因为娘家还有一个老娘，老娘就她这一个闺女，老爹早早就死了。若她死了，就再也没人给老娘送终。她要挣扎着活下去，她要等到老娘咽了气，把老娘送进"南北坑"，到那时她就一天也不再活。

孙龙腾没了钱，赌博找不着对手，喝酒付不起钱，心里难受无聊不说，最让他受不了的就是烟瘾上来了，浑身无力，眼泪鼻涕直流，骨头如遭千万只蚂蚁啃食，说不出是一种什么滋味。举目看看，再没什么可卖，连门边那棵刚够做檩条材料的桐树也只剩下一个疙瘩。可他浑身难受得受不了，咋办？上房揭瓦。他搬来那个耙地用的耙作为梯子爬上房顶，揭下几十片瓦，用绳捆扎好，掂到集市上换了两个烟泡，回家抽了，才感到身上不再难受。

瓦卖完了，他抽房上的檩条卖。当房子被扒得只剩下一间时，媳妇张寡妇跪在他面前哭着说："这间屋别扒了！再扒了咱住哪儿去？到时候我死了连个停尸体的地方都没有啊！"

孙龙腾心软了，想想自从媳妇进了家门，连一天好日子也没过，尽管经常打骂她，可她还是捡落地粮和菜叶给自己做饭。那半间屋不扒了，可烟瘾上来他还是受不了，就赊着抽。他欠下的烟土钱越积越多，人家催他还账，他就到处借钱。可他只借不还，后来，街坊邻居都不再借钱给他，哥嫂更不借给他。镇上的人都说，借给孙龙腾钱，就等于肉包子打狗——有去无回。

那是一个云遮朝阳的早晨，媳妇张寡妇一手提个竹篮一手拿个笤帚，准备去集市捡菜叶、扫落地粮，孙龙腾拦住了她，说："我听人说你娘病了，这不我借了辆红车子，送你去看看你娘吧。"

张寡妇一听她娘病了，放下竹篮和笤帚就坐上了车子。出了镇，车子向南行五六里后应向东拐，张寡妇娘家在东边张门楼，可孙龙腾推着车还一直往南走。

张寡妇说："错了！得向东拐。"

孙龙腾说："没错！你娘在杨树屯郎中那儿住着治病呢。"

车子又向南走了三四里，到了杨树屯，进庄后拐进一个胡同，走进一个鸡架门楼的院子，孙龙腾说："下来吧！到了。"

张寡妇以为娘在屋里治病，一边喊娘一边往屋里进，正与一个70来岁的老太太撞了个满杯。老人没生气，喜笑颜开地一把抓住了张寡妇的手，一边上下打量着张寡妇，一边说："快进屋！快进屋！"

这时一个50多岁的中年男人从屋里走出来，手托两块黑乎乎的烟土，递到孙龙腾手里。孙龙腾接过烟土揣进怀里，推起车子转身走了出去。

这时张寡妇才如梦初醒，知道孙龙腾将她卖了，她一下子瘫坐在地上，大哭大骂起来："孙龙腾你个孬种！你说来看俺娘，谁知道你把俺卖了！"

第 27 章　祖　训

　　且说"舌头"张百利，虽游手好闲，但不吊儿郎当，虽整天喝酒，偶尔也赌一次，但他从不沾大烟。孙龙腾抽大烟时让过他，毕竟是好友，但他摇头拒绝；卖烟土的人也引诱他，因为"舌头"不穷，可他决不抽一口。让紧了，"舌头"就说："我不敢抽，我要抽了，俺爹会弄死我。"孙龙腾说："胡扯！你爹就你这一个儿子，咋会弄死你？""舌头"说："我老爷爷把我爷爷都药死了，他也只有我爷爷一个儿子。祖训不可违。"

　　"舌头"张百利家，在他老爷爷之前，家境比较贫困，曾是孙家佃户。"舌头"的老爷爷时，一跃成为青峰镇的大户，好地五六顷，骡马成群。"舌头"的老爷爷不识几个字，但荀子的一句话他恪守终生，"积土成山，积水成渊"。他一生精打细算，勤俭持家。十几岁时，他学会了一样手艺——磨香油。人家二斤七两芝麻出一斤香油，他二斤六两、二斤五两就能出一斤。他对炒芝麻的火候，何时兑"汗"（方言。磨芝麻油的时候，要兑入的热水），兑多少，搅拌到啥程度，独有绝技。芝麻炒嫩了，油不香；炒老了，色不好。"汗"兑多兑少，搅拌的程度都会影响出油量。一套油他要比人家多出一斤多香油。人家卖了油，少有亏损，赚个油渣。他磨油，有赢利，还能净落油渣。油渣上地，是上好的有机肥料，所以他家的地养得也肥。种沙地，人家一亩地能打六七十斤麦子，他能打百十斤。张家的日子一年比一年强。有了钱，他就买地。后来，家有好地五六顷，又买了两犋牲口，可他还是自己种地，从来不雇长工。农忙时忙不过来，才雇两个短工。虽然成了富户，但"舌头"的老爷爷还是富日子当穷日子过，平时吃饭时，掉地上个馍渣米粒都捡起来吃进嘴里。他常说，过日子就得"常将有时作无时"，"人无远虑，必有近忧"。40 岁时他才得一子，就是张百利的爷爷。独根独苗，自然视若掌上明珠。自从有了这宝贝儿子，老爷爷过日子更有心劲儿，他下定决心让儿子一辈子吃喝不愁，让张家在青峰镇数一数二。尽管日子富了，但他还是没改节俭的习惯。

　　一次他去东部一个集镇买芝麻。早饭时，他给跟随他的徒弟买了两个馒头、一碗胡辣汤，他给自己买了一块红芋、一碗小米粥。吃完红芋，他端着碗用舌头将碗舔得干干净净，一粒米也不舍得丢下。肚子没饱，他见桌上有其他客人丢掉的红芋头，他捡起来就吃了。他捡别人红芋头吃的动作被旁边桌上的一个穿长袍的客人看到了。那长袍客有点看不起他，将没吃完的半块馒头扔在了地上。"舌头"的老爷爷见了，急忙捡起来，用嘴吹吹上面的泥土，塞进嘴里。那长袍客看了一眼这个穿着补丁衣服的老农民，不屑地站起来，用手拍打一下长袍下摆，转身离开。上午集会，街上人如潮涌。张百利的老爷爷走进粮行，看见一匹马车上装满品质上好的白芝麻，个大肚鼓，干净无杂。张老汉一看眼睛亮了，这么好的芝麻很少见，他断定这不是当地产的芝麻，而是从外地拉来的。当地产的大多是红芝麻，皮厚，出油低。当地的红芝麻二斤六七两才出一斤油，这种芝麻二斤四两就可以出一斤油。他高兴地走上前去，用手抄起芝麻，想看看土气大不大，可他刚抄在手里，便被一只手一下打落在口袋里，随之听到一声呵斥："去！一边去！"口气中带着不屑和厌恶。他抬头一看，正是那个穿长袍扔馒头的人。"舌头"的老爷爷生气了，责问道："咋啦？这芝麻不是卖的？"那长袍说："是卖的，你买得起吗？"老爷子说："你咋知道我买不起？"那长袍说："不零卖。你称个半斤八两的我不卖！"老爷子说："我要得多。"那长袍上下打量了一下老爷子那身补丁衣服，说："你要完，我半价卖给你。"说着，不屑地将头扭向一边，不想搭理老爷子。"舌头"的老爷爷看那长袍看不起他，心里窝了火，生气地说："我连这马车都买了，你卖吗？"那长袍更是生气，脸依然朝向一边，连看也不看老爷子，口中自言自语："吹大气！装好汉！这样的人我见多了，恐怕连十斤芝麻的钱也掏不出。"老爷子也来气了："嘿！这芝麻我还非买不中！看不起人？"两个人一下顶撞起来，这时聚拢来许多看热闹的人。那长袍还是脸也不扭，也不答话。这时手持一杆大秤的行人走了过来："咋啦，郑老板？"那长袍郑老板生气地抖了一下单袍，转过身说："这要饭的不买东西净跟着瞎混！"张老爷子说："我咋不买东西？"那长袍说："我说过了，不零卖。你要完，我半价卖给你。"说完又气哼哼地将头转向一边，一副不屑的表情，嘟哝道，"哼！还吹将马车一块买呢！你要买完，这马车我白送！"老爷子受人污辱，气得火直往上冒，心想，我还从来没被人如此小看过。此时，围观的人也都跟着起哄，似乎在指责他："你走吧！买不起别跟人家胡吹！"老爷子突然大声说："你说话可算数？"那长袍转过脸来，一脸不屑："你能买完，半价。车马我送给你。"老爷子说："行人（行读 háng，是指市场中负责买卖交易的中间人），你在，大家都在，吐出的吐沫不能舔起来。"那长袍说："君子一言，驷马难追！"他那不屑的脸还是扭向一边，连斜眼看一下对方都感觉掉价。

老爷子说："好！你这是多少芝麻？"那长袍说："不多，三千斤。"老爷子朝身后一招手："小三儿，拿钱来！"小三儿将一个沉甸甸的破布袋放到老爷子面前。老爷子说："行人，你是证人。这芝麻我还按原价付钱。他看不起人，但我不能欺负他。可这车马是他送的，我得要。我得用这马车把芝麻拉走。"说着一抖布袋，哗啦啦倒出一堆银圆。"行人，你查吧。留够芝麻钱，留够行用（方言。指给行人的佣金费用）。"那长袍一下子傻了眼，瞪大了眼睛，呆呆地说不出话来。行人蹲下来，数够三千斤芝麻的钱，又留了行用。"舌头"的老爷爷说："三儿，收起钱。赶车，咱走！"那长袍突然大哭起来："完了！完了！""舌头"的老爷爷坐上车，小三儿收好剩下的钱，抄起鞭子，一蹦坐到车辕后口袋上，又晃了晃腿："哎！借光借光！"马车开始动起来，围观的人纷纷让路。那长袍一下坐在地上，望着马车哭着说："我那马车比芝麻还值钱呢！""舌头"的老爷爷从口袋中掏出一块银圆，扔在地上说："郑老板，我再送你吃饭的钱。"马车走了，围观的人一齐轻轻摇着头，七嘴八舌地说着同一句话："真是'人不可貌相，海水不可斗量'啊！"

谁也想不到，家该败则出逆子，国该亡则出奸臣。张百利的老爷爷一生积攒的那么大的家业，竟被张百利的爷爷几年毁掉了。"舌头"的爷爷不知何时学会了抽大烟，烟瘾上来，痛苦难忍，爹不给钱，他就去上吊。一个独生子，仗着他传宗接代哪！怎能让他死了？他死了，这万贯家财留给谁？老人只有认了。过了几年，"舌头"的老爷爷得了痨病，不能干农活，也不能磨油了，身体日渐消瘦，后来则卧床不起。"舌头"的爷爷以给爹看病为名，今儿卖几亩地，明儿卖几亩地，慢慢地好地卖完了，又卖了牛马，眼见家产就要卖尽，此时"舌头"的奶奶生下了张百利的爹，老人看到有了孙子，张家又有了后人，甚是高兴，但看到家业即将败尽，预感再这样下去，孙子也难养活，张家就要断了香火。于是老人咬咬牙，做出了一个决定。一天，他倒了两杯酒，将一包砒霜倒在两个酒杯中，他把儿子叫到跟前，说："儿啊！我的病是治不好了。你陪爹再喝一杯酒，也算尽孝了。我死了你也不用大操大办，给下代留点家业吧。"说着端起酒杯，递给儿子一杯，爷俩碰杯一饮而尽。中秋将至，在其他人享受花好月圆之时，张家同时抬出了两口棺材。

张百利的奶奶靠着丈夫还没来得及卖完的百十亩薄地将儿子拉把（方言。拉扯的意思）大，又给儿子娶了媳妇，生下了张百利也就是"舌头"。张百利的老奶奶临死前立下家训："子孙后代，凡吸大烟者，死！以免后患。"家中出了这一桩惨事加之奶奶遗训，所以张百利的爹一生从不沾大烟。张百利十多岁时，青峰镇一带普种大烟。到了大烟收获季节，人们用刀子在烟果上斜着划上几刀，那斜划的刀痕处便流出雪白汁液。下午，那雪白的汁液便成了黑色的烟膏。人们再用刀片把那烟膏刮下来，便成了大烟。此时会抽烟的人便抹一点点烟膏放在烟锅中，点燃了抽起来，便会有一股清香散出。一天张百利抽了两口孙龙腾抹有烟膏的旱烟，不知怎么被爹知道了，他爹扒掉他的裤子，在屁股上用树条足足抽了三十多下，下下见血，两个屁股蛋被打得血肉模糊，张百利在床上趴着睡了二十多天。从此，"舌头"再也不敢沾一点大烟。"舌头"毕竟是个独苗，三代单传的独苗，爹娘把他当作心头肉，除大烟这条外，他要星星爹娘能给他摘个月亮，地里活从不让他干，家里活都是娘干，他除了吃就是玩，十七八岁了还不知锅滚馍熟，不分稷黍。物以类聚，人以群分。不知何时，"舌头"与孙龙腾成了好友，在酒场上有孙龙腾必有"舌头"，在赌场上有"舌头"也必有孙龙腾。

孙龙腾卖完了房，又卖了老婆，赌博没了本，吸大烟没了钱，山穷水尽无路可走。犯起烟瘾，他只能难受得在地上打滚。"舌头"与孙龙腾毕竟是好友，看着孙龙腾的样子，他心里也很不是滋味。于是他就劝孙龙腾："忍忍吧！忍了也许能戒掉烟瘾。"孙龙腾"扑通"跪在"舌头"面前，哭着说："'舌头'，你救救我吧！""舌头"说："我咋救你？"孙龙腾说："你先借我点钱，日后我加倍还你。""舌头"说："我能去哪儿弄钱？我爹给我娶媳妇得盖房子，那梁头还没钱买哪！"孙龙腾苦苦哀求道："别管咋说，你先给我弄俩烟泡来中不？"

"舌头"看孙龙腾难受得实在可怜，就跑出去不知在哪里弄来一坨酒盅大的烟膏，孙龙腾急忙颤抖着手点燃烟灯，贪恋地吸了几口。不一会儿，孙龙腾止住了难受，他闭目养神片刻，睁开眼说："'舌头'，在我孙龙腾走投无路之时，你能这样待我，比我亲哥还亲。日后我如有出头之日，我吃一只鸡保证少不了你一个大腿。"

"舌头"笑笑说："龙腾哥，我不求吃你的鸡大腿，我只求你把烟戒了。你想想，要不是吸大烟，你恁多家业，在咱青峰镇也是数得着的户。如今你自己看看，人家要饭的还有一个屋，你看你，连个屋也没有，到了冬天你咋过？再说了，如今谁都看不起你！你亲哥那里都借不来一斗粮，亲戚邻居都躲着你走，你这样人不人鬼不鬼地活着有啥意思？人活一张脸，树活一张皮。你再不听劝，今后我也不来了！"

孙龙腾躺在草堆上，听着好友掏心掏肺的劝说，眼泪不觉流了下来。这时，去哥哥家借粮借钱，去亲戚邻居家借钱遭到的冷遇，看到的白眼一幕幕呈现在眼前。哥哥说："狗还知道看家护院，可你……家业你糟蹋完，媳妇你都卖了，你还是个人吗？你活着干啥？"姨表嫂说："你就是个无底洞，啥时候能填满？

你借的钱借的粮，啥时候能还？从今往后，你别再来了，俺也没你这个亲戚。咱断往（指断绝来往）！"张富贵说："我抓把粮食喂鸡，鸡还能给我下个蛋，我借给你，还不如扔进坑里，扔坑里我还能听个响。"孙龙腾越想越感觉无路可走，眼泪无休止地流下来。许久，他咬咬牙说："'舌头'，我戒烟！我戒烟！求你每天给我送点剩馍剩饭的。我要死了，闯不过这一关，就算你给我烧纸了。我不死，将来咱还是好兄弟。"

孙龙腾靠着毅力，靠着拼命的精神去戒烟了。难受得实在受不了的时候，他就用锥子扎自己的大腿，腿疼起来，犯烟瘾的难受劲就减轻了许多。"舌头"每天给他送点吃的，放下就走。他害怕孙龙腾再反悔，他不忍看孙龙腾难受的情形，更不忍看孙龙腾自残的行为。

二十多天过去，孙龙腾没死，却脱了一层皮。好在他终于把烟瘾戒掉了。

第 28 章　无　奈

　　家家都有一本难念的经。穷人家有难念的经，富人家也有难念的经。孙龙跃听了郭大志的点拨，改行做了粮食生意。也许该孙龙跃转运，青峰镇一带连续三年风调雨顺，东部平原的庄稼连年丰收。孙龙跃在西厢房南侧的那片空地建了一个粮仓。富户丰收了要卖粮换钱，买地盖房，穷人尽管粮不多，但遇到头疼脑热、婚丧嫁娶、添箱（民俗，亲戚或者族人的孩子结婚，要去送衣物、被褥或者金钱，称为添箱）给礼也得卖粮换钱。孙龙跃收了粮，先存进粮仓，然后西卖大青山的山民，南走江淮调济鱼米之乡的口食。三四年过去，孙龙跃有了积蓄，又买了一百多亩好地，日子又逐渐回到以前的光景。

　　让孙龙跃真正大发粮财是一个偶然的机会。那年场光地净之后，孙龙跃进古城去探看粮食行情，想把存粮运到古城卖个好价钱，因为城里人吃粮全靠购买。那天他正在粮市溜达，突然肩头被狠狠拍了一下，他惊讶地回头一看，只见一个头戴大檐帽的军人正看着他微笑，定睛一看，呀！这不是黄三表哥吗？孙龙跃说："你不在大青山干啦？"黄三说："早不干了！自那回你给的那单生意没干成，又伤了几个兄弟，黑三不再相信我，还处处刁难我。一气之下，我便离开黑风口投了军。"孙龙跃看着黄三的一身穿戴说道："看来表哥当官啦？"黄三笑笑说："官不大，就是个军需。""军需是个啥官？"孙龙跃问。黄三说："是专为部队上买粮、买菜、买草料及军需用品的官。"孙龙跃一听，心中大喜，这不是碰到财神爷了？他立即把黄三拉到一个酒馆，二人一边喝酒，孙龙跃一边说出了自己的想法："你们队伍上的粮食我全供应，这不省了你的心吗？"黄三端着酒杯思忖一下说："要是这样，表弟不就发大财了吗？可是……"孙龙跃举着筷子等听下文。可黄三迟迟没说出"可是"后面的话，却两眼盯着孙龙跃，似乎在等孙龙跃说下面的话。孙龙跃在商场上摸爬滚打十几年，脑子转得也比较快，稍一思索，他明白了，说："噢，我明白！赚了钱，还能没您的酒喝？"黄三咧嘴笑了一下还是没接话，依然望着孙龙跃的脸。孙龙跃明白，这是黄三想要他咬个牙印（方言。就是给个承诺）。孙龙跃眉头微皱一下后，爽快地说：

"这样吧，赚了钱，你我二八分成。"黄三笑着微微摇摇头。孙龙跃立马又说："三七！给你三成。"黄三思索一下，说道："实不相瞒，人家都是四六。唉！三七就三七吧。你不知道，我们这一个团，一天就要一千多斤粮食，一个月就是四五万斤。你说你可以赚多少钱？一年下来呢？"孙龙跃在心里盘算了一下，这一个月也顶他一年赚的，如果再做些手脚……经过一番盘算，他又改了口，说："四六就四六。"自此，孙龙跃在青峰镇大批收粮，收了粮就送到黄三的队伍上。孙龙跃为了多赚钱，送粮前就让人往粮食里掺些水或沙土。黄三则按略高于市场的价格付钱，赚了钱孙龙跃则给黄三分四成。

生意一做大，用的人就多。杏花就对丈夫说："龙腾的烟也戒了，你这里又忙不过来，就让龙腾来给你打个下手吧。"孙龙跃心里却不放心，狗能改得了吃屎吗？杏花说："龙腾也怪可怜的，吃没吃的，住没住的。亲兄弟，咱不帮谁帮？"毕竟骨肉血亲，孙龙跃思索一下后说："叫他来粮行管事儿我不放心，就叫他下乡收粮吧。先给他一些本钱，收了粮，缴粮行，按价收他的。"

浪子回头金不换。吃尽了没吃没喝、挨饿受冻的苦，方知能吃上饱饭的幸福。孙龙腾很勤快，每天天不明就推上独轮车，走乡串镇，赶集赶会，天黑后便推一车粮回到青峰镇，缴到哥哥的粮行。哥哥过秤后，给他个差价。他吃喝略有剩余。后来他见哥哥往粮里掺糠使水，他也依计而行。每天收粮回来，先回自己的那半间破屋，关上那扇木棍做成的门，将粮食倒在地上，泼上几瓢水，再撒上几把沙土，拌匀了再装进口袋，然后送到哥哥的粮行。这样他每天就可以多赚些钱，慢慢地就有了些积蓄。其实，孙龙跃对弟弟往粮里掺糠使水的事儿也有所觉察，但他睁一只眼闭一只眼，心想他只要有吃有喝能正混也省得自己操心。好多俗语都是真理，孙龙腾一有吃有喝，便"温饱思淫欲"。30多岁，正是如狼似虎的年龄，没有女人，他常常按捺不住心里的冲动和寂寞，于是他就隔三岔五地进城到妓院去一趟。妓院是个让人神魂颠倒忘乎所以的地方，玩了女人又架不住诱惑，不知不觉又吸上了大烟。毒品这东西，戒掉后再上瘾就一发而不可收拾了。慢慢地，孙龙腾赚的钱又收不抵支了。

孙龙跃做生意一帆风顺，赚得盆满钵满，人人羡慕。可二弟孙龙腾的事让他很烦恼。不管他吧，是亲兄弟；管他吧，又黄鼠狼吃刺猬无从下嘴。无奈之时，他又添了一件烦心事。大儿子在城里读书很有长进，表兄捎信说子昌明年考大学很有希望。按老百姓的话说他该唱着过，可是他高兴不起来。原因是二儿子孙子盛太不让人省心，吃喝花毁他倒不在乎，家里有钱，可这小子就是不好好读书，与二弟孙龙腾一样，一念书就说头疼，三天两头逃学。不进学堂不说，还常和人打架，导致赵先生几次来家里告状。孙龙跃也曾想把他送到城里去读书，可他娘杏花就是不同意。一是将子昌送去本来就已经给人家添了不少麻烦，再将子盛送去，不太合适；二是做娘的疼小儿子，不忍心让他也离开家。孙龙跃想想也是这个理儿。于是，为防止子盛学坏，也为了安抚赵先生，他就三天两头往学堂里跑。

青峰镇的老学堂坐落在镇东青峰山脚下，南临东西大街，西靠南北官道。学堂坐北朝南，三间正房，两间西厢，皆青石砌墙，麦草缮顶。正房为学堂，西厢房为先生斋寝之所。院中立一石碑，曰："功德碑"。正面刻有建学堂捐献者的姓名及所捐钱物数量。功德碑上第一个名字是沈大有，名后写着捐银三百五十两，其余名下写有捐银三五两或捐银七八两或檩条若干根或麦草若干斤等。沈大有者，乃沈润章爷爷的祖爷爷，他一生走南闯北做生意，见多识广，52岁那年，他辞商不做，回到青峰镇，决定要在镇上办一所学堂。他说，一个地方没有学堂则不出人才，没有人才则无以振兴。他把平生积攒的三百五十两白银全用来买石料木料，可学堂建到一半工程钱已用完。虽然又卖了六十亩地可还是无济于事。于是他请来镇上各姓头面人物商量，请求大家施以援手，众人自然一致响应，有钱者出钱，有物者捐物，无钱无物者帮工。众人拾柴火焰高，学堂终于建成了。沈大有又请人刻了一块"功德碑"，正面刻上捐献者姓名及出工者姓名，背面刻着建学堂的经过。学堂落成典礼的那天，全镇人都来了，沈大有讲了一番激动人心的话语，他说："咱这千年古镇，西靠大青山，东临大平原，是块风水宝地，可为什么不出名商大贾、达官贵人？皆因咱没学堂。我在江南一带做生意，听一位老先生说过这样一句话，他说无教不兴。江南为何富庶？因为那里镇镇有学堂，村村有私塾。人有学问才会变聪明，做生意获大利者是有学问的人，做官登龙廷者还是有学问的人。为了让我们青峰镇的子孙后代有出息，我想起办这个学堂，今后全镇无论何族何姓，是穷是富，都可以把孩子送来念书。读古今圣贤之书，育经纶济世之才，这就是我一生的愿望。"自此以后，青峰镇如千年冰封的河川遇到了春阳，冰川开化了，长出了草木，长出了大树。后来，沈大有的孙子考中了举人，还做了大官。青峰镇的第一座楼"清风楼"就是沈举人盖的。

学堂的赵先生名叫赵世举，字殿卿，是本镇赵姓人，自幼在青峰镇学堂读书，虽学富五车，但也许是时运不济，屡试未中，于是便在青峰镇学堂教书。他严尊孔夫子"有教无类"之言，凡学堂学子，无论穷富，无高低贵贱，平等对待，皆严以管教。尽管人人都望子成龙，可由于多数人家生计维艰，难以付得起束脩，不能让孩子读书。学堂里的学子只有十多人。赵先生教了一辈子书，最让他操心生气的就是孙家子弟。上一代出了个孙龙腾，纯是个学混子；这一代又出了个孙子盛，读书不怎么样，可调皮捣蛋却花样百出，还整天和人打架。最让他省心的是沈青山和沈青河，让背的书能及时背会，让写的字工工整整、一丝不苟。每次背书写字青山青河都会受到赵先生的表扬，而孙子盛则每次都要挨戒尺。孙子盛挨了打，不敢对先生怎样，只会嫉妒他的同桌沈青河，认为他挨打是由于比沈青河差，于是二人常常造架（方言。发生冲突）。一次孙子盛为报复先生和沈青河，他想了个点子，用青河写过的大字纸包了一个死老鼠放在了赵先生的锅里。赵先生发现后，用戒尺把沈青河狠狠打了一顿，手面都打肿了，可沈青河始终没有承认，直喊："先生你冤枉我了！"后来，一个姓张的学生告诉先生说，那老鼠是孙子盛放的，他亲眼看见的。赵先生很后悔，先到清风楼向沈少松和沈润章说了赔情的话，又到孙家下了通牒，说这个学生他不再教了。孙子盛挨了他爹一顿揍之后，心里更加忌恨沈青河，他认为是沈青河控告了他。读书记不住，大字写不好，先生嫌弃他，学堂又有对头，本来就对上学没兴趣的他，就更加厌学了，于是经常逃学。他带着几个孙姓没上学的同龄孩子整天下地偷个瓜，爬树偷个梨。一天，沈青山和沈青河在学堂写大字下学晚了，天黑才离开学堂，走到离家不远的地方，发现孙子盛带领几个孩子正用石块往清风楼上砸，他二人过去便跟那几个孩子理论，孙子盛说："这楼本来就是盖在俺家地上，我就得砸！"沈青河也是个得理不饶人的主，三说两说就打了起来。孙子盛自小打架惯了，遇事不怯场，又见对方只有青山和青河两个人，他们五六个人便一并扑过来。可青山和青河不怕，因为他俩自小就白天上学夜里习武，还从没派上过用场。三招五式之后，孙子盛和他的五六个同伴便被打趴在地。孙子盛不服，爬起来又向青河扑去，青河闪身躲过，顺势双手一推，孙子盛来了个猪拱地。他爬起来又扑向青河，又被青河蹲身一个扫堂腿打倒在地。如此三番，孙子盛也没近了青河的身，反而被连连弄倒。这时他才感到自己不是青河的对手，他再也不敢打下去，可心里依然不服，他爬起来，拍拍身上的泥土，气哼哼地说："哼！总有一天我要把这清风楼烧掉！"

本该唱着过的孙龙跃，却因二弟龙腾和二儿子子盛的事终日让他一筹莫展。这怨啥？最终他还是想到了风水上，清风楼……

第29章 祈 雨

春雨贵如油。青山17岁那年，只有二月初二那天下了场小雨，一直持续到三月底，仍是滴雨未下。麦子过了"四叶齐"，正是抽穗要雨的时候，可老天却吊了起来，就是不下雨。人们心急如焚，天天望着天空，盼望天上能起云彩，下场大雨，就是下场小雨也好，可是老天似乎故意跟人作对，天天风和日丽，不见云影。所以，虽不逢年过节，不少人家还是给老天爷烧香上供，祈求老天爷能下场透地雨。

田野里的麦子有的开始抽穗了，可抽出的穗大多是干的。那本应该绿油油的麦叶如今都枯黄了半截。上午日头毒的时候，叶子都耷拉下来。眼看即将绝收，许多村庄都自发地组织起祈雨活动，烧香、祷告、磕头、许愿，可都无济于事。

一穗二穗，一月上囤。再过个把月麦子就该收了，可进入了四月，天上还是不见云影，麦田里一片枯黄。穷人家种些大麦，指望早收个十天半个月，全家人能早几天接续上口粮，可大麦地里举着的不是绿油油的希望，而是枯黄的干穗。

人们在用尽了求雨的法子，祷告磨破了嘴皮也无济于事之后，只能用寡妇扫坑的法子啦。

"十二寡妇扫坑"是民间最隆重、最灵验的祈雨活动。据老辈人说，这法子最灵验，十扫九下的。可这法子极少用，不到迫不得已是不会组织这种活动的。因为寡妇本来就命苦，谁也不愿意再在她们心灵的伤口上撒把盐，让她们抛头露面，让她们在大庭广众之下展示她们痛苦的伤疤。

九个族长在大青河边的大柳树下提出这个方案之后，大家都沉默了。谁去动员组织这十二个寡妇？尽管在青峰镇找出十二个寡妇并不难。那时，男人死了，女人不兴改嫁，大多从一而终。女人命苦，寡妇命更苦。没了男人，本来就觉得低人一等，说话都低头敛目，唯恐招惹是非，她们的脸面比命都重要。谁去找她们？谁敢去找她们？在族长们抽了一袋又一袋烟，沉默了半晌之后，他们终于提出了一个办法，先找一个寡妇，再让这个人去动员其他寡妇。可谁出头去找第一个寡妇？族长们又沉默了，谁也不愿去担这个风险。也许一张口就会被冷言回绝，或是招来一顿臭骂。又沉默了许久之后，沈润章站了起来，说："我试试吧。"

他决定先去找许琳娘。他之所以先去找许琳娘，这是埋藏在他心中的一个秘密，一个从未说出口也不能说出口的秘密。在许琳爹出事的那年，灵芝娘得病死了。刚刚二十出头的男人，况且是伤家（方言。指死了妻子）的男人，对女人的渴望那是不能用语言言说的，远远超过没结过婚的童男子。亲戚邻居也曾张罗给他说过几家，可都因为有个孩子灵芝而没成。谁家的闺女也不愿意一过门就应娘（方言。当或做的意思），再婚的事便搁置了下来。许琳娘自从丈夫死后更是如跌入了冰窟冷窑。人们受"女人从一而终"的观点影响，谁也不敢去给许琳娘提再婚的事。一个女人的青春在孤独中煎熬，这是只有寡妇才能体会到的痛苦。毕竟同镇而居，这对孤男寡女也常见面。沈润章买个刀剪锹镰要去许家铁匠炉，许琳娘买个油盐酱醋要去清风楼。二人在交往中虽然什么也不说，但在深郁的目光交流中透出的惺惺相惜之意彼此都能体会得到。开始他们买卖东西相互让些钱，后来就暗中相互接济。许家缺粮了，沈润章就会弄点粮米偷偷放在许家门前，可从不进许家。沈润章鞋袜破了，许琳娘就会在傍晚时将夜里偷偷做好的鞋袜趁去清风楼买油盐时装作无意丢在店中。有情人心有灵犀，谁也不说一句话，心里却明明白白清清楚楚。待灵芝和许琳两个孩子长大成人，沈润章心里决定，要请人从中说合，与许琳娘成亲。可天不遂人愿，话还没说出口，便遭陷害进了大狱。四年出来，两个孩子都到了谈婚论嫁的年龄，沈润章感觉在孩子面前没法再张口。许琳娘苦苦等待多年，等待着沈润章张口说话或托人提亲，可那愿望和期盼如一颗星星高高地悬在天空，成了可望而不可即的梦想。尽管如此，二人的心是相通的，你心中有我，我心中有你。

去找许琳娘，晚上不能去，晚上一个男人去一个寡妇家招惹口舌。午饭后，沈润章走进了许家。许家地处许家胡同最南端大青河的北岸。许家没院墙，三间堂屋，一间西屋，西屋是灶，靠河岸有一间几乎坍塌殆尽的破屋，那是堆放柴草的地方。铁匠炉支在西屋南山。许琳娘正在锻造镰刀。她见沈润章走来，眯笑一下放下手中的活计，拉出一条长凳子示意沈润章坐下，又掂出燎壶给沈润章倒了一碗凉开水。沈润章手端水碗，望着许琳娘的眼睛说："我今儿来……"许琳娘立刻接过话来："你别说了！我明白。求雨的事就放到明天吧！"沈润章心里很激动，这真叫心有灵犀不点也通啊！接着，许琳娘提出一个至关重要的问题："那脱衣裳的事？……"女人的隐私就是躯体，除了儿时父母能见到，四五岁以后就成了神圣的秘密，永远藏在衣帛之下。寡妇的躯体就更是不能呈现的圣物了。要她们在大庭广众之下脱光衣裳，简直就是要她们的命。沈润章沉默了，让寡妇们扫坑已经是揭了她们心灵的伤疤，撕了她们的脸皮，伤了她们的自尊，再让她们脱光衣服……沈润章思考问题只会反过来想，如果是自己，或者是自己的亲人，会让她们脱光衣服吗？更何况许琳娘还是自己心中的女人。他沉默许久，犹豫许久，恨自己许久，怎么犯浑接下这差事？但事已至此，只有走下去，为了广大黎民百姓，他把烟袋嘴狠狠咬了一下，说："这样吧，只脱上衣，你看……"

许琳娘泪水盈满了眼眶。她看着心中的人，说道："润章哥，为了你，我脱！"

扫坑仪式是在大青河南的一个漫洼里举行的。这是一个洼坑，是天然形成的。雨水季节，这片洼地蓄满了水，周边芦苇丛生，灌木茂密。酷暑盛夏，男人们干活累了、热了，都会在芦苇灌木丛中脱光衣服，扑进水中洗个痛快，洗去汗水、洗去暑热之后，再钻进芦苇灌木丛中穿上衣服去干活。如今这洼坑里没有一滴水，坑底是横七竖八的地裂纹，只有坑边还长着一些半死不活的灌木和芦苇。

为了感动上苍，全镇男女老少都来了，七八百人站在坑北面的庄稼地里，那地上的庄稼早已旱死，只剩白花花一片枯白。烈日炎炎，汗流如注，百姓抱着虔诚的信念站在野地任烈日暴晒，没一个人说话。沈润章和几个族长抬着一张供桌，上面摆放着三牲供品和香炉、香纸，来到坑的北面。那香案本该放在坑的边沿，可沈润章指挥着让香案靠后，再靠后，直到香案离坑边丈余后，他才说："放下吧。"他让香案远离坑边是为了让人们看不到这十二个寡妇的样子，为了这些苦命女人的脸面，也为了自己心中对许琳娘的那份情。

香案摆好，沈润章让所有的人都退到香案后，然后大声喊道："扫坑仪式正式开始！"在一阵鞭炮声中，沈润章双手高擎点燃的高香深深一揖，再将高香插进香炉，撩衣跪在地上，他身后的男女老少也都一齐跪在了地上。

许琳娘带领其他十一位寡妇走下坑，走进灌木丛，她们拿起带来的扫帚，跟着许琳娘一下一下扫了起来。顿时，干涸的坑底荡起一阵烟尘。

沈润章长跪不起，百姓也都长跪不起。沈润章抬头看那坑面上空的烟尘散尽了，然后起身，又深深一揖。待人们站起身，十二位寡妇已从坑中走到香案前，扔下手中的扫帚，齐刷刷地跪下磕头行礼。

第 30 章　粮！粮！

不知怎么回事，是老天爷睡着了还是喝醉了，尽管人间家家求雨，村村扫坑，可老天依旧烈日高悬，硬是不下一滴雨。

本来有存粮者只是凤毛麟角，大多数人家三春难度，糠菜树叶糊口，只盼麦子结籽黄芒，好靠青麦接济春荒，保命活人。可老天就是吊着，连寡妇们也没感动上苍，人们绝望了，许多人家只好变卖家产买粮度日，可粮价天天见涨。

孙龙跃是个有心人，一看三个月老天滴雨未下，他就搬出那布满灰尘的老县志，县志记载：六十年前，"九月余未雨，稼禾枯，山泉竭。夏秋绝收。草根树皮食尽，鸡鸭猪羊几绝"。孙龙跃想，六十年，是一个花甲轮回，今年可能又是大旱之年。只有二月二那天滴了几滴雨，地皮未湿，进入三月滴雨未下，麦子分蘖不够，许多小股已枯死，不绝收也注定大减产。民间缺粮，这是他发大财的机会。祈雨那天，大家都跪在地上祈祷老天快下雨，可他心中祈祷的却是千万别下雨，若再有三个月不下雨，我给您上猪羊大供。看罢县志，他心里有了新的盘算：储粮不卖，待价而沽。黄三来了，催购军粮，他推托说收不到，让黄三另想门路。缺粮人多，市场粮少，粮价也一天一涨。孙龙跃喜出望外，这下孙家要大发了。且说沈少松一家，土地虽有几十亩，但多是沙地，除了种些菜蔬和棉花之类，产的粮食还不够家用，平时都是靠生意上赚点钱买粮弥缺。青山青河都已长成大小伙子，饭量也大，全家人都是大人，吃粮就多。没进入四月，一家人便全靠买粮度日。但眼下粮价天天见涨，沈润章和少松也十分着急。原来的积蓄已被前几年那场瘟疫耗尽，这几年虽赚些钱，但买了二十多亩地，已所剩无几。前几天买了几十斤谷子，几家邻居都来借。灵芝说："咱有一碗吃的也不能看着人家的孩子饿死。"于是就东家一瓢，西家两碗，很快谷子就被借光了。

家里没了隔夜粮，灵芝就从丈夫少松那个狼皮褡裢中摸索许久摸出两块大洋交给青河去集市买粮。可青河到集市一看，都是掯着布袋买粮的，没有卖粮的。青河便随着买粮的人流来到孙家粮行，只见那粮行门前围了很多人，都是买粮的。门外立一木牌，牌上贴一红纸，纸上写着粮价：谷子一块大洋10斤，小麦一块大洋6斤，豆子一块大洋6斤，小米一块大洋6斤。买粮人一边等候，一边摇头自语："太贵了！太贵了！"

徐石匠也在买粮的队伍里，他说："年前我给孩子她娘看病，卖给他们100斤麦子才给三块。"尽管一个个都摇头说"太贵"，但人们还是交了钱，买回一瓢两瓢粮食，快快离去。

青河等了许久，总算排到前面，他正要交钱买粮，突然孙子盛出现在门前："不卖了！不卖了！"青河和众多买粮者呆在了原地。孙子盛收了瓢斗和秤就要关门，沈青河和那些买粮者着急了。青河说："明明还有粮，为啥不卖？"

孙子盛趾高气扬地回答："俺想卖就卖！不卖也不犯法！"

青河和几个买粮人上前不让孙子盛关门。孙子盛无奈，只好回到店里和他爹孙龙跃商量对策。

不一会儿，孙子盛走出来将门外写着粮价的木板搬回屋里。停了一会儿，他又把木板搬了出来，可木板上的粮价却变了，只见上面写着："谷子一块大洋6斤，小麦一块大洋4斤，豆子一块大洋4斤，红芋干一块大洋6斤。"

买粮的人呆了，目光齐刷刷地注视着木板上的字。

青河见此，火气"噌"地上来了，大声说："不行！你们这是欺负人！"

孙子盛说："咋欺负人了？"

青河说："为啥临到我你就涨价？"

孙子盛不屑地说："你以为你是谁？你跟人家一样。爱买不买，不买就滚！别耽误我做生意！"

沈青河是个暴脾气。人们都说，一家兄弟几个，脾气各不相同，一般老大比较稳重，老二比较活络，老三则脾气孬，敢说敢做，虽讲义气，但办事不计后果，据说大多是这样。所以这一带，只要是老三，大多人都叫他"孬三儿"，从来没有叫"孬二"的。其实沈青河不是老二，是老三。在青山两岁时，灵芝又生了一个儿子，七天就死了，民间说是"七（脐）疯"。过了两年，灵芝又生下了第三个儿子，就是沈青河，所以沈青河的脾气性格就是"孬三儿"的脾气性格。

沈青河一听孙子盛如此蛮横还出口骂人，气冲脑门，抓起一个簸箕就砸了过去。

孙子盛架胳膊挡住，大叫："打人啦！打人啦！"

孙龙跃从里面走出来，被孙子盛挡飞的簸箕正好砸在了他的身上，孙龙跃气愤地大骂道："浑蛋！你还敢打人？"说着就抄起那杆称粮的大秤朝青河打来。

青河闪身躲过，秤杆打在桌子上，断为两截。

孙家父子二人一齐扑向沈青河，买粮的人立即散开了。这时从里面又出来几个在店里帮忙的孙家近门，一齐扑上来。青河见四五个人一齐向他扑来，他一边后退，一边煞了一下腰中的大带。孙家人已经知道青河的厉害，他们只是跟逼，没人敢贸然出手。青河煞好腰带，已退到街上，他站住了，孙家人也站住了。青河微笑一下说："你们仗着人多欺负人？好！来吧！"他一勾手，表示让他们上来打。

孙子盛经不住这一激，他一挥手说："都给我上！"于是孙家那四五个人一齐扑向沈青河。只见青河脚下左腾右挪，双手几伸几缩，孙家那四五个人便都倒在了地上，虽然孙龙跃站在旁边，但是青河却没打他。

孙龙跃见此情形，怒火中烧，双目喷火，转身拿起靠墙的一把木锨，朝青河打去。

青河并不还手，只是闪身躲过，他说："你年纪大，我不跟你打。"

孙龙跃见打不到青河，只好借坡下驴，说道："你小子等着瞧！关门关门！"

那几个年轻人害怕继续打下去自己吃亏，本来就躺的躺、坐的坐，不愿起来再打，闻听孙龙跃叫关门，都急忙爬起来去关店门。

店门关上了，买粮的人只好望门兴叹："太缺德了！只顾自己发财，不管别人死活！"

第31章 卖 楼

田野里的麦子到出齐穗的时节，庄稼全旱死了。茫茫大平原一片枯白，只有旷野间的一两棵大树才显出一点绿意。大青河边的榆树、桑树、柳树都举着光秃秃的枝条挺立在阳光下，树叶全被吃光了。秋地因没下雨也都没种上庄稼。野地里到处是寻找野菜的人，能吃的野菜刚一出土就被人连根挖去了，只有浑身长满刺的"七七芽"没人挖。后来，"七七芽"也被人挖光了。

涝灾一条线，旱灾一大片。这时，路上出现逃荒的人，开始是三五成群，后来就人流如涌。人们有的抱着孩子，有的挑着担子，担子两头一头一个箩筐，筐里坐着孩子或放着铺盖卷。年龄大的拄着木棍，年轻的背着行李。牵着孩子走路的人，几乎是拖着拽着。扶着老人走路的人几乎是一点一点往前挪。逃荒的队伍向南匆匆行进。

慢慢地，路边出现了饿死病死的老人和孩子，他们的亲人也无力掩埋，只是一步三回头地流着泪离开了亲人的遗体。

空气中弥漫着令人恶心的尸臭。

家里没了隔夜粮，沈润章对灵芝说："灵芝啊！家里还有多少钱？"

"不多了。买了那二十亩地，剩点钱也被人东借西借的，这年头，只有来借的，没有来还的。"

沈润章长叹一声："唉！全镇除了孙家都在挨饿，谁还能还得起债！"

灵芝掬出那个钱褡裢，用手摸了摸，说："总共还不到十块钱。就这，一天两顿糊涂也喝不了半个月。"

沈润章说："都拿出来吧，顾命要紧，饿死了人要钱有啥用？"

灵芝长叹一声说："唉！青山、青河都大了，我本指望再攒些钱，给青山、青河说媳妇呢，谁知遇到这年成！"

这时沈少松提着一个口袋走进门来，口袋里只有半袋东西。灵芝说："两块大洋就买了这些糠谷子？"

沈少松说："这能买着就不错了。刚才我看见一个要饭的，用一对银手镯才换了两个馍。"

沈青河回来了，一进门就说："学堂后边又死了俩人。"

人都麻木了。以前，听说哪里死人大家都感到新鲜，现在听说死了人一点都不感觉新鲜，也没有了以往的争相寻问、探听和议论。

沈润章对青河说："你去和你哥把那谷子磨了。"

"少松，咱俩去把那儿死的人埋埋。"沈润章又说。

灵芝说："去吧。那些饿死的人够可怜的，别再让他们暴尸荒野，狗吃猫嚼的。人死了，入土为安，咱做点好事吧。"

沈少松和沈润章各自扛一把铁锨走了出去。那天他们埋了七具尸体。

早饭时，灵芝熬了半锅粥，那粥糠面混合，又稀又粗糙。

青河喝了一口，咂咂嘴说："真难喝！"

"能有这口粥喝，也饿不死人。"灵芝说。

沈少松说："唉！埋那老头时，我都不忍心看，那嘴里还有一团破棉絮。"

沈润章说："那是饿得实在走不动了，就撕了被子去吃，没咽完就死了。"

灵芝将一块糠面锅巴递给沈润章："爹，给你。"

沈润章接了，一掰两半，递给青山一半，递给青河一半："你俩吃吧，都正在长身体。"

青山和青河拿在手里，看着三位长辈只喝汤，不忍心吃，又各自掰开几块，分别放进三位长辈碗里。

灵芝用筷子夹起那饼，放进丈夫沈少松碗里。沈少松又夹起要放进沈润章碗里，沈润章用筷子止住了少松，说："你多吃点吧！还有几个死人没埋呢。"

清风楼没生意了。人们把猪羊鸡鸭能吃的全吃了，猪皮羊皮燎了毛也全吃了。皮货行早关了门，日杂店除了盐还有人买一些，其余的啥也没人买。店里没了生意，不再进钱，家底也花完了。

沈灵芝端着仅剩的半瓢面说："爹，明儿就没吃的了，咋办？"

青山说："把那驴杀了吧！"

沈润章瞪圆了眼："啥？杀驴？"

灵芝说："卖也不值钱。杀了，咱全家还能撑几天。"

"不行！"沈润章语气决绝，"如果下了雨，全指它干活呢。杀了它，今后地里活咋干？"

沈灵芝也为难了，她想不出办法。

这时，少松说："我带两个孩子去逃荒吧！"

"唉！人常说涝灾一条线，旱灾一大片。谁知走多远才能没有灾，出去了就能活命？”沈润章说。

灵芝说：“爹说的话有道理，你爷仨走了，我和爹咋办？”

沈润章深思良久终于慢吞吞地说出了他最不愿意说的那句话：“把清风楼卖了吧！”

灵芝有点惊讶地说：“啥？卖清风楼？你宁愿蹲四年冤狱都没卖，这时卖清风楼？”

沈润章又吸口烟说：“卖吧！都饿死了要清风楼干啥？”

最终，全家达成了一致意见，决定卖掉清风楼。可这年景，大多数人自身难保，谁还去置房产？一家人在一起琢磨了半天，在青峰镇只有一家能买得起，就是孙龙跃家。可沈润章表示坚决不卖给孙家，他孙家为夺这清风楼孬点子想尽，差点没把咱沈家人置于死地，饿死也不卖给他！灵芝理解父亲的感情，说："咱沈家和孙家为这清风楼斗了几代，爹宁愿坐牢都没卖，这时咱怎么能去找他！"

少松说："许德林也买不起，有闲钱他都置了地。听说他为了买孙龙腾河南那百十亩好地，把存粮都卖完了，如今也在为一家人的吃饭发愁。前天我见他也掂个口袋去孙家粮行买粮食。"

灵芝说："张富贵家呢？"少松如梦初醒："噢！……张富贵兴许能买得起。"

于是沈润章找来了刘天福，说明了要卖清风楼的意思，刘天福长叹了一声说："唉！我知道，卖这清风楼也是你割肝割肺的事，可眼下又有啥法子，还是保命要紧。可这卖给谁去？孙家能买得起，可你们两家是世仇。"

沈润章说："张富贵呢？"

刘天福"噢"了一声说："我去问问。"

沈润章说："给他说明，只要粮不要钱。"

刘天福说："你打算要多少斤粮食？"

沈润章说："两千斤麦子吧。"

刘天福颇感吃惊："两千斤麦？你蹲大狱时，孙家给两千大洋你都不卖，这会儿只卖两千斤麦？"

沈润章叹口气说："保命要紧！"他心里也在盘算，一千斤谁能拿得出？要多了，卖不出去也是枉然。

刘天福找到张富贵，说明了来意。张富贵掐指算了半天，说："我买不起。"

刘天福说："你不是有粮吗？"

张富贵说："有点粮，可买了清风楼全家都得挨饿。"

"你买不起就算了。"刘天福说着起身就要走。

张富贵又说:"你给沈润章说说,一千斤麦。"

刘天福摇摇头说:"说不成!那清风楼,搁平时一万斤麦你也买不了。"

"此一时彼一时嘛!不然,我再加五十斤!"张富贵说。

刘天福说:"我说说看吧。"

沈家要卖清风楼的消息很快在青峰镇传开。孙龙跃听说沈家要卖清风楼,立刻来了精神。他找到"舌头"张百利,说:"你去说说,我买。"

"舌头"说:"难说成,如果我是沈家,也不会卖给你。"

"你说成了,我给你一斗粮食。"孙龙跃说。

"舌头"家也已断顿,吃野草吃得腿肿得老粗。一听孙龙跃给一斗粮食,于是说:"我去看看吧。"

"舌头"到了沈家,正好听到刘天福对沈润章说张富贵想买清风楼的事。

沈润章低着头琢磨半天说道:"一千斤?太少了。不能卖。"

"舌头"接话道:"一千斤麦?亏得张富贵能说得出口。真是个'老鳖一'。就这风水宝地,搁平时做生意,一年净赚一两千斤麦子也不止。"

沈润章长叹一声说:"唉!人饿死了,值个金山也没用。你去给张富贵说,他再涨点儿,我再降点儿,一千六百斤。"

刘天福说:"润章哥,我看还是别卖了。过了这道坎,拿十倍的价也换不回。"

沈润章说:"我也不舍得卖啊!可这道坎过不去啊!灵芝、少松腿都肿了。青山走着走着都趴倒了。我不能守着清风楼一家人都饿死啊!"说着泪水流了下来。

刘天福说:"我家孩子他娘也快不中了。光吃树叶,马上连树叶也没有了。"

"舌头"说:"我看谁给的粮多卖给谁吧。"

刘天福说:"还有谁能多给?"

"舌头"说:"你要是愿意卖给孙家,我去说。"

沈润章问:"他能给多少?"

"舌头"说:"我说说看。孙家做梦都想弄到清风楼,再说他家有的是粮食。"

沈润章思索一下之后,下了决心:"你去吧!我和你天福叔在这儿等你。"

"舌头"来到孙家,对孙龙跃说:"沈家是想卖清风楼。"

孙龙跃问:"他要多少钱?"

"不要钱,要粮食。""舌头"说。

孙龙跃问:"要多少粮食?"

"舌头"说:"两千斤麦子。"

孙龙跃思索着说："两千斤麦子？太贵了。"两千斤麦他倒是有，可他想再压压价。

"舌头"说："你还嫌贵？搁平时，两万斤他也不卖。那清风楼可是块风水宝地。"

孙龙跃心里盘算着，没说话。

"舌头"说："这可是百年不遇的机会。你想，不是遇到这灾年，给再多的钱他也不会卖。"

孙龙跃的媳妇杏花端上来一碗面条，香喷喷的气味直往"舌头"鼻子里钻。他好多天没吃过面条了，口水不自觉地流了出来，他多想杏花能再端一碗给他，可杏花没再端来。

孙龙跃低头吃了起来，一边吃一边琢磨压价的事。

"舌头"涎水溢满了口腔，他咽了下去，可肚子"咕咕"直叫。他有点等不得了，他心里有点烦，又有点气，孙龙跃两口子太小气了，吃饭连让也不让一下。他又咽口涎水站了起来，转身要走。

孙龙跃抬起了头，说："能不能再降点儿？"

"舌头"说："张富贵恐怕正准备粮食呢。叫他卖给张富贵吧。""舌头"转身就走。

孙龙跃说："你先别走！"他又犹豫了一下，立马下了决心，"好！我给他一千二百斤，但不能全是小麦，六百斤麦子，六百斤杂粮。"

"舌头"说："我去说说看。"

沈润章和刘天福在等待着"舌头"的消息。

灵芝回来了，竹篮盛着半篮桑叶，她脸上挂满了泪水。

沈润章见灵芝流泪，问："咋啦，灵芝？"

"二大娘饿死了。"

刘天福说："听说东凹饿死十来个人了。"

灵芝说："咱镇上加上二大娘就死十二个人了。"

正说着，"舌头"张百利兴致勃勃地走了进来，一进门他就说："成了成了。"

沈灵芝问："啥成了？"

"舌头"说："卖清风楼的事成了。"

灵芝转向沈润章："爹，你真要把清风楼卖了？"

沈润章说："总不能看着一家都饿死。你看这天，一直不下雨，秋庄稼种不上，一年都绝收了。不卖清风楼咱咋活过这一关？"

灵芝扭过脸抹去脸上的泪水。她不忍心卖清风楼，爹蹲大狱，几个人劝他卖楼花钱消灾，爹都没吐口，清风楼是祖业，也是爹的命啊！

"舌头"说："孙龙跃同意了。可他只给一千二百斤，一半麦子一半杂粮。你看咋样？"

沈润章咬咬牙说："就这样吧。天福你起草个契约。"

夜里，沈润章、孙龙跃、刘天福、张百利四人聚集在清风楼的二楼客厅，四人都在契约上签了字、画了押。契约一式四份，买卖双方和中间人各一份。

沈润章手持那契约，看着上面的黑字红手印，那苍老的面颊上，流下两行泪水，他哽咽着说："我对不起祖宗啊！……"

刘天福和"舌头"张百利扶着流泪的沈润章走出客厅，走出清风楼，沈润章又回头看了一眼清风楼，那高高挑起的四角上的风铃正发出微弱的叮咚声。那声音像垂死的人发出的最后呢喃，显得有气无力，如泣如诉。

孙龙跃走出客厅，站在走廊上，手扶油漆光滑的明柱，望着天空的一轮明月，长长地出了一口气，心里在喊："清风楼啊！你总算姓孙啦！"

此时，明月下的荒野里，不时传来几声撕心裂肺的哭叫声。

第32章 落 难

有了粮，沈灵芝马上盛了两瓢倒在那盘红石磨上，抱着磨棍推了起来，可是她已经几天没吃什么东西了，一点劲儿也没有，她非常吃力地转动着那盘石磨，可没转三圈，就已大汗淋漓。这真应了那句俗语：人是铁，饭是钢，一顿不吃饿得慌。做了两个糠菜窝头，她也舍不得吃，上有父亲，下有孩子，中间有干活出力的丈夫，她每顿只喝一碗能照见人影的糠菜糊涂充饥，稀汤不经饿，尿了一泡，就又前胸贴后背了，哪有劲儿推得动磨。她歇了三歇，出了一身汗水，磨盘上总算落下了一圈碎麦片，她用笤帚扫到瓢里，急忙端到灶房点火煮粥。锅里一翻花，她就急忙盛到碗里。

断粮之后，沈灵芝总是让青山和青河早早睡下，她总是说人是一盘磨，睡倒就不饿。后来青山才体会到这话是哄孩子的，真饿狠了是睡不着的，肚皮贴到后脊梁，肠子老是在肚里拧着疼，那是一种让人难忍的疼痛，虽不是刀割似的疼，也不是钻心的疼，但那隐隐的疼却让人翻来覆去，难以入睡。实在睡不着了，青山总是叫上青河，摸黑爬上门外那棵老榆树的最高枝头，将几把榆叶。下面能够着的榆叶早将光了。上面之所以还有榆叶，是因为母亲不让将，怕枝高有危险。几把榆叶塞进嘴里，他二人才能睡着。

饿猫鼻子尖。青山和青河在朦胧中闻到了饭香，那香味很诱人，直往肚里钻，这更让人难以忍受肠子的搅动。青河定定神，掐一下自己的大腿，疼，这不是做梦。他一骨碌爬起来："哥！快起！"青山也清醒了，他静下神，他不仅闻到了饭香，还听到了锅碗的响声。他二人急匆匆地跑进灶房，见母亲正往碗中盛饭，他二人喜上眉梢，一齐将手伸向盛好的碗。

灵芝佯装生气地打一下青河的手，说："没规矩！你爷爷和你爹还没吃，你俩咋能先端碗？"

青山反应很快，笑着对娘说："我是端了准备给爷爷送去！"

"我端碗给爹送去。"青河也急忙说。

灵芝笑了："这还差不多！"

青山和青河每人端一碗稠稠的麦片粥送到沈润章的房间，见父亲和爷爷正坐在方桌边，相对无言，默默抽烟。他二人放下碗就匆匆赶回灶房，各自端起碗，急急地喝起来。

"别急！别烫着了！"灵芝看着两个孩子贪吃的样子，眼里盈满了泪水。

他二人也许是太饿了，三口两口一碗粥便没有了。二人又争抢着勺子盛了第二碗，又几口喝得见了碗底。他二人还没喝饱，还想再盛。灵芝说："别再喝了！你爷爷和你爹还没喝第二碗哪！"青山和青河看看锅里所剩不多，只好去舔自己碗中所剩的饭渣。

其实沈灵芝是怕两个孩子撑坏了。她知道，人饿狠了就会忘了饥饱，容易撑坏肠胃。街西的老赵头，几天没吃饭，他闺女不知从哪儿弄来一篮子红芋渣饼，他用火烧烧，一下吃了七个，又喝下两碗水，结果到天黑就撑死了。

沈灵芝喝了一碗，本想再盛一碗，她看看锅里，里面还有两碗多，拿起勺子又放下了。她来到堂屋，见桌上的两碗粥还是满满的，爹和丈夫还在低着头默默抽烟。她说："你俩快喝吧，锅里还有。"

沈润章抬起头，脸颊上流着两行泪水。他喃喃地说："没想到啊！清风楼还是落在了孙家手里。"泪水流经他那苍老的脸，顺着他那花白的胡子滴落下来。

沈少松说："爹！别难过了，也许这是天意。"他想安慰一下老人。

沈灵芝也说："保命要紧，人饿死了，留这清风楼有啥用？白白落到人家手里，还不如救了咱一家人。"

沈润章点点头说："也是这个理。只是这祖传的基业我没保住，觉得惭愧。"

沈灵芝端碗，递到老人手中说："快吃吧！多少天没吃一碗像样的饭啦。"她示意沈少松端起碗，意思是沈少松一吃饭，老人就会吃了。于是沈少松端起碗喝了起来。沈润章接过碗，也慢慢吃起来。这时外面传来一个女人悲哀的哭泣声和一个男人的哭叫声："爹、爹……"

沈润章听着那哭声，似乎无所动，但他越喝越慢，后来他停住了，呆呆地看着碗中的粥。

沈少松也停下了，他发现老人似乎有什么心事，问道："爹，你有啥事？"

老人抬起头说："少松啊！灵芝你也在这儿，我想这些粮食除了保住咱的命外，咱也不能看着乡亲都饿死。咱不能像孙家那样为富不仁。"

沈灵芝笑着说："刚喝一碗糊涂，咱就成富人啦？"

沈润章说："咱虽不富，可有粮了，总饿不死了。"

沈灵芝说："谁知天会吊到啥时候！这眼看都到夏至了，天还不下雨，秋庄稼再种不上，这一年就彻底绝收了，饿死人才是个头。"

"爹想咋办？"沈少松望着沈润章的脸说。

沈润章说："我想把麦子换成谷子或红芋干，一斤能换一斤半，这些粮食就变成了一千五百斤。咱再省着点，只喝稀的不吃稠的，保住命就中。咱每天拿出十斤面熬粥，施舍给讨荒的人，一天十斤，十天一百斤，一百天一千斤。如老天爷能让种上秋庄稼，三个月咱能接续上，也能救活不少人。"

沈少松和沈灵芝思索一下说："中！"

沈润章说："咱做善事不求别的，只求老天保佑让两个孩子平平安安。"

有了粥喝，青山和青河也就有劲儿了。沈灵芝让他们二人专门推磨，她罗面。沈少松和沈润章二人在大门外垒上几块坯，将那口杀猪锅支上，里面添上水。沈少松将劈柴点燃烧开了水，搅上面，不一会儿熬好一锅粥。沈少松便手持水瓢盛了粥分给前来讨饭的人。

从门前路过的讨饭人，个个衣衫褴褛，面黄肌瘦，手里拄着棍子，有气无力地从北方的官道走过来，来到清风楼前，见有施粥的，个个来了精神，急忙走过来，掏出沾满灰土的碗。沈少松就给他们盛上一碗粥。他们一边喝一边千恩万谢地说："好人啊！好人！愿老天爷保佑您！"

这时一个男人边喝边说："北边儿又死一个，可惜啊，还没走到这里就死了。要是能走到这儿，喝碗粥，也许死不了。"

另一个女人说："唉！那闺女真叫人可怜，硬是用手挖坑要埋她娘，那手啊……"她流着泪说不下去了。

那个男人说："我看，埋了她娘，她也很难走到这里。俺是一路过来的，她都四天没吃到一口饭了，就昨天找了一把野菜吃了。唉！她娘饿死了，她也撑不了两天，只可惜，十七八岁的姑娘！"

沈灵芝急忙问："离这儿有多远？"

那男人说："挺近的。"

"我去看看。"沈灵芝说着，回屋拿了一个瓦罐，盛了两碗粥，掂起瓦罐向镇北走去。

南北官道上，艰难地行走着许多逃荒的人。出镇不远的路边，只见一个扎着两个长辫子的姑娘跪在地上，用手挖着土坑，她挖得很慢，一下一下地，似乎没一点儿劲儿，十指上凝着鲜红的血，灰头土脸，两道泪痕如两条干涸的溪流，也许泪流尽了。她身旁是饿死在地的母亲。她就那样旁若无人地有一下没一下地挖着。

沈灵芝走到她身边，她似乎没发觉，还是那样挖呀挖呀。

"姑娘，别挖了。"沈灵芝说着蹲下来，看看那姑娘两手的指头都流着血，不由得泪水流了下来。

那姑娘突然晕倒了，头枕在她死去的母亲的胳膊上。沈灵芝急忙扶她坐起，一手揽住她上身，一手端起瓦罐喂她喝稀粥。姑娘只是晕过去，粥到嘴边她还知道下咽。几口粥喝下，她睁开了眼，见自己躺在一个女人怀里，那人在喂她粥，她说："我不是在做梦吧？""不是做梦！你喝吧。"沈灵芝继续喂她。她的泪水流了下来。她从沈灵芝怀里挣扎着坐起来，看了沈灵芝一眼，转身跪在地上，鸡叨米似的给沈灵芝磕头。

沈灵芝急忙拉住她说："姑娘，把这些粥喝完！"

姑娘抽泣着说不出话："谢、谢、谢谢您！"

这时青山也赶了过来。

姑娘喝完了粥。沈灵芝说："闺女，走吧！"

那姑娘又哭了，她说："我要把俺娘埋了。"

青山说："你走吧！一会儿我拿把铁锨来，把你娘埋了。"

那姑娘看着面前这个与她年龄相近的男子，趴在地上又给青山磕了个头："谢谢大哥！"

沈灵芝和青山扶那姑娘站起来，可是她刚一迈步，两腿一软又跪在了地上。

那姑娘泪又流了下来，她说："我不能走了，刚才扭伤了脚，就让我跟我娘死一块吧。"她跪在娘的尸体边大哭起来，"娘啊！你等等我，咱娘俩一块死吧！"

姑娘的话一下让沈灵芝和青山的泪流了下来。

"姑娘，别想不开。你还年轻，你死了，今后谁给你娘上坟烧纸？"灵芝劝说道。

姑娘哭着说："我的脚不能走了，再说走到哪里才能活命啊！我要是死在其他地方，还不如死在这儿和我娘做伴！"

沈灵芝说："这样吧姑娘，你先住我家，脚好了再走。"

姑娘说："你们也是自身难保，我去了，怎么好给您再添麻烦？"

"放心吧姑娘！俺只要有一口吃的，就不会让你饿死。"

那姑娘趴在地上大声号哭起来："娘啊……"

沈灵芝示意青山："来！青山，背着她。"

青山听话地弓下腰，沈灵芝把那姑娘扶到青山背上。姑娘哭着说："我要是能活下来，一辈子当牛做马也要报答您一家的恩情！"

第33章　寡妇的孤独夜

当沈家将两大锅粥施舍完，天已经完全黑了。一家人吃过饭，少松和灵芝便带着青山青河去了磨房，去磨明天准备煮粥的面。沈润章将那口煮粥的大锅刷干净，搬进院里，他坐了下来，拿过烟袋，装上烟丝，想抽两袋烟，缓解一下一天的疲劳。他刚打着火，突然想起一个人，那就是许琳娘。几天没见许琳娘了，她还有吃的吗？想到许琳娘，沈润章感到很愧疚。许琳娘对他有意，他心里很清楚。原本想灵芝长大了，懂事了，他就把许琳娘娶过来，结束二人孤男寡女的痛苦生活，没想到他一进监狱就是四年。四年间，许琳娘对灵芝的照顾他从灵芝口中都一一知晓。他心里感谢这个话语不多但心地善良的女人。后来的日子里发生了太多的事，许琳的婚事、灵芝的婚事、生意上的事、与孙家的仇怨，使他没顾得上考虑自己与许琳娘的事。这一耽搁便十多年过去了。那场瘟疫，使许琳娘失去了唯一的女儿，许琳娘的日子更苦了。他虽也时常偷偷接济她，但二人心中的美好愿景却始终未能了却。他心里很愧疚，偶尔二人目光相对时，他总能从许琳娘的目光中读到许多他心中明白的心思，那孤苦无奈的目光里没有丝毫怨恨，只有孤独的苦痛、期盼和渴望。二人心中的意愿虽都未用语言表达出来，但都心知肚明。

几天来，镇上许多人家都端着盆罐来盛粥，许琳娘咋没来？他心中有一种隐隐的痛。他打着火，只抽两口烟，便用鞋底熄灭了。他要去看看许琳娘，这个让他牵挂了十几年的孤独女人。他掂起半袋谷面，那是今天煮粥剩下的面，走出大门。

天热得很。她睡在那张木板床上，如睡在一片火炉中间，空气似乎在燃烧一般，只觉得身上黏糊糊的，衣服贴在皮肤上，很不舒服。她翻了个身，用手扯扯后背上的衣服，那衣服与皮肤一脱离，感觉好受了许多，可还是睡不着，脸像是对着一堆火，热烘烘的，几只蚊子也来捣乱，不时地落在脸上叮一口。她用那烂了边的破蒲扇挥打一下，蚊子飞了，过一会儿又在耳边"嗡嗡"地叫，叫得人心烦。她只好有一下没一下地挥动蒲扇驱打它们。睡不着，不只是因为燥热难耐，也不只是因为蚊子的叮咬，更重要的是肚里难受。那难受说不清是什么滋味，隐隐作痛，让人难以忍受。她已经两天没吃到粮食了，还是前天煮了一把桑叶，半生不熟就塞进了肚里，如今桑叶也找不到了，能吃的树叶全被人们捋光了。耳畔不时传来几声有气无力的哭泣，她知道那是谁家又死人了。一种恐惧感笼罩着她，她感觉死神在向她逼近。

许琳娘睡不着。湿漉漉的衣服黏在身上，难受得很。她挣扎着起了床，感觉肚子瘪瘪的，浑身没一点儿劲儿。她想到院里去睡，也许屋外会凉快些。她没点灯，灯里早没了油。几个月来她都是摸黑过。她伸出双手摸索着，她知道那领小箔就放在南窗下，那小箔还是许琳爹在世时织的。她摸到那小箔，夹在腋下，拖出门，放在打铁炉边，展开来，无力地将身体放上去。屋外比屋里凉快多了，她感觉舒服了些。不一会儿，她便晕晕乎乎睡着了。

她进入梦乡，梦见了丈夫。那是在野地里，麦子已经黄芒，许琳爹在麦地边的高粱地里锄地，高粱已经长到腿肚深，绿油油的。她走近丈夫，叫着"许琳爹"，许琳爹没答应。她心里有点生气，离这么近，还不至于听不到她的叫声。她又叫一声，丈夫还是没答应，她心里更气了。两口子往往都是这样，一个性格刚强，一个就会柔弱一点。大多数家庭是男的刚强女的柔弱，可他们则相反，许琳娘生来就刚直果敢，脾气直爽暴躁，而许琳爹则话语不多，二人抢锤打铁，许琳娘若不说话，许琳爹有时一晌也不说一句话，只是把力气用到抢锤上。许琳娘有点生气，伸手就拽了许琳爹一把，许琳爹转过身，她一下子惊得"啊"了一声，只见许琳爹满脸是血，脸色青紫。许琳娘被吓醒了。

满天星斗，弯月如镰。原来是一个梦。她长叹一声，不由得打了个激灵。她想起丈夫遇难时的情形，那青紫的脸上凝结着血污，这个从来天不怕地不怕神不怕鬼不怕的女人害怕了，难道是丈夫的魂回来了？在那寂寞的深夜，在那死神笼罩的夜晚，她确实害怕了。她坐起身，向四周看了一眼，什么都没有，就连往日的蛙鸣鸟叫也没有。她坐在那里待了一会儿，感觉比刚才凉快多了。她用手理了理头发。听老一辈人讲，人在害怕的时候，头皮发麻，头发也会直起来一些，这时用手理几下头发，那恐惧感就会消失。身上那激灵的感觉、头发直立的感觉没有了，一切又恢复了正常。她坐在那里长叹一声："唉！"丈夫如果有灵魂那才好，她可以跟他说说话，即使跟他去她也不怕，死了就不难受了。

身上不黏了，凉快多了，可蚊子却多起来，耳边一片"嗡嗡"声。她又想到屋里睡，屋里蚊子少。

她站起身，没搬那箔。谁也不会偷它。她摸索着走进屋，摸到床边，她躺下去，感到背下有什么东西，她用手一摸，是个布袋，里面软软的，这时她闻到了面香。她立刻明白了，是沈润章来了。她很高兴，又有些生气。沈润章只会这样，给她送些米面总是偷偷来，悄悄去，从不跟她打照面。她又叹了口气，他太胆小了。不过她也非常理解他，寡妇门前是非多，他怕给她添口舌，怕她有了是非伤了她的脸面。她心里感觉到一丝甜蜜。二人虽没结合，但彼此心里都有对方。

她把那半袋面抱在怀里，像抱着日思夜想的心上人，抱了许久，想了许多。人家都去清风楼盛粥，她没去，她怕在沈润章面前丢人，她怎能到心上人那里去乞讨？她拉不下来脸。

她抱着那面袋甜蜜了许久，最后她用袖子抹去了脸上幸福甜蜜的泪水，起身走到锅前，摸索着找到火镰、火石和纸煤，凭感觉和经验"嚓嚓"两下便打着了火。她凭着火煤微弱的光，从水缸里舀了一瓢水倒进锅里，又吹燃纸煤点燃了柴火塞进锅底下，总算有吃的了！

青峰镇 QING FENG ZHEN …… 第33章 寡妇的孤独夜

第 34 章 绝 望

　　一家人推磨的推磨，烧粥的烧粥，施粥的施粥，忙活一天，直到太阳落山，一家人才收拾锅碗瓢盆，准备吃饭。沈灵芝刚盛上碗，"舌头"来了，"舌头"到沈家从来不客气，自己拉条凳子坐下，就打开了话匣子："您知道二喜不?""舌头"说。

　　沈润章说："不是孙龙跃家的大领吗?"

　　"是啊，按辈分，孙龙跃该叫他叔呢。要不是我，这会儿他都上了望乡台了。"

　　"咋啦?"

　　"舌头"说："这麦不用收，秋又不能种，地里没有活，孙龙跃就想让二喜走。二喜14岁就在孙家当大领，一直没娶上媳妇，家里连个锅灶都没有，离开孙家他咋生活? 二喜不愿意走。孙家一家人吃油卷、吃面条，给他单做，一天还只做两顿，一顿一个糠窝窝，一碗四个眼的糊涂。孙二喜吃不饱，就偷吃了牲口料，那牲口料是炒黄豆，香。这事被孙龙跃撞见了，把二喜骂了一顿，骂他是小偷，骂他是贼。孙二喜是老实人，脸皮薄，觉得丢人，一气之下就要上吊。恰巧我去玩，碰见二喜把绳子刚套在脖子上，就被我救下了。要不是碰见我，他真该到望乡台了。"

　　灵芝又盛了一碗粥，放在"舌头"面前，"舌头"急忙捧在手上说："嫂子，我就不客气了。"说着就急忙喝了两口，"真香! 真香!"

　　"那粮吃完了?"灵芝问。

　　"舌头"说："别提了。你给我二十斤谷子，刚到家，我舅就来了，说我姥姥快饿死了，那粮就分给了我舅一半。这不，三天就没了。"他又两口喝完碗中的粥，抬起头说，"真不好意思! 我想再借点粮食，等过了这饥荒，我加倍还。"

　　沈灵芝说："别说客气话，回来再掂点回去，可别吃硬的，喝碗粥保住命就中。"

　　"舌头"点点头："那是那是!"

沈润章一边喝糊涂，一边问：“听说徐石匠的儿子死了？”

“舌头”长叹一声：“真可惜！单门独户，就这么一个儿子也死了。”

沈灵芝说：“前天徐石匠来借粮，借给他了，咋还能死人？”

“舌头”说：“就是那天的事，徐石匠在这儿借了粮还没到家，儿子就死了。”

沈润章放下碗：“咋恁快？”

“舌头”说：“徐石匠不是有个闺女吗？”

灵芝说：“叫小芳。和青河一般大，都属马。”

“舌头”说：“上午，小芳刮了块榆树皮，烧了两碗榆皮粥。那孩子饿，没等粥凉端起来就喝。谁知那榆皮粥黏得很，像胶一样不断头，小孩子一下子全喝进了肚里，烫得他在地上直打滚，等徐石匠在这里借了粮回到家，他儿子已经断气了。”

灵芝听了，先是惊讶，而后泪水流了下来。“真可惜！十三四了，还就这一根独苗。”说着端个撒子（盛粮的工具，圆形似斗，也是一种量具，一撒子粮食约十五斤）走出门去。

沈润章长叹一声：“唉！这老天爷要是再有两个月不下雨，这都要饿得人吃人了。”

沈灵芝气愤地说：“孙龙跃真缺德！”说着，将盛粮的撒子放到“舌头”面前。

沈润章吧嗒几口烟，慢慢地说：“唉！饥饿生歹心啊！徐石匠活着也不容易。明天啊，少松给他送两瓢面去。外乡人咱都帮，乡邻乡亲的也不能看着他饿死。”

沈少松气愤地说：“这样的人不值得同情！”

沈灵芝说：“唉！咋说他也是一个人啊！”灵芝心软，语气中带着同情。

“舌头”把盛谷子的撒子往跟前拉拉，感慨地说：“您一家人都是好人啊！”

灵芝说：“你拿口袋了吗？”

“舌头”从怀里掏出一个布袋，不好意思地说：“带着呢。”“舌头”虽话头多，不干活，可很要脸面。卖清风楼的那天灵芝已给了他一撒子粮食，这次来怕失了脸面，所以口袋揣在了怀里，借给就掏出口袋，不借给就装作不是专门来借粮，脸面好看些。沈少松端起撒子将谷子倒进“舌头”的布袋。

沈灵芝说：“‘舌头’啊！可省着点儿吃，保住命就中。”

“舌头”长叹一声说：“唉！两个多月都没吃过馍了。”说着，将那粮袋抱在怀里，走出了沈家。他没走东西大街，他要绕过孙龙腾门前。他知道若碰到孙龙腾，这些粮就难以保全。自从孙龙腾这次又抽大烟，"舌头"对孙龙腾感情就淡了许多，虽也偶尔去找孙龙腾玩，但也只是聊聊天，再也不似以前那样同情他、可怜他、帮助他，见孙龙腾烟瘾上来他就走，再不帮他弄炮儿弄吃的。

马瘦毛长，人穷志短。孙龙腾帮哥哥收粮食赚了点钱，本该攒些钱，好好过日子，谁知贼见不了月黑头，一见大烟就又抽了起来。家业殆尽，又遇上这大灾之年，居无屋，食无粮，他真到了山穷水尽的地步。这几天他浑身燥热，两眼通红，加之睡在草窝里，又浑身长满疥疮，刺痒难忍。痒起来入骨，他就用两只又黑又瘦鸡爪似的手使劲抓挠，可越挠越痒，越痒越想挠，直到抓破了皮，挠出了血，不痒了，才觉得痛快，可肚子又饿了。这时他才后悔，如果不卖媳妇，也许还能给他弄点吃的。可事到如今，有钱也买不到后悔药呀！他想哭，小时候日子多好过啊，有吃有穿，虽然爹有时也打他骂他，可他从来没受过这样的罪。肚子饿到肠子拧在了一起，这时他才体会到穷人常说的一句话："肠子拧绳"是什么滋味。这时他多想吃碗面条啊！那面条筋道，拌着葱花，上面漂着香油。他的口水流了下来。这时他又恨起哥哥，家里存了那么多粮食，也不说给自己点。之前去借了两回，一回只给一瓢，还要看他冷脸，听他捣过（方言。批评，数落的意思）。穷在闹市无人问，富在深山有远亲。以前他不懂这话的道理，如今懂了。什么亲兄弟，亲兄弟连他家的狗也不如。那天他去借粮，哥哥见他进来，理也不理，只与子盛低着头吃他的葱花油卷。那油卷油光光的，散发着葱油香，他急得嗓子里要伸出手来，可哥哥让也不让他。子盛吃饱了，打了个香喷喷的嗝，他手里还有半块油卷。他见子盛不想吃了，他想侄子总得让让他，可子盛看也不看他一眼。这时黄黄过来了，黄黄是哥哥养的一条看家狗，子盛便扬手将那块油卷扔给了黄黄。他心想，真可惜，那油卷如果给他，他会一口吞下去。他转脸看看条几上的馍筐，馍筐里还有油卷，被笼布盖着，笼布上浸着油渍。他太想吃一块了，可哥哥和子盛却不让他。人家不让，没法张口要，脸面值千斤。待哥哥吃完饭了，用手抹了一下油乎乎的嘴，才说："他娘，去给二弟弄瓢面。"嫂子杏花不一会儿进来了，只端了半瓢面说："二弟，就这些面了。你先端着吧。"

孙龙腾接过面，心里却有点气，没面了，咋可能？西厢房一屋子粮食，有牲口，有磨，咋会没面？可他不得不低头，人穷志不短也不行。他快快地站起来，望着哥哥的脸，哀求着说："哥，再借我点粮食吧。"哥哥不耐烦地一摆手说："去吧，先吃着吧。"说着一边剔着牙一边走进了里间。

孙龙腾只好端着那半瓢面走出了哥哥家。出了大门，他又回头望了一眼那高高的门楼，这个他出生、长大的地方，如今似一头巨兽压在他心头。

孙龙腾会过日子了，半瓢面他吃了三天。当他又饿得肠子拧绳的时候，他把那瓢磕了几下，也没磕出面来，他见瓢里沾着白乎乎的面疙疤，就在瓢里盛上半瓢水，泡上半天，瓢上沾的面总算被泡了下来。他把那面水倒进锅里，又用手刮了刮瓢里的残余面渣，烧开了，盛了大半碗面汤，又吹又摇地喝下去，才感觉肚里好受了些。

一碗饭只挡一顿饥，何况那只是半碗面水。一泡尿之后，他又觉得肚皮贴到了后脊梁。他睡在草堆上，怎么也睡不着。他真的很怀念过去的日子。那时他有吃有穿有钱花，而此时他只感觉饿，只想吃点儿什么东西，哪怕两块红芋也好，可是哪里有什么吃的，这半间草窝已经不知翻了多少遍。突然，他听到墙脚的草堆下传来"吱吱"两声，老鼠，是老鼠，有吃的了。他急忙去扒，草堆下有一窝老鼠崽，一共四只，还没长毛，血红细嫩。他高兴地一把抓了过来，放在手掌里，小鼠崽"吱吱"地蠕动着，那几近透明的肚子瘪瘪的，看来它们也没奶吃。孙龙腾捧着四只小老鼠，嘴里轻轻念叨着走到灶前，放进锅里，又倒进一碗水，他看着小鼠们在水中挣扎了一阵不动了。老鼠啊！别恨我，我也不想害死你们，可是没办法，我不吃你们，我就要饿死了。他从盐罐里撮出几粒盐，放在锅里，然后盖上锅盖，点着柴火，续到灶中便烧起来。待锅盖周围刚刚冒出白色的蒸汽，他用鼻子吸一缕气，真香！他熄了火，掀开锅盖，急忙将四只小鼠崽盛在碗里，一筷子夹起一只，也不怕烫就塞进了嘴里。真香！原来这老鼠肉这么美味，他感觉比以往的炒鸡还要香许多。当他从炒鸡的回味中清醒过来，发现碗中已经空了。他还想再仔细品品那美味，可筷子在碗中搅了几趟，什么也没有了，他不知什么时候把其余三只也吞进了肚里。他咂咂嘴，有点不相信，可这里没别人，只能是自己吃了。他有点后悔，还没仔细品味怎么就没有了，真不过瘾。他呼呼两口喝下那大半碗老鼠汤顿时觉得肚里热热的，好受了许多。

富贵生淫心，饥饿生歹心。孙龙腾饿得无奈，想去沈家讨碗粥喝吧，他拉不下脸，两家毕竟是仇家，死也不能让沈家看不起。怎么办？饿得实在难受，他无力地将自己放倒在草棚下的那堆乱草上，可怎么也睡不着。他看着天空那一轮圆月，那月亮真像个烧饼，他想到那沾着芝麻的烧饼，被炭火烤得焦黄，吃到嘴里，又鲜又香，不知不觉地口水又流了出来。去哪里弄点吃的？树叶没有了，能吃的树皮也被人刮光了，地里连野菜根也刨不到了。想了许久，也没想出办法。最后，他决定去偷。这个富生富长的男人除了小时候在野地里偷过人家的瓜，像玩一样逮过人家的鸡，可真要去做贼，他却不知如何下手了。去偷谁家，沈家不能去，他怵青山青河兄弟俩。张富贵家也不行，那高大的院墙，他翻不过去，再说张富贵有钱就买地，有好地时没钱买，卖粮也要买地，他知道，张富贵家粮也不多了。想了一圈，也只有哥哥家有粮食。这时他想到了哥嫂那冰冷的脸色，去借点儿粮他们都不愿意借，还给脸色看。你不仁，也别怪我不义了。

夜过二更，青峰镇一片寂静，狗也不叫了，鸡也不啼了，都被饥饿的人们杀完了。这时孙龙腾突然想到全镇只有哥哥家还有条狗。孙龙腾将一个布袋系在腰间，用一条粗布巾围住鼻口，又将那把切菜刀揣在怀里，悄悄到哥哥家大门外，四周瞭望一下，没有任何动静。他轻轻走到门前，用手轻轻推一下大门，门在里面顶得死死的。他知道那门除了有门闩、门插板，还有一根顶棍，那棍有胳膊粗，是根桑股子（方言。树枝），呈"丫"形，夜里顶门，一下可顶住两扇门，下面扎在泥土里，十个人也推不开。怎么才能进去呢？他正无可奈何，突然，他看见大门南有棵歪脖枣树，小时候他常爬上去摘枣，那枣树有一根粗枝从墙头上伸进院里。秋天枣熟时节，在院里就可以摘到枣。于是他慢慢爬上树，从那粗枝上爬越墙头，两手抓住树枝将身体吊下去。谁知他双脚刚一着地，只听得"呜哇"一声，他右腿被咬住了，感到钻心的疼痛。这时他才想起来哥哥家的那条狗黄黄。

人们说"叫的狗不咬人，不叫的狗才最狠"。这时他才体会到偷牙狗的厉害。所谓"偷牙狗"就是先不叫唤，偷偷下嘴咬住之后才叫。孙龙腾疼痛难忍，他从怀里抽出切菜刀，向死咬住他的腿不放的黄黄狠劲一刀劈去，那狗惨叫一声跑走了。这时堂屋门呼啦一声打开了。只见哥哥孙龙跃和侄子孙子盛一人手持一根木棒向他扑来。他举刀挡住木棒，不料另一根木棒狠狠地打在他的腿上，孙龙腾一下子跪在了地上。孙龙跃一见贼人手中有刀，狠狠一棒打在孙龙腾的胳膊上。孙龙腾"哎哟"一声惨叫，切菜刀"当啷"落在地上，此时他感觉胳膊断了似的疼痛，他趴在地上哀求道："别打，是我！别打，是我！"那棒棍还是落在他身上。

"子盛，是我！"孙龙腾大喊。

"打的就是你！"孙龙跃又打下一棍。

孙子盛听出了这是二叔的声音，停住了手。孙龙跃还在挥舞着棍子乱打一气。

"爹，别打了！"孙子盛拉住了爹。

孙龙腾趴在地上直哼哼。这时杏花手端灯盏从屋内走出来："这是咋啦？"她用灯光一照地下趴着的人，吃惊地说，"这不是二弟吗？"

受伤的黄黄趴在西屋门外痛苦地呻吟着。孙龙跃接过灯，去看黄黄，只见黄黄满头是血，趴在地上不动。他走到孙龙腾跟前，将手中的棍子狠狠摔在地上，气愤地说："你还带着刀？想杀人是不是？滚！不争气的东西！"

孙龙腾艰难地爬起来，左手捂着右胳膊，一瘸一拐地回到自己的家，他感到腿上、背上、胳膊上都疼痛难忍。他用手摸摸被狗咬伤的腿肚，湿乎乎的，而且在流血。浑身疼痛，肚子又饿，他感到浑身无力。他哭了，他感到绝望，感到无路可走，感到丢人，他恨自己怎么就去做了小偷，他恨自己怎么还带了刀，这给哥哥留下了把柄，街坊邻居要知道他带着刀去哥哥家偷东西，一定会骂他禽兽不如，他再也无脸见人，绝望的泪、悔恨的泪流满了脸庞。他睡在草堆上，望着月光中那根支撑着这半间屋顶的檩条发呆。朦胧中他看见爹和娘的身影在眼前晃动，继而他又看见许琳牵着女儿的手也在这半间破屋中晃动。思前想后，他"哇"的一声大哭起来。

第二天，沈灵芝端了一瓢面走进孙龙腾那断壁残垣的院落，当她掀开那高粱秆遮挡的半间草窝的时候，一下子惊呆了，孙龙腾被一条灰不溜秋的布腰带吊在那根斜横在断墙上的檩子上，那青紫的舌头耷拉在下巴上，眼珠突出了眼眶，裤子掉在腿脖处，腿上几块青紫，黄黄的牙痕处留着已经干了的血。沈灵芝大叫一声跑了出来，那瓢面撒在地上，溅得一地雪白。

第35章 泪 别

　　沈灵芝和儿子青山救回的这个姑娘姓陈，叫凤仪，是东北乡人。说起东北乡，其实离青峰镇只有百多里。青峰镇的人总爱把百里之外的地方称为北乡、南乡、东乡。其实，这也有说法，镇上的人自古以来都称北边那条混水河以北为北乡，也因为习俗不同，混水河北的人说话有点"四啦四啦"不离嘴，"是"不念"是"念"四"，"是不是"说成"四不四"，"有事没事"说成"有四没四"。

　　传说有两个人打官司，甲方是富户，提前给县太爷送了礼，自然县太爷会偏袒甲方，当县太爷把惊堂木一拍，厉声喝问乙方："你说四不四四四。"其实他说的是："你说是不是事实。"乙方一听，觉得莫名其妙，心想，这大老爷问官司，怎么问起年龄了？可大老爷问话他又不敢不答，于是据实答道："大老爷，我不是40，我今年才38。"弄得哄堂大笑。青峰镇人称东乡，是指向东百里以外的地方。说来也巧，东边也有一条河，大青河就流入那条河。那条河很宽，据说那条河向南流入淮河，淮河又向东流，不知流向何处。那条河东被称为东乡。东乡归另一省管辖，风俗习惯也不一样。青峰镇人娶媳妇都是白天，笛子喇叭花轿迎亲；而东乡人娶媳妇都是在夜里，太阳落山后才迎娶。更不同的是死了人，青峰镇人都是上午殡埋，午时前棺材必须离家；而东乡则在夜间出殡，半夜子时起棺，天明太阳出来前要埋好。青峰镇人说的南乡则在二百里外。那里的风俗对青峰镇人来说都是笑话，甚至有点大逆不道。青峰镇人说，南乡是孔夫子没游到的地方。南乡称爹叫"大"，而叔伯则叫"爹"。

　　沈灵芝一听这姑娘叫陈凤仪，感觉这名字不是一般百姓家起的，便问其缘由，姑娘说起了她的身世。

　　陈凤仪出生在书香门第，原先家中有良田一百多亩。祖父陈钦礼自幼读书，"四书""五经"讲背如流，本想科举得中，光宗耀祖，可读书读到26岁，参加三次科举，均名落孙山。后来一闹革命，废除了科举制度，他不愿吃粮当兵，于是就在镇上一所学堂当了一位教书先生。不料凤仪十岁那年，爷爷陈钦礼得了一种怪病，身体日渐消瘦，肚腹则日渐膨大。陈凤仪的父亲为给老人治病，南里北里寻医问药，结果花尽了钱财，又卖掉了那一百多亩良田，还欠下了一屁股债，但老人还是不治而亡。陈凤仪的父亲陈玉中为还债也为养活妻女，就随人到南方去做生意，可一走七八年杳无音信。后来听自南乡返乡的老乡说，陈凤仪的父亲陈玉中当了兵，还做了什么官。

陈凤仪的母亲独自拉把女儿，靠着娘家的接济，辛苦度日。不料陈凤仪的母亲又得了病，凤仪为给母亲看病，又卖掉了仅有的二十亩青沙地。母亲的病刚好，又遇上了大旱灾，这真是"屋漏偏逢连夜雨，船迟又遇打头风"。家中没了隔夜粮，娘家也没有能力再接济，于是母亲便带着凤仪去南乡寻找丈夫。本想沿途乞讨不至于饿死，谁想到涝灾一条线，旱灾一大片，走了半个月也没走出旱区。大灾之年，家家都无隔夜粮。要饭不饱，娘俩就沿途挖些野菜充饥。后来野菜也挖不到了，母亲又旧病复发，连饿带病，没走到青峰镇，母亲就死在路旁，她又扭了脚。

沈灵芝请郎中给她诊治，郎中说脚脖处有骨头断了。伤筋动骨一百天，郎中说需要静养三个月才能走路。

多一个人就多一张嘴。沈灵芝本想三五天凤仪能走了就让她走，可这下难办了，总不能将她推出门外看着这姑娘饿死吧。灵芝一家人都是菩萨心肠，一商量，全家人都同意先让陈凤仪住下养伤，等伤好了再说。

再说陈凤仪这姑娘毕竟出身于书香门第，知书达礼，善解人意，还长得俊俏美丽。吃饭时，给她送来馍和汤，可她只喝一碗汤，从来不吃馍。让她吃馍，她总是说："我睡在床上又不动，我不饿。馍让青山哥吃吧。"其实她知道这一家人也不容易，卖了清风楼施舍面汤，救济穷人，自己一家人也是省吃俭用，以喝汤为主，只有天天推磨的青山和青河才能吃上一个窝头。她感觉自己已是万幸了，每顿都有一碗面汤喝，能保住命就是万福了。

几天过去，陈凤仪觉得在沈家白吃白喝，心里挺过意不去，于是说："给我点活干吧。"灵芝想想，也没啥活，就随手将一卷破布给了她。她量了青山和青河的鞋底之后，就坐在床上用那卷破布做了鞋底，又做鞋帮。几天以后，她将两双鞋交给了沈灵芝。沈灵芝拿在手里一看，非常高兴，那鞋底针脚又密又匀，那鞋帮的沿口针脚细密顺直，尤其是那两双鞋垫，中间还纳着三连环的滚轮钱和云形钩儿。沈灵芝一边端详一边直夸："凤仪的手真巧！你看这活做的，比我强多了！"凤仪不好意思地说："别夸了！还不知合脚不合脚哪。"这时青山回来了，沈灵芝急忙叫他穿上试试。青山穿上后，在地上走了走，高兴地说："正合适。"陈凤仪问："夹脚不？"青山说："不。大小胖瘦都正好。"陈凤仪也高兴地笑着说:"别脱了,穿着吧!"青山有点舍不得穿,说:"赶明儿走亲串邻再穿吧。"陈凤仪说:"别!穿着吧。看你那双鞋都烂了,别再穿了。"

陈凤仪给青山做的第二双鞋,青山只试了试,不舍得穿,就用一块旧布包起来放进了家中那个烟熏火燎似的老樟木箱子。那双鞋放了十多年,还是青山牺牲后凤仪给他放进了棺材。那双鞋"千层底",说"千层底"是指鞋底好几层,每层都白布沿边,整整齐齐地纳成一个鞋底。那鞋底上纳着五个滚轮钱,那滚轮钱一针挽一个疙瘩,滚轮钱凸出鞋底平面,走在地上,便留下五个圆钱印痕。那鞋口是双行线沿边,针脚匀直,那双鞋垫上用五彩丝线绣着两片碧绿的荷叶,荷叶下是一对戏水的鸳鸯,那鸳鸯白眼黑睛,如活的一般。沈灵芝说从未见过这么好的手艺。她拿着那双新鞋,看看鞋又看看凤仪,脸上堆满了欢喜和欣慰。

沈灵芝一辈子没生过闺女,只有青山和青河两个儿子,本来就渴望再生个女儿,可不知怎么回事自生了青河就没再生。看着人家的闺女她都羡慕得慌。如今来了个闺女,不仅面容俊俏,心灵手巧,而且还知书达礼,她甚是喜欢,她想认凤仪做干女儿,不想让凤仪离开这个家,这闺女要是能做沈家的媳妇多好啊!但是她没好意思张嘴。凤仪出身于书香门第,长得又漂亮,如果说出来,人家不同意怎么办?

再说青山,已年过十七,心中对女人已有了朦胧的渴望之意。两个多月的朝夕相处,青山对凤仪已有了爱慕之心。"窈窕淑女,君子好逑",爱美之心人皆有之,何况凤仪人长得漂亮,针线活又好,尤其是微微一笑,那明眸皓齿,更是令他心动不已。凤仪来到沈家,沈灵芝为方便照顾她,就让凤仪跟她住一屋,沈少松则住到沈润章老人那屋。青山与青河住一屋。自青山心中有了朦胧的爱意,就常到母亲灵芝那屋去,没事也要找个理由去,心里就是想看看凤仪,或与她说几句话。每当做好了饭,青山给沈润章和父亲那屋送去后,就到灵芝那屋给凤仪送去,天天如此,顿顿如此。沈灵芝看在眼里,心中也就有了数,感觉青山可能是爱上了凤仪。一天,灵芝一边做饭一边问正在烧锅的少松:"你看凤仪这闺女咋样?"沈少松有点莫名其妙地说:"啥咋样?""给咱做儿媳妇咋样?"沈少松一边往灶下续柴一边说:"别胡说!人家是落难之人,住在咱家,咱可不能做出不仁不义之事!"灵芝说:"你没看见,青山对凤仪可有那意思!""有意思也不行!人家能同意吗?人家不同意,咱要先说出来,不是难为人家吗?答应吧,不乐意。不答应吧,人家觉得咱对她有恩,不好推辞。强扭的瓜能甜吗?再说凤仪的爹在部队,又有文化,要是做了个什么官,咱和人家门不当户不对,将来委屈了人家不说,儿子在人家面前也是低人一头,能过好吗?"

沈灵芝想想也是这个理，从此就再没说过这事。而沈少松则时常盯着儿子青山，青山只要去凤仪屋待一会儿不出来，他就会急忙地赶过去，唯恐儿子做了什么见不得人的事。

凤仪自从被青山背回家，心里就有所动，她感觉这一家人很善良，尤其是青山对她的关心，她是看在眼里，记在了心上。每当青山给她送饭的时候，她总是急忙去接，此时青山不让她动，总把碗筷递到她手上，她心里总是翻云覆雨。几个月以来，青山对她照顾得无微不至，她心里很感动，每天她都要重复那说了千遍的话："你一家人对我的恩情，我永世都不会忘。"可青山望着凤仪的脸，笑着说："你能不能说点别的？别老是恩情感谢的。"凤仪注视着青山的目光，那目光里饱含着爱慕的喜悦和有情人之间的温情。凤仪不由得脸红了，她羞答答地说："你让我说什么？"沈少松在门外喊："青山，挑水去。"青山应道："水缸里不是还有水吗？"凤仪心里很明白那喊叫的用意，就说："你去吧！青山哥。"青山不舍得走，说："我要看着你把馍吃下去。"凤仪摇摇头说："我不饿。""你一定要吃下去！""一家人都喝稀的，叫我吃馍，我吃不下。""青山。"门外又传来沈少松的喊叫。凤仪一手拿馍，看着站在面前不走的青山，泪水情不自禁地流了下来。她激动地说："青山哥，您对我太好了！叫我咋报答您？"

青山微微笑着说："那你就……"话说了半截又停住了。凤仪望着青山的脸，她那流着泪的脸立刻红了。

青山也不好意思地脸红起来："你吃吧。我去打水。"说完转身走了出去，到门前他又转身看了凤仪一眼。

两个月过去，凤仪开始下床练习走动。由于她长时间卧床不动，开始走路时，腿脚有点不听使唤，加之脚脖还有点疼痛，刚迈开一步，凤仪就摔倒在地上。她挣扎着往起爬，可伤脚却不敢使劲，她用手扒住床帮往起爬。这时青山走了进来，见凤仪摔倒在地上，正吃力地往起爬，他急忙跑过去，一边双手架起凤仪，一边关切地说："你咋摔倒了？"

凤仪说："我想练练，看能早点走不？"

青山嗔怪中透露出疼爱："看你！再摔伤了咋办？伤筋动骨一百天，这才多长时间？"说着他用手为凤仪拍打着身上的泥土。

凤仪没动，站在那里让青山为她拍打。此时她心潮澎湃，眼含泪水，在青山搀扶她上床的时候，她一下子抱住了青山。

青山愣了一下之后，紧紧地把凤仪抱在怀里。二人紧紧地拥抱着，谁也不说话。初恋使他们沉醉了，连有脚步声传来也没听见。

灵芝走进屋见他俩紧紧拥抱在一起，不由得自己先脸红了。她转身欲走，这时青山意识到有人，转脸见是母亲，急忙松开凤仪，欲说什么还没说出，凤仪身子一晃，险些歪倒，灵芝着急地"哎"了一声，疾步上前扶住了凤仪，青山和凤仪脸都羞红到了耳根。

青山不好意思地解释说："她摔倒了。我把她扶起来。"

凤仪也低着头，红着脸，羞涩地说："我想练练，可……"

灵芝把凤仪扶坐到床沿上，笑着说："别急！等骨头长好了再练。"

青山拉了条蓝色的粗布单子给凤仪盖在腿上。

灵芝坐在床沿上，注视着凤仪，心里很高兴。凤仪长得这么俊，是青峰镇任何一个姑娘也比不上的。刚才他俩抱在了一起，说明他俩好了。这正合她心意。她端详着凤仪不说话，看得凤仪不好意思地低下头不敢和她对视。许久，灵芝说："凤仪，我想问你一句话，你别生气。"

这时陈凤仪抬起了头，注视着沈灵芝，等待着下文。

"你还找你爹吗？"

凤仪的泪一下子流了出来。她没理解灵芝的意思，以为这是在下逐客令。她很难过，离开沈家，她不知道去哪里，自己孤魂野鬼似的到处游荡，不知哪一天也会像母亲一样饿死在路旁。她哭了，哭得很伤心。许久后，她抽咽着说："大娘，青山哥，您救了我，我啥时候也忘不了！我明天就走，给您添的麻烦太多了。"

青山着急地说："你上哪儿去？"

凤仪摇摇头："我不知道。"

沈灵芝笑着说："凤仪啊！大娘不是撵你，而是想问你……"话没说完，只听沈润章老人在门外喊："灵芝，青山，快出来，镇南又有俩饿昏的人，去给他们送碗粥。"

沈灵芝和儿子青山急忙跑出来，一人掂一瓦罐粥，匆匆走向南北官道。等待施粥的讨饭人一齐感慨地说："好人！都是好人！"一个身穿破烂僧衣的和尚双手合十，口中念道："阿弥陀佛！救人一命胜造七级浮屠！我佛保佑！"

晚饭依旧是糊涂，那是由高粱面和谷子混合在一起熬的糊涂。青山和青河一人喝了两碗，凤仪依然还是只喝一碗就推辞说饱了。沈灵芝又给青山和青河一人盛了一碗，青山说："不喝了！爷爷还没回来呢。"灵芝说："我给他留了。你俩再喝一碗，待会儿还得推磨呢！"青河不情愿地嘟哝道："又没面了？"沈灵芝说："我也知道你俩累，可是，咱有一碗粥就能救活一个人。"青山说："青河，你要是累就歇着，我和爹推磨。"青河还是端起了粥碗。沈少松将粥碗舔了个干干净净，然后将碗放进那红釉瓦盆说："灵芝，今儿你歇歇吧！我和青山、青河磨面。"沈灵芝一边收拾碗筷一边说："还是俺娘仨干吧！刚才我盛了两瓢面，你去徐石匠家看看，人家待咱不薄，啥时候锻磨都没收过钱。听说小芳饿得浑身都肿了。"沈少松点燃烟袋，抽了一口，长叹一声："唉！徐石匠两口子也是好人。小芳她娘没病时，谁家婚丧嫁娶她都去帮忙，可惜得了个长远病（方言。指慢性病，需经常吃药又难以治愈的病）。"灵芝一边刷碗一边说："唉！那场瘟疫，多少家都不完整了。原来有儿有女，多好！可惜现在儿子没了。"沈少松说："小芳十六七了吧。""跟青河一般大，都属鸡，生小芳那年我抱着青河去的，给她送了十个鸡蛋和二斤红糖。"

晚饭后，青山和青河又抱起了磨棍去推磨，沈灵芝又去罗面。那"嗡嗡"的磨声和沈灵芝"扑嗒扑嗒"的罗面声一直响到后半夜。

太阳出来一竿子高，阳光透入窗棂照醒了青山。他翻身起床后，第一个去的还是母亲的房间，每天都是如此，与其说是去看母亲沈灵芝起床没有，不如说他想去看看凤仪醒了没。凤仪是他心中的牵挂，他怕凤仪起床时摔倒，他怕凤仪每天只喝两碗稀粥，睡过去再醒不来，他怕……那说不清的牵挂是他对凤仪打心底里的喜欢。当他推开母亲住房的门，大吃一惊，靠北墙的那张床上没有了凤仪，连那个她随身带来的蓝粗布印白花的小包袱也不见了。桌上放着一张折叠整齐的纸。青山急忙打开，纸卷中包着一只玉镯，洁白透亮。他展开那包玉镯的纸，纸上用毛笔写满了密密麻麻的字。那是一封信：

大娘：

　　我走了。是您救了我，您的救命之恩我永远忘不了！尤其是这两个月以来，您像对亲闺女一样照顾我，给我做饭，给我补衣，在这里我感受到了家的温暖，我又一次享受到了母爱。说心里话，我多少次鼓起勇气想叫您一声娘，可是思忖再三，没有喊出口。我一个落难之人，怎敢高攀呢？如果喊出口，会给您增添更多的麻烦。我走了，请允许我喊您一声娘。娘啊，凤仪不是无情无义之人，如果我能活下来，我当牛做马也要报答娘对我的恩情，报答您全家的恩情。两个月来，青山哥对我像亲哥哥一样，天天给我送饭，扶我锻炼，我没有兄弟姐妹，在这里我享受到了胜过家的温暖。我多想这是我的家啊！我多想生活在这个家庭里永不离开啊！可理智告诉我，那是奢望。你们生活也不容易，添一个人就添一份负担。你们救了我，我怎能总赖在这里不走呢？我走了。青山哥，我会永远记着您的，如果我能活下来，我会回来找你们，找娘，找青山哥……

娘，您全家对我的恩情比天高、比海深。我想报答您，报答您全家对我的大恩，可我一个弱女子用什么报答呢？我把这只玉镯留下，这只玉镯是我祖上留下的传家宝。说它珍贵，是因为它是一件古物，是我祖上在朝为官时，一个娘娘送的；说它不珍贵，是因为在我和娘快要饿死时，我拿它连一个馍也没换来。我之所以把这个玉镯留下，一是代表我的心意，二是怕我万一哪一天饿死在路上，这玉镯被人扒走。

娘，我走了。我还有两个请求请让我说出来：一是逢清明节和十月初一，请青山哥给我娘烧张纸；二是等灾荒过去，让青山哥打听一下，如果我饿死了，求青山哥把我的尸骨扒出来与我娘埋在一起，让我和我娘做个伴儿。我和我娘在阴间也会保佑您全家。

娘，凤仪给您磕头了！

永远忘不了您全家的陈凤仪

青山看完信，眼泪也流了下来，他用双手捧着那只玉镯和信泣不成声。青山的抽泣声惊醒了母亲。灵芝以为是凤仪，说："凤仪，脚还疼吗？"

青山急忙抹去泪水，说："凤仪，她走了！"

灵芝惊讶地翻身坐起："凤仪去哪儿了？"

青山将信和玉镯递给母亲，灵芝看完信，急忙说："还不快去撵，走不了多远她就会饿死。"

青山如梦初醒，急忙转身冲出门去。

陈凤仪是下半夜离开的。沈灵芝磨了半夜面，累得筋疲力尽，倒在床上便沉沉地睡去了。当月亮刚爬上青峰山的山顶，凤仪悄悄起了床，将那印着蓝底白花的小包裹挎在胳膊上，那是她的所有家当——一身打着补丁的替换衣裳。她将上半夜写好的一封信又展开看了一遍，捋下左手手腕上的白玉镯，用信纸包好放在小方桌上。她环顾一下这个她曾经生活了两个多月的房间，她流泪了。她多么不想离开这个给了她无限温情的"家"啊！那个像母亲一样关爱她的"大娘"，那个无微不至关怀她的"青山哥"。尤其是青山对她的照顾，对她的关怀，对她的温情，使一个情窦初开的少女体会到了一种朦胧的爱的甜蜜。她心里充满了不忍离去的酸楚和无奈，可她又不得不离开这个家，她认为"你还找你参吗？"这句话是一句善意的逐客令，但她没有生气没有埋怨。这样的年月，沈家人不容易啊，不到十分九厘也不会卖掉那座像命一样的清风楼。自己在这里已经那么长时间了，怎好再长期连累人家？她决定离开沈家。她悄悄走到沈灵芝的床前，见她正沉睡着，她不忍心叫醒这位善良而又困乏的"大娘"，但不说一句感谢的话，又觉得心里过意不去，就悄悄地手扶床帮跪下去，对着床上的恩人连磕三个头。满面的泪水使她欲失声痛哭，但她强行抑制住了哽咽，用手一把抹去脸上的泪水，走出门去。她想向青山告别，可她站在庭院中犹豫再三，还是觉得不能让青山知道，因为凭着少女的敏感，她知道青山已经爱上了她。有情人心有灵犀，一个眼神就可以看透对方的心底，如果叫醒青山向他告别，他肯定不会让自己离开这个家。她望着青山的房间，那个被月光照亮的窗户，窗户上是她亲手剪成的"喜鹊闹梅"的窗花，是青山亲手贴上去的。此时她心乱如麻，青山给她送饭，扶她练习走路的情景一幕幕浮现在她的眼前。她明白自己喜欢上了青山。心中的甜酸苦辣使她再也抑制不了自己的感情，"呜"的一声她哭出了声，她急忙用手捂住了嘴，抑制住了哭声。她站在庭院中的那棵桐树下，望着那贴着窗花的窗户站了许久。最后她长叹一声，在心里说："唉！走吧！"她转身走向大门，轻轻拉开那扇厚厚的木门，挤出门缝，又反身轻轻关上，然后拄着青山给她练习走路时削去枝条和树皮的槐树棍，披着一身淡淡的月光走出了沈家大院，走出了青峰镇。

荒原的夜寂静得吓人，西边的大青山黑幽幽的，像一个伏卧的大魔鬼，从那里不时传来几声狼嚎和不知什么鸟发出的"呱呱"的叫声，那叫声像传说中的鬼的笑声。此时凤仪害怕极了，她后悔不该这么早离开沈家，白天走路会好一点。这时她想能有个同路的人多好啊！有个同路的她就不至于这么害怕。突然她发现前边不远处的路边像是蹲着个人，她感到头皮一紧，头发全竖了起来。这时她想起一些人吃人的传说。娘啊！自己没被饿死，别再被人吃了。她脑海里浮现出被人一棍打死，然后被大卸八块，又一块一块放到锅里的情景。她的腿一软，不由得一下跪到地上。她挣扎着想站起来，可努力了几次也没站起来。她握紧了手中的槐木棍，如果那蹲着的人扑上来，她就拼了。心"咚咚"地跳，像是快要蹦出嗓子眼。她等待着，反正是死，死也要拼一下。人一不怕死，胆子就会大起来，也不再害怕了。可那蹲着的人却没动。她静静地等待很久，那人还是没扑过来。突然，一阵风吹来，她见那黑影晃了晃，她立刻又将手中的木棍握紧了些。她等待着拼命，可那黑影只是上面摇动并没有向她逼近。是树，不是歹人。这时她的心脏一下子平静下来。她又注视了一会儿那黑影，是树，是风吹树的情形。她一手用力拄着木棍，一手用力撑地，尽管脚脖处钻心地疼，她还是站了起来。她又一瘸一拐地向前走去。

青山出了沈家大院来到十字街口，向东南西北四方张望一下，心想陈凤仪不会向东，也不会向西。西边是大青山，东边是大平原，北方是她逃出来的方向，家中无人，不会再回去。她只有向南，一是逃荒的人都奔南方，二是她母女二人就是要去南方找她父亲。拿定主意，他立即沿清风楼前的大官道向南赶去。走了三四里路，也不见凤仪的影子。此时，太阳热辣辣地悬在东南天空。他浑身出汗，肚中已饥肠辘辘，他后悔出来时没带点吃的。他蹲在路边休息了一会儿。他心想，凤仪不会走太远，她腿脚还没好，身体又弱，如果追不回来，她会饿死在路上，一定得撵上她。经过两个多月的相处，他已经喜欢上了凤仪，一种刻骨铭心的牵挂极大地支撑着他，稍事歇息后又向南赶去。又走了一二里，太阳更热，像个火球悬在头顶，炙烤着他，肚中也更饥饿，他忍着饥肠绞痛坚持向前走。路上逃荒的人已经很少了，该走的已经都走了，没走的或已饿死或在家等待着死亡。他时不时地撩起衣襟擦脸上的汗水或扇几下风。这时他多希望看到一个从南方来的人啊！那样他就可以询问一下是否见过凤仪，不论见到与否，他都会有点底，知道离凤仪还有多远。也许事有凑巧，正在他急巴巴地望着南方的时候，远处有一个人自南方走来。他加快脚步迎上去。走来的人是一个40多岁的男人，短褂短裤，从那人的体态和衣着看不是个穷苦人。待那人来到面前，他急忙问道："请问先生，您遇见一个挂拐杖的姑娘没有？"那人用手向后一指："还有二里地，她倒在了路边，可能是饿的。我还给她一块饼呢！她说她的脚又崴伤了，不能走了。我急着有事儿，也没法帮她。你快去吧！"青山突然来了精神，说声谢谢之后，便加快脚步向南赶去。

陈凤仪见青山来到面前，泪水小溪似的流了下来。青山欲扶她站起，可陈凤仪怎么也站不起来。问她是怎么回事儿，她说不小心又踩在车辙边上，把脚崴了，疼得脚不能使劲。青山弓下腰说："来！我背你走。"陈凤仪说："青山哥，我咋能再回去？这已经给你家添了不少麻烦！"青山在这两个多月里从陈凤仪那脉脉含情的目光里，从她给自己做鞋补衣的行动中看出了凤仪对他的情意。于是他说："如果你讨厌我，我立即回去。"陈凤仪说："青山哥，我的心你不知道吗？我怕你嫌弃我……"其实，在这两个多月的相处中，二人已心意相通，能从言谈话语、目光交流中看出对方的心思，只不过都没说出口。这时青山什么也不再说，一手抓住陈凤仪的一只手，弓下身，将凤仪背上了脊背。

沈灵芝站在清风楼南边的小石桥头，不停地向南方张望着，当她看到青山背着陈凤仪走来时，急忙迎上去："凤仪，你咋不吭声就走了呢？"陈凤仪拍拍青山说："放下我，青山哥。"青山弓腰放下凤仪，凤仪一下跪在地上，泪流满面，泣不成声，她抽泣着叫了一声"大娘"。沈灵芝急忙扶住她，为她擦去脸上的泪水："凤仪啊，别哭了！你是不是觉得我昨天那句话是撵你走？孩子，我不是那意思，我觉得你是个好闺女。我想说如果你要是不去找你爹，就给青山做媳妇吧，谁知话没说完就被打断了。你误会了，闺女，我咋舍得撵你走？"陈凤仪听了灵芝的话，知道自己误解了老人，又听说要留下她给青山做媳妇，这正称了她的心意，她激动得一下抱住灵芝的双腿，动情地呼叫一声："娘……"

第 36 章　抢　种

陈凤仪留在了沈家。

三个月后，陈凤仪的伤痊愈了，她便成了青山的媳妇。

喜事那天，婚礼很简单，没有唢呐乐器，也没待客。沈润章老人说："再节俭也得拜个天地。"拜天地，在青峰镇是必然仪式，也是老祖宗传下来的规矩。不拜天地成了家，青峰镇人会认为二人不是夫妻，而是"搭伙"过日子。百年之后，女人的灵魂到了阴间，祖宗们不认，女人的灵魂入不了祠堂，进不了家族，终究是个流浪鬼。于是青山和青河抬出一张八仙桌放在庭院中，沈灵芝又从那个油漆斑驳的老樟木箱子里找出一块红布铺在桌子上，桌上放上一个里装五谷杂粮的"财斗"。财斗里插上一杆秤，秤上挂上那面被镇上人每逢婚嫁借来借去的老铜镜，又拿来一块与铜镜一样被不知多少新郎端来端去的黑绸子手帕，这铜镜和手帕是沈家祖传，沈润章的父亲结婚时那财斗上插挂的就是这面铜镜和这块手帕。沈家的几个近邻听说青山今儿娶媳妇，也都赶来帮忙。她们帮凤仪打扮。两个近门姑娘一边一个架着凤仪与青山拜了天地、拜了高堂，青山抱着财斗走进了作为"新房"的西厢房。从此，陈凤仪成了青山的媳妇。

神也求了，佛也拜了，寡妇也扫了坑，可是天还是不下雨。自青峰镇向东望，一望无际的大平原，往年像一片绿色的海洋，如今却像火烧火燎一般，不见一点绿意。连往年绿荫如盖的青峰镇也只有六七点绿色，那绿色是几棵没枯死的楝树。那棵老槐树也如枯死一般，在炎炎烈日下举着光秃秃的枝条，树叶早被人们捋光吃净了。

头暑萝卜二暑芥，三暑里头栽白菜。麦子绝收，早秋又没种上，人们盼望能下场雨，种点萝卜、白菜或荞麦，也不至于都饿死。可老天总是不下雨，天晴得不见云影，只有太阳火辣辣的，连风也烫人。青峰镇的人们捂着肚子，眼巴巴地望着天空，他们在等死中渴盼着雨的降临。没了粮食、没了树叶、没了草根和能吃的树皮，唯有大青河还是死亡之夜中的一星火花，人们渴了热了就到那只有一线清流的河里去舀瓢水灌进肚里。死神在镇子上空游荡。

进入三暑的第六天傍晚，一片乌云从大青山中升起，后来云越聚越多，越聚越大。掌灯时分，一场大雨自天而降，满世界都是"哗哗"的雨声。许多人都没睡，有的怀着喜悦的心情坐在屋门口，看在闪电中自天落下的条条雨丝，倾听那雨落地时的喧嚣，有的披着蓑衣在雨中享受快爽的凉意，有的则脱光了衣服站在院中任雨浇洗。当雷停了闪电停了，雨还一直在下，一直下到鸡叫头遍。

雨一停，沈润章便掂了把镢头来到大青河南的地里，他挥起镢头刨了个坑，看地下湿透没有。当他发现刨出的土全是湿漉漉的时候，他的脸上露出了笑容。透了！地下透了！他急急忙忙赶回家，从南屋里搬出了拖车牛套，又搬出犁子和耙。"少松！"沈润章一边忙活一边喊了一声。沈少松惺忪着眼从屋里走出来，他一边揉眼一边回答："干啥，爹？""快去你天福叔家把他的牛牵来。"沈家和刘家是"搁犋"（合伙使用牲口叫搁犋），一家喂养一头牲口，耕作时合作使唤。

沈少松说："地透了吗？"

"透了！"沈润章将犁子放到拖车上，又把耙放在上面。

"刚下罢雨地太黏。"沈少松说。

"沙地不黏。先犁老坟东边那块，是沙地。今儿都七月初九了，季节不等人。常说头暑萝卜二暑芥，三暑里头栽白菜，这已经晚了。天一出暑，种啥都不能成了。"老人一边收拾绳套一边说。收拾好绳套，他从南边牛屋里牵出那头瘦骨嶙峋的青驴，将绳套搭在青驴身上，系上驴夹板和肚带。不一会儿，沈少松牵来了刘天福家的牛，又帮着套上。沈润章抄起那杆竹竿牛鞭，"驾"了一声，赶起拖车走出院门。院里留下两道平滑如镜的车辙。

老坟东边的那块地是沙地。犁铧翻起一道湿漉漉的沙土，那土散发着清新的泥土的芳香。犁了几遭，那两头骨瘦如柴的牲口已气喘吁吁。犁到地头，拐过弯，沈润章将犁铧插入泥土，"吁"了一声，那两头牲口便如释重负地停下脚步，呼呼地直喘粗气。沈润章走到那青驴的身边，用手抚摸着驴的脊背说："委屈你了！老伙计！这半年多连口料也没喂你。唉！这人都差点饿死，哪有料喂你啊！"他用手拍拍驴背，又拍拍黄牛的头。"以后就好了！等收了荞麦，就有料了。"

沈润章对这头青驴有感情。几年前，在生意刚有好转时，他就买下了这头青驴。那时候这还是头小驴，刚出生三个月。买回家后，沈润章像照顾孩子一样喂养它，那青草铡得又细又碎，拌上炒得焦黄碾成糁子的黄豆，很远都能闻到香味。待小驴吃完草料，他就用瓢舀一瓢清清的大青河水，再让它喝个够。

半年过去，小驴变成了膘肥体壮的大驴，毛色光亮，叫声如雷。即使是在大灾之年，沈润章老人也没亏待他的心肝宝贝，没青草时，他把秆草铡得细碎，拌上把从自己口中省下来的糁子，让那青驴吃饱。他常说："以后出力全靠它呢！"在前几个月没料只有秆草时，他宁愿让少松和青山、青河推磨，也舍不得让青驴拉磨。

"少松，你帮着套吧！这牲口瘦得可怜！"老人说。

少松就把带来的一根麻绳一头拴到犁搭钩上，一头背在自己肩上，与两头牲口一起拉起犁来。

沙地里种上了辣萝卜、红萝卜和白菜，大青河南岸的三十亩两合土地种上了荞麦。几天后，那平整疏松的土地上便冒出许多生机勃勃的嫩芽。

逃荒的人回来了，他们一个个面黄肌瘦，衣衫褴褛，拄着木棍，肩背半布袋从南方捡回来的落地麦，艰难地从清风楼前的官道上自南向北走。他们迈着沉重的脚步，匆匆往家赶，他们要赶回去种晚秋。死了的人就死了，活着的人总得有个盼头。

第 37 章 偓 种

　　孙家自从买下了清风楼，孙龙跃好像就变了个人。说话腔调也高了，腰板也更挺直了。本来年龄不大，40 多岁，不瘸不瘸，却拄起了文明棍，头戴黑绸瓜皮帽，身穿长袍，外罩黑绸马褂。没事了就到街上走，挺着胸脯，显得气宇轩昂。在青峰镇谁比得了我孙家？家有良田七八顷，骡马成群，如今清风楼也姓了孙，谁在青峰镇数第一？是我孙龙跃！镇上谁家生气吵架闹矛盾，他都会拄着文明棍昂首挺胸地走过去，指指戳戳，评长论短，吆张喝李，说谁的理就是谁的理，说谁的非就是谁的非，谁若不服，他便两眼一瞪："咋？不给我面子？"不管人家委屈与否，大家只好忍气吞声，小户人家谁也不敢得罪孙龙跃，唯恐今后没好果子吃。

　　林子大了什么鸟都有。偏偏镇上有个偓种，镇西头路南一个姓赵的人，赵寡妇男人的堂弟，乳名"驴子"，人们背后都叫他"二别子"。生就的骨头长就的肉，赵驴子自小就"别"，认死理不拐弯。小时候因为"别"，没少挨爹娘的打。可是再打，他也不躲不闪。十岁那年，他偷偷下青龙潭洗澡，爹娘怕他淹死，就想教训教训他，免得他以后再犯。他娘用鞋底抽他的屁股，打一下问一声："改不？"他不吭声。还打，还是不说话。一直挨了二十多鞋底，他仍是一声不吭。他娘气得大哭。打儿子，娘也心疼。你倒是跑啊！他不跑也不躲，任你打。越是这样，他娘越生气，就越狠劲儿打。屁股肿得老高，赵驴子一声求饶的话也不说。人大了，脾气还没改，19 岁那年，家里正张罗给他说媳妇，那年冬天下了场雨夹雪，地上结了一层冰。他在街上走，不慎滑倒了，他立马爬起来，没走两步又滑倒了，他又爬起来，又滑倒了。这时，他躺在地上一动也不动了。人们以为他摔伤了胳膊腿起不来，就过去拉他，他不起来，嘴里不停地说："叫你滑！叫你滑！我就不起！"在地上睡了一顿饭工夫，雪快将他盖严了，两个邻居才硬把他拉了起来。这事儿，让正说着的媳妇家听说了，人家拒绝了这门婚事，说赵驴子憨。从那以后，媒人给他介绍了几个都没成，赵驴子的婚事就搁置了。如今，40 多岁的赵驴子，依然没成家，守着老娘过日子。

　　赵驴子家不富，只有六亩青沙地，一年打不了二三百斤粮食，还要留下种子，娘俩的日子是半年糠菜半年粮。他家的地与李家挨边。这天，赵驴子与李家生了场气，吵起了架，原因是地界沟中有一棵榆树，茶盅粗细。两家为争着捋这棵树上的榆叶充饥而发生了争吵。李家说那榆树是李家的，赵驴子说是他家的。两家正吵着架，孙龙跃走了过来，听了两家的陈述，孙龙跃说："别吵了！这棵树应该归李家。"赵驴子不服，说这棵树苗是他娘从他姨家要来的，他爹亲手栽的，不能判给李家。孙龙跃说："你爹把树苗栽到了李家地里，这树就应该归李家。"赵驴子说："这棵树本来就在俺家地里，犁地时他朝俺地里多挖了一犁，咋就成了他家的了？不信咱去刨地界。"两家各拿镬头刨了半天，也没刨出当年下的灰橛（两家地界处，挖一个小深坑，或者凿一个圆洞，埋入草木灰，再敷上土，作为地界标志，称为灰橛）。孙龙跃生气了，拄着文明棍说："咋啦？嫌我偏向是不是？不给我面子？"放旁人，早忍气吞声了，谁敢得罪孙家？可赵驴子就是赵驴子，不但不服软，还大声说："偏不偏你知道！我就是不服！"孙龙跃气得七窍生烟，还没谁敢对自己如此不敬。他一扬文明棍说："好！我不问了！"转身离去。赵驴子用鼻子"哼"了一声，不服气地说："哼！谁请你问了？你又不是镇长……"赵驴子的堂哥赵武用胳膊捣了一下赵驴子，止住了他还没说出的下半句话，但"你又不是镇长"的话让孙龙跃听见了，他刚迈两三步又站住了，回头看了一眼赵驴子，"哼"一声又走了。

　　赵驴子说："咱找刘天福去。"刘天福是个明白人，镇上人有啥事儿都乐于找他，都说他一碗水能端平。二人来到"刘家羊汤馆"，请刘天福给评理。刘天福也不推辞，给二人先倒上茶，先听了二人的各自诉说，然后说道："你俩还有啥吗？"二人均说没有了。刘天福吸了几口烟，然后说道："你两家也别争了，那棵树归我了。一会儿我去刨掉烧锅。"二人大感诧异，哪有这样问事儿的？可他二人敬重刘天福，也不急于质问反驳，等待刘天福的下文。刘天福吧嗒几口烟说道："你俩地界也刨了，找不到证据。我给你俩说吧，那里就没有地界，当初你们赵李两家关系很好，李家买这地时，我是中间人，量好地，我说埋个地界，你俩的父亲都说不用了，因为你俩的父亲当初是拜把兄弟，关系很好，办啥事儿从来不分你我。现在你俩因为一棵小树闹得不愉快，你们又都找不到证据，你们就是打官司到县里，县官也没法断这个官司。再说，这官司能打吗？不说伤了老几辈的感情，打这场官司你两家各再赔上二亩地也了不了。依我说，那棵树我刨了烧锅，今后谁栽树都栽在自家地里，离现在的地界沟二尺远。你俩要是不听我的话，就去县府打官司，让你们两家再赔上几亩地。"二人想想刘天福说得有道理，于是都不再争，各自选择息事宁人。

第38章 买 官

两家息事了，可孙龙跃却耿耿于怀，他觉得失了面子。毕竟是读过书的人，遇事总是爱思虑再三，几袋烟吸过，他才找出原因。他说的话"二别子"不听，原因是自己虽有钱，却没势。没身份没地位，这叫"人微言轻"。如果自己是镇长，那就有了权有了势，说谁有理谁就有理，说谁没理谁就没理。谁要不听，不说日后给他小鞋穿，就是打官司到了县府，县里也得听镇长的。这就是县官不如现管。一天以后，一个决定在他心中形成了。

这人生就像打麻将，牌兴时，想啥来啥，哪怕四张牌已打出三张，这最后一张也能自摸。若是牌疲时，哪怕起了牌，进一张就有嘴，可想要的牌就是不上，一旦张了嘴，起牌就点炮。孙龙跃这几年点子兴，做粮食生意碰到了财神爷黄三，倒腾军粮大赚了一把；今年碰上百年不遇的大旱灾，粮食成了金豆子，几代人梦寐以求的清风楼，他只用一千二百斤粮食就得到了。碰到争榆树这个事儿，他才悟出一个道理：光有钱还不行，还得有权，有钱没权，就只是个土财主。原镇长孙长明死了，镇长的位子是个空缺，也许是天赐良机，如果能把青峰镇镇长的位子拿过来，在青峰镇那可是太上皇，镇长说一谁敢说二？决定一经做出，他便立即行动。他明白"机不可失，时不再来"的道理。鸡叫二遍时，他就背上钱褡裢，装上一百块大洋，赶往县城。他想先让"李拔毛"帮他走走关系。他知道"李拔毛"是一个"雁过拔毛"、认钱不认人的主。唉！豁上了！无非多花几个钱，钱是人挣的。

当他来到县城，天刚亮，正是城里人点火做早饭的时候。他正想到十字街口包子铺吃点东西，再去找"李拔毛"，这时一队军人正迈着整齐的步伐跑出县衙门，这是县保安团在进行早操。带队的军官喊着"一二一"的口号。此时他突然发现，那军官好面熟，待队伍来到面前，他定睛一看，那军官不是别人，正是黄三，那个曾在大青山当过土匪，又在队伍上当过军需的黄三。他怎么会在这里？怎么还当了保安团的官？他想走上前去跟黄三打招呼，可黄三脸也没朝孙龙跃扭一下，带着队伍向西街跑去。

孙龙跃见了黄三，像喝了三碗鹿鞭汤，异常兴奋，肚子也不饿了。他站在十字街口等待老表黄三带着队伍返回。一顿饭工夫过后，见黄三带着队伍返了回来，这时孙龙跃觉得像等了一年。此时黄三也看见了站在当街的孙龙跃，没等孙龙跃打招呼，黄三已跑步到了面前："龙跃，你怎么在这里？"说着当胸给了孙龙跃一拳，"几年不见，想死我啦！"孙龙跃伸出双手，他们紧紧握在一起。

进了营房，来到挂着"团长"牌子的办公室，黄三沏了一壶青山绿芽，二人坐下，一边喝茶一边拉起家常。孙龙跃问："几年不见，你咋当上了保安团团长？"

黄三脸上出现一丝微笑，他喝了一口茶，说道："说来话长……"

黄三是个特别要强的人，干什么都不甘居人后，他的口头禅就是："宁为鸡头，不为凤尾。"小时候，在同龄的小伙伴中他就是孩子头。偷瓜摸枣都是他指挥别人下手。这群孩子中有一个叫有福的，家庭富裕，长得五大三粗，高出黄三半头。一天，有福提出要当这群伙伴的头，让大家都听他的，黄三不同意。有福提出比赛摔跤，谁胜谁当头。黄三看看有福的个子，心里有些胆怯，他想比赛其他方面，还没等他说出口，有福就说道："不敢比你就一边去，我当头！谁不服谁上来。"黄三被他一激，要强劲儿上来了，一煞腰带说："比就比！"说着，二人便扭打到了一起。黄三哪里是有福的对手，几次都被有福摔倒。可黄三就是不认输，摔倒了爬起来还摔，鼻子流血了，抹一把还摔。从吃过午饭一直摔到太阳落山，有福累得衣服全被汗水湿透，黄三也浑身上下都是泥土。有福喘着粗气说："别摔了！你不行！"黄三一听更来了劲儿，扑上去还摔。又摔了几十个回合，有福累得喘不上气来，浑身没了力气。此时黄三更是有种，只要有福站着他就上，一次一次把有福摔倒。后来，夜幕笼罩了大地，月亮挂上了天空，有福已筋疲力尽，趴在地上再也爬不起来。黄三用手抹了一下泥脸问："还摔吗？"有福有气无力地说："不！不摔了！"黄三继续追问："认输吗？"有福没有回答。黄三说："不认输？起来再摔！"直到有福说"我认输"，黄三才算罢手。

自从黄三打死人惹了官司逃进大青山当了土匪，他就如磐石压顶，他不甘心当个小喽啰。他想尽办法表现自己，有了功劳才能提高自己的地位，于是他就接了孙家的那单生意。黑三答应他如果沈家那批货劫掠成功，就让他做黑风口的第二把交椅。谁知天不遂人愿，不但生意没做成，而且还伤了四个兄弟。从此，他在黑风洞没了威信。黑三看不起他，老二老三也用斜眼看他。他过不了寄人篱下、听人使唤的生活，于是就偷偷离开黑风口去投了军。

黄三当兵的队伍，是省主席的儿子当团长。打起仗来，黄三敢打敢拼敢玩命，小时候他又学过几路拳脚，李团长很赏识他，先让他当个军需官。黄三与孙龙跃联手做生意，捞了不少好处。黄三很机灵，捞了好处不独吞，拿去孝敬李团长。半年之后团长就把他调到身边，当了警卫排长兼作战参谋。一次团部被敌方包围，团长受伤，黄三硬是背起团长冲出包围圈，一口气跑了十多里，救了团长一命。后来李团长当了师长，就让他当了副团长。在一次战斗中，他身负三处伤，险些丧命。治好伤后，他感觉当个副职，也是个堵枪眼儿的差事，想得到提拔不知要等到猴年马月。他不想再过枪林弹雨的日子了。人常说：千里做官，为的吃穿。如果再继续干这玩命的差事，说不准哪天就把小命丢了。如果丢了命，爹娘就没人照应，不如到地方弄个一官半职，捞些好处，一来能赡养父母，二来也能为子孙积攒点财富。于是他就找到师长，说自己身体已不能再南跑北奔，想到地方干点事儿，求师长找老爷子通融通融，如果弄个实职，今后有了好处，保证吃个蚂蚱少不了师长两条腿。省主席一句话，黄三回到青山县当了保安团团长。当了三年的保安团团长，黄三捞了不少好处，逢年过节，黄三都到省主席家和师长家走动走动，带些黄金白银或名贵特产。师长认为黄三很讲义气，就说道："以后在地方上干不下去，就还回部队！"

午饭时，勤务兵送来酒菜，二人边喝边聊，酒过三巡，黄三有些醉意，他拍着胸脯说："在青山县，我说一不二。县长也得听我的。有啥事儿你尽管说。"

这时孙龙跃拉过钱褡裢，倒出一堆银圆。黄三一看，说道："你这是干啥？有啥事儿你尽管说，我办！"

孙龙跃将来意说了，黄三看看桌子上的银圆说："你想当这个镇长啊？"孙龙跃"嗯"了一声。

"不行！"黄三说。

孙龙跃有些诧异，用疑惑的目光注视着黄三。黄三又喝了一杯酒，说道："老表啊！你要朝远处看。你当镇长，还不如当个老太爷。"

"你的意思……"

黄三说："让子盛当这个镇长，他年轻有为，干好了，我跟县长说说，把他提拔到县里来。"

孙龙跃闻听，高兴地一拍桌子："好！还是老表站得高看得远！"

几天以后，黄三骑着高头大马，带着四个团丁来到青峰镇，在大槐树下召开了全镇百姓会议，宣布了县府的命令："鉴于原镇长孙长明已经去世，县府决定，任命孙子盛担任青峰镇镇长。"

自种上晚秋，天公还算作美，十天八天下场雨，下过就晴。雨水充沛，阳光充足，庄稼长势好。进入八月底九月初，红芋地里像一块石头落在冰面，炸裂开横七竖八的裂纹。白菜地里，绿油油一片，肥大的叶子如猪耳朵一般，叶芯已开始抱团。也许天旱太久，往年白菜抱芯时有很多青虫，把白菜叶咬得豁豁牙牙，今年却没虫，连个米虫也没生。尤其是荞麦长势更是喜人，枝叶粗壮，七股八杈，洁白的荞麦花从叶丛中冒出来，散发着淡淡的清香。蝴蝶在花海中翩翩起舞，蜜蜂匆匆忙忙地从这朵花飞到那朵花上，一边采蜜一边歌唱，"嗡嗡""嘤嘤"，汇成一片大合唱。叫天子在一碧如洗的天空扇着翅膀叫，叫声如山涧流水，清脆嘹亮。天更显蓝，云更显白。大青河也恢复了往日的喧闹，"叮叮咚咚"，玲珑清脆。许多庄稼人来到田野里，他们不是来欣赏这绿的海花的浪，也不是来品味叫天子和大青河的美妙合奏，而是观察这荞麦还有几天能结籽，地下的红芋、萝卜何时能长大，好让他们尽快吃进嘴里，以解肚中饥饿。他们在一天天地挨日子，每天都显得那么长。

孙龙跃吃过早饭来到大青河南岸的荞麦地里，心里非常舒坦。他深深吸了一口飘荡着荞麦花香的空气，望了一眼蓝天白云和在头顶歌唱的叫天子。伴着叫天子的欢唱，他不由自主地哼起了小曲。麦季绝收，佃户们的租子没缴上来，有了这丰收在望的晚秋，他又可收回夏季的损失。他放眼那一望无际的绿色海洋，无意中又看到了那古香古色的清风楼，心里顿时感到像三伏天叫了一碗凉水，爽极了！他心里感谢老天爷，是这场大旱成就了孙家几代人的梦想。没有这场大旱，给沈家个金人他们也不会卖这清风楼。此时，他更信风水先生的话，清风楼能给孙家带来好运气，能转变他的家运。大儿子子昌考上了大名鼎鼎的古城师范，那在过去可与考上进士差不多。二儿子子盛又当上了青峰镇镇长，财运官运一齐降临到孙家，这都是清风楼带来的好运气。

突然，孙龙跃发现子盛带着孙虎、孙豹正在荞麦地里捉蝴蝶，顿时他心中产生了一股怒气，直冲脑门。这个不争气的东西，就知道玩，整天吃喝，一天到晚醉醺醺的。"你过来！"他一声断喝，让孙子盛打了个愣怔。孙子盛只好乖乖地来到爹的面前，嗫嚅着说："俺没踩毁庄稼。"

孙龙跃看着儿子，说道："子盛啊，你都多大了？20了，你该懂事了！爹给你弄个镇长当可花了不少钱啊！人说升官发财，可你当了镇长发了啥财？你只会当赔钱的官，我还指望你飞黄腾达为孙家撑门面哪！"

孙子盛说："那咋当？"

"咋当？升官发财，你要在这'财'字上动动脑筋。"

孙子盛望着爹的脸，一字一句听着爹的教诲。待孙龙跃说完他在心里谋划已久的打算，孙子盛豁然开朗："那还不好办？明天就办！"

第二天就是阴历九月初九。往年重阳节的古会都很热闹，文人墨客千里迢迢来赶会，为的是来大青山旅游登高，采些野茱萸以壮阳滋补。周围的山民会挑着核桃、山柿子来会上换些钱，再买回些棉花、布匹、油、盐、酱、醋以度冬季。猎户们会带些皮毛换回些火药和粮食。平原的百姓也会赶这一年一度的古会，然后将家中的粮菜和织布带来换回些日用品或针头线脑。今年的重阳古会却冷冷清清，既没有了南腔北调的外地人，也没有了熙来攘往的生意人。因为今年的灾情覆盖面积太大，只有几个面黄肌瘦、衣衫褴褛的附近村民来赶闲会，没什么卖的也没什么买的。古会上有几处众人围观的场所，那就是街边几处墙上贴布告的地方。一张白纸上歪歪扭扭地写着几行字："布告：为维护青峰镇一方平安，保护百姓利益，镇政府决定，自即日起，凡在青峰镇经商者，一律缴纳行商税和地盘费。此布，镇长孙子盛。"布告前围观的人在听识字的人念布告内容，有人苦笑着离开了，有人则说道："新官上任三把火，我看今儿这火难烧起来！"

第 39 章　少女之死

　　转眼，秋霜满天，落叶遍地。荞麦棵上有些干枯的小花在晚秋的风中纷纷落下，三角形的果实由青变黑；经霜的晚红芋叶一夜之间也由油绿变成焦黑；大白菜抱芯了，农民们便用浸了水的红芋秧子捆扎大白菜，这一是为了防冻，二是为了让白菜芯长得更结实。

　　几场严霜过后，荞麦进入收割季节。此时，孙龙跃开始带着几个家丁到乡里催要地租和债务。

　　青峰镇东三里有个村庄叫东凹，住着十几户人家，都是孙家的佃户。这庄名叫东凹，其实没有姓东的，这里不似其他村庄，张庄都是姓张的，吴村大多是姓吴的，李寨都是姓李的，而东凹十几户人家都姓杜。究其为什么叫东凹，谁也说不清。要按方向，有东凹则会有西凹，可青峰镇西就是大青山，没有西凹。也许是因为这个村庄地处一片洼地，又在青峰镇东边而叫起的。东凹是个佃户村，全是外来户，没有土地，全靠租种富家户的土地度日。据杜家祖上传说，他们的老家在东北乡，清代初年，东北乡大旱，杜家的祖先逃荒要饭，路过此地，因老人病重无法再走，就在一个漫洼中搭了个窝棚暂且住下。谁知老人的病越来越重，后来扁着肚皮瞪着一双大眼与世长辞了。老人去世后，就埋在了草棚边那片低洼的荒地里。杜家祖先是个孝子，按祖传规矩，老人去世后，要在坟前守孝三年，所以他们就在那片洼地住了下来。刚开始他们在乡里讨饭，后来就租种几亩地艰难度日。老人埋在此地，又有了地种，从此他们就在此落了户。后经几代繁衍生息，就发展成十几户人家，成了个村庄，镇上人就叫那村庄为东凹。

　　东凹有个叫杜麦子的，父亲早年病逝，母亲带着他和妹妹艰难度日。老母亲患有闷气病，天冷也闷，天热也闷，张着嘴喘不上气来，一年四季什么也不能干。杜麦子的妹妹叫巧儿。麦子20，巧儿16。他一家租种青峰镇孙龙跃家三十亩地。兄妹二人一年到头，像牛马一样辛苦劳作，冬天冻烂耳朵冻裂手面，夏季晒焦脊背晒盲眼睛，到头来，收下了粮食除缴东家的地租，还要缴皇粮，留下种子已所剩无几。再加上老娘有病，一年到头吃药，辛苦一年，仍糊不了三张嘴。去年，因为老娘治病欠下孙家二百斤租子没缴清，本想今年多打些粮食还清东家的地租，可天不遂人愿，春夏大旱，地里的庄稼颗粒无收，老娘的病又比往年厉害，一天到晚躺在床上伸长脖子还喘不上气。眼看村上的年轻人纷纷去南乡逃荒，期盼着拾回些落地麦养活家人，可杜麦子干着急没法子。老娘病重，妹妹尚小，自己走了，一旦老娘有个好歹，不说尽不了孝，一个年仅16岁的女娃怎么活下去？不能走。家中无粮，地里无菜，树上能吃的树叶都被人们捋光了。为了一家人活命，杜麦子只好求告东家借粮，开始借一斗年底还两斗，后来再借，借一还三。不管还多少，保命要紧。截至下第一场雨，杜麦子已向东家借了一百斤粮食。

天下了雨，杜麦子有了盼头。兄妹二人饿着肚子，连天加夜，把那三十亩地全种上了荞麦，也许是土地歇了半年十分有劲儿，荞麦长势很好，五股六杈，花满枝头。兄妹二人天天到地里去看，看花何时败，看籽何日饱。待籽粒一饱满，他们就用镰刀割下一把，回家捣一捣，捣出乳白的汁液做成粥，以填充饥饿的肚腹。

荞麦刚刚黑籽尚未成熟，孙龙跃便带着家丁来到东凹，催要欠租。也许事有凑巧，孙龙跃刚进村，巧儿正割了一把荞麦回家，顶头碰上。孙龙跃的目光立刻凝固了。这闺女长得真漂亮，浓眉大眼，发黑如墨，尤其是那双眼睛长得与灵芝一模一样，那眼皮一双到两头，瓜子脸虽瘦，但肤如凝脂。他呆呆地看了许久，直到巧儿走进那座柴门小院，他问身边的人："这是谁家姑娘？"

有人告诉他："这是杜麦子的妹妹，叫巧儿。"

孙龙跃离开东凹回到家，几夜没有睡好，脑子尽是小时与灵芝一块在学堂念书的情景。第一个爱上的人是最难忘的。他与灵芝虽都结了婚，可孙龙跃心底深处总是忘不了灵芝，见了女人总想在人家身上找到灵芝的影子。当他在东凹见到杜麦子的妹妹巧儿，他一下子震惊了，那眉眼与灵芝竟如此相像。他的心乱了。

孙龙跃生来就是一个性欲比较强的人，天天都想办那种事。如今虽已年过四十，却正是三十如狼四十如虎的时候。可妻子杏花是个木讷的人，不仅言语不多，而且常常是他气喘如牛从杏花身上滚下来，杏花也没一点反应。自从有了子昌子盛，杏花对那事更是没兴趣，每次做那事，杏花都像做贼一样，唯恐惊动身边的孩子。越害怕，杏花越是没兴趣。可孙龙跃性欲旺盛，每晚都要做。杏花知道他的情况，也不违抗也不主动，每晚睡到床，她就脱光衣服，仰面一躺，任孙龙跃扑腾。当孙龙跃在杏花身上扑腾得汗流浃背气喘吁吁，发出一声

"啊……"的快乐的呻吟的时候，杏花才不耐烦地说："一边睡去吧!"男女性事，就怕这种情况，一个情火如炽，心急火燎；一个冷如冰霜，形同木头。好似烧火做饭，烈火遇干柴才能烧得熊熊旺旺，噼里啪啦；如烈火遇到湿柴，干冒烟不起火苗。于是他办那事时，脑海里总是浮现着灵芝的影子。每当他与杏花做爱时，总是闭上眼，心里想象着怀中抱着的是灵芝。此时他便会快感如潮，那快乐那愉悦便会迭三加四地涌满他全身的所有细胞，连每一个汗毛孔都涨满了无以名状的快感。然而，完事之后他又怅然若失，他愈加控制不了对灵芝的渴望。他如一个烈日沙漠中的行者，能有一杯水让他痛快饮下，哪怕是一口，他也死不足惜。焦渴使他难以忍耐，于是他常去清风楼，尽管去那里没什么事可做，但是那里可以看到楼下的灵芝。他站在走廊上，看似在观望远处的大青山，脚下的大青河，实际上他眼睛的余光是在看楼下的沈家大院，看着终日缠绕在脑海中的灵芝。有时他坐在二楼的客厅里，一边品着他最喜爱的青山绿芽，一边偷偷窥视沈家大院里的动静，他渴望灵芝出现在他的视野里。也许老天有眼，一日，灵芝真的出现了，她臂挎一个竹篮，篮里装着衣物，走到大青河边，坐在一块石头上，高高挽起两条裤腿，将白嫩的双腿放进水里，两条如脂似玉的小腿吸引住了孙龙跃的双眼，他怕看不清，想看到更多他想看到的部位，他站起身，趴在窗台上，细细观望、慢慢品味灵芝祖露出的肢体。此时他的心里伸出一双手，去轻轻抚摸灵芝的肢体，那富有弹性的肌肤润滑如玉。他闭上了眼，展开了无尽的想象……内心的饥渴，使他口干舌燥，心里像喝了半碗辣椒水，说不清是什么滋味。尽管他觉得自己像热锅上的蚂蚁，像久行沙漠中的一只孤狼，但他又不敢轻举妄动。他知道，灵芝是他心中的天堂花园，但也是个火坑，一旦发生事故，沈少松会用他那练过武术的手掐断他的脖子，清风楼也不再是他展开幻想的灵殿。他无可奈何，终日在焦渴中煎熬，但又不敢越雷池一步。

真想不到会碰见巧儿，她那眉眼长得竟与灵芝如此相像。这时孙龙跃郁闷黑暗的心境里突然出现一缕阳光，他顿时感觉心旷神怡。那一缕阳光使他睡着了，睡得很踏实，直到日上三竿方被那个"木头疙瘩"叫醒。

荞麦上场了。杜麦子与妹妹巧儿连天加夜地收割，又一捆捆背进打麦场。一连几天，天气晴好，秋阳高照。兄妹二人顾不得吃饭，把场上的荞麦翻晒了几遍，待那叶子干了，棵也干了，荞麦粒有的自动脱落下来，兄妹二人又连天加夜捶打。深秋季节不冷不热，母亲的闷气病也轻了一些。老人见儿子和女儿家顾不得回，觉顾不得睡，连天加夜打荞麦，她就挣扎着起了床，烧锅做饭，做好了饭，就用那老瓦罐盛了，扭动着小脚送到场上。一家人看到那颗粒饱满的荞麦堆在场里，心里高兴得像三伏天喝了一瓢泉水。这下可有吃的了，再也不用挨饿了。可是杜麦子和巧儿刚把荞麦装进一个个口袋，孙龙跃的几个家丁就赶着太平车（一种农用运输车，四个木轮，用牲口拉动。旧称太平车）来到场里，说了声"东家让我们来拉粮食！"家丁们就一齐动手把一个个盛满荞麦的口袋往车上装。杜麦子和巧儿一齐阻拦，家丁们说："我们也是受东家的命来拉粮食，有账你去找东家算。"杜麦子知道欠东家的租和债，也不好强行阻拦，眼巴巴地看着家丁们把自己的心血汗水和生活的指望全拉走了。辛苦一年，也没落下糊口的粮，一家人坐在麦场上痛哭起来。哭够了，娘说："咱欠他多少租欠他多少债，也得有个数，总不能全给拉走！今后咱咋活啊？"

杜麦子想，也是啊，去年欠他一百斤租，今年又借他不到二百斤粮，但也不能全给拉走啊！杜麦子来到孙家，对孙龙跃说："咱得算算账。我欠你多少，还你多少，你也不能都给拉完！"

孙龙跃抄起算盘，一边噼噼啪啪地打，一边说："你总共欠我二百斤麦子，今年该还四百斤。荞麦折合成小麦，二折一，得还八百。今年，三十亩地，按低里说，一亩地见八十斤，三八两千四百斤，缴我一半，得一千二百斤，这就得两千斤。"

杜麦子哀求地说："今年夏季颗粒无收啊东家！你咋还让缴？"

孙龙跃说："地里收不收是你的事。你种我的地，缴我租子是天经地义。难道地你种不好，赔了本，还让我赔你不成？地我租给了你，见多见少，收与不收，与我无关！"

杜麦子无奈地蹲在地上哭了起来。

孙龙跃不为所动，继续一边拨拉算盘一边说："今年春上，你在粮行向我借了五十斤小麦，按现在的市价，春上的一斤要顶现在的十斤，这就得五百斤。五百斤小麦折合成荞麦，二折一，这就是一千斤。夏天你又两次借了一百二十斤杂粮，当时的市价你也知道，这时十斤荞麦也买不到当时一斤高粱，就按十斤算，折合现在的荞麦得一千二百斤。一个八百，一个一千二，一个一千，再加个一千二，总共你欠我四千二百斤。你这总共才多少，三十口袋，按一口袋八十斤算，三八才二千四啊。你还欠我……四千二减二千四，得一千八，你还欠我一千八百斤荞麦。"

杜麦子流着泪哀腔哀调地说："东家，今年夏季颗粒没收啊！你咋这样算啊？"

孙龙跃生气了，一推算盘说："收不收在你！天不下雨，你找老天爷算账去。你种我的地不能白种吧？"

杜麦子无言以对，只能蹲在地上流泪。

杜麦子的娘见儿子去找东家算账迟迟未归，担心儿子年轻气盛惹出什么事来，就叫巧儿快去看看。巧儿赶到孙家，见哥哥正与孙龙跃理论，也怕出什么事，就拉哥哥走。可杜麦子就是不走，还要继续理论。

孙龙跃生气了，眼一瞪说："咋？我帮了你，救了你们一家人，我还错了？要知你恁难缠，当初就不该借你粮食。"

孙龙跃身旁的几个家丁一齐瞪圆了眼睛，怒视着杜麦子。

巧儿急忙说："东家别生气！"

孙龙跃这时一见到巧儿，转而笑了，于是立即改变了腔调说："麦子，你看这样中不？"

杜麦子和巧儿一齐将目光投向孙龙跃。

孙龙跃说："都是老邻居，你家的困难我也理解，但这账不得不这样算。你想，当初一块大洋才买几斤粮食？就说这清风楼吧，一千二百斤粮食沈家就卖了。搁平时，两万斤粮食沈家也不会卖。此一时彼一时嘛！我有个想法你看中不？"

杜麦子问："啥想法？"

孙龙跃说："我家呢，人手少，缺个洗洗涮涮的，让你妹妹来我家干个杂活。一来呢，她在这能吃个饱饭；二来呢，我把她与大领、二鞭一样对待，有工钱，给人家多少给她多少，我孙龙跃绝不会亏待你们！"

杜麦子问："那工钱……"

孙龙跃说："工钱顶你的账，结清了，她愿意走就走，不愿意走，就还留在我家。你看如何？你要同意呢，你就先扛走两口袋荞麦，先吃着，以后呢，没吃的了再说。"

杜麦子低头想了想说："我回家和俺娘商量商量再说吧。"

孙龙跃爽快地说："那也中。这粮食你先扛走一袋吧。"

杜麦子回到家，将算账的经过和孙家想让巧儿去做用人的事给母亲说了一遍，老娘沉默许久，才一伸脖地艰难地说："咱种人家的地，收不收，只能怨天，怨咱命不好。咱借人家的粮，虽然让还得太多，可别管咋说咱一家总算熬过来了。唉！遇着这年成，只有富人要价的份儿，哪有穷人还价的理？人在屋檐下，不得不低头。再说，咱也没啥好法子，不让巧儿去抵账，这本滚本利滚利，咱哪有还清的时候！"

杜麦子说："娘，我去吧！"

"人家大领、二鞭好几个，要的就是个洗洗涮涮的。"老娘思忖再三，然后长叹一声说，"唉！就让巧儿去吧！再说了，这些荞麦都让他们拉走了，咱一家人吃啥？巧儿去了，家里又少一张嘴。巧儿在孙家干活，不管多苦多累，总能让她吃饱。"

没承想，巧儿去了孙家不到三个月就投大青河死了。那天是腊月初十。吃了腊八饭就把年来办。过了腊八，各家各户就操持过年。富人家杀猪宰羊，磨面蒸馍，炸丸子煮肉。穷人家没猪杀，也没羊宰，但也得磨几斤面，蒸几个馒头，包几个团子，以备走亲戚串朋友。那天，杜麦子抱着磨棍正推磨，母亲也起床帮着筛面，突然邻居家一个小孩跑进来，哭着说："麦子叔，巧儿姑死了。"杜麦子娘俩一听如五雷轰顶："啥？"他们既震惊又不敢相信。待他们母子二人走出家门来到村街，只见许多人正围在一起观看什么。众人一见他娘俩来了，急忙让出一条路。杜麦子来到人群中，只见一辆拖车上放着一扇门板，巧儿躺在门板上，脸色青紫，湿透的棉袄棉裤已冻成坨。麦子娘叫一声："巧儿……"没哭完便背过气去。众人急忙为麦子娘胡噜前胸捶后背，好大一会儿，麦子娘才缓过气来。村民们一齐动手，架着麦子娘，扶着麦子，抬着巧儿进了杜麦子的家。

麦子娘哭叫着："巧儿啊！我的女儿，本想叫你到孙家寻条活路，你咋死了啊！你叫我咋活啊？"

杜麦子一抹眼泪，气愤地说："不中！我得到孙家讨个说法。"

来送巧儿的孙家大领孙二喜说："麦子啊！你能讨来啥说法？我在孙家大院，既没见人吵她，也没见人打她。把巧儿捞出来时，我都看了，巧儿身上没一点伤。"

一同来送巧儿的孙家用人赵婆婆，在巧儿身边哭得如同自己的女儿一般。

几个婶子大娘也一齐说："这孩子啥事想不开啊！大冷的天投河自尽。"

一个老人说："孩子身上没伤，不能说是人家打死的。咱能讨出个啥说法？"

杜麦子一边哭一边捶打自己的头。

有人说："给孩子换换衣服吧！"男人们都擦着泪走出门去。麦子也哭着走出门去。

几个婶子大娘帮着麦子娘脱下巧儿身上的冰衣。麦子娘这时发现巧儿的下身有红肿的现象，还有血迹凝固。她又一声哭背了气，几个女人又急忙救麦子娘。待麦子娘醒来，婶子大娘们问："嫂子，这咋办？"麦子娘气恼地说："不中！我和他们拼了！"婶子大娘们将她按住了。

一个老人拍拍麦子娘说："他婶子，咱又没啥证据，咋拼啊？依我说，巧儿已经死了，不能再让孩子落个不光彩的名声啊！"

　　麦子娘有气说不出，大哭一声："巧儿啊……"一口气没上来，一蹬腿也随女儿走了。

　　杜麦子在村庄东头那片坟地里埋了老娘，又葬了妹妹。回到家，家中冷冷清清，从东旮旯到西旮旯，一无所有。他流着泪把床上那破絮般的铺盖一卷，找根麻绳一捆，夹在腋下，一步一回头地离开了那座破败的小院，离开了东凹，走进了风雪交加的茫茫旷野。

第40章 死 集

　　自从孙子盛当了镇长，青峰镇上空就笼罩了一层乌云。

　　青峰镇这个千年古镇，由于地理位置特殊，自古都是商品集散地。东粮进山，南米北运，北粮南调，西货东输，五行八作，生意兴隆。据传说，自汉代起，这里就设了镇治，但由于天高皇帝远，加之历代均有土匪盘踞在大青山，这里虽有镇治却常无镇长，于是这里成了一个兵匪横行族群争霸的纷乱之地。直到忽必烈坐拥天下，为加强青峰镇的统治，派了一名"鞑子"来当镇长。这"鞑子"管理很严，实行"十户联保制"，百姓家不得有利器，各家的菜刀统统收归"镇长"保管。十家用一把菜刀，做饭时，十家轮流使用，一家用过一家再用。税赋更是繁重，地税、粮税、人丁税、行商税，五花八门，老百姓苦不堪言。朱元璋起事后，青峰镇人利用中秋节互送月饼的习俗，在月饼底部那张纸上写上："八月十五杀鞑子，天意！"家家户户都吃月饼庆中秋，掰开月饼时看到了底上的字，万众会意，于是在中秋之夜，一举灭了"鞑子"。自此，青峰镇人心凝聚，团结和睦。清朝年间，一次乾隆南下巡视路过青峰镇，住在了沈家，遭遇大青山土匪来劫。当时沈家祖先已是朝中大官，沈家便率领青峰镇人奋起拼杀，保护了乾隆皇帝和随行官员。乾隆皇帝为答谢青峰镇人的大义之举，下旨免去了青峰镇一切赋税，自此青峰镇人就没了皇粮和赋税。也自那时起，青峰镇镇长采取选举制，选举德高望重之人担任镇长，管理青峰镇。由于历届镇长均是当地人，所以青峰镇虽有镇长，却没有办公之处。镇长均在家中办理公务，那公务无非是调解民事纠纷而已。

　　自从孙子盛当了镇长，恢复了赋税，除了皇粮、地税之外，还征收保安税、壮丁税，使老百姓本来就困苦的生活更是雪上加霜。沈家与孙家本就不睦，各种赋税捐费沈家自然不能少出，这就使沈家哑巴吃黄连——有苦说不出，但心里总是愤愤不平，尤其是沈青河那火暴脾气，见孙子盛带着孙虎、孙豹来收钱就想发火，每次都被沈润章老人和沈少松按下。也许是气该生，架该打，火山该爆发。没了清风楼，不做个生意连个活泛钱都没有，买个油盐酱醋都得卖粮。

于是沈少松说:"咱做点儿生意吧!"沈润章老人说:"做生意没地方啊!再说咱也没本钱。"沈少松说:"地方就用大门旁的那间小屋。钱嘛,先赊着,周转开再还。"沈润章老人同意了。那天青峰镇逢集,沈少松就把大门边的一间小屋打扫一下,将原来的匾额挂在门上方,放挂鞭炮就算开业了。谁知炮声刚停,孙虎、孙豹便找上门来要收当天的商税。青峰镇人干什么事都有忌讳:大年初一,怕说不吉利的话;出门请郎中给家人看病怕碰到猪;做生意的人开门怕有人退货或要账,开门若碰到要钱的人,一天的生意都不兴旺。沈少松刚开门就碰到孙虎、孙豹来收钱,心中自然不高兴,但人家是来办公事,沈少松只好强压心头之火,委婉地说:"刚开门,还没做生意,这会儿没钱,二位集罢来拿吧!"孙虎、孙豹却不依,口气里带着不满和强硬:"咋?抗税是吧?都像您沈家集罢再缴,我们还收谁的去?"这时沈青河从屋里走出来,听到孙虎、孙豹的口气里带着霸道,就走到孙虎、孙豹面前说:"咋的?又没说不缴,晚一会儿还不行?"孙豹说:"就是不行!不缴上钱就关门。"说着伸手就要关门。这时正有几个卖皮货的客人等在门外,沈青河血冲脑门,上前一拳就把孙豹打了个趔趄。孙虎、孙豹恼羞成怒,一齐扑上去打青河。沈少松上前拉架,不让青河再打,他拉住青河不松手。可孙虎、孙豹不依不饶,如狼似虎地扑上来对青河拳打脚踢。青河急了,狠命甩脱父亲的手,几下便把孙虎、孙豹打趴在地。正待少松伸手要拉孙虎、孙豹之时,门外突然闯进几个持枪的人,孙子盛和保安团团长黄三带着十几个团丁走进门来。黄三说:"好啊!你们抗税不缴,已经违法,竟还打人!来人!给我绑了!"沈少松欲上前辩解,黄三一挥手说:"青天白日,你纵子行凶,一块儿绑了!"几个持枪的人一齐上前,将少松和青河五花大绑。尽管一家人上前又哭又闹,但还是眼睁睁地看着他们把沈少松和沈青河推出门去了。

后来"舌头"来到沈家告诉沈润章说:"这是他们设计好的圈套。他们是杀一儆百,杀鸡给猴看。治住了您沈家,青峰镇人谁还敢反抗?"后来还是刘天福等人出面作保,又罚了二十块大洋,保安团才放了人。

青峰镇本来是隔一天赶一次集,因为这是个大镇,赶集人很多,生意也很兴隆。但自从孙子盛当了镇长,除了一年中几个古会之外,每天的集市人都很少,因为大小买卖都收税费,摊位费行商税加在一起,相当于卖十个鸡蛋他们就要去三个的税费。人们更怕的是孙虎、孙豹,他们经常一言不合就踢摊子、打人,所以四乡里老百姓宁愿多跑几里地去赶外集,也不来青峰镇。

集市濒死,费收无着,孙子盛就闲了许多。这个习惯于天天吃肉喝酒的镇长慢慢也有些拮据。以往,人家看他是镇长,家中有了客人常请他去陪客,后来人们发现巴结镇长没用,征粮征税一点儿也不能少缴,于是请他的人慢慢就少了。这个自小过惯了花天酒地生活的人一天没酒没肉也难受，于是他就开始凑酒场或"掂酒场"。馋猫鼻子尖，只要谁家有炒菜的香味，孙子盛就会以借东西或找人为由到人家家里去。人家自然就会说句客气话："镇长，今儿个给我陪客吧。"口中虽这样说，心里却讨厌他，巴不得他马上离开。青峰镇人有句俗语叫"假让客就怕碰上热粘皮"。孙子盛就是个"热粘皮"，人家一让，他就会毫不客气地坐下来一尽酒兴。每当吃饱喝晕之后，他用手一胡噜油乎乎的嘴，便会说出一句重复了一千遍的老话："唉！这镇长也难当。谁家有客都想请我陪客。不陪吧，显得我这个镇长架子大，不给人家面子；陪吧，倒成了负担，天天喝，喝多了还难受。再者，给谁陪客，空着手来，觉得不好意思；带些东西吧，主家又觉得不好意思。"于是主家便会顺着他的话客气起来："哪能让您带东西，您来了，就是给我面子了！"奉承的话听多了他就认为自己白吃白喝是天经地义，不但不感谢人家，而且还觉得人家欠了自己的情，这就叫"混账自有混账的逻辑"。

慢慢地，请他陪客的人家越来越少，他自然肚中缺酒。每次集上收不了仨核桃俩枣，一顿就花光了。手中没钱还想喝酒，想问他爹要，他爹又搂钱搂得紧，于是他就背着手在街上溜达，碰不到酒场他就"掂酒场"。"掂酒场"是孙子盛的拿手戏。比如见到张三或李四，他就会热情地打招呼："今儿有事儿没？"开始人家不知道怎么回事，就会回答："没事，镇长有啥吩咐？"孙子盛就会说："走，没事我请你喝酒！"许多人觉得镇长要请自己喝酒，是对自己不见外，就会说："哪能让您请，还是我请您！"于是酒场就成了。他自然就能白吃白喝一顿。但是时间能改变一切。孙子盛白吃白喝时间一长，人们就不耐烦了。谁家有客也不再请他，即使他闯过去，人家也不再谦让，唯恐他"热粘皮"。"掂酒场"的法子渐渐也不灵了。他只要一说请人家喝酒，人家就会马上推辞，以家中有事为由谢绝他的"神掂"。酒场一少，孙子盛心里空落落的。回家吃饭，他早已不习惯，家中的饭总是少油寡味的。于是他就常去"刘家羊汤馆"，有人在那里喝酒，见到镇长进来，虽然心里怕瘟神似的，但嘴里总会谦让地说："孙镇长，来，喝一杯！"于是他就会上前和人家划上几拳喝上几杯。末了，他也会虚情假意地要结账买单，可谁也不傻，怎会让他买单。碰到没人喝酒，他就会要上一个羊头或半斤羊下水，再要一壶酒，自斟自饮下去。逢到兜中无钱，他就会说："先记我账上，回头一块儿给。"可他兜中常无钱，也常常说那句"记我账上"的话，却总不见他还账。长此以往，刘天福也受不了了，小本生意，往年集市人多，还能多赚一些，如今集市人少，生意又不好，一天下来赚不了几个小钱，又全被孙子盛赊去了。催要吧，怕得罪了他，日后给自己小鞋穿；不要吧，还赚不够他赊的钱。刘天福一气之下想关门不干，但又想若生意不干，仅靠那几亩地只能喝西北风。刘天福觉得这账该要了，他壮壮胆子走进孙家。孙子盛问："刘老板有啥事儿？"刘天福胆怯而婉转地说："镇长，你看那账……"孙子盛有点诧异地问："啥账？"刘天福说："馆子那账。"孙子盛沉默了一会儿说："我还！等缴了税粮，一起还！"谁知缴税粮时，刘天福大吃一惊，他家的税粮比往年多了三成。刘天福如梦初醒，这三成比孙子盛欠的账还多。此时他才深深地领教了权势的厉害。

人有了烦心事总爱找知心朋友聊聊，说说委屈，倒倒苦水，以缓解心中的郁闷。刘天福两天没说话了，他媳妇怕天福气出病来，就劝天福出门遛遛，找人说说话。那天适逢下雨，店里没生意，刘天福关了门，想早早回家。刚出馆子门，迎面碰上"舌头"张百利。"舌头"头戴竹斗笠，身披蓑衣，手里掂一纸包，还没待刘天福开口，"舌头"说："天福叔，走！喝酒去！"刘天福问："上哪儿喝酒？""舌头"说："我今儿进城，买了二斤臭豆腐，正宗张家老店的。润章叔好吃这个。走！找他喝几盅，他那儿还有青山老窖呢！"刘天福说："还真好久没跟润章喝了。我再带点菜。"说着转身又开了门，掂了一个刚卤好的羊头和一挂心肝肺，用纸包了，与"舌头"一起来到沈家。

灵芝接了刘天福和"舌头"掂来的菜，切好了盛在盘中，又淋上几滴小磨香油，端到沈润章住的堂屋客厅，只见沈润章从里间端出一个黑釉瓷坛，灵芝说："这半坛酒存一年多了。我爹平时没舍得喝，专等你俩来再喝呢！""舌头"说："这酒别喝了。"沈润章问："咋的？""舌头"笑说："给孙镇长留着吧！"沈润章知道"舌头"是故意开玩笑，便笑着说："他来了，我用更好的酒招待他。"说着打开酒坛在三个碗里倒上酒。"舌头"信以为真："你用啥好酒招待他？"沈润章说："牛尿！"

三人举碗碰酒，"舌头"一饮而尽，刘天福却抿一小口，又放下碗。

沈润章说："喝完！"示意刘天福端起酒。他喝完碗中的酒说："天福，你的事大家都知道。别再气了！""舌头"说："气病了，吃药还得花自己的钱。"

沈润章说："人常说，种瓜兔子还啃瓜头呢！你全当种瓜被兔子啃了。"

"舌头"说："对！润章叔说得对！全当被兔子啃了！来，尝尝这臭豆腐。"

沈润章夹起一点豆腐，放进嘴里，品了品说："好！这是正宗张家店的。"

刘天福喝完碗中的酒，又夹了点豆腐，品味一下说："这豆腐闻起来臭，吃起来香。"

沈润章一边倒酒一边说："其实，这张家臭豆腐是咱青峰镇特产。"

"舌头"大为不解："这是城里张家店的，怎么会是咱青峰镇的？"

沈润章说："这你有所不知。咱青峰镇张家不是一族。张富贵的祖先不姓弓长张的'张'，而是文章的'章'。他们的祖籍是陕西，是官宦之家，也不知他们的祖上在陕西犯了啥事，被抄家灭门，幸好有一人逃脱，逃到咱青峰镇落了户，为防后患，他们就改'章'为'张'了。真正的张家是咱青峰镇老户，臭豆腐是张家的祖传绝活，有秘方，从不外传。所以至今只有张家的臭豆腐味厚鲜美，有让人吃了就忘不掉的特殊风味。"

"舌头"问："那张家怎么进了县城？"

沈润章说："话还得从我老太爷说起。那时他在朝中为官，一次乾隆爷南下，路过咱青峰镇，住在我家。我老太爷就用咱青峰镇的特产张家臭豆腐招待了他，他吃后赞不绝口，后来就成了贡品。地方官员年年都要进京述职，所带礼品都少不了张家臭豆腐。"

刘天福说："咱青峰镇免缴税赋就是那次皇帝下的旨吧？"

沈润章说："不错。那次咱青峰镇人救了皇驾，乾隆帝下旨免了咱青峰镇的税赋，老百姓都得到了好处，而得好处最大的还是张家。他们的臭豆腐成了贡品，名扬华夏，他们的生意越做越大，后来他们发了财就搬进了城里。所以啊，这臭豆腐是咱青峰镇的特产。"

他们三人一边喝酒吃菜，一边闲聊，不知不觉又聊到孙子盛身上。刘天福说："自从孙子盛当了镇长，老百姓的日子更苦了。"

"舌头"已经喝晕了，他结结巴巴地说："听说南方闹……闹起来了。"

刘天福说："闹啥？"

"舌头"说："说、说，共产党，闹土地革命。"

刘天福问："啥叫土地革命？"

"舌头"说："斗、斗地主恶霸！均、均田地！"

刘天福说："离咱这儿远着呢！"

"舌头"说："听、听说，咱这儿也有了共产党。"

沈润章呷了口酒说："物极必反。这是《易经》上的话。"

待他们喝了个酒坛底朝天，三人都醉了，就趴在方桌上睡着了。

第 41 章　戏场风波

　　时光荏苒，转眼又到了秋天。农谚云："立了秋，挂锄钩。"这句农谚是说，立秋节气一到，就没农活了。谷子抽穗了，高粱翻米了，红芋地里已爬满了芋秧，草长不起来了，农民就过起了休闲日子。

　　农闲时节是人们听小戏的时候。青峰镇人爱听戏，像大鼓书、琴书、坠子书、评书什么的。到了晚上，搬个板凳或拉一领破席，大槐树底下一坐，或者一睡，望着满天星斗，听着成本的大戏。在曲折离奇的故事中，在清凉夜露的滋润中消去最后几天的暑热。什么《薛刚反唐》《七侠五义》《杨家将》《桃花庵》《狸猫换太子》等，往往一部书要唱七八天。人们最爱听的是"大鼓王"老郝的大鼓书，那大鼓一敲，剪板一打，节奏明快，清脆悦耳，尤其是老郝那沙哑的唱腔浑厚婉转，特别出棚。老郝是南乡人，在青峰镇，人们都叫他"大鼓王"老郝，谁也没叫过他的名字。老郝年年农闲时都来青峰镇唱戏，大人小孩都爱听他的大鼓书。老郝年年都开新戏，人们称他为"戏篓子"，从没翻过箱（方言。穷尽的意思。这里指老郝会唱的戏特别多，唱不完）。

　　农村的娱乐活动都有"会首"。元宵节的灯会，农闲时的书会，都由"会首"操办。会首不是镇长，也不是族长，一般是爱听戏且德高望重的人出面当会首。说书唱戏的来了，人们又想娱乐娱乐，就会由会首出面联系，这叫接戏。接了戏，会首就联系安排唱戏人的吃住事宜。谁家有闲房就住谁家。吃饭则由会首派饭，一家管一顿，轮流管饭。饭菜不论孬好，唱戏的人从不讲价钱，吃饱就行。唱戏的大多是穷苦人。煞戏了，会首就掂个口袋到各家去收粮，一瓢也中，两瓢也行。兑上一袋两袋粮，唱戏的艺人就背回家，去养活妻儿老小。

　　沈润章是老会首，他热（方言。喜欢的意思）戏，又德高望重。不管派饭派到谁家，从无推托。收粮不管到谁门前，都能收上来。即使"老鳖一"张富贵，也会给会首面子。有时收成不好，穷人家日子难过，沈润章则会把握分寸，富户就让他多出一瓢两瓢，穷人家一瓢半瓢都中。最后收不够，他就自己多出点，让唱戏的艺人高高兴兴地离开青峰镇。他常说："无君子不养艺人。"

自从过了那场大旱，这两年还算风调雨顺，麦丰收，秋也丰收。沈家货栈的生意让少松打理得不错。40来岁正当年，精力旺盛，经验丰富。四乡老百姓不敢来赶集，他就整天上山下乡去收皮货。这两年赚了些钱，全家人不舍得吃，不舍得花，积攒起来，今年春天又买了几亩地。沈润章觉得日子虽不算富裕，但看到青山、青河两个孙子都已长大成人，家里地里的活都能干，他再也不用干那些推磨拉犁的重体力活，心中甚是宽慰，过日子就更有了心劲儿。他想，老天只要作美，不淹不旱，地里粮食够吃，生意上多赚些钱，过个三年五载，再把清风楼买回来，这样对祖宗也有个交代。

人过日子，就是个心劲儿，有了心劲儿，日子就会越过越好。沈润章老人每天天不明就起，背个粪篮去拾粪，打扫树叶沤粪积肥。他背着粪篮来到河南岸的谷地，谷子正抽穗，一个个如黄鼠狼的尾巴，毛茸茸的，又粗又长。他来到豆地，豆子正长荚，那豆荚一嘟噜几个，里面的豆粒正鼓胀着撑圆了长长的豆荚。他又来到镇北的祖林旁边的那块今年春天买的十亩沙地，地里的高粱正在翻米，有些米粒已经红了半个脸。微风吹来，高粱地碧波起伏。太阳升起来了，地里有不少人在看自己的庄稼，他们挂着笑容的脸，盛满了喜悦，手把庄稼穗，似在欣赏刚刚出生的孩子。

徐石匠也来了，他家的地与沈家的地挨边，徐石匠正在扦那刚翻红的高粱穗。"徐石匠，今年的庄稼长势不错。"沈润章搭讪道。徐石匠"唉"了一声说："还要交给东家，剩不了多少。"沈润章见徐石匠手中的嫩高粱穗说："咋？又断粮了？"徐石匠说："家里有个病秧子，只能吃一顿算一顿。"沈润章说："这刚翻米，掐了多可惜！"徐石匠又扦下一穗，长叹一声说："唉！这不是没法子嘛！"沈润章说："你去我家吧，让灵芝给你盛撇子粮食先吃着。"徐石匠说："不用啦！一顿一顿凑合吧！"

"润章哥，该接戏了。"刘天福也来到地里看庄稼。刘天福是个戏迷，只要有戏他每场必到，尤其是"大鼓王"老郝来唱戏，他生意关门不做也得听戏。有时外庄唱戏，他走十里八里也去听。他爱听大鼓书，尤其是老郝的大鼓书，字正腔圆，故事曲折，放得开收得拢，扣人心弦。当唱到故事关键处，说书人总爱丢下一个扣子："欲知某某性命如何，且听下回分解。"每当此时，刘天福总会长叹一声"唉！"叹出他的没尽兴。

沈润章说："这老郝几年都没来了，不知咋回事。"

刘天福说："那请柳莺莺的柳琴戏？"

沈润章笑了："咋？还想着叫我难看？"

刘天福脸红了。这话中之意只有沈润章和刘天福清楚。柳莺莺是个唱柳琴戏的，戏唱得好，人也长得俊俏，她那一颦一笑都勾人魂魄。那年刘天福刚二十四五，结婚不到两年，青峰镇请来了柳莺莺的柳琴戏班，原来订戏七天，一唱却是十多天，几个年轻人硬是不让走。刘天福听迷了，他要自己出钱再唱三天。可到第十二天出事了，刘天福的媳妇哭着找到会首沈润章，说："这戏不能再唱了！再唱俺家就得散了。"沈润章问："怎么回事？"刘天福媳妇说："天福要跟柳莺莺去学唱戏，生意都关门了。他被那小妖精迷住了。要再唱下去，俺娘俩就搬你家来。"沈润章当天就辞了柳莺莺的戏班，从此青峰镇再也没请过柳莺莺。

刘天福红着脸说："哪里去找老郝？"

沈润章说："我估摸，如果没有啥特殊的事，老郝明天就该来了。"

农历七月初七逢会，老古会。往年的会上都会来几班唱戏的，唱坠子书的，唱琴书的，唱柳琴的，说评书的，老郝每年也都来。东一摊西一摊，各唱各的，谁家唱得好，就由会首出面接戏，留下唱几天。这天沈家正在吃早饭，便有人敲响了大门。沈润章开门一看，来人不是别人，正是"大鼓王"老郝。沈润章喜出望外，先握了老郝的手，又接过大鼓和鼓架。老朋友相见分外热情，二人毕竟已有二十几年的交情。

"这几年跑哪里去了？咋不来青峰镇了？"沈润章一边往屋里让老郝，一边询问。

老郝说："这几年一直在南方流浪。这年头口艺人混口饭吃不容易啊！"

沈润章说："都不容易，能活过来就是福啊！"

进到屋里，老郝见沈家正在吃饭，不好意思坐下。

沈润章说："别客气！有啥吃啥！别饿着肚子！"

全家人都站起来和老郝打招呼，唯独陈凤仪不认识老郝，站在一边没吭声。沈润章急忙介绍道："这是青山家的，叫凤仪。"他转而又对凤仪说，"这就是我常说的'大鼓王'老郝，你应该叫他郝大叔。"

陈凤仪急忙说道："郝大叔好！你快坐下，我给你盛饭。"

老郝一边坐一边说："时间过得真快！上次我来时青山还是个孩子，转眼已经娶媳妇了。"

灵芝说："五六年没听你的戏了。"

老郝说："如果老会首今儿个接我的戏，我就唱几天，让你听过瘾。"

凤仪端上几个窝头与一碟蒜泥辣椒，放在老郝面前。沈少松又端上来一碗糊涂。

老郝说："我就不客气了！"说着一手拿起筷子，一手抓起个窝头便吃起来。

　　吃过饭，老郝说："我先去赶会，你们也去忙吧！"说着掂起那个油漆斑驳的圆扁大鼓，拿起用几根细竹竿制成的鼓架，再背上那个装着紫檀木剪板的褡裢走出门去，走向镇中那棵老槐树，那是青峰镇的戏场。

　　夜晚，一钩弯月挂在西南天边，老槐树的枝叶将如银的月光筛碎了洒在地上。青峰镇的人一如往常搬着大小板凳，拉着高粱秆皮织成的席子坐坐躺躺，集聚在大槐树下听老郝的大鼓书。

　　一阵剪板和大鼓的交响乐之后，老郝停了鼓板，沙哑着说道："各位老少爷们儿，婶子大娘，兄弟姐妹，各位看官，承蒙各位抬爱，留老郝在青峰镇讨口饭吃，为报答各位乡亲，我今天给大家开一本新戏《村姑情仇》。此戏讲述的是一个叫青草的村姑与一个叫二春的小伙相爱，但家里穷，爹爹欠了财主家债，因为还不起，财主逼死了她爹娘，又强逼她做财主的二房。青草爱二春，可二春家穷又难救青草于水火，青草被强行拉到财主家要拜堂，青草无奈悬梁自尽，二春心灰意冷，在青草坟上烧了纸钱后，远走他乡。"老郝一改过去先唱个书帽再唱正戏的习惯，一开始便开了正戏。他把青草和二春的遭遇唱得人人掉泪，把那财主刘金钱的恶行唱得人人咬牙切齿。月亮落山了，鸡叫了两遍，老郝停下鼓棒煞住剪板，自白道："欲知二春死活，且听下回分解。"戏已唱完，这时戏场上鸦雀无声，人们的思绪还沉浸在故事之中，这青草的故事似乎就发生在身边。富人的暴戾，穷人的苦难，以前看似命中注定，但听了老郝的戏，人们心中翻起了波澜。露水打湿了人们的衣衫，可没人站起来离去。老郝唱完，青山提起地上的茶壶，给老郝倒了碗茶，老郝喝过茶，见大家还不愿离去，就又说了段笑话，方把大家的思绪从《村姑情仇》的故事中拉出来。

　　散戏后，沈润章将老郝领回了家中，让灵芝下了两碗面条，又一碗打了个荷包蛋。沈润章老人陪老郝吃了面条，夜餐之后，拉了两张席子放在院中的大桐树下，二人坐在席子上，一边抽烟，一边闲聊起来。

　　沈润章听了《村姑情仇》这部新戏，感到耳目一新，他从这戏里想到戏外，心中似乎有一种东西在冲撞，就问："这戏你是从哪儿学的？"

　　老郝说："这几年我一直在南乡跑，在那里学的。"

　　"听说南乡在闹啥土改？"沈润章问。

　　老郝说："是啊！南乡的穷人都起来了，都跟着共产党闹土地革命呢。"

　　沈润章不解地问："啥叫共产党？这土地咋革命？"

　　老郝说："共产党是个组织，是劳苦大众的组织。他们组织起来，打土豪分田地，使家家有地种，人人有饭吃，让穷人翻身做主人，再也不受地主老财的气。"

"那穷人能斗得过富人？"沈润章不相信地问。

"穷人都组织起来了，拉起了自己的队伍，有枪有炮，咋能斗不过富人？"

"穷人也有队伍？"

"对。队伍叫工农革命军。在南乡，共产党很得民心，老百姓都拥护，穷人的孩子大都跟共产党当了兵。"老郝说着，顺势躺在席子上，将两只鞋叠在一起枕在头下，"天要变了！穷人要翻身了！"

沈润章听了老郝一番话，他失眠了。

第二天，镇上的人听说老郝唱的是新戏，那戏里的故事就像身边的事。天刚黑，大槐树下便坐满了男男女女老老少少，镇外村庄的人也来了不少。他们站在外围或凑到熟人的席边坐下来，等待老郝敲鼓打板唱新戏。

晚饭老郝是在沈家吃的，吃下两个杂面窝头蘸蒜泥辣椒之后，老郝又喝了一碗新高粱米糊涂，便要去戏场。青山急忙帮老郝掂着大鼓和鼓架，青河掂上那把黑乎乎的燎壶与老郝走出门去。沈润章老人早早去了戏场，他是会首，揭锅时他拿了一个烫手的热窝头就走了，他得先去大槐树下维护秩序。

灵芝对沈少松和陈凤仪说："你爷俩也去吧！"

陈凤仪说："爹，你先走吧！我帮娘拾掇拾掇。"

少松走了。

刷好了锅碗，灵芝说："凤仪，你也去听戏吧！"

陈凤仪说："娘，我陪您在家看家。"

"看啥家！就是来了贼他偷啥？再说有我一人就够了。"

陈凤仪本来也想去听戏，年轻人都喜欢热闹，听沈灵芝又催她，于是就解下围裙，有点不好意思地说："那、那我去了。"

"去吧！"沈灵芝继续拾掇家务，"把门从外边锁上。"

陈凤仪搬了个小板凳走出院门，又反身将门锁上，便去了戏场。

且说孙龙跃放下饭碗，便抄起水烟袋。他有饭后一袋烟的习惯。他一边往烟锅装烟丝，一边看着老婆杏花收拾餐具。40多岁，杏花已经发福，脸大了，眼睛显得更小了，他心里产生了一种厌恶之感。这时，另一个形象在他脑海里浮现出来，一双大眼睛，浓黑的柳叶眉，隆起的胸部微微颤动，白嫩的小腿和胳膊，那是灵芝。灵芝也是年过四十，可更显得勾魂。他闭着眼抽了两口烟，他想让灵芝那美好诱人的形象多停留一会儿。大槐树下的鼓声和剪板响了起来。他突然感到他的心猛地悸动了一下。他在鞋底上磕掉没燃尽的烟丝，急忙站起身，走出门去。门外便是戏场，戏场上黑压压坐满了人。吸烟的火光在人群中明明灭灭，大槐树下传来的剪板声和鼓声清脆而有节奏。月光正明，他的目光在月光下梭巡着，辨认着镇上每个人的脸。他悄悄地在戏场里走动一圈之后，他的心跳加快了，沈家的人都来了，唯独没见灵芝。他断定灵芝在家看家。镇上唱戏，每家都会留一个人看家，怕有贼进了家。虽然穷人家没什么可偷的，可一只鸡、一个锄头对他们来说也是个大损失。老郝还没开唱。孙龙跃又回到牛屋里看看，见大领二喜正在给牛拌草，他说："可别去听戏！看好牲口。"随后便走了出去。他回到戏场，见老郝已经开唱，便悄悄走向东街。街上没有行人，静悄悄的，只有几只狗在溜达。

他来到沈家门前，见门上着锁。都去听戏了吗？戏场里没见灵芝啊！他正犹豫猜测，这时他听到有水"哗哗"落地的声音。灵芝在家。他走到清风楼下，轻轻打开门，悄悄进了屋。他没点灯，清风楼后面便是沈家的庭院。他趴在后面窗台上往沈家看。如水的月光洒在庭院里，亮如白昼。青峰镇的男人爱洗澡，别管是大青河里还是坑里，脱光了，跳进去，扎几个猛，就能洗个痛快。而女人则不去坑里河里洗澡，热了，燥了，身上有汗臭味了，就弄两筲水，放在院中让太阳晒晒，夜深人静时，才脱去衣服，用水瓢舀水从头顶浇下来，冲洗个痛快。

全家人都去听戏了，凤仪又在外面锁了门，灵芝拾掇完家务，感到浑身湿乎乎。凤仪每天都在院中晒两筲水，供婆婆和她洗澡。她用手摸摸筲中的水，温温的，于是便脱去衣服，站在筲边，用瓢盛了水冲澡，水从头上浇下来，她打了个激灵。真是节气到了，尽管还在暑天，但秋后的水还是凉的。淋了两瓢水，她开始揉搓身体。

月光下看美人。灵芝虽年过四十，但风韵犹存，身材不胖不瘦，皮肤白皙。月光透过树叶丛洒在灵芝滚着水珠的躯体上，简直如仙女出浴一般。孙龙跃看直了眼。情人眼里出西施。这时孙龙跃想到了飞天的嫦娥，沐浴的杨贵妃，不，她比杨贵妃还美。孙龙跃头发蒙，口水不由得流了下来。他再也控制不住自己，头发蒙，口发干，心跳加快，他恨不能一下把那令他意乱情迷的美丽躯体抱在怀中。常说色胆包天，孙龙跃没去想后果，他轻轻推开那扇木框窗棂，纵身跳上了窗台，然后跳进后院之中。

灵芝正在用葫芦瓢舀水一瓢一瓢地往身上浇，"哗哗"的水声使她没听到任何异常动静。当她又将一瓢水从头上浇下来时，孙龙跃一下子从身后抱住了她。她惊恐地喊道："谁？"

孙龙跃声音颤抖着说："别喊！灵芝，是我！"说着他就用那温热的嘴在灵芝的脖颈上、脊背上亲吻起来。

灵芝奋力挣扎扭动，想挣脱孙龙跃，可一只小鹿怎能挣脱一只饿狼的死死箍抱。

孙龙跃感觉全身都在燃烧，那难耐的饥渴让他如一头多日行走于沙漠的骆驼遇到了清澈的溪水，他用双臂死死地抱住灵芝那光滑又凉爽怡人的身躯，一边狂吻着，一边想更近一步。他口干如火燎一般，一种强烈的欲望使他全身都在颤抖。

灵芝一边拼命挣扎，一边大骂："孙龙跃，你个畜生！快放开我！"

孙龙跃怎会松手，年轻时有贼心没贼胆，这几年有了贼胆又没碰到机会。今日碰到了这天赐良机，他怎会松手？他用嘴狂吻着那湿软的肌肤。

灵芝看挣脱不了，急中生智，大喊道："凤仪，快起来！有贼！"她低头咬住了那箍着她的手臂。

孙龙跃一下蒙了，他在戏场见到了沈润章、沈少松和青山青河兄弟俩，就没在意陈凤仪。他一听喊凤仪，知道家中还有人，急忙松开手，转身逃开，跳进清风楼的窗户逃走了。

家丑不可外扬。这事灵芝不敢告诉任何人，常说人活一张脸，树活一张皮，这事儿要是让别人知道了，她再也没脸见人了。

女人啊！吃了哑巴亏，泪水只能往肚里咽。

后来的几天里，每当煞了夜戏，都是沈青山陪老郝到河南岸的打麦场上去睡。他不让沈润章老人陪，他说："你年纪大了，夜里露水重，你又有胳膊疼腿疼的老毛病。"青山是个孝子，自小跟爷爷长大，特别心疼爷爷。沈润章自从蹲了四年大狱，就落下了胳膊疼腿疼的毛病，每遇到刮风下雨，就加重疼痛。少松说："我陪老郝睡吧！"青山不让，他说："你在家睡吧！我娘这几天有点不对劲儿。"沈灵芝自从那天遭遇了孙龙跃的事情，心情一直很不好，不想说话，常常独自坐在那儿愣神。全家人都问她是不是病了，她总是说没事儿。青山拉领席与老郝到河南岸的打麦场上去睡，沐浴着习习的夜风，望着满天的星斗，耳畔回响着大青河的浅吟低唱，听老郝讲着南方穷人闹革命的故事，不知不觉中，他的思想发生了变化。

一出《白毛女》唱完，青峰镇犹如一片平静的海湾突然涌来一阵大潮，它冲撞着每一个人的心灵。人们议论纷纷，从戏中议论到戏外，从青峰镇议论到南乡。他们预感将有一场暴风雨来临。

孙子盛也是听着老郝的大鼓书长大的。以前老郝都是唱老戏，《杨家将》啊，《岳飞传》啊，《七侠五义》啊，他百听不厌，戏里的故事百转千回，引人入胜。他对岳飞崇拜有加，对秦桧恨之入骨；孙悟空曾让他夜里做梦总在空中飞；秦香莲曾让他一边听戏一边流眼泪。老郝的戏就是唱得好，他能让听众喜，能让听众哭，能让听众爱，也能让听众恨。这次他听了老郝的《白毛女》，心里翻起了一阵又一阵的波澜。黄世仁那么可恶，喜儿那么可怜，而救了喜儿的是共产党，共产党是穷人的大救星。什么穷人要翻身闹革命啊，打倒地主恶霸啊，他越想越觉得这出新戏里面有文章，究竟是什么，他说不清。就在这时，县里通知他去开会。尽管他起了个大早，没顾得上吃早饭就往县里赶，可因为青峰镇离县城五十多里，赶到县政府时还是晚了。他走进门时，会议已经开始，保安团团长黄三一见孙子盛刚来，就用目光示意他坐在身边。他边坐下边用目光扫视了一下会场，参加会议的除了各乡镇的乡长镇长，还有表叔黄三及县府的几个官员。

县长正在讲话："现在形势非常紧张。据上级通报，共产党已派出一批人来到豫东、苏北和皖北一带。他们到这一带主要是发动穷人闹事，分人家的田地，抢人家的财产。大家不要小看这批共匪，他们像火种一样，一不小心就会烧起熊熊烈火。我们要行动起来，把这火种扑灭于未燃之时，不能让他们站住脚跟燃烧起来。下面各乡镇都要报告一下各乡的情况，如发生共产党煽动农民闹事的情况，我们立即派保安团将其捉拿归案。"

孙子盛见过这个县长，他姓任，叫任仕寿，是邻县章平人，富甲一方。民间有句俗语说："章平的房子，人（任）家的。"任家家财占半个县城。黄三也介绍过，任仕寿是从省党部下来的，做过省参议，因贪污被下放到青山县当县长。他正在想着儿时随父亲到章平做生意，父亲给他介绍过任家的情况。这时任县长说："青峰镇的镇长来了吗？"他似乎没听到，黄三用胳膊捣他一下，他如梦初醒，立即站了起来。任县长说："你们青峰镇离县城虽远，却是一个要地，历史上乱子总是先从青峰镇起。你是青峰镇镇长，要有政治敏锐性。"子盛听不懂啥叫政治，啥叫敏锐性。"你先说说，青峰镇这段时间有什么新情况？"孙子盛对县长的话虽似懂非懂，但他听到"新情况"三个字，立即就想到老郝唱新戏的事。他一五一十地把老郝唱戏的内容、自己的想法及老百姓的议论说了一遍。县长和黄三立刻警觉起来，他们二人认真听完孙子盛的报告，县长任仕寿说："这种情况值得注意！这个老郝弄不好就是共产党派来的。"黄三立刻站了起来，说道："子盛镇长可以立即回去，先稳住那个老郝。今天晚上我们就过去。"任县长说："好！先把他抓过来。"

孙子盛刚出了县府大门，迎面碰上"舌头"。子盛问："'舌头'叔，你咋也来赶城了？""舌头"说："我娘心口疼病又犯了，我来给她抓点药。你干啥来了？"子盛说："我来县城开个会。""舌头"望望天空，见太阳已经过午，便说："走，咱下馆子去。今儿我请孙镇长喝两盅。"子盛摇摇头说："不行！我得赶紧回去！""舌头"说："吃过饭到家不会耽误听戏，急啥哩？"孙子盛说："还听戏？今儿听不成了。""舌头"诧异地说："咋啦？今晚老郝开新戏，《水浒传》可是老郝的拿手戏。"子盛摇摇头说："唱不成了。""舌头"说："到底咋回事？昨夜说好的今儿唱《水浒传》。"子盛小声说："我说了，你可别透出去。""舌头"冷静地恭听。"老郝可能是共产党。""舌头"不相信，摇摇头说："我不信，一个唱戏的，咋会是共产党？我听说共产党都是云里来雾里去，能飞檐走壁的好汉。"子盛有点生气地说："什么好汉！都是共匪！今晚保安团就去咱青峰镇抓老郝。""舌头"说："你不吃我也不吃了，咱一路回去。"二人结伴匆匆离开了县城。

天刚黑，人们吃过晚饭便纷纷掂着板凳、席子到大槐树下听戏。

这时，孙子盛和"舌头"张百利也赶回了青峰镇。来到十字街口，孙子盛说："'舌头'叔，你先回去给你娘煎药，我到戏场看看。我给你说的话你可别说出去！"

"舌头"点点头走了。孙子盛往大槐树下赶去。

老郝住在沈家，唱戏的工具都放在沈家。今天老郝在徐石匠家吃了派饭，饭后就去沈家拿鼓和剪板。刚一进门，就见"舌头"正与沈润章和沈少松说话。他们见老郝进来，急忙说："快收拾家伙！送老郝走！"老郝问咋回事，"舌头"就把来龙去脉说了一遍，最后说："保安团有马队，他们说到就到。快走吧！"

青山和凤仪急忙去收拾老郝的东西。收拾完，沈灵芝又往老郝的钱褡裢中塞了几个窝头。这时青山说："我要跟郝大爷去！"沈润章老人略一沉思，说："去吧！出去闯闯也中！可是凤仪……"青山说："我给娘和凤仪早说好了。"

这几天，老郝夜里唱戏，白天就帮沈家干点杂活。他帮沈润章打打秫叶，帮青山铡铡草，喂喂牲口。干完活，老郝就到沈润章老人屋里去说话，青山也去，有时一说半晌。后来老郝透露了他的真实身份，他是共产党派来的，要在大青山一带发展共产党的组织，建立贫农协会，为下一步开展土地革命做准备。再后来全家人都知道了老郝的真实身份。青山说："这事只能咱一家人知道，烂到肚里也不能往外说。"几天来，老郝说的许多话，讲的许多故事，谈的许多道理，使这个饱受苦难的家庭好像在漫漫长夜中看到了一缕曙光。当青山提出要跟老郝走时，全家人都同意了。陈凤仪给青山准备了一个包裹，里面装着一条被子和她连夜赶做的两双鞋。全家将他们二人送到大门外，陈凤仪将包裹递给青山，眼泪流了下来："青山，可别忘了给家里来信！"老郝说："放心吧！我还会回来的。"临别时，沈润章老人嘱咐道："你俩别走大道，走小路安全！"

青山和老郝走了。全家人目送二人走进已被夜幕笼罩的青纱帐，星斗正在高远的天空闪烁，月亮给田野笼上一层迷蒙的银雾。

此时，大槐树下的戏场上已聚集了很多人，乱哄哄一片。看来人们已等得有些心急。这时大家见会首沈润章老人走了过来，不少人在问："老郝呢？老郝咋还没来？"沈润章老人没回答，径直走到大槐树下老郝支鼓唱戏的地方，人们停止了吵吵嚷嚷，等待会首的开场白。

沈润章老人轻咳一声说："各位街坊，今天老郝有事，不再唱戏了，都请回吧！"

话音没落，只听一阵杂沓的马蹄声由远及近，随之又有几匹马将戏场包围起来。第一个冲进戏场的骑马人说："哪个是老郝？"

沈润章老人说："老郝走了！他家中来人说，让他赶快回去，他家老母亲病了。"

骑马人说："胡扯！咋那么巧？给我搜！看是否藏在人群里！"

这时孙子盛走了进来，大喊道："大家不要乱！县保安团是来抓共匪的，与大家无关，都不要害怕，站在一边。"

大家只好都站了起来，听镇长安排，排成两排。

"孙虎、孙豹，你俩帮忙认人。"孙子盛说完，孙虎、孙豹便走到人们跟前逐个辨认，认了一遍回来说："没有老郝。"

孙子盛问："今儿个摊谁家管饭？"

有人回答："今儿个摊徐石匠。"

孙子盛对黄三小声嘀咕了一句什么，只见黄三一挥手："去徐石匠家！"

孙虎、孙豹带领保安团人马直扑徐石匠家。

徐石匠家在东西大街北侧的徐家胡同里。一个鸡架门楼，上面爬满梅豆秧和南瓜秧，两扇木板钉成的大门紧闭着。几个团丁在孙虎、孙豹的带领下来到门前，两个团丁用枪托一下砸开了门，冲进院内。三间低矮的茅屋里亮着灯光。徐小芳正在给娘喂药，扭头见来了几个持枪的团丁吓得一下子把碗掉在了地上，药汤洒了一地。孙虎问："老郝呢？"小芳说："吃了饭他就走了。"孙豹问："你爹呢？"小芳回答："听戏去了。"这时孙子盛陪同黄三走了进来，黄三厉声说道："徐石匠呢？"这时小芳爹徐石匠从门外走了进来："找我啥事？"黄三一挥手："给我绑起来！带走！"徐小芳上前护住她爹："你为啥绑俺爹？"孙子盛说："是他放跑了共产党老郝。"几个团丁扑上去推开小芳，把徐石匠五花大绑，拉拉扯扯带出门去。后边传来小芳娘俩撕心裂肺的哭叫声。

小芳娘一惊一吓又一气，心口疼病突然加重，疼得满脸滚汗珠，但她强打精神咬着牙，强撑着走到孙家去找孙子盛。孙子盛说："人叫保安团带走了，我也拦不住，谁叫他放了共党老郝，这事也不能怨我！"

人在人屋檐，不得不低头，小芳娘眼见孙子盛带保安团去抓的人，不怨你孙子盛怨谁？可心里这样想却不能这样说。她只好强赔笑脸："孙镇长，你是一镇之长，出了这事你得帮忙啊！你不帮忙俺娘俩找谁去？再说俺也不懂啥叫共产党，更没放他。他吃了饭就说去唱戏，谁知道他上哪儿去了。孙镇长你得帮帮俺啊！你知道你石匠叔是个老实人，除了锻磨他啥也不懂。俺求求你了！你帮帮俺吧！"小芳娘说着就跪在了地上。心里在想，解铃系铃，你孙子盛有势力，想抓谁就能抓谁，想放谁也能放谁。小芳娘在地上磕头，心里在骂，嘴上还得哀求人家。

孙子盛拉起小芳娘，说："婶子别说了。今天晚了，明天我就去县城，找保安团说说，看能不能放人。"他迟疑一下又说，"明天呢，你叫小芳也去。说好了，让她把石匠叔领回来，我在县里还有事要办。"

小芳娘一边擦泪，一边连连点头答应。

第二天一早，小芳就与孙子盛一路去了县城，下午就将徐石匠领了回来。可自那以后，小芳就像变了一个人，不再多说话，不进人群，只知拼命干活，似乎成了一个哑巴。爹娘问她咋回事，她什么也不说。

第 42 章　龙抬头

　　二月二，在农村是个节日。这一天青峰镇的人都起得很早。他们老早起来，从灶房里的锅底下掏出草木灰，用那灰在当院中撒成圆圈，在大门口和各个房门前撒成半圆，接着将门圈住，然后在当院的大灰圈中和门前的半圆中用铲子刨个坑，将麦谷豆薯秫稷五谷埋在坑里，这叫"围仓"。这是青峰镇一带的民俗。围仓是祈福活动，祈求庄稼丰收，家家粮食满仓满囤。沈少松和青河帮助沈润章老人打扫庭院"围仓"，沈灵芝和陈凤仪则在厨房里忙活过节的饮食。过春节家家吃饺子，过元宵节家家煮元宵，二月二则家家炕蝎爪、煎黏糕、煎腊肉、吃大馍。二月二这天早晨不兴动刀。二月二龙抬头，动刀意为斩龙头，不吉利。腊肉及其他菜蔬务必头一天切好。灵芝和凤仪忙着将头天泡好的黄豆挂上芡，用油炸，炸至金黄焦酥，这叫蝎爪。传说二月二吃了蝎爪，夏天蝎子不蜇。炸好蝎爪，凤仪又从一个菜箕中拿出一盘昨天切好的腊肉，煎腊肉是家家必备的，只不过穷人家留得少，有半个馒头大就不错了，但多少要有那一样，毕竟也是个节日。沈家的腊肉是过年时灵芝藏起来的。那腊肉经盐一腌，肥的透明发亮，瘦的鲜红滴油。灵芝将那薄薄的腊肉片放在面糊里沾上芡，再放在锅中煎得鲜黄，飘散出浓浓的香味。二月二还有煎黏糕的风俗。将黏谷脱皮磨成面，用热水烫一下，和成面团，黏黏的，揪一团面捏成片状，里面包上糖，没糖时就掺上煮熟的红芋和面，按成圆饼，放在锅里炕，炕得两面焦黄，吃起来黏黏的、甜甜的。待男人们围好仓，一家人便围坐在一起吃蝎爪、吃腊肉、吃黏糕、吃大馍。那大馍也是春节留下来的，专等二月二这天早起才吃。这是一年中除春节和中秋节餐桌上食物最丰富的节日。但这一天忌讳也多，除了不许动刀，还不能喝面汤，喝面汤叫"糊龙眼"。糊了龙眼，龙就看不见，年成就会淹旱不均，收成就不好。

　　凤仪将煎好的腊肉、黏糕、蝎爪和掰开的大馍放到桌子上，又盛了几碗白开水，等沈润章和少松、青河一块来吃饭。全家刚坐下吃饭，只听"咔嚓"一个霹雷在天空炸响，震得地动山摇。

沈润章望了下天空，说："好！打雷了。二月二龙抬头，这是第一声春雷，好兆头！老天爷可别下雨。"

陈凤仪问："下雨不好吗？"

"不好。今天下雨，叫冲仓。冲了围的仓，预示着今年有涝灾，收成不好。"

陈凤仪"噢"了一声，表示明白了。

全家人正在吃饭，突然，六七个穿灰色军装的人推开了大门。少松听到门响急忙走出屋来，一见是几个当兵的，吓得一下子愣住了。

"少松，不认识了？"那腰别盒子枪的军人笑着说。沈少松仔细一看，惊喜地说："石头哥！怎么是你？"

屋里的人一听是王石头，都立刻迎了出来。双方一边寒暄，一边进屋坐下。

沈润章老人说："几年不见，你咋当兵啦？"

王石头说："上次我从这里离开，是想投奔一个亲戚。到了南乡，那亲戚不知上哪儿去了，你给我的两块大洋也花光了。我正走投无路的时候，恰巧有部队在招兵，我一问，是红军，我就报名投了军，参加了工农红军。"

沈少松说："听说红军是穷人的队伍？"

王石头说："对！是穷人的队伍，是共产党领导的队伍。"

沈润章说："听说南乡把财主的地都分了？"

王石头点点头说："是的。地主老财霸占着土地不干活，享清福。干活的人却受压迫受剥削。世道太不公平，共产党就领导穷人翻身闹革命，打土豪分田地，使大多数人都有地种有饭吃。我们这次来，就是搞这个工作。"

"那政府能愿意吗？"沈润章不解地问。

"现在的政府是国民党的政府，他们只保护地主老财的利益，不管劳苦大众的死活。共产党领导广大穷人闹革命，就不能听现在的政府的。"王石头说。

沈润章一边抽烟一边沉思着说："还是穷人多，共产党为穷人谋利，一定得民心。古人说，得民心者得天下。将来天下一定是共产党的。"

王石头说："我们这次来，就是要在大青山一带开辟一个根据地，打土豪分田地，开展土地革命。"

沈润章老人说："好！好！中国几千年都是多数人受苦受累受欺压，少数人吃香喝辣称霸王。这不公平的世道该变了！"

王石头突然想起什么似的，他说："哎，老郝让我告诉您，青山到部队上很能干，又有一身好功夫，被团长看中了，现在给团长当警卫员呢！"

全家人听了石头的话，个个面带悦色。

沈润章问："老郝咋没来？"

王石头说："老郝到根据地去了，去参加土地改革工作的培训，一个月才能结束。"

正说话间，灵芝端上来一筐窝头："也不知道你们来，腊肉就这么一点，当菜，你们凑合吃点吧！"

王石头和几个战士站了起来。王石头说："不啦！这共产党的部队有纪律，不能拿群众的一针一线。"

"说啥话？你来到这里不是来到家了吗？这客气啥？"灵芝说。

几个战士一齐说："我们有大伙。"说着他们就动身往外走。

"你们能在这儿住几天？"沈少松问。

王石头说："部队还要走。我们几个不走了，就长期住在青峰镇，今后还需要您多支持！"

"好！好！有什么事你尽管说。"沈润章和沈少松与王石头一边说一边送他们到了大门外，只见大街上都是队伍。街边的房檐下支起了几口行军锅，有的在生火做饭，有的在街边的墙上贴标语。那红红绿绿的标语上写着："打土豪分田地！""一切权力归农会！""打倒地主恶霸，人民当家做主！"

沈润章和沈少松看着街上的情景，脸上露出欣慰的微笑。沈润章老人长长地出一口气，感叹道："真是仁义之师啊！"

太阳从薄薄的云层中走出来，光芒四射，照得青峰镇一片亮丽，照得清风楼顶的琉璃瓦闪着熠熠金光。沈灵芝将目光转向薄云流走后的蔚蓝天空，望着那轮春阳，说："龙抬头了！太阳也出来了！雨不冲仓，今年肯定是个好收成。"

二月二的那天夜里，县城里响了一夜的枪声。那顺风传来的隆隆的炮声好似春雷在滚动。

王石头和几个工作队员住在了沈家南屋的那个草房里，那是给牲口储存饲草的地方。少松帮他们把草铺开打成地铺，又找出一张破桌子放在当间。沈灵芝端来一个铸铁的灯碗，在里面倒上棉籽油，又用线绳搓了一个灯捻放在灯碗中。王石头他们都换上了便装，将盒子枪插在背后，用宽大的上衣遮掩着。他们的工作一开始是秘密进行的，由沈少松带着走村串户，去找那些群众座谈，宣传共产党的政策。每天夜里，南草房的灯光都亮到鸡叫两遍。几天以后，青峰镇农会在沈家南草房秘密成立了。沈少松当了农会主任，东凹的佃户杜满仓和刘天福当了副主任。农会里还有女铁匠许琳娘和孙龙跃家的长工孙二喜。

第 43 章 变 天

这天真的要变了吗？孙龙跃这几天都没睡好觉。他躺在床上总是睡不着，即使睡着了，也常被噩梦吓醒。在梦中，他常见到蛇。那蛇不是被人用锹铲成了几截，就是被人用绳拴住蛇头用力甩起来。每次醒来他都会出一身汗。他属蛇，他感觉这是不好的预兆。难道这天真的要变吗？这时，他想到这一年多常听人说的话。共产党起来了，要均贫富，要分财主家的地和家财。如今共产党真的来了，街上到处贴满了花花绿绿的标语，那些腰间别着枪的工作队，专往穷人家里钻。这镇上的人也变了，以前，人人见了他都满脸堆着笑，离老远都跟他打招呼，没话也找话说；如今见了他好似没看见，爱搭不理的。更可气的是大领孙二喜，吃住都在孙家，以前干活像个老黄牛，任劳任怨，吃孬吃好都中，从不敢说一句怨言，如今也变了，干活懒了，还常称腰疼不干活，像往年这节气，河南的那百十亩地，他早犁完耙好了，可现在他还没犁一半，他预感到将有一场"暴风雨"要来临。

孙龙跃心里有点怕，他不知道以后会怎样。翻了几次身，他还是睡不着，索性坐了起来，披上衣服，打着火，一袋接一袋地抽烟，直到抽得屋里烟雾弥漫。天总算明了，隔着窗户，他看到了院里那棵老枣树枝头的曙光。他穿好衣服，穿上鞋，拉开了门。他将那管竹竿玉石嘴的烟袋别在腰间走出屋。来到牛屋，推开那扇栅栏门，牛马们一齐将目光投向他。以往这时正是牲口吃第二遍（这里指喂牲口再次添加草料）草料的时候，可现在牲口槽里干干的、空空的。种庄稼，节气不等人，春耕大忙，正是牲口出力的时候，一会儿就该套牲口下地，可孙二喜却还在睡大觉。孙龙跃气不打一处来，他拿起那根槐木拌草棍，走到西墙根的草堆前，孙二喜就睡在草堆里。他用拌草棍对着那堆破棉絮用力捣了一下，说："二喜！天都明了，咋还不喂牲口？"二喜被捣疼了，动了动，他在破棉絮下嘟哝着说："我腰疼！"语气里带着生气和赌气。他没像往日一样一骨碌爬起来，而是蜷了蜷腿又不动了。孙龙跃想，这蛤蟆是真的要成精了。想想这一段时间镇上的情形，他没像以往那样出言不逊地骂人，而是压压心中的火气，自己开始淘草拌料喂牲口。他抱着干麦草放在淘草缸里，用笊篱把草按进水里，连续翻捣搅拌几下，又抓起那淘过的草举在半空，沥了沥水，倒在牛槽里，抓了两把香喷喷的炒豆糁子撒在草上。牛不等搅拌，慌忙将嘴伸进槽中去争吃炒豆糁子。它们也知孬好。孙龙跃急忙用拌草棍打开牛的头，用拌草棍在槽中来回搅拌着。这喂牲口有讲究，搅拌草料时拌草棍要走到边边角角才能拌匀，不然的话，牲口光吃料多的地方，边角上的草便被剩下，剩草会发糟发臭，牲口吃了要得病。

孙龙跃吸了三袋烟，喂下三遍草，天大明了。他又用葫芦瓢舀了水将牲口一一饮了，便牵牲口去套犁，然后，自己赶着牲口越过大青河上的独拱石桥来到河南岸的那块土地。孙家的地很多，有七八顷，大多由佃户种着。河南岸的这块地他不舍得让佃户种，因为那一顷多地是两合土地，土质好，一亩顶河北岸的沙土地两亩收成。犁铧上翻起黑褐色的土浪，那土浪散发着泥土的清香。他来回犁了四五遭，觉得很累，汗也冒了出来，这时他才想起已经几天没吃好饭了。嚼着那香喷喷的油卷，他也觉得没一点味道。这都是农会闹的！他喝停牲口，撩起大带子（方言，用来束腰的长布条）的下摆，抹了一把脸上的汗。肚子里觉得饿，心里又觉得堵得慌。这天真要变了吗？他想象着这肥沃的土地将分给那些穷人，心里像打翻了五味瓶似的不知什么滋味。他蹲了下来，捧起一捧新翻起的土壤，久久地看着，嗅着泥土的清香，他流泪了，这是他的命根子，是他幸福的依托，是孙家荣耀的依托，是自己苦心经营的果实，它真的都会被分给那些穷人吗？这时他脑海里浮现出工作队将他的土地一块一块分给穷人，又在地上揳下灰橛子、埋下界石的情景。他一下瘫坐在地上。他感到伤心，感到恐惧，感到无奈，又感到愤慨和不服。

太阳已经升得老高了。这时子盛来到他的跟前说：“爹，我进趟城。”孙龙跃说：“进城干啥去？”子盛说：“我去县政府，问问这是咋回事。政府能让这些穷人胡闹吗？”孙龙跃想了想说：“去吧。早去早回啊。这会儿不太平，别走夜路！”孙子盛点点头走了。

这几天，孙子盛也似镶了一肚子麦糠。自从王石头他们来到青峰镇，又是贴标语，又是开会，弄那些穷人似喝了生鸡血。刚开始他想，几个穷人折腾不出什么新花样。于是他窝在家里不出来，心想他们总得来找我这个镇长。没想到王石头不仅没找他，还成立了什么农会。这几天连找他陪客喝酒的也没有了。他已经三天没喝酒了，肚里的馋虫直在嗓子里抓挠。孙子盛爱喝酒，两天不喝就急得慌，如今门前冷落车马稀的情景让他感到失落、感到孤独、感到忐忑不安。难道天真的要变了吗？其实他刚刚尝到当官的甜头，人前可以昂首挺胸，可以呼风唤雨，可以俯视众人给他的谀笑，可以天天酒肉豆腐汤的享受，一种人上人的感觉实在妙不可言。他不愿失去这天堂似的生活，他心里不服气，更不甘心。昨天吃饭时，他与爹喝起了酒，他还从来没在家陪爹喝过酒，二人谁也不说话，心里都沉得如泰山压顶。几碗白酒下肚，他开始骂人，骂王石头他们："我是青峰镇镇长！你们是哪家的鸡？敢在青峰镇吆五喝六！"刚骂出口，就被他爹喝住了。他爹说："'识时务者为俊杰'，现在是共产党的天下，小心祸从口出！"孙子盛不听："什么时务？我就不信几个穷人能成什么气候！毕竟还有政府，政府是不会让他们胡闹的！明天我就去城里找县长，找黄三表叔。"

来到县城，他决定先去保安团去找当保安团团长的表叔黄三。可是到了保安团门外，只见进进出出的不是保安团的人，都是穿灰色军装的军人。那是他在青峰镇见过的服装。他愣了一阵，然后来到十字街口东南角的一个小吃摊前，他向正在炸麻花的老板问道："请问，这保安团的人呢？"炸麻花的人看了孙子盛一眼，没回答，继续他的操作。只见那人双手将一个小面团在沾满油的案板上搓成细条，双手捏住两头一拉一甩，又一拉一甩，再扬手将那长长的面条一抖，那两根面条便拧在了一起。他一只手揪断面头，另一只手又抓住另一头，一拉一甩又一抖，那面条又拧在了一起。他熟练地将两头合在一起再一次揪掉手中面头，将那拧成绳的面条丢进翻滚的油锅中，不一会儿，那麻花便浮了起来。老板的女人用两根长长的筷子不停地拨动着麻花，那麻花慢慢变成了金黄色。孙子盛觉得老板没回答他的话是因为正忙活，他知趣地待老板忙完这一道程序，又问："请问这保安团的人呢？"那老板又抬眼看着他，还是不回答。他以为人家没听见，又问了一遍。那老板说："你买麻花吗？"这时孙子盛才感觉到不买他的东西他不给回答。孙子盛马上说："买！来两根麻花和一碗豆粥。"那老板急忙起身给他盛了一碗粥，又捏了两根热腾腾的焦黄的麻花放在孙子盛面前的碟子上。他一边招待客人一边说："这共产党一来，保安团放了几枪就蹿得没了踪影。"

孙子盛问："那黄团长哪儿去了？"

老板又继续制作麻花，他一边忙手中的活一边说："你说黄三啊？谁知道那龟孙跑哪儿去了。"停了一会儿他又说，"有人说他又回部队了。"

孙子盛吃完了麻花又喝完了粥，付了钱，正欲起身，这时从东街传来一阵吵嚷声。他抬头望去，只见几面迎风飘扬的红旗后面是熙熙攘攘的人群，那人群正潮水般地向这边涌来。人群走近了，他发现那游行的队伍前边是十几个挎枪的军人，一色银灰军装。满街老百姓有男有女，有大人有小孩，都跟着队伍向西走。有两个臂戴红布袖章的年轻人一边走一边带领呼喊着口号："打倒土豪劣绅！""一切权力归农会！""打土豪分田地！""消灭剥削阶级！人民当家做主！"人们也在跟着呼喊这些口号。那呼喊声惊天动地。

队伍来到跟前，孙子盛大吃一惊。那被押着走在最前面的人是东关的大财主林福生。这个跺跺脚都能使这座县城摇晃的林老大竟被人绑了，还戴上了高帽子。孙子盛的心像被爆竹炸了一般，惊恐又惶惑。林福生是青山县首富，家有良田几十顷，骡马成群，家中雇着长短工打手三十多人。此人是县城一霸，黑白通吃，县府的官也让他三分。据说他娶了六房妻妾，六姨太比他的儿子还小三岁。六姨太是县城戏班的台柱子，戏演得好，人也长得俊俏。民间形容漂亮有一句顺口溜叫"长得人见不走，鸟见不飞，狗见不咬，驴见不踢"。据说省城有一戏班来请她入伙，人人都认为这是她成名成家、出人头地、千载难逢的良机，可她拒绝了，原因是她有个相好，自七八岁两人便一块儿学戏，可谓青梅竹马，感情笃深。那人就是戏班的男主角。两人虽年过二十，却因只顾事业，尚未成亲。谁承想这时林福生看上了她，执意要娶她为六姨太。人家不从，林老大就雇用几十个地痞，将她的相好活活打死又扔进了护城河里。三天没过，林老大便将她强行娶进家中。从此县城戏班就塌了台。

潮水般的游行队伍喊着口号，向西走去，又拐过西关的十字街口渐渐消失了。东西大街上除了几只游荡寻食的瘦狗，只有孙子盛一人怔怔地站在原地发呆。怎么办？回青峰镇？说不定工作队正在找他，王石头和沈家是不会放过他的。爹咋办？孙子盛犹豫许久，思忖再三，甘蔗没有两头甜，这时回去告诉爹，让爹躲避开，也许爷俩都会像林老大那样。他害怕，他犹豫，最后他下定了决心，不能回家，他要去找黄三。

第 44 章　扬眉吐气

　　青峰镇的第一个斗争大会是在大槐树下举行的。千年古槐，新芽初绽，一树碧绿，一树生机。灿烂的阳光，透过浓密的枝叶洒在地上，一抹浓浓密密的嫩黄从土里拱出来，尽情地享受着阳光的温暖。几张八仙桌拼在一起搭成了一个主席台，主席台两侧一边一根竹竿直立着，竹竿间拉一块白色的家织布，上边写着几个又黑又粗的大字"青峰镇斗争大会"，那是沈润章的笔迹。

　　全镇的人都来了，男男女女老老少少站满了老槐树下的那片开阔地。

　　这会议是开天辟地的。以前富人是老爷，穷人是孙子。穷人像牛像马，任人欺辱，任人蹂躏，挨了打挨了骂受了委屈，连大气也不敢出，忍气吞声泪水往肚里咽是穷人的宿命。富人不干活却吃香喝辣，穷人当牛做马却衣不蔽体，食不果腹。这个会改了天换了地，镇上的几个财主头戴高帽子，低垂着曾经高昂的头，站在主席台前。青峰镇首富镇长的爹孙龙跃站在正中间。

　　腰间插盒子枪的工作队长王石头和沈少松及农会的刘天福、杜满仓、孙二喜等人坐在主席台上，几个挎枪的工作队员则站在主席台前孙龙跃几个人的身后。

　　会场上吵吵嚷嚷，不知人们在议论着什么，但每个人的脸上都挂着微笑。

　　沈少松和王石头耳语一句之后，站了起来，然后他整了下破褂子和衣襟，走到前台，挥了挥手大声说："乡亲们，静一静！"会场上立刻鸦雀无声。沈少松大声宣布："现在，斗争大会开始！"会场边立即响起一串"噼里啪啦"的爆竹声。爆竹声停息以后，沈少松说："现在请工作队长王石头讲话。"

　　王石头拽拽衣服下摆，用右手下意识地按了按腰间的盒子枪，走到主席台前沿，开始讲话："父老乡亲们，过去，咱种地的没粮吃，织布的没衣穿，盖房的没屋住，而那些土豪劣绅吃着咱穷人种的粮，穿着咱穷人织的布，住着咱穷人盖的房，还骑在咱穷人头上拉屎撒尿，大家说，这公平吗？"

　　"不公平！"这声回应是那么齐整，那么充满底气，那么震耳欲聋。

　　"为了打破这不公平的世界，共产党成立了。共产党就是要带领咱穷人闹革命，砸烂这黑暗的旧世界，打倒地主恶霸土豪劣绅，消灭剥削，消灭压迫，把他们霸占的土地夺过来，让乡亲们家家有地种，人人有饭吃，更重要的是要让人民当家做主，不再受地主恶霸们的欺负。大家同意不同意？"

会场上又响起一阵沉雷似的回应："同意！"

一个工作队员走到前面，面对黑压压的人群，举手领呼口号："打倒土豪劣绅！"一开始人们还不太熟悉这情形，只有少部分人跟着呼口号。"消灭剥削，消灭压迫！"这时人们一齐跟着呼喊起来："人民要当家做主！""一切权力归农会！"人们一句一句跟着呼喊，越喊越有气势，他们喊出了积郁胸中多年的闷气，喊出了他们的梦想与对新生活的期待与盼望，也喊出了这个群体的勇敢和气势。

孙龙跃脸上冒汗了，垂着的手有些颤抖。张富贵脸上也冒汗了。

王石头挥手止住了此起彼伏的口号声。他继续讲道："乡亲们，现在全国都在搞土地革命，改天换地的时代到来了！天下将是人民的天下，人剥削人、人压迫人的时代就要过去了。跟着共产党走，就有好日子过，大家同意吗？"

大家异口同声地回答："同意！"接着，会场上响起一阵雷鸣般的掌声，那一张张苍黑瘦削的脸上绽开一片笑容。

"乡亲们，我们的斗争也是有区别的，对那些恶霸地主，为富不仁者，我们要清算他们的罪恶；对那些没有罪恶的人，我们要区别对待。现在开始揭露他们的罪行，有苦的诉苦，有冤的申冤！"

王石头讲完话，会场上又出现一阵吵嚷。有人目视主席台跃跃欲试，有人看着孙龙跃他们犹豫不决。这时，穿着补丁摞补丁衣服的孙二喜从主席台上站起来，他说："我先说。"说着他走下主席台，来到孙龙跃面前。会场上静得掉根针都能听到响声。

孙龙跃抬起眼皮看了眼孙二喜，那目光里充满了恐惧和不安。孙二喜看了一眼孙龙跃，平心静气地说："孙龙跃，我先说说你。本来咱是一家子，都姓孙。论辈分，我还长你一辈，可你啥时候尊敬过我？以前，你是爷，我是孙子。"说着，二喜有些生气，但他停顿一下，压压心里的气，又恢复了平静语气，"我从 14 岁，就在你家当大领，至今四十年了。这四十年，你家从来不把我当人看待。家里地里，重活都是我干，可你们对我啥样？平时吃饭，你们一家吃白馍，吃油卷，给我吃的啥？坏红芋掺糠谷子做的馍。我整天盼着逢年过节，能吃顿好的，可过年了，你们一家人吃白馍吃肉，给我吃的是团子（一种粗粮，面皮里包红薯馅或菜馅的食物）。下了饺子，你们给每个牲口一碗，说过年了，它们出了一年力，也让它们吃顿饺子，可你们只给我稀汤拉水大半碗。

我一年到头出的啥力？我总比牲口干得多，可你们待我还不如牛马。更叫我不能忘的是那一年，一个牛犊跑丢了，你不愿意（方言。是要追究的意思）我，硬是三天没给我饭吃，我饿得头昏眼花，就偷吃了牲口槽里的料，你还打我一拌草棍。那一棍真狠呀！至今我的腰还疼。因为穷，我没娶上媳妇，你爹在时就许诺过我，说先不给我工钱了，到时给我娶个媳妇。你爹死了，你也这样哄我。可是四十年了，你也没给我娶上媳妇，也没给我一分工钱。更不能提的是前几年有人要给我说个媳妇，是东凹的一个寡妇，可你怕我成了家，就少一个白干活的，你就想法子打散我的媒，给人家女方说我憨，差心眼，还有病，硬是给俺打散了。你丧良心啊！"说着孙二喜哭了起来。"你知道一个光棍汉子日子是咋过的吗？整天陪着几头牲口，连个说话的人也没有，衣服破了没人补，头疼脑热时，连口热水也没人送……"他用手抖着那狗撕式的衣服哭得说不出话来。

这时，一个40多岁的女人从人群中走出来，她是孙家的用人赵妈。她走到孙龙跃跟前，举手要打孙龙跃，被工作队员制止住了。她气不过，一口吐沫吐到孙龙跃脸上，用手指着孙龙跃说："孙龙跃，你不是个人！你连个畜生也不如。我在你家干活，你多次调戏我，我不从，你就想法子整治我。那一回，你叫我把屋里的衣服拾掇了去洗。我洗过衣裳，你说你的钱少了，硬说是我偷的。天地良心，我没偷。我虽穷，但我从不偷人家的东西，一辈子也没偷过一根针一穗粮。你不愿意，非要搜我身上。我没偷，不愿让人冤枉我，就让你搜，可你脱了我的衣服，就把我按到了床上……"说到这里，赵妈说不下去了，泪水流了满脸，她哭着扑上去就要打孙龙跃，又被工作队员制止了。

这时，赵武拨开人群走出来要说话。赵妈抹去脸上的泪，一挥手说："别慌！我还没说完。大家都知道东凹的巧儿是咋死的不？"

人群中传来一阵惊愕之声。

"自巧儿进了他家，他一直在打巧儿的坏主意。有几回，他摸巧儿，我都看见了。巧儿死的头一天晚上，我让巧儿到草屋去拿麦秸引火，可巧儿一去总不回来，我就去看。我来到草屋一看，见巧儿睡在草堆上哭得泪人一般。你孙龙跃一见我进来急忙溜走了。第二天巧儿就投大青河死了。你说，巧儿是不是你逼死的？"

会场上响起一阵吵嚷之声，有人在痛骂孙龙跃，有人在为巧儿的死叹息，有人在喊杀了孙龙跃，叫他给巧儿抵命。孙龙跃慌得瑟瑟发抖。

斗争会一直开到日头偏西。王石头抬头看看已过午的太阳，他走到前台边讲道："乡亲们，今天斗争会开得很成功！大家有苦有冤就是要诉出来。现在我宣布一条政策，我们要把这些地主恶霸的土地没收，分给没田的人家，清风楼也没收，交给贫农协会。关于孙龙跃的问题，有些还没查清，查清之后再做处理。把孙龙跃带走！"

几个挎枪的工作队员听到命令，立即将孙龙跃、张富贵、许德林押出了会场。

王石头摆摆手止住了人们七嘴八舌的议论，继续讲道："乡亲们，从明天开始，分这些地主老财的地和财产。现在由工作队进行登记，各家都要如实申报有几口人，几亩地，几间房。登记之后，由工作队和农会根据各户的情况进行分配。"

王石头讲完话，人们纷纷涌到主席台前申报各家的情况。

散会后，沈润章老人从南柴房里找出一块一人多高、一尺多宽的木板，又找出刨子把那木板刨平，找出一管毛笔，蘸着黑漆在那木板上端端正正写下一溜唐楷："青峰镇贫农协会。"几个工作队员把那木牌钉在了清风楼一楼正中的廊柱上。清风楼成了青峰镇农会的办公楼。

第 45 章 惶 恐

　　青峰镇的土改工作如火如荼地在这座千年古镇开展。财主们低下了曾经高昂的头，穷人们诉了苦申了冤扬了眉吐了气，镇街上贴满了花花绿绿的标语，连那大青河两岸的各种树木也都齐刷刷地绽了新叶，抽了新枝。一片春光明媚，一派喜气洋洋。均地开始了，农会和工作队的人员拿着三把用木条制成的 "A" 字形拐尺，先把大青河南岸孙龙跃家的三顷多青沙两合土地分给了镇上的佃户，又把镇北的两顷多地均给了镇上人均不足三亩的穷户，把镇东的土地均给了东凹的佃户。给孙龙跃家留下了孙家老林东边的三十亩两合土地。揳下了地界灰橛，那些分得了土地的穷苦人如喜得贵子般高兴，他们蹲在刚刚分到的土地上，看着正泛青的麦苗，捧起一捧土，轻轻念叨："我有地了！我有地了！"同时心里也盘算着这块地是种高粱还是种谷子。他们的眼前仿佛浮现出滚滚绿浪。

　　在孙家当了四十年大领的孙二喜如今也有了自己的家，他均了当年孙龙腾开茶馆的临街的那三间草屋，还均了孙龙跃家的一头青驴。孙二喜怎么也想不到自己会有了地，有了房，还有了牲口。他睡在均来的那张顶子床上，打了个滚，这个一辈子没睡过床的老长工一边打滚一边哭："爹啊！娘啊！你儿子终于不再受气了！不再挨饿了！"

　　三天来，孙龙跃没吃下一碗饭。他被关在清风楼里，如在锅里被慢慢蒸煮的活螃蟹。他怎么也想不到这场暴风雨来得这样急，风那么狂，雨那么骤，简直就是一夜之间翻了天覆了地。他怎么也想不到"墙倒众人推，树倒猢狲散"竟这么有道理。好像还是昨天，他孙龙跃还挂着文明棍在大街上气宇轩昂地踱步，那些佃户见了他还毕恭毕敬，点头哈腰，奴颜婢膝。如今，却连在他家被当狗一样呼来唤去的大领孙二喜和用人也敢骂东家，也敢往东家脸上吐唾沫，这真是反了！麻虾水拖车（一种在水面行走的虫子，像蜘蛛，腿细长）都成了精。他躺在那硬板床上，迷迷糊糊，像做梦一般。这是做梦吗？他狠狠地掐了一下自己的大腿，很疼，这不是做梦。这要是一场梦该多好啊！这一掐一疼，他头脑清醒了许多。这时他才想起，自己如今被关在自家的清风楼，可如今这清风楼已不再属于他了。这清风楼不是风水宝地吗？不是能给主家带来好运吗？这是怎么啦？他开始怀疑风水先生的话，可他马上又想起来，自从得了清风楼，孙家确实走了好运，小儿子子盛当了镇长，大儿子子昌在城里读了大学，那红马生了个马驹，那青驴生了头骡子。这时一阵欢笑从楼下传来："没想到，我家也分了十亩好地！"另一个声音说："那可是孙家最好的地块，青沙两合土！"似乎还有人在敲着什么，哼着小曲。孙龙跃听到那些欢声笑语，他恨得直咬牙。他听出了分他十亩好地的声音是赵婆子的，那哼小曲的声音是二喜的。有初一就有十五，要是再翻过来，看我怎么收拾你们！孙龙跃正在心里发恨，突然间一个声音在耳边响起："孙龙跃的罪恶还要进一步查清，有些事还要进一步落实。"他的心又一下子凉了。那该死的赵婆子竟揭了杜巧儿的事，巧儿死了，那可是一条人命啊！杀人偿命，欠债还钱，光就这一件事，他们会放过自己吗？想到这里，他出了一身冷汗。他害怕极了！他的目光在四下里寻找，寻找能逃跑的地方。他拉拉门，门从外面锁了。他又推推窗户，窗户也被钉死了。逃跑的路都被堵死了！恐惧、无奈和绝望像一张深重的网将他紧紧地笼罩了。他瘫坐在床上，腰软了，脖子也软，抬不起头，直不起腰。"该死的芦花鸡，看我打死你！"楼下传来沈灵芝的赶鸡声。孙龙跃的心又紧紧一缩，他觉得灵芝不是在骂鸡，而是在骂他孙龙跃。这时他又一次想到王石头的那句话："孙龙跃的有些事还需要进一步查证。"显然，王石头的"有些事"是指他欲对灵芝不轨的事。这事要是灵芝说出来，那沈少松绝对不会放过他，他就死定了。这时他又想到了他勾结土匪抢劫沈家皮货的事。这事要是被揭出来，他更没一条活路。这时他多想变成一只苍蝇从门缝里飞出去，可那毕竟只是幻想。他急得像热锅上的蚂蚁，拼命想往外爬，可一切都是徒劳的。他绝望了，彻底绝望了！连饿带怕，孙龙跃感到昏昏的如睡在云中。

人到了死亡的关口往往就会想念亲人。这时孙龙跃最想的就是大儿子孙子昌，那是他最喜爱的儿子，自小就听话，爱读书，懂事。他不能忘记三年前他去古城师范看儿子的情形。他到城里已是夜里，子昌就在学校门前一直等着他，父子俩见面时，子昌满身霜雪。他问爹吃饭了没有，孙龙跃说还没吃。此时街上店铺都已打烊，儿子硬是跑了半个城才给他买来一个烧饼。这几年世道乱，儿子毕业后也没回来，连个信也没有。几年不见，他特别想儿子子昌。他也想二儿子子盛，这孩子虽不争气，不好好读书，又染上嗜酒的习惯，没少让他气自己，可自这一年多当了镇长，慢慢好了些。但这一次他又失望了，让他进城找找老表黄三，可他一去没回，也不知他干什么去了。此时他既想子盛，又气子盛，想想明天可能就会被枪毙，两个儿子却一个也见不到，更救不了他，他实在是绝望了。与其被枪毙，头被打烂，连个囫囵尸首也不能留下，不如自己了断算了。主意已定，他就解下了自己的腰带，那是一条白布带。天已黑了，他摸索着站到床上，将那腰带搭在房梁上，又打了个结。这时他哭了，泪不住地往下流。他刚要把头伸进那环形布带内，突然门被打开了。原来沈灵芝给工作队的同志做好了饭，可工作队员们一个也没回来，他们在分地，也许事还没忙完。青河也没回来，凤仪也去看热闹了。这时她想，该给孙龙跃送饭了，这家伙几天都没吃饭了。灵芝一手端着灯，一手拿着馍，打开门一看，孙龙跃正要上吊，她惊恐而又气愤地大喊一声："孙龙跃！你干啥？"孙龙跃被吓得一下子瘫坐在床上。沈灵芝把灯和馍放在桌子上，注视着孙龙跃。孙龙跃用手抹了抹眼上的泪水，方看清是灵芝。他急忙从床上滑下来，"扑通"跪在灵芝面前，哭着说："灵芝，我对不起你！我不是人！"说着自己扇起了自己的耳光。他不是做戏，扇得很用力，啪啪响。沈灵芝拉住了他的手。

灵芝是个软心肠的人，见不得别人哭，见人哭她就会落泪。此时，她看到孙龙跃的惨景和如此真心实意的自责，她的心软了。小时候在一起念书时，她就知道孙龙跃喜欢她。孙龙跃常带些山枣核桃偷偷送给她，可是她不喜欢孙龙跃那个家庭。长大后，尽管孙龙跃一再向她示好，可她一直躲避，用躲避的方法拒绝孙龙跃，她知道父亲死也不会同意与孙家联姻。她不能伤了父亲的心。几岁时母亲病逝，父亲既当爹又当娘，苦心费力把她拉扯大，亲戚邻居多次劝他再娶，他都拒绝了，他怕苦了女儿。她怎能伤了爹的心与孙龙跃成亲！

此时，沈灵芝心里很乱。她也理不清为什么，心里有点同情孙龙跃了。在斗争会上，她看到许多人都去揭发孙龙跃的恶行，她心里也跃跃欲试，想把孙龙跃欲对她不轨的事揭发出来，可她最终还是默默离开了会场。因为孙龙跃被绳索捆绑，低垂着头，被人指着鼻子数落和咒骂的情景让她心软了。她决定，这事就让它永远烂在肚里吧！

孙龙跃跪在地上不起，一直哭诉着："灵芝我该死！我对不起你！那天是我昏了头，我不该那样对你！"他抓着灵芝的手打自己的脸。

灵芝用力抽出了手，冷冷地说："你别这样！那事别再提了！"

孙龙跃跪在灵芝面前，哭着说："灵芝，反正我活不了啦，你让我把话说完吧。我自小就喜欢你，打心里喜欢你，几天不见你我都想得受不了，我都会想办法来看你。虽然我和杏花结了婚，可我心里不喜欢她，我心里只有你！你结婚那天，我在青峰山上整整待了一天。我也恨我那个家，是因为两家的世仇拆散了我们。这么多年，我一直忘不了你，有时我都控制不住我自己，说句该打脸的话，睡在床上，我都觉得……"

沈灵芝急忙喝止孙龙跃还没说出的下半句："别说了！"

此时灵芝热泪盈眶。男人和女人之间的事，有种说不出的东西。当知道对方喜欢自己，真心爱自己时，心肠总是软的，即使是敌人，也总会有一种怜悯之情。此时，沈灵芝对孙龙跃有点怜悯了，她说："过去的事别说了，都是有儿有女的人啦。你吃点饭吧！"说完，她转身走了出去。她心里太乱了，说不清是苦是甜是酸，说不清对孙龙跃是怜悯是憎恨还是可怜，她匆匆下了清风楼就回到家里，可她怎么也想不到自己忘了锁住关押孙龙跃的门。

孙龙跃逃跑了。

第 46 章　出　逃

　　孙龙跃逃离了清风楼，他不敢走街道，也不敢回家拿钱和衣服。他滑下大青河河坡，顺河向西摸索逃出青峰镇。他不敢走青峰镇通往大青山的路，只好在黑暗中摸索着找到那条记忆中的山间小径。小时候，他和镇上的几个同龄伙伴常到山里玩，用弓箭打野鸡，上树掏鸟蛋，或在山溪里捉小鱼摸螃蟹。那条小道在乱葬岗的北边。他路过乱葬岗，心里很害怕，头发都竖了起来。他在心惊胆战中终于过了乱葬岗，摸到那条上山的羊肠小道。他折了根树枝，拄在手里，手脚并用地开始爬山。他知道这条小道也能通到苍龙镇。路虽难走，但比那条路近十多里，更重要的是，他怕王石头他们一旦发现他逃跑，定会沿大路追赶。

　　一钩弯月正在向西移动，他借着月光辨认路径，摸索着攀爬。他心里怕极了，不仅怕有人追赶，更怕突然遇到狼之类的野兽，风吹草动也令他心惊肉跳。月姥姥（青峰镇一带把月亮叫作月姥姥），您可别落下，没了月光这路更难走。他恨不得几步就跑到苍龙镇。苍龙镇是他姥姥家，小时候多次在姥姥家住过。自姥姥和外祖父去世后，他去得就少了。他原有一个舅舅，后来舅舅也去世了。舅舅去世那年他才14岁。舅舅有一个儿子叫苍娃，比他小几岁。舅母和苍娃娘俩过日子，生活很苦。娘在世时，他随娘去过几次。每次去，娘总是收拾一些旧衣服给苍娃家带去，再带几斤粮食。娘去世后，他就再也没去过苍娃家。有了难处只能投奔亲戚。这时他有点后悔，这几年为什么没和苍娃来往，有难了才去找人家，人家能热情吗？唉！如今也只有这一条路了。

　　当他磕磕绊绊东张西望摸进苍龙镇时，已是第二天日头过午时分。他躲避在一个墙角向街上张望一阵之后，发现没有熟人，也没有穿灰色军装的人，才悄悄溜进西街路北的表弟家。还是儿时记忆中的三间石头房，房顶上覆盖着一层遮阳挡雨的茅草，门前那棵老柿树正开着花。他转身朝后张望一下，才举手去敲那扇旧漆斑驳的木门。开门的是表弟苍娃，一脸的沧桑和皱纹。"表弟！"苍娃注视他良久，才惊奇地说："哎呀！是表哥。哪阵风把您吹来了？"

孙龙跃没待苍娃闪身让进，就侧身挤进屋里。

东间支着锅灶，满屋烟熏火燎，一片乌黑。堆满柴草和树枝的灶窝里坐着一个女人正往灶中添柴，她怀里还抱着一个骨瘦如柴的孩子。

苍娃介绍说："这是你弟媳妇。"他转身又向那女人介绍道，"这是青峰镇的大表哥。"

那女人急忙站起身，拍打一下身上的灰土，恭敬地打招呼："大表哥！"

苍娃掂把木凳放在孙龙跃身后："坐！表哥。"

表兄弟二人坐下后，苍娃说："听说你们那儿正闹啥土地革命？"

孙龙跃接过表弟媳妇递过来的一碗白开水，咕咚咕咚一饮而尽。眼里盈满了泪水，他抽泣着向表弟诉说了这一段的遭遇，然后抹去泪水说："表哥如今落难了，还得求表弟帮帮我！"

苍娃听完孙龙跃的诉说，忙起身走到门外，四处张望一下，见没人又回身关上了门，悄声说："表哥，不是表弟见死不救，无情无义，这里你也不能久留。前几天王石头带了两个当兵的回来，到他爹娘和媳妇坟上烧纸，又到他家看了看，听人说他要回来修理旧屋。他要是碰见你或听说你在苍龙镇可就麻烦了！"

孙龙跃吓得面如土色。

苍娃媳妇将孩子递给苍娃，掀开锅，从热气腾腾的锅里揭下几个锅饼，又盛了两碗糊涂放在小方桌上，孙龙跃已经几天没吃什么东西了，昨天灵芝送的饭他没顾得上吃，见门没关，就匆匆逃了出来。此刻他早已饥饿难忍，不待谦让，就将小板凳挪到桌边坐下，兀自大吃起来。苍娃夫妻见表哥狼吞虎咽的样子，什么也没说，只是看着表哥又吃又喝。待三个锅饼下肚，他才抬头看见表弟夫妻并没吃饭，只是在怔怔地看他。他不好意思地强笑一下说："让您见笑了！哎？我妗子呢？"

苍娃说："已经去世几年了。你再吃点吧！"

苍娃媳妇接过孩子说："唉！穷人家没啥好东西招待表哥，你不嫌孬就多吃点。"

孙龙跃看着馍筐中还有三个饼子，不好意思再吃，就说："好了！好了！我吃饱了。"喝完碗中的糊涂，他站了起来，说，"表弟说得对，这里我不能久待。我得走。"

苍娃说："你上哪儿去？"

孙龙跃迟疑一下说："我去找子昌。"

苍娃问："子昌是谁？"

孙龙跃说："你大表侄。他在古城念书。"

苍娃说："那也好！"

吃过饭，孙龙跃脱下自己的马褂和单袍，换上表弟的破褂破裤，匆匆离开了苍龙镇。

第47章 灾降喜宴

土地改革告一段落后，王石头说，根据上级的指示，青峰镇要成立民兵连，主要负责维护社会治安，重点是保护好我们的胜利果实，防止土匪捣乱和地主分子反攻倒算。经工作队和农会共同研究，决定由沈青河任民兵连连长。

民兵连一成立，镇上的许多青年都踊跃地报名参加。三天时间就拉起了六七十人的民兵队伍，除了四十多个男青年，还有十九位女青年。

青河当了民兵连连长，感觉如鱼入了大海，鸟飞上了蓝天，自己终于有了施展才能和发挥特长的机会。他五六岁时就开始跟父亲学武术，刀枪棍棒样样娴熟。青河学文化不如哥哥青山，可学武术却胜青山一筹，除了拳脚套路、刀枪套路，他还练就一身硬功夫，可单掌开砖，纵身越墙，一运气伸手可抓下一块老树皮，一拳可将墙打个洞。艺高人胆大，每次和孙家打架他都冲在前面，七八个人近不了他的身。可沈少松对他管教很严，每次在外与人打架，回来后，沈少松就罚他跪地一晌。青河平时总觉得憋得慌，感到英雄无用武之地。外村有人想聘请他去教武术，可爷爷坚决不同意。如今他当了民兵连连长，天天带着民兵们在大槐树下练武，除了拳术还教刀枪。枪就是红缨枪，青峰镇人叫枪为"杆子"。可民兵连里只有两个杆子，那是青山和青河练武时用的。一天，工作队和农会的人到大槐树下去看民兵训练，王石头说："民兵连要人人都有杆子，不然的话，遇到情况，赤手空拳怎么打仗。"青河说："可没钱买啊！"王石头说："守着河还能没水喝？"刘天福看看青河向许琳娘一努嘴："没枪向许琳娘要！"沈青河恍然大悟，一拍脑袋："唉！我怎么没想到！"许琳娘说："好吧！这事交给我！你们民兵连各自准备各自的枪杆。"青河就派两个民兵去给许琳娘当帮手。三天后，七十个枪头就打造好了，民兵们人手一杆红缨枪。

年轻人自有年轻人的习惯，这生龙活虎的团体生活使青峰镇的少男少女们找到了无限乐趣。每天这七十来个年轻人会按时聚集在大槐树下进行操练，练拳脚，练刀枪，枪刺闪烁，红缨飘飞，喊声震天，人们感到这千年古镇确实焕发了生机。

民兵连编了三个排，两个男民兵排，一个女民兵排。女民兵谁当排长？选举时，你推我，我推你。女孩子们都害羞，都怕担不起这副担子。最后青河说："就让徐小芳当吧！"大家一致举手赞同，尤其男民兵们鼓掌最为热烈。

徐小芳，人长得俊，大眼睛，双眼皮，柳叶眉，鼻梁高挺，唇如樱桃，齿如碎玉，是男孩们心中的女神。民兵列队时，小伙子们总想离小芳近一点，即使站不到她左右，也总想挤到她身后。世上男人谁不爱美女？美女谁不爱英雄？青河对小芳也特别喜欢。练武术时，小芳马步没扎好，姿势不准确，青河往往会帮她纠正姿势。每当青河碰到小芳的胳膊和腿时，小芳都会有一种麻酥酥的感觉，不知不觉就会面泛红润，心跳加快。小芳喜欢这种麻酥酥的感觉，有时她故意不把姿势摆正，让青河帮她纠正。

春天是神秘的。每到春天，花会盛开，猫会叫春，少男少女们心里也会产生自然的躁动。在这个春天里，沈青河即使操练民兵再累，睡在床上的时候，小芳也会闯进他的梦乡。而小芳也常常望着窗外的星月久久不能入睡，脑海里总会浮现出沈青河练武时的矫健身影，慢慢回味青河触摸她身体的感觉。她常进入一种似梦非梦的境界中，幻想着青河的手触摸到她那微微隆起的乳房和大腿，此时她感到呼吸急促，身体微微战栗。这时，她感觉自己爱上了沈青河。

少男少女的心，一旦荡起春波，便会一浪高过一浪，不可遏止。终于，在一个月明星稀的夜晚，在夜训的民兵们走后，小芳将一双千层底布鞋交给了沈青河。青河接那鞋时想握住小芳的手，可小芳将鞋一下子塞到青河怀里就转身跑走了。沈青河对着小芳的背影喊道："我会对你好一辈子！"

人的心情好，日子就显得过得快。转眼麦子泛黄了。打倒了地主，分得了田地，家家有了地，有的还分了牲口，有的还分了房屋，青峰镇的老百姓总算过上了舒心的日子。大青河南岸沈家原有二十亩地，种了麦子。均了孙家十亩，种上了秋庄稼，三亩谷子，三亩红芋，四亩高粱。沈润章和沈少松整天在地里拾弄，剔苗，锄草。麦子泛黄时，那高粱已经齐腰，谷子没了脚脖，红芋秧也爬满了地。人逢盛世精神爽，沈少松走路经常哼着梆子腔："西门外放罢了三声炮，呼延召我翻身上去马鞭桥……"

一切都发生了变化，地里的庄稼一天一变。转眼间，地里的麦子已经成熟，田野里一片金黄。人们也由过去的愁眉苦脸变得喜气洋洋。最令沈家人高兴的是陈凤仪的肚子一天天在变大。灵芝很疼儿媳妇，对她像对亲闺女一样，脏活重活从不让凤仪沾手，唯恐累及她尚未出生的孙子，一想到快要当奶奶了，她就抿不住嘴地想笑。那天全家人刚吃过晚饭，全家人正在院中的大桐树下纳凉，突然大门被敲响了。沈青河急忙去开门。"大鼓王"老郝风风火火地闯了进来，跟随在他身后的两个人留在了大门外。他没坐下就急急地说："快召集工作队和农会的同志开会。"沈少松想问咋回事，刚张口就被老郝的手势止住了，"一会儿再说。快去叫人！"沈少松从老郝的表情中看出有要紧事，急急忙忙走出门去。不一会儿，工作队的同志回来了，农会的人也到齐了。大家蹲坐着围在老郝周围。

"同志们，现在形势发生了变化。国民党蒋介石对我们共产党动手了，在南方杀了我们不少共产党人。老百姓均的地主的地和财产也被他们要回去了。现在他们开始'围剿'我们共产党的队伍。昨天，国民党的队伍开进了青山县。我们的县委县政府也撤出了县城，转入地下工作。现在我们的任务是：一、工作队和农会的同志要转入地下工作，居住要隐蔽，工作要秘密进行，暂时不能与敌人硬碰硬，保存好实力；二、麦子已基本成熟，要动员老百姓抢收，不能让我们的胜利果实付之东流；三、要进一步发动群众，培养积极分子，为我们今后的工作打好基础；四、要动员青年积极分子参加我们共产党的队伍，工作做好一批送走一批。"

老郝讲完后，王石头说："请郝书记放心，我们保证完成任务！"

老郝喝完沈灵芝递给他的水，就起身说："形势突变，情况紧急，我不能久留，还要去其他乡镇。"说完就走出门去，跨上了那匹枣红马。这时沈灵芝匆匆用一块手巾包了几个锅饼追出门外，塞到一个警卫员手中："快拿着！路上吃。"老郝说："好吧！"说完，三匹马很快消失在夜幕中。

第二天天刚亮，地里就满是黑压压的人群，人们开始抢收麦子。沈家全家也出动了，一人一张镰，田野里没有人声，只有"唰唰唰"的一片镰刀割麦的声音，麦场早就造好了。割倒的麦子全被车载人挑弄进了打麦场。

凤仪挺着大肚子不能下腰割麦，她就在后面把割倒的麦子捆起来。一块地割完，全家人便一起往场里运。没大车，沈少松就套上那头青驴用拖车拉。拖车装得像小山一样，那青驴拉得很吃力，青河就搭根绳帮着拉。麦子进了场，凤仪就到场里，把运进场里的麦子摊开晾晒。翻场是既用臂力又用腰力的活，凤仪刚翻几下，就感觉肚子疼，灵芝急忙把她搀回了家。凤仪肚子疼了两天，身上见了红。婆婆灵芝把镇上的接生婆刘奶奶请进了家。刘奶奶出身于中医世家，人们常说："门里出身，不会不会也会三分。"她虽不会看病，却跟她母亲学会了接生，嫁到青峰镇后，谁家生孩子都找她接生。

麦子打了头落，突然天空涌满了乌云。沈润章老人看着天说："快起场！天黑前雨可能来到。"一家人齐上阵，急忙起场，麦子刚刚扬好，还没装进口袋，一个雷一个闪，雨就下了起来。他们三人又急忙将扬出的麦糠覆盖在麦堆上。

当他们三人冒雨赶回家中，凤仪已经生产了，是个男孩。沈家四世同堂，最高兴的就是沈润章老人。他双手托着刚出生的重孙，脸上笑意难掩："哈！我应（方言。读 yīng，当的意思）老爷爷了！"沈少松说："爹，你给起个名字吧。"沈润章望着那胖嘟嘟的婴儿，思忖了下说："就叫雷生吧。"刘奶奶一边擦着汗一边说："这名字好！打雷时生下的，又贴实又响亮。"

雨停后，灵芝包了四个红皮鸡蛋作为谢礼送刘奶奶出了门。

在青峰镇，生个男孩叫"大喜"，生个女孩叫"小喜"。但不管生男生女，喜事都要待喜客，邻居们要来喝喜酒。沈润章老人说："等过了关口再说吧！"青峰镇人说的关口，就是小孩子出生后有两道关口，四至六天易得疯病，叫"四六疯"，七八天时得疯病叫"七（脐）疯"。那个时代，缺医少药，刚出生的孩子最易得"四六疯"或"脐疯"。按出生率，将近有一半躲不过这两关。所以，小孩过了两关，一般在出生十天时才待客办喜酒。

工作队的王石头他们白天帮助老百姓收麦，夜里不似以往那样住在沈家南柴房里，而是到野地去住，或睡在谁家打麦场里，或睡在高粱地里。当然，农会的几个人，沈少松和刘天福及杜满仓也和工作队的人一样不敢睡在家，唯恐突发事变，造成不必要的牺牲。说是睡，不是睡在床上或席上，有铺有盖，而是天当房地当床，随便就地一趴一卧就是睡。工作队和农会的人两人一组，一组一个工作队员一个农会人员。镇北一组，镇南一组，镇东一组，镇西一组，守住镇周围的四个路口，预防敌人突然袭击。他们隐藏在野地睡觉，每组也保留一人不睡，注意观察动静，一有情况就开枪报信。夏天露水大，每到天明他们回到镇里，浑身都是湿漉漉的。

几天过去了，没发生什么事，街坊邻居就买包红糖，拿几个自家鸡下的蛋到沈家贺喜。雷生出生的第十二天，沈润章决定办几桌酒席回报乡亲们的好意。青峰镇民风淳朴，有来必须有往，没有收礼不待客的。大家都来瞧看庆贺，即使形势再紧，也不能收礼不待客。菜孬菜好、酒孬酒好大家不在乎，但这是个礼节，是个习俗。那天在沈家院里摆了六桌。一家来一个人喝喜酒。张富贵来了，许德林也来了，他们是被均了地的。他们二人谀着笑，一人手里掐只老母鸡，这是最重的礼了。他们二人进了门都说着同样的话："一点心意！给凤仪补补身子！"少松拉条板凳，热情地说着："请坐！请坐！"他们二人放下鸡，便坐在一个角落里。他们的强笑，他们坐在角落里的动作，显示出他们低人一等的心理。灵芝很热情，她给二人送上一个烟筐，两支旱烟袋和正在燃烧的火煤，又提着燎壶给每人倒上一碗白开水。

"舌头"张百利老早就来了，他像在自己家一样，热情地为客人们递烟倒水，还不停地说着笑话。大院里一片欢笑，一片喜气洋洋。

该来的客人都来了，唯独不见孙龙跃家的人。此时杏花正发愁，孙龙跃跑了，二儿子子盛去县城探消息，一去就再也没回来。街坊邻居都去沈家喝喜酒，自家不去，失礼不说，还怕沈家将来给自家小鞋穿，少松毕竟当着农会主任。想来想去，她还是拿了十个鸡蛋，从橱柜里拿了两包红糖，那还是上次孙龙跃进城时买的。她掂着红糖和鸡蛋，扭着小脚走进了沈家。她来到门外，见院里摆着几张桌子，桌边都坐满了人，她站在门口犹豫着没进门。这时沈灵芝恰巧出来迎客，一眼看见杏花站在门外，手里还捧着个手巾包，知道她也是来贺喜的，就急忙迎了出来。杏花将手巾包递到她手上："听说你添了个孙子。这是一点心意！"灵芝拉她进院，她怎么也不进，只是反复地说："我家里还有事，今儿就不进去了。"

灵芝诚心诚意地留她，怎么拉她也不进院，只好说："谢谢啦！"

杏花走了，灵芝久久地望着杏花的背影，见杏花不停地抬起右手往脸上抹。她知道杏花在流泪，看着杏花的身影消失在拐角处，沈灵芝长叹一声。

日头过了午，喜宴才开桌。

常说喜酒不醉人。沈润章喜迎四代同堂，非常高兴，就多准备了几坛高粱酒。街坊邻居们因沈家为人不错，也因沈少松是青峰镇农会主任，大家都十分给面子，所以喜宴上的气氛热烈活跃。沈少松手捧酒坛逐桌逐人敬了一圈酒后，场面开始热闹起来，有的划拳，有的敲杠子老虎鸡，有的下"不"字令，有的比"大小"枚。比"大小"枚，是用反意，一个人说"大"或"小"，另一个比画。出枚的人说"大"，对方就用双手比画小，说小则必须比画大。按出枚人说的，对方比画对了就罚酒，错了继续来。

"舌头"那一桌最热闹，开始是"接竹竿"，"接竹竿"就是轮着来枚。开始两个人比输赢，第三个接谁，由他决定接胜家还是接败家。如接胜家，前两人谁喝得少接谁；如接败家，谁喝得多接谁。猜枚形式随便。开始是接胜家，到了"舌头"那里，"舌头"说："我改改，接败家。谁输我接谁。"接胜家时，都争着败，六盅酒喝四盅为败，下面由胜者接着来，胜者下一轮再胜，还继续往下来，最后还是胜者喝得最多，接败家却相反，这一轮败了喝四盅，还要继续战下一人。"舌头"自小就常出入酒场，有经验，几圈过去，一桌七个人，六个有了醉意。"舌头"不过瘾，就串桌到邻桌上继续来枚。这一桌有两个女人，一个是桃花，一个是许琳娘。大家见"舌头"来了，就给他让出一个座位。"舌头"刚一落座就说："咱来个新鲜的。"桃花说："啥新鲜的？""舌头"说："咱不猜拳行令，每人讲一个笑话。"桃花说："那咋分输赢？""舌头"说："谁讲不笑大家，谁喝六盅。"大家一齐说好。

许琳娘说："桃花先讲吧，你的骚故事多。"

桃花用手理了理刘海儿，说："好！我先开始。一个人爱喝酒，十喝九醉。一天晚上，与朋友喝酒又醉了，他摇晃着出去尿尿，站不稳，就依在一棵小树上，解开腰带尿完尿，又将腰带系上，这时他却走不了，后边像有人抓着他似的，他回头看没人，可还是走不了。他一下子吓醒了酒，惊恐地喊，'快来人呀！我被鬼抓住了！'大家一听急忙跑过去拉他，还是拉不动。大家以为真有鬼抓住了他，都吓坏了。他自己也吓瘫了。这时酒友们喊来一位大胆的老人。老人一看笑了，原来他系腰带时将他身后倚的小树系在了里面。"

大家一阵哈哈大笑。因为这是"舌头"的真事。桃花的酒免了。

"舌头"听出这是在骂自己，伸手就去抓桃花的大腿，桃花笑着躲开了。

不知不觉天已经黑了下来，大家还余兴未尽。沈润章说："灵芝，找蜡烛点上……"话没说完，一个工作队员匆匆跑进门来，来到王石头身边说："快散吧！有情况！"

王石头问："怎么回事？"

工作队员说："从县城方向来了一队人马，像是保安团的。"

王石头立即抽出腰间的盒子枪，大声说："大家快散席！工作队员跟我来！"说着带领工作队的人冲出门外。随后，沈少松和农会的几个人也跟了出去。

大家匆匆忙忙离开沈家大院，四散而去。不一会儿，镇子北部响起了枪声。

沈灵芝用一条小被子将雷生包好抱在怀里，她对青河说："青河，快拿几个馍带上，快扶爷爷走。"青河急急忙忙地将几个馍揣进怀里去叫沈润章："爷爷快走！"

沈润章说："你们不要管我。你们快上青峰寺里躲一下。青灯师父是个好人。我随后就去。"之后，他又喊了一声，"青河，照顾好你嫂子和雷生！"

"知道了！爷爷，你也快走吧！"青河护着母亲和嫂子走出大门，走进了夜幕之中。

工作队的六七个人六七条枪藏在高粱地里，在向保安团开火。保安团一看有埋伏，急忙趴在地上向高粱地还击。枪声响成一片。

两个骑马的人没下马，他们仔细听了一下枪声，一个人喊道："不要怕！他们没几个人。快进镇！"

保安团的人从地上爬起，一齐向青峰镇冲去。

沈润章老人没走，他爬上清风楼二楼，敲响了悬挂在二楼走廊上的铜钟。"当当当当………"急促而清脆的钟声响彻青峰镇的夜空。

保安团的人马很快包围了沈家大院和清风楼。

骑马的胖子用手一指钟声响起的二楼："把农会的人统统抓起来！"

几个当兵的端着枪冲上二楼，将沈润章押了下来。其余的人冲进沈家各屋搜了个遍，也没抓到一个人。他们来到骑马的人跟前，一个人喊道："报告团长，沈家院里没有人。"另一个人报告道："只抓到一个老头。"

团长问："他是谁？"没人回答。另一个骑马的人来到跟前，火光中沈润章认出了他是孙子盛。老人用鼻子哼了一声。

孙子盛说："他是农会主任的父亲，沈润章。"

团长恶狠狠地吩咐道："给我带走！"他走到"青峰镇农会"的牌子前，说，"把这牌子给我砸了！"

几个当兵的冲过去，拉下牌子，用枪托一阵乱砸。团长又吩咐道："把全镇的人都赶到老槐树那儿去。"

第48章 投 奔

　　且说孙龙跃仓皇逃出苍龙镇，一口气爬上一个山顶后，才停下来喘口粗气，回头望去，山野间静悄悄，无人追踪，心中方安稳下来。他举目四望，苍山如海，小道如肠，此刻他感到极度孤独、伤心恐惧而又无可奈何。他用袖子抹下脸上的汗水和泪水，无力地坐在一块石头上。他思忖再三，决定去找儿子孙子昌，这也是唯一的一条路。儿子子昌大学毕业了，听表哥说他可能留在了古城师范教书。想起子昌他心里又爱又气。子昌一走就是七八年，当时他年纪小，离家远，不回来他也理解，读了大学，也往家写过几封信，只知他"一切安然"，其他一无所知。毕业后，连个信也没有了，他气儿子忘了爹娘。唉！气归气，毕竟还是儿子，到古城去找他，他总不至于不理他这个爹！到儿子那里去躲一段时间，待形势有了好转，再回青峰镇。主意拿定，他又踏上了北去的山路。山间崎岖陡峭，他只能循着猎人们踏出的蜿蜒小路前行。饿了，他就从怀里掏出苍娃媳妇塞给他的三个窝头，先看看，再啃上两口，他不舍得多吃，因为不知还有几天的路。此时他很后悔，离开青峰镇时咋没回家一趟带几个馍再带些钱？这时他又担心他埋在西墙根下的那罐银圆，千万别叫人扒走了。太阳还老高，他又害怕了，晚上要住哪里？他一边走一边用目光向前方搜寻，他想看到村庄和人家，因为夜里得有个安身之处。如果碰不到人家，夜里宿在荒山野沟，怕野狼什么的把他吃了。如果喂了野狼，连个尸首也没有，他就会像烟雾一样消失在世间，孩子们连给他烧纸也不知去哪里。他害怕，他恐惧，只能在心里默默地祈祷苍天和老爹在天之灵保佑他。他下到一个半山腰，突然发现山根下有一缕炊烟冒起。没有风，那缕烟从树丛中直直升起。有炊烟就有人家，他心中的一块石头落了下来。下了山，天已经黑了，山野间弥漫着浓浓夜雾。他直奔那烟冒起的地方，树丛中有一处灯光，他奔那灯光而去。走到跟前，那是一座破庙。他推门进去，见一个老和尚正在灯前打坐。一座金身神像前有一堆纸灰。那老和尚见有人进来，即起身双手合十，念一声"阿弥陀佛"，然后说道："施主此刻到来，是布施还是还愿？"孙龙跃也双手合十说道："我是过路之人，想借宿一晚。"那和尚独居苍山古庙很少见到人，见有人前来甚是热情，便领孙龙跃进了一间斋房。房中有一地铺，老和尚又拿出一条破被，说："荒山古庙也没客房，施主将就吧！"

孙龙跃扯开破被，坐下来，歇息片刻，从怀中掏出仅剩的半个窝头吃了，在灶边的水缸中盛了半瓢凉水喝下，倒头便睡着了。第二天一早他便告别老僧人，踏上了北去的山道。

中午，他终于走出了大山。他蹒跚着走进一个村庄，正是吃午饭的时候，村中家家户户炊烟袅袅，鸡鸣羊叫牛哞，一片安静祥和。他走进一个柴扉掩映的小院，一个老太太正在喂鸡。"大娘，您老人家好！"孙龙跃毕竟有点文化，讨饭也不失文雅。老太太转身一看是个讨饭的，就说："你等等。"说着走进屋去，拿了一个窝头，又端来一碗糊涂，她说："你就坐那儿吃吧。"她指了指门里边的一个小木凳。孙龙跃接过糊涂，激动地说："谢谢大娘！"他的确饿了，两天没喝上热汤了，他几口吃完了那窝头，又喝尽了碗里的糊涂，他抬起头，只见老太太又给他盛了一碗，倒进他手里的碗中，孙龙跃心里非常感动。他又喝完了碗中的糊涂，肚中才好受了许多。"大娘，您这里日子都太平吗？"孙龙跃问。

"太平！以前，我也和你一样，到处逃荒要饭。这不，自共产党来了，家家都有了地种，总算有好日子过了。要在以前这个时候，秋秋没翻米，好多家就都没吃的了，村里人早都要饭走了。听口音你不是当地人？"

孙龙跃说："我家在南乡。上古城去找我儿子，路上盘缠花完了，只好要点吃的。"

老太太说："你咋还朝北走？你没看见许多人都在往南逃？"

孙龙跃问："咋回事儿？"

老太太说："听北边来的人说，日本占领了东三省，又往关内运了许多兵，听说要打大仗了！"

"那古城没事吧？"孙龙跃问。

老太太说："我也不知道，反正人都在往南逃。"

孙龙跃心里没了主张，"家不能回，去找子昌又碰到这种情况，难道天要灭我？"他站在村头的十字路口，不知道往哪里去。犹豫了好大一会儿，他想，反正仗还没打起来，去找儿子是上策。他又踏上了往北去的官道。

一天，他来到一个集镇，街上到处都是穿灰色军装的兵。他知道，那是共产党的队伍，共产党的队伍不欺负穷苦百姓。再说，这里又没人知道他的底细，他为自己壮壮胆，进了镇。当兵的都很和气，见了老百姓都打招呼，老百姓也不怕那些当兵的，他们相见时说说笑笑的，像熟人像亲朋一般。他往街里走了一段路，也没人盘问他，更没人欺负他，他怯怯的心情放松了。他来到一个大门前，往里一看，是个瓦房大院，大门洞开，当兵的进进出出，还有腰间插盒子枪的。他想这可能是当官的住的地方。他从怀中掏出那个沾满饭渍的碗，碗是那位老太太给他的。临离开老太太的家时，那老人说："你要饭咋连个碗也没有？"孙龙跃说："我忘了带。"老太太说："那碗你拿着用吧，要饭咋能没碗？"他端着碗正要进那大门，门口一个挎枪的兵拦住了他："大爷，这里面没有伙，你到别处要去吧！"

孙龙跃说："我不要伙，我要口吃的，我两天没吃东西了，给口吃的吧！"

那挎枪的兵又重复了一遍刚才的话。

孙龙跃不走，继续哀求道："你行行好吧！长官。"

这时一个青年军官从里边走出来，他腰间插着盒子枪，走到门口问那当兵的："怎么回事，小李？"

那当兵的一个立正敬礼："报告指导员，有个讨饭的，我告诉他这院里没伙，让他到别处去要，他就是不走！"

那指导员说："你到伙房给他拿两个馍来。"

在那指导员正要出门离开时，孙龙跃抬眼一看，一下子惊呆了，这不是子昌吗？

"子昌！"孙龙跃喊了一声。

那指导员抬腿正要跨出门槛，突然听到有人喊"子昌"，他惊疑地转身看那讨饭的，现出一脸惊喜交加的表情。

"爹！怎么是您？"他立即上前抱住了就要歪倒的孙龙跃。

父子二人抱在一起，都激动地流出了眼泪。

院里院外的官兵们一齐涌进来，当知道是孙指导员的父亲来了，大家都高兴地鼓掌。

孙子昌将父亲领进了旁边的一个农家小院。小李送来了两份饭菜。父子二人一边吃一边聊起了离别后的事情。

孙龙跃将自己的遭遇叙说一遍，当说到自己已走投无路无家可归时，不由得潜然泪下。

孙子昌待爹吃完了饭，又给爹倒上一杯茶，说："爹，您老也别想不通，世道就得变了。咱们的田地种不完，而那么多穷人没地种、没粮吃、没衣穿。他们辛辛苦苦和牛马似的劳动，收了粮还得交给咱，这公平吗？再说还有一些土豪劣绅，为富不仁，欺压百姓，干坏事。这种少数人压迫剥削多数人的现象，不能再持续下去了。你知道，当年八国联军进中国，杀了我们多少人，抢走我们多少财宝？我们一个泱泱大国为什么会败在几个洋鬼子手下？为什么？就因为我们民穷国弱。甲午战争，小小日本竟打败了我们。啥原因？他们为什么骂我们是'东亚病夫'，就因为我们穷人是大多数，没文化，没能力。你想想咱青峰镇除了咱家和张富贵家，有几家没逃过荒要过饭？更别说上学读书。这种世道再不变，说不定哪一天我们就会沦为帝国主义的殖民地。我们共产党领导的队伍打土豪分田地，就是要改变这种世道，要消灭剥削，消灭压迫，让家家有地种，人人有饭吃，要人人都平等自由。您刚才说您一路上受尽苦难，可那些穷人祖祖辈辈不都是这样吗？再说了，咱那么多地种不完，家里粮吃不完，可那么多人逃荒要饭，饿死冻死。把地分给他们，都有好日子，不说革命，您也算干点好事，积点阴德。"

孙龙跃认真听着儿子的话，觉得有一定道理，可心里还是疙疙瘩瘩，他说："那，咱那清风楼……"

孙子昌说："我知道。自我老爷爷那一辈就想得到清风楼，生气打架，想方设法算计人家，甚至陷害人家坐牢蹲监。咱咋得到的清风楼？一千多斤粮食，公平不公平且先不说，沈家拿粮救了多少命？可咱不救命却去趁火打劫……"

孙龙跃不高兴了："那咋叫趁火打劫？"

孙子昌说："那清风楼只值一千多斤粮食？两万斤您卖吗？都说是什么风水宝地，那是迷信。清风楼在沈家，他们不也是穷吗？如今归了咱，可你不还是照走背运吗？那些土豪劣绅、恶霸地主哪一家不占着风水宝地？可把他们一打倒，分了他们的地，分了他们的产，那风水宝地管什么用？以前人都烧香拜神，告佛求仙，穷人不还是穷吗？你看这里，庙拆了，神砸了，不信迷信了，穷人都过上好日子了。现在老百姓都说信风水信神鬼不行，只有信共产党，大家才能过上好日子，社会才能进步。不过，土豪劣绅也是人，共产党不会不分青红皂白一棍子把人打死，地还是要给他们留一部分，还要让他们有住的地方，只不过让他们由剥削者变成自食其力者。"

孙龙跃担心地说："那我回去，他们会不会枪毙我？"

子昌说："你只要没有罪恶，身上没人命，他们不会枪毙你！"

孙龙跃情绪很低沉，他低着头，不敢看儿子的眼睛，他害怕儿子看透他的心底。孙子昌见爹的情绪很低落，担心地问："你是不是有啥事？"

孙龙跃急忙摇着头说："没有没有！"他不敢也不能把心底的秘密告诉儿子。因为坐在面前的是儿子，他那见不得人的事怎能说出来？一旦说出来，别说共产党，儿子也会看不起他。这时他才感到后悔，悔得肠子都要青了。他感到自己真贱，几次调戏赵婆子，你说赵婆子有什么好，一个穷用人。他最后悔、最担心、最害怕的还是巧儿的事，一个刚开花的花蕾，一个灵芝的翻版让他给毁了。他自责到骨子里去了，此时他真想把自己那东西用刀割下来。

"你只要没罪恶，身上没人命，他们就不会枪毙你！"儿子的话让他心跳加快，手也哆嗦起来，手中的茶碗在抖动中不停地往外洒水。

这时，一个女军人抱着一个小女孩走了进来。孙子昌忙向爹介绍道："爹，这是你儿媳妇郑虹。这是你的孙女。"子昌从郑虹手中接过孩子又对郑虹说，"这是咱爹。"

郑虹笑着说："刚才小李告诉了我。爹，您老可好？"

孙龙跃一边接过孙女，一边说："好！好！"他端详着孙女那一对灵动的大眼睛，心里高兴得像喝了一碗蜂蜜水，原先伤心害怕的情绪一扫而空。这时他才真正相信老辈传下来的一句话："隔辈疼爱。"孙龙跃见了孙女，心里感觉幸福快乐极了，就算当时有了子昌子盛，他也没有这种幸福的感觉。孙家又添了一代人，他心里很激动，他把孙女抱在怀里，看了又看，亲了又亲，子昌和郑虹看到爹用那满脸的胡须把女儿扎得直扭头，他俩也高兴地笑了起来。

"爹，你俩说话。"说着她从孙龙跃手中接过孩子，坐在一边的板凳上。

原来孙子昌跟表叔进古城读书，中学毕业后又考上了古城师范，临毕业的时候，日本占领了东三省，国民党政府不但不积极抗日，反而到处屠杀共产党，"攘外必先安内"的政策激起了青年学生的反感。孙子昌和那些青年学生上街游行，抗议政府杀害同胞，敦促政府积极抗日。当时的政府不但不采纳学生的意见，反而对学生运动大肆镇压，对学生中的骨干按共产党对待，秘密逮捕杀害了许多进步青年。子昌和郑虹是同班同学，也被逮捕入狱，幸亏在古城师范当教师的表哥通过种种关系才把他二人营救出狱，出狱后就被共产党的地下交通员带出古城，参加了革命。

孙龙跃说："你们带着孩子怎么打仗？要不我带走吧！"

郑虹思考了一下，看着子昌。

子昌思索许久，说："还是我们带着吧。一是孩子还太小，还没断奶，你带回去，没法照护。二是咱家目前情况也比较复杂，过一段时间再说吧。"

孙龙跃又接过孩子抱在怀里："那我给你们带孩子，你们走到哪儿我跟着走到哪儿。"他心里一是爱孙女，二是不愿回家，他心里还是害怕。

子昌说："爹，你还是先回家吧。看样子快要打大仗了。明天部队就开拔。"

孙龙跃还是心有畏惧，他摇摇头说："我不走！我跟着你们！"

郑虹说："爹，您老还是先回去吧！日本兵已经进了关，看样子，中日战争已是不可避免。这要是打起仗来，不知何时才能结束。"

子昌说："你回去后，老老实实种好那几十亩地，积极配合工作队和农会，别让子盛生事，不要有啥想不开。国民党长不了，最后的天下肯定是共产党的。爹，记住我的话，千万不要与人民群众为敌!"

第二天，孙子昌给爹换了身新衣服，在口袋里给爹装上几块大洋，又将一封信交给爹。一家三口把爹送到村口，子昌嘱咐道："回去后把这封信交给工作队或农会，他们会关照你的。"

孙龙跃上路了，他眼里含着泪，挥手与儿子儿媳和孙女告别。

孙子昌和郑虹看着孙龙跃慢慢消失在迷蒙的晨雾里，谁也没说话，只是向爹消失的地方久久地望着。

第49章　枪下留人

一盏汽灯挂在老槐树的一根苍老的虬枝上发出"哑哑"的响声。大槐树前的开阔地上亮如白昼。镇上的百姓像一个个绵羊被团丁们用枪押赶到这片开阔地，他们一个个默不作声，会场上静得连掉一根针都能听到。偶尔有几声团丁的吼叫和狗吠，更是增加了会场上令人不安的恐惧气氛。

待会场上站满了人，一个当兵的走到汽灯下，向那军官立正敬礼："报告团长，除四个农会成员，全镇人员已经到齐。"

那军官扭过脸来，人们才发现此人是黄三。汽灯的白炽光将黄三那张胖脸照得有点变形，似青峰寺中的一座金刚雕像，那瞪圆的双眼如两只鸡蛋，浓黑的双眉和连腮胡显得凶神恶煞。

黄三张口骂道："这几个共党分子不是有种吗？跑什么？"他摘掉大盖帽，递给身后的勤务兵，用手一捋光头，说，"现在开会！"

会场上鸦雀无声。

"我们是保安团，是国民政府的队伍，有人叫我们还乡团，保安团、还乡团都是一个意思，我们是维护全县治安的。大家知道，这一两年，社会治安非常混乱，说到底，就是那几个共党分子和几个穷光蛋在捣乱。他们目无国法，分人家的地，分人家的房，分人家的财产，凭什么？还要政府吗？有人说共产党很厉害，老子就不信！"一捋胳膊，露出几块伤疤。"老子曾和他们打过几仗，这伤就是他们给留下的。可老子不怕！老子有省政府撑腰，政府有八百万军队，还怕几个共产党不成？前一段时间共匪来了，老子回了部队。今天老子又回来了！我还是青山县保安团团长。这次老子回来，是奉上峰命令，专门收拾这帮共匪的。他们分人家的田地是违法的，还要退回去。种人家的地不光要给人家缴租，还要缴皇粮。你们不缴，我的部队吃什么？麦季没缴，这次要缴全年的，就是要秋后算账！"他又用手胡噜一下那发亮的光头，继续讲道，"听说青峰镇也成立了什么农会，要我说就是匪会。什么一切权力归农会？权力归农会，还要政府干什么？还要我干什么？问问我手里这家伙同意吗？"说着他掏出腰间的盒子枪，"砰！"对天放了一枪，人群中一阵骚动。"今天没抓到那几个共匪，算他们走运！早晚我都要抓住他们，抓住他们就统统枪毙。现在我向大家宣布，谁要是抓住一个共党，交给保安团，我奖谁二十块大洋；谁发现共党，报告给保安团，我奖谁十块大洋。听说青峰镇农会的主任叫什么沈少松，还会几手？我就不信他能挡住我们的子弹！今天没抓住沈少松，让这小子跑了，可跑得了和尚跑不了庙，我们抓住了他爹。这老家伙，我听说分人家的地他还挺积极，还把几个共党留在他家，这是通共。通共，按蒋委员长的指示，就得枪毙。今天，我就要杀鸡给猴看，看今后谁还敢再给共党办事！把沈润章给我押上来！"

几个保安团丁把五花大绑的沈润章押到汽灯下，沈润章没一点畏惧之色，胸脯反倒挺得更直了。

"说！你把那几个共匪藏哪儿去了？"黄三吼道。

沈润章喊道："谁是土匪？你才是真正的土匪！大青山的土匪能成了好人？呸！"

黄三见沈润章揭了他的老底，恼羞成怒，一脚把沈润章踹倒在地上。

人群中产生一阵骚动，一齐涌向沈润章。几个中年人交头接耳地议论着什么，随之挤向前来。

几个团丁端枪上前抵挡住涌来的人群。

黄三掏出枪，对天打了一枪，骚动的人群停住了。

黄三高举着手枪大喊："谁敢造反，我就毙了他！"

这时人群中有几个人喊道："你们放了他，沈润章是好人！你们放了他！"喊声越来越多，几乎所有的人都在喊。

黄三对天又鸣了一枪。他看局面乱了，急忙说："给我拉出去毙了！"

这时一个人挤上前来："住手住手！"

黄三厉声喝道："你想干什么？找死吗？"

那人挤到黄三面前说道："你不认识我啦？"

黄三细看。

那人说："我是孙龙跃！"

黄三看着孙龙跃满脸的胡须和消瘦的脸，吃惊地问："你、你，怎么搞的？"

孙龙跃说："我刚从外地跑回来。"孙龙跃刚刚进镇还没进家就碰上了黄三要杀沈润章的场面。

黄三立刻怒意横生："这都是共匪搞的！今天我要给你出出气！我先把这老东西毙了！"

孙龙跃急忙说："使不得使不得！"

黄三眼一瞪说："怎么使不得？"

孙龙跃说："他不是共产党，不能枉杀无辜啊！再说，沈润章也办了不少善事，杀了他会犯众怒的。我们是街坊，杀了他，大家就会迁怒于我孙家。"

黄三犹豫一下，把枪插在腰间："好吧！看在老表的面子上，今天先不杀他，让他再多活一天。明天他要是还不交代共产党藏在哪里，我非毙了他不可！先把这老东西关起来。"

几个保安团的人把沈润章推搡出人群，然后关进了孙龙跃家的牛屋。

黄三对身边的李金贵耳语几句，然后大声说："我今天不走了。给我留下一班，其余的全回县城。"

副官李金贵掏出哨子吹了三声，大喊道："集合！"待队伍集合好，李金贵说，"今天团长不走了。一班留下，其余的全跟我回县城。"

孙龙跃对群众说："散了吧！散了吧！"

李金贵带领保安团走了。群众也渐渐散去。

黄三和留下的十多个保安团丁住进了孙龙跃家。孙子盛急忙叫来孙虎、孙豹说："去弄几只鸡，再弄点羊肉、羊下水来。"

孙虎、孙豹来到"刘家羊汤馆"，见只有刘天福的媳妇和一老者在闲坐。孙虎说："弄二斤羊肉，再弄一挂心肺。"

刘天福媳妇一边答应"好好！"一边忙着切肉拿心肺，又用纸包好交给孙虎。孙虎接了肉转身就要走，刘天福媳妇说："虎子，那钱……"

孙豹说："钱？让刘天福去找黄团长要。"

孙虎嘟哝一句："抱着元宝跳井！"便与孙豹走出门去。

刘天福媳妇不解地问老者："他是啥意思？"

老者吸口烟，吐出一团烟雾，然后说："这你还不明白？刘天福是农会的人，让他们抓住就得枪毙。你还问他要钱？这不是抱着元宝跳井——舍命不舍财吗？"

刘天福媳妇这才恍然大悟，脸上立即堆满了恐惧和担心。

老者说："天福家的，可千万别让天福回来，让他们抓住就没命了！"

刘天福媳妇说："他们咋不讲理？"

"讲理？讲理还能当土匪？"老者磕掉烟锅中的烟灰，站了起来。"听我的话，让天福他们躲躲，千万别露面！"说完，老者拄着拐杖走了出去。

王石头和工作队及农会的十来人正躲在一片坟地里。周围是黑乎乎的高粱地，夜风吹来，高粱此起彼伏。坟地里的柏树上不时有鸟弄出"沙沙"的声响。静谧中笼罩着不安。

王石头问:"大婶和凤仪都安置好了吗?"

刘天福说:"安置好了,都在青峰寺,青灯师父会照顾好她们的。"

沈少松有点等不及了,他站起来说:"不行!我不能再等了。我得去救我爹。"

其他几个队员也随声附和:"是的,得想办法救老人。"

王石头说:"别慌!等满仓回来,看看那边啥情况,咱再说如何营救。"

他们在焦急地等待着。

不一会儿,随着一阵"沙沙"声响,去侦察情况的杜满仓回来了。

王石头问:"情况怎么样?"

杜满仓说:"他们把润章叔关在了孙龙跃家的牛屋里。"

沈少松急忙站起来:"我得去救他。"

杜满仓说:"不行!保安团没走,就住在孙龙跃家。黄三让留下的十来个人住在青峰镇,他让团副李金贵带领保安团回县城。我尾随李金贵他们出了镇,但是他们都没走,并且藏进了镇北林地里。"

王石头说:"这是他们的圈套。一旦我们去救沈润章老人,他们就会杀个回马枪。"

刘天福说:"这样看来,他们现在不会对沈润章老人怎样。黄三他们想把润章哥当诱饵,引我们上钩。"

王石头说:"我们不要急,急了反倒坏事。"

黄三虽没文化,但历经几十年的生活磨砺,使他变成一个阴险狡诈、颇有心机的人。他佯装撤去保安团大部分人,只留下十来人,其实他另有预谋。

孙家大院非常热闹,那盏汽灯悬挂在那棵老枣树上,院里亮如白昼。十来个团丁围坐在汽灯下大吃大喝,可他们喝的不是酒,而是白开水。

孙龙跃和孙子盛则陪黄三坐在堂屋里,桌上摆着一盘羊肉、一盘羊下水、一盘炒鸡、一盘张家臭豆腐。孙龙跃从柴房摸出一坛青山大曲,可被黄三举手制止了。

"今天咱不喝酒,只说话。"黄三说。

孙龙跃有点愕然。黄三咋会不喝酒?每次见面他都要酒喝。孙龙跃也很聪明,他由牛屋里关着沈润章这事儿想到黄三的心思,他要等工作队和农会的人来救沈润章,好把工作队和农会的人一网打尽。

他们仨一边吃菜,一边以茶代酒拉起家常。

"表叔,前一段时间您到哪儿去了?"孙子盛问。

黄三喝口水,感觉不过瘾,说:"来点酒吧!"

孙子盛急忙为黄三倒上一碗酒。

黄三喝一口酒，抹下嘴巴，说："唉，一言难尽……"

去年，春节刚过去几天，黄三陪县长喝了半夜酒，又搓了几圈麻将，刚刚入睡，便被激烈的枪声惊醒。他以为是小股土匪进城引发的骚乱，就带领保安团奋起抵抗，可不到一个时辰，他的一百多号人马便损失过半。天将明时，他才发现原来是共产党的部队打了进来。他跑到县府院去找县长，县府里已空无一人，县府的人早跑了。见此情景，他顾不得其他，只身潜进夜幕逃出了县城。逃向哪里呢？这时他想到临离开部队时师长对他说的话：如果在地方上干不下去，还回部队来。于是他决定回老部队。当他躲躲藏藏，夜行日宿赶到原来部队的驻地时，他的心一下凉了，部队早开拔了。顿时，黄三像死了娘的孩子，成了孤儿，不知该去哪里。这一带已成了共产党的天下，他一个土匪出身，又当过保安团团长的人，如果落到共产党手里哪有他的活路？犹豫了几天，他决定还回大青山黑风口去当土匪，最起码，在那里还有饭吃，还能保命。可到了大青山黑风口，土匪头子黑三并不收留他。一见面黑三便不阴不阳地说："黄团长，今天到黑风口该不是来刺探刺探情况，准备下一步怎么灭了我吧？"

人在屋檐下，不得不低头。黄三只好把他当前的处境说了一遍，求黑三收留他。

黑三听了黄三的诉说，冷笑一声，说道："你走低运来找我，过三五个月，形势变了，你不还是去当你的团长？到时候你再把我的队伍一收编，'嘣！'给我一枪，你立了大功，还壮大了你的队伍，你的计策想得不错啊！"

黄三还想辩解什么，黑三一摆手："你什么都别说了！一山容不得二虎，你还是快走吧！"

黄三无奈，只得又离开了大青山。他听说省城还在国民政府手中，决定去投奔老团长的爹——省政府主席。经过三天四夜的奔波，他终于赶到了省城。这几年黄三当保安团团长，逢年过节都带着重礼去拜访省主席，一是为了找个靠山，二是为了报答省主席对他的知遇之恩，二人还算有一定的交情。进了省政府，他受到热情接待，好吃好住了几天，可一直没见到省主席的面。秘书告诉他："省主席很忙，他让你别急，一有时间就会接见你。"

第四天的傍晚，省主席终于抽空见了他。省主席听了黄三的诉说，告诉他说："这是暂时的形势，蒋委员长不会让共产党扰乱天下。"

省主席说："你不要急。国民党军队很快就会打过去，大青山一带还会回到国民政府手中。"

黄三离开省城，躲进了大青山一个亲戚家。他不敢出山，不敢进城，怕被共产党抓住。他度日如年地熬过了几个月，终于有一天，他听说国民党军队进了青山县城。他悄悄溜进县城，县城里都是国民党军队，青山县国民政府的牌子又挂上了老县衙的大门口，这时他才大胆地走进了县府。县长还是原来的县长余庭栋。二人相见，握手许久。余县长说："根据省政府指示，你还是保安团团长。你要马上召集人马，重新组建起来保安团。上峰指示，我们目前的首要任务，就是'清剿'共产党，消灭地方上的共产党组织。"

黄三重新上任后，马上收拢旧部，征集新兵，拉起了保安团。第一刀他就决定先在青峰镇开启，因为那里有孙家这个亲戚，孙子盛又是他任命的镇长。他派人与孙子盛取得联系，可孙子盛不在家。过了几天，孙子盛到县城去找黄三。原来那天孙子盛在县城看到游斗几个恶霸地主的情形，他没敢回家，就跑到离青峰镇一百多里外的一个亲戚家躲了起来。后来他听说黄三又回到了青山县，方知天又变了回来，才又回到青山县去找黄三。黄三让孙子盛回青峰镇打探消息。于是孙子盛夜里偷偷潜回青峰镇，连家也没回，直接去了孙虎家，打探到六月十八沈家待喜客一事。他回到县城，把这消息告诉了黄三。黄三决定来个突袭，把青峰镇的共产党一网打尽，但没想到只抓住了农会主任沈少松的爹。

孙龙跃听闻是儿子孙子盛报告给保安团的消息，心里不觉"咯噔"一下。这会儿的形势，说不准会一天三变。今天国民党来了，说不定明天共产党又会打过来。这时子昌的话又在耳边响起："国民党不得人心，天下终究会是共产党的。"他庆幸自己回来得及时，要是回来晚了，杀了沈润章，共产党再过来，不会饶了子盛，也不会饶了孙家。他气子盛这孩子太不成熟，办事不留后路。想到这里，他不由得瞪了子盛一眼。

孙子盛见爹瞪他，说："爹，你怕啥，有黄团长给咱撑腰，我就不信那几个穷鬼还能反了天！"

孙龙跃又瞪了儿子一眼，很生气地说道："你别得意忘形！谁知道明天啥天？"

孙子盛不服气地说："你就是胆小！一辈子怕这怕那，连个清风楼都守不住！"

孙龙跃说："你知道个屁！我过的桥比你走的路都多！"

子盛跟爹较上了劲，用不服气的口吻低声反驳道："你走的路多，你磨毁的鞋多！"

孙龙跃见儿子总是顶撞自己，更是生气："你小子少逞能！这个镇长坚决不能干。"说完喝尽杯中的酒，孙龙跃将杯子往桌上用力一放。

　　喝酒不能生气，一生气一斤的酒量半斤都会醉。此时子盛感觉爹在黄三面前如此训斥自己，心里很窝火，就有了几分醉意。他用鼻子哼了一声说："哼！这个镇长我当定了！不收拾好这些穷鬼我不姓孙！"他也举杯喝尽了杯中酒。

　　黄三急忙劝道："算了算了！你爷俩吵个啥？来，咱继续喝！"说着他亲自将三个杯子斟满。"来，干！"

　　儿大不由爷。孙子盛哪里听得进爹的劝告，他早就憋不住了。眼见自家的土地财产被农会和工作队的人分给了穷人，他恼怒、愤恨，心里边光想杀人。白天黑夜想着杀人的主意，可他手里没枪，凭切菜刀是斗不过工作队的。他觉得肚里的气憋成了大疙瘩。如今形势反过来了，表叔黄三又回来了，报仇的时机到了。工作队和农会的人跑了，但跑得了和尚跑不了庙。他们只要回家，就能抓他们。他觉得当前最主要的就是把分出去的地再要回来，把分出去的财产和房屋让那些穷鬼还回来。他们三人把一坛酒喝下已是午夜时分，可仍没有工作队和农会的消息。他们张网以待，却总不见鱼儿上钩。黄三走出屋门对团丁们说："大家先休息，但不要脱衣服。估计下半夜要有行动。"他们熄了灯，关了大门，仍然严阵以待，等工作队和农会的人来救沈润章。但直到天明，也没见工作队和农会的人影。

　　第二天，孙子盛就把孙虎、孙豹叫到清风楼，让他们把青峰镇镇公所的牌子重新挂上，接着让孙虎、孙豹挨家挨户去通知，收回孙家的土地和财产，再让佃户们缴清全年的地租。胆小的佃户见这阵势，答应将工作队分给他们的土地和财产退还给孙家，有的还把家中的粮食装进口袋也送过去。尽管大家都不愿意把自己辛苦种出来的粮食再交给孙家，但看到孙虎、孙豹凶神恶煞的表情，还是不敢不交。

第 50 章 毒 计

真是百人百性。当孙虎、孙豹来到赵驴子家却碰了钉子。赵驴子说:"地是农会给我的,我有土地证,要地,你们找农会要去。"孙虎、孙豹把话禀给了孙子盛,孙子盛一气之下带了四个保安团丁,来到赵驴子家把锅碗瓢盆砸了个精光,又把赵驴子拉到了清风楼镇公所。犟人自有犟脾气,赵驴子打骂都不服,还说:"你砸我啥赔我啥!"孙子盛心想,治不了这头犟驴,下边就没法弄,要是都像赵驴子这样,地咋收回?财产咋收回?今后怎么办?他一气之下让两个保安团丁到赵驴子家,一把火点燃了赵驴子家的三间茅草房。赵驴子一见他们烧了自己的房子,这也烧了他最后的一丝希望。他本想分了地,还有这三间草屋,将来能娶上个媳妇,可这下全完了。他望着那熊熊燃烧的房子,忍不住破口大骂:"孙子盛,你个杂种!你、你有种杀了我!等共产党来了,看我咋收拾你!"

孙子盛闻听此言,一下子冷静下来。"这小子是个祸害。如果共产党真再打回来,说不定他比我还狠。"于是他命令孙虎、孙豹和那几个团丁:"赵驴子是个共党,先把他绑起来。"几个团丁上前把还在不停叫骂的赵驴子按倒在地,五花大绑。孙子盛说:"先关起来!我叫他等不到共产党过来!"心想,今夜我就叫你见阎王!

赵驴子也被关进了牛屋。见了沈润章,赵驴子失声痛哭,难过得头直往墙上撞,额头上鲜血直流。

沈润章安慰他说:"老侄,千万别想不开!俗话说,留得青山在,不怕没柴烧。共产党还会打过来!君子报仇,十年不晚。"

赵驴子想想,也是这个道理。他停止了哭泣,担心地说:"可是,恐怕我活不到共产党打回来了。"说着又抽泣起来。沈润章说:"净说憨话!你咋活不到共产党打过来?"

赵驴子说:"孙子盛说,让我等不到共产党打过来。我怕今晚都熬不过去。这小子心狠手辣,我领教过了。"

沈润章不说话了，他沉思着，这真如老郝说的，是场你死我活的斗争。黄三没杀自己，却又不放，这明显是想等工作队和农会的人来，好一网打尽。他很担心，怕王石头和少松来救他，那恰恰上了黄三的当。如果王石头和少松他们上了当，那可就坏事了。他心里又急又担心。

入夜，天空飘起了细雨。孙子盛让几个团丁帮着把外面的方桌搬进了屋里，十多个人围坐在两张桌子周围，菜已经上来了，他们正要举筷吃饭，这时孙虎、孙豹走了进来。孙子盛见他二人站在门外，便放下筷子走了出去。孙龙跃不放心地跟了出去，他想听听子盛和孙虎、孙豹嘀咕什么，就悄悄躲在大门后。只听子盛说："你俩先去把坑挖好，半夜动手。"

孙虎说："那他们赵家……"

孙子盛说："不要怕！一个光棍汉子，谁会去为他报仇！"

孙龙跃听闻儿子要杀人，不觉一惊，心想这可是人命啊！将来共产党回来了，他们不会善罢甘休的。他悄悄溜回了屋。

等子盛回到屋里，孙龙跃喊道："子盛上酒。"孙子盛走进屋，说："酒喝完了。"孙龙跃说："去把我藏在柴屋里的那两坛老酒拿来。我要和你表叔一醉方休！"

黄三听说有老酒，甚是高兴："咳！有老酒早该拿出来！"

孙龙跃说："那酒本想给子盛结婚用的，今儿高兴，喝了吧。"

黄三说："这就对了，今朝有酒今朝醉嘛，到子盛结婚我给你弄个十坛八坛的。"

孙子盛搬来了酒，孙龙跃说："喝！大家都喝！"

两坛酒喝完，大家已有八分醉意。黄三说："还有吗？都拿来，今儿喝个尽兴！"

孙龙跃显得有了几分醉意，说："都喝了，子盛结婚时咋办？"

黄三说："哎！我刚才不是说了吗，子盛结婚的酒我包了！"一个团丁说："团长已经说了孙镇长结婚的酒团长全包了。"孙龙跃说："那好！我再去找找。"说着便走了出去。

孙龙跃走到牛屋门前，看着后面没人，急忙打开锁："快！你俩快跑吧！"

沈润章不相信地说："你不是又要用啥计吧？"

孙龙跃说："你们相信我一回。快走！原因以后再说。"

他们二人避灯影溜墙根，出了大门，消失在夜幕中。

孙龙跃抱着一坛酒又回到堂屋，走到黄三身边悄声说："酒喝多了别误事。"

黄三说："误什么事？"

孙龙跃说："共产党如果……"

黄三摆摇手说："放心！我已布下了天罗地网，还怕他们不来呢！"

酒坛打开，团丁们又五五六六地划拳猜枚大喝起来。

直到半夜时分，孙虎、孙豹的惊叫才让大家一惊，沈润章和赵驴子跑了。

黄三已经喝得头重脚轻，忽然听到被关在牛屋里当诱饵的沈润章跑了，酒意立刻醒了一半。他立即命令所有人快去追，且不说那些团丁个个醉眼蒙眬已辨不了东西南北，就说时间已过了一个时辰，沈润章和赵驴子早已鱼入大海，鸟飞蓝天了。团丁们跌跌撞撞找到天明也没看见他们二人的影子，黄三只好让号兵吹号集合队伍，返回了县城。

虽然保安团已撤走，但是工作队和农会的人依然不敢贸然回镇，他们白天躲在青纱帐中，晚上才悄悄回镇子弄点吃的。

沈润章逃出孙家，匆匆爬上青峰山，来到青峰寺，青灯师父告诉他："你家人昨夜就已离开青峰寺，不知去哪儿了。"其实，沈家人只在青峰寺住了半夜，怕保安团到寺里寻找，就连夜离开青峰寺，转移到了东凹。东凹是个佃户村，都拥护共产党和农会，他们在这儿住了一天，听说保安团的人没全撤去，还留下了二十多人藏在镇子周围的庄稼地里，他们怕有闪失，第二天天不明，他们又走了，转移到镇南十里的柳树行。满仓媳妇告诉沈润章，灵芝、凤仪可能去了柳树行亲戚家，沈润章没顾得上喝口水，就连忙赶到柳树行。柳树行有家亲戚，是沈灵芝的表姐。灵芝表姐是个苦命人，出嫁两年丈夫就因病去世，撇下个遗腹子。孤儿寡母苦挣苦熬，待儿子长到十七八岁，七扶八架总算娶上了媳妇。儿媳妇虽脸盘不丑，但是个残疾人，小时候患病无钱医治，身子长腿不长，两条腿又短又细，屎尿虽能自理，但要手扶板凳方能行走。结婚两年，媳妇怀了身孕，灵芝表姐非常高兴，柳家总算有了传宗接代之人。谁想天不遂人愿，大前年那场饥荒，儿子为照顾母亲和媳妇，自己却饿死了。媳妇怀胎期满就要生产，可因身体残疾，形成难产，生下一女孩后出血不止，最后一命归天。灵芝表姐靠求百家奶讨百家饭将孙女养活，给孙女取名叫青枝。青枝大雷生两岁，刚蹒跚学步。一个吃了这顿没下顿的穷苦人家突然添了沈家一家，灵芝的表姐虽是心里高兴脸上挂笑，可生活却难以为继，为吃喝发愁。幸亏表妹灵芝身上带了些钱，买了些红芋干和青菜之类的食物维持时日。待灵芝和沈润章老人身上的钱花尽，生活再也难以维持下去。这时沈少松和杜满仓来了，说还乡团已回县城多日，没有再来青峰镇，让大家先回青峰镇。灵芝不同意，说他们如果再突然来袭咋办？杜满仓说："这样吧，先搬到东凹我家，有啥情况能尽早知道，也好躲避。我家离镇子又近，生活也好应付，各家都藏有些粮食，生活也好接济。"于是在一个月夜，沈少松抱着雷生，青河扶着沈润章老人，凤仪掂着衣物，一家人磕磕绊绊又转移到东凹村。

农民分了地刚过上几天好日子，没想到天说变就变，还乡团回来了。让人们更想不到的是局势又发生了突变，日本兵打过来了。

那天夜里，日本的飞机对青山县县城一阵狂轰滥炸，炸塌了一百多座民房，炸死了二百多人。城墙被炸开了两个缺口，一个中队的日本兵冲进了县城。一颗炸弹落在保安团院内，炸死了十多个保安队员。黄三带领保安团进行抵抗，可他们的老套筒怎敌得了日本人的机枪和迫击炮？不到一个时辰，保安团便被打得七零八散。黄三看打不过日本人，便偷偷溜进一条小巷跑了。保安团的人见头儿跑了，也趁着夜色各自逃命。天明时，整座县城弥漫着硝烟和战火，县府和保安团两个大院的大门洞开着，没一个人影，只有断壁残垣。

日本鬼子占领了青山县城。

当官的没了兵，就成了落荒而逃的野狗。黄三跑回了大青山下的老家黄家岗。这对黄三的父母来说，未必不是好事。自黄三失手打死人逃离家乡，进大青山当了土匪，黄家就成了被乡邻指骂的对象，一向忠厚老实的父亲怎能经受得了这般打击？气得病倒，卧床难起。后来听说儿子当了兵又到青山县当了保安团团长，心情稍有宽慰，但总不见儿子回来，虽然有时黄三也让人给家里捎去一些钱，可总也解不了想儿子的痛苦。黄三母亲一个人，家里地里锅上灶下地忙活，黄三父亲卧床不能动弹，一动就喘不上气来，眼见老伴累得腰都直不起，自己又搭不上手，十分心痛，于是叹息道："这有儿子跟没儿子一样啊！"

儿子终于回来了，二位老人非常高兴，一家人总算团圆了。可黄三自回来后，大门不出二门不迈，不会帮母亲做饭，连锅也烧得直怄烟，整天只会喝酒。父亲常常叹气。母亲劝儿子出去走走，整天憋在家里怕儿子憋出病来。可黄三哪敢出门？日军占领了县城，国民党也不知道跑哪儿去了，共产党却活跃起来，组织起抗日游击队。游击队的人常到村里活动。他这个当过土匪又当过保安团团长的人一旦露面，还不成为共产党游击队的猎物？他蛰伏在村头那座独家小院内，不让父母透露他在家的消息。

一日，他正在家中喝闷酒，突然一个身穿日本军服的人来到他家门口。母亲吓得浑身哆嗦着跑进门，对儿子说："日本鬼子来了！"黄三立即拔出手枪，准备小心应付，可一声"三哥"让黄三放下心来。来人不是鬼子，而是儿时的伙伴黄体明。黄体明是本村财主黄仁作的儿子，就在黄三打死人逃进大青山当土匪的那年，黄体明被他的一个亲戚介绍去了日本留学。多年不见，二人叙谈了各自的经历，黄三方知黄体明在日本留学后，本想在日本干点事儿，可遇到中日开战，黄体明便被征去当了日军的翻译。黄三问黄体明还走吗？黄体明说不走了，就随着这个日军中队驻扎在青山县，为前线日军做后勤保障工作。

黄体明说："中日开战，日本胜利已成定局。日本现在不仅占领了东北三省，占领了上海，而且占领了大半个中国。从目前看，单靠中国胜不了日本，国民政府的部队节节败退，共产党那几杆破枪、大刀长矛更不行。况且中国还窝里斗，鹬蚌相争，渔翁得利，我估计不出两年，日本就会占领整个中国。"

黄三问："你来找我干啥？"

黄体明说："我此次来，是想请你回县城。"

黄三说："你想把我送给日本人？"

黄体明说："哪里话？我要想抓你，还会自己来吗？"黄三说："那你啥意思？"

黄体明说："我是奉皇军龟田大佐的命令来请你出山，担当大任。"

黄三说："什么大任？"

黄体明说："皇军初到，人生地不熟的，想请你回县城担任警察局局长，帮皇军维护地方治安，帮助建立地方维持会。"

黄三诧异地说："那不是当汉奸吗？"

黄体明说："什么汉奸不汉奸，那是愚蠢之见。识时务者为俊杰！国民党节节败退，共产党几条破枪更成不了气候。现在日本人想用你，你错过了这个机会，后悔都来不及。"

黄三犹豫不决，黄三父母坚决反对儿子去给日本人办事。黄三娘说："做人就得有骨气，冻死迎风站，饿死不做贼。你要是去当汉奸，就永远不要回来！"可黄三感到别无他路，最后还是在爹娘的哭骂声中跟随黄体明进了县城。

日本大佐龟田接见了他，还亲自为他设宴接风洗尘。当他战战兢兢地从龟田手中接过一把铮亮的德国造的手枪和警察局局长的任命后，他的胆气立马壮了许多。接着他找回旧部，还网罗了一些县城的地痞流氓，建立了青山县日伪警察局。

当差不自由，自由不当差。黄三没想到跟日本人当差比跟国民党当差还没自由，办什么事都得先请示皇军，皇军不允许什么事都不准干。警察局刚成立起来的时候，因两个兄弟外出喝酒一夜未归，天明时皇军便以私通八路为名，将那两个兄弟枪毙了。黄三甚是恼火，找到翻译黄体明说不干了。黄体明说："这你应该理解皇军。常说兵不斩不齐，皇军也是为你着想。这一杀，你的兵就好带了。"经黄体明这一说，黄三的火消了许多。接着龟田把他叫去，让他马上到各乡镇去成立维持会。黄三哪敢怠慢，立马带着二十多个警察赶到青峰镇。

青峰镇是青山县第一重镇，自古是兵家必争之地，青峰镇稳则青山县稳，青峰镇乱则青山县乱。黄三深知青峰镇之重要，加之与孙家这种关系，他要先在青峰镇建起维持会，保证青峰镇稳定，他也好向皇军交差。

黄三来到青峰镇，本想驻扎在清风楼，可又转念一想，共产党游击队活动比较猖獗，一旦游击队来了，他们必然先围攻清风楼。于是他就带着他的二十多个手下住进了孙家大院。孙子盛自然高兴，表叔黄三来了，他就又有了靠山，于是他带着孙虎、孙豹和几个警察到各家各户去征粮、征鸡、征羊。一顿饱餐之后，黄三让孙子盛召集全镇人到大槐树下开会。孙龙跃不知就里，也到大槐树下开会，听了黄三一番讲话，方知黄三当了汉奸。孙龙跃心里非常不是滋味。一个中国人怎么能给日本鬼子当走狗？真是有辱祖宗。再说，不管是国民党军队回来或共产党游击队过来，他们都会怀疑自己和子盛是汉奸，等儿子子昌回来了，也不好向子昌交代啊！

孙龙跃悄悄离开会场，敲响了许琳娘的门。

"谁？"

孙龙跃说："是我，婶子。"

"有啥事明天再说吧！"

知道是孙龙跃，许琳娘不开门。许琳娘深知"寡妇门前是非多"的道理。自许琳爹死后，夜里不管哪个男人敲门她都不会开。守了几十年寡，自己在人前虽然有说有笑，可每到夜晚，她也常常暗自流泪。虽然心里苦，可她也很自豪，在人们面前她能抬得起头，谁也不敢也不会说她半个"不"字。不像赵寡妇，相好的有几个，虽有了吃有了穿，但在背后谁不说她？谁不指着脊梁骨骂她？她知道孙龙跃心花，跟赵寡妇不清不楚，所以她平时很少跟孙龙跃说话。尽管是亲戚，可自女儿和外孙女死了以后，她从未登过孙家的门。

孙龙跃小声说："你开门，我有当紧事！"许琳娘说："啥当紧事？""有一封信请你交给王队长。"

许琳娘一听有王石头的信，急忙开了门。孙龙跃说："你快告诉王队长他们，黄三当了汉奸，他们要在青峰镇成立维持会，让子盛当维持会会长。"

许琳娘说："你告诉子盛，这维持会会长可不能当，当了就成了汉奸。"

孙龙跃说："你放心吧！说啥也不能干对不起祖宗的事。""信呢？"许琳娘问。

孙龙跃从怀里掏出一封信交给许琳娘说："子昌当了八路军，媳妇也是八路军。他让我把这封信交给王石头。我揣了这么多天，也没找到机会。你设法转交给他吧。"许琳娘说："好！我设法转交给他。"

第51章 夺 爱

由于形势的变化，工作队奉命撤进大青山，组建大青山游击队。沈青河也随王石头他们进了大青山。农会的工作只能在地下悄悄进行。白天，沈少松和刘天福他们东躲西藏，夜晚回镇子做工作，动员进步青年参加游击队。

沈家转移到东凹时，杜满仓执意让他们住在他家，可沈灵芝不同意，她说："按咱这规矩，不满月的人不仅不能住别人家，即使串门也不允许，不然会给人家带来灾难。"

杜满仓说："都什么时候了，还论这论那？"沈润章老人也执意不肯，于是沈家一家人就住进了东凹村村东的一个土地庙内。夏天的日子好过，杜满仓找来了几张席子，将随身带的铺盖卷展开就成了床。沈少松找来几块土坯，在屋内的西南角垒了个锅灶，安装上杜满仓借来的一口铁锅，一家人就安居下来。为了安全，杜满仓组织几个民兵日夜在村子周围站岗放哨。

由于这一段时间的颠沛流离，加之又惊又吓，凤仪突然没了奶水。雷生饿得整天嗷嗷直哭，这可愁坏了灵芝和凤仪。她们二人整天抱着雷生又拍又摇又哄，可雷生还是不住地哭闹。事有凑巧，杜满仓的媳妇刚生下女儿杜鹃才三个多月，于是杜满仓的媳妇就一天两次到土地庙给雷生喂奶。沈灵芝看着孙子日渐消瘦的脸，很发愁，她说："这不是长久之计，人家还有孩子呢！"凤仪含着泪水说："那可咋办？"刘天福说："我听说过一个偏方，能投奶。"灵芝急忙问道："啥偏方？"刘天福说："用气猪蹄熬汤，不放盐，喝了能投下奶来。"凤仪问："啥叫气猪蹄？"刘天福说："杀了猪，在一个猪蹄上切一个口，用探条从这个口穿入皮下，通遍全身，再吹足气，猪就鼓胀起来，放在热水锅中才能煺去猪毛。那个切口的猪蹄就叫气猪蹄。"

那天夜里，沈少松走了二十多里路，到沙河镇找到一家杀猪匠，买回一个气猪蹄，炖了半锅汤，尽管那汤不放盐，有腥味，但凤仪还是连喝三碗。第三天凤仪就有了奶水，终于不用满仓媳妇一天几趟地来土地庙喂奶了。

那是一个闷热难耐的傍晚，天上没有星星也没有月亮，只有在低空奔腾如海浪的乌云。没有一丝风，只有知了在不知疲倦地嘶鸣。雷生睡在地上铺的一张高粱皮编织的席子上，沈灵芝坐在身边，用那把烂了边的蒲扇给雷生扇风和驱赶蚊子。沈少松和刘天福、杜满仓、孙二喜坐在东间地上的烂席上抽烟。他们谁也不说话，几杆旱烟袋对着抽，屋里飘荡着白白的烟雾。孙二喜说："许琳娘咋还不来？"刘天福说："再等会儿吧。"沉沉的雷声由远而近，接着一道闪电撕裂了夜空，随着一声霹雳炸响，那像刮风一样的雨声自东南方向呼啸而至，随之，土地庙的屋檐上挂上了一道雨幕。

"我来晚了！"随着话音，许琳娘冲破屋檐上的雨幕走了进来。她进门先跺了跺两脚的泥泞，然后脱下身上的蓑衣和头上的竹斗笠。

沈少松说："好，坐下吧，咱开个会，说几件事。"

许琳娘坐在了凤仪身边，关心地问道："有奶了吗？"

"有了，投下来了。"陈凤仪笑笑说。

沈少松说："今天县委交通员小刘来了，他传达了县委三项指示：第一，日本鬼子已经到了黄河边，要我们抓紧动员群众，扩建大青山游击队，准备抗战。第二，国民党反动派仍在'围剿'我们的队伍，搞什么'攘外必先安内'，我们要做好群众工作，团结一切可以团结的力量，继续搞好与国民党的斗争，尤其是与还乡团的斗争，保护好各级政权，重点保护好我们的人身安全。第三……"

沈少松话没说完，门忽地被推开了。沈少松他们立刻警觉地站了起来。

门外的闪电照在来人身后，勾勒出沈青河那熟悉的身影。

"青河，你咋回来了？"刘天福惊奇地问道。

青河胡噜一下脸上的雨水说："县委郝书记让我回来的。"

"郝书记有啥指示？"沈少松急问。

大家席地而坐。

陈凤仪站了起来，说："青河还没吃饭吧，我去给你弄点吃的。"说着就去灶前忙活。

青河没顾得上回嫂子的话，接着说："现在大青山游击队已有二百多人，都驻扎在乌龙镇，县委郝书记也在那儿。游击队人多了，吃饭成了问题，郝书记让我回来告诉你们，要想办法搞些粮食送进大青山。"

少松说："今天交通员小刘已经来过，他把郝书记的指示告诉了我，咋又派你回来了？"

青河说："现在形势很复杂，有两个交通员因暴露了身份，被敌人杀害了。郝书记怕再出现意外，所以就派我回来一趟。"

沈少松说："这不，农会正在开会，传达县委指示，商量给游击队搞粮食的事儿。"

雨还在下，一个连着一个炸雷震得地动山摇。

凤仪将热好的两个窝头用碗端到沈青河面前。青河狼吞虎咽地吃起来。

许琳娘说："我插个话，听说孙家要办喜事。"

刘天福说："孙子盛结婚？"

许琳娘说："嗯！"

刘天福说："女方是哪里的？"

许琳娘说："听说是徐石匠家小芳。"

沈青河好似没听清，其实他听清了，但他不敢相信。他停止了咀嚼，又问："谁？"

许琳娘说："是小芳，徐石匠的闺女。"

青河说："啥？是小芳？不！不会！小芳已经答应了我，她说非我不嫁。"

大家沉默了，都不知道说什么好。寂静中只有沉沉的雷声和"哗哗"的雨声。

沉默了好一会儿，沈少松说："这事儿一会儿再说，先说正事儿。关于给游击队搞粮的事，就是我刚才要说的第三件事，为了把县委布置的工作做好，咱们几个要分工做好工作，尽快搞些粮食送进大青山。"

刘天福说："我看咱还是按原来的分工，满仓还负责东凹和南刘庄，我还负责张阁、李荒庄几个村，二喜还负责咱青峰镇。其余的村庄，待我和满仓腾出手来再跑。"

许琳娘说："那我呢？"

刘天福说："你负责动员妇女们给游击队做草鞋。再一个就是利用妇女串门的机会收集一些情况，特别是孙子盛的活动情况。"

沈少松说："咱青峰镇的事，我和二喜操办。"

会议结束后，农会的几个人都披上蓑衣，戴上斗笠，离开了土地庙。

青河本来是个急性子，经过这几年的锻炼，也心细气稳了许多。他将心中的怒火压了又压，待刘天福他们几个走了以后，他说："爹，娘，我得走。"

"你去哪儿？"少松问。

"我回大青山。"

沈灵芝担心地说："下这么大雨，路不好走，天明了再走吧。"她担心青河走山路碰到虎狼之类的野兽，但她没说出口，她怕不幸言中。

青河笑笑说："您放心！我不怕。"他拍拍腰间的盒子枪说，"临来时，石头叔把枪给了我。"说着，他走出门去。

一家人站在门口看着青河走进漆黑的夜雨中，灵芝流泪了，毕竟儿是娘的连心肉。

青河没回大青山，他要去找小芳问个究竟。这事儿，他没告诉爹娘，因为他怕爹娘为他担心。他借着闪电的光亮，冒着瓢泼的大雨，径直来到徐石匠家门外。当他第三次敲响徐家的大门时，小芳才从"哗哗"的雨声中辨别出敲门的声音。她站在门里向外喊道："谁？"当她听到是青河的声音时，急忙冲进雨中，跑到大门处拉开了门。

小芳怕惊动爹娘，就把青河拉进了厨房。那是一间土坯垒墙、茅草盖顶的小房屋，闪电光中可看到屋内支着一个锅灶，灶前放着一个案板。

进了屋，青河还没张口，小芳就抽抽咽咽地哭起来。

看着小芳的样子，青河的心也软了，他伸手扶住小芳的肩膀说："小芳，别哭！究竟是咋回事？"

小芳哭得更厉害了，两个肩膀不停地抽动着。

"小芳，究竟是咋回事？"青河迫不及待地问。

小芳抽泣着说："青河哥，你别问了！"

青河的别劲儿上来了："不！我就要问。是不是孙家逼你？"

小芳抽泣着摇摇头，说不出话。

"究竟是咋回事？你告诉我！"

"你别再问、问了，青河哥。"

"你知道我是喜欢你的，你对我说过，非我不嫁。"

小芳一下子抱住了沈青河。她抽泣得再也抑制不住，就"哇"的一声哭出了声。

"小芳！"堂屋里传来徐石匠的叫声，随之传来开门声。

徐小芳急忙松开沈青河，又退后一步。

"谁呀？"徐石匠站在厨房门外问。

"叔，是我，沈青河。"

徐石匠低叹一声："唉！你走吧，青河！"

"这究竟是咋回事？您咋变卦了？"

徐石匠说："啥都别说啦！你走吧！"

"我……"青河还要说什么。徐石匠一把把小芳拉出了屋，命令似的说："上堂屋！"小芳只好听爹的话，走进了堂屋。

"叔！"青河还要说什么，徐石匠摇摇头说："青河啊，啥都别说了，过几天小芳就出嫁了，你俩没缘分啊！你走吧！"

沈青河无可奈何，只好快快地离开了徐家。他任凭暴雨劈头盖脸地下，他步履蹒跚地游走着、游走着，像一个幽灵。

第52章 难言之隐

贼不能见月黑头，一见黑就想去偷。

黄三的人虽撤回了县城，但工作队尚不敢在青峰镇露面，这对孙子盛来说是他一手遮天的时日，他说起话来盛气凌人，走起路来一摇三晃，谁也不敢在他面前龇牙。孙子盛这样有恃无恐，主要是他腰间那把盒子枪为他撑腰。谁家若是不还土地，不缴地租，不退财产，他就会将那盒子枪往桌上一拍："哼！想要当共产党，我就让这盒子枪开开荤！"老百姓虽然日子苦，但谁也不想死，毕竟还有一家老小。于是多数人家便将均的地和均的财产退还给孙家，地租也都如数缴到孙家粮仓。

孙龙跃看着西屋里那堆积如山的粮食，又欢喜又犹豫，子昌的话老是在耳边回响。他对子盛说："子盛啊！这些粮咱三年也吃不完，剩下的就别再催了！"

子盛说："不行！他们白白吃进去，我要叫他们乖乖地吐出来！"

孙龙跃说："唉！各家都有一本难念的经，也不能让他们缴了租全家都挨饿啊！"

子盛说："你同情他们，谁同情你啦？想起当初那些穷鬼扬眉吐气的样子，我就想杀他几个！"

孙龙跃生气地说："人不可树敌太多，给别人留后路也是给自己留后路。再说，咱是坐地户，和黄三他们不一样，他们得罪了人一走了事，可咱们都是街坊邻居，今后抬头不见还低头见呢！"二人正站在粮仓前说话，突然大门外传来一个女人的声音。

"龙跃在家吗？"还没待孙子盛去开门，门便被推开了，只见桃花一扭三摆地走了进来。

孙龙跃一见是桃花，满脸堆上了笑："哈！是桃花啊！我正说去找你呢。"

桃花笑着说："龙跃找我有事？是地租的事吧？"

孙龙跃说："我知道你男人有病，你家困难，我咋能逼你呢？是不是？"

桃花说："那是啥事？"

孙龙跃说:"还是你先说吧!是不是手头紧了?"桃花说:"不是。我是想吃您的大鱼。"

孙龙跃说:"快请到堂屋坐。真是巧了,我找你,也是这事。你看子盛这都快20岁的人啦,也该成家啦。我想请你给子盛说个媳妇。"

桃花笑着说:"看你说的!还请啥?为子盛操心是我该做的!"

孙龙跃让子盛给桃花倒上茶说:"你说的是哪家?"

桃花说:"南柳树林林家。人家可是大财主,地不比你家少,也算门当户对。"

"不中!"孙子盛说。

桃花笑笑说:"你是镇长,就这一点人家比不上。可那闺女可是个才女,'四书''五经'都读过,知书达礼,你俩也算郎才女貌。"

孙子盛有点不耐烦地摇摇头:"不中!"

桃花笑笑说:"你是不是心中有人啦?"

孙子盛确实心中有了人。孙子盛富里生富里长,自十五六岁便对男女之事无师自通。青峰镇每逢集会,他都会在会上遛几趟。说书的,唱戏的,玩猴的,卖大力丸的,再热闹的景致他也不看,目光只在女孩身上梭巡。看女孩的脸面、腰身,甚至要穿透人家的衣服,看到里面的秘密。周围十里八村的女孩他都看了数遍,没一个相中的,除了一个女孩。这个女孩就是徐小芳,徐石匠的女儿。在孙子盛的心里,小芳是青峰镇方圆几十里最漂亮的女孩。她那美丽的脸庞和修长的身材常常进入孙子盛的梦境。他想要娶小芳,有事没事就找小芳搭讪,可小芳总是躲着他,不理他。后来他听说沈家曾向徐石匠提过亲。人就是这样,越得不到的越觉得珍贵。他下决心一定要得到小芳。那天县保安团来抓共产党老郝,没抓到。他带领保安团的人来到小芳家,这时孙子盛突然心生一计,要趁此机会,拿下小芳。于是他撺掇黄三说:"是不是徐石匠放走了老郝?"就让保安团抓走了徐石匠。小芳救父心切,听了孙子盛的话,就随孙子盛去县里。途中,孙子盛把小芳拉进了高粱地,他要把生米先煮成熟饭。可小芳誓死不从,二人在高粱地里厮打了半天,最终小芳还是没能逃脱孙子盛的魔掌。

孙龙跃也认为桃花说的这家亲事不错,孙林两家都是这一带有名的富户,也是门当户对,可子盛却不同意。他说:"这个不中那个不中,你婶子给你说几家了哪个中?你说!"

孙子盛说:"徐家。"

"哪个徐家?"孙龙跃问。

孙子盛说:"这镇上还有哪个徐家?"

桃花恍然大悟："噢！你说的是小芳？我听说她跟沈青河……"

孙子盛说："不行！我就要小芳！"

桃花有点为难："这……"

孙龙跃吸了几口烟说："小芳那闺女虽然不错，但是和沈家……"

孙子盛说："别说了。你去吧。"

桃花只好不情愿地起身走出门去。

桃花来到徐石匠家，徐石匠外出给人锻磨不在家，小芳正在织布机上织布。"小芳啊，这回我真得吃你的大鱼。"

小芳急忙下了织布机，一听是来给她说媒，脸上泛起了红晕："婶子又和我开玩笑。"她和沈青河虽你有情我有意，但没有三媒六证定下婚事。小芳此时觉得是沈家来托媒提亲。

桃花说："这是真的！"

小芳给桃花倒了碗水，递到桃花手上。

睡在床上的小芳娘说："她桃花婶子，让你操心啦！你说的是哪家？"

桃花说："孙家，孙镇长。人家可是咱青峰镇第一户，子盛又当镇长，小芳要是嫁过去……"

小芳笑脸蒙上了阴云："婶子，这事你别说了，不中！"

小芳娘说："这死妮子，咋不中？"

小芳说："不中就是不中！别说啦！"语气里透着冰凉冷气，复又上了织布机。

桃花吃了闭门羹，怏怏地到孙家回话："看来这条大鱼我是吃不成了。"

孙子盛笑笑说："我就不信沈青河会娶她！"

桃花不解地问："你还有啥锦囊妙计？"

孙子盛又冷笑一声："哼！煮熟的鸭子还跑得了？你再去一趟，就把我这话说给她，看她咋说？"

桃花面带不解又有些为难："这强扭的瓜不甜！"

孙子盛说："叫你去你就去。成了，我不会亏待你。"

人家毕竟是镇长，自家又欠人家的地租。桃花这时虽不愿意再去拿自己的热脸碰那冷屁股，但无奈，她只恨当初为啥自找没趣。她又讪讪地走进徐家那扇吊着梅豆和南瓜秧的柴门。

此时，小芳正趴在织布机上"嘤嘤"地哭。一个姑娘失去了贞节，有苦只能往肚里咽。她不敢告诉爹娘，如果爹娘知道了，娘会气死，爹也会气死。小芳自那次从县城领回爹，就完全改变了爱说爱笑活泼开朗的性格，反而变得沉默寡言，整天不说一句话，也不出门。她曾经想到死，但睡在床上不能动弹的母亲让她打消了死的念头。自己死了，娘怎么办？她在纺车怀里和织布机上不知流过多少泪水，她非常怀念民兵连的生活。她喜欢沈青河，她知道沈青河也喜欢她。她曾在心里暗暗发誓，非沈青河不嫁。可如今……她伤心，她痛苦，她无奈，她不知所措。当桃花又走进家门时，她非常愤怒，一把抹去满脸的泪水，生气地说："你咋又来了？"

桃花见小芳正在哭泣，顿时明白了孙子盛的那句话。她耐心劝慰道："小芳别哭了，女人总要嫁人的。如果嫁个男人，受他一辈子气，那还不如嫁个喜欢自己的。"

桃花又趴在织布机上哭了起来。是啊，嫁给青河，是如了自己的愿，可那事孙子盛不会说出去吗？那人什么事干不出来？如果他说出去了，自己会有好日子过吗？青河哥会原谅自己吗？哪个男人会容忍自己的妻子有不洁的行为？这绿帽子任何有骨气的男人都不会戴。她越想越可怕，她感觉自己跌进了一个深深的黑洞。

小芳娘从桃花的言谈话语中似乎悟到了什么，她从闺女自县城回来后的变化，想到了不敢想的事情。小芳娘哭了："小芳啊！你要是跟子盛真有了那不该有的事，你就应允了吧。你要嫁给沈青河，娘也没意见，人家一家人都是好人。可男人最不能容忍的是啥，你可要想清楚啊！世上没有卖后悔药的。"

徐家一家人经过几天的沉默之后，最终还是同意了这门婚事。

第 53 章　凉　场

孙子盛要结婚了，这在青峰镇无疑成了有人欢喜有人愁的大事。

孙龙跃心里很矛盾。大儿子子昌在部队已结了婚生了孩子，家里一个客也没待。可自己在青峰镇交往了一辈子，谁家有红白事，他都去往礼，子昌结婚没请客，他觉得自己吃了亏，少收了很多礼。子盛要结婚了，再不请客，往了一辈子礼，有去无回，他觉得亏吃大了。但如果待客，他怕大伙说他还乡团来了就得意忘形了。这客是待好呢，还是不待好呢？他犹豫着。

孙子盛说："要待！要大待！我要借这事冲冲共产党带来的晦气，我要让大家都知道我孙家还是青峰镇第一户，我要让大家都知道青峰镇还是孙家的天下，尤其是要让那些穷鬼知道谁是婆婆。"

孙子盛把孙虎、孙豹叫来说："这几天，你俩都给我去请客，各家各户都要请到，就说我孙镇长要结婚，请大家都来喝喜酒。"

孙龙跃虽然不想太张扬，但还是默认了。

孙虎、孙豹将那写着待客日期的红色请帖通过许琳娘转送到沈家时，沈家犯愁了。这喜酒去不去喝？灵芝说："不能去！那黄三肯定要带保安团来，他要是借这个机会抓人咋办？"

沈润章说："不去就失礼了，青山和凤仪结婚时孙家给了礼，咱欠人家的礼。咱青峰镇自古以来重礼数。有来无往非礼也，欠了人家的礼，不去说不过去。"

"我去。还乡团来了还能对我怎么样？"沈灵芝说。

少松说："那满仓和二喜咋办？反正农会的人不能去，以防万一。"

沈润章老人说："我看这样，天福他们仁的礼都转过去，记到礼单上，人还是不去为好！"

"那礼让谁转？"沈少松问。

沈润章说："灵芝不能去，还乡团那帮人正愁抓不到自家的人呢。礼数重要，安全更重要！"

　　这时许琳娘走了进来，她说道："孙家往礼的事儿，我想了，还是我去，俺和孙家毕竟还有过亲戚关系，再说许琳爹毕竟救过他们家。他们不会叫还乡团抓我。礼钱由我转过去吧。"

　　待客那天，孙家很铺张，天不黑唢呐班就开始吹奏，三眼铳放得震天响。一盏汽灯高高地挂在老槐树的枝杈上。广场上亮如白昼。礼桌摆在汽灯下，笔墨纸砚摆得整整齐齐。戴着老花镜的私塾先生赵仕仁端坐在礼桌后面，只等客人到来时他写下礼单。礼桌前摆着几十张方桌或小饭桌，那是待客的地方。广场西侧的孙家大院里也亮着一盏汽灯，一溜三口大锅冒着腾腾热气。厨师们正忙着煎炒烹炸，浓郁的菜香弥漫在大槐树下的广场。

　　天黑下来了，天空的星星越来越亮、越来越密。厨师们将煎炒烹炸的各式菜品分别盛在几个大斗盆里，碟碗涮好码成一摞摞，单等客人到齐分别盛菜上桌。可外边来贺喜的鞭炮声只响了两三阵便再没了动静。已经闲下来的厨师们坐在板凳上，一边吸烟一边闲聊，等待客齐上菜。天全黑下来了，大厨问："客到齐了吗？上菜不？"

　　以往镇上红白喜事多是由刘天福当喜总，如今刘天福已不知躲到哪儿去了，孙龙跃只好请张富贵来问事。这真是外孙婆媳妇，本来话不多的张富贵没当过大总，可也不得不来应承。张富贵见大厨一再催促，只好一趟又一趟地到门外广场上去看情况。广场上客人很少，他就回大厨说："再等会儿吧！客人还没到齐。"

　　又半个时辰过去，张富贵来到礼桌前，问记账的赵先生说："赵先生，到了多少客人？"先生将礼单推到张富贵面前："你看！来了这些人，大多添上礼又都走了。"

　　张富贵说："咋都走了？"

　　"他们都说家里有事儿。"

　　张富贵看看礼单，前几页都是姓孙的本家，再往后翻，礼单上写着沈润章、刘天福、杜满仓、孙二喜等几个人。张富贵问："这些人呢？"赵先生说："都是代转的礼，人没来。"

　　这种场面，让张富贵也很尴尬，正应了青峰镇一句俗语，叫"菜好备，客难请"。这说明请客的人人缘不好，备大桌也没人去吃。

　　帮忙的人谁也不说话，唯恐让本来已经很难堪的主家更不光彩。院里院外静悄悄的，只有唢呐班还在拼命地吹打，可看热闹的也只有一群孩子，除了孙氏家族的三五个大人，帮人场的寥寥无几。

　　孙龙跃心急火燎，他来回踱着步，烟一袋接一袋地抽。这太丢人了！备了酒席没人来吃，这比被人往脸上打几巴掌还丢人。他感觉自己似乎站在一圈燃烧的火焰中，浑身发热，脸如火烤。他走进屋内，一屁股坐在太师椅上，不停地抽着烟。

院里院外都静悄悄的，没有喜事上的笑语喧哗、人声熙攘，只有唢呐声阵阵传来。那唢呐吹的是老曲牌，那调子如泣如诉，孙龙跃越听越像哀调，他再也控制不住自己烦躁的心情，一步踏到门外："别再吹了！"那愤怒的声音充分体现出他的气急败坏和心烦意乱。孙豹急忙跑出门外喝停了唢呐班。

情绪能传染人。孙子盛听到爹的怒吼，又看到那一盆盆菜和大槐树下那一个个空桌，一股无名火在胸中熊熊燃烧。这难堪的场面怎么收拾？他欲哭无泪，欲骂无词。他堂堂一个镇长，竟受此难堪。他爆发了，一脚踢飞了地上的一摞碗。

张富贵急忙劝道："子盛别急！再等等！"

"再等个屁！啥时辰啦?!"孙子盛气急败坏地说。

场面一片尴尬，大家都不知该如何是好。这时，一阵马蹄声传来，孙子盛急忙迎出去，只见保安团的两个人各骑一匹马来到门前。孙子盛心想，保安团的人来了也好，总可以挽回一些脸面。孙子盛见只有两个人，便问道："其他弟兄还得多大会儿?"一个保安团丁说："其他的人不来了。""那黄团长呢?"孙子盛问。另一个保安团丁说："县里召开紧急会议，黄团长也不能来了。"他们二人从马背上卸下筐中的酒坛，其他人也赶过来帮忙，将四坛酒搬进院内。

孙子盛说："二位兄弟辛苦！快请入席吧！"

那二位团丁说："不行！我们还有任务，要尽快回去，不能久留。"说着二人拉过马，翻身上了马，双手抱拳道，"祝孙镇长新婚愉快！"随之策马而去。

孙子盛遭遇了在青峰镇少见的请客不到、备席无人吃的难堪局面之后，心里自然窝了一肚子气。他心里暗暗发誓要治治这些穷鬼，这些不识时务、给脸不要脸的穷光蛋。他本想借娶媳妇之机大捞一把，可偷鸡不成蚀把米，白赔那么多菜不说，还丢了那么大的人。他恨，牙齿咬得"咯咯"响。他发誓要报仇："这些喝了共产党迷魂汤的穷鬼，我一定要让你们知道知道我孙镇长的厉害。"

可怎么报仇，他想了三天也没想到好点子，心中恨意难消。回门的第二天，孙虎、孙豹快快地来找他，到他面前，二人又都不说话。孙子盛看到他俩蔫头耷脑的样子，问道："有啥事儿?"他们二人还是不说话。孙子盛急了："有话快说，有屁快放！我还有事儿。"

他们二人只好蔫蔫地开了口。一个说："俺娘不叫俺跟你干了。"一个说："俺爹说，跟你干了这一年多，也没啥油水，家里地里都耽误了。"

　　孙子盛沉下心来一想，他们二人说得也有道理，鞍前马后地跟自己干了这么长时间，也没落到啥好处，自己也觉得对他们二人没法交代。这时他心里又涌上一股酸楚。爹花钱给他买了官，本想升官又发财，可县里不给他这个镇长俸禄，还常催他往县里交税，搜刮地方百姓，百姓又干树枝榨不出油。他感到左右为难，无计可施。可再难，这个镇长也得当，他要为爹争口气。这个镇长不能让别人当，更不能让那些穷鬼当，他知道别人当了镇长他就得仰人鼻息，成为人下人。想到此，他心里壮了胆气，对孙虎、孙豹说："你俩真没出息，只看眼前利益，秋天收了庄稼不就什么都有了？好好干，将来我动动位置，这青峰镇就是你们的了。"

　　孙虎、孙豹听了孙子盛的话，脸上露出了微笑。

第54章　靠山吃山

常说：没有金刚钻，别揽瓷器活。乡村俗语是老百姓从无数事实中总结出来的真理。很多人都想做官，做官好，做官能名留青史，光宗耀祖，有钱花有酒喝不说，人前人后还能高人三分，令人敬慕，就连亲戚邻居也能被高看一眼。可是，你肚里没墨水，给你个官，也不好当，当了也未必是件好事。当民有当民的难处，当官也有当官的难处。新官上任三把火，孙子盛当了镇长连烧了两把火都没烧起来。在集市上收费，钱没收多少，还差点把集市弄死；结婚想大捞一把，全镇各家各户连同镇属二十四个村都下了请帖，可请客的时候，人不来。本想当了镇长就是公家人，有俸禄享受，可县里不给一分钱，办公事还得烙馍卷手指头自己吃自己的。他确实无计可施了。于是他就到县里去找黄三，想让黄三带他去找县长，说说他这个镇长的待遇问题。

黄三说："你又不是公家人，县里不发你的俸禄。"

孙子盛说："大小我也是一镇之长，不说俸禄，那县里总得给点钱，让镇公所能办公。"

"你是真糊涂还是假糊涂？国民政府眼下这么困难，既要对付共产党又要对付日本人，现在连军队都养不起了，还能养你这一级？"

一句话给孙子盛当头一盆凉水，钱不说，他这镇长原来也不是什么了不起的官，而是一头只让干活不给草料的拉套驴。他沉默了许久说："那我该咋办？"黄三说："咋办？你没听说过一句话吗？靠山吃山，靠水吃水。你青峰镇管方圆几十里，二十多个村庄，还没吃的花的？"

一句话让孙子盛茅塞顿开，他回到青峰镇立即找来孙虎、孙豹，又叫孙豹找来了"舌头"。"舌头"张百利不知所以然，问："镇长找我有啥事？"孙子盛说："你先坐下。"

待他们三人都坐下后，孙子盛说："咱们开个镇公所会。""舌头"诧异地说："你们开会叫我干啥？"孙子盛说："从今天起，你就是镇公所的人啦。"

"舌头"指了指自己的鼻子："我？"孙子盛说："对！古人有一句话叫什么

'狗富贵，勿相忘'，狗富贵了，都不忘自己的伙伴，何况我孙子盛？"

"舌头"笑了："不是那个'狗'，是'苟'，如果的意思。这句话是说如果谁富贵了，兄弟们都要相互帮衬。"

孙子盛笑笑说："对对！先生当初只叫背书，我还真弄不清哪个'狗'呢。咱爷俩从小就不错，你和俺叔那时喝酒吃肉都叫着我，如今我当了镇长，不提携你提携谁？我这两天就在想，咱堂堂青峰镇镇公所，得有一班人马。我一个镇长哪能啥事都亲自办？我想让你到镇公所公干。"

"舌头"问："公干啥？"

孙子盛说："以后征粮啊，纳税啊，县里交给什么公差啊，得有人去办理。征粮纳税什么的，得有人记个账，这个差事人家都叫'财粮'，就叫你当这个'财粮'吧。虎和豹都没文化，只能你来干。"

他被委以重任，"舌头"本该高兴，可他心里却暗自打鼓，这征粮征税得罪人不说，县里还不给薪水，这出力不讨好的差事不能干。他说："我不中！你还是另请高明吧。"

孙子盛猜懂了"舌头"的心理，于是说："不是不中，你是怕跟我白干吧？"

"舌头"没吭声。孙虎、孙豹却强笑着，不好意思地说："总是饿着肚子干公差，也不是长法。"

孙子盛说："放心吧！从今天起，你们仨，每人一月给你们三十斤粮。"

"舌头"说："那粮去哪儿弄？总不能拿你家的吧？"

孙子盛说："从明天起，你们三人到各家各户去征粮，按人头，一人五斤。咱镇公所管全镇二十多个村庄，四千多人。你们算算，这是多少粮食？"

"舌头"说："两万多斤。"

孙子盛说："两万多斤，还愁没你们的薪水吗？"

"舌头"说："穷人多，能征上来吗？"

孙子盛说："不缴粮？我就让保安团来抓人，关进大牢，看他们缴不缴！"

"舌头"说："那有的家里确实没粮咋办？"

孙子盛说："没粮就牵猪牵羊，没猪羊的抓鸡。"

孙虎、孙豹是去世的镇长孙长明的孙子。孙长明在世时，孙虎、孙豹娇生惯养，小小年纪便在同龄人中称王称霸，哪怕下油锅他们二人都要占先。土改时，他们家被划成富农，土地均给穷人百十亩，他们二人再也不敢横行霸道，心里像窝了块砖。人下人的生活使他们不甘心，面对工作队和农民协会的强大势力，他们敢怒不敢言。他们企盼着天再变过来，他们还像以前一样大摇大摆地走在青峰镇的大街上，谁也不敢对他们龇牙。这一天终于又来了，黄三带着保安团来了，天又是他们的了，地又是他们的了。均他们地的穷人看到黄三那荷枪实弹的保安团，再看到孙虎、孙豹那随时都会骂人打人的凶恶样子，他们胆怯了，害怕了，纷纷到他们家表示要把均的地退还给他们。

孙子盛成立了镇公所，又让他们二人到镇公所干事儿，他们二人狐假虎威，更加有恃无恐。孙子盛让他们下乡征粮，开始还有点害怕，害怕碰到共产党的工作队，工作队员有枪。孙子盛眼一瞪："怕啥？工作队有枪，咱也有。给，你们带着它，碰到工作队的，你们先开枪。"说着，把腰间盒子枪交给了孙虎。

枪壮人胆。当孙虎也像孙子盛一样把枪插到腰间的时候，胆子立刻长了十分。

孙豹说："咱先从哪家开始？"

孙虎右手按在枪柄上，胆气十足地说："擒贼先擒王。先从农会的人开始，拿下他们后，看谁还敢不缴！"

于是，他们先到了沈家。沈家大门锁着，他们砸了半天门，怒吼一阵，里边依旧没任何动静。他们又到二喜家门前，砸开了锁，里面空无一人，屋里只有床上那狗撕似的一堆破烂衣物。院中有一只鸡在觅食，孙豹扑上去要抓那只鸡，那鸡受惊后振翅飞上了墙头，转眼不见了。孙豹见窗台上有个鸡窝，他走过去一看，窝里有几个鸡蛋，看来孙二喜有几天没敢回家了。孙豹把几个鸡蛋抓在手里，喜滋滋的："今儿有鸡蛋吃了！"

他们出了孙二喜家，来到街南许家胡同最南头许琳娘家。许琳娘正腰系围裙挥锤打铁。

"许铁匠，我们来收公粮。"孙虎说。

许琳娘头也没抬，继续打她的铁，好似没听见孙虎的话。

孙虎走近一步，声音放大了些，语气也狠了些："许铁匠，我们来收公粮。"

许琳娘还是没抬头没答话，她将一块烧红的铁板放在铁砧上，一锤下去，火星乱飞。孙虎、孙豹急忙躲闪。

孙豹怒火上升，走到许铁匠身边："咋啦？你聋？"

"舌头"看孙豹要发火，急忙走上前去，拉了孙豹一把。

"我不聋。你找孙龙跃要去。"许铁匠一句话提醒了孙虎、孙豹，许铁匠与孙家有亲戚关系，孙家欠许家情。

孙豹还要说什么，"舌头"向孙虎努了下嘴。

孙虎明白了其中的意思，对孙豹说："豹，走吧，下回再说。"

他们三人离开许家，孙豹说："那咱……"

孙虎说："去东凹。"

东凹是沈家一家人的藏身之地。他们三人还没进村就有一个民兵急急忙忙地跑到村东的土地庙:"快躲躲。孙虎、孙豹来了。"

沈家一家人抱着雷生和衣物钻进了庙旁的庄稼地。

孙虎、孙豹来到杜满仓家门前,杜满仓家没院落,只有三间土墙裂缝、茅草覆顶的破屋,门关着没上锁,两扇破木门上留着年画的痕迹,那画褪成了白色,依稀可看出两个门神怒目圆睁的表情。

孙虎、孙豹推开了门,"舌头"则站在门外东瞧瞧西看看,一副不在意的样子。当门放一张破旧的木桌,上面有几只饭碗。东间放一张床,床上有一堆破衣烂衫,几块尿布搭在一口缸沿上,那是盛粮的缸。孙豹走过去推起盖缸的木盖,里面有几瓢粮食,那是没脱壳的谷子。

"他们把粮藏哪儿去了?"孙豹说。

孙虎说:"再找找。"

西间窗户下支一锅灶,锅灶边有一水缸,内有一缸清水。"看来杜满仓这小子没跑多远。"孙虎看看那一缸水说。

"在这里!"孙豹惊喜地大叫一声。

孙虎以为发现了杜满仓,急忙掏出手枪。

"粮食!"孙豹说。

孙虎长出一口气:"别大惊小怪的,我还以为是杜满仓呢!"说着又将手枪插在腰间。

孙豹面前的地下是一个坑,一堆乱草被孙豹踢到了一边,坑里是几条盛粮的口袋。孙豹将那几袋粮食拉出了坑。"'舌头'叔。"孙豹喊了一声。"舌头"应声进屋。

"去叫人全部拉走。"孙虎说。

孙豹走出门喊来两个跟随拉粮的人。二人正往外抬粮,这时一个抱着孩子的女人匆匆忙忙地跑来:"你们为啥抢俺的粮食?"

孙虎恶狠狠地说:"抢你的粮食?这是公粮,应该缴的你不缴,非敬酒不吃吃罚酒。"

满仓媳妇一手抱着孩子一手争夺粮食,被孙豹一把推倒在地。满仓媳妇一边哭一边骂:"真是土匪!青天白日抢俺的粮食。"

"舌头"看着满仓媳妇痛哭流涕的样子,对孙虎说:"留下一袋吧,她们娘俩还得吃。"

孙虎恶狠狠地说:"不留。"

孙虎指挥两个手下人把粮食全部抬走,装到了停在外边的太平车上。

孙虎临出屋时扔下一句话："杜满仓回来叫他去找孙镇长。"

满仓媳妇紧紧地抱着孩子，生怕孩子也被抢走，她泪眼婆娑，无可奈何地望着那装着粮食的太平车渐渐远去。

孙子盛看着一袋一袋的粮食扛进自己的家门，他喜不自禁，你们这些穷鬼，还是逃不出我如来佛的手心。

自那以后，他又像往常一样，整天背着手昂着头在街上溜达，见了街坊邻居，别人不先跟他说话，他就装作看不见，理也不理。有人跟他碰了面，哪怕是毕恭毕敬地喊他一声"孙镇长"，他听了也总是爱搭不理地"哼"一声，算作回答，然后昂着头离开。他就是要让人们知道，他孙子盛眼角也不夹（方言。看不起，鄙视的意思）你们！

孙子盛爱串门，当然是去几个富户家串门。他爱听"镇长，今后请多关照"之类的奉迎话，他更喜欢别人给他点烟、奉点茶、对他恭敬有加的礼遇。每当这时，他总爱大腿架到二腿上，抖动着说："要不是我，你们这些家产早姓'共'了。"俨然一副救世主的姿态。当然，镇上的几个富户确实特别感谢孙子盛镇长，是他带领还乡团打跑了工作队和农会，土地和财产才又回到他们手中。每当孙镇长光临，他们都会热情地弄上几个菜，备上两壶酒，款待镇长大人。他有时也去穷人家串串，尤其是去佃户家。他总带着孙虎、孙豹去，进了穷人家，人家不管怎么热情让座，他都不坐，总是肃穆着脸，看着孙虎、孙豹拿粮，牵羊或抓鸡。他一句话不说，却让人畏惧七分。

佃户们缴的租都送进孙家粮仓，而以政府名义征的粮食也都送进了孙家粮仓。征来的鸡、鸭、羊、猪散养在院子里，孙子盛看着满院鸡、羊，心里很熨帖，高兴了就杀只鸡或宰只羊打牙祭。此时，孙子盛体会到当官真好，当了官就能发财。当了官发了财，才能享受到平民百姓享受不到的幸福和快乐。如今当个镇长就如此让人惬意，如果当上县长或省长，那还像是神仙一样？他幻想自己将来还要上进，有更多的人听使唤，有花不完的钱，享受更大的快乐和幸福。

第 55 章　多事之秋

谁知天有不测风云。就在孙子盛喝着小酒、吃着小鸡、哼着小曲的那天夜里，沈家在东凹那间破庙里刚刚入睡的时候，杜满仓带着两个民兵推开了那座破庙的门。

"少松哥快起！"沈少松一听是杜满仓的声音，一骨碌便爬了起来。那时人们很少脱衣服睡觉，因为随时都可能有兵匪之祸，和衣而睡听到什么动静就可以立马起身。少松问："咋回事？"此时，沈灵芝、陈凤仪和沈润章也立刻挺身而起，灵芝一把把雷生抱在怀里，准备随时冲出门去。凤仪立刻抓起几件衣物放在一个铺开的方布上，兜起四角就要起身。

"不要害怕！是好事！"杜满仓说。

凤仪放下了小包裹，灵芝又将熟睡中的孩子放在地席上。

"快说！咋回事？"少松焦急地问。

"我们的队伍又打回来了。刚才县交通员来通知说，郝书记带领大青山游击队下了山，现在正在往我们青峰镇赶。郝书记指示，要我们农会集合民兵，搞好配合，先控制住孙子盛。"

少松说："你们三个马上通知天福和孙二喜他们，组织民兵，围住孙家大院，别让孙子盛跑了。注意孙子盛手里有枪，咱们民兵没枪，要等到郝书记他们来了再动手。"

沈少松和杜满仓他们匆匆离开东凹，赶往青峰镇。

谁知孙子盛头天晚上喝了些酒，一晚上没有尿尿，当他被尿憋醒，便匆匆出去小解。镇上狗的乱吠声使他头脑一激灵，马上清醒了许多。狗乱叫说明有情况。他急忙一边提裤束腰一边跑到紧闭的大门后，隔门缝向外一看，只见有几个人影正向他的门前靠近。月光在墙头上闪着光。不好！是民兵。他急忙跑进屋，从枕下摸出那把手枪，冲出屋门，轻轻登上墙头，见墙外也有人影晃动，家已被民兵包围了，他感觉大事不妙。于是，他轻轻跳下墙头，正要逃跑的时候，被围拢过来的民兵发现了。

"有人，抓住他！"几个人一边喊一边围上来。

孙子盛"叭叭"开了两枪，民兵们停住了脚步。趁此机会，孙子盛像夜猫一样迅速钻进黑暗中消失了。

天色微明，郝书记带领游击队赶到了青峰镇。当游击队撞开孙子盛家的大门，屋里只剩下裹着床单缩在床头瑟瑟发抖的徐小芳。

沈少松走进屋，见鼓着大肚子正在发抖的徐小芳说："小芳不要怕，我们不会伤害你。孙子盛呢？"

小芳哆嗦着，瞪着一双惊恐的眼睛，只是摇头说不出话。

当游击队员们撞开孙龙跃的大门，杏花早已被枪声惊起，她站在当院里愣愣地看着一拥而进的游击队员。

"孙龙跃在哪里？"王石头和几个游击队员同时问。

"昨天，黄河北的姑姑家来人把他叫走了，说是老姑娘病重，他就去了。"杏花说。

"孙龙跃的姑姑家在黄河北二道河子，七八十岁了。我去过。"孙二喜说。

农会的牌子又重新挂上了清风楼，那块字体歪扭的"青峰镇镇公所"的牌子被几个民兵扔进了大青河。沈家一家也从东凹的土地庙搬回了家。刘天福和孙二喜等农会的人也不再躲藏。刘天福的羊汤馆又燃放了一挂鞭炮重新开业。孙二喜又住进了斗争孙家得来的那三间临街房子。青峰镇又恢复了往日的平静。

没想到，在当时那个多事之秋，一个新词出现在人们的生活中："拉锯战"。

当高粱、红米、豆子、红芋破土的时候，"拉锯式"的局面出现了。国民党的部队自南方而来，匆匆路过青峰镇，直扑青山县城。共产党刚组建的游击队虽说已有二百多人，但只有二十多条"湖北条子"。国民党的大部队一过来，郝书记只好带领游击队撤离县城。黄三的保安团刚回到县城又立即赶到青峰镇，他想趁机一下子灭掉游击队、工作队及农会，以绝后患。没想到郝书记带领游击队来到青峰镇没停，只安排了一句："工作队和农会的同志还转入地下工作。"随即带领游击队进了大青山。

那年的秋天，庄稼刚开始收割，清风楼前的官道上，突然出现了"跑反"人。跑反的人说，日本鬼子打过来了。这一消息使青峰镇陷入一片恐慌之中，有粮的人家都做了几锅窝头，用布包好，起床第一件事是把铺盖打成包裹，随时准备跑反。

那是一个令所有人都心惊胆战的夜晚，天空飘着丝丝细雨，沈灵芝和陈凤仪刚给雷生脱了衣服把他放进被窝，突然有几声沉沉的雷声从北边传来。灵芝说："打雷了。"沈润章和沈少松侧耳倾听了一会儿，预感到了什么，他二人又急忙起身跑到当院，侧耳细听起来，那沉雷似的轰隆声不断地传来。沈少松说："不好！可能是日本鬼子打过来了。"沈润章急忙回到屋里，"先别睡！那不是雷声，是飞机扔炸弹的声音。恐怕日本鬼子打过来了。"灵芝说："咱离县城好远呢！"话音刚落，就听到飞机的轰鸣声由远而近，接着是两声惊天的巨响，两颗炸弹落在了镇子中间。

"快！"沈少松一下冲进屋子，随手掂起包好的馍和包着衣物的包裹。沈润章老人顺手抓起蓑衣和斗笠，凤仪急忙给雷生穿上衣服，裤带还没来得及系，灵芝就一把抢过雷生，抱进怀中喊："快！"一家人匆匆跑出庭院，跑过清风楼前的小石桥，跑到河南岸的打麦场里。打麦场上有几个麦秸垛，麦秸垛上都有一个大洞，那是平时喂牲口掏草或烧锅掏柴掏出的洞。下雨下雪时，洞里的草是干的。初秋的夜晚，已有些凉意袭人，灵芝抱着雷生钻进了洞里。

飞机在青峰镇上空盘旋一阵，扔下两颗炸弹之后飞走了，留下了一片哭闹声和纷乱。之后的几天，飞机没有来，日本鬼子也没有来，却有部队由南向北走，浩浩荡荡，如夏雨将降前的蚁群，充塞了清风楼前的大官道。他们扛着枪抬着炮，帽子上都有一个蓝色的十二角星的帽徽。再后来的几天，成群结队的老百姓朝南跑。跑反的人说，日本人孬得很，抢粮不说，还强奸妇女，甚至乱杀人。再后来，是原来前往北方的部队向南撤。吊着胳膊的、瘸着腿的、挂着棍的，流水一样地来到青峰镇，潮水一样地转个弯又向南走。老百姓最怕的就是这些人，他们进了青峰镇，不仅抢东西，还乱打人。这样的队伍一来，镇上的老百姓就跑，逃进大青山。刚开始沈家人抱着雷生跑反，雷生还哭还闹，后来跑习惯了，只要有人抱着一跑，就不哭了，也不闹了，渴了饿了也只是"啊啊"两声。整天东躲西藏南跑北奔的生活，大人们都难以忍受，一个几个月大的婴儿怎能经得起这般折腾？

第 56 章　彷　徨

　　孙龙跃跟孙子盛大闹一场。孙龙跃坚决不让子盛当这个维持会会长，可子盛却说爹是死脑筋，日本人都占了大半个中国，国民党军队都跑得无影无踪，八路军那几杆枪对付不了日本人，将来还得是日本人的天下，当维持会会长是识时务，"识时务者为俊杰"，有日本人撑腰，共产党就不敢对咱孙家怎么样，怎么不能当？孙龙跃见说服不了子盛，他无奈地叹息道："真是儿大不由爷啊！"从此，他一气就不再搭理儿子。

　　第二天，孙子盛来到清风楼，让孙虎、孙豹将清风楼上的那块"青峰镇镇公所"的牌子摘下，再将那牌子翻过来，在背面写上"青峰镇维持会"几个大字，又重新挂在那油漆斑驳的廊柱上。孙子盛对着那块牌子端详许久，又让孙虎、孙豹正了正，说："豹子去买只烧鸡，再弄块羊肉，咱们庆贺庆贺！"孙豹走了，孙子盛走进由"镇长"换成"会长"牌子的办公室，这时他才发现"舌头"张百利不在。他问："虎子，'舌头'呢？"孙虎说："没见他来。""去把他叫来，咱们庆祝一下青峰镇维持会的成立。"

　　孙虎走进张百利家，见"舌头"娘正坐在当院簸粮食，她见孙虎进来，好似没看见一样，埋头干她的活计。孙虎问："'舌头'叔呢？"

　　"舌头"娘头也没抬，冷冷地说："病了。你们别再找他了！"

　　孙虎直奔屋里，见"舌头"头缠毛巾，睡在床上。孙虎问："'舌头'叔你咋了？"

　　"舌头"说："我头痛。"

　　"孙会长叫咱去清风楼喝几盅，庆祝庆祝！"孙虎说。

　　"舌头"说："庆祝啥？"

　　"庆祝咱青峰镇维持会成立。"

　　"舌头"娘在门外说话了："庆祝个鬼！俺不当辱没祖宗的汉奸！"骂着将那簸箕往地上一砸，粮食撒了出来。"你走吧！今后别再找百利！"

　　孙虎说："一个月还给三十斤粮食哪！"

"舌头"娘说:"别说三十斤粮食,就是给座金山俺也不干!俺不当汉奸!"

孙虎离开堂屋,走出大门,背后传来"舌头"娘的骂声:"有奶便是娘,真是畜生不如!日本人扔炸弹炸死咱镇上十多个人,还给日本人办事,就不怕人家掘了你的祖坟?"

孙虎回到清风楼,没敢把"舌头"娘的话学给孙子盛,只说"舌头"病了,头痛,不能来。

孙子盛说:"他不来,咱们仨喝。"

他们三人正在"五五六六"地划拳喝酒,突然楼下传来一阵吵嚷之声。孙子盛起身开窗向街面上看去,只见街道上许多人乱跑,还有的牵着猪赶着羊。东西大街上都是奔跑的人,他们一齐向西跑,都在逃往大青山。"是不是八路来了?"孙子盛一边问一边掏出腰间的手枪。

孙虎说:"不知道。""走,下去看看!"孙子盛带领孙虎、孙豹冲下楼。他们三人刚刚到十字街口,就见黄三和几个日本人骑马来到跟前。

黄三见他们三人惊慌失措的样子,翻身下马说:"不用怕!是太君来青峰镇巡察。"黄三对骑在一匹大红马上的日本军官说,"这位是青峰镇维持会会长孙子盛先生。"

翻译黄体明马上翻译给那个日本军官。

那日本军官下了马,面带微笑地走到孙子盛面前,用手拍了拍孙子盛的肩膀说:"你的,大大的良民!"

黄三马上向孙子盛介绍道:"这位是皇军中队长龟田先生。"

孙子盛马上点头哈腰道:"皇军辛苦!皇军辛苦!"

龟田哈哈笑道:"你的,皇军的朋友!"随之一招手,一个日本兵将一把锃亮的手枪交到龟田手上。"你的嘉奖!"龟田将那把手枪递给孙子盛。

孙子盛不知该怎么办,眼睛看着黄三。

黄三说:"快接着。这是太君奖励你的。"

孙子盛接过手枪,受宠若惊,急忙连连鞠躬:"谢谢太君!谢谢太君!"

那龟田又叽里呱啦地说了一通日本话,黄体明急忙翻译道:"太君在表扬你,要你当好维持会会长,为皇军办好事。他要你快去弄些粮食,给皇军使用。"

孙子盛有点为难地说:"这人都跑了,去哪儿弄粮?"

黄体明把他的话翻译给龟田,龟田的脸上立即堆满怒色,又叽里呱啦地说了几句日本话。黄体明翻译道:"太君说,你要想法子,必须弄到粮食,不然就是与皇军不一心,和皇军不一心就得枪毙!"孙子盛吓得不知如何是好。

黄三说："快去吧！一家一户地搜，一定要搞些粮食。"

孙子盛急忙点头说："好好好！我这就去办！"说完就带着孙虎、孙豹及一帮日本兵和黄三的黑衣警察冲进镇上的各家各户。

一队日本兵冲进桃花家。桃花家的房子被日本飞机扔的炸弹炸塌了。那被炸塌的废墟前搭了个草庵，桃花正睡在草庵中的乱草上。原来那天桃花去柳树行给人家说媒，喝了几杯酒，醉了，那家主人就留桃花住下没回青峰镇。第二天她早起回到家一看，屋子也没了，丈夫也不见了。丈夫有病，不能动弹，肯定是埋在了废墟下。她一边哭一边使劲在那片废墟中扒拉寻找丈夫。扒了半天，终于找到了丈夫的尸体。丈夫死了，又没儿没女的，谁给丈夫戴孝？桃花是个识体面的女人，她就为丈夫戴了孝。在邻居的帮助下，葬了丈夫，又在院中搭了个庵子，作为栖身之处。伤心痛苦到了极点，桃花就病倒了。日本鬼子进镇时，桃花无力逃跑，在草庵中的草铺上躺着。听到那杂沓的脚步进了院子，她才强打精神走出草庵。

俏孝，女人穿上白的孝衣更显俏美。几个日本兵一见这漂亮的中年女人，立刻像苍蝇似的扑了上去，他们把桃花拉进庵中，放倒在草铺上，撕去桃花身上的衣服，禽兽般一个接一个地糟蹋着她。桃花一开始还哭还骂，到第六个日本兵压到她身上时，她已没了知觉。究竟有几个日本兵奸污了她，她已记不清了。

那天，青峰镇上除了孙子盛家之外，无一幸免，能搜到的粮食全被搜了出来。黄三叫孙子盛套上他家的四轮太平车，将搜来的粮食装了满满一车拉出了青峰镇。

那天的冬阳特别惨白，没一点红色，如一张死人的脸。

孙子盛没看那辆渐行渐远的粮车，只是得意地把玩着那把锃亮的手枪。

青峰镇突然遭劫的消息传到大青山根据地，王石头他们非常愤慨，工作队员们一致要求下山惩治一下孙子盛这个汉奸维持会会长。可是除工作队的几个同志有枪外，游击队员只有二十多条枪，大多数人只是人手一杆长矛。他们正在商量如何下山之事，这时交通员赵武来了，他将许琳娘转交他的那封信交给王石头，又将孙龙跃去找孙子昌，枪下救出沈润章老人，以及黄三当了汉奸又在青峰镇成立维持会的事详细地汇报了一遍。王石头看完孙龙跃转来的信后，说："孙子盛虽当了维持会会长，但罪恶还不是太大。根据上级指示，我们要争取一切可以团结的力量，一致抗日。这次下山，我们要力争做好孙龙跃和孙子盛的工作，不能让他们当汉奸，去为日本人办事。"

赵武说："孙子盛那德行，跟黄三一样，墙头草，有奶便是娘，能争取过来?"

沈青河说:"干脆除了他!"

王石头说:"孙子盛这个维持会会长,如果能争取过来还是要尽量争取的,他毕竟还是孙子昌同志的弟弟。争取过来,对我们掌握敌情会有好处。"

最后决定,由王石头带领有枪的七个工作队员下山去做工作。

那天夜里,王石头他们八个人悄悄来到青峰镇,走进了孙龙跃的家。

孙龙跃见王石头他们到来,知道子昌的信已转到,此时他没有了以往的胆怯和恐慌,热情地把他们礼让进屋,又斟上了茶水,之后又述说了在解放区的见闻。他感慨地说:"真是不经一事不长一智。在子昌那里我真受了教育,这才真正了解了共产党八路军。"

王石头说:"还要谢谢孙先生救了沈润章老人。"

孙龙跃说:"说啥谢,都是乡里乡亲,我总不能不识大体。再说,子昌的话我得听,他说得有道理!"

王石头点点头说:"孙先生是个开明之人啊!"

孙龙跃不好意思地说:"唉!我以前也做过一些对不起乡邻的事啊!"

王石头说:"过去的事不说了。现在是我们中国人和日本人的事。日本鬼子侵略咱中国,杀咱同胞,抢咱财物,欺辱咱姐妹,任何一个有良心的中国人都应该团结起来,共同对付小日本,早日把小日本赶出中国。"

孙龙跃连连点头:"对对对!应该团结一致对付日本人。"此时,孙龙跃才算吃了定心丸,他说,"放心吧!王队长,我儿子是共产党,我也会尽力帮你们的。"

王石头说:"关于子盛的事,你有啥想法?"

孙龙跃说:"子盛这小子是上了黄三的贼船。说起这事我都快气死了!俺爷俩都好长时间不说话啦。儿大不由爷,你说我咋办?"

王石头说:"你不搭理他不是法子,你要多劝他,不要让他帮鬼子干坑害咱老百姓的事。"

孙龙跃说:"这个汉奸不能当!不能干辱没祖宗的事!"

王石头说:"你看我们是不是找一下子盛?"

"别!别!他有枪。三更半夜别伤了你们。"孙龙跃急忙说。他怕工作队半夜找子盛,子盛要是开了枪,伤了工作队的人,那子盛这个汉奸帽子就再也摘不掉了。工作队员要是还击,子盛就难逃活命。儿媳妇小芳快要生产了,子盛要是被打死了,这个家就完了。他说:"你们也别急,我多劝劝他,绝不能让他帮日本人干坏事。"

王石头说："他要是不听你的咋办？"

孙龙跃思忖一会儿说："这样吧，有啥情况我及时通知你们。"

王石头悄声对孙龙跃说："如果有情况，你写一封信，埋在大槐树根下，我派人来取。"

孙龙跃点点头说："好好好！就这样办。"

孙子盛铁了心要当维持会会长，尽管他爹对他又哄又骂，可是他一点也听不进去。他说："爹，你老了，糊涂了，共产党分咱的土地、均咱的家财，还斗你，你咋听共产党的？真是老糊涂了！日本人有什么不好？他们还送我枪，还说要提拔我去县里当警察局副局长。他们对我好，我咋不能听他们的？"孙子盛一气之下也不搭理他爹了。可孙龙跃却天天去子盛家，也常到清风楼维持会坐坐。

一天，他在清风楼见子盛又安排孙虎、孙豹下乡征粮，他装作无意地说："这又征粮干啥？"

孙虎说："黄局长派人来安排，说皇军还需要粮食。"

孙龙跃说："前几天不是刚弄走一车吗？"

孙虎说："日本一个中队，一百多人，加上警察局百十人，一天就得三四百斤。唉！光向咱青峰镇要粮也不是法子！"孙虎的口气里带着埋怨。

孙子盛生气地说："哪这么多话！办你们的事去！后天皇军来拉粮，弄不来粮，把你送给皇军！"

孙虎急忙说："好好好！我这就去。"

孙龙跃听到皇军后天要来拉粮的消息，回家立即写了一张字条，装在一个竹管内，埋在了大槐树下，上面压了一块砖作为信号。孙龙跃埋了字条就站在自家院内的墙头边不时向外张望，看有没有人来取，直到天黑也没见人。孙龙跃想，这工作队啥时候能下山来取，来晚了，这粮可就让小日本拉走了。吃了晚饭，孙龙跃心里仍不踏实，这山上的人啥时候能下山来取这封信？他计算了一下路程，即使游击队知道这儿有情报，下山也得到天明，天明再来可就晚了。孙龙跃吃过饭放下碗筷就往外走，杏花不放心地说："你干啥去？外边这么乱。"

孙龙跃说："今儿吃得太饱，我出走遛遛，消消食。"孙龙跃来到大槐树下，摸到他压放信的那块砖头，那装信的竹管不见了。他感到很惊奇，这共产党难道是神，咋会这么快就下山取走情报？他猜想是不是子盛发现了他藏信的行动，那信是让子盛拿走了？他走到子盛住的院子，见子盛正与孙虎、孙豹往口袋里装粮，几十条装满粮的口袋整整齐齐地放在西墙根下。他听见孙虎说："明天皇军来了，一定会奖赏你。"孙子盛笑笑说："表叔说，要干好了，皇军就让我到县警察局当副局长。"孙豹说:"你当了副局长,我俩也跟你去弄个太君当当。"孙子盛笑笑说:"太君?那是对日本人的称呼,你俩还想当日本人啊?"孙龙跃推测儿子子盛没拿那封信,可那封信是谁拿走了呢?难道青峰镇还有游击队的人?他猜不透也想不明白。

孙龙跃回到家,吸了两袋烟,琢磨了许久,也没琢磨出个子丑寅卯,便脱衣睡下了。他刚刚睡着,便被敲门声惊醒,他拉开大门一看,是王石头,王石头身后是二十多个游击队的人,大家都背着枪,孙龙跃有点惊慌失措:"王队长,你们……"

王石头说:"孙先生,有个不幸的消息。"说着他向身后看了一眼,两个游击队员各抱着一个孩子来到孙龙跃面前。

孙龙跃看不清孩子是谁,茫然地说:"这是……"

王石头说:"这是你的孙子和孙女。"

孙龙跃急忙上前接过一个孩子:"这不是玉梅吗?"

王石头说:"是玉梅。这个是你的孙子尚进。"

孙龙跃用左手抱着玉梅,又用右手接过尚进,这是他与子昌分手后添的孙子,他还没见过,倍感亲切,激动得在两个孩子脸上各亲一口,亲过之后,他又十分不解:"这是咋回事?"

王石头说:"进屋说吧。"

杏花一边扣扣子,一边拉开了堂屋门,她接过一个孩子问道:"这是……"

孙龙跃说:"这是孙子。"

进了屋,王石头将一封信递给孙龙跃说:"这封信和两个孩子都是部队转来的。"

孙龙跃急忙拆信阅读:"父亲大人,恕不赘言。儿子正在前线与日寇作战,巧遇青山县的同志,特写信于您,并将两个孩子转送父母。您儿媳郑虹在与日军作战中英勇牺牲。我随军作战,居无定所,只好将两个孩子玉梅和尚进转送二老抚养。儿子叩首。子昌亲笔。"

孙龙跃看完信"哇"的一声哭出声来。杏花见此,知道出了大事,一手揽住一个孙子也哭了起来。

孙子盛听到后院有哭声,不知道怎么回事,匆匆忙忙闯了进来,当他看见屋中几个挎枪的游击队员和王石头时,立即要掏枪,几个游击队员上前按住了他,并将子盛的枪缴了下来。

"放开他!"王石头说。几个游击队员放了手。

"咋回事?"孙子盛不知详情。

王石头说："孙先生没有告诉你，你哥和你嫂子是大学同学，他们都参加了革命，都是八路军。你哥是八路军的连长。他们都在前线打鬼子，在一次战斗中，你嫂子牺牲，撇下了这两个孩子。你哥随军作战，这两个孩子无法抚养，就托我们的组织将两个孩子送回家来。"

孙子盛不相信地说："啥？我哥我嫂是八路军？"

王石头说："对！"

孙龙跃抹去脸上的泪水说："那次我出去，找到了你哥。你哥是八路军的指导员，你嫂子也是八路军。"

孙子盛说："咋没听你说过？"

孙龙跃说："我没敢告诉你。子盛啊！我磨破嘴皮子你都不听，你非要当啥维持会会长。日本人不是好东西，咱咋能为日本人办事？你嫂子被日本鬼子打死了，撇下这两个孩子，这可咋办啊！"说着，孙龙跃又哭了起来。

毕竟是骨肉亲情，孙子盛将两个孩子揽了过来，看看这个，又看看那个。

王石头说："子盛，你可不能糊涂，可不能当汉奸啊！当汉奸早晚不会有好下场。"

孙龙跃说："这维持会会长可不能再干了！跟日本人当汉奸不知哪一天头就没了。"

此时，孙子盛心里乱糟糟的，有犹豫，有后悔，也有恐惧。他犹豫的是共产党分了他家的土地和财产，是他心中的敌人。可哥哥又是共产党，是自己错了还是哥哥错了？他后悔的是不该听黄三表叔的话，为日本人服务，为日本人干事不是汉奸吗？如果日本人走了，自己就无路可走了。他真有点后怕了。

"维持会会长我不干了！"孙子盛说。

"不！维持会会长你还继续干！"王石头说。

"咋？还叫他当维持会会长？"孙龙跃不解地问。

王石头说："对！维持会会长还要当，但别给日本人办事！"

孙子盛说："那咋当？"

王石头说："你当着维持会会长，明里要应付着日本人，暗里要为咱老百姓办事，不能再让日本人和黄三他们祸害咱老百姓！"

孙子盛说："那几千斤粮食咋办？明天日本人要来拉！"

王石头说："我们这次下山，一是将这两个孩子送来，二是为山里游击队买粮，粮食我们带走，先给你点钱，不够我们下次再补上。"

孙子盛点头说："那中！"

王石头让随行的一个游击队员将几块大洋交给孙子盛，又说："我们带不完的你设法藏起来，一粒也不能给日本人。不能让小鬼子吃饱了去杀咱中国人，欺负咱兄弟姐妹。"

王石头带领游击队员来到孙子盛家，一人扛起一袋粮食，临出门时又对孙龙跃说："拜托孙先生抚养好这两个孩子，他们不仅是你的孙子，更是我们的烈士遗孤。今后有啥困难，我们会想办法解决。"

王石头他们走了，孙龙跃和孙子盛急忙将剩下的粮食藏进了红芋窖。藏完粮食后，孙子盛就匆匆赶往县城，告诉黄三和鬼子中队长龟田说："夜里游击队下了山，把征来的粮食全抢走了。"龟田打了孙子盛两个耳光，骂了声："八嘎！"

孙子盛捂着疼痛的脸走出来时，长长地出了一口气。

第57章 对　策

　　征不来粮，这让龟田中队长甚是恼火。而更恼火的还是黄三本人，他感觉自己太没面子太无能，眼下皇军需要粮，自己的弟兄们更需要粮。这几天，仓里的那点粮食全让皇军弄去了，要不是他想法子在县城弄了点粮，他的警察局就要停伙了。哪里去弄粮？他掰着指头数了一遍，只有青峰镇。青峰镇土地好，是全青山县有名的粮仓，搞粮还是得去青峰镇。他将主意说给龟田中队长，龟田马上说："立即出发！"

　　时间已是下午，一百多人的黑衣警察和一百二十人的黄衣鬼子浩浩荡荡地离开县城开往青峰镇，到达青峰镇时已是傍晚。黄三找到孙子盛，要他马上集合全镇百姓到清风楼，孙子盛知道他们还是要粮，他立即跑上清风楼拉响了悬挂在二楼廊梁上的铜钟。"当当当当"，声音急促而响亮。

　　这口铜钟自清风楼建起之时就挂上了，已历经沈家三四代人，这口铜钟不似学堂里的铃，也不似寺庙里的钟，而是沈家当年为防兵匪之患专门设置的警钟。世道乱，兵匪多，尤其是潜藏在大青山的土匪，他们一下山，非劫即抢。为使青峰镇百姓免遭祸患，只要一发现匪情兵情，清风楼上的钟声就会急促地敲响，镇上的百姓就会藏好粮食，牵着牲畜逃出家门，逃进青纱帐，或逃进大青山。青峰镇人已熟悉这钟声，钟声急促不间断，这是兵匪信号，示意大家快跑；如果响三下间隔一下，这是土匪进镇的信号，召唤大家拿家伙赶快集合打土匪；如果响两下间隔一下，这是召唤大家到大槐树下集合，表示有事情要办；如果谁家娶媳嫁女、殡埋老人，就一下一下不快不慢地敲，这是召集大家前来帮忙。

　　当那连续不断的钟声从清风楼传出，在古镇上空急促响起的瞬间，全镇的老百姓立即丢下手中的活计，迅速行动起来，藏好粮，携儿带女地跑出家门，有猪的牵着猪，有羊的赶着羊，潮水一般地跑出青峰镇。不一会儿，青峰镇如深夜一般，寂静无声。龟田和黄三带着队伍只等老百姓前来交粮，可是等了一个多时辰仍不见人影。

龟田见此情景，知道坏了，他发现自己上了孙子盛的当，气愤地抽出东洋刀，高高举起，好似要砍死孙子盛："你的！良心大大地坏了！"

黄三急忙上前劝阻道："太君，你误会了，孙会长大大地忠于皇军，你杀了他，谁还为皇军办事？我上次来，也是孙会长敲钟集合的百姓。"

龟田不相信地问："这，怎么回事？"

孙子盛说："皇军进镇时，天不黑，老百姓都看见了，他们都吓跑了。"

龟田气冲冲地一挥东洋刀："搜！"

一声令下，日本鬼子和黑衣警察们疯了似的冲进各条街巷，冲进各家各户。

孙龙跃觉得儿子是维持会会长，黄三又是表弟，日本鬼子不会祸及他家，他就让杏花带着玉梅和尚进随老百姓逃出镇子，躲进庄稼丛中，自己却留在家里。他正坐在八仙桌旁的太师椅上抽烟，突然听到有砸门的声音，他吹去水烟袋锅中的烟灰正要去开门，大门已被砸开，五六个日本兵发疯似的冲了进来。他说："这是孙会长家。"

日本兵听不懂他的话，冲进各屋搜了起来。孙龙跃生气地说："你们干什么？"边说边上前阻拦，但被一个日本兵一枪托砸趴在地上。他疼痛得爬不起来，眼看着几个日本兵将几口袋粮食扛出门去。

黎明时分，当孙子盛送走扛着粮、牵着猪、赶着羊的日本鬼子和黄三的黑狗子们，孙子盛回到家，见小芳还没回来，就赶到老宅去看。进门一看，爹还趴在地上痛苦地呻吟着。他把爹扶上床，又到各屋去看，只见各屋都被翻得乱七八糟，那几袋粮食也不见了。他心中的火气直往上冲，这些狗日的！连我这个维持会会长的家也不放过。

交通员赵武立马进大青山向县委汇报情况。郝书记和王石头立即商量对策，决心要打击一下日本鬼子的嚣张气焰，不能让他们如此肆无忌惮。根据对孙子盛和孙龙跃的情况分析，孙子盛不会再死心塌地地跟日本鬼子干，于是他们决定下山，发动群众，壮大游击队，跟鬼子打游击。

通过各乡镇地下交通员的联络，在一个弯月高挂的夜晚，县委郝书记在大青山的一片树林里召开了青山县各乡镇地下党负责人会议。郝书记通报了各地抗日斗争的情况，部署了青山县接下来的工作：一是动员青年民兵参加大青山游击队，壮大抗日队伍；二是抓好各乡镇的民兵组织工作，配合游击队，打好抗日救国的主动仗；三是想方设法解决武器装备问题，一方面发动群众用土法子制造武器，另一方面要设法从敌人手里夺武器；四是做好信息联络工作，及时掌握敌人的动向，及时沟通，如遇敌情，迅速通知群众，尽量减少损失和牺牲。

农村是藏龙卧虎之地，什么能人都有，对如何解决武器的问题，沈润章出了主意。沈少松和刘天福把镇上和周围村庄的几个制造花炮的工匠找来，研究用制造花炮的原理制造地雷和手雷。他们自己熬制硝，烧制木炭，按照比例配制成炸药，又在炸药中掺上铁砂，装在陶罐里，安上一根长长的炮捻子，将陶罐埋在地下，将炮捻子扯到几十步开外，用火点燃炮捻，炮捻"吱吱"地燃向装满炸药的陶罐，轰隆一声巨响，地上炸出一个大坑。炮捻接炮捻，点炮人可躲到很远的地方燃爆土地雷。后来他们又研究将火柴头和火柴杆绑在一起扎结实，用细绳拴住火柴杆，在远处一拉，洋火头和胛摩擦起火，点燃捻子，也可即刻引爆炸药。威力巨大的土地雷就研制成功了。接着他们又研制手雷，采用摔炮的原理，炸药混上坚硬的砂石，装在小型陶罐内，密封好罐口，向远处一扔，那装着炸药的罐子一着地，罐内砂石与炸药因摩擦而爆炸，他们又制成了土手雷。为了远距离也能取得联系，他们用春节和元宵节燃放的汽号作为联络工具。制地雷和手雷，工匠们配制的是"横药"，制造汽号他们配制的是"竖药"。"竖药"不横向爆炸，而是燃烧产生推力，他们在纸制的爆竹壳内装上竖药，一头填实封死，一头安上捻子，再绑上根竹劈或高粱梢秆或细长的树枝作为配重稳定器。点燃后，那汽号就喷着火直直地冲上天空，几里地以外都能看到。后来他们又在汽号的顶部装上一颗横药丸，汽号冲上天后，竖药燃尽就会引爆那横药丸，汽号冲到最高处，就会发生爆炸，"叭"的一声，清脆响亮的爆炸声就会传得很远。

几天以后，游击队就有了一批土地雷和土手雷。

孙龙跃被日本兵砸伤了腰，终日疼得睡在床上起不来，翻个身也得老婆杏花和孙女玉梅帮着。玉梅虽小但很懂事，整天爷爷奶奶叫个不停。见爷爷睡在床上疼得直哼哼，她就用那小小的拳头给爷爷捶背，一边捶一边不停地问："爷爷，还痛吗？"每当这时孙龙跃总有泪水在眼眶里打转，他既高兴又难过，高兴的是两个孙子终日绕膝，有种儿孙满堂、后继有人的幸福感；难过的是两个孩子小小年纪就没了娘。儿媳郑虹虽是共产党，但她没嫌弃他这个地主出身的老公爹，在她身上他看到了共产党人也是讲人情的。从她给自己送饭端茶，给自己买衣裳等行为上，他看到了儿媳郑虹的贤惠。看到两个孙子他就想起了子昌和郑虹，他就在心里骂，你们日本人也是爹生娘养的，你们为啥不在家好好过日子，非要跑到俺这儿杀人放火啊！你们这些孬种，不得好死！

玉梅在那水烟袋锅中安上烟丝，又到厨房让奶奶给她点燃一根香，送到爷爷面前，给爷爷点燃了烟。孙龙跃吸了口烟，端详着玉梅的脸，她长得很像她妈妈，很俊，眉眼都很好看。孙家已经三代没生闺女了，玉梅在孙龙跃眼里就是个宝贝疙瘩心头肉。玉梅已经五岁了，该上学了，可镇上没了学校。以前镇上有所学堂，可又是灾荒又是瘟疫又是打仗的，学堂也就停了，先生也走了。他在心里暗暗叹了口气，这年景，谁去操心办学堂啊！要不自己操心去把那所学堂再办起来，让玉梅和尚进都上学？可他又暗自摇了摇头，今非昔比，自己哪还有那个能力啊！

　　天刚黑，杏花还没做好晚饭。尚进守在正在烧锅的奶奶身边不停地说："我饿！"杏花一边往锅底下续柴一边说："一会儿就好了，别急啊！"这时一阵急促的钟声从清风楼传来。杏花急忙停下手里的活跑到堂屋对孙龙跃说："坏了！恐怕日本鬼子又来了！"孙龙跃试着动了动身，爬不起来。他说："子盛呢？快叫他带着小芳和这两个孩子跑！"杏花说："你呢？"孙龙跃说："别管我了！"杏花说："小芳肚子疼一天了，不知道这会儿好了没有。"孙龙跃说："那也得走！千万不能叫她落得个桃花的下场。"

　　正说话间，王石头带领几个游击队员走进院来，王石头说："孙先生，日本鬼子要来了，快走吧！"

　　杏花为难地说："这咋整啊？他不能动，这两个孩子又小，还有小芳。"

　　孙龙跃说："你们走吧！别管我！"

　　王石头说："不行！都得走。"他让两个游击队员一人抱起一个孩子，"你们先走！"又说，"小芳的事你不用操心，我已让许琳娘和几个同志把她抬走了。"

　　孙龙跃说："这我就放心啦！你们走吧！"

　　王石头说："你也得走！"

　　孙龙跃说："我一个不能动的人，他们还能怎么着我？"

　　王石头说："不！今天要在青峰镇打一仗，镇上一个人也不能留。"

　　孙龙跃说："打一仗？谁跟谁？国民党又回来啦？"

　　王石头说："不是！是共产党游击队跟日本人。"

　　孙龙跃说："游击队不是没几条枪吗？"

　　王石头说："打这一仗就有了。"

　　王石头让四个游击队员抬起孙龙跃的那张软床，走出门去。

第 58 章 夜 战

大青山的游击队是龟田和黄三的心腹之患。他们多次研究要消灭这支土八路，可又感到狗咬刺猬——无从下嘴。游击队的根据地在大青山里，日军再加上黄三的队伍总共三百来人，三百来人进大青山"清剿"游击队等于大海捞针。他们正苦于无计，一天，孙子盛进县城给孙龙跃买药，恰巧碰到黄三。黄三客气地留下孙子盛吃饭，并解释了上次的误会，说日本兵进他家黄三并不知道，他给龟田汇报后，龟田表示遗憾，说准备给孙子盛二十块大洋作为补偿。其实，黄三已对孙子盛有了戒心，那次在清风楼敲钟，他就怀疑孙子盛是故意让老百姓跑的。吃饭时，黄三让酒让菜，并不谈青峰镇和游击队的事情。待到两壶酒下肚，孙子盛的筷子已夹不住菜，黄三才试探着说："听说大青山游击队进了青峰镇，他们对你咋样？"孙子盛醉眼蒙眬地说："嗑！他们那几十个人能怎样！几条破枪，还一打三不响。他们也不敢怎么我！有表叔给我撑腰，我怕谁？"

黄三说："他们住在青峰镇不走了？"

孙子盛说："不走？是你们没去，你们去了，日本，不，皇军要是都去了，他们跑得比谁都快。凭那几条破枪想跟皇军斗……"话没说完他就趴在桌子上睡着了。

黄三从孙子盛的醉话中套出了一个情报，那就是土八路现在就在青峰镇，而且只有几条枪。他立即去向龟田汇报，龟田决定全体出动，突袭青峰镇，彻底消灭共产党游击队。

其实，这是郝书记故意设计的一个圈套。

全镇群众转移出镇之后，王石头带领游击队员将土手雷一个个安放在各家的大门槛上，每两户派一个游击队员看守，以免误伤群众。游击队员们或藏在柴垛中，或藏在粪坑里，或爬到大树的高处躲在树叶丛中，专等日本鬼子的到来。

龟田和黄三怕走漏消息，天黑之后才出发。他们一路急行军赶到青峰镇已近半夜时分。午夜的青峰镇十分静谧，没有鸡鸣，也没有狗吠，只有几颗星斗在天空闪烁。

黄三说："恐怕这时候游击队正在睡觉。"

龟田窃笑一下，说："让他们再也不要醒来！"他一挥东洋刀，日本兵和黄三的警察们迅速包围了清风楼。他们"嘭嘭"地砸开了各房间的门，可整座清风楼内空无一人。

龟田说："去沈家大院！"

一群日本兵冲到沈家大院前，猛地推开那两扇厚厚的木门，两颗土手雷从门上方掉落下来。"轰轰"两声巨响，四五个日本兵倒在了地上。后边的鬼子以为院内有人抵抗，便跟着冲进院内，各屋搜查一遍，却没见一个人影。

龟田问黄三："怎么回事？"

黄三说："共产党很狡猾，他们不敢住在清风楼和沈家，怕皇军袭击他们。"

龟田说："那游击队在哪里？"

黄三说："他们喜欢住在老百姓家里。"

龟田一挥手，日本兵和伪警察跟着黄三冲进大街。他一边走一边指挥日本兵和警察们分散着冲进各个胡同和巷子，接着就听到连续不断的轰响。日伪兵们只要一推开各家的大门，便有一颗手雷落到他们面前，手雷落地便炸，日伪军们应声而倒。手雷一炸，潜藏的游击队员便迅速地冲出去或滑下树来，捡起枪支又潜藏起来。

黎明时分，没死的日伪军背着受伤的同伴，扛着血肉模糊的同伴的尸体会集到清风楼前，他们没抓到一个共产党游击队员。

龟田见此情景，一边气愤地骂着"八嘎"，一边给黄三两个耳光。

黄三被打得两眼直冒金星，他捂着疼痛的腮帮委屈地说："太君你……"

"你的，良心大大地坏了！走漏消息！"

黄三辩解说："我没走漏消息！是游击队太狡猾了！"

龟田说："你的人，继续搜！"

黄三急忙指挥他的警察："去！快去！一家一家搜！"

伪警察们一个个向后退着，说："黄局长，各家都有炸弹，进不去家。"

黄三气愤地骂道："你们都是一群笨蛋！别走大门，翻墙！"

"叫我们去送死，日本人咋不去？"伪警察们嘟囔着，心里不服气却又胆怯，还得服从命令，不情愿地四散开去。可这些黑狗再也不敢进院，也不敢翻墙头，唯恐院内有埋伏，他们在街上乱溜达一阵之后，纷纷又回到清风楼复命，称没见到游击队的影子。

东方已露鱼肚白。龟田看着地上的十多具尸体和二三十个正在痛苦呻吟的伤员，他来回踱了几步，抬头看着清风楼，气急败坏地说："清风楼，沈家大院，统统烧掉！"

黄三急忙上前说："太君，清风楼不能烧！"

龟田不解地瞪着黄三："为什么？"

黄三说："清风楼不是沈家的，是孙会长家的。"

龟田思考一下说："沈家的，统统烧掉！"

几个日本兵和黑狗子急忙冲进那被炸坏的大门，抱来柴草堆在各屋廊下点燃了。立刻，火光映红了青峰镇黎明的夜空。

这时，四周突然传来一阵枪声，龟田侧耳听，还有"嗒嗒嗒"的机枪声，接着有几颗手雷和手榴弹飞了过来，在日伪军中炸响。

黄三急忙对龟田说："太君，我们被包围了！快撤吧！"

龟田说了一句日本话，日本兵们抬起死伤的人匆匆地离开了清风楼。

原来，潜藏的游击队员见日伪军被炸倒，就立刻冲出来抢枪，他们缴获了枪支，立即把枪交给没枪的游击队员。他们缴获了三十多杆步枪和七十多颗手榴弹。有了枪和手榴弹，他们就悄悄地围向清风楼。游击队员们见沈家大院起了火，就一齐向日伪军开了火。鬼子们哪里知道，那令他们害怕的"嗒嗒嗒"的机枪声是游击队员们在水桶中燃放的鞭炮。

日伪军们一离开清风楼，躲藏在周围青纱帐里的群众和游击队员们就一齐冲向沈家大院救火。幸好，沈家大院处于大青河边岸，人们掂着桶，端着盆，拎着罐，从大青河里盛了水逐人传送到院中救火。太阳出来时，大火终于被扑灭了，但西厢房已经被烧塌了。

第 59 章 双 棺

青峰镇一仗,日伪军吃了大亏,丢了三十多杆步枪,还死伤了三四十人,龟田大为恼火。自踏上中国的国土,与中国军队打了十几仗,他还没如此惨败过,没想到几十个土八路竟打死打伤他十多个日本兵和二十多个伪军,还被游击队弄去三十多杆枪和几十颗手榴弹。他下定决心要报复,如不赶快消灭这股游击队的有生力量,待他们有了武器,羽翼丰满了,对皇军会大大不利。于是他调集了周围六个县的四百多名日军、两挺机枪、四门迫击炮,计划将大青山游击队彻底消灭在青峰镇,端掉这个土八路的老窝。

六月二十七日那天中午,日伪军们在县城饱餐一顿之后,便浩浩荡荡地前往青峰镇。当太阳西移至大青山顶时,龟田率领日伪军来到距青峰镇约十里的一个大漫洼里。这时龟田命令部队停下,稍作休息之后,便让黄三带领一百多个伪军前去青峰镇,其他人原地待命。

黄三局长吃过很多次共产党游击队的亏,听龟田让他带领一百多个伪军前往青峰镇,心中有些胆怯,他凑到龟田跟前说:"要不咱们都去吧?"

龟田说:"你不懂!快快地行动!"

黄三不敢再说什么,只好乖乖地带领他的部下和二十多个日本兵前往青峰镇。

上一次青峰镇一仗,游击队没伤一兵一卒,还缴获了不少武器,士气大振,但郝书记和王石头没有兴高采烈,因为他们感觉将有一场大仗就要来临。龟田不会善罢甘休,他们会更加疯狂地进行报复。下一仗怎么打?如何减少游击队和老百姓的损失?他们二人商量了整整一夜,最后决定一要防,二要打。防是预防日伪军突然袭击;打是要巧打,要充分运用自身优势和地理优势,打败敌人,缴获更多武器,装备游击队,把大青山游击队建成一支有战斗实力的抗日武装力量。于是郝书记布置,把青峰镇二十多个村庄的骨干民兵组织起来,建成一个加强连,让沈青河当民兵连连长,重点搞好站岗放哨。沈青河把民兵们分为四组,一组在镇北三里岗设立一哨所,二组在青峰山山顶设立一哨所,三组在镇南设立一哨所，四组在清风楼设立一哨所，民兵们轮流日夜置哨，如遇有情况，以汽号为信号相互联络。

黄三带领日伪军刚到三里岗便被民兵们发现，他们立即点燃了汽号。那汽号拖着一溜烟花冲向高空，到达最高处，发出一声清脆的爆炸声。那汽号首先被青峰山顶的哨所发现，青峰山哨所也立刻点燃了汽号，那汽号刚刚在高空炸响，清风楼上的汽号也冲天而起，接着清风楼的钟声也急促地响起。

那"当当当当"的钟声连续不断地在青峰镇上空回响。青峰镇像炸开的油锅，牛吼羊叫狗吠响成一片，人们扛着粮食、牵着牛、拉着羊，携儿带女地涌满了大街，在游击队员的指挥下向西边的大青山奔跑。

那连续冲向天空的三颗汽号和"当当"的钟声也使黄三警醒了，他立即命令部队全速前进。但当他们冲进青峰镇时，街上已空无一人，清风楼也空无一人。黄三吃了上次的亏，不敢再让日伪军去老百姓家，他带领日伪军在街上搜寻一遍，搜寻无果，只好离开大街前去向龟田汇报。

龟田听了黄三的汇报，让黄三他们原地休息。黄三说："天也黑了，咱们赶回县城吧！"龟田笑笑说："你的，不懂战术！"

天黑了下来，风吹得四周的青纱帐起起伏伏，天上的星斗闪闪亮亮。日伪军渴了，就到高粱地折高粱秆吃，以解饥渴。可天气闷热，又没一丝风，人人身上都黏糊糊的。

三星慢慢移到了西山顶，夜已深了，日伪军就地躺倒休息，有的已经发出了鼾声，那鼾声和野鸟的叫声及四周的蛙鸣声汇成一片大合唱。

黄三刚刚想入睡，便被龟田的皮鞋踢醒了："你的，派两个人，去青峰镇。"

黄三一激灵爬起来，也用同样的方式踢醒了两个警察："你们两个去青峰镇看看游击队回来了没有。"

一个伪军捂着肚子说："局长，你派别人去吧，我肚子疼。"

黄三厉声说："放屁！差没二派，你不懂吗？"

那伪军说："我真肚子疼！"他捂着肚子蹲在地上不起来。

龟田气愤地上前一脚把那伪军踢倒在地："八嘎！死啦死啦的！"

那伪军急忙爬起来："我去！我去！"

黄三说："你俩不要走大路，要钻高粱地。"

那两个伪军齐声说："是！"其实那两个伪军自己心里也明白，即使黄三不安排，他们也不会走大路，走大路容易暴露，如果被游击队发现了，他们的小命就难保了。二人匆匆钻进青纱帐，只留下一阵窸窣声。

大地死一般的寂静，只有三星在那浩瀚的夜空中慢慢向西移动。突然镇上响起一声公鸡的啼鸣，接着，鸡啼声此起彼伏。这已是鸡叫两遍了。寂静了几个时辰，躺在青纱帐中的人们感觉应该没事儿了，于是就纷纷钻出庄稼地回到了自己的家。

郝书记、王石头及农会的几个人也回到了清风楼，正准备开个会，商讨一下下一步的斗争策略，突然街上传来一阵狗叫声，那叫声越来越激烈，似乎全镇的狗都叫了起来。"不对劲！"大家疑惑不解地望着郝书记的脸，刘天福问："咋不对劲？"郝书记说："上次日伪军吃了亏，这次应该是来报复我们，可他们一枪没打就走了。"杜满仓说："我们都走了，老百姓也跑了，他们打谁去？""不！……"郝书记话没说完，突然轰隆一声，一发炮弹落在清风楼前。

"快撤！"郝书记一声令下，大家一齐冲出屋外。楼上楼下住的游击队员也纷纷冲出各屋。

王石头大声喊："大家不要慌！一排一班掩护郝书记撤离！其他人跟我来！"

这时，又有几发炮弹落在镇中，传来惊天动地的爆炸声。

郝书记说："不用照顾我！快去把沈老先生和家人转移出去。"几个人跑进沈家大院，另外几个人簇拥着郝书记撤出清风楼。

沈少松说："满仓快去敲钟！天福叔快回家把婶子接出来。"说完他便消失在了夜幕中。

日伪军四百多人的队伍像一张拉网将青峰镇团团包围起来，迫击炮的爆炸声和清风楼上"当当"的钟声混合在一起，令人惊恐又紧张。

一个游击队员一把把雷生从凤仪怀中抢走："快！快走！"凤仪和沈灵芝紧跟着跑出来。

灵芝急喊："爹！快走！"

沈润章老人在屋里回应道："知道了！你们先走。"

沈灵芝及陈凤仪跟随那两个游击队员刚从南角门溜下河坡，一发炮弹便在院中爆炸。灵芝担心地问："我爹呢？"没人回答。她转身要往回走，一个游击队员拉住了她。"这会儿不能回去！鬼子已经进院了。"杂沓的脚步声和砸门声从清风楼上传过来，一个游击队员架起沈灵芝的胳膊就沿水边向东跑去。

钟声还在急促地响着，钟声中夹杂着纷乱的哭叫声。

杜满仓快速地拉动钟绳。一队鬼子兵冲上二楼，他们见有人还在敲着钟，于是两个鬼子便同时将刺刀捅进了杜满仓的后背。钟声戛然而止，杜满仓慢慢地倒下了。在他慢慢倒下的时候，他回头看了一眼，那双喷火的眼睛瞪得又大又圆。

纷乱的枪声响了起来，那是王石头正在带领游击队反击。

沈少松在炮火中奔跑着，他来到孙龙跃家门前"呼啦"推开了门，见孙龙跃和杏花正在给两个孙子穿鞋。"别穿了！快跑！"他一把抱着小尚进，一手拉起杏花道："鬼子进镇了！"孙龙跃急忙拉着玉梅跟沈少松跑出家门。

杏花不放心地说："子盛咋办？"

沈少松说："刚才我去了他家，子盛和小芳已经走了。"

孙龙跃说："这小子连爹也不管了！"

杏花很感动，她说："少松啊，这么危险你还来顾我们。"

"这两个孩子是八路军烈士的孩子，我咋能不顾！"沈少松说。

沈少松一手抱着孙尚进，一手拉着孙玉梅跑出屋门，回头对还在拾掇东西的孙龙跃和杏花说："快跑！"这时轰隆一声，一枚炮弹落在前院孙子盛家。孙龙跃急忙拉起妻子杏花跟随沈少松跑出大门，冲过大槐树下那片开阔地，钻进了高粱地。

此时，王石头带领游击队与敌人展开了巷战。他们熟悉地理环境，钻胡同，跳墙头，打一枪就走。游击队员如大青河里的泥鳅一般自由游走，日伪军则如一群瞎驴，四处乱窜，却抓不到一个游击队员，还不时遭到冷枪射击。

天色微明时分，躲在高粱地的郝书记对身边的游击队员说："快放信号，让游击队撤退。"那游击队员点燃一颗汽号，那汽号带着哨音拖着火花冲向天空。这带哨音的汽号是撤退的信号。

不一会儿，镇子里的枪声停了，炮声也停了，一片寂静。

天明了，晨光照在那棵老槐树上。老槐树东北方的一根大枝杈从树身处劈开垂了下来，那是一发迫击炮弹落在树杈根处炸开的。垂下的那根大枝杈没有断离树身，连着皮带着肉地耷拉了下来。树枝的断裂处流淌着清清的汁液，那是老槐树的泪，老槐树的血。

龟田和黄三站在老槐树下，静静地看着日伪军将几具尸体和伤员抬过来，并排放在老槐树前的草地上。死了的、活着的日伪军都聚集在了老槐树前的开阔地上。

龟田叽里呱啦说了几句日本话，翻译黄体明对黄三说："太君说，让你的人去弄些担架。"

"是！"黄三命令他的警察们，"快去弄些软床，门板也行。"

警察们四散而去。他们有的拆了老百姓的门，有的掀了老百姓的床，扛到大槐树下。日伪军七手八脚地把死伤者抬到软床和门板上，每两人抬着一个死伤者，排着队垂头丧气地离开了青峰镇。

躲在高粱地的乡亲们谁也不敢回家，他们不知敌人走了没有。人们在闷热中忍受着煎熬。沈灵芝和陈凤仪的衣衫全被汗水湿透了。灵芝担心地对凤仪说："不知道你爷爷跑出来没有？"她两眼痴痴地盯着镇子的方向。

"他肯定会跑出来！也许他跟其他乡亲在一起。"凤仪宽慰着婆婆。

灵芝还是不放心地说："咱跑出来时，好像有炸弹落在咱院里了。"

凤仪一边掰根高粱秸秆给雷生解渴，一边说："娘，您放心吧，爷爷会没事的！他老人家一辈子做了那么多好事，老天爷会保佑他！"

这时沈灵芝突然想起一句俗语："好人不长寿，祸害遗千年。"她非常担心这句俗语会应验。

终于，人们听到两声汽号在空中炸响，那是解除危险的信号，说明鬼子已经撤离了。

沈家一家人急忙钻出青纱帐，向家里跑去。到家一看，沈家大院一片狼藉，南厢房被炸塌了。少松、灵芝、凤仪跨过遍地的瓦砾来到院中，看见沈润章老人满身是血，倒在那炮弹炸出的土坑边。少松和灵芝磕磕绊绊跑到老人身边，少松将老人抱在怀里。"爹！爹！爹！"沈少松和沈灵芝焦急地呼喊着，可老人瞪圆一双大眼，一动也不动。郝书记和王石头赶来了，许多乡亲也赶来了，几个游击队员也赶来了，可人们的泪水和哭声再也没有唤醒这位饱经沧桑的老人。

人们正在悲痛之时，清风楼上突然传来一声惊叫："满仓！满仓！"

王石头急忙跑上清风楼，发现杜满仓躺在血泊里，他不禁潸然泪下。

两口黑漆棺材停放在清风楼前。按青峰镇的习俗，老人去世，要在家中停放"一七"或"二七"，"一七"就是放七天，"二七"就是十四天，停放"三七"是极少数，只有过去的达官贵人家才停放"三七"，其间是等待远方的亲友赶来吊丧。"头七不顶七"，是说如果放"一七"，不能到七天才殡埋，在家停置四天、五天，或者六天都叫"一七"。为啥不能"顶七"？一说"七"与"妻"谐音，不吉利。殡埋日期要躲"七"，躲"七"也有讲究，既要躲"明七"，又要躲"暗七"。"明七"，即初七、十七、二十七；"暗七"即十四、二十一、二十八。又一说人死后有"殃"，"殃"大概说的是鬼魂。鬼魂回家，多在死后第七日。"顶七"即在家七天再殡埋好闹鬼。

刘天福及几位"问事"的老人问少松、灵芝："放几天殡埋？"少松看着灵芝的脸没说话，他的意思是听灵芝的意见，那毕竟是灵芝的亲生父亲。灵芝沉默一下，又长叹一声说："常言说，亡人见土亲，入土为安。这时局也别按老规矩办了，放几天又不知会出啥事由，就殡了吧。"

刘天福让人到街上布店买回几匹白布，邻居们都赶来帮忙做孝衣。在青峰镇，殡埋老人要按规矩办：闺女、儿子、媳妇要穿重孝，孝袍要拖地，白鞋要麻线缝边；儿子腰间要系白大带，头戴缩顶孝帽；孙媳和孙女只头顶白长巾；雷生是重孙辈，就给他缝了一顶羊角帽，边上缀一蓝缨。

沈家全家人披麻戴孝跪在沈润章的棺材边。杜满仓的女儿杜鹃披麻戴孝和她的母亲跪在杜满仓的棺材边。两家人哭声动地，围观的人们也都拭泪抽泣。

这时，全镇的人都来了，站满了清风楼前的街道。刘天福站在沈家大门前的台阶上，目光在人群中梭巡，看了一个来回。他诧异地问王石头："咋没见许铁匠？"

"她病了，烧得厉害。"王石头说。

"她……"刘天福欲言又止。他心里想："许琳娘和沈润章好了这么多年，阴差阳错没有成为夫妻，可他们二人毕竟有情有义。沈润章走了，许琳娘不来送一程，真是天大的遗憾。"

午饭时辰，接到丧信的亲友们都到了，镇上的各姓各族也都烧过了纸，出殡的时候到了。管事的大总刘天福在两口棺材前各烧一刀纸，高喊一声："起棺了!"

人们流着泪，争着上前，分别将两口棺材放到棺材架上，一齐抬起，在两家人呼天抢地的哭声中，两口棺分别出发了。一口棺向东去东凹埋杜满仓，一口棺向西去大青山下埋沈润章老人。

第60章 青 灯

雷生病了，烧得烫人，浑身好似裹了一块绛红布。没有药，也请不到郎中，少松看着孩子通红的小脸和昏沉的样子，急得团团转。凤仪抱着雷生，傻子似的两眼直视着孩子通红的小脸，眼珠也不转。沈灵芝除了无奈地重复着一个搓手的习惯动作外，就是一会儿给雷生喂一小勺热水，许久，她说："去青峰寺烧炷香吧，只有求神保佑啦！"烧香求神是一种无奈之举，那是汪洋中溺水者面前的一根稻草。有根稻草也是一种希望啊！

沈灵芝带着一把香和两刀纸上了镇东的青峰山。青峰山上有座古庙，叫青峰寺。寺庙不大，却占据了整个山头。主建筑是一座大殿，叫大雄宝殿，黄色琉璃瓦盖顶，显得金碧辉煌。大雄宝殿内有许多神像，是铁质的，除了如来佛、观世音菩萨像是完整的，其他神像如十八罗汉等，有的只有半身，有的只到膝盖，有的只到肩膀，有的只有一个头，高高矮矮，参差错落。陌生人到此，都大惑不解。其实这里有一个令人回味的神话传说。大雄宝殿前有东西配房，各三间，院中有几棵千年古柏和一棵三人合抱的银杏树，古柏苍老，银杏如华盖。

青峰寺里只有一个住寺和尚，僧名青灯。青灯师父年近五十，一身皂衣，虽补着几十块补丁，但干净整洁。他面庞清瘦，两目却炯炯有神。青灯师父靠四乡化缘和一些微薄的香火钱艰难度日。原来的青峰寺香火也很旺盛，曾有二十几位出家人在这里念佛修行。后来经过一场瘟疫和一场大旱，僧人们死的死逃的逃，如今只剩青灯师父一人。

青灯师父是半路出家。他原是镇北十里荒庄人，三岁时父母早亡，母亲的一个堂妹收留了他。母亲的堂妹他该叫姨。姨和姨父也是穷人，靠仅有的四五亩薄沙地生活。姨没生男孩，只有一个女儿叫白玲。他和白玲自小生活在一块，二人青梅竹马，两小无猜。待他们二人都长到十七八岁，懂得了男女之情，双方私下相互爱慕，便私订了终身。可天不遂人愿，还没待二人向父母表明，白玲母亲就突发头痛病，整天痛得用手拍打自己的脑袋。为给白玲的母亲治病，白玲父亲忍痛卖掉了那几亩赖以生存的土地。草药喝了一大车，仍不见病情好转。一家人不忍心看着白玲母亲活活痛死，白玲父亲就向本村财主借了二十块大洋，南里北里给白玲母亲看病买药。待二十块大洋花尽，白玲母亲还是走了。

白家没了土地，生活难以为继，更是无力还债。可那财主越见白家无能力还债，催要得越是紧迫。其实那财主另有打算，他有一个儿子，年过三十尚未娶上媳妇，皆因儿子是个傻子，说话还半语（方言。指语言障碍，说话说不利索的一种病）。一日，那财主托个中人来到白家，说人家为给儿子买媳妇急等用钱，总着（方言。一直的意思）不还也不是事儿。人家说了两条路，任白家选，一是立马还钱，别耽误人家娶媳妇；二是将白玲嫁过去，所有欠债一笔勾销。白玲一听，哭得泪人一般，死活不同意。父亲无奈之下跪在女儿面前，求白玲答应此事。白玲哭干了泪水，最后不得不应允了这桩婚事。但她向对方提出一个要求，必须签下文书，自她出嫁那天起，所有债务一笔勾销。双方签下文书，按下指印，一顶花轿将白玲抬出了家门。可就在当天夜里，白玲用一根绳悬梁自尽了。青灯万念俱灰，到白玲坟上痛哭一场之后，便削发出家，来到青峰寺当了和尚。

青灯师父见沈灵芝来上香，急忙将她领进大殿。灵芝焚上香，烧了纸，一边磕头，一边向诸神祷告，求佛祖神灵保佑孙子退烧好转。当然，求神的话不能说出口，只能在心里祈祷。青灯师父敲着木鱼，念着经，待沈灵芝跪拜祈祷完毕，青灯师父便问及求神之事。沈灵芝说小孙子高烧不退，现在兵荒马乱又请不到郎中抓不到药，只好求佛求神保佑。青灯师父说："愿佛祖保佑！菩萨显灵！"临送灵芝出门时，青灯师父说："我有一个土法子，你不妨回去一试。"沈灵芝问："啥法子？"青灯师父说："前几年我收养过两个发热不退的弃婴，我用热水给他们洗澡，重点洗胳肢窝下和肚子，退烧很快，啥时发烧啥时洗，效果不错。"

灵芝回到家就烧了锅热水，倒在洗衣的木盆里，又用手试了试水温，少松又在地上生了一堆火以提高室内温度。凤仪给孩子脱去衣服，放进水中给他洗澡。这法子还真管用，不一会儿烧就退了。

第 61 章　诅　咒

日本这次突袭青峰镇，炸塌十七家三十六间屋，炸死炸伤十一人，炸死牛、驴六头。几天来，镇上一片哭骂之声："小日本，俺咋咋你啦？""日本鬼子，叫你们断子绝孙！你们这些孬种！""小日本，你炸死俺的牛，俺今后咋种地？""日本鬼子你们这些孬种！来俺这又杀又抢，终有一天老天会报应你们，叫天上落炸雷炸死你们！"

"舌头"张百利家一对把子牛（方言。指带着吃奶牛犊的母牛）被炸死了，房子也被炸塌了一间。"舌头"没骂街，却用谷草扎了个草人，用葫芦瓢当人脸，再在上面画上眼睛鼻子嘴，嘴的上面用墨汁点上一点，就像龟田的胡子。他把草人拿到大街上，把草人绑到街边的一棵树上，用一把铁耙齿扎在草人心窝处，又烧锅开水，一瓢一瓢往草人身上浇，浇一瓢骂一句："小日本，叫你们都不得好死！"

殡埋了死者，修缮好房屋，人们骂够了，也咒累了，便纷纷走出家门，来到老槐树下。老槐树下是镇子里的人们经常聚集的地方，夏天人们来这里乘凉，冬天人们来这里晒暖（方言。指晒太阳），农闲时在这里听老郝的大鼓书、顾三多的坠子、柳三妮的琴书。老槐树在人们的心目中是棵神树，谁家孩子头疼发热，都来这儿烧三根香，燃两刀纸，求槐树神保佑；谁家孩子结婚，婆婆就会到槐树下烧几炷香，烧几刀纸或上一桌供，求槐树神保佑头胎生个儿子。如愿了的就燃放鞭炮去给老槐树挂袍（一种民俗，给神灵许愿，愿望达到，要还愿，兑现许诺），就是扯几尺红布缠在树身上或牵在树枝上。一年四季，老槐树上红带飘飘。老槐树成了镇上人心中的神，心中的图腾，每逢初一、十五总有不少人来这里烧香、燃纸、放鞭炮。

当人们看到老槐树的东北角那个大粗枝被炸弹炸坏了，人们便一齐跪下来，一边磕头，一边咒骂天杀的日本鬼子。不知谁先从家里拿来了香和纸钱在大槐树下焚烧，不一会儿，许多人都回家拿来了纸、香，在这里焚烧。一时间，大槐树下香烟袅袅，纸钱纷飞。

刘天福和几个老人围绕老槐树看了一阵。一个老人说："这股子（方言，即较大的树枝）还没断，咱去找几根木棍把它架起来吧。"大家一听，都说好，于是都纷纷回家拿东西。不一会儿，有人扛来了木棍，有人拿来了麻绳，还有人扛来了方桌。几个男人站到几张八仙桌上，双手抬起那树股，有人便用木棍将那树股顶起来，又有人抬着两张桌子放到树下，几个人上到桌上，将那断裂处恢复到树身上，用麻绳捆绑结实，直到把那劈裂的树股恢复到原来的模样。这时，又有人端来了水，和了一摊泥，人们一齐抓泥糊到那裂缝处。泥将裂缝糊严，雨水流不进去，那树枝和树干就容易长在一起。

人们将那劈裂的树股又恢复到原来的模样后，随着一挂鞭炮声响起，人们又齐刷刷地跪在大槐树下，个个口中念念有词，有的祈祷槐树神保佑风调雨顺，更多的人在祈祷槐树神显灵，让那些侵略中国的日本鬼子死光死绝。

祈祷活动一直持续到月上西山。

日伪军常来袭扰，弄得老百姓民不聊生。夏季收的麦子，缴给东家一部分，本来就所剩无几，日本鬼子又来了几回，旮旯缝道（方言。指隐蔽的地方）都搜了个遍，眼下已家家无粮，连孙龙跃家的粮食也全被日本人搜了去。老天爷真是越渴越给盐吃，连续半个月不见太阳，高粱该翻米（方言。指高粱成熟的时候，阳光充足，气温较高，则高粱果实饱满变红）时不翻米，谷子该出穗时不出穗，豆花泡在雨水里没坐角（方言。指豆类作物结荚）就落了。人们盼天晴盼日出，可老天爷就是不开眼。常言说，民以食为天。吃是天大的事，为了吃，好人能去当土匪，良家妇女能去当娼妓。在大多数人家都在为吃发愁的时候，游击队一说要招兵，呼啦就来了一百多人，三百多人的队伍就形成了。郝书记说，游击队得进山，新兵需要训练。再说游击队驻扎在青峰镇，一旦日军来"扫荡"，会给青峰镇老百姓带来灾难，于是，在殡埋了沈润章老人和农会干部杜满仓之后，郝书记和王石头便带着游击队离开了青峰镇，进了大青山。

世事往往难以预测，坏事能引起好的结果，好事也能引起坏的结果。游击队开拔时，郝书记对沈少松说，别让青河进山了，老人刚去世，农会事又多，民兵连的事得有人管，家里也得有个男人照应，他毕竟也是50多岁的人了。青河没随游击队进山，本来于公于私都是好事，可没想到，倒成了沈少松最后悔的事。

孙子盛的房子被日军的炮弹炸塌了两间，家具全没了，要不就缺胳膊少腿，要不就埋在了废墟下，只剩下一张花梨木的顶子床。因为没钱买瓦，打土墙阴雨天也没法打，打一层，墙不干就没法再往上接着打。他和小芳就住在那间只有三面墙的破屋下。天还老下雨，屋顶的瓦破碎得挡不了雨。雨水漏湿了半条被褥，孙子盛怎么也睡不着，这日子啥时候能到头？这时他非常留恋小时候的日子，深宅大院，楼堂瓦舍，从没为吃住发过愁作过难，如今却像一个他家的老佃户。他一夜没睡，在想法子谋点子，最后，他做出了一个大胆的决定，搬进清风楼。

吃过早饭，雨停了，他把铺盖一卷，对小芳说："走，搬家！"小芳问："搬哪儿去？"孙子盛说："搬到清风楼！"小芳说："我不去！农会能让咱住吗？"

孙子盛说："清风楼是咱孙家的，哪个敢不让住？"

前几年，分了孙家的土地和钱财，清风楼也被农会没收了，成了农会的办公场所，农会的大木牌就挂在清风楼上。形势明了之后，孙子盛要夺回清风楼，可他爹却不支持，孙龙跃毕竟经历得多，他说今天国民党回来，说不定明天共产党又回来了。

孙子盛没有清风楼钥匙，他就用锤子砸开一间屋的门，这是清风楼的正房。沈润章去世后，沈青河专门请了一个画师，为爷爷画了一幅像，木框装裱后，他把爷爷的像端端正正地挂在正墙上，又摆了张桌子，桌上放着香炉，每逢初一、十五，他都会过来给爷爷烧香祭祀。

孙子盛见了这些摆设，心里就烦，旧怨新仇涌上他的心头，于是，就将那画像摘下，连同香炉扔到了门外。事有凑巧，这时沈青河来了。他见孙子盛把爷爷的画像扔在门外，气不打一处来，问："谁让你搬来的？"语气里充满火药味。

孙子盛与青河从小像两只斗红了眼的公鸡，见了面就想斗，孙子盛一听青河那腔调，就压抑不住心中的火气："咋？我搬进我的房子还需要你同意？"

青河一听孙子盛的口气，心中的火"噌"地燃烧起来："你想反攻倒算？"

孙子盛"嘿嘿"冷笑一声："咋？我哥是共产党，是八路军，我们家是烈士家属。你还想斗争烈士家属的财产？我看你连土匪都不如。"他又轻蔑地笑了一下，将铺盖放在旁边的床上，继续铺他的床。

沈青河气愤难抑："你说谁不如土匪？"说着走上前去，抓住了孙子盛的肩膀，二人扭打在一起。

论打架，孙子盛历来都不是沈青河的对手，青河毕竟练了几年武术，三拳两脚，孙子盛便被打趴在地。

青河拎起那铺盖扔出门外，铺盖一下子落在一片水汪里。

孙子盛挨了打，受了辱，回到家饭也吃不下，觉也睡不着。小芳看看孙子盛的样子，心里有气："我说不搬你非要搬！都是自己找的！"孙子盛正在气头上，一听小芳数落（方言，指责或批评的意思）自己，气不打一处来，他挺身而起，照着小芳打了一巴掌："我挨了打受了气，你还向着他！你这贱女人！你还想着他吧！"小芳挨了一巴掌，还被糟践一番，她捂着疼麻的脸哭着跑了出去。这时杏花听邻居说子盛与青河打架了，急忙来看，刚到门口就见小芳哭着跑出来，她急忙上前拉住小芳。小芳哭着说："我不想活了！"哭着挣扎着要去跳河。杏花的手死死抓住小芳不松手，唯恐年轻人脑子一热就寻了短见。随即，又有几个邻居过来把小芳连拉带劝地拉进了孙龙跃家。

孙子盛睡在床上，只觉得肚里胀得满满的，喉部像塞了一团棉花。他感觉头涨得像个耧斗（耧是一种播种的农具。耧斗，是这种农具上盛种子的斗似的器皿），两耳也"嗡嗡"直响。他想歇斯底里地大声喊叫，想骂人。这时孙虎来了，"舌头"随后也跟来了。孙虎愤愤地说："这不是欺负咱姓孙的吗？子盛哥，你说咋办？咱和姓沈的拼了！"孙子盛说："拼？指啥拼？""你的枪呢？"孙虎说。这时孙子盛恍然大悟，原来他向黄三要的那把枪被黄三又要了回去，但龟田给他的那把枪自打游击队进了镇，他就偷偷地藏了起来。他挺身爬起，走到墙角，从那只老咸菜坛子里摸出了那把锃亮的手枪。他咬牙切齿："我和他拼了！"这时"舌头"急忙上前拉住了孙子盛："子盛，别干傻事！"孙虎却跟着架秧子（方言。跟着起哄的意思）："不给他点厉害，他不知道马王爷六只眼！""孙虎，你跟着咋呼啥？""舌头"厉声呵斥着孙虎，又转向孙子盛说，"子盛，为这点事能拼命？出了事小芳咋办？你看她快生了，你能让你的孩子生下来就没爹？你哥的两个孩子就没了娘，你的孩子要是再没了爹，你叫你爹娘咋活？"

"舌头"的一番话让孙子盛泄了劲。他被"舌头"按下坐在床上，长长地出了一口气。

"舌头"接着说："房子不能住，先住你爹那儿。要不去住我家也中。我那院子就我自己住。等天晴了再把房子盖起来不就妥啦？"

"舌头"从孙子盛手里拿过那把枪，端详着问："新枪！真好！哪儿弄的？"

孙子盛不敢说是日本人给他的，他怕落下汉奸的名声，就说是打仗那天在门口捡的。

"子盛！"大门口传来孙龙跃的声音。

孙子盛急忙从"舌头"手中夺过那把枪，匆忙塞进铺底下。

孙龙跃走了进来："子盛，走！搬后院住去！"

孙子盛一拧头："不去！我哪儿也不去！"

"舌头"和孙虎也劝道："去吧！先搬后院去吧！"

孙子盛说："我哪儿也不去，就住这儿！你们都走吧！走吧！"语气里透着不耐烦。

"舌头"和孙虎知趣地走了。

孙龙跃说:"子盛啊!那清风楼咱别要了!"

孙子盛两眼一瞪:"就你胆小!有初一就有十五,我就不信共产党能坐天下!几个土包子!"

孙龙跃也生气了:"就你能!你能斗过他们?"

孙子盛说:"总有人能斗过他们!到时候我让他们乖乖地把清风楼还给我们!"

孙龙跃怎么也想不到后来孙子盛真翻出了大花。

闲茶闷酒无局的烟。孙子盛感觉很愁闷,他想喝酒,他想喝个大醉,可搜遍那一间破屋也没找到一滴酒。买酒,他搜遍衣服和可能放钱的地方也没找到一文钱。他在心里骂,"要不是共产党我咋能没酒喝?当镇长和镇公所所长时,哪天不喝?谁见了不争着请我喝酒?自从共产党来了,钱没了,地没了,清风楼也被他们斗去了,酒也没了。"他越想心里越生气,他摔了一个盛酒的瓷坛,又踢碎了一只已经没油的油罐,然后将自己狠狠地摔在床上,他立即感到腰部一阵剧痛。他侧身往腰下一摸,原来是那把手枪。他端详着手中的枪,当时龟田赠送他手枪的一幕又浮现在脑海里。日本人都看得起自己,对自己那么好,可这几个共产党却把自己当仇人。如果共产党真坐了天下,那我孙子盛将永远是人下人,将永远受欺负。他不甘心,他要找回失去的天堂。孙子盛心里有了主意,有了主意他就不再感到憋闷,心里倒想哼上两句小曲。

天晴了,太阳火辣辣地烤着大地,地上的水汪很快干了。知了又在树枝丛中拼命地叫起来。孙子盛将那条被青河扔到水汪里的被子搭在晾衣绳上,又换上一双干鞋,将那把锃亮的手枪插在腰间走出门去。

他走进了县城,走进了县府大院,走进了黄三局长的办公室。黄三一见孙子盛到来,非常高兴,一边让勤务兵给孙子盛倒茶,一边说:"龟田中队长正要我派人去找你呢。"

孙子盛说:"找我干啥?"

黄三说:"听说你的屋被炸塌了,龟田中队长感到很抱歉,他要给你二十块大洋让你修房子。"

孙子盛顿时感觉心里热乎乎的。

黄三从桌子抽屉里取出二十块大洋放在孙子盛面前,孙子盛感动得快要流泪了。他说:"谢谢龟田中队长!"

这时龟田走了进来,向孙子盛鞠了个躬:"抱歉!孙会长。上次战斗炸坏了你的房子,误会误会!"他示意身后的一个日本兵上前,那日本兵双手捧着十块大洋。龟田说:"你的,收下!"

孙子盛有点诧异地说:"黄局长已经给过了。"

龟田说:"这是给你的奖励!"

黄三说:"这是太君给你的奖励。"

龟田说:"好好给皇军出力,大洋,大大地有!"

孙子盛又接过那十块大洋,激动地也学日本人深深弯下了腰。

龟田说:"青峰镇,土八路的情况?"

黄三说:"太君问你青峰镇游击队的情况。"

孙子盛说:"游击队进了大青山。"

龟田说:"他们,人的枪的多少?"

孙子盛说:"他们共有二百多人,可枪不多,只有四十来支。大多、大多是杆子。"

龟田问黄三:"杆子?什么的干活?"

黄三一边比画一边说:"杆子就是红缨枪。"

龟田听了点点头,又转身对黄三说:"你的,孙会长,好好招待!"说完转身走了出去。

上午,黄三在县府对面的饭馆里招待孙子盛。三荤三素共六道菜和一坛老酒。孙子盛好久没吃过这么多好菜,也好久没喝过这么好的酒了。酒足饭饱之后,黄三把孙子盛领进了龟田中队长办公室,龟田客气地让孙子盛坐下,又亲自斟上一杯茶。孙子盛受宠若惊,心里有一种愿为太君肝脑涂地的感觉。

龟田用日语叽里呱啦说了一通话。翻译黄体明翻译道:"太君问你,该怎么对付这些土八路。他想听听你的高见!"

孙子盛迟疑了一下,然后说:"种庄稼得锄草,锄草要在草刚发芽时,等那草长大了,根扎深了,就不好锄了。游击队就好像一棵草正处在刚发芽时期,虽有一二百人,但没几杆枪,要除掉游击队,就得早下手,等到他们人多了枪多了,就不好办了。"

黄体明将孙子盛的话翻译给龟田,龟田听了,连说两句好,然后又说:"怎么办?"

孙子盛将他这两天思虑成熟的,他认为一定能让日本人信任的,又能达到他报复目的的计策说给了龟田。

龟田听了非常高兴,夸奖道:"你的,皇军的忠实朋友!"

孙子盛听了龟田对他的夸赞,像三暑天喝了一碗山泉水,这两天的烦闷和苦恼随之一扫而光,只觉得心里很惬意、很爽快。有了日本人和表叔黄三撑腰,看你沈青河还敢欺负人吗？这时，他心里突然蹦出爷爷孙豪强在世时给他讲《三国》时说的一句话："借刀杀人。"

这时龟田突然问："你的，枪的干活？"

孙子盛不知道怎么回事，以为龟田要要回送他的手枪，心里马上又想了许多，这枪是他的胆量，是他的豪气，腰间插把枪，走夜路他的头发都不支棱。龟田提出了要枪，他也不敢不掏出来。他不情愿地慢慢将那把手枪掏出来，双手捧到龟田面前的桌子上。龟田没取回枪，而是拉开抽屉从里面拿出三十发子弹放在枪边，说："你的，拿去！"将枪和子弹推向了孙子盛。

孙子盛更是感激涕零，一边取回手枪和子弹，一边连连鞠躬致谢："谢谢太君！谢谢太君！谢谢太君！"

第 62 章　醉砸清风楼

孙子盛坐在刚刚修缮一新的堂屋里，望着那木纹清晰的白松木垛子梁和青灰方砖盖顶的房顶，心里甜滋滋的。真是钱多买的盐不少。当年爹给盖的屋虽也是小瓦缮顶，但那架人字梁又细又不直，高粱秆和小竹竿覆盖的顶两年前就被虫子咬了，整天纷纷扬扬的，像是在下雪。多亏皇军给炸塌了，不然哪有这崭新而坚固的新瓦房？他心里盘算一下，皇军给的三十块大洋仅用了十多块，还剩十多块，这些钱再盖两间偏房也用不完，他心里很感谢日本人。听黄三表叔说，现在日本已占领大半个中国，中国人根本不是日本人的对手，将来的天下肯定是日本人的。日本人看得起自己，又给自己那么多钱，龟田给自己道歉时鞠的那躬，就让他激动得不知道怎么好。孙子盛心里很爽。人若闷了想喝酒，高兴了也想喝酒。他掏出一块大洋对正在纺花的小芳说："去给我买坛酒来。"

小芳接过那崭新的银圆说："你从哪儿弄这么多钱？"

孙子盛说："妇道人家，问这么多干啥？叫你去买，去就是了！"语气带着大男人对小女人的不屑。

小芳扭动着不太灵活的腰肢走出去了。

孙子盛又从条几上取下那个从县城带回来的草纸包，解开绳子取出来，里面是一个个四方形的荷叶包。他打开一个荷叶包，里面是灰褐色的豆腐块，这是地道的青山县特产"张家臭豆腐"。他贪婪地用食指抹了一下放在嘴里，品咂一下，真香！

这时小芳掂着一酒坛走进门来，她闻到一股异味，忙用另一只手捂住了口鼻："你弄的啥？这么臭！"

孙子盛接过酒坛说："你真是香臭不分，这是'张家臭豆腐'，香得很！"

小芳继续捂着口鼻："明明臭得难闻，你硬说香！"

孙子盛打开酒坛，倒下半碗酒说："闻着臭，吃着香，这才是真正的好东西。来尝尝！"

小芳一手捂住口鼻，一手拿着扇子扇着那臭气走了出去。

孙子盛自小就爱这一口。小时候，孙豪强吃臭豆腐，他嫌臭，孙豪强硬拉着他，用筷子夹一点抹进他嘴里，他呷吧一下，味道很美，甜咸适中，香味醇厚。自那以后，他便喜欢上了臭豆腐。长大以后，每次进城，有钱了总要买回一包；钱少时，买上三五块，也要过过瘾。

孙子盛正在自斟自饮，这时听到小芳在门口说："'舌头'叔，快进来！"

"新房盖好了？我来看看。"

孙子盛听说"舌头"来了，急忙起身迎出屋外，毕竟是酒友。"舌头"后面跟着孙虎。孙虎手里掂一纸包。孙子盛开玩笑地说："你看，你俩来，还带东西干啥？"

孙虎走上前来，将纸包递向孙子盛说："刚才见嫂子买酒，我怕你没菜，就买了半斤猪头肉，刚出锅的。"

"'舌头'叔，你咋得闲啦？"孙子盛说。

"舌头"说："我闻到酒香啦！"

孙子盛笑着说："真是馋猫鼻子尖！"他将孙虎带来的纸包递给小芳说，"去切切。"

小芳接过猪头肉走进厨房，不一会儿，一碟油光光香喷喷的酱猪头肉便端了上来。

孙虎夹了一点臭豆腐放进嘴里，一边品呷一边夸："真香！真香！"

"舌头"抿口酒说："你知道不，当年这可是贡品。"

孙虎说："瞎说！没见过上供用臭豆腐的。"

孙子盛笑笑说："贡品不是敬神上供的，是给皇帝老子进贡的。"

"舌头"说："这里还有一个故事，听说过吗？"

孙虎说："没有。你讲讲。"

"舌头"又抿了一下酒说道，"据说乾隆年间，咱青峰寺住着一位得道高僧，法名德宏，年方八十有九。德宏法师十岁出家，一生精研佛法，上知天文，下知地理，能前算八百年，后算八百载，还精通相面术。一日，青峰寺来一游客，上穿一黑缎子马褂，外穿一青布长袍，体格不胖不瘦，双目炯炯有神。那游客进得大殿，既不上香也没跪拜，双目浏览一下殿内佛像之后，便径直走到德宏法师跟前，双手合十，点头示礼。德宏法师睁目一看，顿时双目圆睁，起身施礼。双手合十道：'敢问施主有何见教？'那香客说：'听说法师学识渊博，可否为我测一字？'德宏法师急忙搬来一木椅，让那香客坐下：'请问测何字？'那香客掂起法师面前的毛笔在那砚台上蘸了蘸，犹豫一下，在一张黄表纸上写下一个字。你当是何字？"

孙虎摇摇头说："你不说我哪里知道？"

"舌头"又抿一口酒接着说道："那香客只画了一横。他推到德宏法师面前。德宏法师细瞧那一横，起笔自然，行笔自如，落笔苍劲。德宏法师望了一眼那香客的脸，露出了微笑。那香客说：'请法师赐教！'德宏法师连忙站起，双手合十，又微微一躬，说道：'岂敢？岂敢？'那香客说：'但说无妨。'德宏法师也提笔在另一张黄表纸上也画了一横。那香客不解地问：'法师何意？'德宏法师说：'小僧这个"一"，就是对你那个"一"的解释。'那香客笑了，然后说：'请大师明示。'德宏法师说：'"一"为数字之最也。'那香客还要听德宏法师讲下去，德宏法师却双手合十，口中说道，'阿弥陀佛，小寺之大幸也！'那香客微笑了，心中已明白德宏法师已测出真意，便赞道：'大师活佛也！'德宏法师双手合十，站起身微微一躬，说道：'小僧识薄法浅。'转身对一小僧说道，'快备斋饭！'那香客说：'那就叨扰了！'德宏法师说：'如不嫌弃，请到斋房用茶。'你知这游客是谁？他就是当朝皇帝，乾隆。"孙子盛和孙虎大为惊奇。

孙虎说："他画个'一'，他也画个'一'，这是啥说法？"

"舌头"说："德宏法师不说了一句吗？'一'为数字之最也，就是'一'为最大。"

孙子盛不解地说："不对，应该是'九'最大。"

"舌头"说："你与你哥谁先出生的？"

孙子盛说："当然是我哥。"

"舌头"说："排在第一的是老大，越往后越小。当朝皇帝，天下第一人。"

孙虎说："那德宏法师咋不明说？"

"舌头"说："乾隆皇帝南巡私访，路过咱青峰镇，那可是天大的秘密。如果泄露了秘密，乾隆皇帝身份暴露了，出了事，德宏法师十个头也不够杀的。所以德宏法师虽然猜透了香客的秘密，但岂敢明说？这就叫点到为止，彼此明了即可。"

孙虎说："那皇帝真能在青峰寺吃饭？"

"舌头"说："乾隆看德宏法师是大智之人，得道高僧，就真留下吃了顿斋饭。"

孙子盛说："那乾隆爷能吃得下斋饭吗？"

"舌头"说："你还别说，这顿饭还真吃出一道名菜。"

孙虎说："啥名菜？野蘑菇炖山鸡？红烧大青河甲鱼？"

孙子盛打断了孙虎的话："净瞎说！信佛的人吃斋不吃荤。"

孙虎自觉失言，拍了下头说："对对！我忘了。"

"舌头"说："德宏法师准备了四道菜，金钩拌银条、油炸黄金砖、青龙戏白浪、万花向太阳。"

孙虎说："那金砖、银条能吃动吗？"

"舌头"又抿一口酒说："菜上齐，乾隆皇帝指着那色彩鲜艳、香气袭人的四道菜说：'这都是什么菜？'德宏法师指着第一道菜说：'这是金钩拌银条。'乾隆说：'这黄豆芽就是金钩了，那这银条是什么？'德宏法师说：'这银条其实就是绿豆芽，掐了头去了尾。'乾隆皇帝脸呈不悦之色。德宏法师忙解释说：'所以掐头去尾，意思是客人的福寿无头无尾，为万寿无疆之意。这是这一带对贵客祝福的菜。'这时乾隆脸上浮现一丝微笑。他又指着那青白分明的一道菜问：'这是何菜？'德宏大师说：'这叫青龙戏白浪。'这白浪是纯鸡蛋清制作的蛋松，上边的青龙是一根青笋，也就是咱大青山产的鲜竹笋。乾隆夸道：'这刀法真好，看这龙鳞，栩栩如生。'他又指着那盘金黄的方块说，'这是何菜？'德宏法师说：'这叫油炸黄金砖。其实这是一道地方名吃"张家臭豆腐"，闻着臭，吃着香，风味独特。'乾隆急忙夹了一点放到口中，一品咂，忙赞道：'美味美味！'德宏法师指着最后那道菜说：'这道菜叫万花向太阳。''怎么说呢？'皇上问。德宏法师说：'你看，这周围是一圈花菜，中间是一鹅蛋黄，这叫万花向太阳。'乾隆问：'这怎么是万花？'德宏法师说：'这花菜，你看，是由万千个小花朵组成，所以叫万花。'经这一解释，乾隆皇帝非常高兴，吉祥而又有寓意。而乾隆最喜欢的一道菜还是'张家臭豆腐'，风味独特，味美醇厚。乾隆皇帝吃过饭后欣然命笔，为德宏法师留下一幅墨宝，两个字'弘德'。德宏法师非常高兴，后来就让人刻于石上，悬于寺院大门正中。所以这寺院后来改名为'弘德寺'。因咱青峰镇人祖祖辈辈叫惯了，所以还叫它'青峰寺'。"

孙子盛说："'舌头'叔快成说书的了。"

"舌头"说："嘿！你别说，我还真想去学说书呢。"

"酒能乱性"，这话一点也不假。孙子盛与孙虎和"舌头"喝完那坛高粱老烧，已有九成醉意。"酒壮人胆"，孙子盛送走"舌头"和孙虎，摇摇晃晃径直去了清风楼。孙子盛脾性自小养成，好胜又倔强，只有人怕他，没有他怕人的份。他自小与青山、青河多次打架，虽屡屡吃亏，但他不怯不惧不认输。上次他要搬进清风楼，被沈青河弄了个"屌支锅"（方言。难看、难堪的意思），他感到下不来台，一腔怒气至今仍然憋在心里。他来到清风楼，两脚踹开两扇门，又将"青峰镇农会"的牌子拽下来，又扔到地上，再踩上两脚。"叭叭"的响声传到后院。沈青河正在帮沈灵芝在锄头上刮高粱粒。那时高粱米粒尚嫩，不能揉搓，只能用擀面杖敲下来或在锄头上刮下来，之后再去糠下锅。

沈青河听到响声急忙跑过来，一看孙子盛正用一凳子要砸窗户。青河厉声喝道："孙子盛你干啥？"孙子盛斜视青河一眼："干啥？你管不着！这是我家的，我想咋着咋着！"青河上前夺下孙子盛手中的凳子："我就要管！"说着，二人扭打在一起。

孙子盛本来就不是青河的对手，他又喝了酒，三拧两推，孙子盛便被青河撂倒在地。沈灵芝听到吵嚷声匆忙赶来，喝住青河又扶起孙子盛，见孙子盛鼻子流了血，沈灵芝急忙为孙子盛擦鼻血。

孙子盛一见鼻子流了血，顿时怒火中烧，从腰后掏出那把手枪，就要开枪，灵芝急忙去夺孙子盛的手枪，这时枪响了，子弹打中了青河的上臂。青河像斗红了眼的公鸡，猛地一脚踢在了孙子盛的肚子上。

孙子盛又要开枪，被沈灵芝死死地抓住了手腕。她急喊道："快走青河！"这时几个街坊也一齐涌进来，拉走了沈青河。

刘天福听到枪声也急忙跑来，见孙子盛手里还拿着枪，惊讶地问："子盛，你从哪儿弄的枪？"

孙子盛站起来后，酒已经醒了许多，见自己还拿着那枪，他有点后悔和害怕，便急忙把枪插到腰后说："我拾的。"说完扬长而去，头也没回。

孙子盛回到家已完全清醒了，这时他才感觉事情闹大了，他居然开枪打伤了民兵连连长，他琢磨沈青河不会善罢甘休，更令他不安的是他的枪暴露了。农会和游击队若知道是日本人给他的枪，这个汉奸的帽子扣在头上他摘也摘不掉了，并随时都有被游击队打死的危险。这时他有点后悔，不该喝这么多酒，不该到清风楼逞能，更不该暴露日本人给他的枪。他朝自己的脸打了一巴掌，然后又坐下来，冷静地想了一会儿，起身就往外走。

刚到大门口，他爹孙龙跃走了进来："子盛，从哪儿弄的枪？不是日本人给你的吧？"

"我拾的。"孙子盛不耐烦地回答。孙龙跃说："我咋没拾着？不是日本人给你的吧？"他知道上次子盛拿黄三的枪玩了几天，后来又被黄三要了回去。

知子莫若父，孙龙跃这几天心里就直嘀咕，这孩子修房子从哪儿能弄那么多钱？他感觉那钱来路不正。偷的？子盛不是小偷小摸那种人，况且，这时候谁家有这么多钱？抢的？没发现他与土匪黑三有勾结。这段时间，子盛也没进山，只去了趟县城。这时，一个令他不安的想法突然涌上心头，那钱莫非是黄三给他的？也不像。黄三是什么人，好东西只会往自己兜里装，哪会那么慷慨大方，给子盛这么多钱。只有一条原因，是日本人给他的。莫非这小子当了汉奸？孙龙跃的担心还没说出口，就听说刚才子盛用枪打伤了民兵连连长沈青河。

他心里一下明白了，他最害怕的事情还是发生了，他断定子盛这小子与日本人有了来往，于是他匆匆赶来想找子盛问个明白，也想说说子盛，家仇是家仇，说啥也不能当汉奸。

子盛正要出门就被孙龙跃拦下了。孙龙跃说："你把枪给我！""给你？你要枪干啥？"子盛说。

"咱把枪交给农会，再到沈家赔个不是，就把事了了。"

可孙子盛不同意，说："我不交！"说着转身走了出去。孙龙跃再叫"子盛，子盛"，孙子盛头也不回地走出了大门，到前院找到孙虎、孙豹说："你们两个记住，谁要是问我的枪从哪儿弄的，你们就说是那次日本人来咱镇打那一仗，我拾的，千万别说是日本人给我的。记住了？"

他们二人一齐说："这事情烂到肚里也不能说，你放心！"孙子盛安排完，便迈开大步走出了青峰镇。

第 63 章　偷　袭

孙子盛来到县城县衙找黄三。

他来到老县衙大门外，只见四辆大汽车一溜停在大门西旁。以前这个日军中队只有两辆车，今儿个又增加两辆，看来是日本人调集了兵马。这又是要打哪儿？孙子盛来到那两扇黑漆大门前，两个站岗的警察一见是孙子盛，急忙说："孙镇长来啦？快进去吧！黄局长在办公室呢。"孙子盛进了大门，只见东跨院里一片忙碌。日本兵有的在杀猪，有的在宰羊，两口大锅里正冒着腾腾热气。孙子盛知道，东跨院是日本兵营房，西跨院是警察局驻地。几个警察站在那棵银杏树下你一句我一句地发牢骚："唉！娘的！打仗了，让我们走前面，可吃肉没我们的份。今儿这一仗，不知谁能回来，临了再吃不上一顿肉，真叫冤枉！""走！咱和黄局长说说去。总得弄顿好的吃！"

孙子盛走进黄三办公室还没说话，那几个警察就随着涌进了门。"局长，今儿得给弟兄们改善改善生活吧？"黄三见孙子盛走了进来，没说话，用手示意孙子盛坐下，勤务兵急忙给孙子盛倒上一碗开水。此时黄三心里也不是滋味，出征打仗了，是该犒劳一下弟兄们，可抢来的猪牛羊都送进了日本兵营，他们警察局这边连一只鸡也没有。这一仗不知能有几个弟兄活着回来，日本兵吃肉喝酒，可他的弟兄只能吃饭喝汤，他心里也过意不去，他没回答那几个警察的话，也没和孙子盛说话，他在屋里来回踱步。踱了几个来回，他站住了，心里有了主意。他对那几个警察说："走！跟我走！"说着他走出门去，后边跟着那几个木着脸的警察。

黄三带着他的手下到东跨院的日本兵营，只见遍地都是杀猪杀羊留下的血污，猪头、牛头、羊头和下水胡乱地被扔在地上，三口大铁锅分别煮着牛肉、猪肉和羊肉，院中弥漫着阵阵肉香。黄三对那几个警察说："把这些弄走。""咱们就吃这个？"黄三心里也有不平，听那警察一说，他眼一瞪："咋的？还嫌孬？"那几个警察只好一边不情愿地拾掇下水，一边小声嘟哝着："咱连日本人的狗都不如！"黄三气得照那警察的屁股上踢了一脚："再动摇军心，老子毙了你!"

几个警察将那些牛羊猪的下水和猪头羊头弄到西院,炊事班的几个人急忙清洗熛毛拾掇了起来。

孙子盛问黄三:"表叔,门外咋又多了两辆汽车?"黄三说:"从外县调来的。""这又要打哪儿?"孙子盛问。

"去青峰镇,这次要把共产党游击队统统消灭。" "可游击队都进了大青山。"

"我们自有办法。"黄三一边说一边擦他的手枪。

不一会儿,勤务兵用黄瓦盆端来了一盆冒着热气的肉,那是两个羊头、一挂猪肚和一个牛舌头。黄三说:"吃吧!一会儿就出发。"

他们二人刚把羊头啃到一半,突然东跨院里响起几声哨响。日本兵开始集合了。

黄三听到哨声,又在羊头上啃了一口,扔下羊头,大声喊道:"集合!"

院里的警察们正在抱着那油乎乎的羊头、猪肠、牛肠大吃大嚼,个个满脸油腻。他们像没听到黄局长的命令一般,继续贪婪地啃着吃着。

黄三又喊道:"马上集合!"他见他的部下仍在啃着吃着,没人去站队集合,气得一脚踢翻了一个盛着肠肚的大盆,这时警察们才扔下手中的食物一边抹着油乎乎的嘴一边列队。黄三见有几个人没带枪,生气地骂道:"浑蛋!枪呢?"那几个没带枪的警察这才如梦初醒,匆匆忙忙回屋拿枪。

按照日军中队长龟田的部署,黄三带着他的警察队作为先头部队提前离开县城,跑步前进,直扑青峰镇。日军乘坐四辆汽车随后出发。孙子盛跟着黄三一口气跑了十多里,累得汗水湿透了衣裤,喉咙里像塞了一团棉花一样喘不上气来。他说:"表叔,我跑不动了!您先走吧!"黄三说:"不行!一起走。"又跑了二里路,孙子盛终于支撑不住了,腿抬不动,气也喘不上来,他一屁股坐在了地上。他长这么大也没受过这样的累,农活他从来没干过,有大领、二鞭。别说急行军,他跑步也没跑过,有什么当紧事儿,他就叫孙虎、孙豹去干。就连进趟县城,他也是不紧不慢地走,累了歇一歇,渴了喝点水,饿了打打尖。

一口气跑十多里,这是他有生以来第一次。黄三带着队伍一边跑一边喊着:"子盛,快点!"可这次喊了几声也没听到回答,他停了下来。他让队伍稍事休息,又喊了几声,还是没听到回答。黄三叫身边的两个警察:"你俩回去看看,孙会长咋没跟上?"那两个警察应声往回走。不一会儿,那两个警察回来说:"报告局长,孙会长走不动了。他让我们先走。"黄三说:"不行!你俩去把他背回来!"一个小个子警察说:"局长,你看我这身体,咋能背动他?"黄三说:

"浑蛋！这是命令！难道让我去背？"那两个警察不情愿地走了过去。不一会儿，小个子警察"吭哧吭哧"地背着孙子盛步履蹒跚地走来，那高个子警察跟在后面。黄三说："等下让他背！"小个子放下孙子盛，一下子坐在地上。黄三说："起来！出发！"这时，日军乘坐的四辆卡车，晃晃悠悠开了过来。

坐在驾驶室的龟田中队长从车内探出头来催促道："你们的，快快地行军！"

那个大个子警察一边弓下腰让孙子盛趴在他背上，一边不满地嘟哝着："他们吃肉，叫我们吃下水，他们坐车，叫我们跑着，真倒霉！"黄三听了骂道："浑蛋，胡说什么？你以为你是皇军？"这时龟田发现有人背着人走路，很慢。他问道："怎么回事？"黄三说："报告太君，孙会长跑不动了。"龟田说："来，让他上车。"那大个子警察一边扶孙子盛上车，一边说："谢谢太君！"孙子盛也急忙说："谢谢太君！"

半夜时分，日伪军来到离青峰镇五六里地的地方，龟田命令部队停下，稍事休息后，他说："不走大路，悄悄进镇。"日军下了车与黄三的部下离开大路，钻进了两边的青纱帐。这时，夜空没了星月，飘起了丝丝细雨，宇宙间一片"沙沙"声响。

自孙子盛打了青河一枪离开清风楼后，沈少松和刘天福马上叫来农会的几个人在清风楼开了个会，他们从孙子盛重新翻盖房屋和他的那把手枪分析出，孙子盛可能与日本鬼子有勾结，他们察觉到了问题的严重和复杂。他们经研究决定，一是派两个民兵暗中跟踪观察孙子盛的动向；二是加强警戒，防止日伪军突袭。

下午，那两个盯梢孙子盛的民兵回到清风楼说："孙子盛回到家，去找了孙虎、孙豹，然后就走了。"沈少松问："去哪儿了？"那两个民兵说："出镇子向北走了。"少松说："看来孙子盛与日本人有了勾结。"毕竟，这时候，人们见了日本人躲还来不及，谁还会去县城闲逛。

沈少松对刘天福说："农会的同志现在去分头通知，让老百姓做好准备，随时准备撤离。放哨的民兵再加派两组，有情况及时放信号。"可他们等了一夜也没见日伪军来青峰镇。做早饭时，那两个负责盯梢孙子盛的民兵来到清风楼，告诉沈少松说："孙子盛晚上没有回来。"

少松思索着说："看来要下大雨了！"

一个民兵向外望望天说："天晴得很，下不了雨。"

刘天福说："他说的不是这个意思，是日本鬼子要来了。"

"啊？你是说鬼子还要来青峰镇？"那个民兵诧异地问。

"对，你俩去找青河，加强岗哨，千万别粗心，粗心会误大事！"少松对民兵说。

那两个民兵领命走了。少松说："让咱农会的人分片，一家一家地通知，有粮食的藏好，牛和羊先牵到镇外庄稼地里藏起来。咱农会的家属，积极分子家属和游击队员家属天黑前都要撤出镇子。"

刘天福说："那孙家呢？"

少松思忖一下说："也通知他。天黑前务必带着两个孩子撤出镇子。"

刘天福说："今天白天鬼子不会来吧？"

沈少松想了想，摇摇头说："我估计鬼子白天不会来。他们知道咱们防守很严，进不了青峰镇，人就跑光了。"尽管已经立了秋，太阳一出来，天还是很热，日头像个秋老虎，将那光和热毒毒地笼罩着大地。人们各自干着各自的农活，操持着营生。一天下来没事，安安静静地过去了。傍晚，一阵乌云从西边大青山飘过来，随后，便有一阵淅淅沥沥的秋雨落下来，天地间增添了许多凉意。根据农会的安排，有牛有羊的家庭便由男人们牵着、赶着、拉着牛羊走出镇子，走进了青纱帐。

沈少松和沈青河都去忙他们的事了。沈灵芝找了两件蓑衣分别披在凤仪和雷生身上，她自己只戴了斗笠，天一黑，三人便离开家，越过清风楼前的那座石桥，钻进了河南岸的高粱地，那高粱地里有棵老榆树，有合抱粗。老榆树的根部有粗根突出地面，一家人就倚着树，坐在那突出地面的粗根上。灵芝怕孙子着凉，将雷生搂进怀里。茂密的树冠像把巨伞为他们挡着雨。天地间一片漆黑，一片死寂，只有雨打青纱帐的"沙沙"声。

谁也想不到那场雨会带来一场灾难。不到半夜，有些人就耐不住雨淋和秋寒，又不见镇中有什么动静，便悄悄地回了家。

民兵的第一道岗哨设在镇北一里多路的一个山冈上，山冈有一米多高，山冈上有农民搭建的用来看护庄稼的草棚。八个民兵分四班轮流站岗放哨，白天两班，晚上两班，一旦遇到情况他们就点燃特制的汽号。这天，第一道岗哨的下半夜是榆根和谷子两个民兵值哨。他们二人手持红缨枪站在棚下，不停地向四周瞭望。天上没有星星，也没有月亮，只有"沙沙"的雨声，南北大道上漆黑一片，连鬼火也没有。

黄三的警察和日本兵没走大道，只钻高粱地，那"沙沙"的雨声淹没了他们碰撞高粱秆发出的声响。榆根和谷子没有发现异常动静。日伪军过了第一道岗就逼近了镇子。第二道岗设在镇子外的大路旁，这原是一个小土地庙。两个民兵站在屋檐下避雨。当一片黑黑的东西来到他们跟前时，他们才发觉情况不对，一个民兵擦火要点燃汽号报警，这时一声枪响，那民兵便倒在了地上。另一个民兵急忙一边高喊："鬼子来了!"一边朝镇里跑。听到枪声的其他岗哨也同时点燃了汽号,汽号的火光划破了漆黑的夜空。清风楼上的钟声也骤然响起。龟田和黄三见此情景,知道已经暴露目标,立即命令日伪军包围镇子。

青峰镇的老百姓屡经战乱,跑反成了他们的家常便饭,他们睡觉从不脱光衣服,大多和衣而睡,粮袋放在身边,只要清风楼的钟声一响,他们便会一骨碌爬起,抱起孩子,夹起粮袋,冲出镇子,跑进青纱帐。

孙子盛暗中指引日伪军首先冲进清风楼和沈家大院,但没见着一人。他又带路来到刘天福家门前:"这是农会副会长刘天福的家。"十几个日伪军一拥而入,可搜遍了旮旯缝道,也没见到刘天福和他的家人。当孙子盛又带路来到孙二喜家门前时,正赶上孙二喜要出门。也许孙二喜命该如此,他在高粱地蹲到后半夜,突然想到他那只正下蛋的老母鸡,平时油盐酱醋全指望那只老母鸡,不能让鬼子抓走了。他急忙回到家,点上灯,去抓那只蹲在窗台上的老母鸡,可一把没抓住,那鸡跑了,他就满院追着抓它,刚抓到那鸡,他就听到清风楼钟声响起。他手掐着那只老母鸡刚要出门,日伪军便堵住了他的大门。这时他看到孙子盛站在面前,他明白了,是孙子盛带鬼子来抓他的。几把明晃晃的刺刀对着他的胸口,他知道自己跑不掉了,就一边退一边骂道:"孙子盛,你这个孬种!你当汉奸……"孙子盛掏出手枪"叭"的一声,子弹钻进了孙二喜的胸膛,孙二喜张着嘴却再也骂不出声,然后慢慢倒下了。那只鸡从孙二喜松开的手中惊叫着飞跑了。黄三说:"你怎么打死他了?留着他还有用。"孙子盛悄声对黄三说:"留着他,镇上的人就都会知道我投靠了日本人。"

日伪军挨家挨户进行搜查。到天明的时候,他们抓了十多个老人。这些老人都是没跑的,他们觉得自己又不是共产党,也不是游击队,年龄大了,日伪军抓他们也没用。

天一亮,鸟雀们便又聚集在那老棵槐树上唱歌、跳舞、亮翅,那是它们的舞台,是它们的天地。此时,日伪军也开始向老槐树下集合。鸟雀们似有灵性,顿时噤了声,接着便纷纷飞去。

日伪军集合完毕,各自报号点名之后,龟田站在队伍前叽里呱啦讲了一通,翻译黄体明说:"龟田中队长说,我们要乘胜追击,进山'剿灭'共产党游击队。"他对那些被抓来的老人们说,"你们要好好听话,给皇军好好带路。谁不听话,就地枪毙。"

他们出发了。老人们像被狼群围赶着的一群羊,走在队伍的前边,后边是黑狗队和黄狗队。

躲在高粱地的沈少松和刘天福他们看到日伪军押着十多个老百姓出了镇向

西走，刘天福说："看来他们要进山'围剿'游击队。"沈少松对身边的青河说："你赶快进山，通知游击队做好准备，告诉他们这次鬼子多，还有机关枪，千万别硬拼。"刘天福说："青河伤还没好，我去吧！"青河说："不！还是我去吧！"说着便弓着腰向大青山的方向跑去。

晚上刚下了场雨，路上满是水汪和泥泞。老人们在前边步履蹒跚，时不时有人滑倒，又被伪军们用枪托打起。一进山一爬坡，他们走得更慢了，一个个气喘吁吁，东倒西歪。龟田有点不耐烦，抬枪将两个坐在地上直喘粗气的老人打死。其余的人一见日本鬼子杀人了，便拼命地往山上爬，唯恐落后了就挨上一枪。

爬到山顶，那十多个老人个个筋疲力尽，汗水湿透了衣衫。

日伪军也个个气喘如牛。龟田命令队伍稍事休息一会儿，又继续向山里挺进。来到苍龙镇时已是日头过午时分。龟田一边命令日伪军分散包围苍龙镇，一边督促那十多个老百姓在前边带路进入镇子。

街镇上空无一人，只有两只瘦狗在溜达。

龟田站在镇中心的十字路口，哈哈大笑："土八路，胆小鬼！"他话音刚落，镇子外围便响起了零乱的枪声。

王石头接到沈青河的消息，马上让游击队员分散通知老百姓撤出镇子，又部署游击队员分散在镇子周围的乱石后或灌木丛中，准备伏击日伪军。他们看到日伪军分散包围了苍龙镇，躲在日伪军背后的游击队员便悄悄地向他们各自瞄准的目标开了火，几乎一枪一个，弹无虚发。由于日伪军是分散的，游击队员打倒一个，便立即抢了枪又躲藏起来。

当龟田发现被反包围之后，立即集合队伍出镇迎击游击队。苍龙镇周围草深林密，山石嶙峋。日伪军进大青山"围剿"游击队，似一群海龟进山抓狐狸，根本见不到游击队的影子，还不时地被狐狸咬一口尾巴或撕掉一块肉。当他们转回身时，却不见狐狸的踪影。东响一枪，西响一枪，当日伪军追过去时，见到的只是一具尸体，枪却不见了。

那零零星星的枪声响了两个时辰后，大青山复归于寂静。此时日头已经西坠树梢。黄三对龟田说："太君，天快黑了，我们不能住在苍龙镇。"龟田心里明白，日伪军不熟悉这里的地理环境，一旦入夜，这里又是游击队的天下，若在苍龙镇过夜，只有挨打的份，于是他命令身边的司号员吹响集合号。待日伪军集合好队伍，一点名却发现少了二十六名日军和三十八名伪军。

龟田见此情景，恼羞成怒，他问黄三："孙会长在哪里？"

黄三说："孙会长没来。"

龟田气愤地骂道:"八嘎!良心大大地坏了!"

黄三圆场道:"这也不怨孙会长,是土八路太狡猾!"

龟田怒问黄三:"你的,八嘎!"随之一挥手,日伪军便扔下那十多个青峰镇的老人,匆匆踏上了归程。

夜幕渐渐降临,山岚夜雾像一张偌大的黑网悄悄地遮掩了山石树木。山风在树林中呼啸着,像鬼哭,像狼嚎。日伪军皆有草木皆兵之感,他们唯恐遭到游击队的伏击,于是他们仓皇向山外撤离。

终于,他们走出了大青山,一路平安,没有遇到伏击和骚扰。疲惫至极的日伪军一到山下的平原地带,一个个像泄了气的皮球,没等龟田"原地休息"的命令落音,他们就纷纷倒在了地上。

雨过天晴,夜空中繁星满天。龟田也已疲惫不堪,两条又粗又短的腿直哆嗦,他一步也不想再走了。这时他后悔进山时没把汽车开到山下,于是他命令道:"快!汽车开过来!"几个日本兵艰难地从地上爬起来要去镇北开汽车,突然路边的青纱帐里传来一阵窸窣声,日伪军一个个如惊弓之鸟,一下子全坐了起来,端起了手中的枪。

"叭"的一声枪响之后,枪声四起。子弹"嗖嗖"地从路两边的青纱帐里射出来。日伪军立即趴在地上向路两侧青纱帐还击。"嗒嗒嗒",日军的机枪子弹把路边的高粱打断一片。打了一阵没见还击,日伪军停止了射击,大地复归一片寂静。

黄三说:"太君,可能是民兵,不会是游击队,他们还在山上。"

龟田静听了一下四周的动静,一片死寂,于是他命令队伍出发。黄三喊道:"弟兄们,咱们进青峰镇吃饭!"日伪军得到片刻休息之后,疲惫之感减轻了许多,可他们都提心吊胆,唯恐游击队赶在他们之前下了山。他们一个个爬起来,端着枪,弓着腰,小心翼翼地向前走。先头部队尚未进镇,突然队伍中间"轰轰"几声巨响,几个日军腾空飞起。

王石头带领游击队在苍龙镇打了个反包围之后,消灭了五六十个日伪军,捡回了五六十条枪。这些枪立即分发给了没枪的游击队员。他决定立即下山,埋伏在青峰镇周围,一是不能让日伪军进镇再祸害百姓,二是趁日伪军疲惫之时再打个伏击。游击队抄小路下到山下,刚埋下几颗土地雷,日伪军便下了山。

这时黄三惊慌失措地来到龟田面前:"太君,刚才孙会长赶来报告,说游击队已提前下了山。咱们不能进镇,镇中恐有埋伏。"

"孙会长在哪里?"龟田急忙问。

黄三回答道:"他报告了情况就走了。"

　　龟田本想见到孙子盛再问问镇中的详细情况，可孙子盛已经走了，他气愤地骂道："八嘎！"于是他改变了想在青峰镇吃饭的主意，立即命令，"不进青峰镇，绕道镇北，汽车的干活！"接着对黄三说，"你的，带路！"

　　日伪军在黄三的带领下，向北抄小路绕过镇子，奔向镇北的南北大道。

　　王石头带领游击队下山与沈少松和民兵连会合之后，他说："不能让鬼子进镇，进了镇就会糟蹋老百姓。"于是他们兵分两路，十几个人在镇西的路上埋上地雷，等鬼子一来就拉响地雷，让他们不敢进镇；另一路去镇北，先烧掉鬼子的汽车，然后埋伏在庄稼地里，再打一个伏击战。

　　黄三久经沙场，狡猾得如狐狸，走了不远，他就让他的警察们快速前进，而他却缩在后边。日伪军刚从庄稼地中钻出来，踏上那条南北大道，埋伏在路边青纱帐里的游击队员和民兵们便拉响了地雷。日伪军急忙卧倒并向两边青纱帐开火，密集的子弹在高粱地中"嗖嗖"乱飞，除部分高粱被拦腰打断外，趴在地上的游击队员们毫发无伤，而游击队员的冷枪却让日伪军时不时有人倒下。

　　龟田觉得不能恋战，他立即命令："快速撤退！"可埋伏在路两侧的游击队却紧紧咬住不放，零星的冷枪使日伪军时不时有人倒地毙命。此时龟田和黄三只盼着快快找到他们的汽车，好乘车快速撤离这里，甩掉游击队的围追。日伪军更是迫不及待，他们忘记了饥饿和疲惫，拼命地向北跑，可等他们跑到汽车跟前，只见那四辆汽车正在熊熊燃烧。埋伏在周围庄稼地里的游击队借着火光瞄准敌人，一枪一个。

　　龟田见此情景，恼羞成怒，立即命令日伪军卧倒向青纱帐还击。机关枪"嗒嗒嗒"地响起来，高粱秆纷纷被打断，空气中弥漫着硝烟味和断了的高粱秆散发的青甜味。他们狂射了许久，龟田细听只有他们自己的枪声，而没有还击之声，才命令停止射击。大地一片寂静，游击队早撤走了。

　　几仗下来，日伪军死伤九十余人。一百多条枪"送"给了游击队。他们再也不敢轻易出城。日本人明白了一个道理，正规军不可怕，阵地战也不可怕，他们有精良的武器装备，他们怕的是共产党游击队。那无边无际的青纱帐像个大海，那崎岖逶迤的大青山像个迷宫，抓共产党游击队就像大海捞针一样，像森林捉狐似的，而共产党游击队却像海中的梭鱼，像森林中的狐狸，撕咬一口就走，当鬼子回过头来，却连游击队的影子也见不到。

第64章 查 证

孙二喜的死成了青峰镇人议论的主要话题。一个孤苦伶仃的人，一个连石碾都轧不出个屁的老实人，一个一生只会掏死力干活、被狗咬了也不敢打一棍的懦弱的人，谁会杀了他？是日本人？是黄三？也不可能，龟田和黄三都是当官的，要杀一个人还需要亲自动手？一声令下多少人够那些恶魔杀的？人们在议论中分析，在分析中议论，最后议论的焦点都集中在孙子盛身上，因为在为孙二喜收尸时，刘天福在孙二喜的尸体旁找到了一个弹壳，那弹壳是手枪子弹的。只有龟田、黄三和孙子盛有手枪，若不是龟田和黄三，那就只有孙子盛。青峰镇人自古信奉一句古训："拿贼拿赃，捉奸捉双。"人命关天的事，不能只凭猜测和怀疑。

沈少松和刘天福将人们的议论和推测报告了县委。

郝书记说："孙二喜同志是我们农会的干部，不能白死。我们要为二喜同志报仇，但我们不能以猜测下定论，尤其是孙子盛，他是孙子昌同志的亲弟弟。我们要细致地调查，想方设法拿到证据。如果孙子盛杀害了二喜同志，说明他已经投靠了日本人，我们决不姑息，一定会除掉他，但一定要有真凭实据。"

派去监视孙子盛的两个民兵说，除了鬼子来那天没见孙子盛，这几天都没啥异常。正在沈少松他们一筹莫展的时候，突然镇上流传出一个说法，说孙二喜就是孙子盛打死的。无风不起浪。沈少松和刘天福商量，决定去追查这个传言。农会的几个人分头到街坊邻居家拉家常，顺藤摸瓜追寻这传言的来源。第三天，在农会人员的碰头会上，许琳娘说找到了，这传言是刘根媳妇苦莲说的。沈少松说："你去找苦莲问问，看她是听谁说的。"

刘天福说："还是我去吧！毕竟我们都属于刘家。"刘天福找到苦莲时，苦莲却矢口否认，她说自己没说这话。刘天福知道，苦莲是怕事儿，怕得罪孙家。刘天福在刘家也是场面人，虽不是族长，但很有威望。

苦莲的丈夫叫刘根，是刘天福刚出五属的侄子。刘根家很穷，自小死了爹娘，刘天福平时没少接济他家。组建大青山游击队时，刘天福让刘根跟王石头进了大青山。

刘天福说："侄媳妇，我知道你不敢说，怕得罪人。可你知道不，孙二喜是农会的人，也是孙家人，如果是孙子盛干的，他连他们孙家人都敢杀，下一个可能就是咱们。我是农会副会长，你是游击队家属，这个汉奸要是不揪出来，说不定哪天他就会带着鬼子找咱们的事。"

刚开始，苦莲低头不语，这时听了刘天福的话，心里想通了，是的，他连他孙家的长辈都杀，何况咱家呢？苦莲终于开口了："天福叔，俺忘不了你对俺家的恩情，刘根常跟我说你帮衬俺家的事。"虽然刘天福想立即知道真相，但他还是耐着性子听下去，待苦莲说完心里的感恩话之后，她放慢了语速说，"我要是说了，你可别说是我说的。"刘天福点点头："放心吧！我知道轻重。"

于是苦莲说出了事情的原委。苦莲的娘家在镇东北张店。她有个娘弟叫张羊，自小好吃懒做，长大后染上了赌博的恶习，输了钱，他就去偷。因为偷，爹娘曾打过他很多次，苦莲也曾对弟弟张羊说过绝情话："再不改，就别进俺家的门！"可恶习都难改，那天夜里，他摸进了青峰镇，进了几家都没人，撬门锁进到屋里，连碗粮食也没找到，更别说猪羊了，于是他就豁着胆子挨门串。孙二喜的房子临街，张羊想，临街的人家大多有生意，没钱也得有点粮食或猪羊之类的。他撬开一扇门进去后，又将那扇门装上。刚进到屋里，正在摸索可偷的东西时，突然他听见大门开了。他急忙蹿上梁头，趴在上面躲了起来。他看见那人点上了油灯，在灯光里他认出了那是孙二喜。二喜伸手去抓窗台上卧着的鸡，那鸡一下子飞了起来。孙二喜就东一头西一头地扑那鸡。孙二喜刚抓住了那鸡，门外一下子涌进许多人，有穿黄衣服的日本鬼子，有穿黑衣服的假鬼子，还有一个人没穿制服，手里掂着一把盒子枪，他认出来了，那是孙子盛。这时张羊吓得尿湿了裤子，但他一动也不敢动。他看到双手抱着老母鸡的孙二喜骂道："子盛，你这个孬种……"下半句还没骂出来，只见孙子盛抬手一枪，孙二喜慢慢倒下了，那鸡也飞了。

苦莲说："前天，我回娘家去看俺娘，俺娘病了。我听俺兄弟亲口对我说的。"

刘天福点点头，站了起来。

苦莲也站起来，嘱咐道："叔，你可千万别说是我说的。"

刘天福说："你放心吧！"临走时又转身对苦莲说，"咱是游击队家属，可得警醒着点！"

第65章 情 殇

孙子盛投靠日本人当了汉奸并杀害了农会干部孙二喜的事情，令沈少松和刘天福感到十分震惊，便派交通员赵武立即进大青山向郝书记汇报。郝书记当即表示，坚决除掉这个汉奸，以免使我们的组织再遭受更大的损失。临走时，郝书记又对赵武说："在行动前要设法把孙子盛的枪弄过来，免得行动时出危险。"

赵武回来向少松和刘天福转达了县委决定和郝书记的指示。沈少松说："把孙子盛的枪弄过来，这可是件难事！"

青河说："这事儿交给我吧！"

"你可别瞎逞能！"少松看了一眼青河，说道。

刘天福说："后天孙虎结婚，孙子盛肯定会去帮忙，这倒是个机会。"

嫁鸡随鸡，嫁狗随狗，女人一旦拜了天地，那就是水泼在了地上，纸扔进了火堆。徐小芳嫁进了孙家，尽管真正占据她心灵的是沈青河，但她依然还得天天给孙子盛做饭刷锅洗衣裳。

既然命运如此安排，小芳也就认了。可人毕竟是人，人与动物的区别在于对异性占有的排他性。孙子盛虽娶了小芳，但对小芳过去与沈青河的交往总是耿耿于怀。世上有些人就是这样，自己会干出不光彩的事儿，总以为别人也会如此。孙子盛整天怀疑猜测小芳与沈青河有过什么不洁行为，怀疑小芳心中还有沈青河。他像防贼一样防着小芳，平时说话阴阳怪气指桑骂槐不说，只要听说或见到小芳与沈青河接触，哪怕见面说上几句话，回到家轻则再三追问，重则巴掌扇到小芳脸上。刚开始小芳还辩解，可是越辩解孙子盛越不信。后来，不管孙子盛如何旁敲侧击指桑骂槐，小芳总是沉默不语不解不辩。小芳心中的苦楚难以言说难以发泄无处倾诉，只能打掉牙往肚里咽，整天暗自落泪。幸好公公孙龙跃和婆婆杏花待她还好，小芳过门后，公婆待她如闺女一般。小两口生气打架，公婆总是训斥儿子护着小芳。虽已分锅吃饭，各住一院，但鸡下了蛋或做了些什么改样饭菜，婆婆总是给小芳送些。小芳对公婆的疼爱虽心知肚明，但人生最大的悲哀莫过于心死。小芳已对孙子盛心死了，没有爱没有情的生活如同羊肉锅里没有盐，只有腥膻没有鲜香。即使二人做爱只有疼痛而没有快乐，小芳的肚子仍在不知不觉中胀紧了衣服，婆婆杏花非常高兴，常来看小芳，还不时送些生瓜、梨枣、小鲜虾，小芳很感谢婆婆。只有这时，小芳的脸上才能露出一丝久违的笑意。肚子越大，小芳的脸就越是蜡黄消瘦。开始婆婆杏花以为女人怀孕都这样，没太在意。后来偶然她发现小芳洗内衣时上面有红色，杏花问小芳怎么回事。小芳说隔三岔五都会有一次。杏花的心一下沉了下来，过来的女人有经验，她怀疑小芳不是怀孕，尤其是小芳的消瘦不是怀孕那样。杏花回去告诉了丈夫孙龙跃，孙龙跃急忙找来个老中医为小芳把脉。老中医把脉许久，走出屋来对杏花两口子说："不是怀孕，是气血不畅，那是一个疙瘩。"杏花闻听头皮一炸，女人肚里有疙瘩，就是长块（就是肚子里产生的硬疙瘩，以前医学不发达，没有肿瘤的概念，就说是长块），这可不是小病。杏花眼含着泪再三央求先生想办法救救儿媳妇，她今年才20岁啊！先生没说话，随孙龙跃回到后宅，那老中医沉默许久说："此病难医。常说隔皮不望瓢，虽从脉象上能摸出一些病况，但不知是否伤及膏肓。既然孙先生一再央求，那我就开一服药试试。丑话说在前头，治好是你家的福气，治不好别赖先生！"说着提笔写下一处方。"这服药主要是化瘀活血，理气通络。想化掉那'块'，单靠这草药还不行，还有一味主药，就是蛇，无毒蛇效果差，毒蛇效果虽好，但食用毒蛇风险极大，弄不好会出人命。这药用不用在您，用啥蛇也在您，出了什么事您也别找我。"先生说完站起就要走，孙龙跃拿出钱要给先生，先生摆摆手拒绝了，又摇了摇头。孙龙跃从先生的表情中看出了无奈和绝望。

孙龙跃让杏花叫来了亲家徐石匠，商议如何给小芳治病的事儿。徐石匠一听，泪水便夺眶而出，长叹一声又哀叹了一句："我苦命的孩子啊！"待徐石匠镇定了情绪，孙龙跃说："亲家，你看咱治还是不治？"徐石匠说："我就这一个闺女，能看着她死？治！不治没一点希望，有一线希望也得治！"孙龙跃说："那就治。可是亲家，咱话先说开，要是有啥意外，你可别怪我！"徐石匠流着泪沉默了许久，长叹一声说："唉！这都是气的。我哪辈子造的孽啊！"说完就起身走出门去。

孙子盛知道了小芳不是怀孕，肚里也不是沈青河的种，疑虑的心情缓解了许多，内心也有了些愧疚，只好设法给小芳治病。几服药吃下，又炖了三条蛇，小芳的病情仍不见好转。孙子盛心想，重病还需要猛药治。用毒蛇，治好就治好了，治不好，自己还算年轻，趁早再娶一个，总比长期养个病秧子强。可毒蛇谁敢去抓，弄不好会有危险。这时他想到一个人，就是沈青河。青河自小不怕蛇，有时抓了蛇拿着玩，敢让蛇在胳膊上缠几圈。孙子盛想给小芳治病是一方面，更重要的是他心里还有一个阴谋，如果沈青河被蛇咬了，那就是对沈青河的一个报复；如果小芳中毒死了，那沈家就欠下孙家一条人命。主意拿定，孙子盛就让爹找沈青河，说明了来龙去脉，又央求沈青河务必帮这个忙。沈青河生来就是个直筒子脾气，遇事不会深思熟虑，更不会老谋深算。一听说治小芳的病必须用毒蛇，心中出于对小芳的那份情感，又见孙龙跃发自内心的央求，就一口答应下来。有山有水的地方蛇多，尤其是人迹罕至的坟地，蛇多在那里做窝。沈青河在大青河边遛了一上午也没见到蛇，他又来到大青山下的那片坟地，他发现有一条长着黑花红花的蛇正在一棵柏树上掏鸟窝。他手持一根棍棒就静静在树下等待。当那蛇从树上下来时，他一棒打在那蛇的脖颈处，那蛇就掉在了地上。那一棒把蛇的骨头打断了，肉也打碎了，他看那蛇一死，就掂着尾巴送到了孙家。小芳知道了沈青河为给她治病冒着生命危险给她捉了一条蛇，刚开始让她吃毒蛇她还害怕，现在她不害怕了，她知道那蛇所饱含的情意。她已经几天都是躺着，从没坐起来过。这时她坐了起来，自己端着碗，吃下了半碗蛇肉，又喝尽了碗里的汤。夜里小芳感到腹痛难忍，接着开始腹泻，拉下了半盆黑血和烂肉就昏了过去。孙龙跃急忙又请来了那位老中医，老先生把脉良久，又看了小芳拉下的血污说："这拉下的是那病块。看来是对症了。可孩子脉象太弱，能不能闯过这一关，就看她的造化了。"

小芳昏迷了三天三夜，第四天才醒来。杏花按照老先生的嘱咐，杀了只老母鸡给小芳炖了，吃了两天。杏花又到集市上买了大青河里的小鱼小虾，炖了鱼汤给小芳喝。十来天过去，小芳便能坐起来了，摸摸肚里的那"块"也没有了。小芳心里非常感激沈青河。可她从来不说出口，说出口的就是对公婆的感谢。

小芳能下床走路的那天，孙子盛一早起床去了县城，一天未归，夜里也没回家，天明了才回来。小芳问他去哪儿了，孙子盛说和城里的朋友在一起吃饭，喝醉了。小芳不相信，喝醉了酒，咋能天明就回到了家，能走一夜？小芳见子盛的表情疲惫，面又阴沉，就没再往下问。以后的几天里，孙子盛窝在家不出门，小芳则常到街上走走。这时，她常见街坊邻居们三三两两地在议论什么，她去了，人们便停止了议论或散开了。她感到很奇怪，她也预感到那议论可能与孙家有关，或者关乎孙子盛，不然人们不会避讳她。

第66章 惊 恐

不做亏心事，不怕鬼敲门。当孙子盛扣动扳机将子弹射入孙二喜胸膛的时候，他有一种快感，他报复了这个曾经牛马不如的老光棍，叫你斗我爹，叫你分我家的地，叫你占我家的房。可当他看到孙二喜双目瞪圆指着他的时候，他害怕了，他知道自己背负了一条人命。后来鬼子进山时，他没带路也没跟随，他害怕了，心虚了，他怕被人发现他当了汉奸，于是他溜了。回家以后，他越想越害怕，孙二喜那瞪圆的双眼，那指着他的手，那慢慢倒下去的情形，总是浮现在他的脑海里。这时在他内心深处产生一种令他心惊肉跳的恐惧，这事儿一旦被农会的人知道，共产党游击队一定不会放过他。

他心里怕极了，有一点风吹草动他都心惊肉跳，夜里风吹门响他会立马起身把枪抓在手里。

孙子盛似惊弓之鸟的反常举动及几天来的闭门不出和忧心忡忡，徐小芳都看在了眼里，联想到街坊邻居的窃窃私语和对她的避讳，小芳怀疑孙子盛可能干了什么不该干的坏事。是什么事儿？她突然想到了孙二喜的死，难道是子盛干的？从街上风言风语的议论中她知道打死二喜的是手枪，子盛有把手枪，还有三十发子弹，以前子盛不在家时她偷偷查过。她想验证一下是不是子盛干的，可她不敢当面询问孙子盛，这时她想查查子盛的枪和子弹，可是孙子盛就是不出门。

事有凑巧，孙虎结婚那天，她想趁孙子盛出去喝喜酒，验证一下枪和子弹。昨夜虎子待对子客子盛都没去。

早晨起来洗过脸，她对孙子盛说："虎子结婚，你该去帮帮忙！咱有啥事儿虎子都跑前跑后。你要是不去，对不起人。"

青峰镇有这样一个老传统，不管谁家有了红白之事，亲近的人都去帮忙，街坊邻居也都去喝喜酒或奠祭烧纸。规矩不能坏，人情不能违。

孙子盛只好走出家门去给孙虎帮忙。出了大门，他又回过头对小芳说："你别出去！看好家！"

小芳说："我知道了，你去吧！"

小芳转身进了屋，她从枕下摸出那把手枪，用鼻子闻了闻那枪口，没有火药味，她知道子盛已经把枪擦过了。就是日本人来的那天早上，孙子盛回到家就去擦那枪。小芳当民兵时摆弄过枪，有点常识。她又拉开床头柜上的抽屉，打开那个包子弹的布包，包中只有二十三颗子弹。她又摸索许久卸下了弹匣，弹匣内装着五颗子弹，原来的三十颗子弹少了两颗。小芳惊呆了，在清风楼他向青河开了一枪，应该剩二十九颗子弹，这里只有二十八颗，看来孙二喜的死确实与子盛有关。人命关天啊！他怎么能打死一个孤苦伶仃的老人，况且还是孙家人？小芳心里有一种说不清的滋味。她一下坐在床沿上，泪水不由得流了下来。她伤心，她后悔，她害怕，她不知道还会发生什么事，她不知道自己该怎么办。当然，小芳最担心的是青河的安全。这两个人是对头，说不定哪一天子盛还会对青河开枪。这枪是个隐患，她想把枪扔进粪坑里，可子盛找不到枪一定不会罢休，该咋处置这枪，她不知所措。

"小芳！"冷不防的一声叫，声音虽不高却像一声霹雳在耳边炸响。她一激灵打了个冷战，随后清醒过来，面前站着一个人，他是沈青河。

"青河哥，你咋进来了？"小芳一边匆忙地收起那枪和子弹一边问。

"你没关大门。"沈青河看着小芳在用那块布包子弹，他说："别包了。给我吧！"

小芳急忙将枪和子弹塞到屁股下，一边急摇头一边说："不不！那样子盛会杀了我的。"青河不好意思勉强小芳，他也担心子盛会对小芳怎么样，于是他转身走出里间。小芳急忙将枪和子弹塞到枕头下面，就在这时光影一暗，孙子盛走进了屋，见到沈青河在屋里，一股火直冲脑门，两眼瞬间瞪得圆圆的，但他克制了自己的冲动。他瞪了沈青河一眼，冲进里间。小芳被惊呆了，坐在床上没动，她看着孙子盛去枕下摸枪，看着沈青河走出门去。

子盛摸摸枪还在，情绪缓了许多："沈青河来干啥？"声音里充满了疑惑和担心。

小芳说："他来找你。"

"找我？找我干啥？"小芳想编个瞎话，可怎么也想不出个周全的理由，只好说道："找你想借点钱。""啪！"子盛一巴掌打在小芳脸上，"胡说！他会找我借钱？"

小芳只好硬着头皮说："就是找你借钱。"

子盛又一巴掌打在小芳脸上："臭不要脸的，是找你办那事吧！"说着一边打一边骂，"我知道你俩的事，叫你不要脸！叫你不要脸！"

小芳一边护着自己的头脸一边辩解道："我和沈青河啥事儿也没有！你打吧！你打吧！"她站起来，怒视孙子盛，没有了往日的胆怯和懦弱。

这时孙子盛停下了手，怒视着双眼说："没那事儿？说给鬼，鬼都不信。没那事儿他会为你冒着生命危险逮毒蛇？"

小芳也恼了，说："那是哪个龟孙求的人家？"这时孙豹在门外一边喊一边走了进来："子盛哥！子盛哥！开桌了！虎子哥让你去敬一圈酒。"

子盛还在气头上："我不敬！"孙豹进了屋："你是咱孙家的门面人，你不去敬酒谁去敬？"孙子盛转头怒视一眼小芳，才跟孙豹走了出去。

小芳一屁股坐到地上大哭起来。哭了许久，她站了起来，拾掇几件衣服包在一个小布包里走出门去。刚走出大门几步，犹豫了一下，又返回屋，将枪里子弹全部卸下，与其他子弹包在一起，塞进包里走出大门，反身上了锁，向着娘家走去。娘家是女人的避风港。

孙子盛是孙家的脸面人物，又当过镇长，眼下又是维持会会长，喜宴上敬酒当然得他出面。青峰镇的规矩，给客人敬酒，敬酒人必先饮三杯，孙子盛本来酒量就不大，加上刚才回家碰上沈青河心里还窝着气。

心里不痛快就容易醉，一圈酒敬下来，孙子盛感觉头晕目眩、头重脚轻，但他心里清楚，不能在人家喜宴上出洋相，于是就匆忙往家赶。脚下高高低低磕磕绊绊加快了酒在肚里的威力，到家便有十分醉意，虽眼花身晃，但头脑没乱，进到里间先往枕下摸了一把，枪还在，他便放心地一头栽倒在床上呼呼睡去。待到醒来，他起身洗把脸，头脑清醒了许多，这时才想起小芳，他喊了两声小芳，没人应声，才又想起上午之事。小芳肯定又回她娘家了。女人就是这样，一生气就回娘家。他想起上午沈青河在他家之事，猜测嫉妒之火又陡然充满胸膛。走吧！我就不去叫你，看你有何脸面再回这个家！于是他又倒头睡下。也许睡瘾已过，这时他怎么也睡不着。他又想起打死孙二喜之事，常说做贼心虚，几天以来他一直担心害怕，怕被农会的人和游击队发现他的秘密，更害怕被活埋，有一点动静他都会心里一悸。突然，他听到"扑啦"一声，他一激灵坐了起来，抓枪在手，接着他听到一声公鸡啼鸣。那"扑啦"声是鸡叫发出的。他没了睡意，于是穿衣起床，走出屋门向周围瞅了瞅，没见什么异常。他关上门，还是不安心，他犹豫一下，最后走到墙根的那棵槐树下，"噌噌"几下爬上了槐树。

为了除掉杀害农会干部孙二喜的这个汉奸，郝书记和王石头亲自下了山，并带了十个身手利索的游击队员。定更时分，他们来到沈家，沈少松告诉郝书记和王石头说："枪没弄过来，孙子盛那小子很机警，但他今天喝了不少酒，也许是个机会。"刘天福说:"他手里有枪,会不会有危险?"郝书记思索一下说:"夜长梦多,镇上人都已经传开了,一旦有人告诉了他,他一跑就再也不好抓了。"王石头说:"按原计划,今天就下手。"沈青河说:"我也去。"郝书记说:"你别去了,你没有枪。"青河说:"他家的情况我熟悉。"沈少松思索一下,说:"让他去吧,他熟悉情况。"郝书记说:"那好吧!"随即从腰中掏出他的手枪递给了沈青河。

鸡叫二遍,王石头和沈青河带领十个游击队员悄悄来到孙子盛家大门外,青河上前推了推那黑漆大门,那门纹丝不动,说明里面用什么东西顶死了。青河悄声对身边的人说:"可别伤了小芳。"青河和王石头来到大门南旁的墙下,他按了一下王石头的肩膀,王石头明白了青河的意思,他蹲下身,让青河踩到他的肩膀上之后又站了起来,青河扒住墙顶,一纵身上了墙头,又纵身跳进院中,他从里边打开大门,王石头和游击队员一拥而入,他们一下撞开堂屋门,十几杆枪一齐对准了屋里各个地方。青河和两个游击队员冲进里间,枪口对准了床上:"不许动!"随着一声喝令,有人擦着了火柴,床上是空的。他们搜遍了床底和橱柜,搜遍了屋里的旮旯缝道,不见孙子盛的影子,也没见徐小芳。

孙子盛自从脑子一热向沈青河开了一枪,他就后悔了,害怕了。尽管他一再解释那枪是他捡的,可他还是害怕游击队和农会的人知道他投靠了日本人的底细。那天晚上他开枪打死孙二喜也是出于生气和无奈,他仇恨孙二喜,一个穷光蛋,一个连他家的猪狗都不如的长工竟斗争他爹,还斗争到了他家的房屋和土地,更重要的是,孙二喜看到了他领着日本人进镇烧杀的情景,不打死孙二喜就会完全暴露他投靠日本当汉奸的秘密。打死孙二喜之后,他更害怕了,尤其是这几天镇上人的窃窃私语和见了他就散开的情形,他更觉得情况不妙。他曾想过离开家,可到哪里去?去县里,那不是声明自己真当了汉奸吗?于是他就猫在家里不出门,晚上睡觉,前半夜在屋里,待小芳睡着了,他就爬到院中那棵大槐树上去睡。那棵槐树在西墙根长着,枝叶茂盛,下小雨都不露。小时候上树掏鸟窝,曾弄断一根树枝,如今那断枝长得碗口粗,隐在茂密的枝叶丛中,骑在那断枝上背靠着树干如坐在太师椅上。后半夜困瘾来了,他迷迷糊糊刚睡着,"吱"的一声惊醒了他,那是大门开启的声音,他一下子清醒了。他轻轻拨开身边的枝叶向下一看,有十多个人影冲进院子。坏了!一定是共产党游击队发现了他的秘密来抓他的。他从腰间抽出手枪,握在手中,可他不敢出声,他知道寡不敌众。待那些人影冲进屋内,他麻利地从树上滑下来,落在墙头上,纵身跳出墙外,如狸猫一般消失在夜幕里。

第67章 办 学

　　青峰镇是青山县共产党的根据地，沈家是共产党的堡垒户，县委书记老郝常来青峰镇，大多吃住在沈家。那是一个秋月高悬的夜晚，沈少松和郝书记与王石头一边就着开水吃杂面、窝头、辣椒，一边商量事。郝书记说："青峰镇要办一所学校，将来赶走了日本鬼子，国家建设需要有文化的人。"少松说："我早就有这个想法了，是该办一所学堂。"老郝说："咱们办学校，要办公学，要让镇上所有的孩子都能进学堂读书。"王石头说："办学校太好了，我就吃了没文化的亏。在部队时，我们团长要我给他当文书，可是我没读过书。我要是读过书，恐怕现在也能弄个营长干干。清风楼是个好地方，这里能办所学校，我啥时候来了也能跟着认几个字。"老郝摇摇头："清风楼是个好地方，但也是最乱的地方，逢集逢会，乱糟糟的，孩子读书心不静。再说，一有战乱，首先受影响的就是清风楼。"王石头问少松："原来那所学校，就是你祖上盖的那学堂，现在还能用吗？""那几间屋早坏了，门窗毁了，屋顶漏了，也没人修。上次鬼子的一个炮弹落在了那房上，全炸塌了。"王石头说："我想起一个好地方。"郝书记问："哪里？"王石头说："青峰寺。不知道青灯师父愿不愿意。那是佛门圣地。"少松说："咱找青灯师父说说？"

　　第二天沈少松、刘天福、郝书记和王石头他们四人来到青峰寺，跟青灯师父一说，青灯师父一口应承下来。寺里有闲房，如办个学校，青灯师父的生活也就不再孤寂，青灯师父是很乐意的。

　　他们几个将寺内房屋看了一遍，最后决定将学堂设在西厢房。

　　开学那天，青峰寺非常热闹。家长们扛着桌子，掂着凳子，带着孩子，陆陆续续踏上那布满青苔的石阶，走进那座古老的寺院。早到的家长们把桌凳搬进教室，一排一排地摆放整齐，把孩子们安置在座位上，站在孩子身边等待开学。

　　沈灵芝牵着孙子雷生的手，凤仪搬个小木凳，沈青河扛着个小椅床，那是给雷生当桌子用的。那椅床原是一个靠背椅，靠背和扶手让日本鬼子摔断了，青河就把那断了的靠背、扶手锯下来，就成了小方桌。学堂里桌椅快放满了，青河就把那小方桌放在后排，又接过凤仪手中的小木凳放在方桌后边，让雷生坐下来。

沈少松和刘天福也来了，他们带来的是杜满仓的女儿杜鹃。

他们二人把杜鹃的桌凳与雷生的并排放在一起。杜鹃坐下时，对雷生微微一笑，那笑里包含着友好和亲近。雷生也咧嘴笑笑，算是回应，他心里充满着温情，毕竟吃过她母亲的奶。

最后走进学堂的是孙龙跃，他看着屋内已摆满了桌凳，就把带来的长条桌放在了最前边中间的位置。几个家长议论纷纷，有人说："晚来的应该放后边！"孙龙跃说："后边没地方了。"这时沈少松走进来，大声说："大家别吵了！就放这儿吧！"少松的话很有威信，大家都不吱声了。刘天福把孙玉梅和孙尚进领进屋说："就坐这儿吧！"孙玉梅和孙尚进怯生生地将自己的小板凳放在桌子后边，向屋内扫视一眼，慢慢坐下来。

青峰镇办了公学，这是破天荒的大喜事。家长们一个个脸上堆满了微笑。县委书记老郝来了，游击队的王石头来了，他们不停地笑着与大家打招呼、互相问候。

青灯师父满面笑容地忙里忙外，他将烧好的一锅开水一碗一碗盛了出来摆放在学堂门外的青条石板上。那石板用两个青石礅支着，原是供香客们休息用的。青灯师父一边盛茶水一边笑容可掬地说："咱青峰寺好多年没这么热闹了。大家喝茶！"

沈少松看人到得差不多了，就对郝书记说："郝书记，开始吗？"郝书记说："好，开始！"沈少松吆喝学堂里的学生和家长都到庭院来。庭院里站满了人。这时沈少松、郝书记、王石头和刘天福相继登上大殿前的石阶。沈少松向大家挥下手说："乡亲们，大家静静。现在咱青峰镇小学正式开学啦！"青河在寺门外点燃了一挂鞭炮。"噼里啪啦"的鞭炮声停息之后，沈少松说："下面请郝书记讲话。"

郝书记咳了一声，清了下嗓子，接着用他那唱大鼓的沙哑嗓音讲道："各位乡亲，咱闲话不说，言归正传。"在场的人都笑了，老郝一张口还是像说书一样。"今天是个大好的日子，是咱青峰镇学校开学的日子，也是咱穷苦人在文化上翻身的日子。几千年的封建社会，咱穷人的孩子想读书，可读不起，一辈又一辈都是睁眼瞎。让孩子进学堂读书，那只是一个梦。如今，这梦变成了现实，大家说这是不是大好事？"

"好！好！""感谢共产党！感谢郝书记！"大家都说出了肺腑之言。

"感谢我就不必要了,感谢共产党是应该的,是共产党领导大家翻了身,是共产党让我们办起了学校。我们的孩子进了学堂,学了文化,将来都是国家的栋梁之材。推翻封建制度需要有文化的人,要赶走日本帝国主义也需要有文化的人,将来建设新中国更需要有文化的人。大家说办学校好不好?"

大家异口同声地回答:"好!好!"

老郝说:"学校办起来了,可是需要先生,没有先生,谁来教我们的孩子?今天,我们请来了一位先生,他就是闻名我们大青山的老秀才赵先生。"

这时青灯师父从大殿里请出一个人来,他面庞清瘦,胡须花白,戴一黑框眼镜。他走到台阶前,面对大家行了深深一躬。

郝书记说:"赵先生大家都认识,他原是咱青峰镇私塾的先生。赵先生学识渊博,精通'四书五经',不仅德高望重,而且教学有方。现在请赵先生讲话。"他带头鼓起了掌。寺院内立即响起一片掌声。

赵先生向前一步,一手摘下头上那顶油乎乎的瓜皮帽,向大家深深一躬,说道:"赵某不才,承蒙郝先生和青峰镇父老抬爱,又来青峰镇施教。遥想当年,赵某在青峰镇受到众位乡亲多方关照,在此深表谢意!"说着又深深鞠了一躬。"赵某虽才疏学浅,但对'四书五经'也算略知一二。今日,大家把孩子交与鄙人,赵某定当尽绵薄之力,竭尽所能,教好学生。今世事混乱,日寇犯我中华,置百姓于水火。为挽救我中华之危局,我会殚精竭虑,倾其所有,育我华夏子孙。鄙人有小诗一首奉予各位,望不吝赐教。"

又来青峰感愈深,
遥想当年泪满襟。
农人汗滴禾下土,
学堂读书有几人?
几番凄风苦雨后,
艳阳一缕万木春。
喜得华夏开新宇,
愿以膏血荐黎民。

老郝一边叫好,一边带头鼓起掌来。

这时孙龙跃挤到赵先生面前,双手紧紧握住赵先生那如柴的双手:"先生您还记得我吗?"

赵先生抽出一只手扶了扶那老花镜,定睛看看孙龙跃,欣喜地说:"噢!孙龙跃，怎会不记得？当年因为背错书，我还打过你呢！记得记得。噢？你还有个弟弟孙龙腾，他眼下过得怎样？"

孙龙跃长叹一声："唉！早过世了。他自己不好好学，没少惹先生生气。"

赵先生说："哪里哪里！他……"

孙龙跃说："自小不爱读书，长大了也不好好生活，吃喝嫖赌抽，五毒俱全，前几年饿死了。"

赵先生长叹一声："当年没少挨戒尺板子。想来惭愧，都是老夫我没教好。"

孙龙跃说："哪能怨先生呢？都是他自作自受！"

青灯师父双手捧一碗水递给赵先生。赵先生接过碗微微一躬："谢谢！"

赵先生教书还是老办法，老内容。先教背《三字经》《百家姓》《千字文》。先生念一句，学生跟着学一句，拖着长腔，摇头晃脑。先生教书分三个阶段。先背诵，后开讲，再写字。背书阶段，叫念书歌子，像唱歌一样，押韵合辙，可不知是什么意思。背书阶段，雷生、杜鹃、孙玉梅背得最快，先生常表扬他们仨。而孙尚进总是记不住，背得颠三倒四，先生常用戒尺板打他的手心，可是打也记不住。先生累了，就让雷生一句一句地教他，可他对雷生不服气，他不学。不学就更不会，先生打他，他就把仇记在雷生身上，认为是雷生在先生面前说了他的坏话。放学后，他就纠集几个常挨打的孩子，在回家途中找雷生的碴儿，雷生不怕他们，就跟他们打。有时雷生把十个指甲剪成尖的，打不过他们就抓，抓他们的手，抓他们的脸。孙玉梅制止不了弟弟孙尚进，有时就和杜鹃一起等着雷生，与雷生一起走。雷生对她俩很是感激。

第 68 章　沮　丧

黄三走出龟田中队长的办公室，心里像塞了一肚子麦糠似的。

刚吃过早饭，老家来了一个人，是他旁门的叔叔，叫黄秋生。黄秋生是黄三爹的堂兄弟。黄三几年没回家了，见了这个叔叔他差点认不出。秋生比黄三大三四岁，在他的印象中，秋生叔还是个小伙子，而今站在他面前的却是一个头发蓬乱、胡须乱糟糟的老头。当他从秋生面部细微处辨认出来时，秋生甩下一句话就转身走出门去："你爹病了，你娘让你回去。"他离开老家十多年了，可没一个远亲近邻来找过他。他很想跟秋生叔拉家常，问问家里和村里的事儿，可他还没叫一声秋生叔，秋生就转身走出门，一脸的不屑和鄙视。他撵出门两步，想问问爹病成啥样了，可黄秋生头也没回，没容他说一句话就走远了。

一听说爹病了，黄三心中涌起一股歉疚和悲悔之情。自他闹出人命离开家已快十年了，其间他只回了一次家，最后还仓皇潜逃，连一个馒头也没给爹娘买。一晃又六七年没回过家。他当土匪时，他不敢回家；当兵时，不能回家；当了局长，又没时间回家；跟着日本人干，又不敢回家。他感觉自己对父母亏欠太多。爹病了，他得回家看看爹，于是他走进东院，敲开了龟田的门。龟田正一脸怒气地来回踱步。当他提出要回老家看爹时，龟田说："不行！"他还想申诉一下，只见龟田一脸怒气地对他吼道："前线吃紧，给养缺乏，你的，粮征不来，回什么家？出去！"龟田的眼里喷着火，黄三本想再说些什么，但怕龟田又骂他，便走了出去。

黄三回到办公室，心里烦躁至极，他一巴掌打掉桌子上的一只碗，然后把自己的屁股狠狠地摔在椅子上。

黄体明把他领进城时，他心里很得意，原以为日本人占领了大半个中国，将来就是日本人当家做主了，日本人待他也不错，又让他当了警察局局长，他就投靠了日本人。老百姓骂他是汉奸，他不以为耻，他说："人生在世，草木一秋。日本人给我饭吃给我衣穿，我咋不能听日本人的？你有本事供我吃穿，我叫你爹。"日军中队长龟田拍着他的肩膀夸他几句："大大的良民！大日本帝国的朋友!"他受宠若惊。当兵打游击队,他一马当先;下乡征粮,他身先士卒。他整天想着有一天能成为日本人,到日本去住,娶个日本女人当媳妇,享受一下日本人的生活。那段时间,他生活在甜蜜的美梦里。

可日子不长,黄三便知道,在日本人嘴巴底下接露水喝也不是那么容易。打仗时,日本人让他带领兄弟们在前边,挨枪子挨地雷的首先是他和他的兄弟们,可待遇上,他们连后娘养的也不如,更别说给他们发饷了,连他们抢来的猪羊和粮食,也得先送到日本兵营。他们像一群可怜的狗,只能捡些日本人不吃或吃剩下的猪头和羊下水。一年多来,他的三百来个兄弟死伤了大半,再招兵也招不来,谁家的孩子也不愿跟他当汉奸,落万世骂名。他的势力也越来越小,干不成什么事儿,常被龟田"八嘎八嘎"地骂得他抬不起头,现在连日本兵也敢骂他这个局长。"我这算啥差事!"黄三沮丧到了极点,一肚子火没处发泄,只能发泄到他这伙倒霉兄弟身上,他的手下们看跟黄三捞不到什么好处,还落个汉奸的骂名,于是隔三岔五就有人开小差,黄三一气之下枪毙了两个逃兵,这才算震住他们。

黄三一夜没睡好,心里烦躁,辗转反侧。天明了,他刚入睡,勤务兵敲开了他的门。他正要发火,勤务兵说:"团长,老太爷过世了。"

"什么老太爷?"

"你爹。"

"谁说的?"

"昨天来的那个人。"

"人呢?"

"在大门口撂下一句话就走了。"

"这个黄秋生……"他想狠狠地骂人,可话到嘴边又停住了,黄秋生毕竟是他爹的堂兄弟,亲堂兄弟。

他一边穿衣服,一边到东院敲开龟田的门。龟田听说黄团长父亲已去世,只好准了他的假。

黄三回到老家,只见院里冷冷清清,只有老娘守在爹的尸体旁。以往村上死了人,全村人都去帮忙,轰轰烈烈,热热闹闹,办丧事根本用不着家人操心。可此时连来个说句安慰话的都没有,他感觉自己掉进了冰窟窿。

娘说:"三啊!你去挨家挨户地磕头请乡亲们吧!要不然没人来帮忙抬棺,你总不能自个儿把你爹背出去吧。"

黄三没办法,只好听娘的话,挨家去磕头,请求乡邻帮忙,可他到谁家都不给开门,他想磕头也没人搭理。他走到村街,人们望见他的影子就急忙躲开了。娘说："三啊！这官你别当了。跟日本人干事，伤害咱中国人，这是要遭报应的啊！"

黄三不吱声。停尸三天，没一个乡邻来帮忙。黄三求不着人，感觉丢人又无奈。这时龟田又让人来催他回去。他心里骂了句"娘"，老爹没埋出去就来催，这日本人难道不是爹娘养的？无可奈何之际，黄三只好让勤务兵回去，叫他的部下来帮忙。县里来了十多个贴心的兄弟，才把他爹抬出去埋了。

他从坟地回来，想给娘磕个头，正准备回县城的时候，可想不到老娘却扑通一声跪在他面前，哭着说："三啊！你要是再当汉奸，明天就回来埋娘吧！"

黄三急忙搀起老娘说："娘，我不回去，我干啥去？"

娘说："你要是回去，我就死给你看。"说着就要用头撞墙。黄三急忙拉住娘说："娘，如果我不走，咱今后日子咋过？"

娘说："猪拱着吃，鸡啄着吃，你不当汉奸还能饿死？就是饿死，也不能再干那人不是人鬼不是鬼的差事了。"

一句话说到黄三的痛处，他过的确实是人不是人鬼不是鬼的日子。老娘望着他的脸，等待儿子做出决断，她已下了决心，如果儿子再回县城跟日本鬼子干，她就立即自尽，她下定决心不再这样没皮没脸地活下去。

黄三犹豫再三，终于说："娘，我听您的，不回去了。"他转身对他的十多名部下说，"弟兄们，我不回去了。你们谁愿意回去谁回去，我也不拦着。愿意跟我走的，就跟我走。"

那十多个人一齐说："局长，我们跟你走！""局长，就是跟你去要饭也不要再去当汉奸！""局长，咱有这十多条枪，进山当土匪也饿不死咱。"

夜里，黄三告别老娘，带着十多个弟兄走了，当他们消失在夜幕里，老娘还在扶着门框喊："三啊！可别再去当汉奸！"

第 69 章 惆 怅

青河的婚事成了沈家人的一块心病。在青峰镇，男孩女孩长到 16 岁就可以结婚了。十七八岁尚未成亲的大多是因为穷得揭不开锅或者身体有残疾。如今沈青河已过 20 岁生日，虚岁都 22 了，这确实让沈灵芝和陈凤仪心急如焚。

灵芝在纺花，凤仪在给青河做鞋底，沈青河在擦那杆长枪。一盏黑碗灯照着三人各有所思的脸。屋外，淅淅沥沥的秋雨敲打着院中那棵桐树尚未落尽的黄叶，发出"沙沙沙"的细碎的声响。

"青河啊，你已经 20 了，"灵芝不愿说出"22"这个数字，因为说出"22"就显得儿子年龄太大了，"咱镇上像你这个年纪的，人家都有孩子了，你咋办啊？"

凤仪也急，但她不想在婆婆的火上再浇油。"娘，别急，有那一物就有那一主。我不信青河娶不上媳妇。"凤仪说。

"唉！就怕过了这村就没这店了。"灵芝长叹一声说。

青河一边擦枪一边满不在乎地说："慌啥？娶不上我就上青峰寺当和尚。"

母亲嗔怒地说："慌啥？你多大了？还不慌！你二牛叔 13 岁就娶媳妇了。"

凤仪一边纳鞋底一边说："听说二牛结婚没拜天地？"她想转移话题，免得婆婆再生气。

"可不，结婚那天，一放炮，他就吓跑了，拜天地咋也找不着新郎了。原来他跑河南岸麦地里去了，天黑才回家。夜里我去听新房，咋也不见动静，新娘的红盖头也没揭。鸡叫头遍了，新娘等不及了，就自己揭了蒙头红，一看，你猜咋着？二牛趴在草堆上睡着了。新娘怎么叫他也叫不醒，后来还是你二牛婶子把他抱上床。青河要是十三四岁结婚，这会儿孩子都五六岁了。"灵芝又把话题转移过来了。

青河不说话，只闷头擦枪，心里却是五味杂陈，因为在他心里，怎么也抹不去小芳的影子。

知子莫若母。灵芝知道儿子的心事，他还是没忘记小芳。"青河啊，娘知道你的心，你忘不了小芳，可小芳已经嫁人了。生米已经煮成熟饭，你就算再喜欢她也是没法子的事。事情过去了，就让它过去吧。"

青河轻轻地长出一口气，他不敢也不愿叹出声音来，怕娘和嫂子看出他的心结。他反反复复地擦那杆枪。

"明儿个，你哪儿也别去，让你桃花婶给你介绍一个，柳湾的。那姑娘今年17岁，能织能纺，模样又俊。"

"你听桃花婶的吧，她欺骗不死你。她那嘴，里遮外瞒，有几句实话。"青河不耐烦地说。

青河对桃花的不信任也事出有因。

当年在县城，桃花是数一数二的俊姑娘，没承想她爹因二碗烟土将她卖给赵福。自小在城里长大的桃花不会做农活，打棉杈总是掐去果枝，耪地老是耪掉庄稼苗。患闷气病的赵福很疼爱媳妇，庄稼活全自己揽了下来。桃花不干农活，没事就走东家串西家，闲扯胡拉。偶尔一次，一个邻居说："桃花，你认识的人多，嘴又会说，给俺儿说个媳妇呗。"也凑巧，另一家有个待嫁的姑娘，她从中间一撮合，这媒还真成了。男方感激不尽，请她吃顿酒席，还送她一些小礼。说成几对之后，桃花觉得这营生不错，有吃有喝，还能得些好处。她身上穿的衣服，都是人家答谢她的布匹。这种被人称为积德行善又能得好处的事儿，何乐而不为呢？她慢慢地走上了职业媒婆的道路。

谁知一场耻辱之劫差点没让她随赵福而去。人要脸，树要皮，十几个日本鬼子蹂躏了她之后，她感觉再无脸面活在世上，尤其是在这个被贞节观念笼罩了几千年的古镇上，就是与两个男人发生了那事，都被视为不洁，都会被人不耻。她在院中那棵榆树上吊颈，被人救了下来；她跳青龙潭，又被人捞了出来。还是灵芝把她领回家，宽慰了她三天，她才打消了自尽的念头："桃花啊！别想不开，全镇人都说你桃花不是不知廉耻的人，都同情你，谁都知道，碰到那些该天杀的日本人，搁谁也没法子。"

沈灵芝的理解、关心、同情、安慰，让桃花打消了不能见人的自卑感，又有了生活的勇气。过了一段时间，笼罩心头的乌云散了，她对灵芝心存感激。人都是有感情的动物。她对灵芝有报答的想法，可又无能为力，于是就留心给青河找媳妇，以报灵芝开解之恩，以解自己报答之念。前几天，她走进沈家，对沈灵芝和凤仪说："我想给青河提个媒。"

沈灵芝和凤仪闻听，高兴地问："哪庄的?"

"柳湾的。那闺女长得很俊，还能织能纺。"桃花说，"她爹叫柳老夯，一家都是老实人，就是穷点。"

沈灵芝说:"她家穷怕啥?咱又不是去她家过日子。只要小孩好就中。"

凤仪问:"那闺女今年多大?没啥毛病吧?"

"唉!你们一家人对我这么好,我咋能说个有毛病的?那闺女今年才17岁。"

凤仪高兴地说:"谢谢你为青河操心,说成了,我答谢你这大媒红。"

"说哪里话?您对俺的好俺还报答不完呢!您要愿意,我就去跑一趟。"

"那好!麻烦你了!"灵芝和凤仪异口同声地说。

吃过早饭,桃花又走进沈家:"事说定了,明儿您领着青河先去看看,青河相不中,我再说别的。"

沈灵芝停下纺花,看着儿子青河说道:"青河,明儿我带你去柳湾,看看那闺女长啥样。"

青河有点不耐烦地说:"我不去!"

"去也得去!不去也得去!我还管不了你了?"沈灵芝生气了。

"她的话,我信不过。"青河说。

凤仪问:"你咋信不过?"

青河这时给母亲讲了一件前几天发生的事:

张庄一户人家来请桃花给儿子说亲,还掂了两只鸭子和一块白布。八字没一撇,男方就送来重礼,这是有原因的。男方21岁没说上亲,是因为男孩眼里有个棠梨花,说了许多家女方都没同意,亲事就耽搁了下来,男方家庭很急,就带了重礼来请桃花。桃花收了礼,拍着胸脯说:"放心吧!大侄子的事,我包了!咱孩子个有个,人有人,还能说不上媳妇?"这时她想到了楚庙有一姑娘,今年20岁,至今还没嫁出去,原因是女孩塌鼻梁,说话瓮声瓮气的。桃花没对女方说男方的眼睛,也没对男方说女方的鼻子。他们约定在青峰镇逢会那天先相看一下,相中了再往下说。逢会那天,她安排男方借个眼镜戴上,又安排女孩手拿一束花,放在脸上。二人在会上照了个面,女方认为男孩有风度又文雅,男方认为女孩身材好,又羞答答的很有韵致。双方很满意,很快就过了换帖送束的程序,结婚了。新房中,男孩揭开了红盖头发现女孩是个塌鼻梁,女孩发现男孩左眼有个棠梨花。双方都认为对方骗了自己,吵了一夜,二人这才发现上了媒人的当。天一明,二人就闯进桃花那破院落,怨桃花瞒了对方的缺陷。桃花听完他们二人的埋怨,平心静气地说:"亲是你们自己相的,咋能怨我?我就怕有这一出,才让你们自己相亲。再说了,你们不想想,你们要是没缺陷、没毛病,不早就成家了吗?媒人是杆秤,掂掂两头一般重,这才是媒。"二人想想,觉得桃花的话也有道理,就都走了。

母亲说："桃花不会骗咱，明天咱就去柳湾，看看那姑娘是个塌鼻子还是个棠梨花。"

"我不去！"青河头一扭，掂起那枪走出门去，回了他的西厢房。

其实，青河心里还是放不下小芳，睡在床上，脑海里像翻书一样，一页一页再现着过去与小芳在一起的温馨情景，不知不觉地泪水流了出来。他思念小芳，也恨小芳，恨小芳嫌贫爱富嫁给了孙子盛。他不知小芳嫁给孙子盛的实情，尽管许多人都猜测孙子盛可能是先占有了小芳，可这种事情，谁猜到也不敢说出来，更不敢告诉沈青河。小芳更是不敢说，只能打掉牙往肚里咽，她怕伤害了自己爱的人。徐石匠更不敢说，没脸见人的丑事咋能说出口？蒙在鼓里的沈青河，爱恨交加，当爱割舍不掉的时候，心中的惆怅、犹豫就像一块阴云笼罩在他的心头。

他睡不着，在床上像翻烧饼一样，翻来覆去，脑海里全是小芳的影子。

第70章　惊　梦

　　孙子盛跑了以后，游击队又回到了青峰镇，日本鬼子也没有再来骚扰，日子又恢复了平静，庄稼该收收，地该种种。时光如大青河的水，缓缓地流淌着。

　　而孙龙跃心里却不那么坦然，他的心牵挂着子盛。这孩子去哪儿了？他掐指算算，二十多天了，子盛杳无音信，他担心，他害怕，子盛是不是遇到了不测？他不敢往下想。妻子杏花睡着了，还不停地打着呼噜。那呼噜声让他心烦意乱，他生气地用手拍打了一下被子下的妻子。

　　杏花醒了，迷迷糊糊地嘟哝着："啥时辰了，还不睡？"

　　真是一头猪！你咋能睡得着？孙龙跃想。

　　鸡叫二遍后，孙龙跃感到了困乏，干了一下午农活，浑身都没劲，不知不觉地他进入了梦乡。他做了一个梦，梦见儿子子盛被游击队逮住了，五花大绑，被几个游击队员押到大槐树下。他想去救儿子，可怎么也迈不开步，眼看着几个游击队员把子盛按跪在地上，"叭"的一声枪响，子盛一头栽倒在地上。他"啊"的一声惊醒了。

　　杏花被他的惊叫吓醒了，支棱着坐了起来。她看了一眼丈夫，天已明了，曦光透过窗户照在了丈夫布满汗珠又惊恐的脸上。

　　"咋啦？这是咋啦？"杏花问。

　　孙龙跃出了口气，说："没事儿，做了个梦。"

　　杏花又缩进被窝里睡着了。

　　孙龙跃没了睡意。二十多天了不见踪影，去县城找黄三也不会这么些天不回，去窑子里找"山里红"也不会常住！他越想不出个所以然，越担心害怕。难道子盛真出事了？他伸手拿过烟袋，装上一锅烟丝，点着烟，他一边吐着烟雾，一边前思后想。他想到了子盛的枪，想到了孙二喜的死，想到了子盛盖房子的事。他哪儿来的这么多钱？难道这小子真跟鬼子勾搭上了？常说，没有不透风的墙，子盛要是真当了汉奸，农会和游击队的人肯定会知道。他不敢再往下想了，他怕那梦是真的。

他急忙披上衣裳，走出屋，拉开大门，来到那棵大槐树下。大槐树下静悄悄的，什么也没有。他抬头望望天空，只有满天的星斗，他在茫茫的星海中寻找着。小时候听老人们说，地上一个人，天上一颗星，人没有了，他的星就落了。哪一颗是子盛的？他的星星是落了，还是在天上？这时，他恨自己的知识太少，不懂天文，不知哪颗是儿子的星。他再也无法往好处想，只担心子盛是否让共产党游击队打死了。回到屋里还是睡不着，他望着窗户，望着窗户慢慢变亮，刚听到院中枣树上的第一声鸟叫，他就匆匆起了床。

一夜没睡好，他觉得头晕晕的。他晕晕乎乎来到孙虎家的大门外。院里很静，看来孙虎还没起床。他在大门外踱了几步，他等不及，他想立马（立即的意思）知道子盛的情况，只有孙虎、孙豹知道子盛的底细。他敲响了门，敲了两阵，孙虎总算出来了。"虎子，你子盛哥……"

孙虎揉了揉眼睛，一看是孙龙跃，说："大爷，来屋坐。"

二人来到屋里，孙龙跃还没坐下就问："虎子，你给我说实话，子盛那枪是从哪儿弄的？盖屋子那钱是从哪儿来的？是不是小鬼子给的？你说实话！"

孙虎搬了个板凳让孙龙跃坐下，站在孙龙跃面前不说话。

孙龙跃急了："你说呀！子盛是死是活？"

孙虎抓抓头说："子盛哥不让说。"

孙龙跃急了，站起来照孙虎头上打了一巴掌："说老实话！子盛是不是死了？"

孙虎说："子盛哥是死是活我不知道，我只知道，那枪是龟田给他的，盖房子的钱也是龟田给的。"

"鬼子来镇上那天，子盛干啥去了？"

孙虎说："那天子盛哥去县城了。"

"那鬼子是不是他领来的？"

孙虎摇了摇头说："不知道。"

孙龙跃这时心里有了谱，鬼子给他枪给他钱，他一定得给鬼子办事。那天他去县城一夜未归……他不敢往下想。若这小子真当了汉奸，共产党会不知道吗？游击队知道了会饶了他吗？这时他感觉子盛可能已经死了，一定是游击队把他弄死了。这时他想到近来他听到的许多事：刘店集的刘二高给日本人当探子，大白天就被人勒死在家里；东葛庄葛毛根向日本人报告了葛庄的地下交通员葛四的底细，葛四被日本人活埋的第四天，葛毛根就失踪了。想到这些，孙龙跃头一蒙几乎就要摔倒，孙虎急忙扶住了他："大爷，子盛哥可能没事。他是不是还在县城？"

孙龙跃晕晕乎乎地走出孙虎家，心里翻来覆去重复着一句话：子盛死了！子盛死了！……他一边走一边流泪。来到家门外，他抹去了泪水，这不能让杏花知道，杏花知道了会哭死，她最疼爱这个小儿子。现在还没个准信，不能让她知道。他决定去找，活要见人，死要见尸，毕竟是儿子啊！回到家里，他用手巾包了两个窝头。杏花问："你干啥去？"他说："我到县城办点事。""别办事儿了！你去找找子盛吧。"杏花说。

孙龙跃没回答，径直走出门去。

孙龙跃进了县城，他先去了梨春院，找到老鸨，又找到"山里红"，她们二人都说："孙会长好久没来了。快一个月了！"他又走进老县衙找到警察局，有人说没见他来过。孙龙跃想找表弟黄三问问，他可能知道子盛的情况。一个警察说："你别找了，黄局长早跑了。"孙龙跃大为惊奇。那人说："那次去青峰镇，没抓住一个游击队，还死伤百十个日军和警察，龟田太君很生气，总是骂黄局长。黄局长趁葬埋他爹，一去就没回来，还带走了十多个兄弟。"孙龙跃说："那我去找找龟田。"那人急忙拉住他说："别去！千万别去！那天就是孙会长带他去的青峰镇，龟田太君正恼怒着，他怀疑孙会长通共，故意骗皇军的。你去了，说不准龟田会把你也毙了，你快走吧！"

孙龙跃心惊胆战急急忙忙地离开了县城。一路上他心里像喝了两碗辣椒水，说不出是啥味。鬼子饶不了他，游击队知道了也饶不了他，真是老鼠钻到了风箱里——两头受气。他又气、又恨、又怕，气儿子当汉奸辱没了祖宗，让他也无脸见人；他恨鬼子没人性，给他们出了力，他们还卸磨杀驴；他怕子盛被游击队发现了底细，弄死他。二十多天，活不见人，死不见尸。他想子盛肯定完了，肯定是被游击队弄死了。一路上他脑子只剩下一个念头：子盛死了。儿子，毕竟是自己的亲生儿子，辛辛苦苦拉把（方言。抚养的意思）了二十多年，真就死了吗？可死了也得知道埋在了哪儿啊！他想象着，得把子盛扒出来，埋回老林里，毕竟也20多岁了，是成年人，虽没留下后人，但清明和十月一，老爹老娘也得给他烧张纸。孙龙跃认定儿子已经死了，所以他一边走一边哭，拿的两个馍也忘了吃。

回到青峰镇，天已经黑了，他径直去了清风楼。楼上亮着灯光，他筋疲力尽地登上二楼，农会办公室只有沈少松和王石头在，一进门他想跪下来求沈少松和王石头告诉他把子盛埋在哪儿了，可他腿一软头一晕倒在了地上。沈少松和王石头一见，急忙将他扶起。沈少松说："龙跃哥，咋回事？"孙龙跃泪流满面，抽泣着说："王队长，少松兄弟，怨我养了个不争气的儿子，看在子昌的面子上，请告诉我，你们把子盛埋在哪儿啦？我去给他烧张纸！"

　　沈少松和王石头交换了一下眼色，彼此明白了事情的缘由。他们二人把孙龙跃扶坐在椅子上。沈少松说："龙跃哥，咋回事？"孙龙跃说："您弄死他，是他活该，他不该为日本人办事。可是您把他埋哪儿了？您告诉我吧。"

　　一句话让沈少松和王石头明白了，证明孙子盛真的当了汉奸。王石头说："孙先生，你先别哭，听我说。"

　　孙龙跃擦去眼泪，望着王石头。

　　王石头说："孙子盛虽当了汉奸，但我们没咋着他！"

　　孙龙跃说："没咋着他？那人咋没有了？"孙龙跃不信。

　　王石头说："本想抓住他，好好教育教育他，他毕竟是孙营长的亲弟弟。"孙龙跃不解地说："孙营长？"王石头说："对！就是你的大儿子孙子昌，现在已是我们八路军的营长了。"

　　孙龙跃的痛苦有了些许缓解。

　　王石头接着说："那天晚上我们去抓他，他跑了，没抓着。"

　　"真的？"孙龙跃不相信地问。

　　王石头笑了："还能骗你？如果子盛回来，你要好好教育教育他，不能让他当汉奸，不能干对不起祖宗的事。国难当头，咱不能胳膊肘往外拐！你说是吧？"

　　孙龙跃连连点头："是！是!"

　　儿子没死，孙龙跃心里的石头落了地。

第71章 突 变

进入初冬，天气已经转冷。树上的黄叶慢慢飘落殆尽，田野里的麦苗一片葱绿。人们进入农闲时节，妇女们一如往年坐进纺车怀或登上织布机。冬天是女人们繁忙的季节，因为来年一家人的衣物全靠冬天忙活。

沈灵芝坐在纺车怀里，在一抽一抽地纺线。那线从她手中无穷无尽地抽出来，似大青河的水从山间流出，裹挟着人生的酸甜苦辣和沧桑岁月的喜怒哀乐，然后缠在锭子上，凝聚成她对生活的期待和愿望。陈凤仪在教雷生写文章，她说："写文章跟写大字是一个道理。先写仿影，仿影写像了，再自己写。写文章不要刻意，心里有啥就写啥，写心里的话。上次你给你爹写的一封信不是很好嘛！"说起"爹"，雷生心里马上转了弯："我爹啥时候能回来？"他望着娘。凤仪说："快了，赶走小日本你爹就回来了。""回来他还走吗？"

自爹走后，只回来过一次，住了一夜就走了。雷生心里很想念爹。沈灵芝说："想你爹了？"

雷生"嗯"了一声。他长这么大，虽跟爹相处时间不长，甚至都想不起爹的模样，但骨肉连着心。凤仪说："你爹回来就不走了，天天带着你去大青河逮鱼，我给你熬鱼汤。"大青河的鱼很鲜，肉很嫩，熬出的鱼汤像奶，白白的，香鲜香鲜的。说到鱼汤，雷生的嘴里立刻盈满了馋馋的口水。

"青河他们爷俩也该回来了，都出去两天了。"沈灵芝说。凤仪说："青河他们去县城，也不知能不能打下来。"

沈灵芝停止了摇纺车的手，长叹一声："求老天爷保佑！叫他们爷俩平安回来。"

"放心吧娘！他俩会平安回来的。打仗有部队，他们只是帮助抬抬伤员。"凤仪宽慰着老人。

突然门外传来一阵敲门声。"快去开门！可能是你爹和青河回来了。"陈凤仪急忙去开门，是沈少松他们回来了。青河背着枪，一脸的欢喜，沈少松脸上溢满了微笑。

"咋样？县城打下了？"沈灵芝急切地问。

"打下了。很顺利，没打一枪，小鬼子就举手投降了。"沈少松一边说一边坐下来拿起了烟袋。

"没打一枪？这仗咋打的？"灵芝惊奇地问。

"听说美国往日本撂了两颗什么弹，日本天什么皇的就举手投降了。"沈少松说。

青河说："那叫原子弹。"

"只撂两颗，小日本就投降了？那弹咋这么厉害？"陈凤仪问。

沈少松说："咱也没见过。反正就撂两颗原子弹，他们就投降了。"

这时青河高兴地说："娘，嫂子，你们猜在县城我见到谁了？"沈灵芝问："见了谁？"

"见到我哥了。"

"见到你哥？他咋没回来？"陈凤仪不解地问。

"我哥那个部队也来了，将县城围了两天，没动枪动炮日本就自动缴械投降了。"

沈灵芝埋怨道："回来了，也不回家看看，这孩子！"

沈少松抽口烟说："部队有部队的规矩，哪能谁想走就走？"

青河说："我哥那部队接受日本投降之后，就开拔了。"

"你爷俩也没和他说句话？"灵芝问少松。

"说了。他问了家里的情况，又叫我给你和嫂子带话，说不要挂念他，他升连长了，得带兵，这次就不回家了，等天下太平了，他就回来好好孝敬爹娘。"

灵芝问："龟田那鳖孙也投降了？"

"没有，就他没投降。"青河说。

凤仪问："那咋整了？乱枪打死了？"

"不，他自己剖腹了。"

"啥叫剖腹？"凤仪问。

"就是他自己用那东洋刀，将自己的肚子划开了。"青河一边比画一边说。

"咋这么个死法？自己给自己开膛，那多疼！"凤仪说。

沈少松吐口烟说："小日本当官的顽固，失败了就用自杀的方式来效忠他们的天皇。"

凤仪说："他们才是猪！死了还效忠啥子天皇？"

自那以后，沈少松和沈灵芝整天乐呵呵的。灵芝整天说："小日本投降了，不打仗了，总算过上太平日子啦！"他们盘算着，等青山回来了，再给青河娶上媳妇，家中四五个劳力，那几十亩地大多都是青沙两合土，多攒点粪肥，把地养得肥肥的，一年打上几百斤麦子，再种上点高粱、豆子、红薯、谷子和棉花，全家再也不用为吃穿发愁，再也不会受冻挨饿。

凤仪的心劲也很大，每天天不明就起床，背个粪篮到镇周围去拾粪，或扛个扫帚扫树叶，待镇上的人都起了床，她已扫了几篮树叶倒进了粪坑或拾了两趟粪回来。郝书记描绘的美好日子就要变成现实了！

真是月有阴晴圆缺，人有旦夕祸福。就在沈少松带着农会的几个人满街贴标语庆贺抗日胜利的时候，就在青灯师父和赵先生在那青条石板上以茶当酒庆祝小日本投降的时候，就在凤仪将一篮一篮树叶倒进粪坑沤肥期待明年有个好收成的时候，没想到一个雷落在了那老槐树上，顿时，树梢头着起了火。

"神树上着火了！"不知是谁一声呼喊，使镇上像炸了锅，人们纷纷从家里跑出来，掂着盆盆罐罐赶来救火。当人们从大青河里弄来水时，那火竟慢慢熄灭了，只有那些小枝杈还冒着灰色的烟。人们望着那火烧火燎的树冠，望着初冬那深邃的天空，议论纷纷。有人说："八月十五住雷声，这都进入十月了，咋还打炸雷？"有人说："这晴天霹雳，不祥之兆啊！"一个头发胡子都花白的老人用枯如鸡爪的手捻着胡须说："这小日本投降了，还能出啥乱子？莫——非……"许多人将目光投向那白胡子老人，等待他的下半句，可老人总是不开口，两眼望着冒烟的树梢。有个年轻人等急了就问道："莫非啥？你说呀！"那老人摇摇头，慢慢说："莫非国民党和共产党打了起来？……"人们纷纷议论着："不可能！不可能！这十四年的战乱已经够呛了，自己人还能闹家窝子？"那老人摇了摇头，慢慢说："这道不同，不相为谋。"老人说完，慢慢地转身走了。这时才有人说道："这位老人是谁？"有人说："没见过。不是咱们镇的人。"这时有人忽然想起什么，说道："这不是葛神仙吗？"有个年轻人问："哪个葛神仙？"那人说："四十年前在咱们镇看风水的葛神仙。"

没过几天，那不祥之兆应验了。

那天，沈少松套了那头大青驴去河南岸犁那三亩豆茬地，准备明年春天种高粱。那头驴虽又高又大，可是身上没膘，不能独犁独耙，青河就背一根绳帮套。灵芝和凤仪在豆茬地里薅豆茬，以备冬天的烧锅用柴。太阳快落山时，一个民兵跑过来，慌慌张张地说："镇里来了队伍，就在清风楼前。"

"是不是青山回来了？"沈灵芝牵挂着孩子。

沈少松停下犁地，抹把脸上的汗水说："我去看看。""你吸袋烟歇歇吧，我去。"青河说完便向镇子走去。沈少松不放心，喊道："青河，你先别去！"

青河站住了。沈少松说："还不知道是啥队伍，我先去看看。"说着，走出那刚刚翻过的地，来到大青河边。暮色中隐隐约约可看到清风楼前停了许多人，但看不清衣服的颜色。少松停下脚步，脱掉鞋，磕掉鞋里的泥土，想仔细看看是啥队伍，可还是看不清。他穿上鞋，走过那石板桥，来到队伍前，一看，他心里"咯噔"一下，骑在马上的一个是孙子盛，一个是黄三，他正转身要返回去，只听孙子盛喊道："他就是农会主任沈少松。抓住他，别让他跑了！"

沈少松转身跑上石桥，这时一声枪响，沈少松倒在了石桥上。沈青河听到枪声，知道事情不好，急忙跑了过来，来到那石桥上，见父亲倒在血泊中，慌忙俯下身去扶。这时一群士兵在孙子盛的带领下冲上石桥，将沈青河按倒在地绑了起来。

沈青河一边挣扎一边破口大骂："孙子盛，你这个汉奸！日本……""啪"的一声，一个枪托砸在青河头上，青河倒在地上不吭声了。

沈灵芝听到枪声感觉不妙，丢掉手中的柴火就要冲向镇子，凤仪一把拉住了她："别慌！等青河回来。"

灵芝和凤仪呆呆地站在地头，眼望着家的方向，忐忑不安地等待着。刚才的那声枪响，让沈灵芝的心"咚咚"地跳，随着等待时间的延长，心跳越来越快。镇子里静静的，再也没枪声传来。

不一会儿，刘天福赶来了，他带来的是那不幸的消息。沈灵芝和凤仪哭着要冲进镇子，被刘天福劝住了。他说："现在还不能去，黄三他们还没走。"

她们二人还是挣扎着要进镇："雷生，还有雷生哪！"

刘天福说："我已派人把雷生接走了。"

在放学的路上，赵武接走了雷生和杜鹃，又绕道去东凹接走了杜鹃娘，绕过青峰镇走向大青山。在山口，他们和刘天福、沈灵芝、陈凤仪会了面。他们一行七人借着月光艰难地往大青山上爬。雷生和杜鹃年纪虽小，但爬山的时候并不觉得太累。反而沈灵芝已60多岁，加上失去丈夫，儿子又不知死活，伤心地一路走一路哭。他们只好走走歇歇，到达苍龙镇时已是第二天日头过午。

郝书记在苍龙镇，王石头和游击队已经走了。见了郝书记，他们才知道，日本投降后，蒋介石为独裁天下，灭共之心蓬勃旺长，将屠刀又挥向了共产党八路军。奉上级指示，大青山游击队整编为新四军，离开了大青山。黄三率领的独立团出其不意攻进了县城，杀害了一个副县长，一个工农部长和七个干部，又立即扑向青峰镇，想一举端掉青峰镇这个共产党堡垒。

苍龙镇地处大青山深处，地形复杂，遇到情况好躲避。青山县党组织转入地下后，苍龙镇就成了根据地。后来的几天，青山县的许多干部和八路军的家属及已经暴露的党员都被陆续转移到了苍龙镇。

沈少松死了，沈青河被抓走了，这突然的变故犹如当年日本的飞机在青峰镇扔下的三颗炸弹，青峰镇又一次陷入了胆战心惊的氛围中。家家关门闭户掩灯熄火，民兵们也都逃出家门藏于荒坟树林，唯恐孙子盛带领国民党兵去抓他们。黄三和孙子盛指挥那些兵卒去抓刘天福，刘天福不在；又到东凹去抓杜满仓的家人，也扑空了。他们折腾了一夜，连个民兵也没有抓到。黄三只好集结队伍押着沈青河离开了青峰镇。这时孙子盛说："我已经几个月没回家了。我想回家看看。"黄三说："去吧！我们先走。"

第72章 避 难

孙子盛得意扬扬地骑着大白马刚刚进门，尚未把马拴好，没想到一把扫帚就劈头盖脸对他打来。孙子盛一边用胳膊招架抵挡，一边叫着："爹！爹！别打！"子盛娘杏花拉着孙龙跃，不让丈夫打儿子。

孙龙跃说："我不是你爹！日本鬼子是你爹！黄三是你爹！"

杏花抓住了扫帚，横了眼丈夫："你说的啥话？我就这么贱？"

孙龙跃也觉得说过了头，就停住了手。

孙子盛说："爹，沈少松不是我打死的。"

孙龙跃厉声责问："不是你打死的是谁打死的？人家都说是你开的枪。"

孙子盛说："真不是我开的枪，是黄团长……"

孙龙跃气得扭头进了屋，边走边气愤地说："别给我提什么黄团长，那个鳖孙不是人！"

孙子盛扶着他娘杏花进了屋，让娘坐在板凳上，说道："我没想打死沈少松。我要是想打死他，还会留下沈青河？别听人瞎说！"

孙龙跃觉得儿子的话也有道理，气慢慢消了许多，拿过水烟袋，一袋接一袋地抽了起来。

孙子盛看看爹默默抽烟，时不时地发出"唉——唉——"的叹气声，不知道说什么好。

这时子盛娘杏花打破了沉默："这段时间，你跑哪儿去了？"

孙子盛为了缓和气氛，给爹倒上一碗水，又给娘倒上一碗水，慢慢坐了下来，先长叹一声："唉！要不是我机灵，早死在游击队手里了。"于是他慢慢讲起了逃跑的经过。

那天，孙子盛离开了青峰镇，本想到县城投靠黄三。他想跟着黄三干事，有日本人撑腰，不但游击队动不了他，搞不好还能弄个官当当。然而，到了县城他才知道，黄三跑了，还带走了十多个人和十多条枪。龟田十分恼火，日本人四处张贴布告要悬赏捉拿黄三。他想，龟田知道他与黄三的关系，再者那次带领日本人扫荡游击队，不但没灭了游击队，还让龟田死伤几十人，还烧了四辆汽车，如果去找龟田，肯定不会有好果子吃，弄不好龟田会把黄三的账算到他头上。他也知道日本人的残忍，杀一个中国人像杀一只小鸡一样。孙子盛害怕了，他不敢去找龟田，于是他决定先去投奔亲戚，那是娘的姨家。那里偏僻，是日本人和游击队都找不到的地方。小时候他去过，在黄河故道北岸的吴营。

吴营庄子不大，历经几百年，还是几十户人家。土墙草顶的房屋在故道北岸一字排开，人们还是以捕鱼为生。这里原是老黄河，不知哪一辈子黄河改了道，撇下了这段河道，所以叫黄河故道。这段河道虽没了黄河的波涛汹涌、汪洋恣肆，但依然河道宽阔、水势浩渺。春天水碧如染，鱼翔浅底；夏日蒲苇茂盛，鸥鸟翻飞；秋季芦花如雪如雾；冬天河面封冻，平坦如砥。小时候他曾在这里住过一段时间，那是土匪黑三要报复他家的时候。那时是春夏之交，故道里的水很清、很浅；蒲苇从水中的泥土中长出来，嫩白中透着浅绿，出了水面便青如翡翠；成群的小鱼摇动着尾巴在蒲苇绿芽间游弋。娘的姨在河边的土地上挖了一馍筐荠菜，在河水中洗净了，晾干了水，用盐揉一揉，又搦出水分，用面拌放在地锅中蒸熟，然后放上盐，滴上几滴芝麻油，那蒸荠菜闻起来香，吃起来很苦。娘的姨说："这菜吃起来有点苦，但清热败火，又能充饥。俺家比不了你家，虽有几亩地，但都是沙地，哪年遇上干旱风大，种一葫芦打俩瓢是常事。这里的人，除了打点鱼，就靠这野菜充饥。"娘的姨父捕鱼是个好手，他认水，鱼在水下一过，他能根据水的波纹辨别水下是鲫鱼还是草鱼。摇一条小木船，荡起一圈圈涟漪，船到深水处，他撩起渔网，用力撒出去，撂出个圆，"哗！"网落水中。当他拉起网绳收拢渔网时，就会有几条十几条鱼在网中活蹦乱跳。每当收起网，他总沾沾自喜地对子盛说："我这网，在俺吴营只有一条。丝网铅坠子，神鬼躲不掉。"娘的姨家靠这条好网，每天捕的鱼吃不完就拿到集市上去卖，换些粮食养家。夏天，卖不完的鱼，娘的姨就把鱼解剖好，撒上盐，晒成鱼干，待冬天河封冻时再出手，或春节时由娘的姨父挑到城里去卖。

转眼间多年过去，姨姥姥见了子盛自然是百感交集，问了他娘和爹的身体状况，又问起他二叔的状况，因为二叔孙龙腾比姨姥姥小两岁，年轻时她去姐姐家走亲戚，曾和孙龙腾吵过架，孩童的事她仍记忆犹新。孙子盛告诉她："二婶和她的孩子在那年瘟疫中都病死了，二叔在那年大旱时也饿死了。"姨姥姥听后，说："那你二叔一家都死绝了？"子盛点头称是。姨姥姥泪水流了下来。姨姥爷已白发苍苍，满脸皱纹，他看着伤心哭泣的老伴，连续吧嗒几口烟，口气怪怪地说："又想起那两个西瓜了吧？"姨姥姥一抹眼泪说："就想吃那两个西瓜了，咋的？"姨姥姥生气了，也不哭了。子盛不知道两个西瓜的故事，那时他还

373

没出生。他一看二位老人家要吵起来了，急忙岔开话题说："哎？咋没见鱼鹰叔？"鱼鹰是姨姥姥的儿子，比子盛大五岁，上次来这里，曾带他下故道摸过鱼，网过虾。一说起鱼鹰，姨姥姥的泪又滚落下来。姨姥爷吧嗒口烟，长叹一声说："前年叫鬼子抓去修碉堡，鱼鹰不愿意干，夜里偷跑，被日本鬼子打死了。"

孙子盛到村街上买了两刀纸，跟随姨姥爷沿着布满枯草的阡陌小径到鱼鹰的坟上烧了纸。此时天已傍黑，太阳像个大火球，正落进西边黄河故道的河水中，整个故道染上一层浅红。

孙子盛家不敢回，又无路可去，只好在姨姥姥家住了下来。

一日深夜，满村的狗叫声打破了村子的寂静。帮助姨姥爷种了一天麦子的孙子盛累得浑身像散了架，倒头便沉沉睡去了。狗的狂叫把他惊醒，他正要翻身起床时，突然"哗啦"一声巨响，那是柴门破碎的声音。他刚起身，几个端着枪的士兵便冲了进来。在火把的亮光中，那伙人见床上睡着一个年轻人，便一拥而上将孙子盛按住了。两位老人吓得在床上直哆嗦。那伙人将孙子盛用绳绑了两臂推出门去。孙子盛以为是八路军游击队打探到了他的消息来捉拿他，此时他后悔自己没先摸到枪进行反抗，如果让他摸到枪，打死几个土八路，他也能跑掉，一钻进那漫无边际的芦苇荡，再多的人也别想抓住他。但一切都晚了，他的双臂被紧紧地捆绑着，他被推搡着往外走。这时他心中只有人们常说的一句俗语："是福不是祸，是祸躲不过。"

孙子盛和几个年轻人被一根绳牵着，在几十个士兵的推搡下，来到老黄河边一片沙滩地上，此时天已大亮。那些当兵的为他们解开了绳索，又有几个当兵的抱来一堆黄军服，命令他们一个个穿好衣服，排好队，站在那里。这时孙子盛明白了，不是共产党游击队来抓他，而是国民党军队来抓壮丁。他从那些当兵的帽徽和领章上认出这伙人不是八路军而是国军。不一会儿，一个高高胖胖的军官走过来，初升的太阳将那军官照成一个黑黑的轮廓。一个连长模样的人走到军官前，立正道："报告团长，新兵已集结完毕。"

这时孙子盛仔细一看，那军官不是表叔黄三吗？咋成了国军团长？毕竟是他乡遇故知，孙子盛激动地走出队列，正欲走向黄三，这时背后突然遭受了狠狠一击，他被一枪托砸趴在地上。

黄三问："怎么回事？"那排长说："他想逃跑！"

黄三说："逃跑？毙了他！看谁还跑！"那排长和两个持枪的士兵上前像抓小鸡一样拎起了他。

这时孙子盛急了，高喊道："表叔，是我！我是子盛！"

黄三举手制止了那排长："子盛?"说着走上前来，一看真是孙子盛，高兴地朝孙子盛打了一拳，"好小子! 真是你!"

孙龙跃听了儿子的叙述吧嗒几口烟说："这个黄三，成了黑红搅子。一会儿土匪，一会儿汉奸，一会儿又国军。"

杏花说："他不是跟着日本人干吗，咋又当了国军?"

孙子盛说："他娘不让他再当汉奸，如果再回县城，他娘就死在他面前。黄三表叔说，他带了十多个弟兄又找到了他的老上级李师长，李师长就又收留了他，还让他当团长。黄三表叔虽名义上是团长，可只有百十人，为了壮大队伍，他就到处抓壮丁，所以我就被他们抓了。"

孙龙跃说："他当过汉奸，李师长还能要他?"

孙子盛说："这我就不知道了。"

孙龙跃说："黄三现在在干啥?"

孙子盛说："黄三表叔抓了二百多个壮丁，李师长给他们配了枪，就成立了独立团。黄三表叔当独立团团长。"

孙龙跃说："成了正规军，咋又回了青山县?"

孙子盛说："日本投降后，国民党和共产党又打起来了。上级命令黄三表叔的独立团，打下青山县，重建青山县政府。我们围住了青山县，几乎没怎么打，就占领了青山县。"

孙龙跃说："那共产党的游击队呢?"

孙子盛说："听说大青山游击队已被八路军整编，调到外地去了。"

孙龙跃"噢"了一声没说什么。

孙子盛说："爹，这天又变过来了，共产党完了! 你想，国民党掌握着几百万人的军队，共产党才有多少部队，共产党能打过国民党吗? 今后青峰镇还是咱的天下，地还是咱的地，清风楼也还是咱的!"

孙龙跃沉默着，只是一袋烟接一袋烟地抽，他在想着大儿子孙子昌。

第73章 野 情

　　老黄牛那四只小碗似的粗壮的蹄子轮换着踏进泥土中，每一次都踏出一个坑，伸着脖子将那喘着粗气的长嘴顽强地向前伸着，竭尽全力地拉着土犁。那锃亮的犁铧深深地插进泥土中，将泥土拱起来又翻过去，原来的地表土被翻到了下面，那带着棉花根和野草根的新鲜的泥土被翻在了上面。孙龙跃左手持着鞭子右手扶着犁把，目光在老黄牛和脚下那新翻出的泥土间来回梭巡。他左手中的鞭子只在空中摇晃，没舍得抽在牛身上。这老黄牛太累了，也太老了，本来已经过了独犁独耙的年龄，可他没法子，农会的人只给他留下了这头老牛。如果那头大青骡子给他留下多好呀！他心里有点同情这头老牛。他看看牛腿上的汗水流出来，挂在毛尖上，又落到泥土里，他不忍心将鞭子抽下去，他只能右手不停地晃动犁把，来减轻犁沉重的负荷。犁到地头，他用左手拉着缰绳使牛掉转了方向，他掂起犁用右脚朝犁托跺了一下，震掉粘在犁铧上的泥土，拖着犁跟着牛掉转方向。将犁放下时，他长长地"吁——"了一声，喝停了牛。他要让牛歇一歇，自己也歇一歇。他放下鞭子松开犁把，脱了鞋，磕去鞋中的泥土，将鞋放在地上，一屁股坐在了那双粗布鞋上。

　　当他从怀中掏出烟袋和烟包的时候，翻遍了烟包，只有火镰和插在竹管中的火煤，他想吸袋烟解解乏，但没带火石，于是他的目光四下搜寻着火石。火石不稀奇，在泥土中随处都可以找到。他没在新翻的泥土中找，因为即使有，也沾着泥看不见。只有在没犁的地里好找，经过雨水淋过的地方，打火石会露在地面，黑黑的很容易看到。他的目光只在那待犁的地面一扫，便发现了一块手指盖大小的黑色的火石。他坐在地上不想起，便用鞭杆扒拉几下，将火石扒到身边，拿起那块薄薄的火石，放在火煤处，用火镰在那火石上用力擦碰两下，摩擦出的火花便点燃了火煤。用嘴轻吹了几下，那黑色火煤顶端的灰变成了火红。他在烟锅中安上烟丝，用火煤点燃，贪婪地猛吸几口。一锅烟燃尽，他磕掉灰，又安上一锅，才慢慢地抽起来。

　　唉！人都是被逼出来的。他本来不会干农活，小时候家中虽有几顷地，但都由佃户种着，到了收获的季节，佃户们会自动把粮食缴到他家西仓库里，剩下的几十亩地，也由孙二喜种着，农忙时再雇几个短工来帮忙，他基本不用插手农活。爹让他念书，指望他将来出人头地，为孙家争光，争回清风楼。谁也没有前后眼，念了十几年书，不知熬干了多少斤灯油，却没了科举考试。他一步步奔向仕途的光明大道突然断了，爹就让他学经商，将街上那皮毛店交给了他。后来，他经营皮毛店还是败给了沈家。亏得那个在京城做生意的亲戚点拨了他，他改行做粮食生意，大获成功。感谢老天爷降临了那场灾难，使他没费吹灰之力就得到了清风楼。但他没想到世事竟如此捉弄人。清风楼的风水还没使他春风得意就闹起了土地革命，清风楼就被农会斗了去，连他的土地和家财也给分了，只给他留下三十多亩地，让他自食其力。长工没有了，短工没有了，打杂的用人也没有了，这个没扶过犁把、没掂过锄头的人只好开始学习做农活。

干农活真是太累了！这时他想起了斗争他的大会上王石头说的一句话："出的是牛马力，吃的是猪狗食。"如今自己虽没吃什么猪狗食，却也出起了牛马力。想到这里他心里酸酸的，他心中酸楚的不只是他出了牛马力，而是这时事的变迁让他不知所措。日本投降了，他想终于过起太平日子了，他再也不要过那种穷怕饥饿、富怕兵匪、整天跑反逃难的生活。可这时国民党和共产党又打了起来。国民党有政权有军队，可共产党有民心，大多数人都支持共产党八路军。今天国民党得势，不知明天共产党会不会打过来。

孙龙跃心里太乱了。他连抽了几袋烟之后，深秋的风吹去了满身的汗水，浑身湿湿黏黏的感觉没有了。他又长长地叹了口气。这时他的目光无意中触碰到了什么，使他的心一下子沉了下来，那是山脚下一缕在风中飘舞的白字条，那是沈少松的坟墓。沈少松的死和沈青河被抓又给孙沈两家系上了一个死疙瘩，这事肯定与儿子子盛有关。这个孩子！……复杂的思绪让他迷茫、困惑、担心、害怕。他又长叹了一口气。

"龙跃哥。"

一个女人的声音打断了他的思绪。他转身一看，是桃花的嫂子赵寡妇站在他身后。她叫桃儿，桃儿是她的乳名。他急忙站了起来，将两只脚伸进两只鞋内。"噢！是桃儿！"桃儿是牌坊街李姓家族的一个寡妇。结婚两年，丈夫李文得病去世。李氏家族恪守旧习，女人死了丈夫都不能改嫁。那两座贞节牌坊就是李家的。全镇人都叫桃儿"李文家的"，唯有孙龙跃叫她乳名。当男女之间有了那种关系，总是爱叫名字，表示亲昵，表示爱，表示彼此相悦。

桃儿的脸红了，有点羞答答的："看你！多大岁数啦，还叫人家小名！"

孙龙跃笑了，刚才的忧愁、苦闷、疲乏一扫而去。他向四周看了看，没人，便嬉笑着说："是不是又想我了？"男人总是如此，当与女人单独相处时，总爱用一些调侃的话去逗对方，来试探女人的心思。

桃儿嗔怒地说："想你！这些年你咋不去找我？"

一句话又勾起了孙龙跃的愁绪。他从内心深处最喜欢的人还是灵芝，可二人无缘结合。沈灵芝嫁给了沈少松，孙龙跃娶了杏花，这是孙龙跃心中最大的悲哀。他曾经在心中多次咒骂老天爷不睁眼，为什么不把他心中喜欢的女人给他，偏偏把他不喜欢的人送进他的怀抱？他感到生活索然无味。

那是一个偶然的机会，一个甜甜的声音使他找到了心里的慰藉。"龙跃哥，快来避避雨！"那场夏雨来得突然，他正在地里锄地，突然来了场暴雨。当他扛着锄头走到一个看瓜的草庵边，一个声音喊住了他。那声音极似灵芝的声音。他急忙躬身进了那草庵，原来是桃儿在里边躲雨。桃儿的衣服也湿透了，湿透的衣服紧紧贴在桃儿的身上。那白皙的脖颈，那两个高高隆起的乳房，那红若桃花的脸蛋，那裤子紧裹着的修长的腿，这一切都使孙龙跃怦然心动。他注视桃儿的目光里似有一双手伸向了桃儿。桃儿对孙龙跃目光中的渴望看得清清楚楚。她看着孙龙跃那被雨湿透的矫健的体魄和那饥渴的目光，她心里像块干裂的田地，对雨的渴求令她难以忍受。二人对视良久，孙龙跃只是面色更加红润，但他没说一句话，也没动一动。这时桃儿心中一种本能的渴望使她不能自抑。"龙跃哥，你把湿衣服脱了吧，我给你拧拧水。"孙龙跃没动。"男子汉，怕啥？"桃儿伸出两只白嫩的手。孙龙跃读懂了桃儿的目光，他一下将"李文家的"抱进怀里。干柴遇到了烈火。尽管庵外的雨如注如泄，但那团烈火却越烧越旺，将两个白嫩赤裸的身子融为一体。那一声又一声快乐的呻吟是孙龙跃在杏花身上从没听过的。他感觉自己变为了一缕轻烟向天空慢慢飘飞。"桃儿！桃儿！我的心肝！"孙龙跃的喃喃自语也使桃儿整个身心如轻烟、如薄雾地飘飞在空中。

孙龙跃以为这朵桃花会永远栽在他的花圃里任自己独享，可好景不长，自镇里闹起了农会，自打第一次斗争会，他就再也没敢去过桃儿家。有时贼心勃起，可那贼胆却缩得小如绿豆。

孙龙跃听了桃儿的话，脸上泛起一片羞愧的表情。他喃喃地说："那些年，唉！不说你也知道。"

桃儿脸上泛起一片羞涩的红云。她瞟了一下低着头的孙龙跃，说："俺可在心里想着你！那草庵的头一回，俺一辈子也忘不掉。"

孙龙跃长叹一声，心中无奈，他慢慢仰起头，将目光移向西边的天空，太阳正在慢慢地落进西山。许久，他才说："你有啥事？"赵寡妇听孙龙跃转了话题，知道他不想再提那过往之事，于是说："我有点事儿求你。"

孙龙跃将目光收回来，注视着曾经给过他无尽欢爱的桃儿，说："你说吧，啥事儿？"

桃儿说："我还有二亩晚茬地，你能不能帮我犁地？"

孙龙跃犹豫了一下说："我这两天有点事儿，再晚两天中不中？"

桃儿说："就这都晚了，再晚几天就不能种了。龙跃哥，你有啥事儿？我帮你干中不？"

孙龙跃摇摇头说："不中！"他停了一下又说，"这样吧，牲口你牵去，让你兄弟帮你犁地。"

桃儿嘟哝着："胆小鬼！心里还有人家呢！"

孙龙跃勉强笑笑说："我明天真有事儿，骗你是小狗。"

桃儿说："该不会是灵芝的事儿吧！"

桃儿还真说中了孙龙跃的痛处。不知谁说过，人最难忘的是初恋情人。虽然他与杏花结了婚，与桃儿相了好，可每当办起那事儿，在孙龙跃的意识中，怀中搂着的不是杏花也不是桃儿，而是他的初恋情人沈灵芝。不知谁创造了一个成语"爱屋及乌"，虽然孙家人与沈家人有世仇，为争清风楼两个家族打过架，流过血，甚至死过人，但是对沈家和灵芝他却恨不起来。沈少松被打死了，镇上人都说是孙子盛开的枪，可子盛不承认。但知子莫若父，孙龙跃猜到那一枪可能是子盛开的。他心里惴惴不安，觉得对不起灵芝。如今，他们又抓走了沈青河，他担心子盛一发昏再弄死了沈青河，对不起灵芝不说，孙家又欠下沈家一条人命，那孙沈两家就不再是过去为争清风楼的那些怨仇，而是成了死结，永远解不开的死结！再者，沈青山是八路军，听说还当了什么长。如果共产党再打过来，依沈青山那脾气，说不定会灭了孙家的门。即使子昌回来，有两条人命在，他也没办法。共产党是铁面无私的。他纠结，他担心，他害怕。他担心子盛得意忘形，再弄死沈青河；他害怕与沈家结了死仇，说不定孙家哪一天会挨闷棍、遭黑砖，甚至被人一把火烧个孩娃不留；他更纠结的是对灵芝的那份情愫，在关键的时候灵芝没揭露他的龌龊，还放了自己一马。他越想越觉得这事儿不能再闹大，不能再对不起沈灵芝，不能再与沈家结下一个累及子孙后代的死仇。他决定要救出青河，来缓解两家的仇怨，从而对灵芝有一个交代。

第74章 越 狱

第二天，他让桃儿牵走牲口后就去了县城。他直接去找黄三，他觉得黄三当家，他说话表哥会给面子。黄三听了孙龙跃要求放了沈青河的话，沉默许久。孙龙跃说："沈青河又没人命，仅仅当了个民兵连连长，领着一群孩子操练操练，能够定啥罪？再说了，他又不是共产党，也不是八路军……"

黄三说："抓的这些人都跟共产党有瓜葛，况且他爹是农会主任，他哥是八路军的连长，他也是要犯。"

孙龙跃说："老表，你别哄我了！他算啥要犯？"

黄三说："这样吧，等子盛回来，看他咋说。"

孙龙跃一听，明白了，放不放人子盛是根源，这小子办事从来不计后果，自小他与沈青河就像两只斗架的鸡，一见面就斗，每回打架都是子盛吃亏。如今青河落到他的手里，他肯定不会放过青河。

"子盛干啥去了？"孙龙跃问。

黄三说："我让他代我去州政府报送在押的这批人员名单，应该快回来了。"

黄三和孙龙跃在街对面的小饭馆刚吃过饭，孙子盛就回来了。他一见爹也在，就问："你咋来了？"

孙龙跃说："我来保沈青河！"

"你是不是糊涂了？沈青河是要犯，这不，上级批的名单在这里，你看。"

孙龙跃看看那张纸上有沈青河的名字，问："这些人咋啦？"

孙子盛说："名单上的人，统统枪毙！"

孙龙跃说："难道这些都是共产党？都枪毙？"

孙子盛说："他们谁也不承认自己是共产党。可上级说了，宁可错杀一千，也决不放掉一个。"

孙龙跃生气地说："这不是草菅人命吗？我认识名单上的这两个人，都是正儿八经的生意人，咋会成共产党？"

孙子盛说："爹，你别再死脑筋了！共产党和国民党是对头，不消灭共产党，蒋委员长就坐不稳江山，也没咱的好日子过。"

孙龙跃说："不管咋说，沈青河不能杀！"

黄三拿过那名单看了看，说："上级都批下来了，谁也没法更改。"

事情到了这个地步，孙龙跃感到无力挽回，沉默许久，他说："我们都在一个镇上住，都是街坊邻居。既然这样，我去看看他，以后与沈家人见面也好说话，枪毙了他，他沈家也不能把仇记到孙家头上。"

黄三看看孙子盛，孙子盛犹豫了一下说："也中，免得他们说是我杀的。"

黄三叫来一个当兵的说："去让刘参谋领孙先生到南监一趟。"

那监狱坐落在老县衙的西南角，故称南监。两座一人多高的石狮傲立于监狱大门的两侧，使这座青灰色的建筑显得巍峨而阴森。两扇厚重的黑漆大门紧闭着。一边一个黑衣警察荷枪而立，面孔肃穆。刘参谋带领孙龙跃来到门前，两个警察立正敬礼："刘参谋。"刘参谋还个礼说："黄团长的亲戚来看望一个人。"其中一个警察急忙打开了小偏门："刘参谋请！"

刘参谋带领孙龙跃拐了两道弯，走进西跨院。这是一所四合院式的监狱，清一色的青砖砌墙、青瓦盖顶，房顶上长满了瓦松和杂草。孙龙跃知道这监狱还是清朝雍正年间盖的，已有近二百年的历史。北房六间，东西房各四间，南房小院门两侧各两间。院中地坪上枯黄的野草在砖缝里奋拉着枝叶，使这座小院增加了几分荒凉和阴森。西监舍的墙外是一堵高高的围墙。刘参谋将孙龙跃领到西监舍五号门前，说："沈青河就在这儿，你去说话吧！我在门外等你。"说完他反身走出小院。

五号监舍在西屋最南头。油漆斑驳的牢门，平胸处有一方洞，那是给犯人送饭的洞，只有一个碗口大。孙龙跃朝里看看，里面黑漆漆的，什么也看不见。停了一会儿，眼睛才适应。这时他看见，里面只有两张软床那么大面积。靠后墙铺着一片干草，草上躺着一个人。他叫了声："青河。"

沈青河听到有人叫他的名字，急忙艰难地爬起来，来到门前问："谁？"

孙龙跃说："是我，青河。我来看看你。"

一看是孙龙跃，青河气愤地说："你来看我？是不是看我死了没有？黄鼠狼给鸡拜年，没安好心！"说完他又慢慢地回到那铺上，仰面躺了下来。

孙龙跃说："青河，我没啥坏心。我只是……"

青河说："别说了，你年纪大了，我也不好意思骂你。我爹叫你们杀了，又把我关在这里，天天叫人打我。你们打死我，我也不会服！只要不死，咱总有算账的时候！即使我死了，也还有俺哥！"

孙龙跃急忙说："青河，你误会了，打死你爹的不是子盛。"

"不是孙子盛是谁？我亲眼看见的！"

孙龙跃说："青河，你想想，要是子盛开的枪，他为啥不把你也打死？"

青河冷笑一声说："还不如一枪打死我。"

孙龙跃说："这话咋说？""他天天折磨我，让我生不如死。他这样报复我，还不如一枪崩了我！"

孙龙跃不知道如何回答。停了一会儿，青河说："我知道，这一回孙子盛不会放过我。任杀任埋！随便！二十年后老子还是一条好汉。"

这时外面刘参谋喊道："孙先生，走吧！黄团长叫你呢！"

孙龙跃看没时间了，要化解沈青河心中的仇恨，一时半会儿也解决不了。孙龙跃只好将声音压低，语气沉重地说："青河，你听好了！今夜你想想办法跑出去，不然就来不及了！"说完转身走了。

孙龙跃最后的一句话像一块巨石投进青龙潭，在沈青河心中产生巨大的震动，"看来黄三他们要对我下手了。我爹死了，他们要斩草除根了"。青河性情虽硬，嘴上说不怕死，但死到临头的时候，他还真不想死。但他想不清楚，孙龙跃为啥来看他，为啥给他透个这样的信，难道是孙龙跃使诈，让他故意逃跑再打死他？但又想，他们要弄死自己，也不用使诈，自己被关在这里，他们不是想怎么办就怎么办吗？他怎么也撕扯不清这纷乱的思绪。狱卒送来的晚饭他也没心情吃。"今夜不跑就来不及了！"看来死亡就是明天的事了。

他睁着眼睛在草铺上翻来覆去。这时他突然发现墙壁上有两点蓝光，他知道那是老鼠的眼睛。监舍的老鼠特别多，一到夜里，这小小的监舍就成了老鼠的天下。它们从各个洞里跑出来，到处乱窜，吃过饭的碗边上有时会出现五六只老鼠趴在上面啃饭渣。有了，这时青河心中有了主意，与其等明天被他们拉出去枪毙，不如拼一拼。他坐了起来，端起碗将碗中的稀粥一下子喝干。他将碗往地上一摔，碗便碎成几片。他抓起一片，在那墙缝的老鼠洞上狠劲地划那砖缝。不一会儿，老鼠洞边的那块砖松动了。他心里一阵喜悦，只要动了一块砖，这半边墙就好办了。他正在心中窃喜，突然听到外边有一阵脚步声。坏了，看样子他们今夜就要动手。青河的心一下凉了半截。他无力地倚墙坐在地上。这时他听到一个声音说："你们要警醒着点！今夜绝对不能出事，出了事儿就毙了你们！"随后是两个异口同声的回答："是！"

沈青河从话音中听出了今夜没事儿，处决应该是明天的事。他心中有了希望，同时也开始急躁。他抽掉那块活动的砖，用手摸准砖缝，狠命地用碗的碎片划那砖缝，划了一会儿，他用抽掉的那块砖在墙上砸了一下，又一块砖掉了下来。

　　"什么声音？"他听到有两个人的脚步声由远及近。

　　门上的方洞传来一声喝问："你干什么？"

　　"老鼠，都是老鼠。它咬我的脚。"青河一边说一边用鞋在地上拍一下："我打死你！"

　　一个马灯对着那方洞，狱卒从方洞中看到沈青河倚墙坐着，手举着一只鞋，一个声音嬉笑着说："叫老鼠咬死也好！又省一颗子弹。"

　　听了这句话青河更确认了明天将要发生的事。那二人的脚步声一远，他又拼命地挖了起来。掉了几块砖之后就更省劲了，不用再划砖缝，用砖一砸，墙上的砖就松了。两顿饭工夫，里面的一层砖就被青河挖掉了六块。他又用手摸外边一层砖缝，突然他摸到一个小洞，他将食指伸进那小洞，那洞很浅，他感觉指头的第一节已伸出了墙外。他弯曲食指摸一下，摸到了砖的粉末。他心里一下子高兴起来，外边的一层砖已风化了一半。这就好办了，再来几下就可以捅开了。这时青河不急了。他停止了挖墙，坐下来，脱掉褂子和裤子，轻轻将衣服撕成一条一条的，然后接起来，成了一根绳，之后又在一头拴上一块砖。放风时，他知道他的监舍后边是监狱的围墙，墙外有一棵榆树，但围墙很高，高出屋檐一人高。待到远处传来鸡鸣，那巡逻的脚步声停在小院门口处再也没响起，他摸起一块砖，对着已挖开半边的墙洞狠狠捅过去，他捅掉了一块外墙砖，一片微弱的光影出现在眼前。通了！他心里非常兴奋。那光亮是他生的希望。他又连续捅了六七下，那片光影大得像笆斗粗。他不敢迟疑，怕响声惊动了狱卒，功亏一篑。他立即从墙洞钻出去。狱舍的后墙离围墙只能站开一个人，空间太狭窄。如果将系着砖头的布绳条扔上去，只能垂直扔，很难落到墙外的榆树上。于是他急中生智，两臂撑墙，两脚蹬墙，"噌噌"几下，他的一只手摸到了房檐，当他的一条腿跨上房檐时，房檐上的几片瓦哗啦一声落了下去。这响动惊动了站岗的狱卒。他听到一个狱卒说："啥动静？"稍一停顿，另一个声音传来："坏了！有人越狱。"那两个狱卒立即叫喊："有人越狱啦！有人越狱啦！"这只是一瞬间的事。沈青河急忙将系着砖头的布绳一端扔过墙去。他用手拉了一下拉不动，他知道那砖头已钩住树枝。他两手拽着绳两脚一蹬，两步便攀上了围墙。当一群士兵打开牢门进入监舍时，沈青河已消失在了夜幕中。

第75章 委 任

在沈青河越狱逃跑后的第三天，孙子盛回到了青峰镇，陪他一同回到青峰镇的还有青山县国民政府的县长马大朋和四个挎枪的警察。他们一行六人来到清风楼，将六匹马拴在廊柱上。孙子盛跑着上了二楼，他用力敲响了悬挂在廊柱上的那口铜钟。"当当当"，当然这是集合青峰镇人的信号。敲了一阵，孙子盛下楼，见马大朋县长正围着清风楼观看。

"咋样，马县长？"孙子盛扬扬得意地问。

马大朋没马上回答。当他把脚步停在十字街口，目光向西观望时，嘴里发出"啧"的一声后，说道："好！确实好！真是一块风水宝地！"

孙子盛问："马县长也懂风水？"

"哪里！本县长学识不高，但对风水也略知一二。前些年我去过蒋委员长老家，蒋委员长的宅院背靠大山，面临大河。听人说，有一个风水大师路过那里，说那山如一条巨龙，属龙脉，龙离不开水，恰有一条大河在那山下，真是一个好地方。"

孙子盛说："你看这清风楼……""当然不能和蒋委员长那里比！依我看，这地方出不了委员长，将来也会出大富大贵之人。"

孙子盛听了心里甜滋滋的，虽没再说话，但心里却有了一定要永远占有清风楼的想法。

他们来到大槐树下，那里已经聚集了许多人。待陆陆续续来的人断了秧（方言。中断的意思），孙子盛向人群摆了摆手，止住七嘴八舌的聒噪，大声说道："乡亲们，我现在向大家介绍一下，这位是青山县刚上任的马大朋县长。大家欢迎！"他带头鼓起掌来，可会场上附和的人很少，只有寥寥几个人有气无力地拍一两下巴掌。

"下面请马县长训话。"孙子盛充满激情地宣布。

马县长向前走了半步，先咳了一下，然后说道："青峰镇的乡亲们，我马某人学问不多，是行伍出身，本来该驰骋疆场，马革裹尸，可国民政府非让我当这个县长。军人嘛，以服从命令为天职，那我也只好屈就了。今天呢，我来青峰镇就一个事，啥事呢？咱青峰镇是个重要的地方，多重要呢？重要得跟青山县城差不多。所以，我当了县长第一个去的地方就是咱这儿。来之前听人说，青峰镇是个匪窝。"人群出现一阵躁动。"这个匪窝，我指的是共产党的叫什么堡垒。上级指示，要把这匪窝端掉，把共产党统统消灭。可是……"马大朋咳了几声，不知是嗓子痒痒还是没找着想要表达的词。"这个……人常说：国不可一日无君。日本人跑了，共产党也跑了，可咱青峰镇得有个当家主事的。经县党部和县政府研究，咱这儿也得建个镇政府。省有省政府，县有县政府，镇也得有镇政府。这个镇政府咋办呢？"他从口袋中掏出一张纸，举到面前，看了一会儿，他自言自语："嗯？错了！不是这一张。"他又把手伸进另一个口袋，摸了几下，没摸出什么。他又小声嘀咕着："这委任状哪儿去了？"他又摸另一个兜，也没摸出什么，索性不再找。"我就口头宣布吧，任命孙子盛当青峰镇镇长。"有人悄声说："没有委任状算数吗？"马大朋大声说："我是县长，我就是委任状。君子一言，驷马难追。这个镇长就是孙子盛啦！"说完他拍了一下孙子盛的肩膀，这一巴掌也许拍得突然也许用力过猛，拍得孙子盛身子往下一缩。

当清风楼廊柱上那块木牌几经调换又一次挂上"青峰镇政府"的牌子时，孙子盛背着手慢步登上清风楼，他没直接坐进"镇长室"，而是在走廊里悠闲地踱起步来。当他停在走廊的西头时，他停下了脚步，举目远眺，青峰镇的一切景物尽收眼底，高高低低的民房错落有致地点缀在东西大街两侧，蜿蜒流淌的大青河如一条小溪在树丛中若隐若现，那铺着青石板的街道是那么狭窄，宛如一条胡同。只有那棵古槐显得状如华盖，郁郁葱葱。古槐前他家的那座门楼也显得那么低矮。这时他才真正理解爹、爷爷、爹的爷爷、爷爷的爷爷为何几代人都想争这块风水宝地。

那万物在脚下，"一览众山小"的感觉，配上大青河那叮咚作响的古琴韵律让他身也飘飘心也飘飘。这是他从没感觉过的爽快、愉悦和志得意满。清风楼，也许就是这清风楼的风水才让他峰回路转柳暗花明，才当上了堂堂国民政府的镇长。这时他才感到爹的伟大和不凡，没有爹的灵活脑瓜，没有爹的苦心经营，清风楼就不会落到孙家手中。他恨这帮穷鬼，随意分了他家的田地，又斗争夺了他家的清风楼。如今这清风楼再也不会姓沈或姓"共"，它将永远姓孙！国民政府这块巨石将会永远奠基在清风楼下。这种幸福快乐的感觉使他如喝了四两美酒，他一边傲视着这座古镇，一边久久地回味着这美好的感觉。"啊——"一个悲凉的叫声从高空传来，一只孤雁正在南飞，这时他心中产生一种异样的感觉，那不是刚才的快乐和喜悦，而是深沉和凄凉。

　　他坐到"镇长办公室"的太师椅上，将小臂支在办公桌上，认真分析着自己心中的那种异样的感觉。他将纷乱的思绪分析了许久，终于得出了结论，那是一种孤独感。一个堂堂国民政府的镇长，一座偌大的清风楼，怎么只能就他一个人？共产党的农会有一帮人，还有民兵连。日本人在时还有维持会，还有日军中队和警察局。要坐稳青峰镇的江山，必须有自己的队伍，有了队伍他才不怕那些穷鬼们闹什么事，才不怕游击队再打过来。至于军费，他心中已经有了数，还是"羊毛出在羊身上"。

　　主意一定，他心中舒畅了许多。他要在青峰镇大干一场，他下定决心要保住自己家的祖业，保住这清风楼。一旦拥有一支队伍，手里有了枪杆子，即使共产党八路军再打过来，他也可以像共产党那样带着队伍打游击。他想象着自己将来不只是当个镇长，弄大了说不定能弄个司令干干。穿军装吃皇粮，也过过那一呼百应的人上人的生活。他乐滋滋地在那砚台里研了墨，提笔在那张红纸上写下了两个字"告示"。他停下笔，对那两个歪歪扭扭的字端详了一番，觉得不满意，便撕掉了。他又取了一张纸，是绿色的，那些纸还是农会写标语时用的。这时他对农会给他准备了这些纸墨而高兴。他又提笔在那张绿纸上一笔一画写下了"告示"二字。他又端详一阵，总感觉没有赵先生写得好。他有点后悔当年没好好读书写字。但只有这样了，总不能再找人去写吧！他写好告示，又在那农会贴标语时用过的糨糊碗里添了点水，将碗中的剩面搅成了糨糊，他一手端着碗，一手拿着"告示"走下二楼来到十字街口，将告示贴在了最惹人注目的青砖墙上。

　　那天恰好逢集，农闲时间赶集的人很多，告示一贴出来就围拢了许多人观看。人们一边观看，一边议论着："一个月给二百斤粮！不少！种那几亩地一年才打多少粮？"

　　"唉！常说，重奖之下必有勇夫。"

　　"唉！还保安营！能招一个排就了不得了。谁跟他干？一会儿当日本人的维持会会长，一会儿又当国民政府的镇长。"

　　"这粮从哪儿出？还不是从咱老百姓囤里收？"

　　有些人摇着头走了，又有些人围了过来。一时间，孙子盛要招兵建保安营的事成了十里八乡热议的话题。

　　十来天过去，孙子盛招来了三十来个人。青峰镇保安营驻扎在了清风楼。孙子盛既当镇长又兼任保安营营长，同时，他也将铺盖搬进了清风楼。

第 76 章　鸡鸣寺

县委将沈家一家人和杜鹃母女转移到大青山苍龙镇之后，又陆续转移来了十多户八路军和地方党组织的家属及为革命牺牲了亲人的烈属们，都分散安置在老百姓家中。沈家和杜鹃娘俩住在王石头家，王石头已随游击队改编为新四军，离开了苍龙镇。沈家一家和杜鹃娘俩住在王石头的老屋。沈家人住西间，那是王石头在家时的房间。杜鹃娘俩住东间，那是原来王石头家的灶房和杂物间。已经过了霜降，山里的气候冷得早，半夜已经很冷。凤仪和杜鹃娘就到镇子外的山坡上去割已经枯黄的野草，摊在门外晒干了，一屋打一个地铺。地铺又宽又厚，睡在上面又软又暖和。郝书记和县委的同志常来苍龙镇，为这十多户转移来的革命家属送来些粮食和油盐之类的必需品。

镇上的老百姓对这些革命家属很好，常有人送些萝卜、白菜或山枣、核桃什么的食物给他们。那些老头老婆婆来了，总与灵芝她们拉上半天家常。那话题多是回忆当年那些山民下山到青峰镇遇到困难时沈润章和沈少松如何帮助他们及灾年时沈家如何舍粥救济灾民的事。话语里充满着感激和夸赞。尽管灵芝整天因丈夫的死和青河的情况愁眉不展暗暗流泪，但是每当听到这些话，她也总会有一丝欣慰的表情溢于眉间。

晚上，沈灵芝经常整夜整夜睡不着，总是对凤仪说："也不知道青河怎么样了？他们会不会打他？在大牢里能不能吃饱？"

这时凤仪只能尽力宽慰她说："你放心吧娘！青河会没事的。咱老几辈都是行善积德，常说吉人自有天相，老天爷会保佑他。"

尽管大家都劝灵芝，但她心中那份牵挂、那份担心总像一个影子时时伴随着她。那是她们转移到苍龙镇快一个月的一天，天刚亮，她们还都没起床，就有人敲门，凤仪急忙披上衣服拉开门。原来是赵武，他头上身上挂满了霜雪，磨刀凳上还有半布袋粮食。

"赵武，你咋来了？"凤仪慌忙接下那半布袋粮食，一边给赵武拍掉身上的霜雪，一边说，"你走了一夜啊？冻坏了吧，我点火给你烤烤。"

赵武一边伸开胳膊任陈凤仪给他拍打，一边说："烤啥火！我还冒汗呢！白天不敢上山，保安营看得紧，我怕暴露了身份。"赵武是地下交通员，往山里送情报都靠他。

赵武坐在了那把木制罗圈椅上，从腰间抽出烟袋，从烟包里捏出一撮烟丝，安进烟袋锅，噙在嘴里，一边打火一边说："孙子盛又回来当了镇长，还成立了镇保安营，都住在了清风楼。"

"这个鳖孙！跟黄三一样，国民党来了跟国民党，日本人来了又去当汉奸！他终究不会好死！"沈灵芝气愤地骂道。

赵武吸了口烟说："还有个好消息……"

凤仪急忙问："啥好消息？"

赵武说："青河从监狱里跑了。"

"啥时候跑的？"沈灵芝急忙问。

赵武说："有十几天了，这是县里一个地下交通员告诉我的。"

灵芝和凤仪脸上立刻布上了愁云。"十多天了？他没来苍龙镇，他能上哪儿去？"灵芝疑惑地自言自语。

赵武说："这你放心，青河肯定没事儿。县里交通员说，青河是半夜跑的，他们到处搜查，也没找到青河，说明青河已经安全了。"

沈灵芝长出一口气，没有说话。看表情，她心中的惦记和牵挂并没减少多少。凤仪眼里涌满了泪水。她自言自语："这兵荒马乱的，青河能到哪儿去？"

吃过早饭，郝书记的通信员小窦来了，他说郝书记让赵武去郝书记那儿，赵武二话不说就随小窦走了出去。

赵武是县委郝书记亲自发展的一名地下交通员。赵家在青峰镇也算单门独户。赵家祖籍在河北。赵武的爷爷逃荒来到青峰镇，因他吹得一口好唢呐，就搭地班（当地人组织的班子）为人家婚丧嫁娶吹吹唢呐混口饭吃。常说生意不如手艺，手艺不如口艺，口艺不如种地。土地大多掌握在财主手里，佃户们租种东家的地，种一葫芦打俩瓢，还得缴给东家半瓢，种地人风风雨雨一年也难养家糊口。而做生意需要本钱，穷人做不来。手艺人多是祖传，技术绝招很少传于外人，即使学徒三年也难学到真谛。而口艺人则不需要本钱，凭着一技之长也能混口饭吃养活老小。镇上有一单姓人家，也是单门独户，单老汉没有儿子，只有一个闺女，他看赵武的爷爷也是本分人，又会吹唢呐，就想招赵武的爷爷为上门女婿，即倒插门。

经人介绍，双方一拍即合。对于一个外乡的流浪青年来说，无疑是天上掉馅饼的事情。赵武的爷爷入赘单家后，生下一个儿子就是赵武的爹。赵武的爷爷自赵武的爹五岁时就悉心教他学吹唢呐。赵武的爹娶媳妇后，一连生了五个儿子，老大赵文，老二赵武，老三赵双，老四赵全，老五赵响。子承父业，老大、老三、老四、老五都学会了吹唢呐，唯独赵武，生下来就是个豁嘴，豁嘴就不能学口艺。在那个时代，人的生存是难题，他爹就让赵武学磨刀剪，有一技之长才能活下去。赵武的爹就带领其他四个儿子成立了赵家唢呐班。赵家老三有一年被抓了当兵，一去便杳无音信，七年之后，有人说赵家老三赵双死在了湖北。唱鼓书的老郝常来青峰镇，对各家情况了如指掌，他看赵武家境贫寒，又因豁嘴没有娶上媳妇，但人却本分，就秘密发展他为共产党的地下交通员。郝书记不让赵武参加农会工作，也不让他参与抛头露面的工作，只负责搜集情报、传递情报的工作。赵武整天肩扛一条板凳，上绑磨刀石，边挂一小水桶，走村串户，进镇上城，一路高喊着一句永不变更的话："抢刀磨剪子换剪子轴！"

磨刀人，上可以进达官贵人的府邸，下可进平民百姓之家。只要有人喊一声"磨刀的"，他就放下条凳，等主人拿来刀剪便骑在条凳上认真做他的活计。虽不说一句话，但可耳听八方。那些闲着看热闹的人围在他周围，一边看他磨刀，一边拉呱，一切东家长西家短，村事县事天下事便进入了他的耳朵。磨完刀剪之后，他便用麻批捆成的小刷子蘸了桶里的水，清去刀剪上的泥污，然后再拿出一块破布或一片旧棉絮，试一下刀剪的锋利度，直到那刀能切断棉絮或布条，那剪能一剪剪断棉絮，他才将刀剪交给主人。不管主人是给他一两个小钱或是送上一个窝头、一碗糊涂，他都笑纳了。然后又扛起他的条凳，一边高喊"抢刀磨剪子换剪子轴"，一边走向另一条街巷或村庄。

他随小窦来到郝书记的住处，郝书记说："你除了要注意孙子盛的动向外，还要设法找一下青河。他逃出监狱后应该到山里来，他知道苍龙镇是我们的根据地，可他没来。我分析，在监狱里孙子盛和黄三他们会设法折磨他，也许因伤重来不到苍龙镇，躲在了什么地方，或是出了什么意外。不管怎么说，活要见人，死要见尸，不然我们对不起沈润章老人，更对不起沈少松会长。"

赵武接受了任务，下山之后便进了县城，找遍了县城里的堡垒户（地下党的关系户）也没打探到什么消息，于是他便踏上自县城通往大青山的那条枯草遮掩的蜿蜒小道。大青山山势巍峨、道路崎岖，那条小道通往大山深处，也是唯一一条通往苍龙镇的山间小道。那羊肠小道如一根细绳缠绕在山间的草丛中、森林间。山里人烟少，有几户人家，也是零零星星地散落在山坡上或山脚下，没有一个一二十户集居的山村。赵武见村便进，见人便问，不时高喊几声："抢刀磨剪子换剪子轴！"他想只要青河在，他就能听出自己的声音。

越往山里走，人烟越稀少，有时走半天也见不到一户人家，只有遮天蔽日的森林，山崖参差的巨石或叮咚作响的山泉。山间有许多小的山洞，大的深不见底，小的可容一人藏身。他逢洞便进，看看有没有人或人休息的痕迹。走到下午太阳偏西，仍不见一点踪迹。傍黑时他走进一山民家中，那中年山民也挺善良，见他一人在深山行走，怕他遇到虎狼野兽，便留他住下。赵武非常感激，便将那山民家的刀剪斧头都磨了个锋利。那山民也很高兴，便说："你在这大山深处找一个人，那还不是大海捞针？你不如去鸡鸣寺，那里有一高僧，能掐会算，人称'活佛'，可以请他给你指点一下。"

晚上，那山民给他讲了一个那高僧的故事。十几年前，有一军阀头目，兵败之后逃进大青山。一日逃到鸡鸣寺，他求高僧给他算命，那高僧双目微闭，掐指叠纹算了一会儿说道："立地成佛鸡鸣寺，枉杀无辜路到头。"那军阀大半辈子呼风唤雨吃香喝辣，怎能在此削发为僧？再说后有追兵，若在此停留，那不是等死吗？他决定逃走，可又怕追兵来到后僧人泄露了他的行踪，于是在夜里他杀了两个守夜的小和尚，再去找那高僧，寻遍寺院也没见到那高僧和其他僧人。那军阀只好趁夜下山。走了大半天，他饥渴难忍，便趴在溪边饮水止渴。此时追兵赶到，将他乱枪打死在山溪边。赵武小时候也曾听过有关那高僧的许多传说。大青山的人都把他传得神乎其神。赵武的娘也信佛，自小那鸡鸣寺的高僧便成了赵武心中的向往，如能见到那高僧，也算圆了赵武儿时的梦想。

第二天一早，赵武便扛起他的条凳，告别那山民继续往山里走。近午时分，赵武来到鸡头岩下。举目上望，山头有一巨石，横空悬在万丈悬崖之上。那巨石之上有一巨石，状如鸡头，似雄鸡引颈高鸣。鸡冠处有一片红墙绿瓦的建筑。赵武心想，这就是鸡鸣寺了。他不顾腿软气虚，沿石阶一气攀上鸡头岩。鸡鸣寺建在鸡头岩上，那寺没有院墙，却建有一寺门。山门外有一棵枫树，足有合抱粗细，枫叶如火，如一巨大火炬在蓝天白云下熊熊燃烧，阵风吹来，那通红的枫叶，金黄的银杏叶，淡黄的杂树叶飘飘扬扬如雪花飞舞。唯有院内的几棵古柏依然郁郁苍苍，墨绿如堆玉。

进得山门，见院内正有几个僧人挥帚扫那遍地的落叶。赵武将肩上条凳放下，正欲上前去问面前扫地的老僧，那僧人恰巧停帚直了直腰，见有人向他走来，便一手扶帚一手立于胸前，念一声："阿弥陀佛！"赵武走上前问道："请问师父，那高僧可在？"那老僧人口念"阿弥陀佛"说道："请施主随我来。"那老僧引领赵武拐了几个弯，来到一僧舍，见一胡须如雪的老僧，正盘腿在蒲团上闭目诵经。二人也不打扰，就站立于一旁等候。不一会儿，待那老僧诵完经，扫地老僧说："师父，有施主找您。"说完便退出门去。赵武见那老僧，满脸皱纹，两道浓眉洁白如雪，看上去已有百岁高龄。那高僧将那微闭的双眼睁了睁又合上了，左手大拇指在另外四指上来回掐点了几下之后，说道："施主可是找人？"赵武惊奇之中急忙双手合十，弓了下腰说："活佛神明！我正是为找人而来求活佛指点。"那高僧双眼微睁，赵武见那双眼睛炯炯有神如两汪清水。那高僧看了眼赵武又闭上了眼睛说道："你所找之人在东南方一百五十里处。此人有血光之灾，你快去帮他。"说完那高僧抬手挥了一下，"快去吧！阿弥陀佛！"

　　东南方，一百五十里，那不正是青峰镇吗？孙子盛有枪又有保安兵，青河回去必定凶多吉少。赵武双手合十念了句"阿弥陀佛"，又说了一句多谢活佛指点便退出门来，扛起他的条凳匆匆出了鸡鸣寺，下了鸡头岩，择近路赶往青峰镇。

第 77 章 报 仇

沈青河逃出监狱，趁着夜色的掩护，钻进小巷，避开追兵，出城后便钻进一片灌木林，藏进林中歇息了一会儿，待到大路上追兵的嘈杂之声消失之后，便一瘸一拐地钻进了大青山。他一路紧咬牙关，忍着痛苦，咬着仇恨，慢慢往山上爬。此时他已不再害怕，他知道保安团的那些士兵不敢轻易进山，连灌木林也不敢进。他们害怕野狼和毒蛇，只在大路上追喊一阵便回去了。拂晓时分，他爬上一座山头，回头看，山下的县城在曙光中迷迷蒙蒙，此时他已大汗淋漓，又饥又渴，加之腿肚子上和屁股上两处伤已经化脓，他用手摸摸自己的额头，已不似在牢里时那么烫手，因为出汗过多稍许退了点烧。额头的汗冰凉，他摸摸左肋处，依然钻心地疼。他想，可能是肋骨伤了，不然不会那么痛。此时他心中的仇恨又一次如烈火一般从胸膛冲向头脑。"这仇我一定得报！"在监狱里他确实没少受罪。孙子盛为报复以往受过的屈辱，天天让狱卒折磨他。有时三四人把他挤到墙角用脚踹用棍棒打。一顿一碗四个眼的稀糊涂，喝进肚里根本不经饿，他还哪有还手之力？只能双手捂头任那帮禽兽殴打。那时，外边的形势发生了变化，国民党要对共产党一网打尽斩草除根，黄三让沈青河交代出青峰镇都有谁参加了共产党，谁是地下联络员，县委书记老郝藏在哪里，青河拒不交代。黄三便让手下下狠手逼他开口，天天过堂，刑罚用尽，可青河硬是不开口。黄三和孙子盛无奈，只好把青河列入共产党的名册上报，准备除了这个农会主任的儿子，共产党的民兵连连长。沈青河挺过了几天没受刑的日子，觉得黄三他们对自己没法可施，不想孙龙跃来看他时说出那句话，他仔细琢磨之后，感觉是实话，于是决定今夜必须逃出去，不然，天明可能就会被枪毙。

他坐在一块石头上喘息一下，撩起衣襟擦去满头满脸的汗水。此时，一阵枪声从山下传来。他心里"咯噔"一下。因为他的逃跑，黄三他们提前下手了。他庆幸自己逃了出来。一个画面在他脑海里浮现：山野间一片雾蒙蒙，那些狱友站成一排，在枪声中一个个倒下。

沈青河长长地出了一口气。他庆幸自己逃了出来。不然，此时他也和其他狱友一样倒在那荒野草丛中。这时他心里又有点感谢孙龙跃，若不是他的一句话，他也不会在临死前逃出来。秋日正露出地平线。此时他感到饥渴难忍，昨天晚上的一碗稀糊涂早就变成汗水流干了。黄三真不是人！这些人临死了也不给个辞世饭！不说酒肉，起码也该给两馍！他为刚才在枪声中倒下去的同志感到惋惜。口干伤疼，让他有点难以忍受。他用目光搜寻着四周，盼望能找到点吃的。深秋的山野已无粮食作物，偶尔有几棵干枯的玉米棒也早被种植人采摘完了，只有丛林中的一棵野柿树上还挂着十几颗红的柿果。他急忙赶过去，掰弯枝条，摘下柿子，塞进嘴里。柿子已成熟，软软的，甘甜可口。他吃下十几个柿子，不再感到饥渴，身上也有了劲，他便匆匆下山。山下有一小溪，秋天雨水少，溪流也显瘦，只有一条细流在乱石间蜿蜒。他趴在地上将嘴伸向溪水猛喝一阵。他不能蹲下捧水喝，因为右腿肚上伤口已化脓，一蹲下便疼痛难忍。他准备去苍龙镇，那是共产党的根据地，郝书记也在那里，他要在那里养好伤再下山报仇。两处伤口都在化脓，伤口上布满白白的脓液，因此他又烧起来了，他感到头发昏，浑身没劲，但他咬牙坚持，走几步歇一下，再往前走。他在一个小山洞里度过难挨的一夜，强烈的报仇心理支撑着他，天刚明他又上路了。他渴了就猛饮一阵山泉水，饿了就摘些野柿野核桃充饥。

第二天的下午，他来到鸡头岩下的山溪边，他再也走不动了，昏倒在了那山溪边。常说，人不该死有人救，恰遇鸡鸣寺的两个和尚下山取水，那两个和尚见有人昏倒在山溪边，喊了几声没应声，又推了几下也没动，试试鼻息尚有气。两个和尚便将他背上鸡鸣寺。那高僧便将他安置在一个僧房，煎了中草药为他清洗伤口，又熬了粥饭喂他。第二天下午他才醒来。那高僧问了事情的来龙去脉，方知山外复杂的形势和尘世的正义与邪恶。之后，那高僧对他更是关怀备至。六天以后青河退烧了，伤口开始愈合，他便要求下山，经高僧再三劝阻，青河方静下心来在寺内调养。十多天以后，伤口已痊愈，只有肋骨还隐隐作痛。这时他觉得不需要再去苍龙镇治伤，他决定回青峰镇报仇，于是他便偷偷下了山，那天正是赵武到寺的前一天。

一路上，青河脑海里只有一个画面，那就是在狱中受刑的场面。那画面一遍又一遍、千百遍上万遍地在脑海里闪现，除了这些画面什么都没有。脚下的磕绊，耳边的风声，满眼的山石和树木一概没入脑海。他的思想钻进一只牛角尖，无法挣脱，无法排遣，他只反反复复地念着两个字"报仇！""报仇！""报仇！"至于如何度过山洞那一夜，如何被人背上鸡鸣寺，在后来的日子里他怎么也回忆不起来。

沈青河赶到青峰镇时已是第二天的午夜时分。午夜的青峰镇十分静寂，没有灯火，没有人影，连一声狗吠也没有，只有满天的星斗在闪烁，偶尔有一阵风吹来，树梢头没落尽的枯叶才发出一阵窸窸窣窣的声响。踏进镇上的石板街道，他放慢了脚步。此时他脑子似乎清醒了些，这仇怎么报？杀了孙子盛全家？可是小芳是无辜的，他不忍心。孙龙跃老两口也是无辜的。况且孙龙跃去南监看望他，还告诉了他明天将会枪毙他的消息，孙龙跃也算是救了他一命。只能杀孙子盛一人。可怎么杀？回家拿把菜刀？可孙子盛有枪，也许刀没落下孙子盛就会开枪打死他。怎么办？他一边走一边想，这时他突然想起家中藏有一支猎枪，那枪是王石头送给父亲的。那枪有四五尺长的枪管，红色木头的枪托，还有一个盛枪药的葫芦。他喜欢那杆猎枪，当了民兵连连长后，他常拿出来擦拭。那枪他藏在他的床里边靠墙的地方，药葫芦藏在他的床下，盛钢砂的布袋与药葫芦拴在一起。想清楚了这些，他便直奔自己家。他来到大门前，伸手摸摸大门上的锁，锁上有一层锈，看来母亲和嫂子已经好久没回家了。他心里说，"等我报了仇，再接你们回家"。他用力拉了拉锁，开不了，又推推门，门也不动。于是他走到靠河边的那棵大榆树下，像小时候一样，"噌噌"几下爬上树，又爬上伸向院中的大树枝，从树枝上下到墙头上，站到墙头上向院中看了一眼，院子中黑乎乎的没什么动静，就弓身跳下墙头。他感到脚下一阵碎响，那是双脚踏碎落叶的声音。双脚一落地，肋间一阵刺疼，正如那高僧所说肋骨还没好。他停歇一下，待肋骨的疼痛好了些，他径直来到他的房间，门没锁，他想起出事前屋门没上锁，只锁了大门，看来这院也许久没进人了。他推开门，从靠墙的床边摸出那支长管猎枪，又从床下摸出盛枪药的葫芦和钢砂袋，这时他有些担心，几个月没回来，枪药可千万别受了潮。他拔掉葫芦盖，倒出一些药放在手中，还好，药还是干的。他将那长管猎枪斜立在胸前，左手握住枪口，手握成喇叭状，右手持药葫芦，将药顺进枪管。装好了枪药，左手掂起枪管在地上磕一磕，又倒了一些药，多装些药，让火力更强大。他觉得药已够了，又磕了磕，然后解开钢砂袋，将钢砂灌进枪管，磕了磕，又加了些钢砂。他唯恐火力和钢砂不足以杀死孙子盛这个孬种，将枪在地上使劲磕了几下，让枪药和钢砂在枪中结合实在，然后又从钢砂布袋中摸出火纸，撕下一块安在扳机处。

这一系列动作都是自小练成的。他用这猎枪追过土匪，进大青山打过野狼和狐狸，也曾常用它打野兔，可从来没用它打死过人。这次一定让它开开荤，让那钢砂都钻进孙子盛的胸膛，让孙子盛的身体变成马蜂窝。一切准备妥当，他掂起枪，来到靠大青河的小角门前，拉开门闩，出了小角门，直奔孙子盛家。来到孙子盛家门前，他悄悄推了推门，门纹丝不动。这时他的手摸到一把大锁，门锁着。大门外面上锁，说明孙子盛没住在自己家。"这小子心虚了，怕我报复他。"转而又一想，这小子鬼点子多，也许是故意搞了个空城计。投石问路，青河在脚下摸起一块半截砖，隔着墙头扔向堂屋门。同时他迅速爬上墙外的一棵树，端起枪对准了堂屋门，你只要一开屋门，我就扣动扳机，那钢砂射出去有笸箩口大，你小子总躲不掉。砖头"咚"地落地发出一声响，屋里有人肯定能惊醒。他等了一会儿，屋里没一点动静。这时青河断定孙子盛没在家住，也许这小子怕被报复住在他爹那儿。沈青河溜下树，来到孙龙跃门前，摸摸门上没锁，大门是从里面关着的，推也推不动。他沿墙根遛了一圈，他记得西墙外原有一棵槐树，有两个盆口粗细。树哪儿去了？他不知道在一个月前为了给孙子盛娘看病，孙龙跃把那树刨掉卖了钱。

　　沈青河正无奈，突然他在星光下发现不远处有一堆黑乎乎的东西，这时他心中一喜，他想起那是孙子盛盖房子时剩下的一堆砖头。他把那长管猎枪斜挎在背后，蹬着砖头攀上墙头，又从墙顶跳进院内。不想那"扑通"的落地声惊醒了屋里人，屋里马上亮起了灯光。青河怕孙子盛有准备，便"砰"的一声踹开了屋门，随即一个箭步冲到堂屋门前。这时，借着灯光他发现那人不是孙子盛，而是他爹孙龙跃。突然的变故，吓得孙龙跃和子盛娘急忙起身。"孙子盛呢？"青河厉声吼道。孙龙跃一看，是沈青河，并有一支枪口对准了他。他没有惊慌，也没有害怕，他知道沈青河不会对他怎样。他异常沉稳地说："啊，是青河！"青河又厉声询问："孙子盛呢？"子盛娘杏花看到那枪口早吓蒙了，哆哆嗦嗦地说："他，他不在这儿。""在哪里？"又一声断喝。孙龙跃知道事情不好，沈青河是来找儿子报仇的。他停住穿衣想制止妻子说出子盛的住处，可已经晚了。子盛娘说："在，在清风楼。"孙龙跃一听老婆子说出了子盛的住处，气急败坏地"唉"了一声："哪有你说话的份！"当怒视妻子的目光转过来时，沈青河已转身出了门。"青河，你等等！"他一边快速穿衣一边喊。他想阻止沈青河，他知道青河是来找子盛报仇的，儿子很危险。他一边扣扣子，一边趿拉着鞋追出去。当他走出堂屋门，青河已拉开门闩开了大门。孙龙跃急忙扑上去拉住青河，可不知什么东西绊了他一下，他"扑通"趴倒在地上。他急忙爬起，追出门外，青河已消失在夜幕里。孙龙跃一边追一边喊："青河！青河！是我救的你！你千万别伤害子盛啊！"他不停地喊着，拼命地追着。青河哪听得进孙龙跃的呼喊和哀求，脑子里只有一根弦：报仇！

　　孙龙跃的一路吆喝惊得全镇的狗都叫了起来。

　　孙子盛被一片狗吠声惊醒了。他侧身听了听，狗叫声连成一片，他起身披上衣服，擦着火柴点着床头的一根蜡烛，心想：有贼？一两个小偷不会有这么大动静，难道是黑三那帮土匪下山了？

自从成立农会，有了民兵连，那帮土匪就再也没敢来青峰镇。这时他听到狗叫声中还夹杂着人的呼喊，那像父亲的声音。小芳被孙子盛惊醒了，她嘟哝着："狗叫一声你也睡不着，真是！……"孙子盛说："别吭声！"他又仔细听听，那是父亲的呼喊，那声音越来越近，小芳也听到了，也急忙起身，怀孕七八个月的身子显得很笨拙。孙子盛急忙拉过裤子就要穿，这时"咣"的一声门被踹开了。他们二人发现沈青河那一杆枪先伸进了门。小芳一翻身护在孙子盛前面。"小芳你闪开！"沈青河喝道。小芳一看是青河："青河哥，你……"此时孙子盛急忙去枕下摸枪，小芳又急忙去按孙子盛的手。小芳挡在孙子盛面前，青河无法开枪，他怕伤了小芳。小芳在跟孙子盛夺枪。孙子盛已把枪抓在手里，可手被小芳死死抓着。孙子盛恼怒地用左手推小芳，小芳双手死死抓住孙子盛的手不放，孙子盛一下子甩开小芳。就在青河扣动扳机的同时，孙龙跃已冲进屋了，伸手抓住沈青河的枪筒举了起来。"叭叭"两声枪响几乎同时响起。青河的枪打到了屋顶，空中落下一片粉尘。

楼上楼下保安营的人听到枪声，也都急急忙忙地跑了出来。

青河的枪放了空，再装药已不可能，他想扑上去夺孙子盛的枪，可他看到小芳的身体一挺便倒了下去。孙子盛举枪要对青河再次开枪，可父亲孙龙跃已挡在面前。青河看到小芳中枪倒下他惊呆了，就在他惊呆的一瞬间，一只手从背后一把抓住他的衣服猛力把他拉出门外："青河快跑！"那是赵武的声音。沈青河被赵武拉着消失在夜幕中，身后传来孙龙跃的哭喊："小芳！小芳！"

保安营的人都跑了过来，一看都惊呆了，小芳赤裸的身子仰面躺在床上，胸口上有一个洞在"咕咕"地往外冒血，那是孙子盛的手枪在争夺中开枪打中的。此时孙子盛见到保安营的人涌进屋才从木呆中醒过来，他歇斯底里地大吼道："快去追！别让沈青河跑了！"保安营的人呼啦一下子全跑了出去。

孙龙跃看着儿媳妇半赤裸的身体，不敢伸手去摸，只能扶在床边上哭叫："小芳！小芳啊！你挺住啊！"哭叫了一会儿，才想起什么，突然对孙子盛怒喝道："你个孽种！还不快去请先生！都是你造的孽啊！"

孙子盛照自己的脸上打了一巴掌，然后穿上裤子和鞋，掂着枪跑了出去。

第78章 杀 机

小芳的死，又在孙子盛心里打了个死结。

埋小芳的前一天，孙子盛就带领镇保安营的三十多个人，砸开了沈家大门，一把火把沈家大院烧了个精光。孙子盛看着那熊熊燃烧的大火，恶狠狠地说："娘的！我叫你们闹革命！叫你们分我的地，均我的产！我要把你们统统抓起来，关进大牢，看你们还闹不闹！"说话时，牙齿咬得咯咯响，两眼喷着火。

火烧沈家大院，许多人都围着看热闹。尽管人人都在喃喃自语，对孙子盛的放火行为感到愤怒，也为沈家感到可惜，可谁也不敢去救火，因为孙子盛的保安营就围在周围。

"舌头"张百利就是个对稀罕事儿敏感的人，人们都站在外圈看，"舌头"却挤到最前边，站在孙子盛的身边，看着沈家大院烧成一片火海。孙子盛的狠话同时也进了他的耳朵。

"舌头"与孙子盛的关系是"忘年交"。孙子盛小时候常跟着二叔孙龙腾和"舌头"玩。他们二人喝酒也让他跟着喝一盅。后来孙子盛当青峰镇镇长时，就拉着"舌头"跟他干。一段时间之后，"舌头"对子盛的看法变了，孙子盛不再是小时候的孙子盛，而变得为给自己谋私利不择手段。谁要是不顺他的意，得罪了他，他就会想方设法进行报复，而且心狠手辣。一个外地人来青峰镇赶集做生意，因为不注意，将鼻涕甩到了他身上，他把人家打得鼻青脸肿还不算毕，还逼人家跪着给他舔干净。"舌头"对孙子盛的为人处世有点看不惯，可他不敢说，人们都知道一个道理，不能得罪恶人。后来日本人来了，孙子盛当了日本人的维持会会长，"舌头"就不再去清风楼。尽管孙子盛"三顾茅庐"，可"舌头"再也不亲近孙子盛了。

农村人吃饭不像城里人，关起门吃自己的，而是端着碗到街上吃。大家聚在一起，一边吃一边拉家常，说东家道西家，相互之间传递些小道消息或逸闻趣事。那天在饭场里，好多人都在议论孙子盛开枪没打着沈青河却打死了小芳，还搭上了自己的孩子的事，有人长吁短叹表示可惜，有人说孙子盛自作自受。

当大家议论到孙子盛不该把沈家的房屋都烧了时，"舌头"说："唉！烧了沈家的房屋是小事，恐怕还得出大事！"

"还会出啥大事？"有人问。"舌头"说："弄不好农会的人都得遭殃。"赵武问："遭啥殃？他还能……"

"舌头"悄声说："孙子盛说，他要把农会的人都抓起来，送到县里大牢去，还有那些跟共产党走得近的人。"

"舌头"张百利怎么也没想到这无意中的一句话竟引来了灾祸。那天晚上，"舌头"正在梦中，几个保安人员撞开他家的大门把他连推带搡带出家门，带到了清风楼。

原来，烧沈家的当天晚上，天刚黑，孙子盛就吹响了哨子，把三十多个保安人员集合在清风楼前，他怒声喝退几个看热闹的闲人后，说道："养兵千日，用兵一时。咱保安营自组建以来，还没干过什么大事。今天要办一件事，大家要齐心协力把事情办好。谁要是吃里爬外，不用力，怕得罪人，我姓孙的就饶不了他！"他把三个连长叫到跟前，一一分派了任务，一连去抓农会副主任刘天福，二连去抓许铁匠。

二连长说："许铁匠跟你家可是亲戚！"

孙子盛说："管他什么亲戚！叫你抓你就抓，少啰唆！"他命令三连去抓六个农会的积极分子。

三个连长各自带着他们的十来个人出发了。孙子盛坐镇清风楼等待着胜利的消息。他要让农会的这些人给小芳披麻戴孝，以解他心头之恨，然后送进县大狱，让他们尝尝闹革命的苦果。谁不服气，就以通共罪名枪毙他。

一个多时辰过后，三个连长都回来复命，说一个也没抓着。找不到人，连影子也没看见。孙子盛恼羞成怒，怒喝道："你们这群蠢货！白吃干饭！"

三个连长都低下头，任孙子盛呵斥。孙子盛一边骂一边驴拉磨似的来回踱步。几个来回之后，他停到一连长面前："去！你去把'舌头'弄来！"

"是！"一连长转身带着他的兵跑走了。

"舌头"张百利被带到清风楼又被一把推进镇长办公室。他有点丈二和尚摸不着头脑。自己既不是农会的干部，也不是什么积极分子，原来又与孙子盛关系不错，又推又搡像对犯人似的对待自己，他确实不理解，心里有点窝火又有点害怕，进了门，孙子盛连座也没让。他正想说点什么表达自己的不满，孙子盛先说话了："张百利！"语气带着冰冷和威慑。他以往都叫"舌头"叔，可这次直呼其名，这名字很少有人叫过，大家都叫他"舌头"。"舌头"没经过事儿，一看这阵势，腿就有点打战了。他本来胆子就小，一见这阵势，他感觉到事情有点不妙，可他心里明白自己没干什么事，他还是稳定一下情绪站稳了。

"咱爷俩也就不兜圈子啦，我实话实说，你也实话实说。你要是不说实话，别怪老侄对不起你！今夜就送你去坐大牢！"

"舌头"一听要送他去坐大牢，心里就有点哆嗦。他目瞪口呆地说："子盛，我、我、我没犯什么事。我又不偷不抢，又不欺男霸女……"

孙子盛有点不耐烦："好了！别说这些了！就你那舌头，就该割了喂狗。"

"舌头"瞠目结舌，不敢再说什么。

孙子盛说："今天吃午饭时，你在饭场都说了些啥？"

"舌头"抬起头望着屋顶想了想说："说、说了刘鹤不孝顺，光给他爹喝稀的。还、还说了昨夜听新房的事。还、还……"

"别说了，你真是个长舌头！你说没说我要抓农会的人？你当我不知道！秦槐还有三个相好的，人家早给我说了。"

"舌头"心里暗骂：哪个孬种乱和孙子盛告状！他看孙子盛知道了饭场上说的话，已经无法再抵赖，只好变软了语气："子盛，你知道我这嘴，爱瞎拉呱，我也不是故意背后说你坏话。"

"瞎拉呱？我问你，你说没说？"孙子盛瞪圆了眼睛。

"舌头"想了想说："我也许说了，记不清了。"

孙子盛问："当时饭场都有谁？有刘天福吗？"

"舌头"摇摇头说："没有没有没有。"

"都有谁？"

"舌头"说："有张富贵和他儿子，有孙晓他爹，有、有，还有刘四。"

"还有谁？"

"对，还有赵武。他炒了南瓜菜，还叫我吃了。""舌头"停了一下又说，"赵武先走的，刘四俺俩最后走的。"

孙子盛微微点了点头，说："对！就是他。我早就怀疑他，这个浑蛋！"孙子盛说这话时牙齿咬得咯咯响。

刘天福和许铁匠带领六个积极分子逃进了大青山，来到了根据地苍龙镇。可赵武却不见了，二十多天没见赵武的踪影。按常规赵武五六天就会进山一次，将搜集到的情报向县委汇报，可赵武消失了，二十多天杳无音信。郝书记感到事情不妙，便派另一个地下交通员秦槐下山去打探赵武的消息。他明确指示："活要见人，死要见尸。"那交通员下山四天未归，郝书记心急如焚，正要再派人下山，那交通员回来了。见了郝书记他说道："报告郝书记，赵武同志可能牺牲了。"郝书记睁圆眼睛静听着。"这几天，我走遍了县南的所有村镇，最后在青峰镇东一个叫十里洼的小村听到一个消息，说十多天前一个农民下地犁地，见到有具尸体躺在小河边，流了一摊血，旁边还有一条磨刀人扛的条凳和磨刀石等工具。那农民一见死了人，吓坏了，急忙跑回家告诉了村里人。这时人们对死人的事已不觉得稀奇了，饿死的，被人害死的，经常在路边荒野见到。村里的人们没人去看热闹，怕见了死人惹上霉气。待第二天那农民再去河边干活时，只见有板凳和血迹，死人却不见了。我听到这个消息急忙去看。确实是那样，只有那条凳和磨刀工具，没有尸体。但那条凳我认识，那就是赵武同志的，那条凳的一头有锯拉过的一道槽。看来赵武同志是牺牲了。"

一阵沉默之后，郝书记说："那赵武同志的尸体哪儿去了？"

那交通员说："村里人都说，可能是被野狗吃了。这时候野狗多。"

一阵死一般的沉寂，谁也不说话，都为赵武同志的牺牲感到哀伤。足有一袋烟工夫过后，郝书记说："秦槐同志，你还得下山。一是想法子找到赵武同志的尸骨，咱得给他埋座坟，以后也要祭奠。二是有消息说，咱们的部队已经打过来了，你去打探下消息。如果我们的部队来到青山县了，就想办法跟他们接上头。"

那交通员说："是！"然后接过一个装着窝头的布袋就下山了。

第三天，那交通员带回一个振奋人心的消息："咱们的队伍打过来了，就住在县北二十里的刘家集。你猜我在刘家集见到了谁？"

郝书记问："见到了谁？"

"我见到了沈青山，他已是咱解放军的连长。我还见到了他们的团长时雨。我做梦也没想到会见到时雨，他是我的一个堂弟，我们小时候整天在一块儿玩儿。"

郝书记很不理解："打住。你姓秦，他姓时，咋会是堂兄弟？"

交通员秦槐说："这你有所不知，时雨是我大伯的儿子，因家里穷，吃上不饭，时家用两斗谷子就要走了我堂弟，于是他就跟人家姓了时。他现在是沈青山的团长。时雨告诉我，他们这次打过来，是路过青山县，接着还要北上打大仗。他让我通知青山县委，要组织全县民兵，两日内到刘家集会合，配合咱们的部队，一举打下青山县城。"

郝书记听后非常兴奋，立即召集住在苍龙镇的县委干部开会，安排部署分头通知各乡镇的地下党组织，组织民兵队伍，按时赶到刘家集。

当天下午，郝书记便带着苍龙镇的一百多个民兵，扛着枪、杆子和大刀浩浩荡荡地下了大青山。

转移到苍龙镇的革命家属都不约而同地来到下山的路口为郝书记他们送行。

之后，他们这些人天天到这个路口向山下张望，等待郝书记他们胜利的消息。第三天中午，一个人匆匆忙忙爬上山来，他是县委交通员秦槐。秦槐说，青山县城的解放只在一夜之间，原来有一支国民党的正规军驻在青山县城，那是在河北吃了败仗撤退过来的。解放军大部队一过来，他们就匆匆撤走了。黄三的独立团只有二百来人，他们一见到解放军大部队过来，就匆忙把各乡镇的保安营调进县城，想负隅顽抗。可那些乌合之众哪里是咱正规军的对手，冲锋号一吹，大炮一轰，黄三的队伍就像火烧马蜂窝，他们死的死，伤的伤，没死没伤的就逃得没了踪影。

到天亮，除了满街的死尸和躺在地上不能动的伤兵，他们没一个能走的了。战斗结束后，黄三跑掉了，孙子盛也活不见人死不见尸。还有一个好消息，在解放军野战医院他见到了赵武。原来赵武被孙子盛他们枪毙之后，没打到要害，一枪从心脏旁边穿过，一枪打穿了肩胛骨。真是人不该死有人救，恰巧解放军的一个侦察班路过那里，发现了赵武，就把赵武救起，送进了解放军的野战医院。

沈灵芝、凤仪和杜鹃娘激动得直抹眼泪。

凤仪心里放不下丈夫，问秦槐说："老秦，青山回不回来？"

秦槐说："战斗结束后，咱们的部队就转移了。在队伍中我见到了青山，他向我挥挥手，一边走一边对我喊，他说，'老秦，对陈凤仪说，等打下古城，我就回家看他们！'"

沈灵芝微笑着，不停地用她手中的蓝手巾擦眼泪。

第79章 青 梅

　　时局的变化如夏天的天气，白天晴空万里，晚上说不定就会来阵狂风暴雨。就在沈灵芝和家属们要撤出根据地苍龙镇回家过太平日子的时候，郝书记又返回了苍龙镇。他说："我们还不能离开苍龙镇，国民党调集几十万军队过来，他们已经占领青山县城，孙子盛也回到了青峰镇。"

　　那一年的春节大家是在苍龙镇度过的。春节的前一天，郝书记带着两个县委的干部来到苍龙镇，给这二十多户转移来的革命家属每家送来了五斤白面和一块大洋。凤仪拿着钱到街上买了半斤羊肉和两个白萝卜，剁成馅，沈灵芝盛了一碗白面又掺了一碗杂面和了面，沈灵芝擀皮，陈凤仪和杜鹃娘包饺子。雷生看着那一锅拍（方言。指用高粱秆做成的锅盖）饺子，口水便不由自主地从口腔中的各个角落涌出来。他咽了口水，转眼看看杜鹃，她的目光也在盯着那锅拍上的饺子，杜鹃也不由自主地扁了下嘴，咽下一口口水。

　　雷生说："奶奶，我烧锅吧。"杜鹃说："我去拿柴火。"雷生和杜鹃有点迫不及待了。沈灵芝一边包饺子一边笑着说："两个馋猫！这饺子是明天过年时吃的。今天吃了，明天过年吃啥？"雷生和杜鹃都泄了气，嘟着嘴走了出去。雷生说："咱去找我二叔，让二叔带咱去打兔子。"杜鹃很听雷生的话，就随他去镇中那块平地找青河。

　　沈青河自从来到苍龙镇就很少进家，沈灵芝说他像不着窝的兔子。郝书记又在苍龙镇组织起了民兵队伍，镇上的年轻人都参加了民兵。当雷生和杜鹃来到那块平地时，青河正在教那些民兵练武术。那武术套路雷生一看就知道是沈家家传的少林内家拳。雷生和杜鹃就站在一边看他们练武，一直到天黑。

　　初一的早晨，天还没亮，全家都起了床。灵芝说："一年一个早，谁家起早谁家好。"凤仪便开始烧锅，杜鹃娘下饺子，雷生和杜鹃就站在锅边傻傻地等着。青河一早就走了，他带领几个民兵去放哨，怕敌人趁着节日来捣乱。杜鹃娘盛上了碗，雷生和杜鹃就急着去端碗，他们俩伸出的手被杜鹃娘打了回去："别慌！奶奶还没吃。要有规矩！"

灵芝走到灶台边，拿了两个空碗，用筷子夹了饺子，一个碗里放五个。她手端两个碗到西间屋，放在当门的桌子上，然后站在桌边说："青山他爹，还有满仓，今儿过年了，你们也吃点年饭吧！少松啊！你如果在天有灵，就保护好咱青山平平安安，多打胜仗，保佑青河也平平安安。"说完就拿起筷子，将两碗里的饺子分别捣烂一个，夹一块放在桌子上。

这时凤仪和杜鹃娘拉着雷生和杜鹃来到桌子前，杜鹃娘说："你们俩跪下磕个头。"雷生和杜鹃跪下来，陈凤仪也跪下了，他们磕了三个头，站起来。杜鹃娘又说："来，过年了，咱给奶奶拜个年，祝奶奶健康长寿！"他们一齐在沈灵芝面前磕了一个头。这时沈灵芝露出了笑容，一边说好，一边从口袋里掏出两张钱票递给雷生和杜鹃："拿着吧！这是奶奶给的压岁钱。"她又对陈凤仪和杜鹃娘说，"你们俩大了，就不给了。"

陈凤仪端了一碗饺子送到婆婆手上："来，娘，你先吃。"沈灵芝笑着说："都吃都吃。"话音刚落，外面走进来几个人，他们一人端着一碗饺子，一边说着拜年的话，一边将饺子倒在一个馍筐里，端着空碗走了。接着又有几拨人端着饺子来拜年。沈灵芝抱歉地说："真不好意思！俺也没去你们家送饺子，回头让他们几个上您家拜个年吧！"那天镇上的乡亲们送来的饺子足足盛了两馍筐，雷生和杜鹃一直吃到正月十五元宵节。

正月十六那天，苍龙镇党组织的负责人老葛走进了沈灵芝他们住的地方。他说，根据郝书记的安排，转移来的十四个革命家属子女，都进了苍龙镇的一所私塾读书。听到这个消息，雷生和杜鹃高兴得拍手跳跃。第二天，老葛就带着雷生和杜鹃走进了镇子西头的一所老宅院。

这是镇上唯一一所砖木结构的宅院，据说是康熙时候一个武进士的旧宅，那进士做官以后，举家搬进了京城，留下这宅院由近门（方言。指血缘关系不太远的本家族人）看护。后来，镇上一个做山货生意的人发了家，就办了所私塾，借用了这宅院。青砖雕砌、青瓦盖顶的门楼上有一方青石，上面写着四个苍劲有力的大字："进士及第。"青石牌匾周围是一圈砖雕，上面雕刻的是花鸟人物，个个栩栩如生。

进了油漆斑驳的大门，庭院内有一棵古梅，枝干虬如苍龙，没谢尽的梅花散发着沁人心脾的清香。院子西南角有一丛翠竹，几株新笋正破土而出。学堂设在正房内，门前走廊上正晒暖的私塾先生见老葛带了十多个孩子进来，急忙起身相迎。他两手一拱说道："葛先生大驾光临，恕老朽有失远迎！"老葛笑答："先生哪里话！弟子给你添麻烦啦！"说着也拱拱手。先生说："老朽才疏学浅，能为咱共产党出份力，也是老朽的荣幸！"他一边让孩子们进了学堂，一边对老

403

葛说，"这些孩子交给我，你放心吧！我一定竭尽全力。"

老葛走了以后，先生逐个问他们以前读过什么书，读了几年，问过之后，根据这些学生的实际情况，把他们二十多个人分成两个班，刚进学堂的初学者一个班，在西屋就读，当然还是背书歌子，"赵钱孙李，周吴郑王""人之初，性本善"等。而雷生和杜鹃一班，在堂屋学堂读书。先生根据他们的读书情况，教读《诗经》和写大字（方言。毛笔字）。先生对雷生和杜鹃的学业成绩很满意，就宣布由雷生担任这个班的大学长。当先生有事不在家的时候，就让雷生教这个班的课，让杜鹃教西学堂的学生。

杜鹃与雷生同岁，虽只大他两个月，却很懂事，事事处处像姐姐一样照顾雷生。有时生活紧张了，山下不能及时送来粮食，就不做馍只煮糊涂，杜鹃总是将她碗里的糊涂再倒给雷生一些。杜鹃娘看到杜鹃这动作总是笑着说："喝吧，男孩子饭量大。"有时沈灵芝或陈凤仪也将她们碗里的再倒给杜鹃一点，杜鹃娘总是说："大娘，您别这样。您老年纪大了，得先吃好。"沈灵芝便说："我老了，饭量也小了。这两个孩子又长骨头又长肉，得多吃点。"下雨的时候，家里只有一领蓑衣，到学校有一里多地，杜鹃总是将那蓑衣披在雷生身上，雷生不好意思自己披，出了门便解下蓑衣披到杜鹃身上，她推着不要，雷生便说："我是男人，淋点雨怕什么！"杜鹃这时总会说："来！咱俩披吧！"他们俩就同披一领蓑衣去上学。每当这时，杜鹃总是紧紧地靠着雷生。当雷生感觉到她的体温和气息时，总会看她一眼，杜鹃的脸红红的，也不言语，身体还是紧紧地贴着雷生。

一天夜里，陈凤仪和杜鹃娘在灯下做针线活，雷生和杜鹃在另一盏灯下看书。杜鹃娘悄悄对凤仪说："你看这俩孩子，多像姐弟俩。"

"可不是嘛！雷生也是吃你的奶长大的。"

杜鹃娘莫名其妙地长叹一声。凤仪从杜鹃娘的叹气声中领会到了她心中的苦痛，也跟着叹了一口气。杜鹃娘的眼睛湿润了："满仓要是不死，我也该有个儿子啦。"凤仪看杜鹃娘伤心的表情，立刻转换了话题："雷生给你好啦，给你做女婿，你有了儿子，我也有了闺女。"杜鹃娘说："真能那样，我真烧高香啦！"

这些话雷生和杜鹃都听见了，雷生扭头看了一眼杜鹃，一片红晕正在她脸颊上腾起。可雷生心里很木然，因为孙玉梅的影子总时不时地浮现在他的脑海里。孙玉梅温文典雅的情态，含情脉脉的目光，尤其是那偷偷看雷生的表情，让他读出了许许多多的温情。

在离开青峰镇的时日里，他常想起玉梅悄悄塞给他一个鸡蛋或一块梨膏糖的情形，常常梦到与她一块儿采山菊花和在青峰寺学堂里的情景，有时还常在梦里喊玉梅的名字。这时凤仪总是推醒他说："又说梦话啦！"雷生就说："我想家啦！又梦见在青峰寺读书的事啦。"

　　雷生心里的秘密像一片淡淡的云，像一团浓浓的雾，像一个迷幻的梦，说不清楚是什么。长大了才知道，那是一个少年爱的初次萌动。

第80章 梅 缘

　　青山县城又回到了共产党手中，县委转移到苍龙镇的干部群众及那些革命家属，又都下了山。那时已是深秋初冬时节，大青河两岸，树上叶子已经落尽，只有树上的鸟巢还摇曳在寒风里，还有那永不枯竭的大青河水"哗哗"地向东流。刘天福和那六个积极分子提前两天下山。下到山下，他们便召集镇上的泥水匠和木匠把沈家大青河两岸的十多棵树锯了，又把河南岸打麦场上的麦秸垛扒了，待沈家人回到青峰镇，那些被孙子盛烧毁的房屋全修好了。沈灵芝进到院里，看见已翻修一新的房屋，想到了再也见不到的丈夫和父亲，坐在庭院里大哭一场。在刘天福他们忙着打床套铺盖的空当，许铁匠领着凤仪和雷生来到沈家老林，在沈少松坟前烧了纸、上了供、磕了头。这是迟到了一年的丧礼。

　　日子又走向了正常。

　　雷生又回青峰寺学校读书了。此时的青峰寺也变成了一幅水墨画：山坡上的树，大多落尽了叶，只有一些松树和柏树留着一堆一片的墨绿；山坡上的野菊花正盛开着，红的、黄的、白的，浓淡有致，疏密相间，高低错落。野菊花散发的清香悠扬，弥漫在整个山间。

　　当雷生手持一束野菊花走进青峰寺大门时，同学们蜂拥而至，有的抓住他的手，有的抓着他的衣服，还有的一下一下用小拳头在雷生的胸脯或背上敲打。久别重逢，学友都用不同的方式欢迎他。雷生一边和同学们应酬，一边用目光在人群中梭巡，怎么没见孙玉梅？看了一圈他才发现，孙玉梅正站在一棵松树旁望着他。雷生看到她眼里盈满了泪水。

　　当那熟悉的铁钟响起，雷生和同学们一起进了教室。雷生被先生安排在第四排，同桌是孙玉梅，左边是杜鹃，杜鹃的左边是孙尚进。当他的目光看到孙尚进时，孙尚进也正注视着雷生，雷生从孙尚进的目光中读出了冷漠、厌烦和敌视。四目相对，雷生不怕也不怯，他也直视着他，孙尚进的目光终于移开了。

　　当雷生的目光收回到桌面时，他发现面前有一枝含苞待放的蜡梅。一股淡淡的幽香，在空气中飘荡，雷生不知香气是那枝蜡梅散发的还是从孙玉梅身上散发的。他转眼看了一下孙玉梅，玉梅的脸比以往更好看了，两颊泛红，两眼如两汪秋水，两道眉毛也比以前更浓更黑了。他不敢将目光久久地停留在一个女孩子脸上。仅仅一瞬间，他便把目光移开了，移到了她放在桌子上面的一双手上。那双手很好看，纤纤细细，白嫩透红，指甲白润，半月如雪。那双手不停地这五指掐住那五指，那五指掐住这五指。从那反反复复的动作中，他看出了孙玉梅那悸动不安的心。

雷生又将目光收回面前，那枝含苞待放的蜡梅，一朵朵的花蕾像一个个小圆球，圆润透亮，一股淡淡的清香直达雷生肺腑。先生讲了些什么，他几乎一个字也没听进去，眼睛不时地落在那梅枝上，心里在酝酿着一首诗：一枝寒梅吐幽香……他在心中调遣着词句，思索着下一句。

放学后，先生把雷生留下来，先是询问他这一年都学了些什么，又询问他《诗经》学到了哪里，还问大字练得如何。后来他问到这一堂课为什么心不在焉，他只有支支吾吾地说："刚回来，还不太适应。"先生注视着他，他不敢迎接先生的目光。最后先生说："在路上多注意点，现在还很乱，碰到生人机灵些。"待他站起身要走时，先生又说："放学时找个人一路走。"雷生对先生的关心心存感激，对先生深深鞠了一个躬。

待雷生走出青峰寺大门时，见有一个人躲在一棵大松树后面，他站住了脚，正欲返回寺门，那人走了出来，原来是孙玉梅。这时，他心里一亮，他知道孙玉梅是在等他。他笑着说："你不是在等我吧?"她的脸一下子红了。她说："走了这么长时间，咋连个信也不写?"雷生说："我曾经给先生写过一封信，但没人传递。"他二人并肩走在下山的石阶上。玉梅走得很慢，雷生想走快一点，怕娘和奶奶担心。雷生赶到了玉梅前面。她说："你慌啥?"于是雷生又放慢了脚步。

太阳已经落山了，夜幕从四周合围过来。山下的青峰镇在一片迷蒙之中，点点灯光在迷蒙中闪烁。下了最后一级石阶，孙玉梅从书包里掏出一张纸，叠得整整齐齐，她递给雷生说："我写了一首小诗，你给改改。"雷生接过来笑着说："你的大作，我只能拜读，岂敢乱改?"雷生正欲展看，玉梅打了一下他的手说："你有夜眼啊? 回去看吧。"

回到家，雷生等不得娘给他端来晚饭，便展开了那张纸。只见那张纸上用隽秀的小楷写着一首五言诗：

望月
春月娇娇兮，余在河边泣。

　　盼君归来兮，无寐鸡又啼。
　　夏月朗朗兮，余在古寺立，
　　白却少年头，缘何无信息？
　　秋月皓皓兮，余对秋风祈，
　　秋雨阵阵凉，愿君多添衣。
　　冬月寒寒兮，余在梦中憩，
　　拥君何温馨，醒来久凄凄。

　　默念着这首诗，雷生的心里酸酸的。他好像看到了玉梅那瘦削的身影站在大青河边，站在青峰寺前，望着天上的一轮明月，满面愁容地等待着、祈盼着、祝福着、牵挂着，那月下的情形久久地呈现在他的意象中。更让雷生激动的是后两句，它像一根燃着的纸煤扔在一堆干柴中，在他心中"腾"地燃起熊熊烈火。娘端着碗站在了他面前："你在看啥？"他急忙一边折叠那首诗稿，一边回答："我写的大字。"匆忙将诗稿塞进怀中的口袋，接过娘手中的碗，那顿饭是咸是甜他都没吃出来。第二天，连吃的什么饭他都没想起来。

　　第二天放学后，同学们都走了，雷生还在写他的仿影。孙玉梅也没走，也在那一笔一画地写着大字。孙尚进站在她身旁催她走，她不理。孙尚进催她第三遍的时候，她不耐烦地说："你走你的吧！别催我！"孙尚进快快地走了，临出门，他回头看了雷生一眼，目光里充满了讨厌和不放心。

　　待她一篇仿影写完，抬头看着屋里只有她和雷生时，说："雷生，走吧！"雷生说："好。"二人就匆匆收起笔墨纸砚，走出门去。

　　他和孙玉梅一前一后走在下山的小路上，谁也不说一句话，心里却翻涛滚浪。许久，玉梅说："我那首诗是胡编的，让你见笑！"雷生说："写得太好了！蛮有屈原之风。"她微笑着说："过奖了！过奖了！"雷生说："但不知诗中'君'是指谁？"

　　孙玉梅脸上泛起一片红云，表情中带着一抹羞涩。她斜了雷生一眼，笑说："那指的是一只小狗。"

　　雷生笑了，脸也红了。其实他心里明白，那首诗是她的心理写照。雷生也壮了胆，向前后看了看，没人，便从口袋中掏出一张纸递给她，"这是我写的一首小诗，请你斧正。"

　　她接过那张折叠整齐的纸，又斜了雷生一眼："还斧正！谦谦君子。"那目光里充满了幸福和欢喜。雷生不好意思地低下了头。

　　她展开那张纸，轻声念起来：

咏梅

万花争艳不登场，独对风雪呈芬芳。

我掐一枝枕边放，一梦不醒伴梅香。

她反复沉吟着最后一句，微微摇了摇头。

雷生说："不当之处，望不吝赐教！"

玉梅慢慢说："调子有点低沉，这样如何？"

雷生说："请指点！"

"最后一句这样写好不好？"

他望着她的脸静听着。

"细品青醇到梦乡。"

雷生高兴极了："好！好！闻着梅花的幽香，如品一杯美酒慢慢进入梦乡。太好了！这句是这首诗的诗眼，你的才华真令我刮目相看。"

"哪里！哪里！"听了雷生的夸赞，她完全改变了以前沉稳娴静幽雅的天性，仿佛又回到了四五岁的年纪，她一蹦一跳地跑下山去。

雷生弄不清怎么回事，在他这一生中，只要在他最高兴的时候，往往扫兴便会接踵而至。就在他与孙玉梅高高兴兴地下山时，突然孙玉梅"哎哟"一声跌倒在地，他急忙上前去扶她，问她咋回事，她哭丧着脸说脚崴了。她一手扶着那只崴了的脚，疼得脸都变了形。雷生欲扶她站起，可她怎么也站不起来，停了许久还是站不起来。太阳落进了大青山，四周变得一片模糊。雷生只好将她的一只胳膊搭在自己肩上，一手揽着她的腰，半步半步地往山下挪。她左脚疼得不敢沾地，身子紧紧靠着雷生。雷生感觉到了她的体温，嗅到了她的体香。他的心脏悸动着，心想，能这样一直走下去多好啊！

雷生正在幸福而吃力地架着孙玉梅往山下走，突然从路边蹿出四个人，除了孙尚进，其余三个都是孙氏家族的。

孙尚进一见雷生抱着孙玉梅，顿时恼羞成怒，冲上来就给了雷生一顿雨点般的拳脚。他边打边骂道："你个流氓！你个浑蛋！叫你欺负人！"还边冲另外三个男孩子喊道："都给我打！他欺负咱姓孙的。"

"欺负"这个词在青峰镇有特殊的解释，就是调戏女人或对女人行不轨之事，这是对人或一个家族最大的侮辱，家族之间的仇恨莫过于这"欺负"。

其他三个孩子都与雷生年龄差不多，都是镇上有名的小混混，不上学也不干活，整天打架斗殴，三天不打人手就痒痒。他三人闻听此言，一齐冲上来对雷生拳打脚踢。雷生怕玉梅再次跌倒摔伤，他不敢撒手。他们四人见雷生搂着玉梅不放，更是恶气冲天，狠命地又踢又打。

孙玉梅气得直喊："别打了！别打了！"可他们四人哪里听得进去，发疯似的殴打雷生，有两拳落到他的脸上，顿时雷生鼻血如注。孙玉梅拼命挣脱他的手，"雷生快跑！"说着孙玉梅又跌坐在地上。雷生抹了把脸，见两手是血，他恼了，便还起手来。可一人哪敌得了四个人，而且那三个人都是打架的老手。雷生只觉头一蒙，便没了知觉，后来的事就都不知道了。

雷生醒来后，发现自己躺在家中的床上，他娘正含着泪给他擦头上脸上的血。娘说："疼吗？"其实很疼，头疼、脸疼、浑身都疼，可他还是说："不疼。"

灵芝含着泪说："雷生啊！你真不争气！你怎么对玉梅……"

"奶奶，不是那回事。"雷生分辩说。

灵芝说："别说了。你能不知道？咱和孙家有世仇，出过几条人命，这疙瘩永远也解不开。咱沈家就你一个根，你要是出了事，咱咋过啊！"

新仇旧恨，像铅一样沉淀在家族的血液里。这疙瘩是一个千千结，系得死死的，使两个家族的人见了面都仇目相向。它像一个粗实的爆竹，遇到一点火星就会爆炸。可在雷生心里，却有一个日夜萦绕在心头的问号，这冤冤相报何时能了？

在之后的日子里，雷生每天去上学，不是沈灵芝送，就是凤仪送。她们害怕，怕雷生上学途中遇到什么不测。常说"三岁看大，七岁看老"，她们知道孙尚进与他二叔一样，是个心狠手辣的家伙。沈灵芝和陈凤仪不只是怕孙尚进打雷生，更怕孙家再使什么坏点子，怕孙子盛对雷生下黑手。每天去上学，孙玉梅总等在山下，放学了，总等在门外，待雷生走了她才走。虽然二人见了面很少说话，但心里都明白，玉梅也是担心雷生。这种心照不宣的等待，让雷生非常感动。自从孙尚进打了雷生之后，先生就给他调了座位，把雷生调到最后一排，杜鹃也找先生要求调座位，不想与孙尚进挨边，先生也把杜鹃调到了最后一排与雷生同桌。后来雷生才知道，是孙尚进的爷爷孙龙跃来学校找到先生要求把雷生和孙玉梅调开的。调了座位后，杜鹃显得很高兴，但那高兴不是表现在脸上，而是体现在她的动作上。课桌小，她总是给雷生让开很大的空间。进了学堂，她总是先把她和雷生的课桌和板凳擦得干干净净，摆放得整整齐齐。由于雷生在家养了几天伤，耽误了功课，杜鹃就主动给雷生补课。出事前，珠算雷生只学到"三归"，现在"九归"先生已经教完了，杜鹃就把"四归—九归"的口诀写到纸上，放到雷生面前，"四一二剩二，四二添作五，四三七剩二……"她一边教雷生口诀，一边教他如何打算盘。雷生如果拨错了算珠，杜鹃就会嗔怒地在他手背上打一下："真笨！"然后再重新给雷生演示一遍。她的不厌其烦，乐于教授，让雷生看出了她的乐趣和欣喜。无人在场的时候，她常爱说起在苍龙镇的日子，尤其爱说雨中两人合披一领蓑衣的情景。每每说起来，她总是脸泛红润，略带羞涩。

　　每天放学后，杜鹃给雷生补课，孙玉梅也不走，在座位上写字或抄文章，直到雷生起身走出学堂门，她才起身。杜鹃给雷生补课时，总爱时不时地看孙玉梅一眼，有时莫名其妙地嘟哝一句："烦人！"雷生以为自己又出错了，忙胡拉（方言。拨拉、用手扒开的意思）了算盘珠重新打，杜鹃就嗔笑一下："你没错！"杜鹃就像一个亲姐姐一样，关心照顾保护雷生，也许是沈灵芝以前的一句话影响了他："你和杜鹃也算吃一个娘的奶长大的，就像姐弟一样亲。"所以在雷生心里，杜鹃就是亲姐姐。

第 81 章　童养媳

人生最甜蜜的果实是什么？当然是爱情。可爱情这东西，却让人无法捉摸。你爱的，她（他）不爱你；爱你的，你又不爱她（他）；两两相爱，并能白头到老的如凤毛麟角。表现在雷生身上，就是杜鹃爱他，而他却只是把她当姐姐；孙玉梅爱雷生，他亦爱孙玉梅的时候，他身边又多了一个女孩，这在雷生人生的旅途中又多了几个悲欢离合的故事。

沈家有一门亲戚，是沈灵芝的表姐，家住镇南十里柳树坑。在雷生尚不满月时，沈灵芝带领全家去表姐家避过难。沈灵芝小时候跟表姐关系特别好，长大后，两人虽各自成了家，但逢年过节常走动。在这一带，闺女出了嫁就随婆家姓，在文书合约之类的书面材料中，上面只写"张刘氏、李王氏、孙徐氏"，而不写女人的名字。当时，除了那些大户人家，只有女孩上了学堂读了书，先生才给起个学名。一般人家的女孩只有乳名而没有学名。乳名是父母起的，只能父母叫。姑娘长大了，尤其是出嫁以后，乳名便再没人叫，婆家姓啥就叫"老啥家"，像沈灵芝的表姐嫁到柳树坑柳家，大家都叫她"老柳家"。

雷生小时候，一到逢年过节，沈灵芝就带他去表姐家走亲戚。那时，节礼是一贯制的。春节时，在毛竹篮或柳条篮里放几个白面蒸馍，如家里穷，白面馍少，再放几个杂面团子，买两封果子（点心，甜食），只有富户人家走亲串友才拿一个蒸馍大的肉方。大馍是不可少的。这大馍是一种特殊的节礼，用两三个馒头的面做成一个蒸馍，里面再包上几颗枣，在锅里蒸熟，这就是大馍。有大馍必有枣花，枣花放在大馍上。那枣花不是枣树上开的花，而是用白面做的，将和好的面搓成条状，再一圈一圈盘成个圆盘，然后用筷子按十字状一夹，那面盘就成了四瓣花形。有的也做成五瓣花状或六瓣花状，还有的做成四瓣菱形。在花心和花瓣上安上红枣，枣要按到面里边，蒸熟后能与面黏在一起。白的面是花瓣，红的枣是花心，这就是"枣花"。大馍是最贵重的礼物，只有去拜望长辈和德高望重的老人才拿大馍。中秋节走亲戚，篮里也放上馒头，再放两包月饼。那月饼都是自己家做的，捣碎的焦花生拌上焦芝麻和糖，有的还拌上几块冰糖，和染成五颜六色的条状橘子皮一同做馅，香油和面作为皮，放在锅里炕熟炕酥，吃起来又香又甜又酥脆。月饼底上都粘着一张纸，那纸是防止炕月饼时炕糊才粘上去的。

　　柳树坑因地势低洼多种柳树而得名。沈灵芝让雷生称她的表姐叫姨奶奶。姨奶奶家在村西头，三间土墙屋，上边苫着禾草，一圈黄土打的院墙，只有齐腰高。屋东间铺张床，西间支口锅。常年烟熏火燎，屋墙屋顶全是灰黑。他问奶奶："她家咋就两个人？"奶奶告诉他："你姨奶奶命很苦，结婚半年，姨爷爷就得病死了。几个月以后，她生下了个儿子。孤儿寡母，相依为命。姨奶奶好不容易把儿子拉扯大，给儿子娶了个媳妇，刚生下小孙女两个月，儿子和儿媳也相继得病死了。"小孙女叫青枝，姨奶奶把青枝视若宝贝，因柳家就留下这条根，若有个什么闪失，姨奶奶没了希望是小事，柳家断了根绝了户可是大事。姨奶奶特别疼爱这个孙女，冬天冷了被子薄，夜里怕冻着小孙女，姨奶奶就把小青枝搂在肚子上；夏天怕蚊子咬了青枝，姨奶奶就整夜整夜地坐在床边为青枝扇扇子赶蚊子。

　　青枝比雷生大两岁，雷生每次去她家，青枝姐都会领他去玩。冬天给他堆雪人，秋天给他捉蛐蛐。青枝姐手很巧，用草茎给他编蛐蛐笼，方形的、圆形的、菱形的，她都编得很好看。逮了蛐蛐，放在笼子里，再掐几朵南瓜花放在里面喂蛐蛐。蛐蛐叫得很好听，清脆极了。每年中秋节走亲戚回来，雷生都会高兴一段时间，因为青枝姐都会送他两笼蛐蛐，每天他都是在蛐蛐的歌声中入睡。

　　自雷生进了学堂，去青枝姐家就少了，尤其是后来兵荒马乱，日军、国军、八路军再加上土匪，那拉锯似的形势，逼着他们全家不得不经常东躲西藏，有时一年多也见不到青枝一面。青枝姐很喜欢到沈家走亲戚，每次到青峰镇都给他带些小玩意儿，除了各种各样的蛐蛐笼，还有小花篮啊，小荷包啊，玩过了他也不舍得丢，都挂在走廊的绳子上。

　　转眼他们都长大了，雷生13岁那年，青枝15岁，她虽然比雷生大两岁，但个子却比雷生矮半头，又瘦小，也许是因为家里穷饿的。

　　一天，雷生放学刚回到家，家中来了客人，是柳树坑青枝的近门，青枝姐叫他叔。他说婶子病了，很厉害，想见表妹一面。沈灵芝换了件衣服就跟他走了。到了青枝家，青枝奶奶病得只剩一口气了，青枝趴在奶奶床边哭得像泪人一样。青枝奶奶见了表妹，睁开了流着泪的眼，有气无力地说："表妹，我只有你一个亲人，你待我像亲姐妹。这一辈子，你没少帮衬我，要不是你帮衬……"她哽咽得说不下去了。沈灵芝抓住表姐如柴的那双手，也流着泪说："咱姐妹还说啥外气话！那都是应该的。"青枝奶奶说："我不中了！临死还有件事要求你。""你尽管说，表姐，咱姊妹俩说啥求不求！只要我能办，你放心！"表姐很累似的喘了几口气说："我死了，青枝这孩子我……我……放心不下。我想，你……你……你领走吧，当个小猪小狗……拉扯着，也算你再帮我最后、最后……一回。你……你要不嫌弃，长……长大了，给……给雷生做个媳妇也中。"表姐喘得说不下去了。以前，穷人家的孩子娶不上媳妇，多是捡一个或要一个小女孩养在家里，长大了再和儿子完婚，这种情况叫"童养媳"。沈灵芝紧紧抓住表姐的手，流着泪说："表姐，你放心吧！把青枝交给我，我会像待亲孙女一样待她。"

青枝奶奶脸上露出一丝微笑，那笑容还未绽开，头一歪便断了气。

待把奶奶殡到地里，圆了坟，青枝就随姨奶奶来到了沈家。两年没见了，青枝还是那么高，比雷生矮半头。消瘦的鹅蛋脸上有两道泪痕，两只眼睛含着泪水并且带着忧愁和胆怯。乌黑的头发，编成两条长辫子，辫子的梢头扎着用白布条打的蝴蝶结。灰不溜秋的偏襟小棉袄，虽然下摆已添加了一圈布，但还是只能遮住裤腰。黑皂色粗布棉裤的两个膝盖处和屁股上各打了一块杂色的大补丁。棉裤显短，脚脖露在外面，一看便知是几年前的衣裳，人长衣裳就显小。一双破棉鞋，帮上露着棉絮，前头露着脚指头。青枝没穿袜子，露出鞋外的脚趾呈黑色，只有指甲是白的。

雷生看着青枝姐，青枝则低着头看着她的脚，她使劲让那裸露的脚趾往里缩，但怎么也藏不起来。

"青枝姐。"雷生走到青枝姐面前叫了一声。青枝脸上的泪"哗哗"地流了下来。雷生看着她头上的白蝴蝶结，看到她伤心的样子，心里一酸，泪水也盈满了眼眶。父母死了，如今奶奶也死了，她成了真正的孤儿，她一个人该怎么生活？……雷生看着青枝姐的形象，想着青枝姐的遭遇，不由得由同情和可怜转而萌生悲伤，他"哇"地哭出了声，青枝姐也哭出了声。

沈灵芝说："雷生，快让你青枝姐进屋暖和暖和。"

雷生止住了哭泣，拉起青枝姐的手正要进屋，凤仪端着一馍筐红芋从屋里出来。青枝见了凤仪，"扑通"一声，双膝跪在地上，给凤仪磕一个头。凤仪急忙腾出一只手拉起了跪在地上的青枝。这一带的风俗就是这样，家中老人去世的七天以内，其子女见了亲戚邻居都要磕个头，这叫"谢孝"，表示对亲邻的感谢。

陈凤仪拉起青枝，看到青枝戴孝的情形，也不由得心一酸流出了泪水来。她长叹一声："唉！可怜的孩子！"

"雷生娘，我也没和你商量，你表姨去世后，就剩下青枝这孩子了，无依无靠。你表姨临咽气时求我把青枝带走，让我拉把（方言。抚养的意思）她，我就同意了。我想咱就雷生自己，当个闺女拉扯吧！"

凤仪转忧为喜："好好！我又添了个闺女。"

青枝又"扑通"跪在了陈凤仪面前，连磕了三个响头。

陈凤仪急忙伸手去拉正磕头的青枝，青枝抬起了头却没起身，泪眼望着凤仪叫了一声："娘。"

陈凤仪转身将红芋筐递给雷生，一把拉过青枝，把她搂在怀里。同情、可怜、激动之情一齐涌了上来，她的泪水也忽地充满了眼眶。

青枝依偎在凤仪怀里，泪水涌流。她自小死了娘，对娘没了印象，此时她感到无比温暖，她为自己又享受到了母爱而激动不已。

"好了！从今以后咱就是一家人了。"灵芝抹了一把眼泪说，"雷生就是你弟弟，你是姐。雷生娘就是你娘。"

青枝流着泪说："奶奶，娘，以后青枝有哪里做得不对的，您就该打打该骂骂。等您老了，我给您养老送终。"

午饭是一馍筐红芋。为欢迎青枝的到来，凤仪擀了杂面面条，每人稀稀的一碗。青枝先喝了汤，然后又把面条倒进了雷生的碗里。

凤仪说："青枝，你吃你的，不要给雷生！"

青枝说："我吃饱了，娘。雷生还得上学，得多吃点。"

雷生想把面条倒回青枝姐碗中，她急忙用手挡住了雷生的筷子："吃吧！雷生，我吃饱了。"说着，青枝端起空碗走了出去。

青枝到沈家后，很少说话，但从不闲着，洗衣、扫地、劈柴、做饭、刷锅、洗碗、晒被褥等，啥活都干。凤仪很有同情心，也怕街坊邻居说闲话，比如不是亲生的不知道疼，于是洗衣做饭争着干，青枝总是说："娘，您歇歇，我干。"

穷人家的孩子成熟早。青枝会做针线活，雷生的鞋袜都是她做，那针脚细密匀称，尤其是鞋底，针脚密密麻麻的。沈灵芝说："青枝，不要纳这么稠，你手没这么大劲。"青枝总是说："男孩子，整天蹦蹦跳跳不时闲（方言。不停歇的意思），针脚稠耐磨。"青枝纳的鞋底，上面有滚轮钱的图案，每当雷生走过去之后，土地上就会留下清晰的滚轮钱的花纹。

镇上的同龄伙伴总爱跟雷生闹着玩，强行脱掉他的鞋袜欣赏他的花袜底和鞋底，还有的逗雷生说："雷生媳妇手真巧！"

雷生生气了："那是我姐！谁再胡说，我跟谁恼！"

有个伙伴说："你恼？你跟你奶奶恼去，这话是你奶奶说的。"他还学着沈灵芝的腔调说："等雷生长大了，让青枝给他做媳妇。"为此他与那个伙伴打了一架。"那是我姐！谁再说是我媳妇我就揍谁。"

雷生的衣服被撕烂了。晚上，青枝在灯下为雷生缝补烂了的衣服，她一边缝一边问雷生："雷生，为啥和人打架，惹奶奶和娘生气？"

雷生红着脸不好意思说出实情。

青枝说："你要是不说实话，我就不给你补了！"说着，佯装生气地将雷生的衣服扔进针线筐里。"叫你穿着烂衣裳上学，看先生咋说你？"

雷生怕穿着烂衣服去上学，那会引起更多人的询问，尤其是那先生总爱刨根问底，他该怎么回答先生？于是只好嗫嚅着说："他、他说……"当着青枝姐的面他说不出口。

青枝追着问："他说啥？说啊！"

"他、他说你是我媳妇。"

青枝的脸"噌"的一下红了，她没有说话，又拿起雷生的衣服缝补了起来。

第82章　上　坟

　　在民间，清明节是个大节日。清明期间，家家户户都要上坟，去给已故的先人坟上添几锨土，烧几张纸钱，哪怕在异国他乡，也要千里迢迢赶回老家上坟，去祭祀祖先，以尽孝道。这一带有"清明烧前十月一烧后"的习俗，人在外地或有其他事务，"节"那天赶不巧，"十月一"上坟烧纸可在十月初一以后。"清明"得在节前，传统说法是过了十月一到清明这期间属阴，是鬼神出来活动的时期，过了清明气候转阳，鬼神们除了初一、十五、忌日之外，一般不出来活动。所以人们都赶在"节"那天上坟。

　　清明节那天，沈灵芝老早起了床，将买来的几刀火纸铺在桌子上，用纸梳（一种工具，外形如铜钱。据说给死去的人烧纸送纸钱，必须事先用纸梳在纸上打上印记，死去的人才能花出去）一刀一刀打好，然后又花开，三五张叠在一起，摞了一堆。雷生娘做的早饭还是蒸榆钱打糊涂。榆钱在那时可是最好的东西，什么野菜树叶也都赶不上它的美味和营养。

　　春天，正是穷人青黄不接的时候，囤里没了粮或所剩无几，只有靠野菜或树叶之类的充饥，熬到麦黄芒，才能接上顿。院墙外的那棵老榆树一到春天就会结满青中透黄或者黄中透亮的榆钱，一嘟噜一串串的。在过去的几十年，那棵老榆树帮沈家度过了一个又一个春荒。凤仪很会蒸榆钱，她将榆钱洗净了放些盐末，再拌上一把面放在锅里蒸熟，取出后再拌点蒜汁，有香油再淋上几滴香油，拌匀了，吃起来鲜香可口。他们一人喝了一碗糊涂，又吃了一碗蒸榆钱。凤仪问雷生："好吃吗？"雷生抹下嘴说："好吃。就是不经饿。"沈灵芝说："雷生娘，你先去给你娘添添坟吧。"陈凤仪有点文化，很懂礼仪，按老规矩清明节上坟应先给先祖添坟烧纸。她说："还是先上老林吧，这是规矩。"陈凤仪说的"老林"是这一带的方言，坟地称"林"，先祖们的坟地称"老林"。沈灵芝说："别了，咱那儿老林坟多，添一遍得一大晌，还是先给你娘添吧。让雷生也去。回来我再和雷生上老林。"

　　吃过饭，雷生扛了把铁锨，陈凤仪用竹篮盛了几张纸，雷生跟着陈凤仪出镇往北走。他以前没给姥姥添过坟，也没去过老林，因为沈灵芝不让他去，说林里阴气重，不到12岁不能去，去了容易招鬼得病。一路上，陈凤仪给雷生重述着那不知重复了多少遍的她小时候的故事和姥姥饿死的经过。镇北一里多地，路边有一座孤坟，坟上橘黄的野草在微风中抖动。枯草丛中已拱出一抹嫩绿，旁边一棵老楝树上密密麻麻地结满了金黄金黄的楝豆，一只乌鸦在树上时不时地叫一声。寂寥的荒野，孤独的坟墓，加上乌鸦的哀鸣，气氛显得苍凉又凄清。

来到坟前，雷生娘的眼里早已盈满了泪。她没说话，也许是伤心得说不出话。她默默地从儿子手中拿过铁锨，掘一锨土撒在坟头上。等新土覆盖了坟头，陈凤仪额头上布满了汗珠。显然她累了，停下了锨说："雷生，你也给你姥姥添几锨土吧！让你姥姥保佑你。"雷生接过锨，掘了土，将没有新土的地方覆盖严后雷生娘跪在了坟前，从篮里取出纸用火柴点燃了，她一边焚烧纸钱一边祷告着说："娘，您拾钱吧！凤仪给您送钱来了。您在阴间要好好保佑你外孙雷生和你女婿平平安安。几十年了，我爹也没音信，他要是还活着，你也保佑他，让他平平安安，他要是死了，你找着他，你们好好过。"说着，她泪流满面。也许她又想起了许多痛苦的往事。

下午，沈灵芝带雷生去沈家老林添坟烧纸。沈家的老林在大青山脚下，林地里有几十座坟墓，坟头间长着几十棵郁郁苍苍的柏树，树上鸟雀喧嚣，没有姥姥那座孤坟的寂寥和苍凉。沈灵芝说："你看这树，听这鸟，咱这林地就是一块风水宝地。"

沈家的老林一律都是东南向（坟的朝向，也是林门的方向。坟的朝向多根据坟前的沟河水流选择。坟向讲风水），背靠大青山，面临大青河。人们都说林地是讲风水的，风水好，后代发。谁家的祖坟占据了穴地，后代要么能出达官贵人，要么富贵荣华。沈灵芝说："这块地是你祖爷爷的祖爷爷高价从孙家买的。你祖爷爷的祖爷爷信风水，他父亲病重之后，就从外地请来一位风水大师来选坟地。那风水大师围绕咱青峰镇转了两天，最后他选中了一块地，就是咱沈家老林这地方。他说老人'百年之后'就埋在这里，占准了穴位，后代能出四品以上大官。你祖爷爷的祖爷爷请那大师给点穴，那大师不点。他说，这属于天机，泄露了天机，我不死也得瞎眼。你祖爷爷的祖爷爷人品好，觉得不能利了自家毁了人家，就不再勉为其难。送走了风水大师，他老人家又犯了愁，那块地不是沈家的，而是孙家的。老人家就托了中间人和孙家说和，提出想买那块地的想法。孙家不卖，老人家就托了镇上的几个知名人士，终于以高于其他好地三倍的价钱说成了。在契约上签字画押之后，当面银子对面钱，就成交了。过了两天，孙家听说这地是经风水大师看过的，他们觉得一定是块宝地，就变卦了，要退钱。可是白纸黑字已签过字画过押，钱已交清，咋能再反悔？咱沈家也不让步。没几天，你祖爷爷的祖爷爷的父亲过世了，孙家阻挡不让埋。孙家户大人多，你祖爷爷的祖爷爷只好又将那几个中间人请来，最后又多给了些钱，事情才算了，才把老人埋在这块地方。后来，你祖爷爷的孙子做了大官，那清风楼就是经他手盖的。再后来，这块地就成了沈家老林。"

沈灵芝非常虔诚，来到坟地后，放下盛纸的竹篮，就从雷生手里要过铁锨，首先来到一座最大的坟前，她说这就是那个老祖爷爷沈翰文的坟。坟周围用青石砌墙，有腰高。坟前向口立着一块龙头石碑，上面刻着"先考沈公讳翰文之墓"，左下角刻着"子：沈子甲，子宜，子轩"字样，沈灵芝掘了几锨土撒在坟头上，然后，又一座坟一座坟地添上几锨新土。沈灵芝毕竟老了，几十座坟每座坟虽只添几锨土，但添过一遍，沈灵芝已大汗淋漓。沈灵芝停下锨，抹把汗说："雷生，给你！你添吧！你爹和你叔都不在家，你是咱家男子汉，又是下一辈人，你也添添吧。"

雷生也学着奶奶，先从老祖爷沈翰文那座坟开始，逐坟添上几锨土。他一边掘土添坟，一边问奶奶："这添坟是啥意思？"沈灵芝说："这添坟，就是给先人修缮屋子。咱活人的房子每年还得修缮修缮，添些新草，这添坟也是这样。这也表示后代子孙的孝心。再说啦，这也是给活人看的，清明节坟上有新土，说明这坟有后人，凡是没有添新土的都没了后人，绝户啦。就像咱活着的人，没有儿女的人家的房子漏了也没人修缮。"

所有的坟添了一遍，沈灵芝又带着雷生到各个坟前烧纸，一边烧纸，一边给雷生讲，这个坟埋的谁，都有啥故事，他的后人是谁。最后，两人来到沈少松的坟前，沈灵芝还没点燃纸钱，泪水已盈满了眼眶。她点燃纸钱之后就开始祷告："少松啊！我和咱孙子雷生给你送钱来啦，你在阴间要好好保佑雷生，保佑咱青山、青河，保佑他们平平安安！"她抹了把泪水，一边用一根树枝挑拨着正燃烧的纸钱，一边说："你死时，我也没来送你，咱全家也都没来送你，你也别怪我们，那光景你也知道，实在是没法儿。让你一个人孤孤单单地走了，是我对不起你！你千万别怪孩子们！"说着她哽咽得说不下去了。

不知不觉间，已是薄雾冥冥，天近黄昏。此时，远远近近的坟地里都有人在挥锨添坟，焚烧纸钱，火光明明灭灭，青烟缭缭绕绕。老柏树上的乌鸦在不停地叫，鸟雀们也叫成一团。黄昏，荒野，再加上乌鸦哀鸣，叫人有一种汗毛竖起的感觉。雷生想，这就是奶奶和娘常说的"阴气重"吧。上午还是晴天，也不知何时天空布满了乌云，接着雷生便感觉脸上有凉意，原来是下雨了。丝丝细雨，随着微风轻轻飘洒。雷生说："奶奶，下雨了，咱走吧！"沈灵芝用那树枝在燃烧的纸钱周围画了个圈，说："少松啊，这是给你的钱，你都收起来吧！"

走出林地时，沈灵芝又回头望了一眼沈少松的那座坟墓和尚在冒烟的纸钱。

青枝来了之后，就跟凤仪一个屋睡觉，雷生与奶奶一屋睡。半夜里，雷生被奶奶的呻吟惊醒了，他叫了两声奶奶，她没答应。于是，雷生急忙点上灯，一摸奶奶的额头，好烫手，奶奶生病了。他急忙去隔壁房间叫了陈凤仪，青枝也跟着起来了。陈凤仪摸摸沈灵芝的额头说："发热，恐是昨儿个去添坟凉了汗，青枝去烧碗姜汤。"青枝急忙去点火烧锅，先盛出两碗热水，凤仪用热水烫了手巾，拧去些水，敷在婆婆额头上。青枝熬好姜汤，雷生和凤仪扶起沈灵芝，让她喝下一碗姜汤。沈灵芝说："可能昨儿个添坟出了汗，又淋了雨，是闪了汗，不要紧的，你们都去睡吧。"青枝说："娘，你和雷生去睡吧，我看着奶奶。"雷生和凤仪去隔壁屋睡了，留下青枝守在沈灵芝床前。

天明了，青枝推开门说："娘，奶奶还在烧，夜里我又熬了碗姜汤，奶奶喝了，但还是没退烧。"凤仪一边起床穿衣，一边喊雷生："雷生，你去西院把二奶奶叫来。"

二奶奶是沈家的近门，会架筷子神（一种用筷子来问神治病的迷信活动）。全镇上谁家有个头疼脑热的，都是先请二奶奶架筷子神，再不好才去请先生看病抓药。

二奶奶来到后，先摸了摸沈灵芝的额头，说："昨儿个上林地，也许遇见鬼了。问问筷子神吧。"

雷生娘拿来两双筷子，又从房箔（指用高粱秸秆和粗麻线制作的类似于屏风的东西，用于晾晒东西，或者作为隔开房间的屏风）上取下两根麻批（指没有捻成麻线的散开的麻缕）交与二奶奶。二奶奶将麻批分别将两根筷子的一端绑在一起，又将绑麻批的那端在凤仪端来的一碗清水中蘸了蘸，站在门前，将两组捆好的筷子交叉分开，交给凤仪两根。她二人各持两根绑在一起的筷子站在门口。二奶奶双眼微闭，口中念念有词："今儿是二月二十七，大嫂子有点不大好，问问筷子神。神祟也上坠，鬼祟也上坠，家亲外鬼都上坠。有鬼祟您就显灵，没鬼祟您也明示。"这时两双筷子突然交叉到了一起。二奶奶说："这是有鬼祟。是神祟您就指天，是鬼祟您就指地。"那交叉的筷子一下指向地下。二奶奶说："这是鬼祟。是家亲您就指向屋里，是外鬼您就指向门外。"那交叉在一起的筷子立即指向屋里。二奶奶说："这是家亲。是死去的亲人摸罗（方言。是指鬼魂附体）了。您是少松大哥不？要是少松大哥您就点头，要不是少松大哥您就宽出坠。"那筷子果然向屋里点了三下。二奶奶对着筷子说："少松大哥，都知道您死得屈，这不昨儿个清明节，大嫂和您孙子雷生不是上坟给您送钱了吗？您别亲热他们，您一亲热他们就会有病。您走吧！让大嫂好了吧！到您忌辰，再让他们给您送钱。"说着她将两双筷子收拢一起，在那清水碗中解下麻批，对凤仪说："雷生娘，捏点面来，让你爹喝碗汤，再送他走！"

凤仪从面缸里抓出些面丢在水碗中。二奶奶端了碗走到大门口，将面水和麻批泼在地上说："您走吧！别再摸罗人啦。"

第二天，青枝又烧了两碗姜汤，凤仪从抽屉中找出一纸包，打开后，从里面抓出一把红糖放在汤碗中，搅化了糖粒，让婆婆喝下。沈灵芝出了一身汗，临晌午，烧就退了。

沈灵芝退了烧，可还是没力气。上午，凤仪为婆婆擀了一碗面条，沈灵芝只吃了两口就放下了。青枝说："你再吃点吧，吃完也许就有力气了。"沈灵芝说："没胃口，啥也不想吃。"

雷生知道奶奶以前爱喝鱼汤，就问沈灵芝："奶奶，您喝鱼汤吗？"

灵芝犹豫一下说："唉！去哪儿买？不喝了吧！"灵芝就是这样，平时有了病，再想吃的东西她都不说，她知道家里困难，没钱，也不想让家人犯难。

雷生说："我逮鱼去，下午给您熬鱼汤。"

灵芝说："可别下水，这时水还太凉。"

雷生从柴屋找出以前逮鱼时用的扒网，扛起来走出家门。

大青河是从大青山里流出来的。老人们说大青山是活山。山多高水就多高，有泉有水，有树木。山山泉水叮咚，处处林木葱郁。不像有的山是死山，没泉水，自然不长树木，光秃秃的一片死寂。大青山有灵气，有许多神话传说。大青山里有一潭涡，人们叫它黑龙潭，水墨绿墨绿的，深不见底。有人用绳子拴了块石头扔进潭中想试试黑龙潭到底有多深，结果连接了十根绳子也没到底。传说潭中住着一条黑龙，夏日雨季，那黑龙常出来吃掉山民家的牛羊。

某年夏日下大雨，那黑龙随着暴雨飞出黑龙潭，在云雨中飞舞。这情景被一猎户看见，那猎户便弯弓射向黑龙，黑龙被箭射中，落在潭中，那潭水变成了黑色。那一箭招来了弥天大祸，倾盆大雨接连下了七七四十九天，山洪暴发，山塌树倒，那猎户住的村庄也一下子滑落进黑龙潭。从此大青山里的山民们便把那黑龙当作天神来敬。每逢六月十五，许多山民便来朝拜，将猪羊丢进潭中，以敬飨黑龙。黑龙潭是大青河的源头，大青河从这里出发，一路缠山绕峰、逶迤曲折走出大青山，奔向东部大平原。大青河的水并不黑，那墨绿色是水深的缘故。大青河自这里流出大山，穿过青峰镇，在镇东青峰山下绕了一个弯，留下一个潭涡。人们叫那潭涡青龙潭。青龙潭不大，只有三四间屋的面积，潭水碧绿，深不见底。据老辈传说，这潭涡里住着一条青龙，是大青山里那条黑龙的弟弟。有一年二月初二，青峰镇逢古庙会，有一人在那潭涡边的一棵榆树上捋榆钱，突然听到那潭涡中有水声，他低头一看，只见一黑青脸色的人从水中浮出，那人举目向四周瞭望一下，然后便又沉入水中。不一会儿，他又见有一辆两匹青马拉着的轿车从潭中驶出，直奔青峰镇驶去。那马车驶到镇中的老槐树下，从车上下来一青面白胡子老人。那老人去街边的肉店正要买肉，突然他发现街上的人一齐把目光射向他，交头接耳地在议论什么。人们正在传递一个信息，说这辆轿车是从镇东的潭涡里驶出来的。那青面白胡子老人一见这情景，急忙转身端起茶铺上的一碗茶水，喝了一口，随即将口中茶水喷向空中。顷刻之间，大雨倾盆，赶会的人纷纷躲进街边店铺避雨。这时那青面白胡子老人立即登上轿车，那轿车在无人的街道上风驰电掣般地向东驶去。马车过后，雨也停了，人们举目望天，阳光高悬，没有一丝云影。从此之后，每逢二月二古庙会，会首便会组织镇上德高望重的老人，大清早便抬着供桌，上面放着整猪整羊等祭品，来到那潭涡边，给青龙爷烧香跪拜，祈求青龙爷保佑青峰镇平安，风调雨顺。

雷生扛着扒网掂着那只黑釉瓦罐，从桥头下到大青河里，沿水边向东走，看见水边有鱼群就扒上一网，逮上三五条七八条小鱼便放进盛着水的瓦罐里。这种鱼叫石鱼，个头长不大，只有两三指长，细长而圆滚的身子，尖尖的嘴巴，青白色的鳞衣。这种鱼特别鲜嫩，去了肚肠，用葱姜盐一拌，再拌上些面粉，放进滚水锅里一煮，打上一个鸡蛋，盛碗时再滴上两滴小磨香油，汤鲜肉嫩味美。将那石鱼用筷子夹住头，从尾部送进口中，两唇一抿，筷子夹住鱼头往外一拉，整个鱼骨便完完整整地从口中抽出来，留在口中的是鲜香可口的鱼肉。大青河的石鱼是青峰镇的特产，以前曾作为贡品奉进宫廷。

雷生沐浴着习习的河风，听着大青河水"叮咚"的歌唱声和两岸树木上清脆的鸟鸣声，一路向东走。走几步扒一网，走几步扒一网，不知不觉便来到了青龙潭边。那潭涡里的水是青黑色，犹如一块墨玉，那是水深的标志。水边小草长了出来，嫩绿嫩绿的，成群的小石鱼在慢慢游动。看着那么多的鱼在水边游着，雷生想，一网下去肯定能捞上半碗，可他没下网，因为青峰镇的人从不在这潭涡里逮鱼，这里有神龙爷。雷生扛着扒网绕过潭涡继续往东走，过了潭涡，大青河便走进了大平原。水流缓了，水面也宽了许多。夏日的雨季，大青河自这里开始才成了一条真正的河，河水宽泛，浪涛滚滚。此值初春，水还不多，河面却宽了丈余。雷生沿着水边一边走一边不时地扒上一网，每一网都能扒上来五六条小鱼。他看看罐中的鱼，足有半碗。这已够给奶奶熬一碗鱼汤的。

但雷生没停止扒鱼，只有一碗鱼汤奶奶肯定不舍得喝。奶奶疼他也疼青枝姐，有什么好吃的都是紧着孙子吃，雷生娘劝她多吃些，她总是说："我吃了除了长皱纹，没用！小孩连骨头带肉一起长，多吃点有好处。"家中还有娘和青枝姐，这些鱼还太少，于是他继续沿河向东走，一边走一边扒鱼。他要逮半罐子鱼再回去，给娘和奶奶一个惊喜。他怎么也没想到，当他高高兴兴逮鱼的时候，危险正悄悄向他靠近。

第83章　抓　丁

半年多的太平日子使人们麻痹了，民兵们的警惕性也松懈了。孙子盛啥时候进的村，没人发现也没人报告。由于过清明节教书先生回家给祖先上坟需两天才能赶回去，所以学校放了假。

那天孙玉梅吃过午饭写了两篇大字又写了一篇文章正要出门找同伴去玩，就看见奶奶挎着篮子正要出门。

玉梅是个孝顺孩子，便问奶奶去干啥，奶奶回答说："我去拾点柴火，灶窝里没柴了。"

玉梅上前从奶奶肩上取下篮子说："奶奶我去吧！"奶奶高兴地笑了，说："还是俺玉梅懂事儿，知道疼奶奶。"玉梅挎着篮子走了。杏花望着孙女的背影，笑眼里涌满泪水，不由得自言自语："她娘要活着多好啊！"也就在这时，孙子盛神不知鬼不觉地溜进了孙家大院。

孙玉梅在大青河边捡了一篮枯树枝背回家，回去已是夜幕降临掌灯时分。她推开大门进到院中路过爷爷住的主房前，她发现屋里没点灯，却有人在悄悄说话。玉梅感到很好奇，于是靠近窗边，驻足听了起来。只听有人说："我表叔任司令，黑三是副司令，我当参谋长。"

玉梅一听是二叔孙子盛，还当了什么参谋长，她又好奇地听了下去。

爷爷问："你咋去当土匪了？"口气中带着气愤。"不是土匪，我们是大青山'反共救国军'。""现在是共产党的天下，你偷偷跑回来干啥？不怕他们抓了你？"

孙子盛"嘿嘿"地冷笑一下说："他们抓我？就那几个民兵？我这次回来就是……"他突然打住了话头，站起身向外面望一眼来回走了几步，没再说下去。

孙龙跃问："你回来干啥？"

"为我们救国军招兵。"

孙龙跃说："这会儿谁去当兵？再说在战场上国民党节节败退，你还能招去兵？共产党招兵还差不离！"

"我们是政府的军队，每个人都有当兵的义务，不去就是犯法！"孙子盛口气很强硬。

孙龙跃说："就你一个人？你一手抓一个，多说才能抓俩，还成立啥救国军？"

"我们的队伍已经下了山，就在镇外，一会儿就会过来。"

"你们要抓几个人？"

"最少也要弄二三十人。"

"咱镇哪有这么多年轻人？他们都参加解放军了。"

"前方跟共产党打仗正吃紧，急需补充兵员。20多岁的不够，十几岁的也要抓，三四十岁的也中。"

"子盛啊！常说兔子还不吃窝边草，你咋这么糊涂！抓了壮丁那是去干啥？那是去打仗，是去送命。你来咱这儿抓壮丁，你咋想的？你想把人都得罪完？"

孙子盛冷笑一声说："哼！我还不至于这么笨。我一个堂堂参谋长还需要亲自出面？"

"你们要抓谁？"孙龙跃问。

"我要先抓沈家人！"

"胡说！沈青山在八路那边，沈青河参加了县大队，你抓谁？抓女人？"

"女人不要，我就要抓他们的心头肉！"

"谁？雷生？那孩子还小，跟玉梅同岁。"

"小也要抓！沈青山沈青河给共产党卖命，我就要让雷生跟他们对着干！"

"他会听你的？"

"不听？那由不得他！"他不由自主地摸了摸腰间的手枪。

玉梅一听二叔要抓雷生，脊梁上出了一层冷汗。她悄悄放下柴篮，又脚步轻轻地走出大门，一溜小跑，来到沈家，一边拍大门一边喊："雷生！雷生！"

陈凤仪听到玉梅的喊声，就要起身去开门。婆婆说："别去！"

凤仪站住了，说："是玉梅。"

"我知道是玉梅，我也知道她喜欢咱雷生。可两人还小，不懂事儿。咱孙沈两家，几辈子的仇怨，两人无法走到一起。这会儿要是不阻止他们，以后就是害了他们。这就像一个树枝，刚发芽就掰，还不会太伤痛，要是等它长大了再砍再锯，伤得更狠。"

凤仪听到婆婆的话，觉得有道理，就点了点头。可门外的拍打声和呼叫声越来越紧，越来越急。门是从里面闩上的，孙玉梅知道里面有人，可任她拼命拍打就是没人开门。孙玉梅急得不知如何是好。这时她听到"吱——叭"一声汽号从镇西传来，她知道这是民兵的信号。看来二叔的那些兵进镇了。她更急了，她加快了拍门的节奏，喊声也更大了："雷生！雷生！"那声音有点声嘶力竭，声嘶力竭中带着十万火急。

凤仪和沈灵芝也听到了汽号声，凤仪吃惊地说："出事了！"沈灵芝急忙从纺车怀里坐起，这时她意识到玉梅找雷生有急事："快去开门！雷生娘。"

凤仪急忙去开了大门，见孙玉梅已经急得快哭了，眼里含着泪水："大婶，快！快！……"

"咋回事儿，玉梅？"

玉梅说："快！快让雷生跑！"凤仪摸不着头脑，还在追问，"咋回事儿？"

"抓壮丁的来了。"玉梅说。

"抓壮丁？"

"对，他们要抓雷生。"

"谁说的，到底咋回事儿？"

玉梅有点急了："别问了，快让雷生跑吧！再晚就跑不掉了！"凤仪还想再问，玉梅说，"我二叔回来了。"

"你二叔回来了？"

凤仪这才感到紧张和害怕："可雷生不在家，这咋办？"

玉梅问："他去哪儿了？"

"他上河里扒鱼去了。"

玉梅说："大婶，您别急！我去找雷生，您和奶奶快躲躲！"玉梅说完，立即转身跑去。她沿着大青河边向东边跑边喊："雷生！雷生！"

大青河进入平原，水面宽了，水流缓了，鱼儿也更多了。雷生一网连一网地扒着，每网都能扒出十来条小鱼，眼见罐中的鱼越来越多、越来越稠，他的兴致也越来越浓。不知不觉间田野已弥漫了淡淡夜雾。又一网下去竟捞上来十多条小鱼，他看着那小鱼在网兜里蹦跳着拼命挣扎，心里高兴极了。这下子不仅奶奶有鱼汤喝，全家人都能喝上鲜鱼汤了。他正把鱼儿往罐里倒，突然听到孙玉梅焦急的喊叫声，他抬起头才发现夜幕已笼罩了远处的村庄和西边的大青山。他一边答应，一边提起鱼罐扛起扒网爬上了河坡。满面是汗的孙玉梅跑到雷生面前时，她已累得上气不接下气。"咋啦，玉梅？"孙玉梅双手扶膝弯着腰直喘粗气，待她喘息好了些，才说清事情的缘由。"你可别回家！说不定这会儿他们正在家等你呢！""我不放心奶奶和娘，我不回去，我娘和奶奶咋办？""这你放心！我已安排让她们躲出去了！"

"谢谢你，玉梅！"玉梅斜了雷生一眼："看你！还谢我，咋个谢法？"她笑了。可雷生却不知怎么回答。想了许久，他说："玉梅，你回去吧！天黑了，要不你爷爷奶奶又急了。"玉梅看看雷生又望望天说："我走了，你一个人咋办？多害怕！"雷生其实很胆小，怕天黑。人们老爱讲鬼故事，说夜里鬼就会出来四处游荡。那脖子里吊根麻绳的吊死鬼，那满脸是血的屈死鬼，那头披白绫乱发遮面的女鬼，那在空中飘忽不定的游荡鬼……自小，雷生就被那些鬼故事侵蚀得胆子像芝麻粒一样小。他每次跑反逃难都紧紧跟在大人身边。大了，他胆子也大了些，可夜里还是怕独自走路。此时面对一个女孩，他不能露出胆小胆怯，壮了壮胆说："你走吧！我不怕！"孙玉梅看着雷生："那我走了？"她转身走了几步，又回过头来说："那你去哪儿？"雷生犹豫了，是的，这黑灯瞎火的，去哪儿？"我还是留下陪你吧。"玉梅说。雷生又壮了壮胆说："我一个大男人去哪儿不行？"嘴里虽这样说，但他向周围看看，天全黑了下来，一种恐惧和孤独感还是笼罩了他。"那我走了？"孙玉梅说着转身向镇子方向走去。

清明时节多雨。当孙玉梅的身影刚刚消失在夜幕时，天空便飘落下密密的雨丝。雨很凉，雷生感觉一直凉到心里。他不知去哪里，不知怎么办，那种孤独和恐惧如一根绳子一般将他越勒越紧。他想跑过去追孙玉梅，但又犹豫了，他怕玉梅看不起自己，他的脚没动，可心已紧紧追向玉梅。天上飘落的细雨越来越密，不一会儿他脸上便湿漉漉的，雨水在脸上慢慢往下流，像几只小虫子在蠕动。那雨点真凉，让他有点颤抖。他傻了似的立在冰冷的夜雨里不知所措。怎么办？他正在胆怯中无可奈何，这时孙玉梅又回来了。"你傻啦？咋还站在这里？"玉梅走近他身边，接过雷生肩上的扒网，这时雷生的心一下子热了，不知怎么回事泪流了出来，是喜极而泣还是什么情绪他也说不清。"快走吧！"她拉了一下他的胳膊。"去哪儿？"雷生心里没主张。"这里离东凹近，先去东凹避避雨吧！"玉梅的话似一束闪电划开了乌云，露出了一线蓝天。对！去东凹。来到东凹村头，雷生说："咱去杜鹃家吧。"孙玉梅站住了，她说："要去你去吧，反正我是不去，深更半夜的，一男一女到处跑，人家说三道四，我有嘴也辩不清。"雷生想想也是，本来杜鹃对他俩的关系就很敏感，她非常讨厌玉梅对自己好，这时若和孙玉梅一起去她家，她一定很反感。可不去杜鹃家去哪里？

"啥深更半夜，这不天刚黑，咱去她家怕啥？"雷生说。孙玉梅有点生气了，说："你想去你去吧！我走。"说着转身要走。雷生说："天还下着雨，你去哪儿？"玉梅不答话，继续向前走。玉梅帮了自己，自己怎能让玉梅一个人走夜路？他急忙追了上去。东凹村头是一个打麦场，场里有许多麦秸垛，各家的麦秸垛上都有个洞，那是阴天下雨掏柴火或掏牛草掏出的洞。来到场边的一个麦秸垛前，玉梅将扒网依靠在麦秸垛上，低头钻进洞里。雷生知道那洞里面空间很小，大多只能坐下一个人。玉梅进了洞，他站住了，他不好意思也挤进去。雨点落在他的头上脸上冰凉冰凉的。"傻了？还不进来？"玉梅从洞中钻出来，夺过盛鱼的瓦罐放在洞边，又一把将他拉进洞中。

雷生和玉梅紧紧地挤在一起，彼此能感觉到对方的体温和鼻中呼出的气息。雷生心里乱乱的。这时他想到在苍龙镇与杜鹃同披一领蓑衣的情形，想到了在放学路上他搀扶孙玉梅的情形。他的心跳有点快了，同时他也感觉到孙玉梅的心跳也加快了。雷生觉得自己的脸有点发热。他俩紧紧地挤靠在一起，谁也不说话。两个情窦初开的少男少女切肤而偎依，哪一个的心里不是波滚浪涌？雷生感觉心脏已跳到了嗓子眼，他有点不能自已。

突然，一阵脚步声由远而近，他看到一个熟悉的身影来到洞前，那是杜鹃，她臂挎一个草篮，一定是来掏引火柴的。我的天！为什么总是那么巧，怕什么来什么。这要叫杜鹃发现他和孙玉梅深更半夜钻在一个麦秸洞里，可想而知她会怎么猜想，以后他怎么面对杜鹃？他的心快要爆炸了。他想钻出麦秸洞向杜鹃解释清楚咋回事，可玉梅的两只手紧紧地抓住了他的衣服。杜鹃的身影在洞外停了一下，又走向了另一个麦秸垛。看来她是在寻找自家的麦秸垛。雷生和玉梅憋着一口气不敢出，似乎真做出了什么见不得人的事。一阵窸窣声过后，杜鹃挎着一篮草走了。这时他和玉梅才长长地吐出了那口憋在胸中的气，心跳才缓慢下来。人说做贼心虚，怎么没做贼心也虚，因为怕那可畏的人言。

杜鹃走了，雷生的心情又平复下来。虽然还是与玉梅切肤而靠，可再也没了刚才的激动。他怕再有人来掏麦秸，更怕他俩躲雨的麦秸垛的主人来掏柴火。过了一会儿，雷生钻出麦秸洞，玉梅问："你干啥去？"他说："太闷。我出去喘喘气！"他钻出那洞，雨还在下，似乎比刚才更大了些。"快进来！别淋湿了！"玉梅说。他没回答，却钻进了旁边的一个麦秸垛洞中。

早春的天气乍暖还寒，尤其是到了后半夜，一如冬夜寒冷，加之淅淅沥沥的小雨一直没停下，蜷卧在麦秸垛洞里的孙玉梅除了觉得屁股下和靠在麦草上的背部还稍稍暖和，身体的其他部位如浸在凉水里。她打了几个寒战之后，觉得冷得受不了，又不好意思喊雷生，只好用手使劲拽洞壁上的麦秸，一把一把地拽下来覆盖在自己的腿上身上，慢慢地才觉得身上有了些暖意。不知什么时候，她迷迷糊糊地觉得自己和雷生紧紧地拥抱着。那是在一片麦田里，麦子和膝盖一样高，身下的麦子如地铺一般，软软的。她觉得自己的身体在膨胀着、颤抖着，如鼓的心跳和急促的呼吸使她不能自抑，从头脑里从心底乃至浑身都有一种极度的渴望。她情不自禁地大喊一声："雷生。"

隔壁麦秸垛洞中的雷生听到玉梅的喊叫，以为玉梅遇到什么不测，急忙跑到玉梅那个麦秸垛洞中。"玉梅，咋了？"玉梅霎时清醒过来，见是雷生在她身边，方知刚才是在梦中。虽然醒了，但梦中的激情依然鼓舞着她，她一下抱住了雷生。此刻，雷生觉得玉梅身上散发着腾腾热气。当他的脸和她的脸贴到一起时，他感觉玉梅在发烧。玉梅用双臂紧紧地搂着他，似乎是怕雷生跑了。雷生也用双臂搂住了玉梅。此时他心里也产生了一种冲动，想把她压在身下，可洞太小，他的半个身子还在洞外。玉梅急促地呼吸着，他感觉到了她"咚咚"的心跳。这时，雷生第一次感觉到人生最美妙的就是两性相拥的温存和愉悦。这时，村里响起一片公鸡啼鸣。天明了，雷生知道这时正是村民们为早饭准备柴火的时候，说不定这时已有人朝打麦场走来。他心中的激动一下子烟消云散了。"天明了。玉梅，咱走吧！一会儿就会有人来搜麦秸。"玉梅也从激动中缓了过来，她松开了紧搂雷生的双臂，说："你先别走。我回去看看我二叔他们走了没有。"玉梅说着起身钻出麦秸洞。当她翻过雷生的身体时，她压在雷生身上停了一下，用饱含甜蜜的目光深情地注视雷生片刻，然后钻出麦秸洞。她一边拍打身上的麦草，一边注视着洞中的雷生说："我不回来，你哪儿也别去！等我！"她说"等我"两个字时，下巴挑了一下，这个动作充满着爱意与安慰，这使雷生想到小时候娘对他常做的一个动作。他点点头，看着玉梅的身影消失在晨雾中。

雨不知什么时候停了，打麦场一汪一汪的积水泛着晨光。

孙玉梅一夜没归，孙家找翻了天，镇上的家家户户都问遍了，凡是能藏人的地方都搜遍了，就是不见玉梅的踪影。玉梅的奶奶杏花急得哭了，孩子自小没了娘，杏花含辛茹苦地把她拉扯大，这要是有个什么闪失，咋对得起儿子和她死去的娘？孙龙跃也急得心如火燎，他在院中来回踱步。"她总不会掉进那潭涡里吧？"奶奶没往好处想。孙龙跃停了脚步："呸！净胡说！她去那儿干啥？"玉梅的奶奶一辈子在丈夫面前抬不起头，挨骂是常事，听了丈夫的训斥，从不敢还嘴。此时，她为找不回玉梅也恼了，还嘴道："你有本事把玉梅找回来！"孙龙跃哑口无言了，又来回走动起来。这时孙子盛突然说："我想起来了。我知道她在哪了。"孙龙跃说："在哪儿？"孙子盛说："她肯定是昨天听到了我的话，去给那小子报信了。"说完，他疾步走出门去。

凤仪和雷生奶奶也是一夜没睡。那伙兵匪冲进沈家，搜遍了旮旯缝道也没找到雷生。沈灵芝说："你们抓壮丁，我家又没有男人。这不就俺娘仨。"一个大胡子说："胡说！你孙子呢？"沈灵芝说："我孙子还小，还没有枪高，能当兵？""能不能当兵把他交出来看看！"沈灵芝说："真不巧，我这两天有病，让他去城里给我抓药，也不知咋回事儿，到现在也没回来，兴许住在亲戚家了。"

那些兵匪不相信沈灵芝的话，就分散在院里到处搜查，连鸡窝和灶窝里的柴堆也翻了个遍。然后那大胡子一挥手，几个兵匪就分散藏了起来。他们布网以等待雷生回来。雷生娘急了，怕雷生贸然回家撞进他们的罗网，她想走出家门去找，让雷生千万别回家。那大胡子眼一瞪说："谁也不准出门！出门就打死你！"凤仪没法儿，急得似热锅上的蚂蚁，一会儿坐下，一会儿站起。沈灵芝坐在纺车怀里也无心纺花，双手合十，默默祈祷老天保佑，少松的在天之灵保佑，让雷生千万别回家。总算熬到了天明，雷生没回家，一家人都不约而同地长出了一口气。"雷生总算没回来！谢天谢地！"这时镇街上传来几声哨响，那几个等在沈家的兵匪终于离开了。凤仪也跟了出去，见那些兵匪集合后押着十多个被绑着的男人向镇西走出。她长出了一口气。这些该死的兵匪总算走了。可那些兵匪前脚刚走，孙尚进后脚就进了门。"我姐呢？"孙尚进进门就喊。青枝走出门来，掂起扫帚扫起地来，没理会孙尚进。

孙尚进又问了一句："我姐呢？"语气里带着冰冷的威慑。青枝见孙尚进如此态度，也没好气地说："找你姐去你家！我家哪有你姐！""就是你们把她藏起来了！"青枝见孙尚进有点蛮不讲理，顿时火冲脑门："我还说你把雷生藏起来了呢！""那雷生呢？"孙尚进问。"俺还找不着他呢！"说着挥起扫帚扫起地来，她专往孙尚进脚下扫，逼得孙尚进不得不一边躲着扫帚一边退出门去。

孙子盛没有走，但他也没出家门，他躲在家里不露面，怕街坊邻居知道是他带兵来抓壮丁的，这种吃里爬外得罪人的骂名他不愿落下，但他又不甘心，尽管已抓了十几人，可没抓到雷生。他对沈家的仇恨已在心底打了个千千结，不说世代留下的旧怨，光小芳的死连同她肚子里的孩子的死这新仇就如一座大山压得他喘不了气。他时刻想着报仇，可天不遂人愿，国军在战场的失利，青山县的解放都使孙子盛欲哭无泪、欲喊无声，只能在心里暗骂老天不公。

当他东躲西藏走投无路时，他逃进了大青山，他想投靠土匪黑三，恰巧在去黑风口的路上遇到了黄三。青山县城被打下，黄三就带着几个兄弟逃进了大青山，先在家中藏了几天，后来他怕被村里的民兵发现，就决定去黑风口找黑三，只有黑风口才是藏身之地。二人不谋而合，孙子盛就随黄三他们十几个人到了黑风口。黑三见黄团长带着十几个人又带着精良的武器来投奔他，虽心有余悸，但还是接纳了他。黄三知道黑三是个重利之人，遂又从包裹中掏出几根金条和一包大洋。黑三一见眼睛亮了，有枪、有人、有金条、有大洋，心想今后日子好过了，便与黄三焚香烛喝血酒成了拜把子兄弟。

黄三说："咱这样也不是长久之计，整天待在山洞里，吃不上喝不上不说，说不定啥时候共军打过来，我们就全完蛋了。"黑三说："老兄有何高见？"黄三说:"我有办法。咱不如大干一场,跟着蒋委员长干,也弄个司令干干。"黑三一听,眼睛一亮,说道:"咋能弄个司令干?"黄三说:"我明天就下山,去找省主席。"第二天,黄三就带领孙子盛下了山。几天后,黄三和孙子盛回来了,还带来一个穿西装的人。黄三向黑三介绍那个人是省党部特派员,并当即宣布省党部决定成立大青山"反共救国军",并掏出两张委任状,任命黄三为救国军司令,黑三为副司令,命令他们招兵买马,扩充兵员,以待出山,配合国军消灭共匪。

黄三也是鬼点子多,为防黑三暗中与他不一心,便任命孙子盛为参谋长,他带去的十几个人也都任命为营长、连长。为完成特派员交给的使命,进一步扩充兵员,以图东山再起,也为了让黑三心服口服,于是第一个任务便派参谋长孙子盛带兵出山抓壮丁。这一任务正中孙子盛下怀,他提出去青峰镇,因为他对老家情况熟悉,壮丁好抓。更重要的是,他要报仇,要把沈家的独苗抓来。即使不亲手弄死他,也叫他去当炮灰,出出这口恶气,报了这深仇大恨。

可是这次没抓到雷生,他不甘心。他让十几个弟兄先将那些壮丁押走,留下十多个人藏在山脚下的小树林里。他要等沈雷生回家,再反扑过来。他听爹娘说,侄女玉梅跟雷生关系不错,有可能昨天他跟爹说的话让玉梅听去了,跑去给沈家报了信。这个死妮子吃里爬外,竟向着孙家的仇人。他心里生起一腔怒火,待这死妮子回来一定要好好教训她一顿。孙尚进来了,说了去沈家的情况。全家人一听,雷生也不在家,他分析玉梅肯定与雷生在一起。孙龙跃怒火中烧,懊恼和羞愧纠结在一起,他咬牙切齿地骂道:"这个死妮子!大姑娘家,夜不归宿,这成何体统!孙家的脸面都让她丢尽了!"孙子盛却在盘算着玉梅回来了该如何套出雷生的下落。

一家人正在犯愁、生气、着急之时,玉梅回来了,一进门就迎来了爷爷的一巴掌,玉梅被打愣了。她看着爷爷气恼变形的脸,只觉得脸腮上火辣辣地疼。"你干啥去了?"孙龙跃厉声喝问。

玉梅没说话,眼里涌满了泪水,她没想到爷爷会打她,长这么大爷爷奶奶从没打过她。她委屈极了,泪水流了出来。她想回屋,可爷爷又喝住了她:"不准走!说!这一夜你干啥去了?"玉梅不回答,她不能说也不会说出实情,因为二叔就站在面前,一旦说出来,雷生就完了。玉梅一手捂着疼痛的左腮,用惊恐而又委屈的两只大眼睛看了爷爷一眼,倔强地转身跑进屋内,扑在床上大哭起来。

奶奶杏花见老头子打了玉梅,心疼得急忙跟了过去。"玉梅!玉梅!这一夜你跑哪儿去了?"玉梅只是趴在床上哭泣,不回答奶奶的话。这时孙龙跃和孙子盛也跟了进来。"说！你干啥去了？"爷爷仍在厉声责问。"爹……娘……你们在哪儿？"玉梅大声哭叫起来。一声爹娘的哭喊把奶奶的泪水一下激了出来，她转身对孙龙跃气愤地说："你个死老头子！没弄清咋回事就打孩子。这没娘的孩子你不心疼我还心疼呢！"说着，抹了把眼泪坐在玉梅身边也哭起来，一边哭一边说："她能干啥不要脸的事儿？她才多大啊，你就知道打。"

这时孙龙跃也有些后悔，自己不该出手打孩子。在孙龙跃心里，玉梅是个懂事的孩子，也很孝顺爷爷奶奶，他也可怜心疼这自小没娘的孩子。见玉梅哭得那样伤心，一口一个爹一个娘地哭叫，他也不由得眼眶含泪，随之扭头走了出去。

停了一会儿，孙子盛见玉梅哭得不那么厉害了，便走上前说："玉梅，我知道昨夜你和雷生在一起，你说他在哪里？"玉梅抽泣着不回答。"雷生在哪里？你告诉我。"孙子盛反复地问着这句话。玉梅就是不开口。如果说出昨晚和雷生在一起，爷爷奶奶就会怀疑自己与雷生干出什么不光彩的事，二叔就会带兵去抓雷生。孙子盛步步紧逼，追问雷生在哪里，可玉梅就是不回答。孙子盛又气又急，一把将玉梅拎起，怒吼道："说！沈雷生在哪里？"玉梅奶奶见状，急忙双手抓住子盛的胳膊，哭吼道："子盛你个孬种！你要敢伤害玉梅，我跟你拼了！"说着就用头往子盛身上撞。

玉梅不哭了，两眼喷火地注视着二叔还是不说一句话。孙子盛被母亲接连撞了几头，又看到玉梅坚毅的脸色和愤怒的目光，只得松了手："哼！我不信抓不住他！"说完转身走了出去。

孙玉梅无力地倒在了床上，她觉得头痛欲裂，身如棉絮般无力，轻飘飘如坠入云雾中。她晕倒了。离开东凹的打麦场时她就感到头重脚轻，鼻塞头疼，挨了爷爷一巴掌，又遭到二叔的一番威逼，头晕头疼得更加厉害。她躺在床上，浑身如浸在冷水里，不停地打战。奶奶急忙拉了条被子给她盖上，她还是筛糠似的哆嗦。那冷是从心里发出来的，她想挺住不哆嗦，可就是控制不住。奶奶一边嘟哝孙龙跃不该打孩子，一边跑到东间屋内又拿来一条被子给孙女盖上。玉梅挣扎着想起来，她想去找雷生，告诉雷生别出来，更别回家，二叔和他的兵可能没走远，也许就躲在镇子外的什么地方在等雷生回来。她刚刚坐起就感到天旋地转，坐也坐不稳。奶奶扶住她："别起来玉梅！你在发烧。看这额儿盖（方言。额头的意思）都烫人。"她摸着玉梅的额头说："我去给你烧碗姜汤。"

此时玉梅感到如睡在云雾中一直往下坠落，无止境地往下坠落。她迷迷糊糊又清清醒醒，迷糊中又清醒地惦记着雷生。她得去找雷生，不然雷生只要在镇上一露面，就会被抓走。她几次挣扎着想起来，可刚一起身又晕倒在床上。

她心急如焚，心乱如麻，想让人给雷生捎个信，让他别回来，可想不到让谁去。奶奶不行，爷爷不行，她想到了弟弟尚进，可尚进更不行。如果告诉尚进雷生在哪里，说不定他会先告诉二叔，那会更危险！此刻，她想起了杜鹃，她盼望杜鹃能来，尽管她不喜欢杜鹃，但杜鹃还是让她最放心的。玉梅感觉自己从天空中往下掉落的速度加快了。突然她发现雷生走出了打麦场，沿那条铺满野草的小路往镇里走，刚进镇街，便被二叔和他的兵发现了。他们冲出隐藏的地方去抓雷生，雷生见势不妙扭头便跑。二叔挥着手枪高喊："抓住他！抓住他！"她想跑过去阻挡二叔他们，可怎么也跑不起来，两腿似灌了铅。二叔他们在追雷生，她拼命地拖着两条不听使唤的双腿，可怎么也跑不起来，眼见二叔他们追上了雷生，她焦急地大喊一声："雷生！……"

奶奶端着一碗姜汤走了进来，见被子全部掉在了地上。奶奶急忙放下碗，拾起掉在地上的被子又给玉梅盖上。这时她发现玉梅一头一脸的汗。

奶奶长出一口气，自言自语："好了！这就好了！出了汗就好了。"

玉梅听见奶奶的话，清醒了，她方知刚才是在做梦。她睁开了眼，问奶奶："二叔他们走了吗？""走了！都走了！"奶奶扶她坐起："快！快喝了这碗姜汤。"玉梅推开奶奶送到嘴边的碗，欠身要下床。奶奶说："别动孩子！你刚出了汗，你要起来就会闪了汗。闪了汗可了不得。"奶奶按着玉梅不让她下床。

玉梅心里着急，她睡不住，她知道二叔不会走远，她担心那梦应验了。一定得去找雷生，可奶奶按着她，就是不让她下床。正在二人争执不下之时，突然镇西面传来一阵枪声。玉梅"咯噔"一下愣住了。坏了！雷生可能被二叔他们抓住了，她头一蒙又倒在了床上。

第 84 章 截 击

那是骑兵连的枪声。骑兵连是县大队的一支快速反应部队。

去年秋末，收种一结束，郝书记就在县委扩大会议上提出一个建议，鉴于全国还没解放，尤其是大青山里那股顽匪还经常下山拉丁抢粮，需建立一个武装组织保护青山县的社会治安，对付大青山的那股匪徒。这个武装组织就叫青山县县大队。县大队的旗帜一打出，不出几天，一个由三百多骨干民兵组成的县大队便扯旗成军了。大队长吕松是桐柏山根据地调来的一个老八路，身经百战，多次负伤。在一次野战中小腿骨被打断，之后再也无法南征北战，便转到地方工作。青山县解放后，为建立地方武装，上级便派他到青山县任县大队大队长。

沈青河被聘为县大队武术教官。

黄三、黑三他们经常出山抢粮抓丁，青山县面积大，即使县大队接到报告，然后赶去，那些兵匪也早已逃之夭夭。老百姓深受其害却又无可奈何。这时县大队大队长吕松向县委提出一个建议，在县大队建立一个骑兵连，一有情况便可快速出击。县委同意了这个建议，可马从哪儿来？新政权刚建立，哪有那么多资金买马匹？这消息一传十十传百，很快全县百姓人人皆知。没几天便有六个农会送来十多匹骡马。问从哪儿来的，说是老百姓捐的。原来是穷苦百姓将斗争地主的骡马捐了出来。风生水起，不到十天，县大队收到八十多匹老百姓送来的骡马。很快，一个百人的骑兵连便组建了起来。

沈青河又兼任了骑兵连连长。每天上午，沈青河在老衙门前的校场上教县大队的士兵操练武术，下午，又带骑兵连到城外的一片开阔地练骑马和马上战术。

孙子盛带领二十多个兵匪到青峰镇抓壮丁，被镇西哨所的民兵发现，立即汇报给了刘天福，刘天福一边安排农会的干部躲避，一边匆匆赶往了县城报告。此时，天已黑尽。刚过午夜，刘天福就赶到县大队，吕松听到汇报，立即吹哨把县大队集合起来。"立正，稍息"之后，吕松立即进行部署，让沈青河带领骑兵连火速赶往青峰镇，在大青山路口堵住这帮匪徒，不能让他们抓走一个人，并安排三连留守县城，让二连随后赶往青峰镇。

孙子盛遭到老娘的一番冲撞和叫骂，见从玉梅口中得不到什么结果，气急败坏地走出家门，来到山脚下的那片小树林。留下的那十几个人正在焦急地等待。那大胡子问："参谋长，雷生回家了吗？"孙子盛说："不要急！心急吃不了热豆腐。他见咱们撤了，就会回家，那时咱再杀个回马枪，我就不信抓不住他。"他们趴在草丛中又等了一顿饭工夫，大胡子有点急了，说："他回来咱也不知道。"孙子盛说："我已派人盯着沈家。他一回来，就有人给我报信。"大胡子说："咱总等着，可别等到县大队过来了。"孙子盛气愤地说："闭上你的乌鸦嘴！即使有人去县里汇报，到晌午他们也赶不过来。"大胡子嘟哝道："他们有骑兵连。"孙子盛一瞪眼说："你真是猪脑子！即使有人去县里报信，现在也到不了县城。恐怕县大队现在还在睡觉呢。"可他怎么也想不到刘天福夜里已赶往了县城。

孙子盛他们趴在小树林里的草丛中焦急地等待着，等待着孙虎来报信，等待着抓了雷生以报他窝在心中的仇恨。

太阳从云层中钻了出来，和煦的春光照亮大地，新长的小草嫩绿嫩绿，小草的尖顶着一颗颗晶莹的水珠。不远处的沈家老林松柏苍翠，郁郁葱葱。突然从那里传来一声低沉嘶哑的鸟叫，那是乌鸦的叫声。孙子盛不由得心中一悸。青峰镇人很忌讳乌鸦叫，那是不吉祥的象征，所以他们常骂乌鸦为"破嘴老鸹"。那一声叫，顿时在孙子盛心中增添了些许不安和恐惧。这个蠢货！啥时候了还不来！孙子盛在心中骂着孙虎。他心里着急，怕有什么不测。这时，他突然发现孙虎挎个粪篮从远处走来，他的心情多云转晴，可能雷生回家了。就在他起身要去迎接孙虎的当口，突然他发现十多个骑兵出了青峰镇直扑山口。坏了！那些押解壮丁的人还未进山。就在孙子盛一愣神的工夫，山口处便响起一阵枪声。大胡子惊恐万分地喊："骑兵连来了！"孙子盛气愤地喊道："你喊个啥？不就十几个人吗？快！快冲过去！"可是趴在地上的兵匪们一动不动。此时，几十匹马相继出现在大路上，一阵风似的冲向山口处。大胡子说："参谋长，骑兵连人多，咱可不是对手。"孙子盛也犹豫了。他转身去看孙虎，孙虎已没了踪影。山口处响起一阵炒料豆般的枪声。孙子盛见这形势，感觉不是骑兵连的对手，低声骂了一句："娘的！煮熟的鸭子也抓不到。撤！"他带着那十几个兵匪弓着腰兔子似的钻进了密密的灌木丛。

第85章 相见时难

平安的岁月如大青河的水，在不知不觉中流走了夏又流走了秋，转眼冬天已经降临。冬天是男人清闲女人忙活的日子。男人们结束了地里的农活，三三两两凑到一起，推个牌九、打个麻将、下个四棋或聚在太阳下晒暖并侃侃而谈；而女人则是地里的活忙完，家里的活成了堆。凤仪将那二亩地的棉花采摘干净之后，又将棉棵上的霜桃逐个剥开，摊在院中晒干了，然后坐在地上，用树条将那僵瓣花敲打开，之后到镇西头加工点轧了弹了背回来。雷生奶奶便将那雪白的棉絮撕成条状，用高粱梢和秆撵成一个个半尺长的棉帛片，然后和青枝坐进纺车怀里纺棉线。家家都是如此，整个冬天，那纺车怀和织布机便是女人的世界。她们将棉花绕成一个一个的棉穗，然后把一个个棉穗上的线绕成一个个线圈，用稀面汤弄糊了，晒干后再绕到络子上。然后，再经过经线的工序，将一根根浆好的线排成竖的经线，再将一根根线穿进竹杼，便可上机。之后再将纬线缠到苇筒上，装上织布梭，便可以织布了。织成的土布或染成各种颜色做成衣服，或拿到集会上去卖，以换回些油盐酱醋或其他用品。

吃过晚饭，青枝洗过碗刷了锅便点上那盏黑灯，与奶奶和雷生娘开始晚间的劳作。那灯之所以叫黑灯，一是因为它是黑铁铸的，二是因为不知道用过多少年或几代人了，经过烟熏火燎已是黑色。那灯碗，小碗头那么大，带个扁扁的把儿，倒上油，搓根棉绳放里面，一头搭在灯碗里，浸在油中，一头搭在碗边，点燃了，便照得屋里一片光亮。奶奶纺花，青枝织布，雷生读书，一盏灯光亮不够，雷生想单独再点盏灯，奶奶说："日子不可长算。一天熬一两油，一年就得一头猪，把灯放高些吧。"于是青枝就将那油灯用一根绳吊起来，果然是高灯下亮。

这个冬天，陈凤仪是最忙的。自她当上青峰镇的妇女主任，谁家夫妻吵架啦，婆媳不和啦，她都要去调解劝和。但更重要的是妇女支前工作要做军鞋，白天她走村串户去催活收活，收回鞋袜她还要逐一检查一遍，看鞋底上有没有疙瘩，有疙瘩战士们穿上会磨烂脚；晚上，她还要给青年妇女办识字班，教她们识字写字，识字班结束后，她才能回到家去做她的活。凤仪的针线活本来就做得很好，镇上许多姑娘出嫁，男孩娶媳妇，都会请她去帮忙做嫁妆，缝被做鞋，插花描云，样样精细。自从开始做军鞋，她的活做得更认真了，一针一线都纳得瓷实好看。做好一双鞋，连一个线头线尾也找不出来。凤仪做活时，心里有一个念想，也许这双鞋能送到丈夫手上，一定要让他穿得合脚舒适。

每个晚上，雷生都是在"嘤嘤"的纺车声、"咔嗒"的织布声和拉动麻绳的"沙沙"声中入睡。这三种声音构成的交响曲伴随雷生走过了童年少年时代，一直到他离开青峰镇到古城去读大学，那交响乐还时不时地在他耳际回响。

初冬时节天还不太冷，一交九，天就特别冷，尤其是夜里，屋里像个大冰窖。夜深了，凤仪就叫雷生奶奶早些睡，奶奶不去睡，凤仪便会拿件破衣什么的盖在奶奶腿上，或抱些柴草点燃了取暖。每当这时，奶奶便会自言自语："也不知青山在哪里？"儿是娘的连心肉啊！凤仪便宽慰她说："你放心，娘，青山会好好的。咱老少几辈人没做过亏心事儿，老天爷会保佑他。"凤仪虽这样说，心里却也惦记青山。她常常从那个旧木箱里拿出她平时给青山做的几双鞋来，端详着，看到有疙瘩线头就剪掉，那是对丈夫感情的寄托。青山自那年出走，十多年了，只回来过两趟，都是行军路过，只在家住过一个晚上。她想青山，惦记青山，每逢初一、十五，她都会悄悄地到青峰寺去上香，或在公公的牌位前点上三根香，一遍一遍地祈祷，求神灵、求观音菩萨、求公公在天之灵保佑青山平平安安。

那是一个飘着雪花的夜晚，雷生在那交响乐中早已进入梦乡。不知何时，他被一阵敲门声惊醒了。半夜三更的，谁敲门？他侧耳细听，在一阵杂沓的脚步声中他听到了奶奶带有哭腔的声音："青山啊！你咋这么长时间不回来，把娘想死了！"爹！是爹回来了！他急忙穿衣起床，来到奶奶房间，青山看见了他："是雷生吧？长这么高啦？"他把雷生拉到面前认真端详着。雷生也端详着爹。爹面孔清瘦，胡子老长，两眼却炯炯有神。这时雷生发现爹耳朵下有一块大块疤，便问："爹，你这里怎么了？"他笑了，用手摸着那伤疤说："这是个纪念，是日本鬼子给留的纪念。"奶奶急忙伸手去摸那伤疤，眼里涌满了泪水："多危险啊！再往里一点……"她哽咽着说不下去了。凤仪也凑过来看那伤疤，不由自主地眼里涌满了泪水。这时青山突然看见了青枝，他说："这闺女是……"奶奶招手让青枝走到青山的跟前说："你忘了？这是青枝。"青山一拍脑门说："噢！我想起来了，柳树坑的，我表姨家孙女。我见她时才这么高，如今长成大闺女啦！"沈灵芝说："她爹娘死得早，你表姨把她拉扯大。去年你表姨也死了，她临死前把我叫去，对我说：'这孩子没有亲人了，你领去吧，你当个小狗小猫拉把她，等长大了，给雷生做……'""奶奶！"青枝打断了奶奶的话，脸上泛起一层红晕。青山明白了，他笑着说："咱不是地主老财，可不能养童养媳啊！等长大了，让孩子自己做主。"凤仪说："我已把青枝认了闺女，你闺女儿子都有了。"青山高兴地笑起来："好！好！我有闺女了！"奶奶对青枝说："青枝，还不叫爹！"青枝急忙叫了声"爹"，喜得青山合不拢嘴。"看，只顾说话，忘了给你做饭。"凤仪说着就走出门。青枝说："娘，你跟爹说话吧，我去做饭。""他爱吃面条，擀面条吧。"青枝答应："中！"然后就走了出去。

"青山，这一回能在家住几天了吧？"凤仪问。

"不能！这次也是行军路过咱这儿，我请了一个小时的假，回来看看娘和你们，马上还得走。"青山说。

"上哪儿去？"母亲看着儿子的脸问。

"可能离咱这儿不远，就在永城夏邑砀山交界处吧。"

"不就在咱这儿吗？在家住几天，赶过去不就一天的路程吗？"

青山说："娘，那不行！部队有部队的纪律，一会儿就得走。我回来见了你和凤仪，你们都很好，我就放心了！"

母亲长叹一声说："唉！道理我懂，尽忠就不能尽孝，尽孝就不能尽忠，自古忠孝难两全。可娘的心还是整天牵挂着你。"

"娘，你放心！等打完这一仗，儿子回来就不走了，在家好好伺候您。"

灵芝用手抹抹眼泪。

凤仪问："部队咋来咱这儿啦？"

"北京解放了，天津也解放了，全国都快解放了，可蒋介石不甘心灭亡，将几十万大军调到徐州这一带，我们奉命到这一带集结，可能要在这里与国民党打一场大仗。"青山说。

凤仪听说要打一场大仗，她的心很疼，泪水不由得流了出来。

青山笑笑说："看你，担心什么？这十几年，大小仗我打了一百多场，就受这么一点伤，怕什么？等打完这一仗，我就回来住上十天半月，在家好好陪陪你和娘。"

青枝双手捧来一碗热气腾腾的面条，上边还放着两个荷包蛋。"爹，趁热快吃吧！"

青山接过面条，三下两下就吞进了肚里。他放下碗说："好久没吃过这么好的饭啦，真香！"说着他站了起来，"娘，凤仪，我该走了。"

"别慌！"凤仪说着打开那个老木箱，双手从里面拿出几双鞋来。青山接过一双在手中反复端详着，露出满心喜悦的表情。凤仪拉了把椅子放在丈夫身后：

"快坐下，试试合适不？""合适！肯定合适！"青山坐在椅子上，凤仪便蹲下身给他脱鞋，这时她发现丈夫脚上的一双翻毛皮鞋，已经烂得不成样子，鞋帮烂了用麻绳绑着，两个大脚趾露在外面。凤仪吃惊地说："咋？队伍上不发棉鞋？"青山调侃地说："这不是棉鞋吗？还是皮鞋呢！这可是正宗日本货。"凤仪看着丈夫那双破烂不堪的鞋，一阵酸楚和懊悔涌上心头，她热泪盈眶，一边给青山穿那双新布鞋，一边说："唉！我咋忘了做双棉鞋！"青山穿上新鞋，站起来，跺跺脚说："还是新鞋暖和。"凤仪看着丈夫的脚抹着泪说："这大冬天的……"凤仪心里充满了懊悔。青山懂得妻子的心思，笑笑说："这就不错了，许多战士还穿着草鞋呢！再说，整天行军，也不冻脚。"青枝急忙用一块蓝布将娘拿出的几双鞋包好。青山拎了起来说："这又能解决几个战士的困难。"说完，他拉开门，走了出去。凤仪说："你等着，我把棉鞋做好就给你送去。""不用送，等打完这一仗，我回来穿。"凤仪说："反正不远，我一定送去！"全家人将青山送出大门，送到街上，浩浩荡荡的大军正在风雪中往北走，前面看不到队伍的头，后边看不到队伍的尾。

沈青山走后，陈凤仪就连明彻夜地给丈夫赶做棉鞋，一边做一边反反复复地说："唉！只顾忙，我咋忘了给青山做双棉鞋！"她的后悔，延续了一辈子，那句话，她反反复复地说了一辈子，直到82岁临终时还在说："唉！我咋忘了给青山做双棉鞋！"

那年的雪特别大，开始是下下停停，落到地上就融化了，一连四五天，雪还继续下继续化。冬至那天，天气陡然变冷，融化了的雪水结成了冰，大地成了一个冰雪世界。房檐上垂挂着一尺多长的琉璃，所有树木的枝条都被冰裹着，纷纷下垂着，像春天的垂柳。大青山也失去了苍翠，如一条银蛇蜿蜒起伏。这是孩子们最快乐的时刻，他们有的在街上溜冰，有的在雪地堆雪人，还有的摘了房檐上的琉璃当棍子玩耍。

此时陈凤仪最忙，为完成支前任务，白天与妇女会的几个人踏着雪到各村各户去收军鞋，晚上才能坐在灯下糊那给丈夫做棉鞋用的袼褙。冬天不易干，她就放在灶台上烤，干了后照鞋样一片片裁下来，然后沿上口。一般鞋底都是三层，最多四层，她硬是把那鞋底做成了七层。婆婆说："做这么厚不好纳。"凤仪说："厚了冻不透！"她把鞋底做七层是因为她的念想，一是鞋底厚了，踩在地上冻不透；二是"七"字，饱含着妻子的一片心意，那是做妻子的一片真情。熬了四个通宵，凤仪终于把给丈夫做的棉鞋做好了，新里新面新棉花。凤仪用剪刀剪掉了最后一个线头，将手伸进鞋中，感觉里面很软很暖和，脸上露出了笑容，青山穿上一定很舒服。

　　在凤仪把那双棉鞋用一块新布包好的时候，正是黎明时分，她伸了个懒腰，感到如释重负。她正准备去睡觉，突然远处传来了轰隆隆的雷声，那雷声连绵不断，低沉而震撼。这大冬天的咋会打雷？凤仪愕然而惊恐，睡意顿消。她急忙走出门外，想到街上看个究竟，刚拉开大门，刘天福差点与她撞个满怀。"天福叔……"凤仪话没说完便被刘天福打断了。"前方已经打响了，县委通知我们做好支前准备。你赶快组织妇女会的人把军鞋都收集上来，打成捆。我去通知农会的人收粮食和食物，组织支前民工队。"说完他便转身走进风雪里。

　　青峰镇沸腾起来了，家家户户都行动起来。有的掂着粮袋，有的拿着笆斗，将各种粮食送到清风楼下。有的推着独轮车，有的扛着软床或门板也放在清风楼下。清风楼成了支前指挥部。凤仪和妇女会的人将军鞋两双打成一捆，整整齐齐码成一大堆。全镇的牛驴骡马也都派上了用场，所有的石磨都转了起来，许多人家的烟囱也都冒起了烟，妇女们忙着把农会干部送来的面做成窝头、饼子和烧饼。

第86章 牵 挂

那是雷声响起的第三天早晨，天上的雪还在纷纷扬扬地下着，而清风楼前却如逢古庙会，熙熙攘攘，人声鼎沸。一百多辆独轮车和一百多副软床和门板做成的担架，排成了两条长龙，从清风楼下一直排到十字街以北好远的地方。独轮车上装满用各色布包裹的食物、军鞋、粮食或其他物品。推车的，拉车的，抬担架的民工们各就各位，蓄势待发。

刘天福带领农会的干部们将每辆车都检查一遍后，登上清风楼的台阶，大声讲道："乡亲们，前线已经打响了。根据县委要求，我们青峰镇的支前队伍今天就出发。为了保证这次战斗的胜利，我们一定要保证这些食物、粮食和鞋袜、衣服一件不少地送到我们战士的手上，用我们的实际行动，支持我们解放军彻底消灭国民党反动派。我们的任务不仅要把这些物资送到前线，而且还要在那里待六天时间，主要是做好救护工作，就是把我们受伤的战士抬下战场，送到后方医院，六天以后，由其他乡镇的支前队伍接替我们。我们能不能完成任务？"

支前队伍一齐回应："能！"那铿锵有力的回答在风雪中震荡着，强烈地表达着翻身大众对新生活的渴盼和信心。

刘天福一挥手，喊道："出发！"

那两条长龙立即舞动起来。独轮车"吱吱呀呀"的声音汇成交响曲，在这座千年古镇的上空久久回响。

在沈家的门前，沈灵芝和陈凤仪正撕扯着。"凤仪啊，你不能去！那可是打仗啊！这可不是赶集赶会。"老人一手拉着凤仪的胳膊劝说着。

"娘，让我去吧！青山连棉鞋也没穿，这冰天雪地的，我放心不下。我对青山说过，这棉鞋做好我就给他送去。"说着，她将那包着棉鞋的小包裹斜挎到肩上。

"凤仪啊！即使你去了，上哪儿去找青山？千军万马的。"沈灵芝眼里涌满了泪水。

"娘，你别担心，我能找到青山。"凤仪说。

灵芝看阻止不了陈凤仪，只好松了手。

陈凤仪走进支前队伍，扯起一根拉车绳搭在肩上，回头喊道："娘，你回去吧！雪下大了。"

"凤仪啊，无论找不找得到青山，你都要跟乡亲们一块儿回来啊！"灵芝向凤仪招着手喊道。

队伍渐渐远去了，留在路上的脚印和车辙很快又被风雪淹没了。沈灵芝站在风雪中，久久地望着凤仪渐行渐远的背影，那花白的头发在风中飘飞着，仿佛站成了一尊风雪雕像。

接下来的几天里，沈灵芝一家人如躺在膏药锅里过日子，慢慢地煎熬着，只觉得天黑得慢，夜明得慢。东方那轰隆隆的炮声沉雷似的滚动在一家人的心头，让他们坐立不安。雷生读不进去书，脑子老开小差。他想娘，长这么大他都没离开过娘。这时他才真正理解，母子之间的骨肉亲情，是那样牵心，那样叫人食而无味、夜不能眠。沈灵芝更是神思不定，坐下了，屁股还没暖热板凳，又站起来，来回走几步又坐下，一会儿又站起来。

夜里沈灵芝睡不着，披着那件老羊皮袄整夜地坐在那儿，双眼望着门窗。她盼望着陈凤仪早点回来。风吹得门一"咣当"，她便叫青枝快去看看是不是凤仪回来了。不管白天还是夜晚，沈灵芝都会时不时地长叹一声。她心里在后悔，后悔儿子那天回来不该让他再走，这炮火连天的……她不敢往下想；后悔当时没有强留住凤仪，她虽然理解一个女人对丈夫的情义，可凤仪那是去打仗的地方，如果找不到青山，又遇上什么不测，这日子可咋过啊？她睡不着觉，也吃不下饭。每次青枝做好饭端到她面前，她总是说不饿，有时勉强吃几口便又放下了筷子。六天过去了，雷生发现奶奶瘦了许多，眼睛陷进坑里，头发也很明显白了许多。

自第六天开始，雷生和奶奶便走出家，站在十字街口向支前队伍走的方向张望，等待凤仪回家。镇上也有许多人来到十字街口向北张望，都在等待亲人的归来。站在雪窝里，一会儿便觉得脚猫咬似的疼，人们只好活动双脚取暖。此时，人们很少说话，人人心里都像悬着一块大石头。枪林弹雨，炮火硝烟，亲人还平安吗？上午过去了，人们吃了饭又聚集到十字街口向北张望。天黑了，人们还不走，望着北方茫茫的雪野。又是一个不眠之夜，人们在牵肠挂肚中度过。天一明，人们又不约而同地来到十字街口等待亲人的归来。晌午时分，人们终于在茫茫雪野的尽头看到了几个黑点。有人欢呼："回来了！回来了！"青峰镇的支前队伍从远处慢慢走来，那独轮车的"吱吱呀呀"声和"咯吱咯吱"的踏雪声由远而近，许多人迎了上去，欢呼声、欢笑声响起一片。

雷生扶着奶奶的胳膊站在十字街口等待娘的出现。奶奶看到人们欢喜的样子脸上也挂上了笑容。她自言自语："回来了！高低（方言。总算，终于的意思）回来了！"归来的人们被他们的家人一个个接走了，他们一边说说笑笑，一边互相问这问那，慢慢地走进街道，走进各个胡同，走进各个庭院。雷生和奶奶的目光在归来的人群中一遍遍地搜索，却不见凤仪的身影。

"我娘呢？咋没我娘？"雷生焦急地问奶奶。奶奶说："你娘是干部，是妇女主任，干部都是走在后头。天福爷还没回来呢。"长长的支前队伍终于都进了镇，走在最后的是刘天福，可仍没见到凤仪的身影。雷生踮起脚尖向远处张望，希望能看到娘的身影，可那路上没有人影，只有茫茫的雪野和无垠的空荡。

"我娘呢？"雷生看到奶奶脸上的笑意没了，只剩下一脸的恐慌和疑惑。

刘天福终于来到了面前，他是最后一个人。

"凤仪呢？"刘天福停下车，拉下头上的黑线马虎帽说："俺们回来时，叫凤仪一块儿回来，可她咋也不回来。她说要去找青山，把棉鞋给了青山就回来。"

"您见到青山了吗？"

"没有。听说在北边那个纵队。凤仪去找他了。"刘天福说。

"那这五六天凤仪咋没去找？"沈灵芝问。

刘天福说："这几天凤仪一直跟我们一起抢救伤员，她没顾得上去找。我们的任务完成了，其他乡接替了我们，我们才撤下来。"

"那凤仪……"沈灵芝不知道说什么好。

"放心吧！凤仪找到青山就会回来的。"刘天福说完，推起独轮车走进了街道。

雷生和奶奶又向北方张望一阵才慢慢地回了家。

一家人在提心吊胆寝食难安中又度过了四天四夜。在这四天四夜里，雷生的脑海里想象了许多可怕的情景：

娘在炮火中四处乱跑，一边跑一边喊："青山……青山，你在哪里？"突然一发炮弹落在娘身边，娘不见了，只有满天的烟尘；娘在一个村庄里沿街叫喊着爹的名字，突然一群匪兵冲过来，几把刺刀同时刺进娘的身体，娘慢慢地倒下了；娘在一片战死的尸体中一个个地翻找，她终于找到了爹，可爹已经牺牲了，她拼命地摇晃着丈夫的尸体，声嘶力竭地哭喊着："青山！青山你醒醒！……"

沈灵芝坐在被窝里，两眼直盯着门窗，也许她与雷生一样在想象着许多可怕的情景，因为她每次眯眼要入睡时，都会被吓醒，一哆嗦或大叫一声："凤仪！"每次惊醒之后她都是长叹一声，然后起床在香炉里点燃三根香，双手合十，口中祷告："老佛爷、观音菩萨，求您保佑青山和凤仪平平安安！"雷生和奶奶一天到晚都痴痴呆呆、魂不守舍、坐立不安，一会儿到十字街口向北望一阵，回到家待不了一会儿便不由自主地又到十字街向北望，不知道天黑天明，也不知道饥渴。

只有青枝还算清醒，每到饭点，她都会做好饭，送到奶奶和雷生面前。她见奶奶吃不下饭也很少说话，便安慰奶奶说："奶奶您别担心，娘会没事的。天福爷说，支前的人又不去打仗，只是在后方运运粮食抬抬伤员。奶奶放心吧，娘找到我爹就会回来的。"

沈灵芝的心思岂止全在凤仪身上，她更担心青山的安全。那每声炮响都像炸雷落在她心头。雷生知道，奶奶的话越少，她心中想象的就越多，那各种可怕的猜想像刀子一样在割着她的心，像火一样在燎着她的肝，像魔爪一样在撕着她的肺。

窗户纸终于露出了微弱的晨曦，公鸡此起彼伏的叫声也透过门窗的缝隙传了进来。沈灵芝揉揉眼睛说："这都四天了，咋还不回来？"青枝说："奶奶，您睡会儿吧。我起来去做饭。"沈灵芝说："别起这么早，天还不明呢。"青枝说："鸡都叫了，看窗户也都亮了。"沈灵芝说："这鸡叫三遍，天刚胧明，做饭还太早。"这时，外面突然传来"咣当"一声，那是大门的声响。沈灵芝说："雷生，快起来去看看！是不是你娘回来了？"雷生正想蒙眬入睡，不想动，因为这风刮门响的动静已骗了他好几回。

奶奶"唉"了一声说："你不去我去。"她下床趿着鞋拉开屋门走了出去。当她拉开大门，一个人随门的开启倒在了她怀里。灵芝惊讶地喊道："凤仪！凤仪！你这是咋啦？"雷生和青枝听到奶奶焦急的叫声也急忙爬起来，冲出屋门，见奶奶怀里抱着个雪人："凤仪！凤仪！你醒醒！"凤仪处于昏迷状态。他们三人连抱带拽地把凤仪架进了屋，放在地铺上，只见凤仪像个冰人，衣服全冻成了冰，棉鞋也冻成了冰坨，头发冻成了冰块，只有额头上冒着白色的水汽。他们三人一边哭叫着一边给凤仪脱下那冰鞋，解开腋下的布扣，可前襟硬邦邦的，丝毫不打弯。

沈灵芝说："快快！快点火！"青枝匆忙到柴房抱来一堆豆秸点燃了，顿时屋里腾起暖暖的热气。青枝又匆忙到灶房去烧姜汤。雷生和奶奶给娘脱下冻成冰块的棉袄棉裤，把凤仪盖在被窝里，不停地喊叫着。不一会儿，青枝端来一碗姜汤，又放上一把红糖，用调羹为凤仪灌下四五勺姜汤，之后凤仪才慢慢苏醒过来。她一苏醒便号啕大哭："青山啊！……"灵芝忙问："青山咋啦？"凤仪哽咽得说不出话，用手指着门外。雷生和奶奶急忙跑出门去。大门外放着一辆独轮车，上边有一个被绳子绑着的被子，那被子鼓鼓的，好似裹着一个人。雷生和沈灵芝急忙解开那捆绑的绳子，他们惊呆了，那是青山，那苍白如纸的脸，那胸前被血洇透的衣服告诉他们，青山牺牲了。

第 87 章　泪洒风雪路

　　青峰镇支前工作队完成了为期六天的战场救护任务，然后被杨集镇的支前队伍替换下来。刘天福带着支前队伍返回青峰镇，凤仪则挎着那个六天六夜不曾离身的小包袱走上了寻找丈夫的道路，那包袱里装着凤仪一颗歉疚的心。东边打得正紧，那炮声如夏天的滚雷一般轰隆隆连绵不断，震得脚下的土地不停地颤动。那枪声如年五更的爆竹，没有间断，没有停歇。她从那烟雾滚滚的情景推测出战场离她不远，多说也就七八里路。她根据丈夫离开时告诉她的集结地点直往北走。雪深过膝，走一步都很艰难，抬起一只脚向前只能跨出半步，再从深雪中拔出另一只脚向前再跨出半步。她心里很急，丈夫穿着单鞋在这刺骨的冰雪中怎么打仗，脚会冻坏的。她在雪野中艰难地跋涉着。每走过一个村庄见到一个人她都会上前打听三团在啥地方。傍晚时分，她来到一个村庄，但她不敢贸然进村，因为她不知道村里住着的是敌人还是自己人。她躲在一个草垛后向村里观察，从那通明的灯火和杂乱的人群中，她发现有许多人穿着与丈夫一样的服装，因此她断定是自己人，是解放军，于是她大胆地走进村子。街上人来人往，有许多抬着担架的老百姓，有来来往往的解放军战士，还有一些穿着白大褂戴着口罩的人。她知道这是一个救护站。几副担架从村东抬过来，她凭着前几天的工作经验，知道那是从战场上抬下来的伤员。她急忙走进人群帮着抬担架，将伤员们抬进一座大院。从院中房屋的建筑她猜测到这以前是一大户人家。担架一停下，她就帮着医护人员给伤员包扎处理伤口，或安慰那些痛苦呻吟的伤员。不知不觉天已大亮，她与其他支前人员一样分得两个炕饼。在她就着一碗开水吃馍的时候，一个医生模样的人看着凤仪诧异地说："你是？"凤仪笑了。那医生又说："这支前的人我都认识，咋没见过你？"凤仪又笑了笑说："俺是青峰镇人，俺也是支前工作队的。俺的任务完成了。""你们完成了任务咋没回去？"那军医问。"俺还有个任务没完成呢。"那军医瞪圆了眼睛，似乎在怀疑凤仪的身份。凤仪从那军医的眼里看出了对她的怀疑，于是说："俺不是坏人！俺是来找孩子他爹的。"接着她说清了缘由，报出了青山的姓名，并询问三团的驻地。那军医解除了疑虑，笑着说："你要不说沈青山，我还以为你是特务呢！沈连长我认识，他是俺们师的战斗英雄。"接着他告诉凤仪，这里是一团的救护站，三团就在北边。凤仪还想问问三团离这儿有多远，这时又有几副担架抬进来，那军医急急忙忙去救护伤员了。凤仪心里很高兴，总算打听到了丈夫的地址。

陈凤仪走出这个叫黄口的村子又向北走，晨风里有一股浓浓的烟火味。她向东一看，东边的一个村庄正在燃烧，腾起的烟火弥漫在空中，那黑烟在空中缭绕升腾。那村庄只有四五里，这里离战场很近。她不敢迟疑，惦记丈夫的心如火烧如火燎。向北望，雪野茫茫，不见村庄的影子。她心里很急，不再半步半步地跨行，她俯下身子，双手扒着雪，几乎是爬行。雪浅了，她就站起身行走，雪深了，她就爬行。天快黑时，她终于看到前方一个村庄的影子。一天以来没吃没喝，此时，她已筋疲力尽，只觉得头晕肚疼。她停住脚步，向后望去，一望无际的雪原上，只有她走过的一道痕迹。向前看，远处横亘着一个村庄。她虽然浑身没一点力气，但看到村庄时，她又鼓起了心劲，坚持，坚持，再坚持！青山就在前边的村里。想到马上就要见到丈夫，她就觉得身上有了劲。她连走带爬地向那村子跋涉，天将黑时她终于来到村口，她长出了口气，总算到了。她歇了口气正要进村，突然一声厉喝让她戛然止步。"站住！干什么的？"两个持枪的民兵突然出现在她面前。凤仪说："我找人。""找谁？"那两个民兵的语气里充满怀疑。"找我丈夫。"凤仪说。"你丈夫是谁？"另一个民兵问。凤仪说："他是三团二连连长沈青山。"说话时，她觉得头晕眼花，身体摇晃着就要歪倒，一个民兵上前扶住了她。她恍惚中听到另一个民兵说："是找沈连长。"后来的事她就不知道了，只记得醒来后她躺在一间屋子里，几个穿白衣服的医护人员和老百姓站在她面前，有人在给她喂汤。"这是三团吗？"凤仪醒来后问。"是三团。这里是三团的救护站。"一个医生说。"你找沈青山干什么？""我来给他送棉鞋。"凤仪坐了起来。"他没穿棉鞋，这冰天雪地的我不放心！"送棉鞋？冰天雪地炮火连天，跑百十里路就为送双棉鞋？大家都为此感到吃惊和感动。"青山呢？他在哪里？"凤仪迫不及待地问。那军医说："沈连长带着团的尖刀连正在前线打仗。"这时有一副担架抬进来停在屋门口，有人喊："快！这个同志伤得厉害。"医护人员快速跑了出去。

凤仪心里想："总算找到青山啦！"她站起身走出屋门，发现这里像是一所学校，院子很大，院内支着四个帐篷。北屋里，也是她走出的那几间房里，穿白衣的人在进进出出。这时又有几副担架抬进来，凤仪急忙上前帮忙，一个穿白大褂的女同志说："嫂子，不用你干！你歇着。"凤仪说："我会干。俺们青峰镇支前工作队在沈家庄已经干了六天。"那护士吃惊地说："你也参加了支前工作队？"凤仪颇为得意地说："那可不！"担架上是位小战士，看上去只有十六七岁，他腿上有一个血洞在流血。凤仪从一个老乡手里接过绷带，迅速地将那伤口包扎起来。

院子的西北角支着两口大锅，那是过年杀猪时才用的大锅，一口锅能盛四五桶水，锅上架着蒸馍笼，笼是四层，正冒着腾腾的蒸气。支前工作队的群众有的在烧锅，有的将蒸好的馍放进竹筐里，等两笼馍都蒸好，放满六个筐，十多个支前群众便争抢着背起竹筐走出大门。

那天的后半夜有点奇怪，炮声停了，枪声停了，连西北风也停了，一切都显得异常宁静。这是十多天来她第一次不再感觉脚下的地在颤抖。"这仗可能打完了。"陈凤仪说。那个给伤员处理完伤口的军医站起身说："不好说，是不是又要开始一场更大的战斗？"

支前工作队的老乡们都进屋休息了，伤员也停止了呻吟，院子里宁静得让人浮想联翩。凤仪进了屋，屋里的地上铺着厚厚的麦秸，支前的老乡们都挤在地铺上休息，各自盖着自带的被褥。凤仪没带被褥，她在麦草上坐了下来，不知自己该怎样度过这寒冷的冬夜。这时一个梳着两条长辫子的姑娘走了过来，她怀里抱着一条被子，走到凤仪身边说："大嫂，咱俩一个被窝！"说着将被子展开搭在凤仪腿上，她睡在了另一头。凤仪心里很感动，本想跟那姑娘说说话，问问她是哪乡哪镇的，姓甚名谁，可她还没张嘴，那长辫子姑娘便发出了鼾声。

宁静，死一般的宁静。陈凤仪没一丝睡意，她的思绪如一匹脱缰的野马，一会儿在硝烟弥漫的战场驰骋，一会儿在青峰镇家中奔走，她惦念着雷生和婆婆，更惦记在战场上的丈夫青山。她想着，此刻青山正趴在战壕里疲乏地睡着了，可他没穿棉鞋，脚冻得能睡着吗？她又想，抬回来的都是伤员，那牺牲的战士呢？是不是牺牲的战士都没抬下来？她脑海呈现出一幅画面，战场上弹坑遍布，战死的尸体横七竖八。

她的心被吊起来。青山是不是还活着？那些战死的人员是不是来不及过问？她想问问这些支前的老乡，可他们都睡着了。她不忍心叫醒他们，他们都太累了。她的心里如一团乱麻，搅得她没一丝困意。她睁着眼睛望着窗户，盼着天快点明，她决定天明后跟支前的人一块儿去前线找青山，要让青山穿上棉鞋，不能让他冻坏了脚。窗户纸终于有了一丝微明，她估计这应该是鸡叫头遍的时候，不应该明，在家时也就是纺好一个棉穗的时候，村里的鸡也没叫。她有些疑惑，于是她轻轻起了床，拉开屋门，原来又下雪了，这微明是雪的亮光。

就在凤仪回到屋里刚刚坐进被窝的时候，突然一阵惊天的炮声响起，震得地在剧烈地颤动，窗户纸发出"哗哗"的响声，枪声也刮风似的响起。凤仪的心一下子提到了嗓子眼。支前民工们也一下子坐了起来。随着一阵急促的哨鸣，民工们纷纷穿上鞋跑出屋外。

"担架队的人马上集合！"有人在喊。担架队的都是年轻的男劳力，他们听到号令立即抬起各自的软床或简易的担架集合起来。这时几个年纪大的人端着竹筐给担架队的发馍，每人两个。"出发！"随着带队人的一声号令，担架队的民工们一边吃着馍一边走出了大门。凤仪走到发馍的人跟前，伸手抓了两个馍转身要走，却被一个中年男人拉住了，"你不能去！大妹子，这是打仗！"凤仪执意要去，"我跟他们一路，我得去找青山。"一个穿白大褂的军医走过来，"嫂子，你不能去！你听这枪炮声，打得这么激烈，你上哪儿找沈连长？再说，沈连长他们是尖刀连，也不会在一个地方不动。"那个大辫子姑娘也来到凤仪跟前说："嫂子，咱不能去！去了只会给咱队伍上添麻烦。"

凤仪怔怔地站在那儿，望着渐渐消失在风雪中的担架队，望着炮火轰隆的地方，怅然若失。

这个上午是凤仪终生难忘的时刻，那炮声枪声如年五更的爆竹分不出点，脚下的地不停地抖动。这个上午也是她最焦急的时候，那每一声炮响都好似爆炸在她心头。她提心吊胆坐立不安，此刻她最担心的不再是丈夫穿没穿棉鞋，而是他的生命安全。这哪一发炮弹不死人？那雨点般的子弹咋会都是空枪？愿上天保佑青山的安全！她像婆婆一样双手合十，口中在轻轻祈祷："老天爷，我愿给青山捐十年寿限，您保佑他平平安安！老天爷，您保佑青山活着回来，我愿每逢初一、十五都给您上香上供！"

她站在雪地里痴痴地望着那炮火连天的东方，雪落满了她的全身，她也似乎没有察觉，她站成了一尊雪雕。长辫子姑娘怕她冻坏了，三次来叫她回屋，她似乎都没听见，只是痴痴地站着。她站过了那个雪飘的早晨，又站过了那个漫长的上午。午饭后，她终于看到担架队归来的影子，她急忙想迎上去，可没抬动脚，此时她才感觉腿冻僵了、脚冻木了。她站在原地慢慢活动腿脚，好大一会儿，那腿脚才有了知觉。她艰难地迈动双脚去迎接担架队。她盼望归来的人群中有丈夫青山，但又害怕丈夫受了伤。一副副担架在她面前走过，每一副担架她都会看一眼，看有没有丈夫沈青山。担架看完了，没有丈夫，此时她长出了一口气，谢天谢地，青山没有受伤。可一个小伙子的一句话让她一下子又把心提到了嗓子眼。她问："大兄弟，都回来了吗？"那小伙子说："没有，后边还有十来个担架，抬的都是牺牲了的同志。"

凤仪一下子怔住了，她呆痴了许久，又开始在心里祈告：老天爷保佑！老天爷保佑！她的担心，她的害怕，她的恐惧，让她"扑通"跪倒在雪地上，对着苍天连磕了三个头，那头砸得积雪"咯吱"响。后来的十来副担架，又在她视野里慢慢走来。她小跑着迎上去，对担架上的人逐个认真地看着，不是青山，不是青山，不是青山……她悬着的心慢慢落下来。她随着担架队回到学校院内，急忙帮着救护受伤的战士。她心里有一个念想，要多做点事，救活这些受伤的战士也算多积点德，希望保佑丈夫平平安安。就在她帮着把第四个伤员的伤口包扎好之后，又一副担架抬进院里，她听到有人说："这是一个连长。"她的心像被狠狠掐了一下，她急忙跑过去，担架上覆盖着一面布满弹洞的红旗，红旗上写着"尖刀连"三个字，旗的半边被鲜血渗透了。凤仪似乎预感到了什么，她轻轻掀开那红旗，看到了一张她熟悉的面孔，那是青山。她身体摇晃着倒了下去。

当凤仪醒来时，她发现自己躺在屋里的草铺上，长辫子姑娘抱着她，周围是流着眼泪的医生、护士和支前的老乡们。她一挺身挣脱开那姑娘的怀抱，跑出门去，一下扑到覆盖着红旗的尸体上，大喊一声："青山！……"便又昏了过去。当她再次醒来的时候，她已镇静了许多，尽管泪水不住地涌流，她也不再哭喊。她来到丈夫的身边，蹲下来，轻轻地揭开了那覆盖在青山身上的红旗，用手巾慢慢地擦去青山脸上的灰尘和血迹，又抚平了青山的上衣，当她看到青山脚上已湿透并冻成冰坨的单鞋时，她的泪水顺着脸颊流成了小溪。她轻轻地脱掉丈夫脚上的那双冰鞋，看到那红肿的脚，她抑制不住地哭出了声，一边哭一边叫："青山啊！青山啊！"直哭得肝肠寸断，涕泗横流。在场的人都为之流泪抽泣。她哭啊哭，见大家一直在劝她，她才止住哭声，但泪水仍在不停地流。

又过了许久，她才镇静下来，慢慢打开那小包裹，取出那双新棉鞋，轻轻地给丈夫穿上。一个护士看着凤仪做完这一切之后，扯起红旗盖在青山的身体上。长辫子姑娘架着凤仪的胳膊说："嫂子，咱进屋吧！"凤仪坐在那儿不动："不！我得守着青山。"一下午，她就坐在丈夫身边守着，谁劝也不进屋。

雪停了，可天空中没有太阳，只有无际的惨白和冰冷。风在树梢头"呼呼"地吹。医生和护士怕凤仪冻伤，两次把她强行架进屋，可她还是跑出来，坐在丈夫尸体旁守着。她一会儿摸摸青山的口鼻，轻轻地说："青山，你是太累了吧！你醒醒！""青山，你可别真死了，你死了我和孩子咋办？""青山，咱娘还在家等着咱呢！你醒醒，咱回家！"此刻，她依旧不相信青山已经死了，她以为只是睡着了，一定还会醒来。

支前民工们和医生、护士们见她痴痴的样子都在默默流泪。那戴着眼镜的军医从屋里携来一条军用被子披在她身上，她似乎也没有察觉。

　　夜深了，支前的民工们见劝不动凤仪，只好一个个进屋睡觉去了。医生和护士们在完成了对伤员们的包扎救护之后，也一个个坐在板凳上打起了盹。整个救护站都静静的，只有远处还不时传来一阵阵炮火的轰鸣和刮风似的枪声。尽管凤仪一遍遍地呼叫，青山依旧躺在那里一动不动。凤仪又一次摸摸丈夫的脸庞，一片冰凉，已有些硬硬的。这时凤仪彻底绝望了，心里也有了些许清醒，她哭着摇晃丈夫的尸体："青山！你真的死了？你睁眼看看我呀！"任凭她如何摇晃哭叫，青山依然一动不动，此时她知道丈夫再也醒不过来了，她想大哭大叫一场，可她还是克制住了，她不愿惊醒那些受伤的战士和辛劳了一天的支前民工，只得憋着气，任泪水肆意地流。

　　月亮从云层中露出半个脸，月光与雪光相映，天地间亮了许多。凤仪不再哭，她在想着下边的事该咋办。她不愿把丈夫埋在这里，清明和十月一上坟都不方便。再说一个孤魂野鬼游荡在异域他乡，没有阳间亲人的陪伴，没有阴间乡邻乡亲为伍，青山会多孤独啊！她得让青山回家，待自己死后也好与青山合坟，活着时没能好好陪伴他，到阴间好好陪伴，弥补一下在阳间的缺憾。

　　她打定了主意，要把青山弄回家。可转念又想，部队上正在打仗，怎么能让部队帮着把青山运回家？她想了许久，不能靠部队，也不能靠别人，她决定自己把丈夫的遗体弄走。她站起来，望了望院内，一切都静悄悄的，只有医护人员的办公室里亮着灯光。不能惊动他们，他们知道了一定不让自己走。西墙下放着一排支前队伍的独轮车，那是运粮的车辆，粮都卸了。她走到那排车前，见车上都盘着绳子。她悄悄地推起一辆车放在丈夫的遗体边，取下身上披着的被子，把丈夫的尸体包裹好，又吃力地抱起放在独轮车上，用绳子将青山的遗体捆绑在车上。她又摸摸青山的脚，那棉鞋还穿在脚上，她怕中途棉鞋掉了，又用绳子将丈夫脚的下端捆扎结实，然后将襻绳搭上肩，推起车，悄悄地出了大门。

　　雪野茫茫，哪里还有路！凤仪只好根据来时的记忆摸索前行。雪太深，每一步都很吃力，她弓下腰奋力向前推，口中还不时念叨着："青山，咱回家吧！"干惯了农活的女人身上有力气。自沈润章死后，沈青河又去了县大队，地里的重活都是凤仪干。拉粪、犁地、收割、打场、往场里运庄稼、往家中运粮食等活都是她一个人干。有时雷生和青枝去帮帮手，她总是说："你们还小，不用这么干。累着了，将来没有好身体，那可是一辈子的事。"累活重活使凤仪练就了一副好身板，七八十斤的粮袋一使劲便能扛上肩。

　　雪深的地方，车头陷在雪中，几乎寸步难行。凤仪拼尽全力往前推，推几步歇一歇，喘口气抹把汗再往前推。天明时分她来到一个村庄，连累带饿，她感到筋疲力尽。她停下车，坐在车把上歇了会儿，这时她感觉再不吃点东西就没力气再走了。此刻，她后悔没带两个馍来。可事已至此，只能到村里讨口饭吃再走。可推着丈夫的尸体不能进村，停在人家门口人家犯忌讳。她喘匀了气，把车子推到一个避风处，四周看看，没人也没有狗。她怕人发现她推了个死人，人家会不让她进村，更害怕有狗，动了丈夫的尸体。

村头住着的一户人家房顶上正冒着袅袅炊烟，飘来的饭香令她肚子咕咕作响。她走近那木板钉成的院门，轻轻拍了两下，飘着炊烟和饭香的西屋内走出来一个50多岁的女人。凤仪说："大嫂，行行好，给口吃的吧！"那女人很和蔼，说："你等等。"转身进屋端出一碗糊涂，又拿了一个窝头，走到凤仪跟前说："你的碗呢？"陈凤仪说："大嫂，俺没带碗，俺不是要饭的，是路过这里。"那女人"噢"了一声说："大冷的天，来屋吧。"凤仪不进屋，讨饭的人咋能进人家屋里吃饭呢？她站在院中吃着那中年女人给她的窝头，喝着碗中的糊涂。那中年女人问："大妹子，听口音离这儿不远。"凤仪说："俺家在青峰镇。""青峰镇？青峰镇有个大善人你认识不？他叫沈润章。"凤仪说："那俺咋能不认识！他是俺爷。""啥？他是你爷？"那女人有点不相信。陈凤仪说："那还能有假！俺是他孙媳妇，俺公公叫沈少松。"那女人激动得一把抓住她的胳膊："哎呀！你是沈善人的家人，快进屋，您家还是俺的恩人呢！"凤仪有点丈二和尚摸不着头脑。那女人将凤仪拉进屋，让她坐在板凳上说："那年大饥荒，我和孩子他爹到青峰镇要饭，是你家舍饭我们才没饿死。恩人哪！大善人哪！"她又给凤仪拿了个窝头，又盛了一碗糊涂。"大妹子，你咋……"她似乎对凤仪要饭有点不理解。于是凤仪就把事情的经过说了一遍。那女人听了，感动得直流眼泪，夸凤仪："有情有义！有情有义！"临行前，那女人又拿了两个窝头塞进凤仪手里。凤仪不好意思拿走，推托着说："我吃了饭，咋能再拿您的？"那女人说："您家是俺家的恩人，滴水之恩当涌泉相报，这两个窝窝头算啥？俺儿要不是参加了支前工作队，就叫他送您到家。"凤仪千恩万谢地告别那中年女人。来到村头，看了看青山的尸体没有异样，搭上襻绳推起那独轮车又上了路。

太阳出来了，雪地泛着刺眼的光。当太阳到了东南天空，地表层的雪开始融化了。融化了的雪路好走了许多，脚上和车轮都轻松了许多。陈凤仪身上有了劲，一口气走了七八里。太阳偏西的时候，她来到一条河边。她记得来时遇到过一条河，但这不是当初路过的地方。她停了下车，喘了喘气，用手巾擦去脸上的汗水，回头望一眼来时的路，茫茫雪原上只有她一个人走过的痕迹。待喘匀了气，她感觉身上很冷，那是身上出了许多汗造成的。她不敢大停，怕正出着汗一冷就容易得病。她又搭上襻绳要推车下河坡，可没想到河坡上的雪被风吹去以后又经太阳一晒，地表层的冰融化了，但下边却依然坚硬。她和车一踏上河坡，"哧溜"一下，连人带车就滑倒在地，滑落到河中。幸好，河水已冻实。她倒在河冰上，挣扎着想起来，可胯部疼得厉害，她忍着疼痛挣扎着往起爬，可怎么也爬不起来。她心想，坏了，这要摔伤骨头可咋办？她又挣扎几次，可疼痛使她无力爬起。这时，她多想有一个路人来帮她一下啊！可举目四望，河道寂寂，雪野寂寂，连一只鸟也没有。

她在冰上躺了许久，感觉那疼痛慢慢减轻了，她试着往起爬，虽然胯部有些疼，但她终于爬起来了。她活动几下腿脚，感觉没伤到骨头，心里轻松了许多，于是她吃力地扶起歪倒的车，又摸了摸丈夫的尸体，那尸体已经僵硬。她知道丈夫再也没有活过来的希望，泪水又流了出来。她哭了许久，心中的悲痛释放了许多，腿脚也不再那么疼痛了，她决定继续上路。刚推起车子，车轮便东溜西滑，脚下也站不稳，几乎寸步难行。她感到绝望、感到孤独、感到无计可施，她站在河冰上又哭起来。她祈求苍天给她指条路，但苍天不语；她祈求丈夫帮她一把，可丈夫在车上一动不动。下坡都那么滑，上坡就更难了，这时她想到来时路过的地方，那河坡有个漫道，难一点也能上去，可那漫道在哪里呢？要想走出这条河只能走那条路，或者等到天黑，全部结冰，才能走出河。她知道等到天黑上冻再走，她就会冻僵在这河里。她下决心要找那条来时走的路。她凭着方向感知道那条路应该在下游，那河口有两棵柳树。

她不知道在冰上推车那么难，脚下滑，车轮也滑，尽管她又开双腿稳住脚下，但那独轮车怎么也控制不了，不是左溜就是右滑，走不了两步就会滑倒。摔倒几次后，她停了下来，这路咋走啊？她想了许久，终于想出了办法。车子三条腿不会倒，在冰上滑就行。她让车子三条腿不离地，弓身推着前行，车不倒人也不易倒，这样做不仅使车子稳了，而且还很轻快。

不知什么时候，太阳不见了，灰色的乌云又布满了天空。起风了，河风真厉害，像刀子一样划着脸和手背，那冷直往骨子里钻。陈凤仪加快脚步，可仍然走不快，尽管车子不再倒，可脚下总是打滑使不上劲。她觉得那路口应该快到了，她估摸，自她滑下河坡到她支前时走过的路只是十几里，可她已走了一个下午仍不见河边那两棵老柳树。那两棵老柳树是她心中的记号，歪身子，树冠很大。刘天福曾站在那老柳树下嘱咐大家："这大雪天容易迷路，大家都记住这两棵柳树，这里水浅坡缓，好过河。"支前工作队返回时，刘天福又嘱咐她说："俺们都先走了，你自己回来时别迷了路。常说近了怕鬼远了怕水，不知河水深浅千万别过河，掉到冰窟窿里命就没了，见到这两棵柳树再过河。"这树咋还不见影呢？她心里有些急，估摸天快黑了，天黑以后，她会更孤单，更不容易辨别路眼，于是她拼尽全力加快了步伐。当她感觉脚腿酸软无力时，才想起今天忘了吃东西。她停下来，从怀中掏出中年妇女给她的两个窝头，那窝头不太凉，由于在怀里揣着，还很软乎，她便就着雪吃了起来。她吃下一个窝头，心想，这个留着饿狠了再吃，但又想还不知道离那柳树有多远，即使出了河，也不知啥时候能碰到个村庄，还是吃了吧，都吃下身上才会更有劲，撑个一两天不要紧，于是她又将另一个窝头吃了下去。吃下两个馍也歇过了气，她想争取天黑前赶到那路口，走出这倒霉的河道。她弓下腰，双手按住车梁，加快往前赶。终于在夜幕降临之时，她看到了那两棵老柳树，心里一阵轻松，好似淹溺在大海之中的落水者抓到了一根救命的木头。来到河口处，她停下来歇息片刻，将襻绳搭上肩，推起独轮车，走上了河坡缓道。天一黑风又冷，河坡上的雪道不再打滑，她一口气就推出了河道，踏上了来时走过的路。

曾经走过的路是熟路，她记得离这条河十来里路的地方有个村庄，叫李口。她和支前队伍曾在这村歇过脚吃过饭。雪厚，走起来很吃力，来时车多人多，走在前面的车很难，可人多车多走出了路，后面的就不那么吃力。现在只有她自己，下了几天的雪连路眼也找不到，她只有凭着记忆中的方向往前走。还好，她没有迷路，鸡叫头遍时她看到了前方黑乎乎一片，她知道，那是个村庄。她来到村头，已累得气喘吁吁，筋疲力尽，此时她多想找个地铺睡上一觉啊！可她没进村，深更半夜又推个死人咋去人家里？她不想给人家带来不吉利，她更担心不跟丈夫在一起狗会动了丈夫的尸体。这时，她站在村头四下张望，想找一个能栖身的地方。不远处有几堆黑乎乎的东西，她想那是打麦场，那一堆一堆的是场上的麦秸垛。她将独轮车推进打麦场，停在一个最大的麦秸垛前，她看那个麦秸垛上有个洞，就将车停在洞口，为预防狗的骚扰，她将襻绳一端拴在捆扎被子的绳子上，另一端系在自己的手脖上，随后钻进洞中。

第二天天刚亮她就醒来了，她钻出那软乎温暖的麦垛洞，先围着车子转了一圈，见丈夫的尸体没什么异样，然后拍打拍打身上的麦秸，又抓起雪洗了把脸，便又推起独轮车上路了。

这里没有路，只有无垠的雪，连个人走过的痕迹也没有。陈凤仪只能凭着记忆中的方向往前走，尽管每一步都很艰难，但没有了昨天的绝望。天阴沉得很，浓浓的云像一块抹布，一拧都能拧出水来，看样子是又要下雪。凤仪在心里祈祷："老天爷，千万别再下了！"她不由得加快了脚步。走着走着，她突然发现一道雪岭横亘在她面前。坏了，又迷路了。来支前时曾见过这道岭，可路是平的，路是从岭的豁口穿的，来时没爬这岭。那路口在哪里？她向南望望，又向北望望，没发现那平坦的路口。她想找到那路口，可不知自己已偏了左还是右，更不知离那路口有多远。她又望望天，估摸自己已经走了半天时间，再去找那路口，不知天黑前能不能找到，如果走错了方向会越走越远。她沉思片刻，决定翻过这道岭，翻过了这道岭，奔着西南方向走是不会错的。她看着面前的这道岭，岭坡虽不是很陡，但从正面推上去是不可能的，只能斜着走。她推起车斜着上坡，可没走几步，车轮一滑，车子就倒了，还险些把她拐倒。她扶正车子继续推，没走两步，车子翻倒又滑下了坡。老天爷！您咋这样难为我啊！让我咋过去这道岭啊！她抬起泪眼四处望望，心想这时若能看到一个人，她会毫不犹豫地跑去跪求人家帮忙，可四周没一个人影，她又一次陷入了绝境。她流了许久的泪，想了许多办法，可都无济于事。她把目光停在丈夫的尸体上，"青山啊！你显显灵！帮我想想办法，咱上去这道岭，才好回家啊！"她哭诉着，企盼丈夫真的能显灵。这时一阵风刮来，将覆裹丈夫的被子吹起一角。凤仪突然来了灵感。她匆忙解下捆绑丈夫的绳子，一使劲，将丈夫的尸体扛上肩，一步一滑地爬上岭顶，又把青山的尸体放在雪地上说："青山啊！你在这儿等我，我去把车弄上来，咱再走。"她下到岭下，推起空车往岭上走，可是坡滑脚也滑，倾尽全力还是走一步退半步。扑腾了一顿饭工夫，还没上到坡中间，她筋疲力尽，浑身出汗。她艰难地站稳脚跟，停下来喘了口气，望望岭顶，虽只有十几步之遥，但她心里很怯，怕自己推不上去再滑下来。思忖了许久，她终于想出了一个法子，她把车慢慢放倒，然后用襻绳拴住车梁，将另一端背上肩，拉着往上爬，车子在雪上慢慢滑行，省力多了。终于，她把车拉上了岭顶。她歇息了一会儿，擦去脸上的汗水，喘匀了气，抱起丈夫的尸体几乎坐滑梯似的滑到坡底，又爬上岭把车子放滑下去，然后将青山的尸体捆绑到车上，推起车，向西南方向艰难地跋涉。她一边走一边不停地念叨："青山！咱回家啦！"

第88章 情　愫

　　人生最大的不幸有三：少年丧父母，中年丧伴侣，老年丧儿女。

　　这三大不幸沈灵芝全摊上了。五岁时母亲得急症不治而亡，46岁时丈夫又被孙子盛害死，60来岁了儿子又牺牲在战场上。这三大不幸彻底把沈灵芝击垮了，自凤仪把青山的尸体推回来，她就没吃下一口饭。尽管儿子的葬礼非常隆重，县委郝书记来了，部队上来了个团政委，那棺材是四独的柏木棺，可她还是不吃一口饭，只喝些水下肚，喝下去的水转瞬就变成泪水流了出来。埋青山的那天，她就病倒了。镇上的人们议论着她的不幸，夸赞着她的为人，纷纷掂着红糖和鸡蛋来看望她，陪着她流下几串泪水，说上几句宽慰她的话语。凤仪虽然悲恸欲绝，但看到婆婆的情形，只好强忍泪水和悲痛，强打精神接待着前来看望的邻居们。

　　给青山圆坟的那天傍晚，沈灵芝总算喝下了半碗鸡汤。那天沈青河回来了，他是从省城赶回来的。他在省城参加青年干部培训班，听说哥哥牺牲的消息特地请假赶回来的。与他一起来的还有一个女的，年纪与青河相仿，青河说她叫赵霞，是县政府的一个干事。灵芝见儿子带回来一个女的，直觉告诉她赵霞可能是青河的对象。她强撑着要起床，那赵霞急忙上前扶住她："大娘，您别起！您老身体还很弱。"但她还是坐了起来，见那姑娘长得眉清目秀，大娘长大娘短，问这问那，热情大方，灵芝心里好受了许多。青河的婚事一直是她的一块心病。小芳死后，许多人来说媒，青河都拒绝了。

　　眼见青河已经20多岁，她心里很急，唯恐青河为小芳的事不愿再娶。她整天唠叨，有时整夜唉声叹气："这青河的事儿咋办？再过几年还找谁去？"尽管凤仪整天劝她，青河的事还是成了她的一块心病。如今见青河领来了赵霞，这块心病总算是化开了。青河和赵霞在家只待了两顿饭的工夫就走了，说培训班明天就结束了，他们二人只请了一天半的假，今天早晚都得赶到省城。临走时灵芝要送他们，赵霞按住不让老人起身，说："大娘，本来我和青河不该走，可是军令如山，请您老原谅！明天培训班就结束了，到时候我和青河再回来看您。"老人听着赵霞那甜甜的话语,看着两人并肩站在她面前的情形,那满脸的愁云总算裂开了缝。

傍黑,孙龙跃来了,手里掂着一只煺好毛的老母鸡。陈凤仪急忙迎上去说:"龙跃叔,您咋来了?咋还拿东西?婶子不是来过了吗?"孙龙跃将鸡递给凤仪说:"我来和你娘说说话。这鸡是我杀好的,怕你们都没心情又杀又煺,去给你娘熬碗鸡汤补补身子。"凤仪掂鸡去了灶房,青枝急忙抱来柴草烧锅。孙龙跃坐在沈灵芝床前,掏出旱烟袋安上烟丝,沈灵芝拿起床柜上的一盒火柴递给孙龙跃,二人都没说话。孙龙跃低垂着头,擦着火,点上烟,一口接一口地抽。少年时的初爱是永远不能忘怀的,后来的事让他愧疚许多年,他认为他那次逃跑是灵芝故意给他留下的机会。爱、愧、悔、恨、感激多种情绪纠结在一起,让他不知道说什么好,只是闷头抽烟。沈灵芝心里也像打翻了五味瓶,她心里清楚孙龙跃对她的感情,爹蹲监时孙龙跃给她送米送面,包括那个月夜孙龙跃对她的猥亵,她在心里对孙龙跃有恨也有宽恕。

她明白孙龙跃对她的爱是真实的,虽然做不成夫妻,虽然孙龙跃对她有过不敬之举,但是她心里总是恨不起来。现在孙龙跃来看望她,她心里也乱得不知说什么好。两个人就这么默默地坐着,谁也没说一句话。直到陈凤仪端着鸡汤走了进来,才打破了这沉默的局面。"龙跃叔,你也喝一碗吧!"孙龙跃这才抬起头说:"叫你娘喝吧,补补身子。"凤仪将鸡汤递给婆婆,灵芝说:"先放那儿吧。"孙龙跃站起身对灵芝说:"喝点吧!几天不吃饭咋中?你要是病倒了,凤仪不是更作难?我走了。"临出门又回头说,"喝点吧,日子还得过下去。"灵芝的泪水涌满了眼眶。

杏花背了一篮柴回到家,看见一地的鸡毛和一盆煺鸡毛的脏水大感诧异,这不年不节的杀鸡干啥?想想也许是丈夫为了给她补身子才杀了这只老母鸡,她有些心疼又有许多安慰。心疼的是那只老母鸡,它正在下蛋,几乎一天一个,换盐换油全指望它,丈夫却把它杀了。感到安慰的是,自从和孙龙跃结婚,丈夫从没如此体贴过她,这半辈子,烧锅攮灶全是她自个儿,丈夫从来没给她搭把手,做好饭都得饭菜端到他面前才吃。她的辛苦、她的操劳、她对孙龙跃的百般服侍似乎都是她应尽的责任,好像男人衣来伸手、饭来张口都是应该的。她认了,习惯了。但她怎么也想不到丈夫会主动为她杀鸡补养身子。这一段时间她身子不好,老是头晕,眼皮也有些浮肿。她见到那没收拾的一地脏物没有生气反而有些高兴。老了,丈夫知道疼她了。

她放下柴篮急忙进灶房去找那鸡,心想孙龙跃毕竟是个大男人,咋能再让他去烧锅攮灶?丈夫心里有她,她已经感到满足了。到了灶房,她发现案板上没有那杀好的鸡，饭橱里也没有，莫非他已炖到了锅里？她急忙掀开锅盖，锅里也空空的。这时她心里明白了，他一定是去看灵芝了。此时她心里泛起一阵说不出来的滋味。她丧气地走进堂屋，一屁股坐在纺车怀里纺起花来。这是杏花与其他女人的不同之处，别的女人生气了会摔碟子扔碗、不吃不喝或又哭又闹寻死上吊，可杏花不那样，摔了东西还得花钱买，哭闹也许招来的是一顿打，寻死上吊又不值得。她一生气就是拼命干活，用劳累来发泄心中的郁闷和气愤，一辈子都是这样。所以她使劲地摇着纺车把，左手一抽接一抽地扯线上线，心中有气哪管得了线的粗细匀称。

孙龙跃回来了，见妻子在纺线，那线粗细不匀，他说："这线咋纺的？粗细不匀。"

杏花不搭话。

"饭做好了没有？"孙龙跃问。

"没做！"杏花没好气地回答。

"咋不做饭？"

杏花说："你吃饱了！我不饿！"

"我没吃饭。"孙龙跃说。

"你没吃，那鸡呢？"

"那鸡，我去看灵芝，给她拿去了。"

"我看罢她了，还买了二斤红糖，拿了十来个鸡蛋。"孙龙跃没生气，坐在椅子上又掏出了烟袋。

"你心里只有灵芝，啥时候这样疼过我？"说着，杏花流泪了，"我这头晕难受，你咋不给我熬碗鸡汤？"

孙龙跃没答话，他从烟包里捏出一撮烟丝安在烟锅里，一擦火，抽起烟来。

沉默许久，杏花停下了纺花，抹下眼泪，站起来长叹一声，那一声长叹充满着郁闷无奈也充满着醋意。但无奈中她还是选择了妥协，她拍打一下身上腿上的棉屑，走进了灶房。

第89章 新 生

　　青峰镇庆祝解放的那天，是这个千年古镇有史以来最热闹的一天。那天一大早，青峰镇所辖的三寨十八村的各色艺人便带着各自的行头，披着朝日的金辉，聚集到大槐树下的广场上。初春的柔风吹绿了老槐树的枝枝杈杈，白云在蓝天下悠悠浮动。人声嘈杂的广场上数刘天福最忙活，他一边叫人抬桌子搭会台，一边叫人烧茶备水，一边让青年民兵们将头天晚上写好的红绿标语贴到镇街的墙上各处。过了早饭的时候，有人问会议是不是该开始了，刘天福说，"不慌不慌，县里领导还没到"，说着又去忙其他事了。各村来的艺人们各自忙着各自的事，有的在已经化好的妆上添墨添彩，有的在一遍遍地整理服饰，有的在为自己的龙啊，凤啊，船啊，伞啊，整理形状，以备演出时不出差错。万事俱备，只等县上领导到来，然后开始演出。

　　太阳升到清风楼顶的时候，人群中出现一阵骚动，众人引颈向场外张望，只见一辆绿色小汽车和一辆绿色大卡车缓缓驶了过来。人群立刻闪开一条胡同，让两辆汽车驶到已搭好的会台前面。车停下后，只见一个穿着一身灰色中山装的中年男人从那辆小汽车上走下来，人群中立即响起一片私语声："郝书记！郝书记！"刘天福来到郝书记面前，郝书记满脸堆笑地说："让大家久等了！"说着，刘天福引领郝书记踏着早已准备好的几条木凳登上主席台。这时会场上几支锣鼓队不约而同地擂响了锣鼓，会场外响起了噼噼啪啪的爆竹声，一片欢腾，一片喜悦，舞龙队、舞狮队、高跷队、旱船队听到锣鼓声，正要舞起来，被刘天福挥手止住了。鞭炮声停息后，刘天福又挥手止住了锣鼓，全场一片寂静之后，刘天福说："大家静静！现在开会，会后大家再热闹。下面请郝书记讲话！"会场上立即响起了雷鸣般的掌声和锣鼓声。刘天福挥手止住锣鼓和掌声。郝书记向前面走了一步站在主席台前沿，亮开他沙哑浑厚的嗓音开始讲话："乡亲们，咱闲话少叙，书归正传。"老郝用往日说书时的语言开场，一下拉近了与青峰镇这些老听众的感情。大家平心静气，像往常听老郝说书唱大鼓一样倾耳静听。"大家知道，为期近四个月的淮海大会战已经结束，咱们青山县解放了！大半个中国解放了！咱青峰镇也解放了！大家说这是不是好事？""好！""好！"
"好！"一串连声的欢呼如春雷一般在这千年古镇的上空飘荡。"但是，今天的大
好形势来之不易啊！为了今天的解放，我们青峰镇失去了十几位亲人，沈青山、
杜满仓、李二毛、屠秀山、吕三娥，还有沈润章老人，他们用生命和鲜血换来
了今天的胜利与和平。同时，还有这些同志。"他将手指向停在旁边的绿色卡
车，卡车上站着几十个胸戴大红花的军人。"大家认识，这位是我们大青山游击
队队长王石头同志，他带领游击队打过日军，打过蒋匪，身经百战，屡立战功。
可在淮海战役中，他失去了一条腿。王石头同志是革命的功臣！"王石头站在汽
车上向前一步，向会场敬了一个标准的军礼。老郝指着王石头身边的一个中年
军人问："大家还认识他吗？"会场上一阵窃窃私语。"他就是我们东凹的杜麦子
同志。十年前，杜麦子同志离开青峰镇参加了革命，跟随刘邓大军南征北战，
打跑了日本鬼子，打败了蒋匪军，他九次负伤，荣立特等功，他是我们的功臣，
也是我们青峰镇的骄傲！"会场上爆发出一阵经久不息的掌声，那掌声中饱含惊
喜和感叹。"这几位：柳树行的柳土地，张庙的张三立，刘井的刘三更。他们都
为革命立下了汗马功劳。根据他们负伤的情况，上级安排他们退伍转地方工作，
让我们以热烈的掌声对他们表示祝贺和欢迎。"掌声响起来，锣鼓声响起来，欢
呼声响起来。郝书记挥挥手止住了掌声、锣鼓声和欢呼声，讲道："乡亲们，我
还要告诉大家一个好消息，那就是……"他稍停一下，正如说书一样，吊一下
大家的胃口。会场一片寂静，等待着郝书记的下文："经县委研究，中国共产党
青峰镇党委、青峰镇政府今天正式成立啦！"又是一阵欢呼声和雷鸣般的掌声。
"现在我代表青山县委宣布：王石头同志任青峰镇党委书记，刘天福同志任青峰
镇镇长，杜麦子同志任青峰镇民兵营营长。"在又一阵经久不息的掌声中，挂着
拐杖的王石头和刘天福、杜麦子走到主席台前向大家深深地鞠了一躬。随之，
四个民兵抬着两块披着红绸的木牌走到台前又走下主席台。

　　人们自动让开一条胡同，赵家唢呐班匆匆走到披着红绸的木牌前，一边吹
奏起欢快的乐曲，一边前行引路。木牌后依次跟着刘家的舞龙队，张阁的舞狮
队，孙营的旱船队，东凹的高跷队，还有柳树坑的腰鼓队。一青一红两条龙，
如遨游大海蜿蜒翻飞；一黑一黄两头狮子奔腾跳跃；红绿青紫四只旱船一扭一
扭走着花步；十二个踩着高跷的男青年穿红着绿如鹤走云端；腰鼓队飘红飞彩
鼓声动地；民舞队跟随那披着红绸的木牌一字排开，边舞边行。如潮的人群涌
满街道向东缓缓而行，来到清风楼前，在锣鼓喧天之中，两块木牌挂上了清风
楼的廊柱，红绸被揭下，一块木牌上写着"中国共产党青峰镇委员会"，另一块
木牌上写着"青山县青峰镇政府"，在阳光的照耀下，那白地黑字散发出熠熠

光辉。

淮海战役的胜利，青峰镇的解放，尤其是失踪了的杜麦子的归来，使这座千年古镇云开雾散。如释重负的百姓都喜笑颜开，可青峰寺的青灯师父却有些彷徨。按上级规定，僧人不能再做不劳而获者，要自食其力，自己该怎么办？参加过庆祝会后，他走进了刘天福的家，他向刘天福倾诉了自己的难处："我没有家，没有地，今后咋活啊？"他求刘天福给他指条路。

刘天福说："县委郝书记说，县里决定要在咱青峰镇办一所中学。前几天郝书记和孙子昌科长来，就是来看看这所学校。县里给我们派来两个老师，一个叫陈新坤，另一个是个女的，叫吕萍，他们都是古城师院毕业的大学生。"青灯念了一句："阿弥陀佛！"脸上仍是一副木呆呆的表情："那我……"

刘天福诧异地问："你怎么？"

青灯的眼泪在眼眶里打转："他们来啦，我啥时走？"

这时刘天福突然笑了起来，说："看我这脑子，忘了告诉你，经镇政府研究，你不用走了，就地还俗，在学校当校工。"

青灯听了刘天福的话，泪水一下流了出来："真的？不骗我？"

刘天福故意学着僧人的样子，双手合十道："出家人不打诳语！"

青灯笑着念了一句："阿弥陀佛！"

刘天福说："还了俗，就不能再搞迷信。你是公家人了，今后还要发你工资，跟他俩一样。"

青灯说："我不要工资，只要有口饭吃就行了！"

第二天，刘天福领着陈新坤和吕萍两个老师进了青峰寺，一番介绍和寒暄之后，刘天福说："闲话不多说了。你赶快给他们俩安排住处，我还有事。"转身要走的时候又说，"今后你就负责打打铃，扫扫地，做做饭。一会儿我就派人把米面送上来。"

青灯激动地又立掌于胸前，口中念道："阿弥陀佛！"

刘天福说："看！又忘了不是？你现在不是僧人啦！"

青灯急忙放下手，说："刘镇长放心！我会安排好的！"他们三人送刘天福走出寺门，望着镇长刘天福下了山。青灯急忙反身去收拾东厢房。

东厢房共四间，原来都是僧舍。那年大饥荒，僧人死的死，逃的逃，只剩下青灯一人坚守寺院。青灯将南头西间僧房打扫干净，又从放杂物的仓房内搬来两张木板床放进房内，又搬来两张油漆斑驳布满灰尘的木桌，擦洗干净，一屋放一张，又小跑着从大殿内端来两只油灯放在桌上，添满了油。陈新坤和吕萍分别将自己的行李搬进了各自的房中。

青灯说："二位先生，还需要啥尽管说！"

吕萍说："今后就叫老师吧，新社会不叫先生啦！"

青灯忙改口说："陈老师，吕老师。"

陈新坤说："看！都来半天了，还不知道您咋称呼，总不能再叫您法号吧。"

青灯犹豫一下说："我、我没名。"

吕萍说："您小时候总有名吧？"

"我生下来没气，爹把我扔到乱葬岗，后来我又活了，狗也没吃我，奶奶把我抱回家，说我命大，狗都不吃，奶奶说就叫狗舍吧。我的小名叫狗舍。"

吕萍笑笑说："狗舍？太难听了！再取个名吧！"

青灯说："二位先生，不，二位老师，你们都是有学问的人，给我取个大名也中。"

吕萍想了想说："你姓陈，新坤也姓陈，现在是新社会，你还了俗又当了校工，交了新运，我看就叫新运吧。陈新坤、陈新运，天下姓陈的是一家人。"

陈新坤说："可论年龄他该长我一辈，都有个'新'字，像一辈人。"吕萍说："论啥辈，今后都是同志！"

青灯笑着说："高攀！高攀！"

第 90 章　坟　誓

当"中国共产党青峰镇委员会"和"青山县青峰镇政府"两块牌子挂到清风楼的廊柱上的时候，杜麦子对王石头说："王书记，我想回家看看！"王石头笑着说："好啊！穷家难舍。十来年没回家，回去吧！"他先到街上买了几刀火纸，在刘天福的陪同下离开了青峰镇向东凹走去。雷生和"舌头"及一群喜欢看热闹的大人小孩也尾随而去。

东凹离青峰镇有三里多路。过了青峰山向东是一片坡洼，一条弯弯曲曲的小路像蛇一样潜藏在野草丛中。一边走，刘天福一边问起杜麦子这十年来的情况："麦子，你不是要饭去了吗，咋参加了革命？"

杜麦子长叹一声说："唉！说来话长。"于是杜麦子讲起了他参加革命的经历。

那年，他一锹土一把泪地掩埋了母亲和妹妹，回到家，时已过午。母亲在家停尸三天，他没吃下多少饭，泪水和伤心伴他度过了三个昏黄的冬日，此时，回到家他已肚皮贴到了后脊梁，头昏眼花脚下如踩了棉花包。他走进那茅草盖顶四面透风的小西厨房，锅碗瓢勺冷如冰块。往日他回到家，母亲已将饭做好，尽管糠糠菜菜也是热汤热水。然而，此时家如冰窟，独自一人，孤独寂寞使他倍感伤情，泪水不知不觉流了满面。他掀开面缸，里面只有两碗糠谷面粉，他不知道用它做什么，虽然饥饿难忍，但他浑身无力，他没去烧锅做饭，而是一下子把自己撂倒在那杂草堆成的地铺上，他用那条补了十几个补丁又露着棉絮的破被子蒙上自己的头，他想好好睡一觉，可那被子上母亲的味道又勾起他对母亲和妹妹的思念。他顿时陷入了痛苦的回忆深渊。母亲永远地去了，妹妹也去了，独留他孤苦伶仃无依无靠，今后的日子怎么过呀！他蒙着自己的头脸，放声"呜呜"地哭了起来。

不知过了多久，"咚咚"的敲门声止住了他的哭泣。他起身拉开门，只见满仓媳妇端着一碗面条站在他面前。他和满仓是邻居又是没出五属的堂兄弟。"麦子兄弟，别再哭了！婶子和巧儿都去了，再哭她们也回不来了。你已经几天没吃饭了，嫂子给你擀了碗面条，你吃了吧！"满仓媳妇的话使他倍感温暖，他双手接过面条，激动得泪如雨下。女人心软，见不得别人哭泣，见麦子泪流满面，抽咽得说不出话，她的泪水也盈满了眼眶，可她忍住了，没让泪水流下来。她想，不能再守着麦子流泪，不然麦子会更伤心，于是忍着泪说："兄弟！吃吧！吃完了嫂子再给你盛。"说着转身一边抹泪一边走了出去。

麦子流着泪吃了那碗面条，感觉心里好受多了。此时他做出了一个决定，家不能待了，妹妹走了，娘也去世了，囤中无粮，缸中无面，他一个人怎么过？他不愿再在这泪水和苦难中浸泡着。

第二天早起，他将面缸中仅存的面粉和成面团，在锅里添上两瓢水，烧开了，将那面团在手中分成四份，拍了四个锅饼贴在滚热的锅壁上，盖上黍秸秆制成的锅拍，烧得锅冒热气，熄火后又焖了一会儿，然后揭下那四个锅饼，就着开水吃下一个，用娘用过的蓝条手巾将那三个锅饼包好了揣进怀里，然后将那条破被子用麻绳捆了，背上肩走出柴门，又回过身来，望一眼这个曾经给他诸多温暖的家，心里说："娘！儿走了！……"他哽咽着踏上村中的土路，走进晨雾迷蒙的旷野。

天地茫茫，自己去哪里？脚下虽有路，心中却无目标。他沿着脚下蜿蜒曲折的小路一直往前走，当走上了青峰镇南的南北官道，他豁然开朗，官道上行走着许多背着行李挑着担子牵着儿女的逃荒人，他们都在向南走，下南乡。

南乡是北方穷人的梦，那里富，有大米。大米是什么？他这个自小吃糠咽菜，靠着高粱和红薯长大的青峰镇人从来没吃过大米。"鱼米之乡"似一桌盛宴在诱惑着他。他沿着大道向南走，夜宿破庙，日进百家，讨得半个馍馍，半碗稀粥，虽整日饥饱参半，但他都没动怀中的三个锅饼，那是到讨不来饭汤饿得实在不行时才能动的救命粮。

一日他走进一座大山，东西望去，连绵起伏，不见头尾。他想自己已经走了好长时间，江南该到了，也许过了这座山就是江南。再撑撑，到了江南就好了。他像是在追赶一个梦。一条进山小道宛如羊肠，弯弯曲曲时隐时现地伸进了山里。他将破被子整了整，又煞了煞裤带，然后踏上了那条山路。满山青翠，草木葱茏，这山不似大青山那么苍茫荒凉。看这山，也许这里的山民比北方的山民要富些，到谁家门前总会给碗面条，已经好久没吃过面条了，想起面条他就馋涎欲滴。他自小爱吃面条，每年割倒麦，娘就会做上一锅新麦面条让他和妹妹吃个够。收了秋，娘就会掺上高粱、绿豆、红薯干磨上一套面，隔三岔五做顿豆杂面条，豆杂面条吃起来虽有点苦味却很香。

他爱吃面条，娘爱做面条，而且做面条省粮，娘常说："面条省，烙馍费，想吃锅盔卖块地。"一瓢面擀面条够一家人吃的，可要炕锅盔只够一个人吃的。穷人过日子要精打细算，一顿省一口，一年省一斗。吃惯了面条也养成了习惯，此时他想能吃碗面条多好啊!

进了山,一切都与他想象的不一样,这里的山民一样地贫穷,到谁家门前能给半碗菜粥也算大慈大悲了。况且山里的村庄不似北方平原,一个村庄住着几十户乃至上百户人家,一家给半碗,跑几家也能喝个半饱;可这山里的村庄却像月圆夜的星空,稀稀拉拉,走半天也碰不到一个村庄,即使有个村庄也只有三五户,还零零星星地挂在半山腰上。饿急了,他就攀山爬崖地走到一户山民门前,大娘大爷叫半天能讨个馍或半碗菜粥已是幸运了。

一日,他走了大半天也没见到一个村庄,肚中饥饿难忍,头昏眼花,实在走不动了。怀中的三个锅饼已让他挺过了三道死关,如今怀中空空如也。日头已经过午,他还没碰到一个村庄,肚中饥饿难忍,身体四肢无力,连虚汗也冒尽了。此时他只盼能有个村庄出现在面前,哪怕只有一两户人家,也能讨半碗菜粥或一个野菜团子,解救生命之危,然而举目四望,只有无尽的山和树。他实在没力气了,就坐在一块石头上歇息,这时他突然发现,山脚下的路不再是羊肠小道,而是一条大路。大路上走的人多,也许能碰到好人给自己一点吃的,使自己挺过这道生死关。等了许久不见一个人影,他强撑着站起来,拾了根枯树枝当拐杖,继续慢慢前行。这时他才知道啥叫筋疲力尽,走一步都很难,几乎是靠意志拖着两条腿向前。不知什么时候他觉得头一蒙,便倒在了路边。

麦子自己孤独地在荒原上行走着,天地朦胧,不知是白天还是黑夜。行走间,他突然发现面前有一村庄,村中有十几户人家,有几缕炊烟在树丛中升腾。他感到又渴又饿,便匆匆走进那村落,村头有一间土屋,茅草盖顶,柴扉掩门。他走到门口,见一老太太正从锅中盛饭。他哀求道:"大娘,你行行好,给口吃的吧!"那老太太不言声也不回头,将一碗粥放到案板上。麦子又说:"大娘,你行行好吧,给点吃的!"那老太太一转身,麦子发现原来这个老太太是娘。他惊奇地叫声"娘",正要扑过去,娘黑着脸说:"你去吧!那边有人叫你!"语气冷峻。他不知娘为什么这样对他。娘又说:"你快回去吧!那边有人叫你!"麦子又渴又饿,说:"娘,那碗汤给我吧!我要饿死了!"娘的脸一沉说:"这汤你不能喝!快去吧!"麦子知道娘很疼他,再难,只要有一口吃的,娘也会留给他。他以为娘在生他的气。做儿子的在娘面前撒个娇也是常事,他走到案板前端起了那碗面汤就要喝,娘一巴掌把汤碗打落到地上。"砰"的一声他惊醒了。他微微睁开眼,看见一个戴红五星帽子的人坐在他面前,原来刚才是一场梦。

那戴红五星帽的人四五十岁,满脸胡须,左额头有一块核桃大的疤痕。那人说:"老乡,你醒了?"麦子尚处于迷蒙状态,他不知道自己身在何处,也不知面前是什么人。那人接过另一个人端来的一碗面汤说:"你饿晕了,快喝碗汤！"说着将汤碗递到他嘴边。麦子挣扎着坐起来，接过碗，几口就喝干了碗中的汤。他看碗边上挂着面糊糊，就用舌头舔起来。那人拿过他的碗说："我给你再盛一碗。"那人到不远处去盛汤，这时他才发现这条山路上到处都是当兵的。有的躺在路边休息，有的在捡拾干柴。远远近近有几处在烧锅做饭。那人又端了一碗面汤来到他面前，将碗递给麦子，麦子接了却没急着喝，他疑惑地问："请问你们是？"那人指指自己头顶的帽徽说："我们是共产党的队伍。"麦子听说过，"共产党""红军"是穷人的队伍，心里一阵高兴，连忙说："谢谢您救了我！"那人说："不要说谢，咱都是穷苦人。你是哪里人？"麦子说他是大青山青峰镇的人。麦子将自己的遭遇叙说一遍，又问："这是哪里？离江南还有多远？"那人说："这是大别山，离江南远着呢！请问你去江南什么地方？""什么地方？"麦子说，"俺就去江南。"那人说："江南大着呢！它不是一个城市，也不是一个乡村，长江以南方圆几千里都叫江南。你去那里，是投奔亲戚还是朋友？"麦子说："也没亲戚，也没朋友。听说那里富，饿不死人。俺去要饭。"那人笑了笑说："原来是这样。你再走十天半月也到不了江南，到了长江边你也过不了江。那江水几里地宽，路上你不饿死，也得淹死。"麦子怔住了，原来江南那么远。他感觉自己去不了江南，与其饿死在路上，还不如跟他们去当兵。于是他怯怯地问："我跟您当兵中不？"那人说："这我得问问首长，我只是一个炊事班长。"那炊事班长去请示首长，麦子慢慢地喝着那碗汤。

不一会儿，那炊事班长领来一个30多岁的人，那人穿着银灰色的军装，腰间的皮带插着一把盒子枪，到膝盖的绑腿齐齐整整，脚上的草鞋被一根麻绳捆在脚面上。那人身板笔直，气宇轩昂，来到麦子面前面带微笑地上下打量着麦子。麦子急忙站了起来，不知说什么好。那炊事班长介绍说："这是我们邵团长。"麦子结巴着说："我，我叫杜麦子。"邵团长笑着问："你想当兵？"杜麦子点了点头。"那好啊！你先跟崔班长做做饭吧！"麦子嘟哝着说："我，我不做饭！"杜麦子低下了头。"哈！这小伙子还挺倔强！你为什么不做饭？""我想跟你打仗！打地主老财！"邵团长说："好！我答应你。赵连长！"他向后喊了一声。立即有一个年轻人跑过来："报告团长。什么事？"邵团长说："杜麦子想参加咱们的队伍，就去你们连吧！"

"我自从当了新四军，就跟着部队南征北战。这八九年我打过一百多场仗，还算命大，虽然负了九次伤，但还是活过来了。"

他一边走，一边说，一边捋起袖子，一边掀起浓密的头发，露出胳膊上的三块伤疤和头上的两块伤疤。

"麦子叔，你给我讲讲你打仗的故事吧。"雷生说。

465

麦子说:"这九块伤疤就是九个故事。要是叫老郝编成鼓书,半个月也唱不完。"

进了东凹,走在村中的土路上,杜麦子一边走一边看着这个离别了将近十年的村庄。"唉!还是老样子。"村街两旁依然是破旧的土墙屋,屋顶的茅草依然早已朽烂,两条骨瘦如柴的狗蜷缩卧在草垛边的乱草上,有气无力地将头趴在前腿上,见了人也只是懒倦地发出两声呜呜的呻吟。

来到杜麦子老宅前,他立刻热泪盈眶。哪里还有家?那两间土墙草屋早已塌了,一圈半截土院墙围着的院里是一片碎草末,几根细细的檩条埋在碎草中若隐若现,几只鸡在那碎草堆上不停地啄食,只有那棵老枣树还举着几根虬曲的秃枝。

刘天福说:"你还是先住镇办公室吧!等盖好了房子再搬回来。"

"舌头"跑到那堆垃圾上去撵鸡:"去!去!别再啄了!你们不看主人回来了吗?"

人最伤心的是没了家,没了亲人。杜麦子久久地凝望着他的"家",娘和妹妹的身影在他脑海里闪现着,泪水不由自主地流了满面。

他在宅院里站了许久,心情平静下来后,抹去脸上的泪水,说:"我到林里去一趟。十年了,我没给娘烧一张纸。"

刘天福说:"你去吧!我在清风楼等你。"刘天福回了清风楼,雷生和"舌头"及一群看热闹的孩子跟着杜麦子去了村后林地。

一片荒坟上枯草摇曳,几只乌鸦蹲在几棵柏树上不停地叫。杜麦子来到娘的坟前,"扑通"跪在地上,"娘!麦子回来了!"说着便"呜呜"地哭了起来。"舌头"看到杜麦子跪在坟前痛哭的样子,也擦起眼泪。雷生急忙打开麦子带来的几刀火纸,放在杜麦子面前。

"舌头"说:"麦子别哭了!给老人家烧烧纸吧。"说着将一盒火柴递到麦子手上。

麦子用袖子抹去了眼泪,擦火点燃了纸钱。他一边用一根树枝拨拉着燃烧的纸一边祷告:"娘!您拾钱吧!儿子给您老送钱来了!"纸钱燃尽了,杜麦子又磕了四个头,然后站起来对着娘的坟头说,"娘!我知道你和妹妹都死得冤,儿子一定给你们报这个仇!"

回到清风楼,凤仪和沈灵芝已经帮助刘天福拾掇出两间屋,铺上了床。王石头将自己的背包打开,将褥子和被子铺好,又帮凤仪把杜麦子的被褥铺上。沈灵芝说:"这回该叫你王书记了。你和麦子两个人也不值当做饭,就搭俺的伙吧!"王石头双手一拱说:"那就麻烦嫂子啦!""麻烦个啥?不就多添两碗水多放两双筷子吗?"灵芝笑着说。凤仪说:"我给你们擀面条吃。""当年没少吃你家的面条!"王石头接着又说起当年在青峰镇没少受沈家帮衬的话。

第91章 心 鬼

　　常说：捎东西能越捎越少，传话能越传越多。杜麦子在给他娘烧纸时说的话传到孙龙跃耳朵里就成了孙龙跃害死了巧儿和他娘，杜麦子发誓报仇，不枪毙孙龙跃就不算毕。当然，杜麦子没点名道姓，可在众人嘴里就加上了自己的猜测。话越传越多，尤其是"舌头"在饭场里说这番话时，有意无意地将十年前发生的事又加上了后来听到的一些传言和揣测，说得有鼻有眼活灵活现。再经多人传说，到孙龙跃耳中就成了杜麦子要报仇杀孙龙跃了。

　　孙龙跃觉得大限来临，只有死路一条了。孙龙跃越想越怕，吃不下饭也睡不着觉，只是一袋烟接一袋烟地抽，直抽得满屋烟雾缭绕，雾气腾腾。杏花问他咋回事，有啥事儿这么作难？孙龙跃也不回答，只是抽烟。杏花想老头子一定遇到了过不去的坎，她想帮丈夫消除心中的愁闷，可无论怎么问，老头子就是闭口不言。孙龙跃没法说也不能说，那是他心上的一块无法见人的伤疤。他后悔自己不该做那事，害死了一个年仅16岁的女孩。他打过自己的脸，他在心里骂过自己，可世上没有卖后悔药的。一时的冲动就能引起终生的祸患。

　　杜麦子走了以后，他心里渐渐忘记了当年的那些事儿。可现在杜麦子回来了，又当上了镇政府的干部，他感觉天就要塌了。前两天他还在侥幸地想，也许杜麦子没啥证据，不会对他怎么样。可如今杜麦子指名道姓要找他报仇，要枪毙他，他如坐针毡，如坠悬崖，他感到绝望。他想象着杜麦子怎样整治他，是闯进他家开枪打死他？还是游行示众？还是拉到大青山下的乱葬岗枪毙？他越想越怕。老婆杏花见问他什么他都不说，心里甚是着急，毕竟老夫老妻几十年，她不忍心看着丈夫这样，于是她就到街坊邻居那儿去打听，试图揭开丈夫心中郁闷的谜底。可那些平时总爱说东家道西家翻嘴扯舌头的女人见杏花打探她家老头子的事，都说不知道，或者望见杏花就躲开。

　　牵涉到人命的事儿，谁也不敢把道听途说的话告诉杏花。杏花知道"舌头"爱学话，可阴差阳错，杏花登了三次"舌头"家门，"舌头"都不在家。孙虎娘是个胆小怕事又老实巴交的女人，论门次，孙龙跃是孙家老大，她称杏花

"大嫂子"。杏花到孙虎家找到孙虎娘，问到孙龙跃的事儿，孙虎娘一开始不愿说，吞吞吐吐的，杏花从孙虎娘的表情中看出她知道些什么，于是就家长里短地唠，说咱都是一家人，都姓孙，困难时没少帮衬孙虎娘，又说到子盛与孙虎、孙豹如亲兄弟，吃个蚂蚱也从不少给孙虎一个大腿。

孙虎娘被说得心动了，觉得不说实话对不起大嫂，于是她就开了口："这话本不该说，也不知真假，但你一再追问，我就告诉你吧。"她就将这几天镇上的传言告诉了杏花。杏花一听，头皮就炸了。这事丢人不说，这可是一条人命啊！杏花一路往家走，一路在心里骂："孙龙跃！你真是个混账！家里有老婆，你啥时候想办那事儿，我从来没拒绝过你，你咋还办那禽兽不如、缺德、丧良心、害死人的事儿？"回到家，她见到孙龙跃就两手一起在孙龙跃身上又拍又打。孙龙跃见杏花又哭又骂又打，这是她一辈子都不敢也从没做过的举动。他心里明白，杏花已经知道了他的事儿。

他冷静下来，任杏花打骂，任杏花打够了，他说："他娘。"青峰镇人一般夫妻之间的称呼都是对应孩子称"她（他）爹""他（她）娘"。"我对不起你！你让我去死吧！"说着，起身抓起一根麻绳就往外走。一听孙龙跃要去上吊，杏花急了，毕竟老夫老妻大半辈子，再错也是自己的男人，他死了自己怎么过？杏花急忙冲上去，死死抓住孙龙跃的胳膊，哭着说："他爹，你不能死啊！你死了我咋活啊！"孙龙跃挣了几挣没挣脱，说道："叫我去死吧！我上吊总比被他们枪毙强！"杏花死死抓住孙龙跃的胳膊哭得瘫坐在地上。

泪水能冲开心结。此时，杏花心软了，孙龙跃心也软了，二人停止了挣拽。杏花哭着说："他爹！你别死了！你出去躲躲吧！"孙龙跃本来也不想死，只是一时吓昏了头。听到一个"躲"字，他心中的乌云炸开了缝。是啊，不能死，两个孙子让他留恋，玉梅、尚进两个孩子没了娘，他如果死了，孩子怎么办？再说，杏花跟他一辈子当牛做马，他从来说一不二，自己死了撇下她一个人怎么过？说到"躲"，也是一条路，躲个三年两载，谁知道又是啥形势？也许子昌、子盛有了出息，他就没事儿了。可是往哪儿躲？他犯了难。杏花见丈夫不再挣脱，知道他心动了，就说："你到山里躲躲吧！去找子盛。"孙龙跃恍然大悟，自己真是糊涂了，咋没想到这一招？子盛在山里，手下还有许多人，到那儿去找儿子，也许能躲过这一劫。

定更时分，孙龙跃揣着杏花给他炕的两个锅盔走进了大青山。他翻山越岭来到黑风口，见到了二儿子子盛，将事情缘由诉说了一遍。当然他不能和儿子说他强奸了巧儿的事，只说杜麦子怀疑他，要枪毙他的话。孙子盛听杜麦子凭空猜测，便要报复孙家，立即火冒三丈，咬着牙说："我弄死这小子，省得他再……"

孙龙跃急忙摆手止住了子盛的话。他说："唉！害人之心不可有，防人之心不可无。"孙龙跃毕竟读过不少书，经过不少事，对于杀人之事他不希望发生。他心里对这几十年阴晴变化、时事往复有自己的见解。局势如夏天的天气，现在狂风骤雨，也许一会儿又会烈日当头。你今天杀了一个杜麦子，也许明儿就会有人灭你全家。他说："这事儿先过一段时间再说吧。我先在这儿躲几天，看看动静。我想你哥是共产党，是县教育科长，要怎么着我，他们也得考虑考虑。"

孙子盛将爹安置在黑风洞，每天茶饭端到面前，可孙龙跃却过不惯这样的生活。饭菜比家里还差，有时馍也没有，只能喝上两碗糊涂。孙龙跃说："你们就过这样的日子？"

孙子盛说："爹！你忍忍吧！现在是共产党的天下，我们也不敢下山抢粮，各村都有民兵，他们还都有枪。"

孙龙跃说："那你们投降共产党算了，他们优待俘虏。"

孙子盛笑着说："啥？投降？我们这些人都有人命在身，共产党会饶了我们？"又说，"放心吧爹！蒋委员长不会饿死我们，他还要靠我们光复呢。"

"蒋委员长知道你们？"孙龙跃有点不解。

孙子盛说："我们是大青山'反共救国军'，表叔是司令，黑三是副司令，我是参谋长。我们都是蒋委员长亲自任命的。"说着他从包里掏出一张纸，孙龙跃接过看了，那是蒋委员长亲自签名的"委任状"。

孙龙跃说："可是国军都跑到江南去了。他们都已自身难保，还顾得了你们？"

孙子盛笑着说："我们就是蒋委员长安放在共产党肚里的炸弹，一旦时机成熟，我们就炸他个四分五裂，天下还是我们的！"

正说话间，一阵震耳欲聋的轰鸣从天空传来，孙龙跃害怕地惊呼道："飞机！飞机！……"一边说一边就要往山洞里钻。

孙子盛一把拉住了他："别怕！这是蒋委员长给我们送粮的。我们有吃的了！"

这时只见飞机在空中盘旋一圈之后，从飞机上掉下一个东西。不一会儿，那东西撑开一个伞，伞下吊着一个大包，那伞和包慢悠悠地落下来。那些兵匪纷纷跑向那大包要掉落的方向。

一会儿，那些兵匪扛着几袋粮和一捆步枪走过来，孙龙跃有点惊讶地说："蒋委员长还真想着你们呢！"

孙子盛沾沾自喜地说："那可不！他还指望我们为他光复中原呢！"然后他附到孙龙跃耳边说，"共产党的江山坐不稳！我们这些枪可不是吃素的。将来国军再打过来，我们里应外合，天下还是我们的！那清风楼还是咱孙家的！"

孙龙跃在黑风洞住了十来天，虽然有儿子陪着，表哥黄三偶尔也陪他喝两盅，但他还是住不惯。洞中的潮湿让他起了一身疥，整天痒得钻心，再加上那些兵匪整天骂架打架，弄得他心烦意乱。他想回家又不敢，怕杜麦子找他麻烦。心里有事儿就怕鬼敲门。

正在他度日如年之时，突然，在一天晚饭后两个兵匪押来一个年轻人。孙龙跃定睛一看，那是孙虎。孙虎告诉他，说杜麦子要报仇要枪毙他是假的，那是传话传多了，杜麦子只说报仇，并没说要枪毙孙龙跃的话。

孙龙跃仍然心有余悸，毕竟是心虚，问道："你听谁说的？"孙虎说："是大娘亲口告诉我的。你走后，大娘去找了刘天福。刘天福说，杜麦子从来没说过这样的话。刘天福还说共产党讲证据，不会凭传言就治一个人的罪，更不能随便枪毙一个人。况且你们家还是军属。"

孙龙跃问："你来干啥？"孙虎说："是大娘让我来叫你回去。"

孙龙跃心中一块石头落了地，第二天就随孙虎下了山，回到了青峰镇。

第92章 破 冻

　　青峰镇中学开学的那天，是农历二月十八。刘天福说："青峰镇办中学，这是咱镇破天荒的大喜事，得选个双头日子，吉利。"那天，青峰山漫山遍野的野桃花竞相开放，空气中弥漫着浓浓的花香。开学典礼在寺门外的一片不大的开阔地上举行。一块红布条幅挂在寺门上方，上面写着一行宋体字"青峰镇中学开学典礼"。刘天福和杜麦子将一块披着红绸的木牌挂在寺门旁东面，上面的字被红绸遮掩着。新来的陈老师、吕老师和同学们一起排成三排，当青灯师父也就是校工陈新运将一挂爆竹挂在一棵小树上的时候，镇党委书记王石头陪着县委郝书记、县教育科长孙子昌走上山来。大家立即鼓起掌来，在热烈的鼓掌声和鞭炮声中郝书记和孙子昌揭下了那木牌上的红绸。木牌上写着五个大字"青峰镇中学"。郝书记的讲话令人心潮澎湃。他说："各位老师、同学们，今天是个大喜的日子，因为我们青峰镇中学开学了。过去，我们为什么受八国联军欺辱？为什么一个小小的日本国也敢来欺辱我们？因为我们文化落后，教育落后。没有一个强壮的身体，没有一个有文化的头脑，我们只能受人欺负，受人侵略。我们愿意做亡国奴吗？"

　　大家齐呼："不愿意！"

　　"现在我们青峰镇办起中学，上级又给我们派来了最好的老师，陈老师和吕老师都是古城师范的高才生。希望大家好好读书，多学文化知识。新中国就要成立了，建设新中国需要有知识有文化的年轻人，将来你们都是国家的栋梁。学习好了，你们中间也可能出县长、省长、将军。大家有信心吗？"

　　同学们一齐高呼："有！"

　　郝书记的讲话如一阵春风吹得人们心波荡漾。而最高兴的还是孙玉梅，父亲的到来及父亲的身份使她自豪和喜悦，她的眼睛亮得如两颗星星，脸上的笑容如桃花般灿烂。典礼结束后，她跑到父亲跟前，拉着父亲的手，高兴得两眼盈满了泪水。孙子昌抚着女儿的肩膀说："玉梅，愿意跟爸爸进城吗？"孙玉梅没有马上回答，转脸看了雷生一眼。这一眼被杜鹃看到了，她不屑地"哼"了一声，转身就走了。

陈新坤老师教国文和历史，吕萍老师教算术和地理。两个新老师教学风格与赵先生完全不同，不再摇头晃脑，不再打戒尺板。陈老师不爱说话，平时沉默寡言，没事了就抱着书看，可讲起课来却滔滔不绝、绘声绘色、引经据典、脱口而出。他讲《岳阳楼记》，讲得那洞庭湖的风光如在眼前，当他讲到"先天下之忧而忧，后天下之乐而乐"时，大抒情怀："好男儿应志在四方，以天下为己任，为黎民百姓造福。"他还讲了毛泽东儿时离家求学时给他父亲留下的一首诗："孩儿立志出乡关，学不成名誓不还。埋骨何须桑梓地，人生无处不青山。"

他还讲了岳飞的故事、郑板桥的故事、鲁迅弃医从文的故事，讲得大家热血沸腾，立志报效祖国。而吕萍老师天性活泼开朗，爱说爱笑，闲时总爱唱几句豫剧，《花木兰从军》《穆桂英挂帅》等。她教算术不再是那些珠算口诀："三一三剩一""四下五去一"之类，她除了教乘法口诀、列式运算外，还教一些日常生活中的算术知识，如土地面积的计算、体积的计算等。讲面积的计算时，她就带学生走出学校，去实际丈量一块土地的面积或一间房屋的占地面积；讲体积的计算时，就让学生丈量寺院门外几棵松树的体积，去测量一口井有多少水。她的课讲得通俗易懂，生动形象，学生们饶有兴趣。

校工陈新运也像变了个人似的，不再坐禅、敲木鱼、念经，而是干完杂活就悄悄坐在教室最后一排跟着听课。他很认真，常用指头在腿上写字。陈新运的变化不仅是因为时代的变化、命运的改变，还因为刘天福对他的关心和政府对他的关怀。

刘天福整天为他操心说媳妇，先说了杜鹃的娘，杜鹃娘不同意，她觉得嫁给个和尚脸面上过不去。刘天福后来又给他介绍了赵武的嫂子，赵寡妇年轻时虽有些风言风语，但这些年却没啥。刘天福说新社会了，寡妇改嫁、和尚还俗是政府提倡的，不丢人！再说了，两人年龄相当都50岁了，老了得有个伴，头疼脑热也好有个人照应。赵寡妇年纪轻轻就守寡又无儿无女，吃尽了一个人单独生活的苦楚，就答应了。刘天福做媒，二人商定，收麦后就办喜事。陈新运生活有了奔头，有了信心，有了希望，所以精神焕发，工作积极主动。寺院里里外外整天打扫得干干净净，教室里一尘不染。学生一到校一锅开水就烧好了。真是人逢喜事精神爽，枯木逢春也发芽。

往往在一个古老的地方，祖先遗留下来的风俗习惯乃至道德规范会亘古不变，可一旦有外人进入，一些古老的习俗就会在不知不觉中发生改变。陈新坤老师和吕萍老师来到青峰镇之后，就使青峰镇人的传统道德规范发生了很大变化。

以前，男女授受不亲，女人不出三门四户，男女婚配也是父母之命媒妁之言，往往入了洞房双方才认识。以前读私塾，没过过什么星期天、礼拜六，先生说有事，不让学生来学生就待在家里，不管一天两天、三天五天先生说了算，有时连续月余，天天到学堂念书。陈、吕二位老师来了以后，学校只上六天的课，到第七天就不再上课，叫过星期天。

最大的改变是男女之间的事。陈新坤和吕萍老师都是古城师范毕业的，他们俩是同学又是恋人。虽性格有些不同，但每到星期天学校不上课，二人便肩并肩地到镇上走动，或者买些菜蔬，或买些日用品，或什么都不买，纯粹是闲逛。他们肩并肩一路来一路走的情形，一开始镇上的人们还不理解，还看不惯，一些老年人会指着他们的脊梁说"成何体统！世风日下！"之类的话，可在年轻人的心里却觉得新鲜，让人心生羡慕。本来传统观念的堤坝在这些年轻人心里还没筑牢，一阵时代的狂风巨浪便把那堤坝冲开了。结婚的事不再只是父母之命媒妁之言，一对相亲男女双方私下就开始偷偷约会了，有的两人看对眼也不再听凭父母之言，而是私订终身。

雷生和玉梅也到了谈情说爱的年龄，十六七岁正是对异性充满好奇又互相吸引的阶段。在课堂上雷生时不时会接收到一道目光，那目光有时只是一瞟，却让他心悸、让他头晕、让他心仪神飞，让他对黑板上的字和老师的话视而不见、听而不闻。那是孙玉梅的目光，那目光究竟是什么呢？雷生找不到一个合适的词语来形容它、概括它。

一天，孙玉梅的那道目光又射向了雷生，恰恰被杜鹃看到，雷生正被那道目光看得魂不守舍。突然，一张字条被一只白皙的手推到他面前。雷生急忙把字条攥在手心里，唯恐被别人发现，悄悄把手滑到桌面下，在两腿间悄悄展开，只见字条上写着一行隽秀的字："小心蛇！"雷生吓得一下子跳了起来，他以为脚下有蛇。雷生自小怕蛇，看见蛇就害怕。小时候和母亲下地割草，不小心抓到一条青蛇，那蛇冰凉，一下子缠住他的手腕，他吓得尖叫，急忙用力甩掉了它，回到家大病一场。雷生的一惊一乍被吕老师发现了，她问怎么回事，这时他发现杜鹃捂嘴笑了。他明白了，一切都明白了，于是含糊地说："我的笔掉了。"吕老师说："雷生你要注意了！这段时间上课怎么总是精力不集中？"他的脸红了，低下了头说："我……我今后集中精力听课。"

第 93 章　血　吻

　　镇里来了个戏班，是县城的刘家班，唱柳琴戏。戏台还是搭在孙家大门外的大槐树下。六辆太平车并排放在一起，上面盖上门板或木板，两边各立三根大竹竿，中间高两边低，一块天蓝色的篷布罩在上边，东西北三面又围上天蓝色的布，舞台呈现一个屋状。舞台前面等距离挂四盏大红宫灯，前两角各挂一盏汽灯。天一黑，那汽灯便点亮了，发着"咝咝"的响声，照得大槐树前的广场亮如白昼。镇上的人们早早地吃了晚饭，带着方凳、条凳、竹椅挤在大槐树前面的广场上。镇外乡村的人没带板凳便站在外围。那天唱的是《梁山伯与祝英台》，演梁山伯的是闻名遐迩的名角，那俊美的扮相和优美的唱腔，使人们听得如痴如醉。

　　那天，雷生一手搬一方凳老早就放在了台前的中间位置占了座位，他把奶奶和娘安置坐下后，便退到外围站着看。开戏时外围人很密，雷生看不见舞台，想钻空挤到前边去，可人挨人、人挤人，怎么也挤不进去。他正犯愁，突然衣服被人拽了一下，回头一看，是孙玉梅。她大胆地拉了一下雷生的手，示意雷生跟她走。平生第一次被女孩拉手，那又温和又柔软的感觉一下子俘虏了他。他看了一下周围，见人们都伸长脖子在看戏，没人注意，就悄悄地跟玉梅离开了戏场。

　　孙玉梅家的大门在背影处，炽白的汽灯被看戏的人遮住了。她悄悄打开锁，轻轻推开门。此时雷生的心"咚咚"乱跳，生怕被人看见。他正犹豫着进不进门，孙玉梅一把把他拉进了刚刚闪开的那道门缝。她又轻轻关上门，推上门闩，反身一把抱住了雷生。他俩紧紧地抱在一起。她温热的胸脯，富有弹性的乳房紧紧地挤在雷生的胸脯上。雷生心跳加速，头发蒙。当那带有少女的清香而又湿软的嘴在他脖颈上亲吻时，雷生再也抑制不住自己，立刻将嘴迎上去，初吻的激动，使他们不能自已。二人迫不及待用力相互吮吸着。当雷生将舌头伸进她温热而又有点甜蜜的口中时，雷生将舌头尽力伸进她的口腔深处，这时她的口鼻中发出一阵快乐的呻吟。他们抱得更紧了，彼此吮吸舌头的速度更快更力了。雷生觉得自己像一个蒲公英在空中飘呀飘呀，一直飘飞。

人的一生中，高兴与扫兴、快乐与痛苦、喜悦与烦恼总像一对双胞胎，这个来了，那个很快也会降临。

当雷生和孙玉梅正沉浸在爱海蜜云中时，突然大门被拍响了。他俩立刻惊呆了，急忙放开了拥抱的手，各自整理一下衣服，用手理一下头发。孙玉梅走上前去拉开大门，进门的是她弟弟孙尚进。孙尚进一见雷生和他姐姐在一起，当胸给雷生一拳，一边打一边喊："有贼！都来抓贼！"这一声喊，立即有一群人冲进门来，雷生还没回过神，便被孙尚进一脚踹倒在地，随之一阵雨点般的拳脚便落在了他头上身上。

雷生没想到，此时正是煞戏的时候，跟随孙尚进走进来的都是孙氏家族的年轻人。孙玉梅着急地喊道："别打了！都别打了！不是贼！他是雷生！"

孙尚进说："我打的就是他！都给我狠狠打！"孙玉梅扑到雷生身上护住他，其他人才都住了手。孙玉梅从雷生身上爬起来又伸手拉起了他。孙尚进又迎面给了雷生一拳，尽管那一拳被孙玉梅挡了一下，但还是打在了雷生的鼻子上，他立即感到有一股热流从鼻孔中流出。

这时孙龙跃走了进来："咋回事？"听戏的人正在散去，炽白的灯光照进来，孙龙跃见雷生满脸是血，又问："咋回事？"孙尚进气愤地说："滚！"孙玉梅一推雷生的胳膊："快走！雷生哥！"雷生趁势挤进涌来的人群中落荒而逃。

孙龙跃尚不知怎么回事，以为又是孙尚进胡闹惹事，厉声喝问："咋回事儿？"

孙尚进气愤地说："你问她。不要脸！"

孙龙跃说："我问你！"

孙尚进说："问我？是她干的好事儿！"

"啥事儿？"爷爷穷追猛打。孙尚进只好说："我回来开不开门，隔门缝一看，她和雷生那小子抱着亲嘴。真不要脸！"

孙龙跃一听，气得头皮炸起，抡起巴掌狠狠地抽在孙玉梅脸上。

孙玉梅被打愣了，一手捂着火辣辣的左腮，泪水立即滚了下来。玉梅呆愣片刻之后，突然大哭一声，发疯似的跑出门去。

孙龙跃对孙尚进大吼道："还不去把她抓回来？"

孙尚进固执地说："叫她死去吧！丢人现眼！"

孙龙跃气得一脚踹在了孙尚进屁股上："快去追！"孙尚进只好走出门去。这时孙玉梅的奶奶搬个板凳正要进门，见玉梅哭着跑出去，急忙一把抓住玉梅的胳膊："咋啦，玉梅？"

玉梅挣脱奶奶的手，跑走了。这时孙尚进和孙龙跃正跑出门来。孙龙跃对前边的人群大喊道："抓住玉梅!"

街坊见玉梅发疯似的向外跑，几个年轻人跑上前抓住了玉梅。

玉梅被爷爷锁在西厢房里不让出门，杏花搬个板凳坐在门口，一会儿从门缝里看看，怕孙女想不开寻死上吊。她哭着隔着门劝说了三天，孙玉梅睡在床上三天没动，从窗户送进去的饭菜也一口没动。到了第四天，杏花再也坐不住了，她对孙龙跃说："你开开门吧! 这都四天了，玉梅不上吊也快饿死了。孩子自小没娘，把她拉把大容易吗?"

孙尚进直抽烟不吭气。孙尚进却火上浇油："放了她，她还得去找那小子。"杏花急了，找了把斧头去砸锁，孙龙跃也不制止，他心里也乱得很。

孙尚进拉住奶奶不让砸门，杏花瞪起双眼说："尚进你再拉我，我就砸烂我自己的头!"孙尚进也不好再拦。

"当当"几下，砸开了锁，杏花推开门扑到玉梅身上大哭起来："玉梅呀，你起来吧!"玉梅没动。她用手摸了一下玉梅的额头，那额头热得烫手。杏花大喊道："老头子，玉梅病了!"

孙龙跃闻听，跑进屋来，也用手摸摸玉梅的额头："玉梅! 玉梅! 你醒醒!"玉梅烧得昏昏沉沉，已不能说话。杏花哭喊着："快去请先生! 快去请先生!"

孙龙跃匆匆忙忙去请先生。杏花急忙端来一碗热水，一勺一勺地喂孙玉梅喝下。半天后，孙玉梅才醒过来。她喝了两天汤药，烧仍未退下，又添了咳嗽，一咳嗽起来就难以停下，并且浑身出汗，又喝两服汤药仍不见好转。杏花急了，让孙龙跃再去请先生，先生号了半天脉，说："这病可不轻!"

杏花问："玉梅得的是啥病?"先生说："看这症状像肺痨。"

肺痨?! 孙龙跃和妻子一下惊呆了。这病可麻烦，没有人能治好。杏花哭着求先生说："您一定得想办法救救玉梅，这孩子自小没了娘，太可怜了!"

先生说："这病喝中药效果不大，要想治好得去县里找大医院，听说什么西林能治这病。"

孙龙跃急忙去找刘天福，让刘天福想法子通知儿子子昌，接玉梅去大医院看病。

孙玉梅几天没来上学了，雷生很担心，担心她受不了弟弟孙尚进那"不要脸，丢人!"之类的侮辱，担心她受不了孙龙跃的逼迫，担心她本来就纤弱的身体经不起这次风波的打击。

在青峰镇这一带，女人最大的耻辱就是被人说不贞不洁，骂女人最狠的话就是"不要脸!"

雷生吃不下饭，睡不着觉，听不进课。他担心玉梅受不了精神上的折磨和打击。睡在床上，他满脑子都是玉梅，一幕幕想象的情景在脑海里交替出现：玉梅躺在床上脸色苍白，奄奄一息；玉梅将一根麻绳搭在房梁上，把头伸进绕好的绳套里；玉梅发疯似的奔跑，来到青龙潭，一头扎进去……

他时常被梦境吓醒。几天以后，雷生再也忍受不了担心和害怕，对娘说："我要去看看孙玉梅。"娘的眼一瞪："这孩子！你疯了？你进得了孙家？腿给你打断你也见不到玉梅。再说，孙家正在气头上，不会让你进门，你去了反而害了玉梅！"雷生像热锅上的蚂蚁，心急如焚，几天吃不下睡不着，脸色苍白泛青，课堂上双目无神，心不在焉。杜鹃时不时地看雷生一眼，脸上呈现出痛苦而无奈的表情。

雷生无计可施，无可奈何，无法诉说。终于有一天，他憋不住了，那天放学后他没马上走，在教室里待了一顿饭的工夫。他想了个办法，让杜鹃代他去看看玉梅的情况。可杜鹃已经走了，教室里只有他自己。主意打定，他便匆忙走出学校，准备去找杜鹃，走到半山腰，见杜鹃一个人站在路边，他说："你咋还没走？"

杜鹃笑了笑说："你装傻？"雷生头脑一下子清醒了。这几天杜鹃都在半路等他，陪他一块儿下山。他知道杜鹃的心思，她担心雷生一个人走路。雷生也朦胧觉得杜鹃喜欢自己，可他心里只有孙玉梅。

他俩默默地走着，谁也不说话，可雷生心里乱得很，如一团乱麻。玉梅情况怎么样，他急于想知道，他想让杜鹃去看看，可又张不开嘴，他知道杜鹃讨厌孙玉梅。走到下山的路口，雷生憋不住了，嗫嚅着说："杜鹃，我……我……"

"雷生，有啥你直说！"杜鹃是个直性子。"我……我……"他想说出心里话，可又怕杜鹃生气，他犹豫了许久，矛盾了许久，最后终于说出半句话来："我想求你……"

"别说了！我知道你想说啥！下午我就替你去看孙玉梅。"说完一扭头走了。杜鹃猜中了他想说的话并答应下来，他很高兴，很激动，也很惭愧。他对着杜鹃的背影喊："先谢谢你！"杜鹃没回头，但他看见杜鹃抬起右手抹了下眼。

杜鹃去看孙玉梅，雷生心里真高兴。晚饭端上来他先没吃，本来看到奶奶炒了鸡蛋，又蒸了碗他最喜欢的大青河的河虾与粉条辣椒掺和的面酱，就有了食欲，可他没吃，他要等杜鹃过来一起吃。等人的时候总感觉时间过得慢。他站在当院里不时向门外张望，盼望杜鹃快点过来。沈灵芝和青枝已催了他四次："快吃吧，饭都凉了！"开始他还答应一声，后来就不耐烦了，干脆装没听见，不回答。

天黑了下来，青枝点上了油灯，杜鹃还没过来，雷生心里已有些烦躁了。当星星布满天空的时候，杜鹃总算过来了，他急忙迎上去问："玉梅啥样？"杜鹃没回答，径直走进屋里。灵芝急忙跟杜鹃打招呼。青枝说："饭菜都凉了，我去热热。"

灵芝问："玉梅啥样？"杜鹃说："她爷爷把她关了四天，四天她滴水未进。第五天，她奶奶砸开门，才发现孙玉梅病了，请郎中看了看，说玉梅得的是肺痨。"

"肺痨？"灵芝和雷生娘都很震惊。

沈灵芝说："这病可麻烦！"雷生也惊呆了，玉梅咋得了这病？他心里很痛苦，很后悔，很担心。这都怨自己！

"她吐血了，我来时她又咳了一口鲜血。"杜鹃说。

雷生娘也忧郁地说："这病可麻烦！"

"那郎中说，中药效果不好，他让玉梅到城里大医院去治，西医可能有办法。"

雷生再也控制不了心中的悔恨和郁闷，一拳头砸在饭桌上："这都怨我！"

杜鹃抬起头看着雷生说："咋能怨你？要怨只能怨孙家自己！谁叫他们把玉梅关了几天！你也别太自责！她爷爷已经托刘天福给她爹捎信，让她爹接玉梅去城里治病了。"

青枝热好饭菜端上来，雷生又没了胃口。杜鹃看雷生吃不下，她也就没吃走了。临出门，她将一张叠好的字条悄悄塞到雷生手里。

雷生回到房间，点上灯，慢慢展开那张纸，上面是孙玉梅用小楷写的一首诗，诗的右下角是一朵绽开的红梅，红梅的花心呈暗褐色，这时雷生突然发现，那梅花是一滴血，花瓣是用红颜料添加上去的，血凝固后使宣纸有点发硬。他的泪水不由得流下来。

泪眼蒙眬中他似乎看到玉梅在一张纸上写着什么，她不停地咳嗽，咳出的血溅到纸上，她急忙找来红颜料，用毛笔蘸上水，将颜料化开，在那滴血的周围画上花瓣就成了一朵红梅。那纸上是一首诗：

> 黄花玉蕊雪掩羞，暗香浮动满经楼。
> 风摧梅枝花魂散，谁送纸钱到荒丘。

他从这首诗读出了玉梅的哀伤和绝望，也读出了她对自己的爱慕和期盼。雷生感到悲伤又无奈。这病为什么降临到玉梅的头上？老天爷为什么要残害一个好人，一个善良纯洁的少女？玉梅要走了，要进城治病，她还能不能回来？雷生有点害怕，怕她一去再也回不来。他要去见玉梅，这也许是最后一面。

他悄悄出了屋，走出大门。他一定要去孙家找玉梅，哪怕他们打自己一顿，他也要去见玉梅一面。他一路走，一路想着进孙家的办法。走大门，他们不会给自己开门，即使开了门，他们也不会让自己进屋，或许还会遭到孙尚进的拳打脚踢，可挨了打也见不到玉梅，还会给玉梅造成伤害。翻墙进孙家，孙家西墙处有一棵槐树，碗口粗，爬上树跳进院子就是玉梅住的西厢房，敲三下窗玉梅就会开门，见到玉梅即使被发现了挨顿打也值得。人常说色胆包天，雷生此时就是这样。不管怎样都要见玉梅一面。他边想主意边往西街走。谁知天不遂人愿，雷生刚到孙家大门外的大槐树前，就看见孙家大门外停着一辆吉普车，就是上次县委郝书记来时坐的那辆。雷生正疑惑郝书记来孙家干什么，就见玉梅的奶奶扶着玉梅走出大门上了吉普车。

雷生马上意识到那车是来接玉梅的。他加快步伐上前走去，可那吉普车"轰"的一声开走了。车灯照亮了街道，照亮了街两边的房屋。一条狗在炽亮的灯光里"汪汪"叫着却不敢靠近。"玉梅！玉梅！"雷生边喊边去追那汽车，可那吉普车还是飞快地驶去了。

雷生追了一段路没追上，累得喘不过气来。看着渐渐消失在视野里的吉普车，他气愤地用拳头砸了一下自己的脑袋，为什么不走快一点！哪怕早半袋烟的工夫，也能见玉梅一面。雷生既悔恨又失望，他的三魂像被抽走了两魂。他呆呆地站在那里，直到远处传来他母亲连声的焦急呼唤，他才醒过神来，露水已打湿了他的头发和衣服。

第 94 章　命　根

谁也没想到那竟是一个多事之春。连续几天春风，大青河两岸的柳树梢头吐出一片黄金嫩芽。杏树梢头的花蕾日见膨大，野草们也耐不住寂寞竞相钻出地皮展现出一片勃勃生机。可就在杏花盛放、桃花绽蕾、万物复苏之际，一场揭地的西北风带着细雨降临到豫东大平原上。淅淅沥沥的细雨落地成冰，杏花桃蕾被裹在冰块中，各种树木也都冰挂如瀑。沈灵芝看着院中的那棵小杏树，充满忧愁地叹道："唉！真是'返了春冻断筋'。看来今年杏和桃是吃不成了。也不知今年会是个啥年成。"她虽这样说，可她还是忙着备耕的活。她从粮囤里盛了两瓢黄豆，倒进锅里，然后坐进灶窝炒起黄豆来。

雷生娘说："你咋把黄豆炒了？那是豆种。"沈灵芝一边拉风箱烧锅一边说："豆种我留下了。天一晴就该犁地了，那青驴要是不吃点粮食精料，恐怕拉不动犁子。"

那青驴是老人的宝贝，自少松把那头只有半岁的小驴驹买进家，她就像照护孩子一样照护它。粮食紧张时她宁愿自己少吃半碗，也要给小青驴多吃几口粮食，地里的活今后还要靠它呢。她没事就用木梳给驴梳毛，那驴在沈灵芝的照护下，皮毛光亮，干干净净。她常拍着那青驴的脖颈说："这地里的活还指望它哩！"

沈灵芝炒好料豆对凤仪说："凤仪，你和青枝把这料磨磨，我去换点秆草。"

青枝说："奶奶，咱不是还有麦秸吗？"

奶奶将炒好的黄豆盛进簸箕里，递给青枝说："你不懂。这驴跟牛不一样，驴吃秆草和青草，没秆草光吃麦秸就会得结症，拉不下屎。咱家秆草没了，又到春耕时节，该它出力了，没秆草咋中？"灵芝就到有秆草的人家去换草，用麦秸换来秆草喂驴。

沈家均了孙龙跃家二十亩地，又均了张富贵家十亩地。这三十亩地年前种了二十亩麦子，剩下十亩，沈灵芝说："得种三亩谷子，吃个米饭喝个米汤，秆草喂牲口。再种两亩棉花，等秋后给雷生和青枝一人套条棉裤。把河南岸那块地种上两亩高粱两亩黍子，串箆子（是做饭的炊具，用细高粱秆和棉线穿制而成，用来蒸馍、馏馍）做炊帚也就有材料了。西北老坟那块地种点青菜萝卜啥的。"老人很会过日子，杂七杂八的都种点，吃穿用不再发愁。

那场寒流过后，天气立刻就转了暖。春耕开始了，灵芝从牲口屋也就是西南角的那间柴房里牵出那头青驴。在灵芝的精心侍弄下，那青驴毛色又亮了许多，身上膘也见张，一出屋它便兴奋地嘶叫起来"昂……昂……"

农村有人总结出"四好听，三难听"。

四好听：撕绫子，打茶盅，婴儿落地头一声，新婚之夜新娘子哼。三难听：炝锅，刷锯，驴叫唤。驴叫唤虽在难听之列，但灵芝听到那青驴充满激情和活力的叫声心里很舒坦，那是她的宝贝疙瘩健壮有力的体现。待那青驴嘶叫几声后，又躺在地下打了几个滚，灵芝用扫帚扫掉青驴身上的草屑和尘土，又用木梳将驴身上的毛梳顺，才从牲口屋拿出驴套，将夹板搭在驴脖子上，又将那夹板绳系好，试了试夹板不松也不紧，才将缏套扯好了。每每套驴下地干活，她总让驴打够了滚才上套，她说，驴不打滚，不能上套干活，不打滚说明驴有病，套上干活驴就会加重病情，甚至死掉。灵芝把犁和耙放在拖车上，将驴套的挂钩挂在拖车前的铁环上，喊一声"嘚儿——"，舌头的颤音还没落下，那青驴打一个响鼻便迈开了脚步。

什么车不用油？世界上所有的车都用油，唯独拖车不用油。即使是独轮车也用油，车轴上抹上油，推起来才轻快。当那独轮车发出"吱吱扭扭"的声音，就是因为缺少润滑油。车夫们总是在车把挂一个油瓶，车子推起来沉了，车轴响了，车夫就会停下来，抽出油瓶中的麻刷子在车轴上抹点油，车子轻了也就不再响了。

拖车是古代传下来的交通工具，不怕水，不怕泥洼，有水有泥时反而轻快。它没有车轮，着地部分是两根木头，前头翘起，遇着坡岗也不挡。那两根着地的木头就像车的轮子，一般都用桑木或槐木，结实耐磨。那两根地梁上是用方木扎成的方框，犁桊放在前框的上梁上，犁托放在后框的下梁上，上面再放上耙或其他物件。一辆拖车用几年甚至几十年也毁坏不了。

据老人说，这拖车是大禹发明的，大禹四下考察水情，遇到水洼就乘坐拖车前行。拖车在牲口的拉动下在地上滑行，后边的地上便留下两道光滑的痕迹。灵芝赶着拖车，雷生、凤仪和青枝就拿着麻绳、铲子跟在拖车后边，踩着拖车留下的两道光滑的车辙走进田野。

来到地头，凤仪将耙和犁子搬下，又摘下驴套的挂钩钩在犁桊上，灵芝提起犁把，将犁铧插进土地，喊了声"嘚儿——"，那青驴便昂起头，蹬开四条腿，那犁铧便翻起一溜波浪似的新土，一股清新的泥土的芳香味道便弥漫开来。

几遭（豫东方言，计量单位。指犁地从这头到那头，再回来到这头，叫犁了一遭地）地下来，那青驴便浑身湿漉漉的，腿上的毛尖处挂着一层晶亮的汗珠。灵芝将犁停在地头喊了声"吁——"，那驴便长呼着气打了个响鼻。灵芝说："歇歇！"刚犁过的土地呈现一层一层的波浪纹，许多乌鸦和喜鹊都落在那新鲜的泥土上找犁地翻出来的虫子吃。

一袋烟的工夫过后，灵芝磕掉鞋窝里的泥土，走到青驴身边，用手捋了捋驴背，又拍了两下说："小青啊！委屈你了！可养兵千日，用兵一时，伺候你一年了，该你出力了！"灵芝虽这样说，可还是心疼她的宝贝，她对陈凤仪说，"凤仪，你帮着套吧！别一下把小青累坏了。"陈凤仪说："我准备着呢！"说着将她带来的一根粗麻绳拴在那犁子的铁环上，然后将另一端搭在自己肩上。沈灵芝喊了一声"嘚儿——"，犁铧便又开始翻起一层波浪。

太阳挂上了东南天空，沈灵芝停下犁说："今儿就犁这些吧。赶紧耙，好抓紧种上。"

"娘，我来耙，你先歇歇。我耙好后让雷生和青枝往下种。"凤仪一边说，一边卸下犁，套上耙，她先条着耙（方言。指耙地的方法，即牲口拉着带有铁齿的耙直行。而"云着耙"，是指牲口拉着耙蛇行。两种方式同时交替使用，才可以把土地耙平耙实、耙匀耙细）一遍，又云着耙一遍。耙地比犁地轻松多了，因是青沙两合土，没硬土块，耙上无须站人。那青驴在凤仪手中缰绳的牵引下，左拐左旋，不一会儿便把那刚犁的地耙得平平整整。青枝便掂起铲子刨坑。一溜笔直的小坑在她的身后延伸。雷生一手端瓢，一手将高粱种丢进坑内，然后用右脚贴着地将坑边的土填进坑内，将种子覆盖上再踩实。

谁知在种上了河南岸的那块地转到河北老林边的那块地时出事了。那天一大早，雷生和青枝还没起床，沈灵芝便独自套上青驴下地了。地里麦苗已经返青，那蜿蜒的土路上的野草丛中已有了星星点点的小野花。沈灵芝赶着驴走在湿漉漉的田野小路上，心里很沉重。如果爹和少松还活着，哪用她干这些农活？可惜他们都离她而去了。那老林就在前面，被青葱的柏树包围着。一个个黄色的土包也泛起浅浅的绿色。自少松去世后，她就对这片沈家老林有了一种难以言说的情愫，她怕来这块地方，但是又想来这块地方，因为这里埋葬着她的父亲、她的丈夫、她的儿子，她总想来这儿到父亲的坟前，到儿子的坟前和他们说说话，尤其是儿子青山去世后更让她对这块地方有了特殊的情怀。

当她昨天决定要犁这块地时，她一夜都没睡好，丈夫少松和儿子青山的身影总在脑海里浮现。当她走近林边看见那一溜三座坟的时候，她心里像吃了颗青杏,酸得泪水盈在眼眶里。她吆停了青驴,没去套犁,她走到少松的坟前,在那儿默默地站了许久,然后又走到儿子青山的坟前,青山的坟很大,用青石砌成了一个圆形的大墓,那坟上的土还鲜鲜的,不像其他坟上已长满青草,坟前石碑还那么崭新,碑前还留着清明那天她和孙子雷生来上坟时烧过的纸灰。老人一手抚着那石碑,一边流着泪水说:"青山啊!在阴间好好照顾你爹和你爷爷,好好保佑雷生和凤仪,让他们都平平安安!"沈灵芝流了一阵泪,祷告了几遍,然后撩起衣襟擦去脸上的泪水,转身去套犁。

她把犁子搬下拖车放在地上,拉起驴套的挂钩去挂犁,可怎么也挂不上。这时她心里想,是不是青山或少松显灵不让她干这农活,心疼她?可是,雷生小,没干过农活,凤仪虽很勤奋啥都干,可这犁地的活她没干过,如果留有犁不到的生地,庄稼就长不好。她从不让凤仪犁地,有时只让她耙耙地或种庄稼。她摸索了许久,还是挂不上。这时她突然发现,原来缺少挂在犁桊上的铁环,那叫搭钩。她暗自笑了,这不是少松和青山显灵,而是自己忘了拿搭钩。她把青驴的缰绳拴到柏树上,然后拍拍青驴的背说:"你先歇会儿,我回家拿搭钩。"

当灵芝回家拿了搭钩回到老林边,她大吃一惊,拖车、犁都在,驴套也在,但驴不知道去哪儿了。她开始想那青驴可能是去啃草了,可转而一想,不对!那驴是她拴在柏树上的,系得很结实,驴自己拉不开,再说那驴套是套在驴身上的,怎么会丢在地下?这时她害怕了,肯定是贼把青驴偷走了。蹄印自林前向西去了,旁边还有几个大脚印。她急忙循着驴蹄印向西追。这青驴可不能丢了,这犁地、耙地、拉耧、拉庄稼、打场、磨磨全指望它呢!没了驴这庄稼咋种,日子咋过?她踮起脚加快步伐深一脚浅一脚地往西追。当她走进大青山脚下的那片树林,她一下子惊呆了,十几个穿国军服装的人,正推着、拉着、打着那青驴往山上走。那头青驴不愿往前走,一直往后退。几个人就用树条和枪托狠命地打驴。

沈灵芝大喝一声:"别走!那是俺的驴!"

那几个人停下,看只有沈灵芝一人,一个戴大檐帽的人"嘿嘿"一笑说:"你的驴?你喊喊,看它答应吗?"于是她喊了声:"小青!"

那青驴听到主人的声音便"昂昂"地叫起来,还跳起来又踢又蹦。

那人又冷笑一下说:"嘿!还怪有灵性呢!"然后沉下脸说,"老子都一个多月不知肉味了。就算是你的驴,老子也要弄走。"

沈灵芝扑上去夺驴缰绳,牵驴的人抓着不放。一阵厮打之后,一个当兵的不耐烦了:"弄死她算了!"

那戴大檐帽的人说:"一个老妈子(方言。当地人对老年女人的不敬称呼),

不值当!"然后夺过一个兵的步枪,抡起枪托砸在沈灵芝腰上:"你咋不识抬举?"

沈灵芝"哎哟"一声倒了下去,手也松开了缰绳。

"走!"戴大檐帽的人一声令下,那帮人拉着、推着、打着那"昂昂"叫唤的青驴向山里走去。

后来,街坊邻居帮忙把老人抬回了家。虽然南里求医、北里烧香治了三四个月,沈灵芝还是落下了残疾,从此再也没直起腰来。

第 95 章　饿　狼

　　麦子抽穗开花的时候，黑风口黄三他们的日子却是度日如年。

　　黑风口其实是个大溶洞。洞口在黑龙潭边，常有阴风裹着黑雾从洞口冒出，人们就把这里叫作黑风口。进了洞口，里面是个大穹隆，高丈余，阔三十余步，进深六十余步，洞长一里许。洞中除了有诸多奇形怪状的钟乳石，还有一条暗河在洞底蜿蜒流淌。洞的另一端出口在山南面的山坡上。那巨大的穹隆处有四个打麦场那么大，自从黑三占领这里以后，砸去了地上的钟乳石，这里就成了黑三的练兵场。

　　此时，虽已进入夏天，但洞内依然阴冷无比。万千钟乳石柱从穹顶垂下来，水珠不急不慢地往下落，砸在下面的水汪里发出"叮咚""噼啪"的声响，地下河的水终日"哗哗"地流淌，洞中冷气飕飕、寒气逼人。这大溶洞中有几个小洞窟，黑三来时，将一个小洞安了锅灶，一个做了他的"主室"，其余的几个小洞作为小头目的住处，其他兵匪就睡在大洞的边沿。因为边沿处往下滴水不多，平整又有些干土。住在这洞中，夏天还好过，凉快，盖条破被还显冷。冬天，他们就弄来许多树枝，终日燃烧取暖。春天和秋天，他们就钻出狭小的南出口，到山坡上去睡。原来黑三只有三十多人，黄三来了之后，尤其是改旗易帜为"反共救国军"之后，又抓了不少壮丁，队伍壮大了，发展到两百多人，没过多长时间，黑三原来的存粮就吃光了。

　　青山县解放之后，各乡、各镇、各村都成立了民兵营、民兵连、民兵排，黄三他们也不敢轻易下山抢粮了，偶尔派几个兵匪弄点粮食，也被民兵们打得仓皇如鼠。洞中断了粮，人心就不稳，于是就有人偷偷开了小差。黄三非常气愤，兵都跑了，他这个司令咋干？"反共救国"大业怎么完成？兵不斩不齐，他一生气，枪毙了四个逃兵，这才稳住了阵脚。为此他和副司令黑三闹翻了，被枪毙的四人中有三人是黑三的老部下。最后还是参谋长孙子盛从中调停，左劝右哄，正、副司令才没有打起来。

　　可是现在正是青黄不接之时，山民们大多断了粮，靠挖野菜或打只狐兔之类的艰难度日，下山抢粮他们也往往都是空手而归。山下已是共产党的天下，各村民兵都有枪，所以他们也不敢轻易下山。肚中无粮，洞中水再多再甜也难以充饥。此时黄三有两大期盼，一是盼望蒋委员长派飞机来，空投些粮食和弹药；二是盼望山下麦子快快成熟。麦子熟了，到处都是粮食，共产党看得再严，下山一趟多少也能抢回些粮食。黄三、黑三、孙子盛天天钻到南出口处望天，希望能有飞机飞来，以解燃眉之急。

可自那次给他们送了委任状之后，飞机就只来了一次，空投了几袋大米、二十支步枪和两箱子弹。黄三想，蒋委员长是不是把他们忘了？这想法只是在心里想，没敢说出口，他怕动摇了军心。偶尔孙子盛说出担心的话，黄三也把他训斥一顿："胡说什么？蒋委员长是不会忘的！救国大业还要靠我们哪！切不可胡说！这样会动摇军心！"

那是一个夕阳灿烂的黄昏，西半边天被晚霞染成了橘红色。看来今天又没指望了，黄三正想钻进洞中休息，忽然天空中传来一阵轰鸣。飞机！"是飞机来了！"孙子盛高兴地说。黑三不冷不热地说："唉！别高兴太早了！别是共军的飞机。"黄三说："共军没飞机。应该是给我们送粮的。"说着他向东倒西歪睡在草地上的兵匪们招招手："快！快点火！"兵匪们急忙爬起来将早已准备好的柴堆点燃。飞机在空中转了一圈，然后投下了一个大包飞走了。那包刚一着地，兵匪们便蜂拥而上，撕开包裹，抓起里面的饼干，狼吞虎咽地吃了起来。黄三见此情景，急忙掏出手枪，对天空鸣了一枪，兵匪们只好停止了争夺。

黑三走上前去，将那包中的饼干一分为五，四个连各一份，他和司令、参谋长分一份。那些饼干，尽管大家放到嘴里化成水一样还舍不得下咽，但第二天还是连点儿碎屑也没剩下。土匪出身的黑三过惯了大块吃肉、大碗喝酒的生活，如今别说酒肉，连糠菜也填不饱肚皮，他忍受不了这种煎熬，经常发牢骚："老子在深山老林受罪，还让我们'反共救国'？二百多人就送这么点吃的，管什么用！"黄三劝说道："也许这飞机来一趟得送许多地方，不光我们这里缺粮。忍忍吧！过了这段时间就好了。"嘴上虽是这样说，其实他心里也是牢骚满腹。可天高皇帝远，无可奈何。他和副司令、参谋长天天在那山坡上望树梢，看着树叶一天天在变大变密，树叶大了密了，山下麦子也该成熟了。山上地少，偶尔有一片地，山民们种上几棵麦子，没到黄芒就被鸟叼光了。等山下麦子一熟，下山一趟，每人扛回七八十斤，就是近两万斤粮食，那就可以撑一段时间了。也许粮食吃不完，国军就会打回来。到那时，他们便可以进城好好消遣消遣。黄三一边给大家撑腰打气，一边想象那美妙的情景：那满桌的肉，成坛的美酒，还有杏花村旅店的"一品红"。想起"一品红"，他就想到了那粉嘟嘟的脸蛋，那娇滴滴的声音，那嫩藕似的大腿，那……他口水就不由得流了下来。

突然，"打场垛垛"的叫声由远而近，那叫声使黄三一下来了精神。他想起小时候在家，"打场垛垛"一叫，麦子就该成熟了。他一边望着天空，目寻"打场垛垛"的踪影，一边说："子盛，你下山一趟，看麦子啥成色了。如果麦子熟了，咱提前做好下山的准备。"

孙子盛一听司令让他下山，既高兴又害怕。高兴的是能回家见见爹娘，他已经快半年没见爹娘了，再者回到家可以弄顿饱饭吃，他已经饿怕了，那些又苦又涩的野菜真是吃够了。害怕的是下山被人发现，因为青峰镇已是共产党的天下，一旦被发现，共产党岂能饶了他？恐怕曾经关押沈青河的监狱正在等着他。最后，他还是被那香喷喷的面条和葱花油卷征服了。

那天，他偷偷吃了几块他藏在石缝中的饼干，脱掉身上的军服，换上上山时穿的便衣，带着两个干练的士兵，顶着正午的阳光，绕过青峰镇，悄悄下了山。

下了山，已是半夜时分。月光下的平原，一望无际的麦田，在微风的吹拂下麦浪起起伏伏，浓郁的麦香沁人心脾。他们三人摸进麦地，掐几颗麦穗，麦穗鼓囊囊的，已经满仁了。饥饿的他们急忙把麦穗放在手中揉搓几下，又用嘴吹去麦皮，匆匆放到口中咀嚼起来。真香真甜！他们揉吃了几把青麦，孙子盛说："你们先在这儿等我，我先进镇看看。"那二人巴不得这样，正中他们下怀，于是，他们响亮地回答："是！参谋长，我们等你，不见不散。"

孙子盛进了镇，不敢大摇大摆地走路中间，怕遇到民兵。他胆战心惊地紧握手枪，像小偷一样轻轻地溜着墙根走。来到自家门前他停住了，大门紧闭着，他走上前摸了摸门锁，锁上涩涩的，他知道锁已经生锈了。自从他误杀了妻子小芳，就再也没回过这个家。此时，他有些后悔，真不该不听小芳的话，硬搬进清风楼，如果不搬进清风楼，小芳就不会死，快降生的孩子也不会死。他悔恨地轻轻抽了自己一巴掌，可后悔已经来不及了。望着自家的家门，他有些伤心，泪水在眼眶里打转。他狠狠心，转身离开了家门。他来到老宅院前，大门紧闭着，他走到门前，转过身，将后背贴到那厚重的大门上，向四周看了看，见没有人，就转过身轻轻拍了拍大门。院里没动静，他又拍了几下。不一会儿，门里传来了脚步声。"谁？"孙子盛嘴对着门缝小声说："是我，爹。"孙龙跃一听是儿子子盛，急忙拉开大门。门刚闪开一条缝，孙子盛就侧身挤了进去。孙龙跃说："你咋敢回来？"说着急忙关上了大门。

杏花也起来了，她点上油灯，一见是儿子，她伸出两手紧紧抓住了子盛的两只胳膊，还没说话泪水就流了出来。做娘的天天想儿子，不知儿子在外边怎么样，对儿子的牵肠挂肚让杏花吃饭不香、睡觉不着，每天夜里她都似醒非醒，两只耳朵关注着大门的动静。她知道，子盛白天不敢回来，要回来一定是在夜晚。当她听到有拍门的声音的时候，就急忙推醒丈夫，"快去开门，是不是子盛?"见了儿子，她激动得泪水直流，"子盛啊! 你咋才回来? 想死娘了。"她用双手抚摸着儿子的脸，"瘦了! 瘦多了!"

"快给我弄点吃的。"孙子盛推开娘的手，急切地说。

"好! 好! 我去做饭。"子盛娘抹去脸上的泪水立马就要去厨房做饭。

孙子盛说："别做了，有馍吗?"

"有。"子盛娘说着，就到当门条几上端来一个盖着笼布的馍筐。

孙子盛急忙掀开笼布，一把抓住一个窝头就要往嘴里塞。

孙龙跃夫妻两看着儿子狼吞虎咽的吃相，心里酸酸的，看来儿子真是饿到了极点。

孙子盛贪婪地大口吞食窝头，一不小心噎住了，说不出话来。

孙龙跃走出堂屋，来到厨房，摸到水瓢，盛了瓢水，回到堂屋递给孙子盛，说："快喝水! 快喝水!"

孙子盛接过瓢"咕咚咕咚"喝了几口，不噎了，又接着吃馍。两个窝头下肚又喝完瓢里的水，他说："爹，咱家还有多少粮食?"

孙龙跃说："不多了，也只够接住麦子。"

孙子盛说："快给我装粮食。"

子盛娘说："咋? 你还走?"

孙龙跃眼一瞪，说："不走咋办? 等着民兵来抓他?"

孙龙跃找了条口袋，来到粮囤前往口袋里装粮食，边装边说："咱就这些粮了。"

孙子盛说："都装上!"

孙龙跃说："离芒种还得七八天，留两瓢吧，咱家还有几口子人呢!"

子盛娘说："都装上! 咱再想办法。"

孙龙跃说："有啥办法? 还能回到从前?"

子盛娘说："我去借。"说着，端起粮囤将剩下的粮全部倒进了子盛撑着的口袋里，又拍拍囤帮，一粒不剩地倒了个精光。

"爹，娘，我走了，山里的兄弟还等着我呢。"说着，又将馍筐中的几个窝头揣进怀里，扛起口袋走出门去。

出了镇，来到他们仨揉麦吃的地方，孙子盛用口哨吹了三声"打场垛垛"，那二人便从麦地里钻了出来。孙子盛从怀里掏出两个窝头说："来，先吃点儿垫垫。"他们二人接过子盛递来的窝头吃了起来。子盛进镇后，他们二人就不停地揉麦吃，加上这个窝头，肚子已经饱了。一个人接过子盛肩上的粮袋说："来！参谋长，我扛。"另一个说："就这点儿粮食？"子盛说："我家的粮全拿来了。""咋不再借点儿？"

孙子盛生气地踢了那人一脚："你是猪吗？这半夜三更借粮，不就等于是给民兵报信吗？被他们发现了，咱们仨一个也跑不了。"

三人上了山，天已大亮。"打场垛垛"叫得空谷传响，余音袅袅。

来到黑风口日已过午，孙子盛将怀中的窝头递给黄三、黑三各一个。黑三边吃边说："好长时间没吃过这么香的馍了。"

孙子盛说："好了，苦日子就要过去了。麦子再过几天就能收割了。"

黄三说："好，你带回的这些粮食咱省着吃，熬过这几天就有粮了。"

黑三说："咱一人背一袋才能弄几斤麦？"

黄三说："别急！我自有办法。"

第 96 章　互　助

小满已过，麦子一天天变黄了。小麦收割在即，雷生娘作了难，驴没了，这拉麦打场怎么办？青河在县大队当了副队长，虽常回家看看，但家里的活指望不上他。这一带虽已解放，但大青山里的土匪和国民党的残余势力还经常出山抢粮和杀人，时不时地有乡镇的干部被杀害。县委和县大队也很忙，剿匪反霸、保护治安、维护新政权成了头等大事。自从开始造场，家里地里的活就多了。青枝在家照顾奶奶，地里的活忙不过来，于是，雷生就辍学了。

麦子收割前要造好场，收割后的麦子要在场里晒打。没了牲口咋办？刘天福来了，说让凤仪去牵他家的牛，先把场造好。于是凤仪就借了刘天福家的老黄牛犁好地，再耙平了，又用石碾碾平实了，打麦场就算造好了。

那是一个热风扑面的下午，雷生娘正从柴屋里往外搬农具，刘天福走进门来："凤仪，一会儿在清风楼开个会，你也参加吧！"雷生娘说："啥会？"

"传达县委精神。你是妇女主任，也要参加。"

王石头在会上传达了县委会议精神。他说，麦收就要到了，农民们虽分得了土地，但大多数没有牲口，尤其是许多困难户和军人烈属劳动力少，到嘴的庄稼决不能丢在地里。县委布置，要在全县成立互助组。

凤仪问："啥叫互助组？"

王书记说："互助组就是大家自愿结合，成立个组织，互相帮忙。张家没牲口，李家的牲口可以牵来用，张家的劳力可以帮李家干活，尤其是老弱病残，困难户，大家相互帮忙干活，人多力量大，各家困难都能克服，力争今年的麦子颗粒归仓。大家都有饭吃，才是我们共产党的真正目的。"

雷生娘高兴地说："我第一个报名参加！"

王书记说："明天，咱们开个群众大会，广泛动员，把县委的精神落实好。"后来，他又讲了当前剿匪反霸的形势，讲到大青山的残匪不甘心灭亡，还经常出山抢粮，破坏我们的新政权，他要求杜麦子抓好民兵工作，夜里要站好岗放好哨，严防大青山的残匪出来捣乱。

　　动员会是在大槐树下举行的。全镇三寨十八村，各家各户都参加了，地主富农也都参加了。王书记进行动员讲话之后，会场上掌声雷动。有史以来，还没有哪个政府能把农民组织起来，解决千家万户的困难。许多人激动得流出了眼泪，许多人发自内心地喊出了"共产党万岁!"人们都明白一个亘古不变的真理，那就是青峰镇一带流行的俗语：谁家也没挂无事牌。不管你多富有，官多大，都有需要人帮忙的时候。

　　蹲在会场边沿默默抽烟的张富贵听了王书记的讲话，口中啧啧称赞："好办法! 好办法!"

　　蹲在大门口抽烟的孙龙跃心里则很复杂，他一边打心眼儿里赞成这一做法，认为共产党高明，有办法解决千家万户的困难，可他又担心，那担心像一块石头压在心头。如今两个儿子都不在家，他和杏花年龄又大了，玉梅得了痨病在县里治病，即使在家她也干不了活，而尚进才十三四岁，啥活也不会干。农会给留下的三十多亩地没劳力去干。互助组就是相互帮助，自己帮不了别人，别人会帮自己吗? 更让他担心的是，定成分时自己是地主，地主帽子戴在头上，谁愿与他互助? 他的担心，当天就变成了现实。王书记讲完话后，众人当场就进行了讨论，三个一堆五个一片，自愿组合，六十多个互助组当场就成立了，但谁也没喊他一起，就连孙氏家族成立了三个互助组也没他的名字。

　　他呆呆地坐在原地。他想，其他家族不要他，孙氏家族的几个组能不要他吗? 他等待着孙姓人来找他，可会散了，人走完了，还没人来叫他。空旷的广场上只有他和东南角墙根下蹲着的张富贵。过了许久，他看见张富贵慢慢地站起来，低着头无精打采地走了。

　　凤仪当了互助组长。这一组除了沈家十五户以外，又吸纳了单门独门的徐石匠、许琳娘和桃花。"舌头"张百利也凑了过来看，说："我参加这组中不?"凤仪说："中! 但你得干活，不能再像以前那样吃嘴不干活。""舌头"把右手高高举起，说："放心吧! 我保证好好干。"

　　转眼间，麦子已经亮秆。凤仪在地里转了一圈后，晚上，在家里召开了互助组会议。她先让大家自报了收割工具，牲口数和大小车辆数，让雷生一一记下来。她看了一遍说："咱组共有六个牲口，能套三辆太平车，扫帚各家都有，又共十六把，扬场锨共有二十把，够用了。大青河以南是两合土地，麦子成熟要比河北沙地晚两三天，咱就先收沙地的。不管谁家，劳动力要全出动。割谁的麦子，谁家就留一个人烧茶。至于徐石匠、桃花和许琳娘，这三家劳力少，你们三个人，光烧茶就行了，活大家来干。"

　　徐石匠激动得热泪盈眶，双手抱拳，不停地点着头说："谢谢你们! 今后不管咱们组谁家锻磨，我保证一分钱不收！"

桃花激动地说："我一辈子也没啥本事，就会当个媒人。今后咱们组谁家的男孩找媳妇，女孩说婆家都包给我啦！我保证不喝您一盅酒。"

许琳娘用手巾抹了一下眼泪说："我打了一辈子铁，如今虽然老了，可还掂得起锤，这割麦镰我全包了。以后谁家刀刀剪剪不快了，交给我。"大家脸上都洋溢着欢乐的笑容。

凤仪说："从现在起，咱们组的六个牲口都要使起来，场还没造好的先造场。牲口的使用，我有个想法，牲口干活也得吃料。我建议：等麦子打下来，没牲口的户，一家兑十斤麦给咱们组这六个牲口做饲料。"话音一落，没牲口的户一齐举手说："好办法！好办法！"有牲口的人家一听，也都很乐意。

开镰的前一天夜里，凤仪又召开了互助组会议，她把收割工作进行了具体的安排，谁套车，谁装车，谁家出几个劳动力割麦，还安排了十来个小孩搂麦。许琳娘将连天加夜打制的十把镰刀拿到会上，发给工具不够的人家。开镰那天，三十多把镰刀一齐挥动，三辆太平车等在地头，割的割，装的装，运的运，热火朝天。

一上午就割了三十多亩。桃花挑了两筲茶水送到地头。凤仪一喝，是糖水，很甜。就说道："从今天开始，大家都烧白水，不要放糖，也不要放茶叶。各家情况不一样。有的一辈子都没喝过糖茶，咱穷日子还得穷过。"桃花急忙说："我这糖可不是买的，是给人家说媳妇人家送的。"凤仪说："咱互助组就得立个规矩，不能比着讲排场，大家都还穷，等咱都富了，你开大桌咱也吃。大家说是不是？""舌头"说："我要是盖上楼，我请大家楼上坐。"他把"楼上坐"说得像跑堂的小二一样，引起大家一阵哄笑。

经过两天时间，河北沙地的麦子就已收割完毕了。三辆太平车一齐出动，把割倒的麦子装上车，运进各家的打麦场。

常说："蚕老一时，麦熟一晌。"

河南岸的麦子昨天还是青秆，一夜过去就全熟了。凤仪说："天有不测风云——夏天的雨说来就来，或者一场风刮来，长着的麦子就会受损失。进场的麦子咱先垛起来，抓紧收割河南的麦子。"人多力量大，再加上大家热情高，起了两个早，贪了两个黑，用了两天半时间，河南的麦子便全部收割进场。各家在各自的场上翻晒麦子，专等牲口轮流过来打碾。雷生和凤仪将场里的麦子翻晒了三遍，麦子已酥焦。牲口就要轮到沈家打碾时，天突然变了脸，乌云自大青山滚滚而来。凤仪说："快把麦垛起来！"雷生和凤仪正垛麦时，王书记来到场边，凤仪停下手里的活，一边擦汗一边说："王书记有啥事？"王石头说："本来我应该来帮帮忙，可是，有件事得先和你说。"凤仪说："有啥事？"

王书记说："刚才我在地里转了一圈，见还有几块地没割麦子，你看天也变了，要是下了大雨，再一刮风，那几块地的麦子就完了。我想你这组是不是可以帮下忙？"凤仪从身边水筲里抓起瓢，舀了瓢水"咕咚咕咚"喝了几口，然后抹了下嘴问："哪组的？"

王书记说："是孙龙跃和张富贵两家。"

凤仪一听，心中有了气，说道："他们受灾活该！人家都参加互助组，他们两家咋不参加？"

王石头笑着说："不是他们不参加，是哪个组都不要他们。你看这天，麦子毁在地里太可惜了！"

凤仪长叹一声说："我明白了。地主富农也是人，该帮也得帮。你放心！我这就组织人。"凤仪说完，就到各家场里转一圈，安排男人们在场垛垛，妇女都去帮忙。凤仪的话很有号召力，妇女们都把过去对孙家和张家的怨愤压在心底，丢下自家的活，掂起镰刀，跟凤仪去孙家和张家帮忙。

不请自来帮忙的人让孙家和张家非常感动。杏花和张富贵的老婆流着泪说："还是互助组好啊！"

张富贵家本来只有一百多亩地，一犋牲口，没雇大领和二鞭，只雇个短工，划成分时，全镇人举手表决把他划了地主成分。他老婆私下对张富贵说："本来咱该划个富农，都是你太抠，不围人惹的！"张富贵通过划成分这回事有了醒悟，在大家都在给他帮忙割麦时，他扛一笆斗白馍送到地里，他充满感激地说："大家垫垫！大家垫垫"！他老婆扭着小脚提了半桶糖水和几只碗也送到了地头。

第97章 抢 粮

第三天，黄三就派十个人分为五组下了山。临行前，黄三向五个组长耳语几句，又安排道："你们要把情况弄清楚再回来。"

第六天，去青峰镇的一组回到山上，禀报说："麦子已经收割上场，青峰镇已开始收公粮，就放在清风楼下的两间粮仓内。"

孙子盛说："离芒种不是还有两天吗？咋能现在就进仓了？"

那组长说："常说，芒种忙，三两场。今年麦子成熟早，到芒种就能收完了。"

黄三一拍大腿说："好！天助我也！"

黑三说："好是好，可咱用啥盛粮食？咱总共没几条口袋。"黄三说："活人还能让尿憋死？我有办法。趁山下正忙于收割，人困马乏，咱们今天就出发。"

集合好队伍，黄三站在那块大石头上开始讲话："弟兄们，饿不饿？"以前，在这穹隆下练兵，那口号声总是久久在洞中回荡，发出"轰轰"的余音。而现在，队伍中响起几声有气无力的回答："谁不饿啊？"那声音一点回响也没有。黄三说："饿！都饿！我这个司令不也跟大家一样吗？孔老夫子说过，要成大事，就得先饿肚皮，还有，得干活，今天饿，我们明天就不挨饿了。共产党在山下给我们准备好了粮食，现在我们就去弄回来。"队伍中有人问："咱用啥运？""问得好！咱咋把粮食弄回来？我有办法……"大家静听下文，这时黄三咳嗽了起来。

自共产党解放了大青山一带，他们躲进这深山老林，几个月以来，他们没粮吃，洞中又冷，黄三得了咳嗽病，开始发烧不止，可他又不敢下山求医，幸亏洞中有一个懂医道的人，在山上挖了些草药，熬了给司令喝，这才止了发烧，可咳嗽却没好。他咳了一阵，孙子盛急忙端来碗水，黄三喝了几口，止了咳。黄三接着说："现在都把裤子脱了！"这些匪兵只好遵命，脱了长裤。有一部分人脱了长裤就光了腚。黄三见此说道："没短裤的互相借借，咱不能光着腚下山。"大家交头接耳，互相询问借裤子。黄三继续说："大家把长裤扎住两个裤腿，准备盛粮。给大家五分钟时间准备，五分钟后就出发！"

五分钟后，队伍又在操练场上集合。黄三见面前都是裤衩队，有三四个身上还裹着床单什么的，看来是没有裤衩。黄三有些感动，又站上那块大石头，说："我对不起弟兄们！你们跟着我黄某干，没吃的不说，有些弟兄连个短裤也没有。这赖谁？赖共产党！如果不是共产党，弟兄们还跟着我整天大块吃肉大碗喝酒。我们这次下山，有两大任务，一是把青峰镇的公粮全部弄回来，二是趁此机会，端掉青峰镇共产党的老窝。他们的书记镇长就住在清风楼上，这次要将他们全部干掉，以报答蒋委员长对我们的信任。我们这次端掉青峰镇，有了吃的，后面要趁共产党立足未稳之时，再把其他乡镇共产党机关一个一个端掉，以迎接国军再次打回来。到那时天下还是我们的。到时候，谁杀的共产党多，谁立的功劳大，我会论功行赏！到时候，立功的人我都给你们弄个团长营长干干。大家有信心吗？"

一听有了粮，立功又能被提拔，有几个回答道："有！"但不少人还是没说话。

黄三说："现在我分配任务。副司令带领一连二连先包围清风楼，不能让共产党干部跑掉一个。三连长带领三连冲上清风楼，干掉楼上的人。孙参谋长带领其他人砸开粮仓装粮食，装好粮食立即撤退。每人要扛回一袋粮食，不能空手而归。我们二百来人，每人扛回七八十斤，加在一起就是近两万斤。大家听清楚了没有？"

"听清楚了！"喊声在山洞中回响。

随着黄三一声令下，裤衩队便扛着枪走出黑风口，绕过黑龙潭，顶着斜阳向青峰镇出发了。

夜半时分，裤衩队来到山下，停在青峰镇外，黄三跟黑三和孙子盛耳语几句，一挥手，队伍便散开，有的走镇北，有的溜下大青河，有的走东西大街，悄悄地进了青峰镇，扑向清风楼。

第 98 章　血染清风楼

农村的夏夜，打麦场是人们夜生活的最好去处。

在农村，大多数房屋低矮，门窗又小，不像东北地区，宽门大窗，豫东一带的民居大多是土打墙，草盖顶，窗户窄小。所以夏天的夜晚，男人们都不在屋里睡觉，怕蚊咬，怕闷热，于是他们就夹一领苇席到打麦场睡觉。打麦场又平坦又宽敞。为扬场得风，打麦场大都建在没遮挡的宽敞地方。人们把席子往地上一铺，把两只鞋子枕在头下，脱掉带着汗臭味的衣服，赤条条地往席上一躺，望着满天的繁星和月亮，七嘴八舌地说东家道西家，讲故事，侃大山，听着夜蝉一声连一声的鸣叫声。偶尔有一阵风吹来，人们顿时油然而生一种舒畅和惬意。

接住麦，家家都有了吃的，凤仪做了一锅新麦面饼子，又搅了半锅疙瘩汤。青枝剥了几头蒜，捣碎了当菜。吃过晚饭，沈灵芝说："雷生，你领王书记到场里睡吧！"

王书记说："不行！这两天群众缴了那么多公粮，没有人看着可不行！"

杜麦子说："放心吧王书记，我已安排好四个民兵轮流站岗，我在二楼睡，你放心去场里睡吧。"

这时，刘天福镇长走了进来，说："王书记去场里睡吧，这里还有我呢！我和麦子在家你还不放心？雷生，去吧，你领王书记去场里睡吧！"

雷生也成了公家人。镇党委政府原来只有三人，王石头、刘天福、杜麦子，雷生于前天被宣布成为镇财粮员，镇党委政府就有了四个人。那天县委郝书记来到青峰镇，对王书记说："这青峰镇党委政府都成立了，可是你们三人都不识字，今后写写算算的工作得有人管。县委决定，各乡各镇都要配一个财粮员，专管写写算算的工作。"

王石头说："是得有个文化人。就要开始收公粮了，这记账算账的事得有个人办理。我和天福、麦子都没有上过学，斗大的字不识一箩筐。那笔虽小，但俺们仨都掂不动。"

刘天福思索一下说:"这个事很重要。地主富农虽都有文化,但咱不能用。咱共产党的印把子不能交给地主富农来掌。"

杜麦子说:"我看,雷生就中,读过几年私塾,又念过中学,算盘打得也好。"

郝书记说:"中!雷生是烈士子女,根正苗红,我们放心!"

于是,雷生走上清风楼,当了镇财粮员,成了公家人。

开天辟地,人们为自己的政府缴公粮,大家热情很高。一个会议开过,十里八村的群众便肩扛的、担挑的、车推的,将金灿灿的麦子送到清风楼下。刘天福借了两杆大秤,他和杜麦子一人把一杆秤过粮食,雷生管记账。按照各村提供出来的花名册,雷生将各户应缴的公粮数都一一记账。两天下来,清风楼一楼腾出的两间屋便堆满了黄澄澄的麦子。

楼上四间屋是镇党委政府的办公室,他们四人各一间。王书记和杜麦子住在办公室里。雷生和刘天福是本镇人,不需要住在办公室,室内各有一张桌子和两把椅子,没铺床。王书记和杜麦子没起伙,还是搭雷生家的伙。

那天的天有点闷热,没有风,树叶都不动。王书记听杜麦子说站岗放哨的都已安排好,刘天福说今夜他也值班,王书记就放心了。临行前,他又到存放公粮的房间看了一遍,又摸了摸门上的锁,见两个持枪的民兵站在仓门外,就跟雷生一起走过那小石桥,来到了大青河南岸的打麦场上。

打麦场上已横七竖八地睡了不少人。月亮下,可看到大多数人都赤条条地躺在地上。人们望着天上的星星,用手胡噜着刚刚吃饱的肚皮,听人讲古(方言,说故事)。

雷生和王石头悄无声息地在场边找块空地铺上扛来的苇席,王石头将手中从棉被上拆下来的床单扔给雷生一条,他俩便悄悄地躺下来。王书记将上衣脱下包住他终日不离身的手枪枕在头下,躺在席子上,畅快地出了口气。

这时有人说:"'舌头',再讲个笑话。"只听"舌头"说:"好!我再讲一个。"

这个故事是这样的:东刘集有个郎中,姓刘,名儒林,今年算来,已经71岁了。老先生在刘集也是名门望族,他自幼饱读诗书,尤其是对《黄帝内经》能倒背如流。他本想参加科举考试,弄个一官半职,光宗耀祖,出人头地,可他却生不逢时,待他学富五车、满腹经纶的时候,世道变了,科举考试废除了。求官无望,他又不愿当兵,只得靠从《黄帝内经》上学得的知识去给人看病,就当了郎中。老先生除了读书行医,还有一个爱好,就是养鸟。八哥、云雀、鹌鹑他都不喜欢,唯独喜欢画眉。原来他养了一只画眉,不光长得好看,羽毛漂亮，还能模仿各种鸟叫，那声音嘹亮清脆，恰似山间流水。

老先生爱如珍宝。画眉爱吃活虫，老先生就天天到野地里逮蚂蚱虫子喂它。有时露水大，蹚湿了鞋衣他也不在乎。那只画眉养了四年，与他产生了感情，老先生打开笼门，那画眉飞一圈便又回来，落到他手上，叫上一阵，便又自己钻进笼中。

这一天刘集逢会，老先生掂着画眉笼到会上去玩。常说物以类聚，人以群分，那鸟市是爱鸟人聚会的地方，有买有卖，也有不少爱鸟之人展示自己的鸟。鸟儿也和人一样，到一块儿总想展示自己的才华，看谁叫得好。正在百鸟争鸣的时候，刘老先生来了，他将画眉笼往街旁树枝上一挂，刚掀开罩笼布，那画眉便叫了起来。它站在笼中的横梁上，扇着翅膀叫，那声音嘹亮清脆，如山野流泉悦耳动听，相比之下其他鸟的叫声如哑喉破嗓，相形见绌。

有个爱鸟的财主听了老先生的鸟的叫声，又围绕那鸟笼转了三圈，提出要买老先生的画眉。老先生说不卖。那财主也是个爱鸟如命的人，执意要买，可老先生只是摇头。那画眉见许多人围着它看，叫得更起劲，惹得许多麻雀、喜鹊也落了下风，静听那画眉歌唱。那财主更是喜欢得头涨，于是他出了高价，提出给老先生十亩地换他的画眉，老先生说："二十亩也不卖。"

有钱难买不卖的物，那财主只好悻悻而去。不料几天后，老先生在家中正给人看病，那鸟笼门没关，因为老先生常开着笼门让那鸟飞出去遛遛，飞一圈后它还会自动钻进笼中。这时不知从哪里蹿出一只狸猫，一下子咬住刚站到笼门口的画眉。老先生一听到鸟的扑棱声和惨叫声，急忙放下号脉的手去打狸猫，可那狸猫已把画眉咬死。老先生掂了根木棍将那狸猫撵了半天也没追上，回到家将那死鸟捂在胸前捂了三天，痛苦得连饭也没吃下。最后他花一块大洋请木匠做了个木盒，权当棺材，将鸟的尸体装进去，流着泪将那画眉埋在了门外的树林里。

人的爱好很神秘，说不清其中的道理。有人好色，明明知道有生命危险，还会翻墙越院去偷情；有人爱赌，家业土地输完也难改；有人爱偷，让人抓住打得死去活来，好了伤疤还要去偷。老先生喜欢画眉，没有画眉的叫声，吃饭不香，睡觉不着。一天，一个人来请他给家人看病，那人也掂着一只画眉。老先生见那画眉长得跟自己的那只很相似，他猜测这只画眉与他原来那只可能是兄弟，那叫声也很像他原来的那只，于是他提出要买这只画眉。可那人也是爱鸟如命之人，就说："不想卖。"可那鸟友是个穷人，给家人看病正愁没钱，听先生说要买他的那只鸟，他很纠结，因为他心里确实不舍得。老先生知他有难，又听他说不想卖，这"不想卖"里就有不确定的意思，于是老先生说："好啦！

直人不说拐弯的话，你把这只画眉让给我，这看病吃药我不收你一分钱，另外再给你十块大洋。"那人一听，这样既解决了看病没钱的难题又有了钱，有些心动，但两只眼还是盯在那鸟上。老先生接着说："这十块大洋能解你许多燃眉之急。花不了一块大洋，你能再买十只小的，养几年不又是好鸟吗？"那人没说话，眼睛还盯在鸟笼上，好像还在犹豫。老先生趁热打铁接着说："好了！我再加两块，你看中不？"那人最后答应了，揣着大洋搀着病人离开老先生家时，还回头看了几眼那笼中的画眉。

花十二块大洋买了这鸟，老先生并不惋惜，看着那鸟心里美滋滋的。因为每次逢会，他都能见到这只画眉。这只画眉除了瘦些，羽毛柴些，嗓音仅次于他原来的那只，但他知道，这是主人没养好的原因，只要耐心养一段时间，不久便会像他原来的那只鸟一样漂亮，一样水灵，一样声音脆亮。老先生给这鸟取名叫"宝贝"。老先生精心伺候"宝贝"，下地逮蚂蚱捉活虫喂它，天天给它洗澡，洗鸟笼。十多天过去，"宝贝"像变了个样，毛色漂亮，活蹦乱跳，叫声也嘹亮了许多。每当主人将手伸进笼中，它都会跳到主人手上，用它美丽的小头在主人手上蹭过来蹭过去，然后扇着翅膀叫上一阵。老先生对"宝贝"疼爱有加，不管走到哪里，都随身带着。这"宝贝"毕竟是"熟鸟"，被人饲养过几年，不怕人，只要逢会，人越多它叫得越欢，扇动着美丽的翅膀，望着主人叫。

一日，邻村有人来请老先生看病，老先生先掂起画眉笼，然后拿起钱褡裢跟来人去到病人家中，他将鸟笼挂在门外的树枝上，随后走进屋。那病人是个大姑娘。他坐在病人床前，将褡裢放在身边的凳子上，开始给病人号脉，心里却牵挂着他的"宝贝"，他怕像上次一样，只顾给病人看病，而让猫伤了他的画眉。他一边号脉一边问道："有猫吗？"病人闻听先生问"有猫吗？"她误以为先生问她下身"有毛吗？"立刻羞红了脸，没回答。那姑娘的母亲也听岔了音，见女儿没回答，就说道："妮儿，你说吧，先生不笑话人。"那姑娘便红着脸说道："有，稀疏几根。"老先生闻听，知道姑娘误解了他的意思，但也不好再做解释，怕羞杀了姑娘。这时，那画眉亮起嗓子叫了起来，那清脆嘹亮的叫声，让先生心里像喝了一碗蜂蜜茶。他停止了号脉，目光转向门外树枝上的鸟笼，微微对那鸟招了招下巴，这是他对"宝贝"的一个习惯交流动作："来，宝宝。"先生给女人看病，男人一般退到门外，这时站在门口的姑娘的哥哥一听先生说"来，抱抱"，火气一下冲上脑门，刚才先生问妹妹"有毛吗？"他就有些气恼，又听要"抱抱"，他再也按捺不住心中的火气，一脚踏进门，骂道："你个老流氓！"一边骂着，一边四下寻找东西。当他看到一把笤帚，顺手掂起就要打老先生。姑娘的母亲一见儿子要打先生，急忙上前抓住儿子的手："你干啥？"儿子骂道："他是流氓！刚才问有毛吗，这又要抱抱，哪有这样的先生？"他挣扎着要打老先生。老先生一见这阵势，已容不得他解释，急忙起身跑出屋门，钱褡裢都忘了拿，却没忘记他的鸟，急忙摘下鸟笼，仓皇逃去。

大家听完后一阵哈哈大笑。

这时有人说："'舌头'这小子成说书的了。"

有人说："你还不知道，'舌头'已拜金河蟆为师了。"王书记悄声问雷生："金河蟆是谁？"

"金河蟆是县城里说评书的，可有名了！"雷生说。

天上的星星密密麻麻。这时雷生想到小时候，爷爷带他到场上睡觉，有时睡不着，爷爷就说："你数星星，数着数着就睡着了。"雷生还是睡不着，爷爷就给他讲古，说："地上一个人，天上一颗星。人死了，天上的星星就落了。老彭朋死时，就落了一颗将星。老彭朋官大，星星就大。将星落时，还响了天鼓，响得很，'咚咚咚'比打雷还响。"他望着满天的繁星，想着小时候的事，这时有几颗流星从天空划过，滑向西边的大青山，真是地上一个人，天上一颗星吗？这几颗星星落了，是不是又死了人？

他正猜想，这时听到有人吼骂："'舌头'，你这个货！你尿哪儿了？流到我这儿了。"雷生抬头看看，没人站着，才知道"舌头"是躺着尿的。在场里睡觉的男人们就是这样，撒尿不起来，一侧身就尿在席边。打麦场虽平坦，但不是水平的，多是顺坡，这样即使打麦时下了雨，雨水也能流出场，不至于泡了场里的麦。夏夜的打麦场上，常常有人因尿流到别人席下而打闹一番，使夏夜的宁静平添了几分乐趣。

此时，人们怎么也没想到，在这个宁静的夏夜，在人们刚刚吃了顿饱饭酣然入睡的时候，一场巨大的灾难降临到了青峰镇。

雷生数着天上的星星不知不觉进入了梦乡。他梦见孙子盛带着几个人在追他。孙子盛还高喊着"抓住他！抓住他！"雷生在前面跑，他们在后面追，雷生跑着跑着就离开了地面飞了起来。雷生在一人多高的空中飞行，但飞得很慢，他们追上了他，却抓不到雷生。雷生想飞得再高一点，可怎么也飞不高。孙子盛跳着去抓雷生的脚，可怎么也抓不到他。这时孙子盛端起枪，对雷生"叭"地打了一枪。他突然被惊醒了，不知是梦境把雷生惊醒了，还是王书记的叫声把雷生惊醒了："快起！快起！有情况！"

当雷生睁开眼，王书记已穿好衣服握枪在手了。

那时，民兵大多有枪。青峰镇民兵营有二十多杆枪，是县武装部发的。青山县一带虽解放了，但大青山里还藏着黄三黑三一帮残匪，他们有二百多人，武器精良，时不时还下山抢粮食，杀害基层政权的干部。由于形势复杂，县委要求地方民兵枪不离身，随时应付突发事件。

王书记一声喊，打麦场的民兵立马穿上裤子提起枪跑了过来。王书记喊道："快！镇里有情况。"说着就带着十来个持枪的民兵向镇里冲去。

雷生虽没枪，但他是镇干部，也不能落后。雷生紧随着王书记向清风楼冲去。刚到小石桥，一阵密集的枪弹向他们射来，大家立刻趴在了地上。清风楼下有几束火把照得通明，火光中可看到有几十人端着枪对他们开火。清风楼下的粮仓处，门洞开着，许多人在装粮食，有人在往外扛粮袋。这时，清风楼的西面和北面也响起了枪声，那是其他民兵赶过来了。王书记喊道："打！都给我打！"民兵们一齐向兵匪们开火。密集的枪声划破夜空的寂静。

镇上的狗叫成一片。

这时，清风楼下有人喊道："撤！快撤！"火光中，兵匪们纷纷扛起粮袋一边向他们还击一边撤退。那喊声是孙子盛的声音。

"打！"王书记一边开枪一边弓着腰向清风楼冲去，雷生和那十几个民兵也跟着王书记往前冲。刚过了桥，他们便被对方密集的枪弹压得抬不起头，只好又趴倒在地上。

火光中，王书记看到清风楼下都是敌人。民兵营人虽不少，但只有二十多杆湖北条子，火力明显压不过敌人，他们只能眼睁睁看着兵匪们扛着粮袋离开清风楼。

雷生说："王书记，那粮食……"他想说去追赶的话还没说出口，王书记说："别追了，他们人太多。"射向他们的枪声刚一减少，王书记便一跃而起，跑向清风楼，他担心那几个民兵和杜麦子及刘天福的安全。

他们赶到清风楼下，满目狼藉。两个看守粮仓的民兵倒在血泊中。雷生跟着王书记急忙登上二楼，刚到楼梯口，就看见杜麦子倒在楼梯上，胸口的衣服被血全染红了。再往上看，刘天福斜倚在楼梯栏杆上，手里还握着枪。王书记摸了一下杜麦子，见杜麦子没了气，又两步跨到刘天福跟前，刘天福的肚子在流血。"快！快来人！"雷生和两个民兵急忙跨上来。王书记说："快把刘镇长抬下去！"雷生和几个民兵七手八脚地抬起刘天福，下面几个民兵已把杜麦子抬下楼梯。刘天福醒来了，他用微弱的声音说："快、快追！咱们的公粮……"

他们将刘天福抬到楼下，放在地上。这时凤仪端着一盏灯走到跟前。王书记借着灯光查看刘天福的伤口，见小腹部有一个伤口还在流血，他急忙脱下上衣，撕成布条将刘天福的肚子缠住："雷生，快去弄个软床。"

雷生急忙跑回家，将他睡的软床扛了过来。

王书记说："派八个民兵，分两班，快送刘镇长去县医院！"

他们将刘天福镇长放到软床上。王书记说："雷生，你在家，一是集合民兵看好家，二是让你娘找几个妇女料理麦子的后事。我得去县城，救治天福，还要向县委汇报。"说完其中四个民兵抬起了刘镇长，另外四个民兵跟着王书记出发了。

这时，天已微明，东半边天都是红色的，像杜麦子胸前的衣服。

青山县人民医院坐落在城东门里路北。这里原来是一座古庙，叫文庙，里面供奉的是大成至圣先师孔老夫子。文庙前有照壁，照壁上是青砖磨雕人物像，那是孔子的弟子七十二贤。过了照壁是棂星门，上三级青石台阶，过了棂星门，迎面便是飞檐挑角的大成殿。大殿中间是一座孔夫子雕像，两侧是七十二贤雕塑，四面墙上画着"六艺"内容的大型壁画。大殿前有泮池，池中碧水清澈，池上有青石拱桥，两侧的桥栏杆上雕着龙虎花鸟图案。东西庑各五间。医院就设在东西庑，各个门上都吊着白布帘，上面画有红十字图案。院中有六棵合抱粗的古柏，据说是唐朝栽的。古柏虽枝繁叶茂，但树梢上都举着几根枯枝，像几个饱经沧桑的老人。大成殿前，东西两侧各长着一棵银杏树，干粗如水筲，冠如华盖。

王石头书记带领八个民兵将刘天福抬进院时，正午的阳光正照在古树梢头和大成殿屋顶。一见有八九个人抬来一个病人，医生、护士一齐迎了过来。那身穿白大褂头戴白帽的医生模样的人一见王石头书记，面带惊讶地说："你……你是那个王石头？"

王书记定睛细看那医生，也惊讶地问："杨大夫，你……"这时他看到挂着单拐的医生只有一条腿，"你、你怎么……"

杨大夫苦笑一下说："这条腿叫日本鬼子的炮弹炸掉了。你怎么在这儿？"

王书记说："我就是青山县人。"

杨大夫顾不得多叙前情，看着担架上的病人："这是怎么啦？"

王石头简单两句介绍了情况，杨大夫说："快抬进来！"说着便让担架进了东庑南头的"手术室"。杨大夫扔掉拐杖，单腿站立，接过护士递过来的剪刀，剪开缠在刘天福肚子上的布条，见肚子上有一枪眼，他认真诊查一遍说："得做手术，把子弹取出来。"

王书记说："要紧吗？"

杨大夫又翻翻刘天福的眼皮说："失血过多。幸亏送来得及时，看子弹打的位置，估计伤不到脾脏，但能不能伤到肠管，打开看看吧！"

几个护士急忙准备手术器械。王石头和几个民兵就退到了屋外。好大一会儿，杨大夫走了出来说："万幸！没伤到肠管。"王书记问："其他部位呢？没伤到吧？"

"没有。子弹取出来了。放心吧！"杨大夫在门南侧的一个大脸盆里一边洗手一边说。

王书记注视着那脸盆，他受伤住院时用过这种白瓷脸盆，上面有一个红十字。他说："我记得你是山西人，咋来青山县了？"

杨大夫说："丢了条腿，就没法在部队干了。领导让我转到地方工作。山西老家已没有亲人，我就就近来了青山县，没想到能在这里遇到你。"

王石头说："我一辈子都得感谢您！要不是您，我早被埋在那黄土坡了。"

杨大夫说："别说谢了。快去看看你的镇长吧！"

王书记走进屋里，见伤口已包扎完毕，他小声问："天福，咋样？"

刘天福苦笑，有气无力地说："没事儿！赶紧去县委汇报，我这儿你放心吧！"

王书记到县委向郝书记汇报了情况，郝书记立即叫来秘书邵长山，"你立即通知召开县委会议。"他一边说一边随王石头走出门外。到了门外他又回头对邵长山说："通知武装部领导，县大队领导也参加会议，四十分钟后准时开会。"

郝书记跟随王石头来到县医院看望了刘天福，又安排杨大夫几句"精心治疗"的话，便匆匆赶回县委召开会议。

会上，郝书记通报了青峰镇事件后，他说："现在虽然大半个中国都解放了，但反动势力不会甘心灭亡，他们还要做垂死挣扎。大青山这股残匪，国民党反动派还在支持他们，还时不时给他们空投武器和食物，给他们撑腰打气。这股残匪还在执行着老蒋的什么光复计划，妄图将我们的新政权扼杀在摇篮之中。从青峰镇事件可以看出，他们是有计划有预谋地展开行动，所以我们不可掉以轻心，不可麻痹大意！他们昨天袭击了青峰镇，今天还可能袭击其他乡镇。为了保护好我们的胜利果实，保护好我们的新政权，我们一是要采取周密措施，保护好我们的干部和群众；二是要主动出击，消灭大青山这股残匪。"

这时，有人在交头接耳议论着什么。郝书记挥手制止了大家的议论，说道："我知道，大家想说大青山这股匪徒势力还很大，武器很精良，我们一个县大队对付不了。但大家不要担心，会后，我就去向上级汇报，争取军分区的支持。在没正式行动之前，我们要做好以下几项工作：

一、县大队要做好县城防范工作，搞好巡逻，防止这股匪徒突袭县城我们的党政机关。

二、骑兵连要发挥骑兵优势，搞好大青山下四个乡镇的巡逻，如果敌人再下山抢粮杀人，骑兵连要快速出击，狠狠地打击他们。

三、要做好民兵工作，把各乡、镇、村民兵组织起来，做好打更巡逻工作，遇有敌情，立即发信号，让我们的干部群众免遭伤害。

四、做好党员干部的安全防范工作，各乡镇党员干部、积极分子要组织起来，除带领民兵搞好治安防范工作外，还要做好自身防范工作，夜里不要在固定地点睡觉，以防范他们的小股行动，杀害我党党员干部。

五、要做好敌情排查工作，对地主富农和那些对我们新政权不满的人，要密切注意他们的动向，尤其是对那些流动人员要注意，防止特务的破坏活动。散会后我去向上级汇报，刘县长和武装部张部长召开乡镇干部会议，传达今天的会议精神，部署好防范工作。至于公粮收缴工作，乡镇干部会议上要布置好，由农粮科抓好落实！"

经刘县长同意批准，王石头书记不再参加下午的会议。会后他赶到县医院看望了刘天福之后，便匆匆赶回了青峰镇。

第 99 章　夜袭黑风口

那是雷生有生以来第一次参加的战斗。那场战斗是在西天挂着一轮下弦月的傍晚开始的。

吃午饭时，一个骑马挎枪的人来到清风楼。雷生见过那人，他是县大队骑兵连的小李，沈青河手下的一个班长。他将一封信递到正吃着面条的王书记手里。

雷生问："我二叔咋没回来？"

小李说："他忙得很！顾不得！"说完就骑马飞驰而去。

王书记快速吃完碗中的面条，取出信看了一眼，那信只有几行字，是用毛笔写的。"走，上楼，雷生。"

雷生看王书记如此匆忙，也急忙放下碗跟王书记上了清风楼。

王书记打开了他的办公室门，将墙上挂的一把枪递给雷生，雷生认识那是杜麦子的枪。"雷生，从今天起，你得把杜麦子的工作担下来。"王书记说。

雷生接过枪，抚摸着滑滑的枪身，又想起了麦子叔，不由得心里酸酸的。"今天，就给杜麦子报仇！"王书记咬着牙说。

"今天？……"雷生有点儿不解地问。"对！就是今天。你去通知全体民兵，早些吃晚饭，饭后到山下的老林地西边集合。"

"咋不在大槐树下？"以前不管有什么活动都要在大槐树下的广场集合。

王石头说："今晚有大行动，要保密！"这时雷生明白了，大槐树下的广场就在孙家门口，这次行动需对孙家保密。

西南天空的那轮下弦月刚清晰，全镇一百二十个民兵便陆陆续续来到了沈家老林西边的那片杂树林，也就是土匪们抢走雷生家那头青驴又打伤雷生奶奶的地方。

此时，深邃的夜空中星斗越来越稠密，大大小小的星星闪闪烁烁，亮亮晶晶的。

雷生学着杜麦子训练民兵时的程序，喊了"集合"口令后，民兵便都聚集到他面前，按原来训练成四路纵队的排列形式站好了队列。雷生刚刚喊了"稍息！"有人说："看，汽车！"几束强烈的汽车灯光划破夜空向小树林驶来。从灯光与灯光的间隔，雷生分辨出是六辆汽车。汽车行驶到小树林南侧，一齐停下了。灯光中，许多持枪的军人从车上跳下来，然后站成了队列。此时，随着一阵马蹄声，沈青河带着骑兵连也来了，他们翻身下马，将马拴到一棵棵树上之后，也立即站成了两列队伍。

汽车灯熄灭了，周遭一片黑暗，队伍中一片寂静，只有头顶的天空一片光亮。这时，郝书记那带有沙哑的嗓音响起："同志们，今天的剿匪行动得到了军分区的大力支持，在此，我向军分区的全体同志表示衷心的感谢！同时我要求县大队骑兵连的同志们和青峰镇的全体民兵同志，要听从军分区首长的统一指挥，任何人不得随便行动。下面请军分区领导丘副旅长讲话。"

一个洪亮的声音响起："同志们。"军人的队列中立即响起齐刷刷的"立正"时发出的靠步声。"稍息！我们今天的行动就是要彻底消灭大青山里的这股残匪。这股残匪不除，大青山就不会安宁，我们的政权就难以巩固，大家有没有信心？"

队伍中齐声应答："有！"

"这里离黑风口有八十余里，都是山路羊肠小道，车不能开，马不能骑。我们要急行军，力争一点钟到达作战位置，天明前结束战斗。现在出发！"丘副旅长一声命令，这支混合队伍便按部队在前、骑兵连居中、民兵连在后的顺序出发了。

清澈如水的月光照在坎坷不平的山道上。大家快速地攀登着，山间只有杂沓的脚步声和大青河"叮咚"的流水声，偶尔有一两只夜鸟发出"咕咕呱呱"的叫声，更衬托出了夜间山路的寂静。

那轮弯月慢慢落进黑黝黝的山峰西边，只有星星还在闪着微弱的光。山路黑了许多，大家看不清脚下的坎坷路况，时不时地能听到有人滑倒的声音。

雷生的衣服被汗水浸透了，觉得有水从脚脖处流进鞋窝里。他气喘吁吁，只觉得喉咙里像塞了团棉花。他想请求王书记稍微休息下，可王书记在最前边带路。这山路王石头最熟，他家在山里的乌龙镇，走这条路他不知踏破了多少双鞋。从行军情况看，不容许停下休息，尽管有几个民兵提出休息一会儿，即使雷生自己也腿脚酸软难耐，但是他还是说："跟上！咱可不能掉队！"

终于队伍来到了乌龙镇，前面的队伍总算停下来了。前面部队的同志站在原地休息，雷生和民兵们累得就地坐了下来。

这时，有两个人影从前面走了过来，"大家辛苦了！"是县委郝书记和王石头的声音。雷生想站起来，一双大手按在他的肩上，"休息一下吧！"王书记说。

"马上就到了。大家要打起精神，听从指挥！"郝书记说。

出了乌龙镇便是下山路。腿虽还软，但下山觉得轻松多了。走了一顿饭的工夫，下坡路就走完了。顺着大青河继续西行十来里，行军速度慢了下来。这时从前边传来一道命令："不要弄出声响！"雷生也模仿着向后传："不要弄出声响！"他知道离黑风口很近了，不由得心里有些紧张。

这时，他们看到大青河对岸有一点亮光，那亮光映在大青河里，泛出一丝微弱的光晕。队伍停了下来，这时有一道命令悄声传来："一连、二连，绕过黑龙潭，到南山坡堵住南出口，三连、四连、骑兵连和民兵负责包剿黑风口。"

一连、二连悄悄出发了，三连、四连和骑兵连也在悄悄向那灯光处靠拢。可雷生他们却待在原地没动。雷生有点急了："咋不走？"

王书记悄声说："咱是预备队。"

大青山深处的后半夜，一片死寂，没有鸟的喧嚣，没有风的呼啸，没有人的嘈杂，连大青河也没了水的流淌声，因为这里是大青河的源头，只有下雨时，四面山上的水一齐往大青河流淌时才发出"哗哗轰轰"的声响。天上的星星也静止了，以前睡在打麦场上看那星星，总是慢慢向西移动，现在星星也不动了。时间停止了，雷生他们静静地等待着。

终于，队伍开始缓慢移动，慢慢地，河对岸的光越来越清晰，那不是灯光，而是三束熊熊燃烧的火把，那光从洞里射出来，远看像是灯光。那火光映在黑龙潭里，可看到黑黝黝的潭水。随着他们慢慢靠近，洞里的情景也慢慢清晰了起来，洞口两边的石头上，坐着两个抱枪低头的人，那两个岗哨像是睡着了。洞口处，有一道墙，将洞口半掩，那墙上架着两挺机枪，那墙的后面有两个人影在走动。队伍停了下来，过了一会儿，有两个战士从前面走回来，悄悄摸索着下了大青河，二人轻轻地渡过大青河，爬上河坡，摸向洞口的右边。微微光亮中，又见有两个战士绕过黑龙潭悄悄逼近洞口的左侧。世界处于死一般的寂静，连风摇树叶的声音也没有。雷生和民兵们趴在地上一动不动。这时，黑龙潭里发出"扑通"一声响，那是渡河的战士爬河坡时蹬掉了一块石头落进潭中。

"谁？"洞口内传出一声喝问。

洞口那两个正瞌睡的哨兵立刻被惊醒了，端起枪对潭中开了两枪。潭中没有一点动静。这时从洞中传出一个声音："怎么回事儿？"

那两个哨兵看潭中没有动静，周围也没什么反应，一个哨兵说："我听到潭中'扑通'一声。"另一个说："可能是鱼。"

此时，那一左一右去摸哨的战士都蛰伏在地上一动不动。

洞中传来声音："给我看紧点！"

"是！"那两个哨兵一齐回答。

就在这时，左侧的暗影中两个战士一跃而起，左洞口的那个哨兵"啊"了一声倒在地上。另一个哨兵急忙开枪，接着枪声大作。洞口处掩体上的两挺机枪也一齐开起火来。

"冲上去！"随着丘副旅长一声命令，前边的几个战士刚要站起来冲上去，就有两个战士倒下了。

敌人的两挺机枪喷射着火光，子弹在他们的头顶上飞窜。他们被压得抬不起头来。

"打！"我们的队伍中发出一声号令，于是密集的子弹便射向洞口。敌人的一个哨兵欲进洞内，刚到掩体处便倒下了。

前面的战士在解放军强大火力的掩护下开始向前爬行。这时洞口的火把增加了许多，照得洞里洞外一片通明，敌人躲在那堵墙后面向外疯狂地扫射。解放军的火力也一齐射向洞口，子弹打在石头掩体上，火花四溅。对射一阵之后，双方都没有伤亡，解放军停止了射击，这时敌人的机枪还在疯狂地扫射。过了一阵，敌人见没有还击，他们也停止了扫射。此时，寂静得让人心慌。因为大家心里都清楚，在这寂静中肯定酝酿着更激烈的战斗。

僵持，一阵难耐的僵持。约有一袋烟的工夫，雷生发现有两个战士贴着山崖边在侧身向洞口移动。这山崖边是一个敌人机枪扫射不到的死角，也是火把光照不到的地方。可是那火光暗影处只有一人宽，两人并行就会有一人处在光亮里，也会暴露在敌人机枪扫射的覆盖范围内。这时，一个战士移到洞口处，刚举起手榴弹但还没将手榴弹扔出去就被敌人的机枪打倒了。这时只听一声怒吼："打！"解放军便一齐向洞口开火，一束流动的火舌封锁了洞口。就在这时只见一个人影从暗影中一跃而起，就在那位战士倒地的一瞬间，两颗手榴弹在掩体后爆炸了。随着一声呼喊："冲上去！"还没等敌人缓过神来，前面的战士便一跃而起，冲向洞口。民兵们也跟着冲了上去。冲到前面的战士们一边开火一边跃过掩体向里冲，后边的战士们蜂拥而上。兵匪们已无力还击，纷纷向洞的深处逃窜。

洞中的那个练兵场，周围有四个火把，把那片开阔地照得通亮。追过那练兵场，便是一条山洞向里延伸，洞中一片漆黑，没有火把，没有一丝亮光，黑乎乎的，伸手不见五指。解放军战士不时地被脚下的石头绊倒，被上面垂下来的钟乳石擦破头。一个声音在喊："快把火把拿来！"后面的民兵将练兵场的几束火把取来传递向前。在火光中他们躲过从上面垂下来的钟乳石，跨过脚下的岩石继续往前追击。就在解放军和民兵传递火把的当口，兵匪们早已凭借熟悉的地形窜得不见踪影。

解放军继续摸索着向洞的深处追赶。

此时，守在南山坡的一连、二连正守株待兔，兵匪们出来一个撂倒一个。只能容纳一个人钻出的狭窄洞口一会儿便被死人堵住了。里面的人出不来。这时洞中传出一个焦急的声音："冲！给我冲出去！"钻出来的两个人又被打倒在洞口处。洞口静了下来，再也没人往外冲。

雷生带着民兵连随着三连、四连和骑兵连在洞中一直往前追赶，在追到一个上坡时，他们看见前边的兵匪们挤在洞中，他们前进不动，后退是追兵，不少人放下了手中的枪，蹲在地上举起了双手。这时敌军中有一个人站起来，那是黑三，他抬手打死了两个举手投降的匪兵，歇斯底里地喊道："都给我冲！"话音刚落，沈青河举手一枪，黑三倒下了。

大家一齐高呼："缴枪不杀！缴枪不杀！"喊声如雷在洞中轰响。

兵匪们一个个只得放下枪举起了双手。

枪声停止了，战斗结束了。活着的兵匪高举着双手被押出山洞。

雷生带着民兵和沈青河在洞中仔细搜索一遍，将被打死打伤的敌人一个个拖出山洞，放在黑风口前的平地上。

此时，天已大亮，旭日的阳光照亮了那山、那树、那黑龙潭。几缕薄雾浮在黑龙潭的水面上，缠绕在潭边的树木间。

清理完战场，沈青河向郝书记汇报："共打死兵匪二十一人，打伤三十二人。黑三被击毙。可没见到黄三和孙子盛的踪影。"

郝书记说："再搜！"

雷生带领民兵跟着沈青河又走进洞中进行仔细搜查，但他们找遍了洞中旮旯缝道，连地下河也从头到尾搜查一遍，仍不见黄三和孙子盛的影子。

当他们再次向郝书记汇报时，投降的匪兵中那个四连长说："报告长官，黄司令和孙参谋长，不，黄三和孙子盛昨天晚上就没在洞里。"

沈青河厉声喝问："说实话！他俩跑哪儿去了？"

那连长说："昨天下午，山下来了一个人，和孙子盛说了几句话后，他们三个就一起出洞了，再也没见他们回来。"

青河又问道："山下来的那人是谁？"

那连长摇摇头说："不认识！没见过那人。"

"你们有谁认识吗？"青河又问。

投降的兵匪们都嘟哝说："不认识。"

黄三和孙子盛的失踪，成了一个永远的谜。

第 100 章　追梦未了情

大青山"反共救国军"覆灭的第五天，王书记从县里开会回来，顺便接刘天福出了院，刚进清风楼就喊："雷生！雷生！快过来！"雷生急忙走进王书记的办公室。他说："县委通知，县里要举办财粮干部培训班，咱青峰镇你去参加。培训为期五天，到老县衙报到。你可要好好学习啊！"

这消息当然是喜事，财粮干部培训班，自己也是干部了，雷生心里很开心。他更高兴的是，已经大半年没见孙玉梅了。自从她被孙子昌接走，再也没回青峰镇，雷生也没去过县城，心里十分思念。夜深人静，雷生一人独处，渴望见到玉梅的心情无法言表。就要见到玉梅了！他心中非常兴奋。睡在床上，玉梅的影子总在眼前，在打麦场上他俩钻在麦垛里的情形总是让雷生心跳加快。他偷偷翻出玉梅写给他的信，看着隽秀的字体，不由得亲吻一下那字条，脑海中想象着在亲吻玉梅的唇。他此时有些后悔，当初在麦秸垛里为什么没亲吻她。

雷生越想越睡不着。鸡叫头遍了，还是没有一点困意。他将目光投向窗外的天空，试图转移一下思绪，可那夜空中的每一颗星辰都像是玉梅的眼睛。那一对双眼皮，那含情脉脉如两汪秋水似的眸子在盯着他。他摇摇头，想让自己清醒一下，别再幻想，明天还要去县城，他想睡一会儿，可头脑却清醒得很。看着窗外那满天的星斗，他用爷爷教他的方法数星星，数呀数呀，数得自己心烦意乱还是没有一点困意。鸡叫两遍了，他索性翻身起了床，走，去县城！报到之前他要去见见玉梅。她的病好了吗？

夏日的后半夜，一片死寂，没有一点点声响，只有浓浓的露水，像罗面细雨飘洒到头上、脸上、衣服上。没走出十里，雷生的头发便往下滴水，滴到脸上凉凉的。他摸一下衣服，湿漉漉的，举头望天，深邃的夜空如浩瀚的大海，星光闪闪烁烁。

自小听多了神鬼故事，他虽没见过神和鬼，但心里还是怯怯的，只怕有什么鬼突然出现在面前。此时他有点后悔，不该起那么早赶夜路，但一想到玉梅，心里的胆怯顿时就消失了，于是他一边走一边吹口哨给自己壮胆。此时他最怕的是鬼打墙，走着走着看不见路了。他记着"舌头"说的经验，如果遇到鬼打墙，看不见前边的路，左右两边的路千万别走，就坐下来脱掉鞋袜，摔打摔打，鬼怕臭脚，摔打一会儿前面的路就会出现，这时才能往前走。突然，前面不远处有几个飘动的蓝莹莹的光点，他知道那是鬼火。鬼火不怕，小时候与小伙伴夜里捉迷藏，常见到鬼火。出现鬼火最多的就是他家老林西边的乱葬岗。晴天的夜晚，鬼火特别多，有时它们还会垛垛，垛得很高，一会儿又四散而去。麦子说："鬼火不可怕，它不咋着人。"去年的夏夜，"舌头"还带雷生去捉过鬼火，捉到后，原来是一只小虫。他继续大着胆往前走，到了鬼火出没的地点，啥也没有了。

此时，雷生盼着鸡叫，"舌头"说，鸡一叫，鬼就没有了。终于，远方的村庄响起了鸡啼声。接着，远远近近村庄的鸡都鸣叫起来，此起彼伏，嘹亮悦耳。他的心一下放松了。

赶到老县衙时，天刚亮，一缕曙光从东边天际洇润开来，不一会儿，东半边天空呈现一片橘红。走到老县衙门口，一个穿着中山装的中年人从门卫室伸着懒腰走出来。雷生走向前问道："同志，请问县委家属院在哪里？"

"你找谁？"那人问。

"我找孙科长。"雷生回答。

"哪个孙科长？"

"文教科的孙科长，他叫孙子昌。"

"噢！是找孙子昌科长！他调走了。"

"调走了？调哪儿去了？"

"他调古城去了。到古城师范当校长去了。"

"他家里人呢？"

"你是说他闺女，孙玉梅？"

"对。"

"她也跟着她爹去古城了。"

玉梅走了，离开了青山县，他何时才能见到玉梅啊！雷生一下子像泄了气的皮球。这老天真会捉弄人，为什么阴差阳错他总是赶不上？

尾　声

　　一根生锈的铁丝将一个沾满乌黑油腻的灯碗吊在房梁上，奶奶在"嘤嘤"地纺线，那线如流水一样在奶奶左手中纺出来。娘坐在织布机上织布，梭子在娘左右手中来回穿行，"咔嗒咔嗒"声有节奏地响着。雷生推开房门走进来，见奶奶和娘还在劳作，心疼地说："您俩咋还不睡？都半夜了。"奶奶没吭声，娘也没吭声。

　　"睡吧！"雷生说。

　　奶奶停下手中的活计，拉下肩头的手巾去擦拭眼睛。

　　这时雷生发现奶奶在流泪。

　　"咋拉，奶奶？"雷生问。

　　娘停下手中的活计，语气里带着怨气："咋啦？还不都是让你气的！"

　　"唉——"奶奶长出一口气。

　　这时，雷生明白了，奶奶和娘的情绪都是因为他和青枝的事产生的。青枝姐来到沈家已十四年。十四年来，青枝把雷生当成未来的丈夫，所有衣服鞋袜都是青枝给他做的。青枝的奶奶临咽气说过的话时常在耳边回响："等青枝长大了，给雷生做媳妇吧！"那时穷人的孩子娶不起媳妇，自小养个女孩在身边，等长大后为儿子圆房是常有的，这叫童养媳。可雷生不同意，他心里只有孙玉梅，青枝只是他姐姐。当奶奶提出与青枝圆房的事，他一口回绝了奶奶。青枝知道雷生与孙玉梅的事，也不敢说什么，因为她知道自己的身份。虽然她知道沈家奶奶和娘待她如亲生，可她总有一种寄人篱下的感觉，所以一直存有感恩之心。当她无意中听到奶奶和雷生的谈话时，她的心彻底凉了。傍晚吃饭时，青枝将饭端到奶奶和娘的面前，"扑通"跪在地上，流着泪说："奶奶，娘，是您收留了我这个无依无靠的孤儿，救了我，又养我长这么大，您俩的大恩大德我想用一辈子来报答，可我不能了。您也别难为雷生了。我知道雷生的心思，他心里只有孙玉梅。强扭的瓜不甜。您让我走吧！"说着就磕了三个响头。

　　"你去看看你青枝姐吧！"娘抹着眼泪说，"可怜的孩子！"雷生急忙跑进西厢房青枝的房间，见青枝已整理好一个小包裹，正要搭上肩头。青枝她要走了。

雷生急忙抓住那包裹："青枝姐，你干啥去？"

青枝流着泪说："雷生，我得走了。"

"你上哪儿去？"雷生急忙喊，"奶奶，娘。"

青枝泪流不断，抽泣着："我回柳树坑。"说着她转身从她睡过的床上拿起一个布包说，"雷生，这是姐给你做的最后一双鞋。"她取开布包，是一双千层底的黑布单鞋。

雷生接住鞋也流泪了。

青枝望着雷生的脸继续说："奶奶和娘年纪大了，没手劲，以后没鞋了，就和我说一声，我还给你做。"说着便泣不成声了。

奶奶和娘赶了过来，见青枝要走，奶奶和娘一手抓住青枝的包裹，一手拉住青枝的胳膊死活不放。

"三更半夜，你上哪儿去？"奶奶和娘齐声说。

"让我走吧！明天我咋出这个门？"青枝泣不成声。青枝毕竟是奶奶和娘自小拉把大的，十几年的朝夕相处，十几年的风风雨雨，十几年的床前灶后，他们相依为命。青枝对沈家人的感恩都化作吃苦耐劳，勤俭克己，对二位老人毕恭毕敬，无微不至地照护侍奉，使一家人有了血肉亲情，她对雷生自小到大细致入微地关心爱护，使奶奶和娘对她有了亲生孩子的情感。

三更半夜，青枝要离开沈家，奶奶和娘怎么舍得？真心实意地挽留，几双手死命地拉扯，青枝挣不脱，走不了。最后青枝无可奈何地说："奶奶，娘，我今夜不走了，您松手吧。"

这一夜，一家人自然无眠。

第三天的清晨，一家人起床后，往日这时青枝已做好早饭端上了桌，可此时厨房里仍没有动静，奶奶到青枝房里一看，青枝的那个小包裹不见了，青枝也不见了，只有那叠得整整齐齐的被褥静静地放在床上。

青枝走了。她回到老家那间破旧的茅草屋。几天后，旁门婶子把青枝领进了她娘家，青枝嫁给了比她大六岁的一个光棍汉。

雷生对青枝无奈嫁给了一个穷光棍汉心里充满了悲哀，充满了怜悯，也充满了自责，毕竟他们二人自小一起长大，青梅竹马，情如亲姐弟。

正在雷生心如乱麻的时刻，杜鹃来了。杜鹃说她考上了京都师范，明天就要去报到了。那天，杜鹃在雷生的房间里坐到半夜，说小时候的事，说上学的事，说苍龙镇的读书生活，说几位教书先生的故事，扯东扯西，杜鹃就是不说孙玉梅的事。雷生是吃杜鹃娘的奶长大的，对杜鹃娘和杜鹃有一种亲人的感觉。

他知道杜鹃喜欢他，从杜鹃的言谈举止和眼色中，他体会到了杜鹃对他的爱慕，可中间有一个孙玉梅，杜鹃从未说出她心里面想说的话。鸡叫头遍时，杜鹃要走了，临别时杜鹃说："雷生，我在京都师范等你。"然后，她掏出一个手绢，塞到雷生手里，再也没说什么，便走出了大门。

爱情是神秘的，却让人说不清楚，道不明白，悟不出道理。有的一见则钟情，有的耳鬓厮磨也擦不出爱情的火花，只能是朋友的情谊。你爱她（他），她（他）却不爱你。她（他）爱你，你却不爱她（他）。两两相爱，有时候却又终难成为夫妻。

雷生就是这样，他与杜鹃也是两小无猜，可他对杜鹃却只有姐弟的感情，不是爱情。他与青枝也是青梅竹马，自小就在一个屋檐下生活。青枝对雷生是一心一意，关爱有加，把雷生当作自己未来的丈夫，可雷生却只把青枝当亲姐姐，没有爱的冲动。

如今，杜鹃、青枝都走了，他陷入了孤独、落寞和痛苦之中。他如同掉进了一个黑暗冰冷的地洞，但他心里却有一线的光明，那就是孙玉梅。可孙玉梅在哪里？那一线光明是那么微弱，如一根若隐若现的游丝。他担心，他害怕，他怕那根游丝飘向无垠的天空，或飘落在无底的黑暗之中。

人生就是那么神奇，当你迷失在漫漫荒漠苦于无路可走时，会有一条小径突然出现在你面前。可这条小径是通向光明大道，通向繁花似锦，还是通向可怕的深渊，却令人捉摸不透。

雷生就是如此，在他极度苦闷、极度彷徨、几近绝望的时候，一丝光明出现在眼前。那天，他正在镇政府办公室统计各村缴公粮的数字时，郝书记来了。他微笑着说："雷生，告诉你个好消息，经县委研究决定，要选派一批根正苗红的青年干部到大学里去深造，也叫长期培训吧。不用考试，直接入学，青山县选派四人，你是其中之一，如果你没意见，明天就出发，直接去京都师范。"说着，他从公文包里取出一张盖着红章的纸，递给雷生，那是一张盖着县委大印的介绍信，上面有"沈雷生"的名字。

京都师范，那里可是雷生梦寐以求的精神圣地，不仅有无尽的精神宝藏，而且还有他朝思暮想的孙玉梅和有着浓厚亲情的杜鹃。这封介绍信给了雷生无限的希望。他兴高采烈，他激动如潮。午饭时，一连喝下半斤青山大曲酒，仍觉得意犹未尽。

然而人生世事难料。后来的日子是风和日丽，还是凄风苦雨，这还是一个未知数。